蒲生邸事件

옮긴이 이기웅

1975년 제주에서 태어나 고려대 사회학과를 졸업했다. 출판 편집자로 일하며 다양한 일본 소설을 소개하는 데 애쓰다 번역 일에까지 이르렀다. 미야베 미유키의 『가모 저택 사건』을 시작으로 하세 세이슈의 『불야성』 『진혼가』 『장한가』, 혼다 다카요시의 『모먼트』 『파인 데이즈』 『체인 포이즌』, 사사키 조의 『제복수사』 『폭설권』 『폐허에 바라다』, 노리즈키 린타로의 『요리코를 위해』, 누쿠이 도쿠로의 『통곡』 『우행록』 『후회와 진실의 빛』, 유메마쿠라 바쿠의 『신들의 봉우리』, 히구치 유스케의 『나와 우리의 여름』 등을 우리말로 옮겼다.

오자키 다카시는 발밑에 보스턴백을 내려놓고 볼펜을 쥐었다。

「서명 부탁드립니다。」 카운터 너머로 숙박 명부를 내민다。

하긴 알아봤다 해도 직업적인 특성상 모르는 척하는 게 몸에 뱄는지도 모른다。

미야베 미유키

가모저택 사건

蒲生邸事件

이쪽에선 금세 알아봤지만 아무래도 그쪽은 못 알아보는 눈치다。

정확히 이 주 전 체크아웃할 때 숙박 요금을 정산해 준 프런트맨이었다。

체크인할 때 프런트에 있던 이는、

이기웅 옮김

북스피어

蒲生邸事件

전진

전진

군대여

전진

쇼와 7년 12월 발행

심상과용尋常科用 소학국어독본小學國語讀本 중

* 일러두기 : 본문의 모든 주는 옮긴이 주입니다.

그날 밤까지

제 1 장

1

체크인할 때 프런트에 있던 이는, 정확히 이 주 전 체크아웃할 때 숙박 요금을 정산해 준 프런트맨이었다. 이쪽에선 금세 알아봤지만 아무래도 그쪽은 못 알아보는 눈치다. 하긴 알아봤다 해도 직업적인 특성상 모르는 척하는 게 몸에 뱄는지도 모른다.

"서명 부탁드립니다."

카운터 너머로 숙박 명부를 내민다.

오자키 다카시는 발밑에 보스턴백을 내려놓고 볼펜을 쥐었다. 투박한 펜대에 '가자미 인쇄'라는 회사 이름이 찍혀 있다. 그 볼펜은 객실에도 있었다. 즉 투숙객 모두는 하루 숙박하는 것만으로 호텔에서 사용하는 전표나 용지 등의 인쇄를 담당하고 있는 회사가 어디인지 알게 되는 것이다. 그 사실이 가자미 인쇄에게, 호텔에게, 그리고 투숙객에게 대체 무슨 의미가 있는지는 상당히 의문스럽지만.

다카시가 펜을 내려놓고 제시된 선불금을 지불하자 프런트맨이 말했다.

"방까지 안내해 드리겠습니다."

"아니, 괜찮아요. 어딘지 알아요." 다카시는 고개를 저으며 대답했다. "열쇠만 주세요."

순간 프런트맨의 표정이 미묘하게 변했다. 역시 날 기억하고 있다. 모르는 척하고는 있지만 분명히 기억하고 있다. 그야 그렇겠지, 하루 이틀 머문 손님이 아니었으니까.

이 자식 무슨 꿍꿍이속일까 하고 생각하며 다카시는 불쑥 상상에 빠져들었다. 부모 동행 수험생, 또 상경이군. 이번에도 수험인가. 그렇지만 오늘은 2월 하고도 말에 가까운 24일. 국립은 물론 사립대학 가운데 주요한 곳의 입시는 거의 끝났을 무렵이다. 그렇다면 국립대학 이차 시험을 보는 건가? 그게 아니면 어떻게든 입학하고 나서 그럭저럭 졸업하더라도 이력서에는—얼룩만큼의 자국밖에 안 남는 대학이라도 들어가지 않으면 안 된다는 비장한 각오로 온 건가? 혹시 전문학교인가? 그도 저도 아니면—.

눈앞에 방 열쇠가 있었다. 다카시는 이내 제정신으로 돌아와 방 열쇠를 받아들었다. 보스턴백을 들어 올리곤 한 대뿐인 엘리베이터 쪽으로 발걸음을 옮겼다. 프런트맨은 아무 말도 하지 않았다.

버튼을 누른 다음 엘리베이터를 기다리고 있노라니 갑자기 목덜미가 화끈해질 정도로 수치심이 몰려왔다.

이런 식으로 상상하는 것도 곤란하다. 만나는 사람마다 자신을 바보 취급한다고 여기다니 그야말로 피해망상이다. 더욱이 이런 망상에 사로잡힐 때마다 반사적으로 뇌세포를 총동원하여, 혹시라도 상대가 자신에 대한 혐오를 실제로 드러내면 뭐라고 대꾸해 줄지를 궁리하게 된다. 거의 병이다.

멋대로 상상하고 멋대로 화를 낸다. 이런 망상이 계속 이어졌다가는 진짜로 지나가는 누군가를 향해 칼을 휘두르는 상황이 닥칠지도 모른다. 그러다 쫓아온 경찰에게 붙잡혀 경찰차에 질질 끌려

가면서 "날 바보 취급했다고! 저 자식, 날 비웃었다고!" 하며 연신 고함을 지르리라.

위험하다. 얼른 정신을 차리지 않으면 안 된다.

낡은 호텔의 낡은 엘리베이터는 오층에 멈춘 채 좀처럼 내려오지 않는다. 어쩌면 업무용도 겸하고 있어, 객실계원이 시트나 화장지 등을 채운 왜건을 집어넣고는 내친김에 엘리베이터마저 청소하고 있는지도 모른다.

손목시계를 보니 오후 다섯 시를 막 지나고 있다. 일층 로비에는 인적이 없고 아무 소리도 들리지 않는다. 호텔 수준은 특급이라 할 수 없지만 조용한 것만은 일품이다. 얼마나 다행인지. 만약 프런트 안쪽에 있는 종업원 대기실에서 텔레비전 소음이라도 새어 나온다면, 그럭저럭 쓸 만한 동네 변두리 모텔의 로비와 별 차이가 없어 묘한 향수를 불러일으킬 지경이었다.

하릴없이 멍청하게 서 있노라니 엘리베이터 오른편에 걸려 있는 액자가 눈에 들어왔다. 어라? 지난번에는 못 봤는데. 볼품없는 관엽 식물에 가려진데다 당시에는 시험 걱정으로 머릿속이 가득 차 있어 이런 데까지 눈길이 안 갔겠지.

위아래로 걸린 두 개의 액자에 카비네판11.9×16.5 규격의 사진 크기보다 약간 큰 사진이 세월이 지나면서 세피아 색으로 변색되어 있다.

관엽 식물을 손으로 걷어 올리며 좀 더 자세히 살펴보았다.

아래 찍혀 있는 건 고풍스러운 서양식 건물이다. 중앙에 세워진 삼각 지붕 모양의 시계탑을 축으로 좌우가 대칭인 구조다. 이 층 건물이지만 지붕에 다락방을 만들어 놓은 듯 둥근 창문이 뚫려 있다. 시계탑 옆에 굴뚝이 있는 걸 보니 아래로 난로가 설치되어 있는 모양이다.

흑백 사진이어서 정확하진 않지만 지붕과 창틀 부분만 하얗고 나머지 부분은 붉은 벽돌로 지어진 듯했다. 군데군데 벽돌이 훼손되거나 더께가 앉아 있다. 오래되었다는 뜻이리라. 얇은 창틀로 마감된 창에는 하얀 커튼이 걸려 있었다.

정면 현관은 반원 아치형이다. 그 앞 계단을 오르면 양쪽으로 여는 문이 기다리고 있다. 앞뜰은 잔디밭이고 군데군데 정원수가 심겨 있고, 초점이 맞지 않아 흐릿하지만 작은 화단도 보인다. 아마 꽃도 피어 있겠지.

액자 여백에 삐뚤빼뚤한 글씨가 씌어 있다.

구 가모 저택 쇼와 23년 4월 20일
촬영자 오노 마쓰키치

가모 저택. 여기는 개인 저택이라는 뜻이다. 박물관이 아닌가 짐작되던 외관과는 달리 생각보다 건물이 작은 게 이해가 간다.

그건 그렇고 어째서 이런 건물 사진이 여기에 있을까, 하고 생각했지만 바로 위에 걸린 사진을 보자 금세 의문이 풀렸다.

인물 사진이다. 가슴에 훈장이 달린 군복을 입고 견장을 찬 초로의 남성이 카메라를 정면으로 바라보고 있다. 시선이 살짝 위로 향해 있어 다소 방심한 표정이다. 비록 상반신뿐이지만 윤곽이 뚜렷한 근엄한 얼굴과 다부진 어깨로부터 군인 특유의 씩씩한 분위기가 흠씬 전해졌다.

육군대장 가모 노리유키

피사체 아래 그렇게 씌어 있다. 사진과 함께 예의 삐뚤빼뚤한 필체로 된 장문의 문서도 걸려 있다.

현재 당 호텔이 세워진 장소는 전전戰前 육군대장 가모 노리유키 씨의 저택이 있던 곳입니다.

가모 대장은 메이지 9년 지바 현 사쿠라 시에 있는 어느 농가의 장남으로 태어났습니다. 어릴 적부터 학업과 무예가 뛰어났으며 지방 중학교를 나와 육군사관학교를 졸업, 육군대학 재학 중 러일 전쟁이 발발하자 중대장으로 전선前線에서 눈부신 활약을 보였습니다.

러일 전쟁이 끝나자 육군대학으로 돌아가 천황으로부터 군도軍刀를 하사받고 졸업 후에는 군무국 군사과에서 근무, 이후 순조롭게 진급을 계속하여 보일여단장, 참모차장 등의 경력을 거쳐 쇼와 8년1933년 4월 육군대장이 되었습니다. 그러나 다음해 9년에 병을 얻어 예비역으로 물러났고, 병후의 회복이 순조롭지 못하여 퇴역, 군사업무 중 특히 보급 관련 군사 전략에 대한 연구와 저작에 전념하였으나, 이 년 후 쇼와 11년 2월 26일, 2·26사건 발발 당일, 장문의 유서를 남기고 자결하였습니다. 이 유서는 당시 육군 내부의 파벌 다툼, 청년 장교의 결기決起를 계기로 시작된 군부의 정치 개입과 독주를 심히 우려한 내용으로 발견 당시 유족의 배려에 의해 공개되지 않았으나, 전후戰後 가모 저택이 매각되었을 때 대장의 서재에서 발견되어 현재 원본은 에비스의 방위청 전쟁사 자료실에 보관되어 있습니다.

대장의 유서는, 전쟁 전 우리 정부와 군부가 처한 상황과 당시의 문제를 날카롭게 분석한 끝에 일어날 수 있는 최악의 경우로 대미개전對美開戰과 그 후의 패배까지 예상하여 군부의 독주를 견제해야 한다는 내용을 담은, 놀라운 선견지명으로 가득 차 있어 현재까지 역사 연구가들 사이에서 높은 평가를 받고 있습니다.

이에 쇼와 23년1948년 구 가모 저택을 매입했을 당시 유서의 존재를 인지한 당 호텔 창시자 오노 마쓰키치는 고故 가모 대장의 인격과 혜안에 깊은 존경의 염을 품고 창업과 동시에 대장의 초상과 경력을 걸어 현창顯彰해 올립니다.

읽기 힘든 필체라 자연스레 몸이 앞으로 쏠리며 눈이 모아진다. 뒤에서 엘리베이터 문이 닫히는 소리가 들린다. 그제야 다카시는 앗 하며 뒤를 돌아보았다. 겨우 내려온 엘리베이터가 타려는 사람이 없자 가만히 정지해 있다. 급하게 가방을 고쳐 쥐고 버튼을 누르며 엘리베이터에 탔다.

'원래 군인의 저택이 있던 곳이라…….'

어차피 다카시와는 아무 상관 없는 이야기다. 과거에는 어땠는지 모르지만 현재 이 호텔의 입장에서도 가모 대장인가 뭔가 하는 인물이 대단한 의미가 있을 것 같지는 않다. 그게 아니라면 액자가 저런 구석자리에 처박혀 있을 리 없다.

좁은 엘리베이터 안에 화장실 방향제 냄새가 희미하게 풍긴다. 자기도 모르게 쓴웃음이 나오며 절로 맥이 빠져 버렸다.

이번 방은 202호다. 지난번 투숙한 505호는 맨 꼭대기 층 북서쪽 모서리에 있었는데, 방 자체는 한심하기 그지없었지만 창밖으로 보이는 경관이 기가 막히게 좋았다. 열흘 동안 다섯 학교 여섯 학부의 입시를 볼 예정인 수험생 신세로서, 그건 정말 기분 좋은 일이었다. 시험을 보고 돌아온 해 질 녘에, 고쿄皇居 일본 천황이 주거하는 에도 성 일대를 둘러싼 깊은 초록빛과 고목 숲이 자아내는 푸른빛 저편으로 거대한 석양이 저물어 가는 걸 보고 있노라면 하루의 피로가 몸에서 녹아내리며 빠져나가는 것 같았다. 그럴 때면 도쿄의 거리가 마치 내 것이 된 듯했다. 나의 앞날도 이대로 계속 밝으리라는 기분마저 들었다.

지금과는 전혀 달랐다.

202호실 창문에서 보이는 것이라곤 인접한 사 층짜리 상업 빌딩의 추레한 외벽과 배기관 구멍뿐이다. 햇살 따위 전혀 안 들어

온다. 이 호텔의 유일한 장점이라 할 만한 전망이 지난번과 이토록 다르다는 사실에, 단순한 우연일지라도 왠지 암시적이라는 예감이 들어 우울해졌다. 침대 위로 가방을 던져 놓고는 벌렁 누워 천장을 바라봤다.

히라카와초이치반 호텔을 찾아낸 건 아버지 다이헤이였다. 사실 찾아냈다기보다 근처에 있었다는 게 정확한 표현이겠지만 어쨌든 본인은 "얌전히 공부할 수 있는 좋은 호텔을 찾아냈다"고 말했다.

히라카와초이치반 호텔은 복잡한 조직과 엄청난 자금력을 가진 합병 기업의 소유물로 도쿄 아카사카에 본사를 두고 있다. 호텔은 그 기업에게 있어서는 맹장 같은 존재였다. 해가 되지 않는 한 무리해서 자르지는 않는다고 할까.

다이헤이는 일종의 유령 회사인 이 호텔의 적자 덕분에 합병 기업 전체의 수익이 원활하게 확보되는 모양이라고 했지만 사실 말도 안 되는 소리다. 호텔에서 발생하는 수익이 소소하여 경영하는 데 아무리 많은 비용이 든다 하더라도 기업에서 일 년 동안 은밀히 쓰는 용도 불명의 자금과 비교하면 오 퍼센트에도 미치지 못할 게 뻔하다.

결국 기업에게 있어 이곳은 그저 토지일 뿐이다. 고쿄 인접 지구에 작으나마 호텔 하나 크기의 토지를 갖고 있다면 대기업 입장에서도 밑지는 장사는 아니다. 버블 경기가 일 년만 더 지속됐다면 아마 호텔을 부수고 비슷한 처지의 주변 건물까지 사들여 인텔

리전트 빌딩 같은 걸 세웠으리라.

말하자면 히라카와초이치반 호텔은, 호텔이라는 이름의 묘비인 셈이다. 따라서 종업원들 역시 호텔의 유골을 이장하여 깨끗한 토지로 되돌릴 시기가 올 때까지 이곳을 돌보는 묘지기에 불과하다. 머무는 손님은 조롱거리.

그렇지만 아버지 다이헤이에게는 사업 관계로 아주 미미한 관련이 있는 합병 회사 내의 일개 회사, 일개 부서, 일개 과장이 '개인적인 호의로 그룹 내 호텔을 싸게 제공해 줬다'는 것만이 눈에 들어올 뿐이다. 이제부터 시험을 치르는 자식을 위해 도쿄의 대기업에 다니는 지인이 특별히 좋은 호텔을 소개해 줬다고만 생각하는 게다.

아니, 깊이 생각하고 싶지 않겠지.

지난번 상경할 때 다카시는 다이헤이가 함께 따라나설 줄 알았다. 그렇게 되면 거치적거리겠거니 했었는데 막상 올라가려 하자, 다카시가 공부하는 데 방해가 된다며 혼자 가는 걸 허락했다.

그때 문득 깨달았다. 아버지가 두려워하고 있음을.

본인이야 고향 집에서, 수험생인 아들을 위해 도쿄 중심지에 위치한 호텔 방을 비워 놓고 기다려 주는 능력 있는 지인이 있노라 자랑이나 하면 그만이다. 우리 다카시는 다른 애들처럼 도내 시티 호텔의 수험생 패키지 같은 걸 이용하지 않아도 된다며 꽤나 우쭐거렸으리라.

그렇지만 만약 함께 올라와 방을 봤다면 어땠을까? 아버지가 마음속으로 두려워했던 것, 대기업의 '지인'이 말단 중에 말단이고, 더더군다나 자신은 그 말단에게조차 이런 호텔이나 대충 소개받고 뒤에서 비웃음이나 사는 하찮은 인간일 수밖에 없다는 걸, 영세한 지방 회사의 무지렁이 사장일 수밖에 없다는 걸, 눈앞에서 확인하게 되리라.

그게 두려워 따라오지 않은 것이다. 도쿄의 대기업에 있는 지인 따위에게 부탁할 필요 없이 수험생 패키지를 이용해라, 돈은 좀 들어도 상관없으니 네가 마음에 드는 곳에 머물러라, 이렇게 말할 만한 배포도, 자신감도, 아버지 다이헤이에게는 없었다.

무엇보다 아버지는 '지인'을 이용하고 싶었겠지. 부인과 딸, 사원들 앞에서 도쿄의 대기업 대표 번호로 전화해서 예의 과장을 지명해 호출하고는 "아, 우리 아들놈이 이번에 시험 보러 가는데 도내에 열흘 정도 머물 만한 호텔을 찾아봐 주시겠습니까? 아, 그래요, 부탁드려도 되겠습니까? 아이고, 이거 감사합니다"라는 식으로 허물없는 사이인 척 대화하는 걸 들려주고 싶었겠지. 그저 시골 무지렁이 사장이 아니라고 내세우고 싶었겠지.

아버지의 어쩔 수 없는 소심함과 민망할 정도로 남의 시선을 신경 쓰는 성격을 다카시는 잘 알고 있었다. 하지만 그런 아버지의 성격을 마음속 깊이 미워하거나 싫어할 수가 없었다.

아버지가 왜 그렇게 됐는지 알고 있기 때문에.

그건 상당히 모순적인 문제로 지금껏 살아 온 오십 년이란 인생 중 어느 시기에 진작 극복했어야 했지만 아버지는 극복하지 못했다. 그렇기에 하나 있는 아들 다카시에게 그 문제를 해결하라며 떠맡겨 버린 것이다.

그러나 다카시도 기대에 부응할 수 없었다. 적어도 올해는, 지망했던 학교와 학부 모두 떨어지고 말았다.

'학력, 인가.'

다카시는 때 묻은 천장을 올려다보며 마음속으로 중얼거렸다.

그것이 없었기 때문에 인생의 대부분을 실의 속에서 보냈던—최소한 본인은 그렇게 여기고 있다—아버지. 맛보지 않아도 될 고생과 치욕을 맛봤다고 여기는 아버지. 그래도 영특한 외아들 다카시는 아버님을 위해 다시 한번 내년의 권토중래를 기약하며 내일과 모레 예비교予備校 일본에서 상급학교 진학을 위해 입학시험을 대비하는 전문학원 시험을 치르러 떠납니다.

갑갑할 정도로 비좁은 방이었지만 천장은 가구가 없는 만큼 그나마 넓게 보인다. 한가운데쯤 여태 한 번도 작동하지 않았을 성싶은 스프링클러 하나가 불쑥 튀어나와 있다. 자세히 보니 실 모양으로 엉킨 먼지들이 여기저기 드리워져 에어컨 바람이 만들어내는 옅은 기류 속에서 흔들리고 있다. 자는 동안 먼지가 떨어져 코로 들이마시기라도 하면 분명 지독한 악몽을 꾸게 되리라. 이를테면 대학에 떨어진데다가 예비교 시험마저 떨어진다는, 그런 꿈.

재수 없긴. 다카시는 기운을 내 침대에서 벌떡 일어나 바닥에 발을 디뎠다. 밖으로 나가자. 저녁 시간도 됐고 목도 마르다.

하긴 히라카와초이치반 호텔에는 식당이 없다. 없어서 다행이

긴 하지만.

호텔 인근에는 카페나 레스토랑 같은 게 전혀 보이지 않는다. 잘 알고 있다. 밖에 나와 바로 눈에 들어오는 것이 있다면 요새처럼 생긴 최고재판소의 위용과, 외관이 번쩍 눈에 띄는 국회도서관의 화려한 외벽, 그리고 가로수 길. 보고 있노라면 아름답긴 하지만 사람의 온기라곤 전혀 느껴지지 않는다.

다카시는 고쿄의 해자 쪽으로 발을 옮겨 미야케자카를 올라 한조몬에서 왼쪽으로 꺾어 고지마치부터 요쓰야 방향까지 한 바퀴 빙 도는 긴 산보를 즐겼다. 기온은 낮았지만 날씨가 쾌청하고 바람이 불지 않는다. 두꺼운 코트를 입고 있으니 그다지 춥지도 않았다.

쇼치 대학에 다니는 학생들이 좋아할 법한 카페에 들어가려다가 공연히 자격지심이 생길 것 같아 관뒀다. 결국 패스트푸드점에서 저녁을 때우고 커피를 마셨다. 돌아오는 길에는 편의점에 들러 군것질거리를 샀다. 하얀 비닐봉투를 흔들며 호텔로 돌아오니 슬슬 일곱 시가 되어 간다.

삐걱거리는 자동문을 지나 로비로 향했다. 편의점 비닐봉투를 들고 들어와도 걱정할 필요가 없는 건 이 호텔의 장점이라 할 수 있다.

그때, 프런트에 새로운 손님이 있는 걸 발견했다. 아까의 프런트맨은 변함없이 무표정한 얼굴로 숙박 카드를 기입하는 손님을 쳐다보고 있다.

프런트에서 투숙객과 마주치는 건 이번이 세 번째다. 지난번에는 열흘간이나 내내 머물렀는데도 말이다. 다카시의 눈은 자연스레 새로운 투숙객의 등으로 향했다. 그 순간 흠칫 놀라 뒤로 물러났다. 프런트에 서 있는 새로운 투숙객이—덩치가 작은 중년 남성이었다—심하게 '어두웠기' 때문이다. 말 그대로 어두웠다. 그가 서 있는 주위만이 빛이 닿지 않는 방구석처럼 어두침침했다. 원래 로비 조명 자체가 그다지 밝지는 않지만, 일단은 제대로 켜져 있다. 그런데도 카운터 일부분에만 검정물이 스며든 것처럼 보인다.

'내 눈이 이상한 건가?'

다카시는 몇 번이나 깜빡거리며 눈을 비볐다. 그러나 투숙객 주위는 변함없이 어두침침했다. 대체 어떻게 된 일일까?

다카시의 시선을 느꼈는지 중년 남성도 뒤를 돌아보았다. 눈이 마주치자 다시 천천히 카운터로 몸을 돌린다. 오른손에 그 투박한 볼펜을 쥐고 있다. 무표정한 프런트맨은 시종일관 넙데데한 얼굴로 멍하니 서 있을 뿐이다. 중년 남성에게도 다카시에게도 시선을 두지 않은 채.

다카시는 머뭇머뭇 발걸음을 옮기며 로비를 가로질렀다. 자신이 이곳에 가만히 있으면 왠지 저 중년 남성 역시 프런트에서 움직이지 않을 것 같은 기분이 들어 엘리베이터가 내려오자 급하게 타고 말았다.

엘리베이터 문이 천천히 닫힌다. 혼자가 되자 자기도 모르게 한

숨이 나왔다.

'이상하네.'

실내조명으로 인한 착시 현상일까. 이런 경험은 처음이다.

지금과 완전히 반대인 상황은 겪은 적이 있다. 어떤 인물이 방 안에 들어서자 그 주위가 환해진 듯한 느낌이 드는 경우다. 놀랄 만큼 예쁜 여자아이라든가, 모임에서 인기가 많은 사람이라든가, 유명한 탤런트라든가, 이른바 '오라aura'를 지닌 사람에게는 그런 힘이 있다.

그렇다면 방금 중년 남성의 경우는 '마이너스 오라'를 지니고 있는 건가. 빛을 발산하는 게 아니라 흡수한다? 그게 아니면 어둠을 퍼뜨린다?

그러고 보니 흘깃 눈을 마주쳤을 때, 그 사람은 얼굴도 눈도 어두웠던 것 같다. 자신의 '어두운' 표정과는 다르다. 뭐라고 할까, 장례식에 참석한 것 같은 얼굴을 하고 있었다. 말로는 표현하기 힘들지만…….

다카시는 진학반 문과계 중 톱을 달리던 같은 반 여자아이의 얼굴을 떠올렸다. 그 친구라면 알고 있는 어휘도 풍부할 테니 분명 나보다 훨씬 제대로 된 표현을 생각해 낼 게 틀림없다. 대학도 단번에 1지망 학교에 붙었으리라…….

이런 데까지 콤플렉스가 얼굴을 내민다. 다카시는 자신도 모르게 쓴웃음을 지었다.

202호에 돌아와 침대에 앉아 방금 사 온 다이어트 콜라 캔을 땄다. 꿀꺽꿀꺽 반 정도 비우고 크게 트림을 하는데, 멀리서 엘리베이터 움직이는 소리가 들렸다. 아까 그 남자가 올라오는 모양이다.

엘리베이터가 이층을 통과한다. 한시름 놓이면서도 다시 한번 남자의 얼굴을 보고 싶다는 기묘한 기분에 사로잡혔다. 보고 있는 사람마저 전염될 것 같은 어두침침한 표정.

자기라면, 그러니까 예를 들어 십 년에 한 번 있을까 말까 한 연애를 매년 한 번씩 하고, 그때마다 비참하게 딱지 맞는 걸 십 년간 되풀이하면 저런 얼굴이 될지도 모른다. 그 정도로 지독한 꼴을 당하지 않고서는 평생 저런 표정과는 인연이 없을지도 모르겠다.

순간 등덜미가 서늘해졌다.

너라는 인간이 그런 경솔한 말을 내뱉을 처지냐. 시험에 떨어져 미래에 대한 전망 같은 건 전혀 없이 이런 호텔에 머물고 있는 주제에.

갑자기 마음이 불안해져 침대에서 일어나려는데 보조 탁자 위에 놓인 전화가 울렸다. 받아 보니 프런트맨이다. 외부 전화가 걸려왔다고 한다. 아버지 다이헤이였다.

"여보세요?" 목소리에는 만취한 기색이 역력했다.

"응, 나." 다카시는 대답했다. "호텔에는 잘 도착했어."

"그래, 잘됐군, 잘됐어. 이번 방은 어때"라고 큰 소리로 묻는다. 선천적으로 목청이 크다.

"넓어? 전망은 어때?"

“편해. 조용하고. 괜찮아. 창문으로 최고재판소랑 국회도서관도 보여.”

조용한 건 분명하지만 그야 처량하게 혼자 있으니 그렇지. 게다가 이번 전망은 최악이야. 그렇게 말해 버릴까 하다가도 결국 아버지가 듣기 편한 소리만 내뱉는다. 자동으로 거짓말 기계가 돼 버리고 만다.

다카시뿐만 아니라 어머니나 한 살 어린 여동생, 그리고 아버지의 부하 직원들 역시 그런 식으로 다이헤이 듣기 편한 소리만 꺼내드는 습성이 오랜 세월에 걸쳐 몸에 붙고 말았다. 번거롭다고 생각하면서도.

다이헤이는 사실 내일 시험에 자신 있는지 묻고 싶지만 괜히 부담을 주는 것 같아 묻지 않겠다고 말했다. 그래서야 묻는 것과 마찬가지가 아닌가. 그래도 다카시는 잠자코 웃기만 했다.

도중에 어머니가 수화기를 넘겨받았다. 저녁은 제대로 먹었냐고 묻는다. 어머니는 아버지 눈치를 보면서도 마감 직전까지 수험생 패키지를 이용하는 게 낫다는 의견을 굽히지 않았다.

“그런 데라면 식사가 제대로 나올 테니까”라면서. 그래서 지금도 맨 처음 머릿속에 떠오르는 건 식사 문제다.

“호텔 근처에 맛있는 정식집이 있어. 전에 얘기했지? 거기서 먹었어. 된장국도 챙겨 먹었다고.”

다카시는 지난번과 똑같은 거짓말을 다시 했다. 나중에라도 어머니가 이 호텔에 머물러 볼까 하는 호기심이 일지 않는 한 들킬 걱정은 없다.

내일 시험은 오전 아홉 시부터. 접수는 여덟 시부터다. 어머니는 아침 여섯 시 반에 전화해서 깨워 주겠다고 한다. 지난번에 시험 보러 왔을 때도 그러더니 이번에도 똑같은 대사를 한다. 호텔에 모닝콜을 부탁하면 된다는 다카시에게 어머니는 목소리를 낮추며 사정을 설명했다.

"안 그러면 네 아빠가 시끄럽게 굴게 뻔하잖아."

이래라저래라 십 분에 걸친 잔소리를 듣고 전화를 끊었다. 덕분에 몸은 완전히 녹초가 되었다.

어째서 이렇게까지 자기 부모에게 신경을 써야 할까?

벌떡 일어나 좁은 욕실로 들어갔다. 틀에 녹이 슨 작은 거울에 얼굴을 비춰 본다.

턱이 뾰족하고 다소 신경질적으로 보이는 청년이 거기에 있다. 오자키 집안 남자는 다들 수염이 별로 안 난다. 눈 주위는 어머니와 빼닮았다는 얘기를 곧잘 듣는다. 어릴 적에는 왠지 부끄러워서 바꿀 수 있다면 바꾸고 싶다고 몇 번이나 생각했던 도드라진 쌍꺼풀. 얄궂게도 아버지를 닮아 쌍꺼풀이 없는 여동생은, 아버지가 말하는 "여자 냄새 나는 나이"가 된 이후로 노상 투덜거리며 오빠 얄미워, 라고 한다. 마치 먼저 태어난 다카시가 어머니 뱃속에서 그럴싸한 부분만 골라 나가는 바람에 여동생에게는 제대로 된 게 남지 않았다는 듯.

난 대체 어떤 오라를 가지고 있을까. 머리 위 싸구려 호텔의 빛

바랜 형광등 불빛 같을까.

그날 밤은 잠자리가 불편했다. 엘리베이터 소리에 신경이 쓰여 견딜 수가 없었다.

2

잠을 설쳤지만 다음 날 예비교 시험은 그럭저럭 잘 봤다.

취약 과목인 영어를 가장 먼저 치른 게 결과적으로 다행스러운 일이었는지도 모른다. 대학 입시 때는 조바심을 내는 통에 머리가 헛돌아 답안지를 반밖에 채우지 못했던 과목이다. 그걸 비교적 무난하게 넘길 수 있어 마음이 편해진 거겠지.

오후 두 시가 조금 지나 시험이 모두 끝났다. 너무 기분을 내면 곤란하다는 걸 알면서도, 어쩐지 마음이 느긋해져 긴자로 나가 영화를 봤다. 〈쥬라기 공원〉. 작년 가을 화제작을 이제야 본다는 게 좀 웃기긴 했지만, 집에 있을 때는 입장이 입장이다 보니 마음이 불편해 영화관에 가기가 쉽지 않았다.

영화가 끝나고 장내가 밝아지자 삼분의 일 정도 찬 관객의 대부분이 자신과 비슷한 또래라는 걸 알았다. 커플이나 그룹 단위가 많다. 군데군데 양복을 입었거나 주거가 불분명해 보이는 옷차림을 한 남자들도 있었지만 다들 합의라도 본 듯 혼자 와 있다.

시끄럽게 떠들며 계단을 오르는 무리를 지나 출구로 나가다가 관객석 제일 끝줄에 어제 봤던 남자가 앉아 있는 걸 발견했다.

이번에는 그나마 뒷걸음질 치지는 않았지만 역시 발을 멈추고 말았다.

순간 자기를 뒤따라왔나 싶었다. 하지만 그럴 리가 있나. 히라카와초 일대에서 영화를 보겠다 마음 먹었으면 긴자가 딱인데다 또 영화도 영화 나름이다. 어쩌다 같이 보게 된 거겠지.

영화관 내 조명이 원래 어두워서 그런가. 어젯밤 로비에서 흠칫했던 것만큼 남자 주변이 어두침침하게 보이지는 않았다. 그렇지만 분위기는 충분히 어두웠다. 보는 것만으로도 우울한 기분이 들 정도다. 마이너스 오라라고 다카시는 생각했다.

상대방도 다카시를 알아본 모양이다. 어라 하고 놀란 표정을 짓더니 입을 우물거리며 가볍게 인사를 건넸다.

다카시도 기계적으로 인사를 했다. 다시 계단을 오르며 혹시 나한테 다가와 말이라도 걸면 어쩌나 싶었지만 쓸데없는 걱정이었다.

남자는 텅 빈 스크린을 응시하며 흡사 면접을 보는 학생처럼 등을 곧추세우고 앉아 꼼짝도 하지 않았다. 어제와 똑같은 재킷과 바지 차림으로 가지런히 모은 무릎 위에는 패스트푸드 봉지가 놓여 있다. 다음 상영을 기다리는 모양이다. SFX로 재생되는 공룡들을 한 번 더 보려는 것이다. 어지간히도 맘에 들었나 보다.

눈을 내리깔고 계단을 오르는데 앞서 걸어가고 있는 무리의 대화가 귀에 날아들었다.

“저기, 제일 뒷자리에 있던 아저씨, 기분 나쁘지 않았어?” 여자아이가 묻는다.

“응, 뭐라 해야 하나, 엄청 우중충한 얼굴을 하고 있던데.” 남자아이의 대답과 함께 치한일지도 모른다는 다른 여자아이의 목소리가 뒤섞이자 처음 말을 꺼낸 여자아이가 이렇게 말했다.

“딱히 어둡기만 한 게 아니라, 뭐랄까, 그 아저씨 얼굴을 보고 있으니까 유리창을 할퀴는 소리 같은 게 들리는 느낌이더라고.”

그렇다……. 잔인하지만 정확한 표현이다. 다카시는 마음속으로 탄복했다.

슬쩍 돌아보니 문제의 남자는 회색 스크린을 바라보며 가만히 앉아 있다. 최소한 스크린은 자신을 혐오하여 영화를 안 비춰주지는 않으리라는 듯—그렇게 보였다.

영화관을 나와 저녁을 먹기 위해 익숙지 않은 긴자를 어슬렁거렸다. 간신히 와코 백화점 근방에서 라면 가게를 발견했다.

예비교에 합격하면 집을 떠나 혼자 살기로 되어 있다. 그렇게 되면 도쿄 지리에도 금세 익숙해지겠지. 어디에 살지 봐 둔 곳이 있긴 했지만 그거야말로 부모님이 정하기 나름이다.

오늘 시험 본 곳이나 내일 시험 볼 곳 모두 오차노미즈에 있다. 그러니까 걸어 다닐 수 있는 범위 안, 구체적으로 진보초가 좋겠다는 게 부모님의 의향이었다. 오 년 전 외사촌이 역시 재수를 할 때, 다카시와 마찬가지로 오차노미즈의 예비교에 다니면서 진보초의 아파트에 살았었다. 그때 제법 편했다는 얘기를 들었기 때문에 그대로 따라 하려는 거다.

재수를 하긴 했지만 사촌은 게이오 대학 법학부에 들어갔다. 그런 점에서도 영험이 있었으면 하는 마음인지도 모른다. 게다가 아무래도 집에서 요리를 해 먹는 건 무리니까 외식할 수 있는 식당이 많은 동네가 좋겠다는 게 어머니의 생각이다.

그렇게 되면 틀림없이 터무니없는 집세가 든다. 돈 문제는 걱정하지 말라고 다이헤이는 말했지만, 부모님에게 지는 빚이 점점 늘어간다는 중압감이 다카시를 압박했다.

"손 큰 부모가 있어 좋겠네"라든가 "엄마 아빠 돈으로 편하게 지내면 되잖아"라고 말하는 친구들도 있다. 그게 요새 애들다운 생각일지도 모른다. 그렇지만 그런 속 편한 소리를 듣게 되면 언제나 꺼림칙한 기분이 든다. 예컨대 올림픽 대표로 뽑힌 선수가 사람들로부터 "나랏돈으로 마음껏 해외 원정을 갈 수 있으니 좋겠네"라는 말을 듣는 것과 비슷하다고 할까.

하지만 집을 떠나 혼자가 된다는 건 그 무엇과도 바꿀 수 없는 매력이 있으니 어떻게든 예비교에 꼭 합격하고 싶었다. 오늘 시험을 잘 치른 것 같아 해방감을 느끼는 이유도 그런 사연이 있기 때문이다.

서점에 들렀다가 백화점 가전 매장에서 자취할 때 쓸 만한 전자제품들을 훑어보며 시간을 때웠다. 슬슬 해가 저물기 시작한다.

아카사카미쓰케 역에서 한조몬선線으로 갈아타고 호텔로 돌아갈 생각이었는데, 잠깐 멍하니 있다가 오가는 인파에 치여 아카사카미쓰케 역에서 못 내리고 말았다. 되돌아갈 바에는 요쓰야에서 걸어가는 게 낫겠다 싶어 밖으로 나왔다. 어젯밤 산책 코스를 오늘 밤에는 거슬러 가는 셈이다. 낮에도 하늘이 맑았지만 밤하늘도 구름 한 점 없어 별이 반짝이고 있다. 도쿄의 밤하늘도 그렇게까지 형편없진 않네.

한조몬 교차점까지 내려가 해자에 이르자 국립 극장 맞은편으로 텔레비전 방송국 중계차가 보였다. 국립 극장에서 하는 공연을 중계하나 싶었는데 다가가 보니 낯익은 여성 캐스터가 마이크를 잡고 미야케자카에서 사쿠라다몬 쪽을 향해 천천히 걸으며 국립 극장 방향으로 가볍게 손을 올려 뭔가 말하고 있다. 뉴스 프로그램이었다.

긴박한 느낌은 없었다. 사건은 아닌 모양이다. 일부러 중계차가 있는 쪽 도로로 걸어가는 통행인도 있었지만 다카시는 해자를 따라 걸었다.

두세 걸음 앞에서 중년 남성 둘이 어깨를 나란히 하고 천천히 걸어간다. 둘 다 코트를 갖춰 입고 있다. 이 부근 회사에서 근무하는 사람이겠지.

"무슨 일이라도 일어난 걸까요?" 한 명이 다카시와 비슷한 의문을 꺼냈다. 중계차 라이트 때문에 눈이 부시다.

"흠, 이런 데서?" 또 다른 사람이 말했다. "국립 극장이잖아."

"요새는 어디서 무슨 일이 일어날지 당최 알 수가 없으니까요."

세상이 원체 뒤숭숭하니까 말이야, 라며 맞장구치던 상대방이 갑자기 큰 소리를 냈다.

"아, 맞아, 그거 때문 아닌가?"

"뭔데요?"

두 사람을 추월하려던 다카시도 흥미가 일었다. 아저씨, 뭔가요?

"오늘이 25일이잖아? 그거야."

"그거라니……."

"오늘 밤이잖아. 오늘 밤이라고 해야 하나, 내일 아침이라고 해야 하나, 2 · 26사건이 일어난 게."

그러자 또 한 사람도 큰 소리로 맞장구쳤다. 무릎이라도 칠 기세다. "아, 맞다. 그렇군요."

두 사람은 걸음을 늦춰 천천히 이동하며 말을 하고 있는 여성 캐스터를 바라보았다.

"저 사람 같으면 태어나지도 않았을 때 일인데 리포트를 하고 있군."

"종전 오십 주년이 다가오니까 텔레비전에서도 슬슬 이것저것 준비하려는 거겠죠."

"이 근방에서 사건과 관련 있는 일이 벌어졌었나."

"저쯤에 육군성과 참모본부가 있지 않았나요. 아마 그 얘기를 하고 있겠죠."

"그런가. 하긴 경시청도 가까우니까."

뒤에서 슬쩍 엿듣던 다카시는 자기도 모르게 "에?" 하고 소리 내고 말았다.

2 · 26사건이라. 호텔에 걸려 있던 가모 대장의 경력에도 나왔었다. 무엇보다 대장은 그날 죽었다고 했다.

그게 내일이었나. 내일이 전쟁 전 그곳 주인이었던 사람의 기일이란 말인가. 우연이긴 하지만 좀 꺼림칙하다.

그나저나 2 · 26사건이 대체 뭘까. 뉴스로 다뤄지는 걸 보면 유명한 사건일 텐데. 일본사 수업에 나왔었나?

'그런데 음…….'

앞에 있는 두 사람은 아버지 다이헤이보다 연상으로 보였다. 그 세대의 사람들에게조차도 어렴풋한 기억으로 남아 있는 과거사다. 다카시와는 전혀 관련 없는 사건이다.

"오늘 밤엔 눈이 내리지 않으니까 말이야. 분위기가 나지 않을 텐데."

"그렇지만 눈이 내리면 추워서 뭘 하기 힘들겠죠."

두 사람은 그런 이야기를 나누며 해자를 지났고 미야케자카의 교차점에서 다카시는 그들과 헤어졌다. 중계차 라이트는 아직 이 근방을 비추고 있다.

어제와 마찬가지로 밤 여덟 시쯤 다이헤이로부터 전화가 왔다. 시험을 잘 봤다고 하니 기뻐한다.

"대학 시험 때는 긴장해 버렸으니까 말이야. 넌 실력이 있으니까 맘 편히 보면 분명 합격할 거다."

다이헤이의 마음은 이미 내년 봄으로 날아간 듯했다.

이제 와서 아등바등해 봤자지만, 어제는 아무것도 하고 싶지 않은 기분이었다가 오늘 시험 결과로 자신감이 조금 생긴 것 같긴 하다. 마음 편히 내일 시험을 끝내자는 기분이 들었다. 어젯밤처럼 그냥 나뒹굴어 자는 대신 가방에 담아 온 참고서를 꺼내 책상 위에 펼쳤다. 이제 됐다 싶을 때까지 이것저것 훑어보다가 문득 고개를 들어 시계를 보니 자정이 지나고 있다. 이런 자신에게 놀랐다. 나라는 인간도 마음만 먹으면 할 수 있다고.

뜨거운 커피가 마시고 싶어졌다. 캔 커피라도 상관없다. 옷을 걸치고 밖에 나가자.

히라카와초이치반 호텔 안에는 자판기가 없다. 비즈니스호텔과는 급이 다르다는 모양새를 취했다고 할까. 그런데 룸서비스는 없다. 다행히 한조몬선 역 부근에 따뜻한 음료를 파는 자판기가 있어 나로선 조금도 신경 쓰이지 않지만.

과연 추위가 옷깃을 파고들었다. 밤이 되어 북풍이 부는지 얼굴 정면으로 바람이 불어와 귓불이 얼얼하다. 뛰어갔다가 뛰어 돌아왔다. 오늘 밤 프런트맨은 예의 무표정한 남자가 아닌 왜소한 몸집에 얼굴이 둥근 중년 남자였지만 밖에서 물건을 사 들고 오는 손님에 대해 무관심한 면은 똑같았다. 다카시는 종종걸음으로 프런트 앞을 지나쳤다.

엘리베이터를 타고 이층에 오르면 홀이 나온다. 202호실로 가려면 앞 통로에서 왼쪽으로 꺾어야 한다. 오른쪽으로 꺾으면 통로를 따라 203, 204, 205호실 문이 이어지고 막다른 곳에 비상구로 통하는 문이 있다. 금속 방화문으로 평소에는 잠겨 있다.

202호실로 향하려다가 오른편으로 얼굴을 돌린 건 그쪽에서 차가운 바람이 불어왔기 때문이다. 비상구가 열려 있나—.

다카시의 눈에 띈 건 열려 있는 방화문과 그 너머 비상계단 난간에 몸을 기댄 채 앞으로 기울어질 듯이 서 있는 사람의 뒷모습이었다. 덩치가 작고 뒷모습이 아담하다. 낯이 익다. 뒤통수도 그렇고. 하긴, 낮에 영화관에서 목격했으니까.

그 중년 남성이다. 같은 복장에 코트도 걸치지 않고 이 시각에 싸늘한 바람이 부는 비상계단 난간에서 대체 무얼 하고 있을까?

나카모리 아키나의 옛날 히트곡 가사 중에 "이십오층 비상구에서 바람에 흩날리며 손톱을 자르네"라는 게 있는데, 대기업 건설회사에서 고층 빌딩 건축 일에 종사하는 아버지 친구는 툭하면 이 가사에 대해 군소리를 하곤 했다.

"호텔인지 빌딩인지 알 수 없지만, 이십오층 비상구에서 느긋하게 손톱 같은 걸 자를 수 있을 리가 없잖아. 게다가 바람에 흩날린다면 바깥 계단일 거 아냐. 구명줄이 없으면 한 발자국도 걸을 수 없다고. 애당초 문이 열려 있을 리도 없고."

아버지는 "낭만 없는 소리를 하는 자식"이라며 웃곤 했지만 지금 중년 남성의 뒷모습을 보자 머리에 떠오른 건 그것이었다. 아저씨 손톱이라도 자르시려고요?

꽤나 이상한 사람이라고 생각하며 잠시 동태를 엿보았다. 오늘 밤도 주위가 어둡게 보이려나? 장소가 장소이니만큼 제대로 확인하기 어렵겠지? 남자는 우두커니 서 있을 뿐 움직이지 않는다.

'바보 같다.'

느닷없이 아이처럼 왜 이러고 있나 싶었다. 발걸음을 돌려 202호실로 향했다. 문 앞으로 가 주머니에서 열쇠를 꺼내려는데—.

그때 왜 다시 비상구 쪽을 돌아봤는지 자신도 알 수 없다. 사실, 손톱 운운한 것은 스치듯 해 본 생각일 뿐, 누가 보더라도 평범하다고는 할 수 없는 광경에 마음 깊은 곳에서 슬며시 경종이 울렸는지도 모른다. 더군다나 남자의 어두운 얼굴. 그것은 자살을 꿈꾸는 사람의 얼굴이 아닌가 싶은 기분이 불쑥 들었다.

훗날 다카시는 그 순간을 곰곰이 돌이켜 보았다. 만약 비상구 쪽을 돌아보지 않고 방 안으로 들어갔으면 어땠을까. 그랬다면 자신의 운명이 완전히 바뀌었으리라. 그건 다름 아닌 자신의 생사가 갈리는 지점이었던 것이다.

그러나 지금은 당연하게도 이 순간이 운명의 갈림길임을 알지 못한다. 마음속에서 솟아오른 막연한 충동에 휩싸여 슬쩍 고개를 돌려보았다. 단지 그뿐이었다. 저 아저씨도 참 별난 사람—,

—하고 생각하던 다카시의 눈이 번쩍 뜨였다.

다카시가 돌아봤을 때 중년 남성은 분명히 거기에 있었다. 아직 층계참에 서 있었다. 그런데 이내 그는 난간 밖으로 훌쩍 한 발을 내디뎠다. 아니, 내디딘 것처럼 보였다. 분명히 그쪽 방향으로 이동했는데. 위도 아니고 아래도 아니다. 오른쪽도 왼쪽도 아니다. 복도로 되돌아온 것도 아니다. 난간 밖으로.

거기에는 옆 빌딩과의 좁은 틈 사이를 메우는 공간만이 있을 뿐이다. 아래는 콘크리트로 된 호텔 쓰레기장 바닥이고.

콘크리트로 된.

다카시가 숨을 꿀꺽 삼키려는 찰나, 눈앞에서 십 미터도 떨어지지 않은 비상계단에 있던 중년 남성이 사라졌다.

저 아저씨, 뛰어내렸다!

순간 다카시는 뛰기 시작했다. 허름한 융단이 깔린 복도를 따라 허둥지둥 난간으로 달려들었다. 삐끗 잘못했다가는 자신 역시 난간 너머로 떨어질 뻔했을 만큼 다급하게.

위험한 순간이었다.

다카시는 난간 너머로 상반신을 힘껏 내밀어 콘크리트 바닥을 응시했다.

건물 틈 사이에서 흘러나오는 푸르스름한 조명이 새하얀 콘크리트 바닥을 비추고 있다. 그 앞으로 쓰레기통이 쭉 늘어서 있다. 철제 선반 위에 놓여 있어서인지, 아득바득 몸을 내밀었더니 무척 가깝게 보인다. 파란색 플라스틱으로 만든 대형 쓰레기통이 눈에 들어온다. 한쪽 구석에 걸쳐 세운 마대 걸레의 지저분하고 습한 냄새마저 느껴질 정도로 가까이.

아무도 없다. 아무도 떨어져 있지 않다.

다카시는 숨을 멈춘 채 고개를 들어 계단 위를 올려다봤다. 금속제로 된 미끄럼 방지 테이프가 붙은 계단 안쪽이 정면으로 보인다. 삼층 난간으로 오르는 계단 맨 위쪽에 누군가가 오래전에 뱉어 놓은 껌이 붙어 있다.

이번에는 아래를 보았다. 비상계단이 여기에서 한 번 구부러져 쓰레기장으로 이어져 있다. 만일 화재가 나서 대피하려면 투숙객들은 반드시 쓰레기통 사이를 지나야 한다. 그곳을 지나야 호텔 전용의 작은 주차장으로 통하는 문에 다다를 수 있다.

아무도 없다. 발소리도 안 들린다.

혹시나 해서 계단을 내려가 봤다. 한겨울 밤중인데도 쓰레기 냄새가 코를 찌른다. 커다란 쓰레기통 사이도 하나하나 살펴보았다. 그런 곳에 중년 남성이 숨어 있기라도 하면 심장이 멎을 만큼 놀라겠지만, 거기라도 있어 줬으면 하는 마음이 들었다. 어찌 되었든 간에 발견하지 못하는 것보단 발견하는 편이 낫다.

쓰레기장 문을 열고 주차장을 살펴봤다. 하얀 코롤라 한 대가 마치 방치된 것처럼 세워져 있을 뿐 인기척은 없었다. 되돌아가 이번에는 비상계단을 오르며 일층에서 오층까지 살펴봤다. 역시 아무도 없다.

그럼 대체 그건 무엇이었단 말인가. 착시 현상? 뛰어내린 것처럼 보인 건 내 착각이었나?

머리를 힘껏 흔들고 양손으로 관자놀이를 두드려 보았다. 다이헤이에게 물려받은 버릇이다. 아버지는 일이 안 풀릴 때면 항상 이런 식으로 자신을 질타했다. 화면이 잘 안 나오는 텔레비전을 예전에는 이런 식으로 두드려 곧잘 고치곤 했지. 안 돌아가는 머리도 이렇게 힘껏 두드리면 조금은 돌아간다면서.

그렇지만 다카시의 눈과 뇌는, 아까 보았던 장면이 착각일 리가 없다고 주장한다.

프런트에 가 볼까. 그런데 뭐라고 하지? 손님 한 명이 비상계단에서 뛰어내린 것 같은데요? 예? 어디에 떨어졌냐고요? 어딘지는 모르겠어요. 연기처럼 공중에서 사라져 버렸거든요—.

또다시 머리를 흔들었다. 멍청한 짓이다. 지독하게 멍청한 짓이다. 그런 꼴사나운 짓을 할 수는 없다.

다카시는 방에 돌아가기로 했다. 캔 커피나 마시자. 이미 식어 버렸지만 상관없다. 목이 바싹 말랐다.

오층에서 엘리베이터를 타고 이층 버튼을 눌렀다. 이층에 도착하자 문이 열렸다.

눈앞에, 재킷 주머니에 양손을 찔러 넣은 그 남자가 서 있었다.

3

다카시도 놀랐지만 상대도 꽤나 놀란 눈치다. 마주 보는 사이에 엘리베이터 문이 삐거덕거리며 닫히려 했다. 다카시는 반사적으로 엘리베이터의 열림 버튼을 눌렀다.

다시 문이 열렸다. 그런데도 남자는 다카시가 거기 있으면 탈 수 없다는 듯 주뼛거리며 꼼짝 않고 있다.

그는 다카시의 얼굴을 보고 있지 않았다. 눈을 내리깔고 있다. 그제야 겨우 다카시는 깨달았다. 자신이 상당히 노골적으로 상대방을 말끄러미 쳐다보고 있다는 것을.

아직도 심장이 두근거린다. 간신히 혼란스러운 마음을 추스르고 물었다.

"내려가실 건가요?"

남자는 정중히 답했다.

"그렇습니다. 타도 될까요?"

남자가 안으로 들어서자 다카시는 흠칫 벽 쪽으로 물러서고 말았다. 내릴 순간을 놓친 다카시를 데리고 엘리베이터가 하강하기 시작했다.

슬쩍 눈을 돌려 남자의 얼굴을 훔쳐보았다.

무표정하다기보다 표정 없음이 표정이 되고 만 듯한 윤곽 없는 얼굴이 거기에 있었다. 이렇게 가까이 있자 어젯밤 처음 봤을 때 느꼈던 마이너스 오라 같은 게 더욱 확연히 느껴졌다. 그리고 분명히 엘리베이터 안은 다카시 혼자 타고 내려올 때보다 더 어두침침해져 있었다.

어둠을 발산하는 남자, 작은 상자 속에서 다카시는 점점 숨이 막혀 왔다.

바로 옆에 있는 남자는 노타이에, 낮에 봤을 때와 똑같은 재킷과 와이셔츠 차림이다. 바지는 반듯하게 다려져 있으며 구두도 깨끗이 닦여 있다. 결코 보기 흉한 복장도 아니다. 다른 사람에게 불쾌감을 일으킬 만한 구석이라곤 전혀 없다. 머리도 단정하다.

어딘가에 떨어졌다거나 비상계단 층계참에서 뛰어내려 하늘을 날아왔다고 할 만한 흔적은 티끌만큼도 보이지 않았다. 이상하다 싶은 데는 전혀 없다.

하지만 다카시는, 분명히 목격했다. 불과 십 분 전쯤에 이 남자의 모습이 비상계단에서 사라지는 장면을.

덜컹 하는 진동과 함께 엘리베이터가 멈췄다.

남자가 엘리베이터 밖으로 나섰다. 다카시 옆을 지나가며 가볍게 인사한다. 미안하다는 듯 시선을 떨어뜨리며.

순간 마음속에서 뒤엉켜 있던 끈이 끊어졌다. 다카시는 남자의 뒤를 쫓듯 한 발을 내디디며 말을 걸었다.

"저기…… 아까, 이층 비상계단에 있으셨죠?"

이렇게 공손한 표현 같은 걸 써 본 적이 없어 이상한 말투가 돼버렸다.

남자가 발걸음을 멈췄다. 마치 뒤에서 옷깃을 붙들기라도 한 것처럼 턱 하고 멈춰 선다. 가만히 그 자리에서 등을 보이며 굳어 있다.

다카시는 다시 물었다. "층계참에 서 있었죠? 그리고 그 뒤에…… 그 뒤에……."

모습이 안 보여서 뛰어내렸나 생각했어요, 라는 말을 꺼내도 될지 어떨지 망설이는데 남자가 천천히 뒤를 돌아보았다.

한순간 다카시의 얼굴을 쳐다보더니 바로 시선을 돌린다. 다카시의 얼굴을 정면으로 보는 게 무슨 큰 죄라도 된다는 듯. 그런 짓을 했다가는 다카시에게 폐가 된다는 듯.

"글쎄요, 그건 제가 아닌 것 같은데요."

목소리는 낮았고 아주 살짝이지만 말끝이 떨리고 있다.

"그런가…… 착각인가."

다카시는 자기 목소리 역시 떨리고 있음을 느꼈다. 어째서 이렇게 긴장하는 걸까? 바보같이.

"너무 놀라서요. 연기처럼 사라져 버렸거든요. 아저씨가 아니었나요?"

남자가 슬쩍 다카시의 눈을 쳐다봤다. 마치 겁먹은 쥐처럼. 그러더니 고개를 저었다.

"아닙니다. 전 지금 막 방에서 나오는 참이니까."

거짓말. 그렇게 말하고 싶었지만 머리가 혼란스럽고 심장이 점점 빨리 뛰기 시작하더니, 까마득한 옛날의 첫 데이트 때처럼 귓불이 뜨거워졌다.

어떻게든 말을 이어 보려고 조바심을 내는데 남자가 먼저 말을 꺼냈다. "엘리베이터를 그렇게 세워 두면 곤란하지 않을까."

다카시는 엘리베이터 입구를 가로막은 채 열림 버튼을 누르고 있었던 것이다.

허둥지둥 엘리베이터에서 내렸다. 문이 닫히자 엘리베이터는 그 상태로 침묵했다.

"일층에서 내릴 거예요?" 남자가 이렇게 물으며 걷기 시작했다. 몸은 현관 쪽으로 향해 있다.

"아, 아저씨는 어디로 가시는데요?"

"저요?" 남자는 눈을 치켜뜨더니 처음으로 다카시의 얼굴을 정면에서 바라봤다.

"예, 이런 시간에."

남자의 입가가 살짝 일그러졌다. 웃은 게다. 그걸 본 다카시는, 나라는 인간은 본질적으로 구제할 방법이 없는 바보가 아닐까 생각했다. 알지도 못하는 사람을 붙잡고 무슨 소릴 하고 있는 건가.

"담배 사러 가는데."

"담배라면 로비에 있지 않나요?"

남자가 조용히 웃었다. "내가 피우는 게 없어서. 난 하이라이트밖에 안 피우거든요."

"아…… 그러시군요."

캔 커피를 재킷 주머니에 그대로 넣어 둔 게 기억났다. 주머니를 두드려 보였다.

"이거, 역 앞 자판기에서 사 온 거예요. 담배 자판기도 본 것 같긴 한데 하이라이트가 있었나."

남자는 가볍게 고개를 끄덕였다. "그렇군요. 뭐, 좀 걸어가 보죠. 찾을 수 있을지 모르니."

그럼 이만이라는 듯 슬쩍 인사를 한 남자가 아무도 없는 홀을 가로질러 현관 쪽으로 걸어간다. 다카시는 우두커니 서서 뒷모습을 바라보았다. 그런데 그가 자동문을 지나 밖으로 나가려는 찰나 눌러 왔던 스프링이 튀어 오르고 말았다.

"정말 비상계단에 없으셨어요? 전 아저씨가 뛰어내린 줄 알고 깜짝 놀라 찾아봤다고요!"

남자는 돌아보지 않았다. 그대로 계속 걸어간다. 이내 모습이 사라졌다.

다카시는 가만히 있을 수가 없어 자기도 모르게 뛰기 시작했다. 자동문이 마지못해 열린다. 그러나 끼익 하는 얼빠진 소리와 함께 밀어닥친 찬 공기가 뺨을 때리자 갑자기 맥이 빠졌다.

진짜 어떻게 된 거 아냐? 내가 뭐 하고 있는 거지?

손을 들어 손바닥으로 머리를 한 대 때렸다. 둔탁한 소리가 난다. 다카시는 고개를 저으며 발걸음을 돌렸다.

그때 방금 전까지는 아무도 없던 프런트에 불쑥 사람이 나타났다. 아까 봤던 왜소한 몸집의 프런트맨이다. 나타나는 순간이 순간인지라 다카시는 흠칫 놀라 소리를 지르고 말았다.

그 모습에 이번엔 프런트맨이 놀란 표정을 지었다. 둥근 얼굴 속 눈이 휘둥그레지며 카운터에 양손을 쫙 펼치더니 약간 뒤로 물러난다.

"아, 저기 죄송합니다." 다카시는 당황하며 말을 꺼냈다.

프런트맨은 여전히 눈을 동그랗게 뜨고 있다.

"무슨 일이신가요?"

직업상의 닳고 닳은 목소리였지만 여전히 놀라 긴장하고 있는 모습이다.

"아뇨, 그냥." 이마에서 식은땀이 배어났다. "아무것도 아니에요. 조금 놀라서."

"놀라셨다니." 프런트맨은 외기라도 하듯 따라 말했다. "무슨 일이라도."

"무슨 일이라니……."

다카시는 상대방의 얼굴을 쳐다보았다. 그러다가 문득 깨달았다. 의아해하거나 수상해하는 게 아니라 궁금해한다고 할까, 뭔가 기대하는 표정을 짓고 있다.

이상하네.

다카시가 잠자코 있자 프런트맨이 슬쩍 주위를 둘러보더니 작은 목소리로 물었다.

"혹시 뭔가 보셨나요?"

"뭔가?"

"예, 뭔가 보셨어요?"

"봤다니―."

뭔가 보지 않았냐고 프런트맨은 묻고 있다. 다카시는 카운터로 다가갔다.

"제가 뭘?"

"예, 손님. 뭔가 무서운 거라도 본 표정을 짓고 있으니." 프런트맨은 말을 이었다. 나이 어린 상대라 그런지 허물없는 말투다.

머리가 슬슬 돌아가기 시작했다. 가슴이 두근거린다. 혹시 이건—.

"그럼 당신도 봤나요?" 똑같이 목소리를 낮췄다.

프런트맨은 강하게 고개를 끄덕였다.

"봤어요."

다카시는 안도하며 자기도 모르게 후 하고 웃었다.

"아까 말이죠? 이층 비상계단에서."

프런트맨도 아까 남자가 사라진 걸 봤다, 틀림없이.

"불쑥 사라지더니 좀 있다가 다시 나타났죠, 그렇죠?"

프런트맨은 고개를 저었다. 여전히 진지한 표정으로 몸을 쑥 내밀며,

"아뇨, 사라지는 걸 본 적은 없어요. 걸어가는 걸 목격한 적은 있지만."

"걸어가는 걸……."

"예, 예. 지금까지 딱 두 번. 두 번이래도 무서워서 꼼짝도 못하고 바보처럼 가만히 지켜보는 사이에 어디론가 가 버렸죠."

다카시는 곤혹스러워졌다. 얘기가 엇갈린 것 같다.

프런트맨은 다카시는 아랑곳하지 않고 연신 고개를 갸웃거리며 종알거렸다. 꽤나 흥분한 기색이다.

"그런데 말이죠, 제가 목격한 이후로 제법 시간이 지나서 이젠 안 나오나 했었는데. 그렇구나, 또 나왔구나."

"저기…… 뭐가 나왔다는 건지……."

다카시가 간신히 말문을 열자 프런트맨은 다시 눈을 치켜떴다.

"뭐라니, 당연하잖아요. 유령 말이에요."

"유령이라구요?"

"아니에요?" 프런트맨은 눈을 끔뻑거렸다. "손님은 뭘 봤다는 겁니까?"

"아니, 저는……." 다카시는 머리를 감싸 쥐고 싶어졌다. "그나저나 아저씨가 봤다는 유령은 어떤 건데요?"

프런트맨은 사람 눈을 피해 한밤중에 먹을거리를 훔치러 온 쥐새끼마냥 작은 눈을 희번덕거렸다. 마치 그가 말하는 '유령'이 지금 여기서 우리 이야기에 귀를 기울이고 있으면 곤란하다는 듯. 그러고는 비밀 이야기라도 하는 양 목소리를 내리깔며 말했다. "가모 대장의 유령이에요."

다카시의 입이 떡 벌어졌다. 그걸 보며 프런트맨도 입을 열었다.

"손님이 보신 건 다른 건가요?"

다카시는 입을 다물었다가, 다시 열었다가, 다시 닫았다. 비상계단에서 사라졌다가 나타난 남자 애기 같은 걸 지금 꺼내 봐야 아무 소용도 없으리라.

"가모 대장이라면 옛날 여기 세워져 있던 저택에 살았다는 군인 말이죠?"

"예, 자결했다는 그 사람."

"그 사람 유령이 나온다는 건가요?"

프런트맨은 고개를 힘껏 주억거렸다.

"저만 본 게 아니에요. 다른 사람도 봤죠. 군복을 입고 지팡이를 짚고는 호텔 복도를 걸어다니기도 하고 현관에서 밖으로 나간 적도 있다고 하더라고요."

"엘리베이터 옆에 사진이 있던데, 그 사람?"

"맞아요, 그 사람. 그 군복이에요. 물론 흑백 사진이라 색깔까지 똑같은지는 모르겠지만."

프런트맨은 둥그스름한 어깨를 살짝 움츠렸다.

"그래도 딱히 나쁜 일을 저지르진 않았어요. 그냥 돌아다닐 뿐. 게다가 아까 얘기했지만 최근 일 년 동안은 아무도 못 봤대요. 한동안 안 나왔죠."

"헤……."

다카시는 애매한 소리를 내며 어색한 웃음을 지어 보였다.

엘리베이터 옆에서 본 가모 노리유키 대장의 사진을 떠올려 봤다. 군복을 입은 다부진 체구에 고집 세 보이는 턱을 단단히 다잡은 군인이, 사진에서 스르륵 빠져나와 호텔 복도에 내려선다. 그 모습이 묘하게도 또렷이 머릿속에 그려졌다. 나쁜 짓을 저지르는 건 아니다, 그냥 돌아다닐 뿐이다—발자국을 내디딜 때마다 가슴에 달린 훈장이 흔들거리고 지팡이 끝이 바닥을 두드려 또각또각 소리가 난다.

빗살이 성긴 빗으로 문지르는 것처럼 등덜미가 오싹했다. 살펴보니 팔에 소름이 돋아 있다.

얼른 방에 돌아가 혼자 있고 싶다. 다카시는 서둘러 말했다. "제가 본 게 그거일지 몰라요. 확실하진 않지만."

"정말?"

작은 덩치의 프런트맨은 끈덕졌다. 다카시는 슬슬 카운터에서 물러났다.

"예, 그렇게 많이 놀라지는 않았어요. 별일 아니에요."

급히 돌아서 엘리베이터로 향했다. 뛰어가면서 그러고 싶진 않았지만 자기도 모르게 그 인물 사진을 슬쩍 보고 말았다. 사진은 빈약한 조명이 닿지 않아 생긴 어둠과 관엽 식물의 그림자에 숨겨져 있다. 그럼에도 몸에 다시 한번 소름이 돋았다.

엘리베이터에 올라 돌아보았지만 프런트맨은 쫓아오지 않았고 중년 남성이 돌아오는 기색도 없었다.

더군다나 유령은 그림자도 안 보였다. 엘리베이터 문이 닫히자 다카시는 크게 한숨을 내쉬었다.

방으로 돌아와 미지근해진 캔 커피를 단숨에 반이나 들이마셨다. 그러고는 벽에 걸린 거울 속 자신의 창백한 얼굴에다 대고 큰 소리로 물었다.

"머리가 어떻게 된 거 아냐?"

사라져 버린 아저씨에, 반세기도 전에 죽은 군인의 유령. 그딴 거에 겁먹다니—.

그러나 유령은 그렇다 쳐도 아저씨만큼은 이 눈으로 똑똑히 보았다. 이층 비상계단에서 연기처럼 사라졌다가 겨우 오 분 남짓한 사이에 같은 이층 복도에서 엘리베이터를 기다리며 서 있었다. 확실하다. 착각이 아니다. 완전 진짜다. 거짓말이 아니다.

애당초 그 아저씨는 처음부터 묘한 느낌을 풍기고 있었다. 평범하지 않다는 인상이 들었다. 좀스러운 태도부터가 이상했다. 게다가 어째서—,

'어째서 그렇게까지 사람에게 혐오감을 불러일으킬 만큼 어두운 분위기를 지니고 있을까?'

함께 엘리베이터에 탔을 때 다카시는 도수가 맞지 않는 안경을 쓴 듯한 기분이 들었다. 시야가 일그러지며—,

순간 깨달았다. 그래, 그 남자는 어둡다기보다 일그러진 남자다. 그 주위에서는 빛조차 일그러지고 만다. 그래서 어둡게 느껴지는 게 아닐까.

그런 인간과 만난 건 처음이다.

다카시는 빈 캔을 쓰레기통에 던져 넣고 침대에 드러누웠다. 때 묻은 천장에는 아무 답도 씌어 있지 않았지만 모로 누운 채 심장의 규칙적인 박동 소리를 듣고 있노라니 마음이 점차 차분해졌다.

내일 시험이 끝나면 되도록 빨리 집으로 돌아가자.

스스로는 괜찮다 여겼지만 역시 꽤나 신경이 곤두서 있었던 모양이다. 그러니까 사소한 일에도 신경이 쓰이는 거다. 부모님은 시험이 끝나더라도 하루쯤 느긋하게 쉬다 오라고 당부했지만, 지금 이런 상태로 어두침침한 방에 처박혀 있어 봤자 좋은 꼴 보기는 글렀다.

'유령도 나온다는데.'

마음속으로 중얼거리자 다시 오싹해졌지만 결국 내뱉고 말았다. 갑자기 하나부터 열까지 모두 바보처럼 느껴졌다. 오늘 하룻밤을 여기서 보내는 것조차 귀찮다.

영차 하고 몸을 일으켜 책상 위에 벌여 놓은 참고서와 공책을 정리했다. 내일을 위한 준비를 끝내고 가볍게 샤워를 했다. 몸이 상쾌해지니 기분도 좋아졌다.

텔레비전을 켜서 삼십 분 후에 꺼지도록 설정해 놓고 잠옷으로 갈아입은 다음 침대 속으로 기어들어 갔다. 쉽게 잠들지 못하는 체질 때문에 생긴 습관이다. 방송 내용이 귀에 들어오면 잠들기가 어려우니 볼륨은 작게 하고, 영화나 드라마 같은 프로그램은 되도록 피한다.

어느새 새벽 한 시를 지나고 있다. 이 시간대에는 심야 프로그램이 방송된다. 아무렇게나 채널을 돌렸더니 토크쇼가 나왔다. 이런 프로그램이 수면제 대용으로는 최적이다.

눈을 감고 모로 누워 베개를 얼싸안았다. 텔레비전에서 지글거리는 소리가 나지막이 흘러나왔다.

그때 들려오는 한 대목에 순간 눈이 뜨였다.

"그런 이유로 쇼와 11년에 2 · 26사건이 발발하게 되었습니다만—."

다카시는 모로 누운 채 눈을 떴다. 텔레비전 화면이 눈부시다.

마이크를 앞에 둔 남녀 여러 명이 토크쇼 세트를 둘러싸고 있다. 사회자는 다른 방송에서 자주 봤던 남성 아나운서다. 사이토였나. 그 남자의 목소리였다.

"오늘 밤 〈한밤의 극락〉에서는 우리에게 있어 태평양 전쟁이란 무엇인가라는 주제로 게스트 여러분의 의견과 이 자리에 함께해 주신 젊은 분들의 토론을 중심으로 방송을 할 예정입니다만, 대체로 태평양 전쟁이라 하면 뭐야 이미 반세기도 지난 옛날 아닌가—하는 반응이 돌아올 게 눈에 선하기 때문에"라며 사이토 아나운서는 가식적인 웃음을 지었다.

"포인트를 좁혀 학교 수업에서는 가르쳐 주지 않는 아주 기본적인 데서부터 조금씩 이야기를 진행하고자 합니다. 우선 오전 한 시 오십 분까지 제1부에서는 우리 나라가 전쟁으로—뭐라 말하면 좋을까요, 치닫게 되었다고 말할 수 있을까요, 그 커다란 분기점이 된 쿠데타인 2 · 26사건부터, '진주만을 기억하라'며 지금도 이야기되고 있는 진주만 공습까지 모두 일괄해서 함께 고민하려고 합니다."

말은 진지했지만 어조는 거의 와이드쇼 분위기다. 연신 벙글거리는 얼굴에 살짝 땀이 솟아 있다.

"제1부가 끝난 뒤에는 십오 분간 주간 연예 정보 코너가 방영되고, 그다음 제2부에서는 오전 네 시까지 진주만 공습부터 포츠담 선언 수락에 이르는 종전의 역사를 여러분과 함께 배워 보도록 하겠습니다."

사이토 아나운서 옆에는 밝은 카나리아 빛 정장을 입은 여성 아나운서가 한 명, 그 옆에는 젊은이들 사이에서 인기 있는 여성 탤런트인 이지마 미치루가 가슴골이 뚜렷하게 드러나는 드레스 차림으로 테이블에 팔꿈치를 얹고 앉아 있다.

"오늘은 정말 진중한 기획이네요." 여성 아나운서가 즐겁다는 듯 말했다.

"그렇죠? 시기적으로 딱 들어맞습니다. 뭐라 해도 2 · 26사건이 이번 달 오늘 밤에 일어난 일이니까요. 이번 달 오늘 밤이라 해서 곤지키야샤金色夜叉 '이번 달 오늘 밤'을 의미하는 '곤지키콘야(今月今夜)'와 발음이 비슷해서 하는 농담. 『곤지키야샤』는 오자키 고요가 쓴 메이지 시대의 대표적 소설이다는 아니에요, 미치루 짱."

미치루는 보조개를 만들며 천진난만하게 되물었다.

"곤지키야샤가 뭐예요?"

"관계없어요, 이번 주제하고는."

사이토 아나운서는 웃으며 옆에 앉아 있는 삼십대 중반의 남성에게 시선을 돌렸다.

"이구사 씨는 어떠신지요? 이런 기획에 게스트로 참여하신 적은 별로 없으신 것 같습니다만."

이구사라고 불린 남자 앞에는 '트렌드 논평가 이구사 가즈히코'라고 씌어 있는 명판이 놓여 있다. 그가 차분한 음성으로 말하기 시작했다.

"그렇습니다만. 그럼에도 역사라는 건 결국 트렌드의 중첩일 수밖에 없다고 저는 생각합니다."

"오, 과연! 역사란 트렌드의 중첩이란 말이죠?"

"그런 게 아닐까요? 그러니까 저 같은 사람이 그런 시점으로 이 나라를 재인식해서 본다는 데 의의가 있다고 생각합니다. 기대되네요."

그의 대사에 반응하여 카메라가 스튜디오에 모여 있는 젊은이들을 비췄다. 모두 다카시와 비슷한 연배로 옷차림이나 머리 모양도 비슷비슷한 얼굴, 얼굴, 얼굴. 여자들도 섞여 있었지만 칠 대 삼 정도로 남자가 많다.

"그런데 다들 졸린 표정을 하고 계시네요."

사이토 아나운서의 말에 모두들 웃음을 터뜨렸다.

"이렇게 딱딱한 기획을 하게 되면 재미없다고 채널을 돌리거나 조는 분들이 많습니다만 주무시지 않기를 부탁드립니다. 미치루 짱도 정신 차리시고."

"예~." 미치루는 나긋나긋한 웃음을 지었다. "근데 사이토 씨, 저는 하나도 모르겠어요. 아까부터 얘기하는 2 · 26사건이란 게 뭐죠?"

스튜디오 안에 다시 웃음이 터졌다. 트렌드 평론가도 따라 웃고 있다.

"곤란하네. 초장부터 그런 김빠지는 소리 하지 말라고요."

"우리 나라에서는 극히 드물었던 대규모 쿠데타예요." 이구사가 보충 설명을 했다.

"우와, 쿠데타라니 멋져요."

미치루의 말에, 이구사는 활발해 보이는 까무잡잡한 얼굴에 미소를 머금으며 몸을 앞으로 내밀었다.

"그렇습니다. 사실 오늘 저는 무척 기대를 하고 있습니다. 그건 제가 쇼와 사오십 년대1960년~1970년에 태어난 젊은이들을 '초전무파세대超戰無派世代'라고 이름 붙였기 때문입니다."

"초전무파라고요?"

"그렇습니다. 우리 전무파세대戰無派世代 제2차 세계 대전 후에 태어나 전쟁을 모르는 세대조차 초월해 버린 존재니까요. 그래서 이 초전무파의 입장에서 보면 예컨대 쿠데타라는 건 멋진 게 되고, 2 · 26사건의 청년장교들도 비극 속의 영웅이 되죠. 그렇지만 앞으로의 일본을 만드는 건 이 세대입니다. 쓸데없이 과거에 끌려다니지 않는 만큼 리버럴한 사회를 만드는 것이 가능한 희망적인 세대라고 생각합니다. 이를테면 오늘의 테마에 대해서도 지금까지와는 전혀 다른 각도에서 해석하는 게 가능하지 않을까요?"

뭐야, 또 2 · 26사건인가. 어제부터 오늘에 걸쳐 이상하게 이 사건과 엮인다, 이젠 충분하다……. 게다가 또 유령 생각이 나 버렸잖아…….

졸음이 몰려왔지만 왠지 텔레비전에서 눈을 뗄 수가 없어 가만히 보고 있으니 화면이 바뀌었다. 검정 바탕에 커다란 글자로,

2 · 26사건

이라는 타이틀이 떴다. 이윽고 내레이션이 시작되었다.

"쇼와 11년 2월 26일 새벽, 육군 제1사단 관하 보병 제1연대, 보병 제3연대, 근위사단 관하 근위보병 제3연대의 청년 장교를 중심으로 한 결기 부대가 당시의 내각총리대신, 내대신, 시종장, 대장대신 등의 중신을 습격, 암살했다. 이것이 2 · 26사건의 시작이다. 결기 부대는 습격 후 병력을 유지하며 정치와 군사의 중심부인 고지마치 · 나가타초황궁, 국회의사당, 내각총리대신, 중의원, 참의원 의장 관저 등이 밀집한 지역 일대를 점거하였다. 그들의 요구는 계엄령을 발포하고 군부가 국정의 주도권을 장악, 그 지휘에 기초하여 정치 부패의 원흉인 중신들을 쫓아내 새로운 내각을 구성하는 것이었다. 그들은 이것을 '쇼와유신'이라고 생각했다.

이 쿠데타의 발생은, 애초 당시 육군 내의 황도파皇道派와 통제파統制派라는 두 개의 거대한 파벌 사이의 심각한 세력 다툼에서 기인한다. 결기한 청년 장교들은 황도파로, 이들과 대치한 당시 육군 중추에는 통제파 장교가 다수 존재했지만, 청년 장교들에게 동정적인 황도파 모임 세력도 적지 않아, 이 기묘한 역학 관계에 의해 사건은 불가사의한 전개를 보이게 된다.

그러나 쇼와 천황은 '중신을 암살한 폭도인 청년 장교들을 단호히 토벌하라'는 의견으로 일관했다. 육군 중추는 결기부대를 반란군으로 인정, 부대를 잇달아 투입하여 공격하는 동시에 하사관과 병사들의 귀대를 촉구했다. 29일에 이르러 청년 장교들은 투항, 사흘간에 걸친 2 · 26사건은 종결한다.

신병이 구속된 결기 부대의 청년 장교들은 즉시 군법 회의에 회부되어 사형이 선고되었다. 변호인도 없고 상소권도 없는 이 재판은 훗날 암흑 재판이라 불리었으나, 이를 통해 육군 내부의 황도파 세력은 일거에 숙청되었다. 그러나 이 사건으로 인해 강력한 무력을 지닌 군부의 국정에 대한 발언권이 현격히 증가했고, 이내 일본은 군부 독주에 의한 전쟁의 시대로 돌입하게 된다—.”

해설과 함께 당시의 신문 지면이나 무장한 군인, 눈이 쌓인 도로를 행진하는 부대 등 스틸 사진이 비춰졌다. 가시철사를 빙빙 감은 것으로 보이는 바리케이드 앞을 걸어가는 병사. 역 앞에 게시된—호외일까—신문을 읽고 있는 사람들. ‘계엄사령부’라는 간판 앞에 총검을 세우고 서 있는 병사. 큰 여관처럼 보이는 건물 앞에 모여 있는 병사들. 멀찍이 둘러서서 보고 있는 사람들. 모든 것이 모노크롬, 흑과 백의 세계다. 화면 구석에 ‘사진 제공—마이니치 신문사’라는 자막이 나온다.

여기서 다시 화면이 바뀌어 스튜디오 세트로 돌아왔다. 이지마 미치루가 클로즈업된다. 카메라가 향하자 그녀는 방긋 웃음을 지었다. 맹한 눈매였다.

“이런 사정입니다만…….” 사이토 아나운서가 말을 꺼냈다. “어때요, 미치루 짱, 지금 본 비디오가 이해됐나요?”

미치루의 어깨가 움찔하며 가슴골이 깊어졌다. “으음—.” 애교 넘치는 목소리를 낸다.

스튜디오는 웃음바다가 되었지만 졸린 눈을 연신 비비던 다카시는 도저히 저 애를 비웃을 수 없다고 생각했다. 지금의 짧은 비디오만으로는 뭐가 뭔지 제대로 알 수 없었기 때문이다. 예비지식이 있는 사람이라면 이해할 수 있겠지만, 느닷없이 '황도파'니 '통제파'니 한들 초심자 귀에는 암호처럼 들릴 뿐이다.

스튜디오의 면면이 밝게 웃고 있을 때, 다른 게스트들과 조금 떨어진 자리에 앉아 있던 중년 남성이 마이크를 끌어당겨 입을 열었다.

"방금 시청한 영상과 해설은 솜씨 좋게 정리되어 있다고 생각됩니다만 저것만으로는 설명이 부족하죠."

명판을 보면 모 대학의 교수인 듯하다. 양복을 제대로 갖춰 입고 하얗게 센 머리도 깔끔하게 다듬어져 있다.

"게다가 오늘 밤 기획의 취지를 살리기 위해서는 2·26사건부터가 아니라 적어도 쇼와 6년에 일어난 만주사변부터 다루지 않고서는 흐름으로서 잘못된 게 아닌가 하고 생각합니다. 육군 내부의 파벌 싸움이 일거에 표면화한 것도 실은 만주사변이 계기가 되어—,"

사이토 아나운서가 가식적인 미소를 지으며 서둘러 비집고 들어갔다.

"아뇨, 아뇨, 다베 선생님. 그 이야기는 조금 더 있다가 부탁드리고 싶네요. 이어서 중일 전쟁의—,"

다베 교수는 알았다는 표정으로 일단 고개를 끄덕거렸다.

"네, 네. 2·26사건 다음 해에 중일 전쟁이 발발합니다만, 그 사이 몇 가지 사건이 일어납니다. 아까 여러분이 몇 번이고 말씀하셨던 군부의 독주가 시작되는 데 결정적인 역할을 했던 사건들이죠. 그렇지만 젊은 분들에게 그 사이의 일들을 이해시켜 드리기 위해서는 조금 더 거슬러 올라가 제대로 설명하지 않으면 안 되는—,"

사이토 아나운서는 다소 들뜬 표정을 지으며 화면 끝으로 시선을 옮겼다. 뭔가 사인이 있었던 모양이다.

"아, 예, 예, 그렇습니까. 그러면 선생님 말씀은 다음에. 여기서 잠시 광고 듣겠습니다."

기다렸다는 듯 보석 전문점 광고가 불쑥 나온다. 갑자기 음량이 커지는 바람에 다카시가 눈살을 찌푸렸는데, 그때 꺼짐 기능이 작동하여 텔레비전이 꺼졌다.

다카시는 눈을 감았다. 하품이 나와 눈가에 눈물이 고였다. 이어질 방송 내용에 흥미가 끌리긴 했지만—그 교수와 아나운서가 내내 아옹다옹할 거라면—일부러 텔레비전을 켜기도 귀찮다.

저 스튜디오에 모여 있는 젊은 사람들이 사회인이든 학생이든 간에 다들 진로가 결정되어 있는 패거리임은 틀림없다. 그렇지 않고서야 평일 야밤에 속 편히 텔레비전 프로그램 같은 걸 견학할 수 있겠는가. 다카시와는 입장이 다른 젊은이들이다.

'나한테, 그런 여유는 없다고. 역사를 되돌아볼 만큼 한가하지 않단 말이야.'

그런 생각을 하다가 몸을 뒤척이며 텔레비전에서 등을 돌렸다. 그러고 얼마 지나지 않아 잠이 들었다.

4

의식 아래에서의 경고.

그것은 어디에서 오는 것일까. 문자 그대로 마음속 깊은 곳일까. 피부 표면에 넓게 장착된 민감한 감지기에 잡혀 복잡한 신경회로를 통해 평상시에는 봉쇄되어 있던 게이트를 빠져나와 마음속—뇌에 도달한다. 이내 적색등이 점멸하기 시작한다. 위험, 위험, 위험.

그러나 신호는 말도 없고 소리도 없다. 다카시를 숙면에서 흔들어 깨운 건 소음이 아니었다. 침대 위에서 번쩍 눈을 떴을 때 방 안은 쥐죽은 듯 고요했다.

다카시는 모로 누운 채 몸을 둥글게 말아 일이 초 정도 잠에서 깬 상태로 눈을 뜨고 있었다. 갑자기 잠이 깨서 놀랐다. 꿈을 꾼 것도 아닌데 왜?

원래 잠이 깊이 드는 체질이다. 한번 잠들고 나면 어지간한 일이 아니고서는 도중에 일어나는 일은 없다. 수험 공부를 하고 있을 때도 그게 고민 가운데 하나였다. 아무리 볼륨을 크게 키우고 라디오를 틀어 놓아도 꾸벅꾸벅 졸기 시작하면 아침까지 깨지 못한다. 옆방에 있다가 소음에 잠이 깬 여동생이 라디오 스위치를 끄고 화가 난 김에 다카시의 등짝에 주먹을 날려도 아침을 먹으며 그런 일이 있었다고 말해 주지 않으면 모를 정도였다.

"누가 죽이려고 해도 오빤 틀림없이 일어나지 않을 거야."

그러나 지금은 다르다. 누운 채로 꼼짝도 못할 만큼 몸이 긴장되었다.

방 안에 누가 있나?

맨 처음 든 생각은 그것이었다. 인기척에 잠이 깬 걸까.

움직이려고 했지만 움직일 수 없다. 눈도 깜박이지 못하고 숨을 죽인 채 주변 소리에 귀를 기울였다. 그러나 들려오는 건 자신의 심장 박동 소리뿐이다. 심장이 귓속으로 치솟아 오른 듯하다.

좋아, 몸을 뒤척여 보자. 가능한 한 아무렇지 않은 척 자연스럽게 움직이는 거다. 그러고는 기척을 살펴보자. 방 안에 누군가 있다면 반응을 하겠지.

눈을 감았다. 몸을 돌리기 위해서는 용기를 쥐어짜야만 한다. 나쁜 예감이 더해갔다. 평소와는 다르다. 뭔가 이상하다, 지금 이 상태는.

하나 둘 셋 하며 몸을 움직이려고 하는데 머리 위 먼 곳 어딘가에서 유리 깨지는 소리가 들렸다. 이에 뒤따르듯 짧게 끊어지는 여성의 날카로운 비명.

다카시는 침대에서 벌떡 일어났다. 어둠에 익숙해지니 실내의 가구와 벽, 창문의 존재를 희미하게나마 인식할 수 있었다. 심장 박동이 고조되는 한편, 등에서 식은땀이 배어 왔다.

일어나는 동시에 반사적으로 손을 뻗어 램프 스위치를 찾았다. 보조 탁자의 전화기와 부딪쳐, 덜커덕 소리를 내며 수화기가 바닥에 떨어졌다.

스위치를 찾아 단추를 누르는 순간 푸르스름한 불꽃이 팍 튀며 램프 전구가 깨졌다. 다카시는 화들짝 놀라 손을 거둬들였으나 손등에 쿡 하고 유리에 찔린 감촉이 전해졌다.

램프 주위로 쉿내처럼 뭔가 타는 듯한 묘한 냄새가 풍겨왔다. 번개와 같은 푸르스름한 실선이 잔상이 되어 눈이 따끔거린다. 합선된 모양이다.

대체 무슨 영문일까? 비명을 지르고 싶어도 목소리가 나오지 않는다. 그때 다시 머리 위에서 무슨 소리가 들렸다. 그 무게가 뱃속 깊이 느껴질 정도로 묵직한 소리다. 천장에서 후드득후드득 뭔가 떨어졌다.

이제는 분별력도 사라지고 판단력도 흐려졌다. 다카시는 허둥지둥 침대에서 내려왔다. 맨발로 바닥을 디뎠을 때 아까 깨진 램프의 파편을 밟고 말았다. 오른 발바닥에 유리 조각이 박혔다. 다카시는 균형을 잃고 문을 향해 뛰어갔다.

체인을 벗기고 손잡이를 쥐었을 때 어쩐지 따뜻하다는 감촉이 순간적으로 느껴졌다. 그러나 깊이 따질 틈도 없이 일단은 복도로 뛰쳐나갔다.

복도는 온통 연기로 가득 차 있다. 그렇지만 조명은 모두 꺼져 있었다.

하얀 연기 너머 왼쪽으로 '비상구'라는 푸르스름한 램프가 희미하게 보였다. 오른쪽 끝에서 불과 이 미터 정도 떨어진 곳에 위치한 창문이 새빨갛게 물들고 있었다.

무릎이 후들거리더니 곧 온몸이 떨리기 시작했다. 팽팽하게 당겨진 와이어를 흔든 것처럼 온 신경이 동요하고 있다. 공포에 압도당했다.

화재다. 어떡하지. 호텔이 불타고 있다.

왜 비상벨이 울리지 않은 걸까. 스프링클러는 왜 작동하지 않았을까. 호텔 직원들은 뭘 하고 있는 거지.

옴짝달싹 못한 채 쓸데없이 머리만 굴리는데 무릎에서부터 힘이 빠지기 시작한다. 갑자기 오열이 북받쳐 왔다. 이 호텔에는 방화설비 같은 게 없다. 그런 건 애초부터 없었다. 이 호텔은 묘지니까.

연기가 점점 짙어져 갔다. 숨쉬기가 힘들다. 피부에 열기가 분명하게 느껴졌다. 비틀거리며 벽에 기대자 깜짝 놀랄 만큼 뜨거웠다.

다카시는 튕겨나가듯 벽에서 떨어져 자세를 바로잡고 희미하게 빛나는 비상구로 향했다. 유리를 밟은 오른발에 쿡쿡 찌르는 통증이 느껴졌다. 앞으로 고꾸라지듯 몸을 숙여 바닥에 양손을 댔다가 바닥과 가까울수록 숨쉬기가 편하다는 걸 깨달았다. 호텔에서 화재가 발생했을 때 자세를 낮추고 탈출하라는 얘기를 텔레비전에서 본 적이 있지 않나.

다카시는 기어서 복도를 나아갔다. 이층에는 다른 투숙객이 없는 모양이다. 그래도 혹시나 싶어서 "불이야! 불" 하고 소리를 질러 봤지만 답하는 목소리도 움직임도 없었다.

얼마 되지도 않는 비상구까지 기어가는 동안 이마에서 흐른 땀이 턱에 맺혔다. 연기가 연신 눈을 찌른다. 앞으로 칠 미터, 오 미터.

다카시는 이따금 고개를 들어 비상구의 불빛을 확인하며 눈물을 머금은 채 조금씩 조금씩 나아갔다. 코로 숨을 들이마시니 지독히 뜨겁다. 그렇다고 입으로 숨을 내쉬면 그때마다 기침이 터져 나온다.

앞으로 일 미터.

드디어 비상구 근처까지 왔다. 다카시는 벌떡 일어났다. 이때만은 오른발의 아픔도 잊었다. 움켜쥘 듯이 손잡이를 잡았을 때—,

비명을 지르며 뒤로 털썩 물러났다.

손잡이가 달궈져 있었다. 마치 다리미 같다. 손바닥이 빨개지며 여린 피부가 하얗게 부풀어 올랐다.

이래서야 문을 열지 못한다. 열 수 없다. 열리지 않는다. 밖에 나갈 수 없다.

그런 다카시를 보고 안됐다는 듯 불빛이 세 번 깜빡거리더니 비상구의 푸르스름한 불빛이 순간 꺼져 버렸다. 이제 복도를 비추는 건 반대쪽 창문에서 물들고 있는 새빨간 화염뿐이다.

"제기랄!"

무릎이 후들거린다. 다카시는 뒤를 돌아보았다. 끝이다. 손잡이가 저리도 뜨겁다니 저편도 불바다가 되었음이 틀림없다. 쓰레기장의 쓰레기들이 활활 타올라 화염이 난간을 휘감고 있으리라.

안전한 바깥, 2월의 차가운 밤기운 속으로, 깊이 호흡하는 게 아무렇지도 않은 공기 속으로, 겨우 벽 하나, 문 하나만 통과하면 빠져나갈 수 있는데.

잿빛 연기가 복도를 메우며 눈을 찔러와 연신 눈을 깜빡여야 했다. 다카시는 비상구에서부터 다시 엉금엉금 기어 간신히 엘리베이터 근처로 돌아왔다.

이럴 때 엘리베이터는 위험하다. 어차피 움직이지도 않지만. 불꽃으로 물든 창문은 말할 나위도 없으리라. 바깥은 화염 지옥일 테니.

어떻게 일어난 화재일까. 발화 장소는 어디인가. 호텔 건물 전체가 빵 굽는 화덕처럼 되어 버렸다.

다카시는 전력을 다해 침착하자고 다짐했다. 남은 방법은 두 가지. 엘리베이터 바로 옆에 있는 직원용 계단을 통해 아래로 내려가든가, 방으로 돌아가 창을 깨고 이층 높이에서 바닥으로 뛰어내리든가.

다행히 이곳 객실 문은 자동 잠금 장치 같은 시스템이 아니라서 202호실로 돌아갈 수 있다.

방으로 돌아가자. 바로 결정했다. 계단도 틀림없이 굴뚝처럼 되어 있을 터였다. 무리해서 내려간다 한들 그곳이 어떤 상태일지 알 수 없다.

다카시는 마음을 굳히고 자리에서 일어났다. 이제 엎드려 있어도 숨을 쉬기가 괴롭다. 엘리베이터 앞을 재빨리 지나 방으로 뛰어드는 거다. 유일하게 남은 안전한 탈출구임을 보증이라도 하듯, 꼼짝 않고 닫혀 있는 202호실 문이 연기 저편으로 희미하게 보인다.

발을 내디뎠다. 두 걸음. 바로 엘리베이터 정면이다. 그 순간 자기도 모르게 눈이 감길 정도로 뜨거운 바람이 불어 닥치며 옆구리를 때렸다.

다카시는 반사적으로 그쪽을 쳐다봤다. 양편으로 닫혀 있는 엘리베이터 문 사이에 새빨갛게 보이는 틈이 있다. 애당초 딱 닫히지 않는 문이다. 모든 것이 아귀가 맞지 않는 호텔이었으니까.

그렇지만 저 정도로 틈이 벌어져 있었나? 게다가 이 뜨거운 바람은 뭐지?

위험하다.

이때 내디딘 발은 상처 입은 오른발이었다. 만약 이 오른발이 멀쩡하여 체중을 힘껏 실을 수 있었다면 망설임 없이 엘리베이터 앞을 지나쳤으리라. 그러나 열풍이 온몸을 할퀴는 가운데 오른발 안쪽의 날카로운 통증이 분명하게 느껴져 멈칫했다. 체중이 왼발에 실리는 순간 균형을 잃고 엉덩방아를 찧은 다카시는 다리를 버둥거리며 뒷걸음질 쳐서 엘리베이터 앞을 벗어나다가 결국 바닥 위로 뒹굴었다.

다음 순간, 엘리베이터 문이 휙 날아갔다.

바닥에 쓰러진 다카시의 눈에도 한쪽 문이 ㄴ자로 뒤집혀 복도 천장까지 날아가는 게 또렷이 보였다. 문을 부순 폭풍은 불길과 함께 복도에 불어 닥쳐 귀가 멍해질 만큼 시끄러운 소리를 내며 천장까지 날아올랐다.

눈앞에서 날아간 엘리베이터 문은 202호실 문과 부딪쳐 그곳을 막아 버리고 말았다. 엘리베이터를 묶고 있던 와이어 몇 가닥이 폭풍에 흩날려 펄럭펄럭 어지러이 날리고 있다. 마치 다카시에게 이젠 안녕이라고 고하듯.

다카시는 기겁하여 주저앉은 채 사방에서 타들어 가는 불길을 멍하니 바라보는 수밖에 없었다. 지금의 폭풍을 직격으로 얻어맞지 않고 무사한 게 오히려 신기할 정도였다.

이젠 끝이다.

나는 죽는다—라고 생각했다. 단순한 체념이 아니라 모든 스위치가 끊어지며 기능 정지 상태가 되고 말았다. 공포조차 느껴지지 않는다.

숨을 들이마셨더니 목이 칼칼하다. 코털이 타들어 가는 게 느껴졌다. 머리카락이 가슬가슬해졌다. 머리가 몽롱해지며 이상하게 졸음이 몰려왔다. 정신을 잃는 걸까. 여동생의 말처럼 잠이 든 채 죽음을 맞이하게 되는 거라면, 그것도 나쁘지 않다.

안녕이다. 더 이상 가족이나 친구와 만날 수 없다. 이런 식으로 죽게 되다니 상상도 못했다. 아무리 초라하고 한심하기 이를 데

없는 인생이지만 자신에게도 미래가 기다리고 있으리라 여겼었다.

그런데 여기서 불타 죽어 간다. 운명이란 잔혹하다. 이렇게 죽게 되면, 어째서, 어떤 원인으로 이런 화재가 일어났는지, 이유조차 알지 못할 텐데.

신문에는 뭐라고 나올까. 아버지—다이헤이는 어떻게 생각할까. 자기 탓이라고 여길까. 그게 아니면 노후한 호텔을 소개해 준 지인을 원망할까.

바닥이 뜨겁다. 엉덩이도 뜨겁다. 온몸이 뜨겁다. 이젠 눈도 뜰 수 없다. 천장은 이미 불길이 나다니는 통로가 되었다. 어디에도 퇴로는 없다. 다카시는 눈을 감았다.

그때 갑자기 등 뒤에서 누군가 자신의 어깨를 붙잡았다.

다카시는 눈을 뜨지 않았다. 착각이겠지. 화염에 그슬린 감촉 때문에 착각한 거다. 그러나 어깨를 붙잡은 손은 이번에는 다카시를 흔들기 시작했다.

"어이, 정신 차려!"

화를 내는 듯한 목소리가 귓가에 울린다. 덕분에 다카시 안에 희미하게 남아 있던 힘으로 간신히 눈을 뜰 수 있었다.

그 중년 남성이다.

젖은 수건으로 입을 감싸고 있지만 이마도 볼도 벌겋다. 잠옷 차림이 아니라 셔츠와 재킷을 제대로 차려 입고 있다. 어깨와 머리카락은 그슬려 있고 두 눈은 충혈되어 새빨갛다.

'이런 순간에도 나는 그 아저씨의 환영을 보고 있구나.'

흐릿한 의식의 표면에서 그의 목소리가 미끄러지고 있다.

"정신 차리라고. 지금 구해줄 테니까. 괜찮아? 내 목소리 들려?"

들리긴 했지만 몸이 움직이지 않는다. 대체 어떻게 날 구해주겠다는 건가?

"손 내밀어 봐."

남자가 손을 뻗어 다카시의 오른쪽 팔꿈치를 꽉 쥐었다.

"내 옷을 잡고 있어. 어디든 상관없으니까 잡으라고. 잡아, 꽉!"

다카시의 팔을 잡아당겨 재킷 소매 쪽으로 이끈다. 흐릿한 눈에, 붉게 물들어 부푼 듯한 손끝이 가까스로 움직이는 모습이 보인다.

다카시는 남자의 재킷을 붙들었다. 감각이 무뎌진 손가락에 재킷의 울 감촉이 전해진다.

별안간 강한 힘이 팔을 잡아당겼다. 몸이 앞으로 쏠리더니 가뿐히 들어 올려진 느낌이 들었다. 어디로 가는 걸까? 어느 쪽으로? 도망칠 곳 따윈 없는데.

순간 모든 것이 사라졌다. 주변이 새카매졌다.

암전.

블랙아웃. 암흑이 찾아와 다카시를 에워싼 게 아니라, 다카시 쪽이 암흑 속으로 뛰어든 기분이다.

주위의 열기가 사라졌다. 순식간에. 그러나 피부에 남아 있는 열기가 여전히 그를 그슬리고 있다. 머리가 뜨겁고 볼이 따끔하다. 잠옷 바지 어딘가가 찢어졌는지 장딴지가 그대로 노출된 것 같다.

너무 아프다. 화상을 입었다. 그러고 보니 비상구 손잡이를 잡았던 오른 손바닥도 욱신거린다.

죽는다는 건 이렇게 암흑 속으로 날아드는 걸까. 그런데 왜 뜨거움과 통증은 그대로지. 찢어진 잠옷의 소매가 펄럭이며 손목을 쳐서 그 감촉이 느껴진다—. 어째서 펄럭일까.

나는 움직이고 있다. 이동하고 있다. 따가운 볼에 살랑거리는 바람이 희미하게나마 그 사실을 알려 주고 있다.

아니, 바람은 아니다. 공기의 움직임이 아니다. 다카시의 몸이 둥실둥실 떠 있기 때문에 마치 미풍에 흩날리는 느낌이 드는 것이다.

대체 어디로 가고 있는 걸까.

눈을 떠 보려고 했다. 그렇지만 눈꺼풀이 움직이지 않는다. 아무리 해도 안 된다. 마치 풀을 바른 것처럼.

몸을 감싸고 있던 열기가 점점 옅어져 갔다. 그에 발맞추어 군데군데 뜨겁고 아픈 부위가 분명해진다. 상처 입은 부위다. 생각보다는 얼마 안 된다. 오른 손바닥과 오른쪽 어깨 부근. 양 볼과 이마, 장딴지, 손끝, 발 안쪽, 오른발 안쪽은 유리를 밟아 생긴 상처의 통증. 아직도 피가 나고 있다. 느껴진다. 통증이 분명하다.

살아 있다는 증거다. 나는 살아 있는 걸까?

몸은 공중을 떠돌고 있다. 오른손이 무언가를 붙잡고 있다. 절대 놓지 말라는 얘기를 듣고 붙잡았다. 뭐였지? 뭘 놓지 말라고 한 거지? 그건 누구지?

머리가 혼란해져 의식이 희미해진다. 지독히 졸리다. 잠이 들 것 같다.

거기서 툭 하고 의식이 끊겨—,

다카시는 정신을 잃었다. 시간 개념도 사라졌다. 자기 안의 암흑 속으로 빠져들었다.

이윽고 굴러떨어진다. 몸이 낙하해 간다. 그 느낌이 다카시를 깨운다. 귓가에 허공을 가르는 바람 소리가 들려온다. 차가운 바깥 공기가 손끝에 닿는다.

아래로, 아래로, 아래로. 점점 떨어지고 있다. 찢어진 잠옷이 펄럭인다. 이번에는 정말로 펄럭이고 있다. 눈을 뜰 수가 없다. 강한 맞바람이 얼굴을 때린다.

아래로.

돌연 쿵 하고 둔탁한 소리와 함께 지면에 나뒹굴었다.

오른쪽 어깨부터 떨어졌다. 너무 아파서 잠깐 동안 숨을 쉴 수가 없었다.

본능적으로 몸을 둥글게 만 덕분에 머리는 세게 부딪히지 않았다. 고통의 파도가 지나갈 때까지 한동안 그 자세로 움직이지 않고 눈을 감은 채 가만히 있었다. 의식의 공백 속으로 새카만 파도가 천천히 밀려와 다카시를 감쌌다.

그 파도는 이번에는 금세 물러갔다. 머리에서부터 발끝까지. 진짜 파도처럼 물러나는 소리마저 들리듯 분명히.

다카시 안으로 현실감이 되돌아왔다.

눈을 감은 채 한참을 엎드려 있었다. 이러고 있으면 누군가가 구하러 오겠지.

땅에 닿은 부분이 지독히 차갑다. 마치 얼음 같다. 화상을 입은 이마와 볼은 시원해져 기분이 좋았다. 팔을 내밀어 오른 손바닥을 지면에 댔더니 고통이 시원스레 물러났다.

아무리 2월이라 해도 아스팔트 지면이 이렇게 차가웠던가. 게다가 이렇게 부드러운 감촉이라니.

춥다. 이제는 전신에 한기가 돌았다. 나풀나풀 차가운 뭔가가 몸 위로 떨어져 내리고 있다.

눈을 깜빡여 보려 했지만 잘되지 않는다. 속눈썹이 타서 그렇겠지.

몸을 움직이려고 하니 자기도 모르게 신음이 새어 나온다. 눈을 감고도 어질어질하여 구역질이 올라온다. 전부 그만두고 다시 바닥에 엎드렸다.

잠깐 시간을 두고 이번에는 그나마 덜 아픈 왼쪽 팔로 땅을 짚으며 무릎을 끌어올려 신중하게 몸을 일으켜 봤다. 간신히 엉거주춤 앉을 수 있었다. 오른손으로 얼굴을 비볐다.

눈이 뜨였다.

맨 처음 눈에 들어온 건 온통 하얀 지면이었다. 반짝거리는 하얀 지면. 그 위에 주저앉아 있다.

눈을 깜박일 때마다 희미하던 시야가 조금씩 분명해졌다. 지면은 여전히 하얗다. 온몸을 감싸는 한기는 얼어붙을 정도로 더해오고 정수리와 이마, 뺨으로 나풀나풀 떨어져 내리는 차가운 가루의 감촉도 사라지지 않는다.

착각이 아니다. 머리가 이상해진 게 아니다.

다카시는 머리를 들어 올렸다. 잿빛으로 뒤덮인 하늘에서 무수한 파편이 하얗게 빛나며 떨어지고 있었다.

눈이다. 눈이 내리고 있다.

5

믿기지 않아 다카시는 멍하니 입을 벌리고 머리 위를 계속 응시했다. 눈이 잇달아 내려온다. 큼지막하고 탐스러운 함박눈이다. 땅 위에도 쌓여 갔다. 군데군데 산처럼 솟아 있는 데는 숲이라도 있는 걸까.

등 뒤로 인기척이 들려 흠칫 뒤돌아보았다. 그러나 뭔지 파악하기도 전에 누군가의 팔이 그의 잠옷 소매를 붙잡고는 난폭하게 끌어당겼다. 다카시는 커다랗게 눈덩이가 쌓여 있는 뒤쪽으로 끌려

갔다.

소리를 지르려 하자 다시 손이 튀어나와 다카시의 입을 막더니 조용히 속삭인다.

"목소리를 내면 안 돼."

그때 위쪽 어디선가 불이 팍 켜졌다. 덜커덕덜커덕 창문을 여는 듯한 소리가 들린다.

"뭐지, 방금?"

남자 목소리가 그렇게 말했다.

깜짝 놀라 소리를 지를 뻔했지만 그걸 예상했는지 등 뒤의 팔이 단단히 죄어 와 다카시를 꾹 눌렀다.

목소리를 내지 말라고 했던 이유는 방금 목소리의 주인에게 들키지 않기 위해서인가? 대체 왜? 도움을 요청해야 마땅한 상황 아닌가. 호텔 화재에서 도망쳤을 뿐인데 왜 숨어야 하는 걸까?

"고양이 같은 게 지붕에서 뛰어내렸나 보죠."

이번에는 여자 목소리다. 살짝 높은 톤에 매력적인 어조였다.

"눈이 많이 내릴 것 같군."

남자가 그렇게 말했다. 창문 닫는 소리가 난다. 불은 한동안 켜져 있었다. 다카시는 여전히 목덜미를 죄인 채였다.

이윽고—오 분 정도 지났을까—불이 꺼졌다. 그로부터 열 정도를 세고 나서야 겨우 다카시를 죄던 팔이 풀렸다.

등 뒤에서 누군가가 다가오더니 그 중년 남성—그렇다, 그 사람이었다—이 다카시의 얼굴을 빤히 바라보며 "괜찮아?" 하고 소곤거리는 목소리로 묻는다.

그도 얼굴이 그슬려 있다. 옷 여기저기에 탄 자국들. 화상은 심하지 않다. 코끝이 조금, 그리고 눈썹이 그슬린 정도다.

"온몸이 찢기는 것 같아요."

남자의 목소리를 따라 다카시도 자연스레 목소리가 작아졌다. 남자의 진지한 얼굴과 태도를 보고 있으니 그러는 편이 낫겠다 싶었다.

"저희, 창문에서 뛰어내린 거죠?"

달리 도망칠 수 있는 방법이 없었으니까.

"아저씨가 저를 끌어당겨서 어딘가 창을 깨뜨려 뛰어내렸죠? 어떻게 그게 가능했는지는 모르겠지만. 엘리베이터에서 떨어진 어느 방, 그러니까 204호실 같은 데서 뛰어내린 건가요?"

남자는 잠자코 다카시를 바라보고 있다. 그슬린 눈썹에 눈가루가 달라붙으며 점점 하얘졌다. 평소 같으면 웃음을 터뜨렸을 법한 광경이었지만, 다카시는 웃을 수 없었다.

묘하다, 이 분위기. 게다가 소방차 사이렌은 왜 들리지 않을까. 구급차의 불빛도 보이지 않는다. 구경꾼도 없다.

무엇보다 불타고 있는 히라카와초이치반 호텔은 대체 어디에 있는 걸까?

"저……,"

무슨 말이라도 꺼내 보려 했지만, 남자는 말없이 조금 전 창문이 열렸다 닫히며 목소리가 났던 쪽으로 짧은 턱을 추켜올렸다.

다카시도 그쪽을 바라보았다.

잿빛 구름에 가려진 밤하늘에서 쏟아지는 함박눈 사이로 검은 건물 그림자가 떠올랐다.

이 층 건물이다. 반원 아치형으로 만들어진 현관에 노란 빛을 내는 조그만 등불이 켜져 있다. 세로로 긴 창과 격자로 세심하게 마감된 멋진 창이 몇 개 보였지만 지금 불이 켜져 있는 곳은 이층에서 가장 떨어진 구석자리뿐이다.

잠시 시선을 떼고 건물의 윤곽을 그려 봤다. 머릿속은 여전히 쇼크로 뒤죽박죽이었지만 묘하게도 이 건물은 기억이 날 것만 같다. 어디선가 본 적이 있다는 생각이 막연히 든다.

근래 도쿄에서는 보기 드문 서양식 건물이다. 박물관이나 은행 본점 같은 분위기가 난다. 그리 크진 않지만 중앙에 삼각 지붕이 어엿이 얹힌 시계탑이 있다. 게다가 이 빨간 벽돌로 된 외벽—.

머리에 쌓인 눈을 그대로 둔 채 남자가 나지막이 이야기했다.
"호텔 엘리베이터 옆에 이 건물의 사진이 붙어 있지. 본 적 없나?"

다카시는 앗 하고 소리칠 뻔했다.

그렇다. 알고 있다. 작은 흑백 사진이었지만 분명히 머릿속에 담아 두었다. 비뚤비뚤한 글씨도 씌어 있었다.

남자가 천천히 말을 이었다. "가모 저택. 그렇게 씌어 있었을 거야."

가모 저택. 맞다. 육군대장 가모 노리유키의 사진도 함께 걸려 있었다. 얼굴도 떠올릴 수 있다. 지금 앞으로 보이는 저 건물은 분명 그의 집, 그의 저택이다.

다카시는 남자의 얼굴을 쳐다봤다. 둘 다 눈으로 뒤덮여 얼굴이 창백했다. 입술도 새하얗다.

"그건…… 그렇지만……."

"쇼와 23년1948년에 촬영된 거지."

"그래요, 그러니까 아저씨가 방금 한 말은 정확하지 않아요. 그 사진은 '구 가모 저택'이죠."

다카시는 건물을 올려봤다. 그제야 약간이나마 웃을 수 있었다.

"아, 그렇구나. 가모 저택이라는 건물을 새로 지은 거군요. 복구했구나. 히라카와초이치반 호텔 근처에 있는 건가요? 이런 건물이 있었다니 전혀 몰랐어요."

남자는 눈을 내리깔고 있다. 다카시는 입가에 희미하게 떠오르는 웃음을 맛보았다. 만약 저 웃음에 맛이 있다면 틀림없이 지독하게 쓴맛이리라.

"왜 그러세요? 제가 뭐 이상한 말이라도 했나요?"

남자는 천천히 고개를 저었다. 희미한 웃음은 여전했지만 다카시를 비웃는 건 아닌 듯싶었다.

"이상한 말을 해서가 아니야. 사실이 이상한 거지. 자네에게 있어서는."

"무슨 말인가요?"

남자는 창문 쪽으로 슬쩍 눈을 돌려 동태를 살피는 모습을 보이더니 말을 꺼냈다. "얘기하자면 길어. 이렇게 있다간 얼어 죽겠는데. 여기는 앞뜰이라 사람들이 수상하게 볼 위험도 있고. 건물 옆을 지나면 뒤뜰이 나와. 거기에 장작을 넣어 두는 오두막이 있으니까 일단 가서 좀 쉬자고."

남자는 다카시의 온몸을 검사하듯 살펴봤다.

"옷을 구하고 치료도 좀 받아야겠어. 일단 이동하자."

다카시는 엉거주춤 일어나려는 남자의 소매를 붙잡고 말했다.

"잠깐만요. 어째서 오두막 같은 데 숨지 않으면 안 되죠? 나가서 도움을 받아야겠어요. 큰 화재였으니까 구급차랑 소방차가 몰려왔을 거예요. 나, 병원에서 치료를 받아야 한다구요."

"구급차나 소방차가 와 있는 기미라도 보이나?"

무뚝뚝한 남자의 말에 다카시는 말문이 막혔다.

"뭔가 착오가 있어서……."

"그럼 이 눈은?" 남자는 손바닥을 내밀어 함박눈을 받았다. "밤새 이렇게 눈이 쌓였다고 생각해?"

"자고 있었으니 몰랐겠죠. 눈이 요란하게 오는 것도 아니고."

한숨을 쉬더니 이번에는 분명하게 쓴웃음을 지으며 남자가 말했다. "그럼, 히라카와초이치반 호텔은 어디에 있지? 보여? 자네가 말한 대로 엄청 큰 화재였지. 연기가 피어오르고 하늘이 붉어졌을 거야. 어느 방향인지 금세 알 수 있겠지. 자, 어느 쪽인가?"

그런 식으로 심술궂게 말하지 않더라도 다카시 역시 이상하다고 느끼는 중이다.

뭐랄까, 말도 안 되는 사기에 걸려든 기분이다. 장기 말 속에 뒤

섞여 버린 체스의 말처럼, 다카시 혼자만 규칙이고 뭐고 아무것도 몰라 상황을 이해하지 못하고 있다.

"……호텔, 안 보이네요."

마지못해 인정했다. 이내 공포가 밀려왔다.

"우리 지금 어디에 있는 건가요? 말해 줘요. 아저씨는 저를, 그 호텔에서 어디로 데려온 거죠?"

엉거주춤 서 있던 남자가 다시 바닥에 앉았다. 설명하지 않으면 다카시가 움직이지 않으리라 여긴 모양이다.

"다시 한번 말하지. 그 사진은 말이야, 쇼와 23년 가모 저택이 헐리기 직전에 촬영된 거야."

"예, 들었어요. 쇼와 23년. 저 같은 건 태어나지도 않은 아주 오래전."

다카시는 꿀꺽 침을 삼켰다.

"쇼와 23년의 건물이 어째서 지금 여기에 있죠?"

남자는 다카시의 눈을 응시하며 대답했다. "지금은 쇼와 23년 이전이니까."

그런 바보 같은, 이라고 말하려는 다카시의 입을 막으려는 듯 남자가 재빨리 말을 이었다.

"화재 속에서 달리 도망칠 방법이 없었어. 믿을 수 없다는 건 잘 알아. 하지만 사실이야."

"대체 뭐가 사실이라는 건가요?"

남자는 다카시를 계속 응시했다. 가볍게 숨을 들이마시더니, 하얀 숨을 토해 내며 말했다.

"우리는 타임트립을 했어."

타임트립?

남자는 아무 말도 없는 다카시를 향해 뭔가 켕긴다는 표정을 지었다.

"난, 시간 여행자야."

6

시, 간, 여, 행, 자.

잠깐 동안 다카시의 머릿속에서 그 말은 아무런 의미를 갖지 못하고 각각의 음으로 존재했다. 너무나도 갑작스런 단어였다. 갑작스러울 뿐만 아니라 난데없다.

겨우 목소리가 나왔다. "시간……,"

"여행자"라고 남자가 뒤를 이었다.

"그러니까, 그, 타임 트래블러……, 라는 뜻?"

"한자보다 외래어 쪽이 낫다면 그렇게 불러도 괜찮아. 난 별로 좋아하진 않지만."

"그런 게 세상에 있을 리 없잖아요."

다카시는 상대방에게 말했다기보다 스스로에게 중얼거렸다. 웃음을 지어 보려 했지만 화상을 입은 뺨이 당겨서 몹시 아팠다.

“무슨 소설도 아니고. 대체 어떻게 타임트립을 했다는 거죠? 라벤더 향이라도 맡았나요?”

“라벤더?”

“『시간을 달리는 소녀』 말이에요. 몰라요? 타임 트래블러가 나오는 소설. 정말 재밌는데.”

머리카락에 붙은 눈을 털어내며 남자는 고개를 저었다. “시간 여행에 대해 어설프게 다루는 소설이나 애들 취향의 과학책 따위는 절대 안 보기로 마음을 단단히 먹어서 말이지.”

“거짓말.” 다카시는 단단히 각오하고 아픈 뺨을 일그러뜨리며 심술궂은 표정을 지었다. “그런 책들을 잔뜩 읽고서 자신의 망상을 만들어 내는 데 참고한 주제에.”

남자는 잠자코 다카시의 얼굴을 쳐다봤다. 한참을 그러고 있었다. 그 표정에는 깊은 어두움이 담겨 있었다. 다카시는 자기 말이 너무 심했나 싶었다.

“어쨌든 장소를 옮기지.” 남자는 목소리를 죽여 말했다. “정 내 말을 믿지 못하겠다면 어디든 다른 곳에 도움을 청해도 상관없어. 다만 그럴 경우 자네의 안전은 보장할 수 없네.”

말투는 엄격했고 얼굴도 경직되어 있다. 뭔가 두려워하는 인상이다.

“잠옷 차림에……그것도 1994년에 잠옷 차림으로 호텔에 불이 나서 도망쳤는데 경찰을 불러 주세요, 집에 연락 좀 해 주세요, 라고 말해 보라고. 어떻게 될지."

"어떻게 되는데요?"

"볼 것도 없이 경찰에 끌려가 병원에 감금되려나……." 남자의 말투는 음침한 선율의 노래를 부르는 것 같았다. "어쩌면 사살될지도 모르지."

다카시는 콧방귀를 꼈다. 정말 이 인간 어떻게 된 거 아냐? "총을 쏜다고요? 그런 바보 같은. 전 범죄자가 아니라고요. 경찰관이 미쳤다고 절 쏘겠어요?"

"경찰이 그런다고는 하지 않았어."

남자가 왼쪽 손목에 찬 고풍스러운 모양의 시계를 슬쩍 들여다봤다.

"그나마 최악의 상황이 닥치기 전까지는 시간이 좀 있어. 기껏해야 한 시간 정도지만."

"무슨 말인지 도무지 모르겠어요."

남자는 다카시의 말 따위 아랑곳하지 않고 신중하게 주위를 살피며 일어섰다. "어쨌든 나는 오두막으로 가겠어. 몸이 얼어 버릴 거 같아."

가모 저택 앞뜰은 새하얀 눈으로 뒤덮여 있다. 고요한 가운데 소복소복 눈 쌓이는 소리만 들린다. 방금 전 불빛이 새어 나오던 이층 끝 창도 지금은 캄캄해졌다. 둘이 이야기하는 사이에 꺼진 모양이다.

갑자기 온몸에 소름이 돋았다.

여기서 저 남자와 비현실적인 대화를 나누는 사이에 저 건물 안 누군가가 불을 켰다가 끈 것이다. 밤에 뭔가 일을 하다가 그게 끝나, 자야지 하는 그런 상황일지도 모른다.

너무나 당연하다는 듯 사람이 움직이고 있다. 호화로운 저택은 무대장치가 아니며 저 안에 있는 사람은 배우가 아니다. 단지 다카시와 남자의 존재를 모르고 있을 뿐.

혹시라도 두 사람의 존재를 알게 된다면—.

'어떤 소동이 벌어질까?'

모르긴 해도 "호텔 화재에서 도망치셨다고요. 저런, 얼른 구급차를 부르죠"라고 말하지는 않으리라. 애당초 여기가 히라카와초 이치반 호텔 근처였다면 이 저택에 사는 사람들이 이토록 평화롭게 잠들어 있을 리가 없다. 다들 벌떡 일어나, 불이 옮겨 붙지나 않을지, 폭발이 일어나지는 않을지 걱정하며 혼란스러운 모습으로 지켜볼 것이다.

그런데도 현실은 이렇다. 이다지도 조용하고, 이다지도 평화롭다.

호텔 근처가 아니다. 다카시와 남자는 호텔 창문에서 뛰어내리지 않았다. 이곳은 다카시가 모르는 장소다. 게다가 뭔가 당치도 않은 이상한 일이 벌어지고 있다.

아니, 그게 아니라 여기에서는 다카시와 남자의 존재가 이상한 걸까?

눈을 들어 보니 남자는 여전히 엉거주춤한 자세로 정원수를 지나 건물 뒤로 가고 있다. 다카시는 그 뒤를 쫓기 위해 급히 몸을 일으켰다.

그러나 일어서자마자 어지러움을 느끼고 비틀거리다가 결국 얼굴부터 정면으로 눈 속에 처박히고 말았다. 무릎이 꼭 스펀지라도 된 것 같다. 전혀 힘을 줄 수가 없다.

눈 속에서 일어나려고 버둥거리는데 남자가 다가와 일으켜 주었다.

"이상해요." 다카시가 비틀거리면서 말했다. "연기를 마셔서 그런가."

남자는 침착했다. "아니, 타임트립 후유증이야."

남자에게 업히다시피 한 자세로 겨우 일어났다. 몸 안에 있는 모든 뼈가 부드러운 빵으로 변해 버린 것 같다.

"타임트립은 신체에 상당한 부담을 주지. 회복하는 데 시간이 제법 걸려. 어딘가에 누워 있으면 좋을 텐데."

"아저씨는 괜찮아요?"

"나도 힘들어. 그렇지만 제법 적응이 됐고 어느 정도 준비도 했으니까."

"준비?"

"그 얘긴 나중에 하지."

두 사람은 비틀거리며 가모 저택과 건물 외곽을 둘러싼 울타리—지금은 눈으로 새하얗게 뒤덮여 있다—사이를 지나 뒤뜰로 돌아갔다. 눈빛 속으로 남자가 말한 작은 오두막이 보였다. 판자를 덧대 엉성하게 만든 오두막이다.

뒤뜰은 앞뜰보다 훨씬 좁았고 오두막의 함석지붕 차양이 울타리 위를 덮을 것 같은 상태였다.

다카시는 그제야 처음으로 주위의 경치를 둘러보았다.

잿빛 밤하늘과 흩날리는 눈. 저택 뒤쪽을 에워싼 커다란 나무숲. 상당히 제한된 시야 안에 눈에 띄는 건물은 전혀 안 보인다. 그저 포장되지 않은 한 줄기 길이 숲 사이를 관통하여 가모 저택 뒤를 돌아 오른쪽으로 향하고 있을 따름이다.

흩날리는 눈발을 막기 위해 깜빡거리던 다카시의 눈에 하얀 나뭇가지들 틈으로 아스라이 반짝이는 불빛 한두 개가 보였다.

"저건 뭐예요?"

되도록 소리를 내지 않으려고 조용히 문을 열던 남자가 다카시의 시선을 좇더니 바로 답했다.

"육군성 창문."

다카시의 몸을 지탱하면서 다시 힐끗 시계를 본다. "이 시각이면 아직 불빛은 저 정도겠군."

다카시는 멍한 상태로 잠자코 남자의 옆얼굴을 보고 있는 수밖에 없었다. 방금 들은 단어가 귓속에서 연거푸 울렸다. 육군성, 육군성, 육군…….

어젯밤 어디선가 이 단어를 들은 기억이 있는데. 어디더라? 누구한테 들었지? 육군? 현대 일본에서 이 말은 사어死語다. 존재하지 않는 단어. 육군성? 후생성이랑 착각한 게 아닐까.

오두막 앞에 쌓인 눈 때문에 좀처럼 문이 열리지 않는다. 겨우 한 사람이 지나갈 수 있을 만큼 열리자 남자는 먼저 다카시를 밀어 넣고 슬쩍 주위를 둘러보더니 곧 자기도 오두막 안으로 들어왔다.

다행히 오두막 바닥에는 판자가 깔려 있어 땅바닥 신세를 면했다. 다카시는 다다미 넉 장 반 정도 되는 오두막 한가운데 쌓인 장작더미 앞에서 쓰러질 듯 주저앉아 등을 기댔다. 어지럼증이 심했다. 조금 움직였을 뿐인데도 자신이 어디에 있는지 알 수 없었다.

코끝에 나무의 습한 냄새가 풍겨 온다. 등 뒤에 닿는 울퉁불퉁한 것들은 틀림없이 장작더미다. 꺼내기 쉽고 습기가 차지 않도록 열 개 묶음으로 엇갈리게 쌓아놓았다.

혼란스러운 와중에도 그 사실—그것이 지시하는 바가 천천히 머릿속에 스며들었다. 전기로 물을 데우는 이 시대에, 도쿄 한가운데에서 이다지도 많은 장작이 왜 필요하단 말인가.

남자의 말이 새삼스레 되살아났다. 쇼와 23년보다도 이전, 지금 우리가 있는 곳은 쇼와 23년보다도 이전.

정말로 타임트립을 했단 말인가?

오두막은 곳간도 겸하는지 남자가 어디선가 낡은 모포 한 장을 가져와 다카시를 덮어 줬다. 너덜너덜한데다가 지독한 곰팡내가 났지만 고마웠다.

"이제 조금 있으면 저택 사람들이 일어날 거야. 그러면 가서 찾아뵙자고." 바닥에 앉으며 남자가 말했다. "그때까지 내가 자네를 데려온 이유를 만들어야겠지. 또 어쩌다 이렇게 심한 화상을 입게 됐는지도. 철공소에서 일하다가 아버지한테 심하게 혼나 가출했다, 이런 건 어떨까?"

모포로 두르자마자 쇼크와 피로가 재차 다카시를 감싸왔다. 입을 열기도 힘들었지만 간신히 말을 건넸다.

"하나만 가르쳐 주세요."

"뭘?"

"여기, 도쿄 맞아요?"

"맞아."

"아저씨 등에 날개가 돋아 호텔 화재로부터 저를 구해서 가루이자와 별장으로 날아온 건 아니죠?"

남자는 장작더미를 힐끗 올려다보더니 미소를 지었다.

"별장이라. 과연, 그런 곳이라면 지금도 장작을 사용하겠지. 근데 틀렸어. 여기는 도쿄야. 정확히 말하자면 우리는 아직 히라카와초이치반 호텔 건물 안에 있는 셈이지. 거리상으로 그렇게 멀리 이동하지도 않았고, 이동이라고 해 봐야 아까 우리가 비틀거리며 여기까지 온 게 다야. 타임트립으로는 공간적 거리를 이동하는 게 불가능하거든."

남자는 살짝 어깨를 움츠렸다. "소설이나 영화에서 뭐라고 떠드는지는 모르겠지만."

〈백 투 더 퓨처〉에선 어땠더라……. 웃기지도 않은데 다물었던 다카시의 입술이 느슨해졌다.

"맞다, 그래. 역시 위치를 옮길 수가 없었어요."

"꽤나 정확한 것도 있나 보군." 남자가 다카시를 향해 미소를 지었다.

오두막 벽 위쪽에 뚫어 놓은 채광창으로부터 이따금 눈이 나풀나풀 흩날려왔다. 서로의 얼굴을 볼 수 있을 만큼의 빛과 함께. 상당히 피곤해 보이는 얼굴로 축 늘어져 있는 남자와 다카시는 말도 없이 한참을 서로 마주 보았다.

"아저씨, 머리가 좀 이상하다는 얘기 듣죠?"

남자는 고개를 저었다. "안타깝지만 나는 정상이야."

"그럼 진짜로 우리는 타임트립을 했고 아저씨는 시간 여행자다, 그렇게 우기시겠다?"

"그게 사실이니까. 정확히 말하자면 시간 축을 자유롭게 이동하는 능력을 갖고 있는 인간—이렇게 말해야겠지만."

그러고는 작은 목소리로 덧붙였다. "불행히도 말이지."

다카시는 눈을 감았다. 피로로 머리가 어지럽다. 울고 싶어졌다.

"좋아요. 믿죠. 그렇다면 제안 하나 할게요. 현대로 돌아가요."

남자의 얼굴을 정면에서 응시했다. 그는 책상다리를 하고 팔꿈치를 얹어 아이처럼 얼굴을 괴고 있었다.

"절 여기로 데려왔으니 다시 데려가는 것도 가능하겠죠? 돌아가요."

"불가능해."

"왜요?" 다카시는 신음하며 몸을 바로 세웠다. "거리 이동은 걸어가면 되는 거죠? 여기가 아직 화재로 불타고 있는 호텔 안이라면, 여기에서 조금 떨어져 타임트립을 하자구요. 국회도서관 안이든, 최고재판소 앞이든 어디라도 상관없어요. 그 근처라면 주택이 밀집한 동네도 아니니까 어디로 떨어지든 번거로운 일은 없겠죠. 현대로 돌아갈 수 있다면 어디든 괜찮아요."

"불가능해." 남자는 단호하게 다시 고개를 저었다. "첫째, 자네는 구경꾼과 보도 관계자의 존재를 망각하고 있어. 지금 히라카와초이치반 호텔 주변은 대소동일 거야. 우리가 타임트립을 해서 현대로 떨어졌다간 목격될 가능성이 다분해. 들키기라도 하면 엄청난 소동이 벌어질걸. 그런 일에 말려드는 건 사양하겠어."

"그럼 멀리 가서 해요. 여기서 멀리 떨어진 곳으로 가면 되죠."

남자는 초조해하는 다카시를 무시하고 계속 말했다.

"둘째, 자네는 지금 몸이 얼마나 상했는지 모르고 있어. 타임트립이 신체에 큰 부담을 준다고 얘기했지? 부상을 입은 상태에서 연거푸 타임트립을 했다간 심장이 멈추고 말걸."

남자 말대로 다카시의 몸은 상해 있었다. 점차 제정신이 들면서 몸 상태가 분명히 느껴졌다. 몸이 무거웠고 어지럼증이 가시질 않고 구역질이 났다. 다리는 여전히 스펀지 같았다.

"그럼 오늘 밤만 여기 숨어 있다가 돌아가요. 그러면 되죠? 쉬고 나면 저도 괜찮아질 테고 하룻밤 지나면 호텔 주변의 소동도 가라앉을 테니까."

하소연이라도 하듯 말해 봤지만 남자는 무뚝뚝하게 고개를 저었다.

"안 돼. 불가능해."

"왜요?"

다카시가 계속 물고 늘어지자 남자는 턱을 괴던 팔을 풀어 자세를 바로 하고 되물었다.

"자넨 아까부터 한 번도 묻지 않는군. 나는 쇼와 23년보다 이전이라고만 했지 정확히 언제라고는 말하지 않았는데."

"언제든 상관없어요." 다카시는 시비조가 됐다. "아까 육군성이라고 했으니 전쟁 전 언제쯤이겠죠. 상관없어요."

"상관없지가 않아." 남자는 조용히 말했다. "장소에 따라서는."

의미심장한 말투에 다카시는 가만히 남자를 바라보았다.

다만 방금 자기 입에 담았던 '육군성'이라는 단어가 갑작스럽게 기억을 자극했다. 그 단어를 들은 때는 어젯밤—그렇다, 해자를 걸어가면서—텔레비전 중계차가 와 있었고—중년의 샐러리맨 두 사람이—,

—무슨 일이라도 일어난 걸까요.

—오늘이 25일이잖아? 그거야. 오늘 밤이라고 해야 하나 내일 아침이라고 해야 하나.

—오늘 밤엔 눈이 내리지 않으니까 말이야. 분위기가 나지 않을 텐데.

—저쯤에 육군성과 참모본부가 있지 않았나요.

—경시청도 가까우니까.

어젯밤 히라카와초이치반 호텔 바로 근처에서 들었던 대화. 그리고 눈. 또 텔레비전 심야 토크쇼. '이번 달 오늘 밤에 일어난 일이니까요.'

다카시 안에서 뭔가 초점이 잡히기 시작했다. 그렇지만 설마, 그런 일이—.

다카시가 눈치 챈 걸 알았는지, 남자는 천천히 크게 고개를 끄덕였다.

"그래……. 우리는 지금 쇼와 11년1936년 2월 26일 새벽의 도쿄, 나가타초에 있어. 곧—앞으로 삼십 분 뒤면 2·26사건이 시작돼. 이 일대는 봉쇄되어 사람의 출입이 어렵게 되지. 더더군다나 자네처럼 아무것도 모르는 인간이 돌아다니기에는 지나치게 위험한 사흘간이 이제부터 시작되는 거야.

7

작은 창으로 날아 들어온 함박눈이 다카시 얼굴에 떨어진다. 아까는 그저 춥기만 했는데 이제는 서늘해서 기분이 좋았다. 열이 나서 그런 걸까.

"어째서 이런 시대로 저를 데려온 건가요?"

남자는 잠자코 있을 뿐 아무 말이 없다. 다카시의 눈길을 피하며 마룻바닥에 떨어져 녹아내리는 함박눈의 파편만 보고 있다. 그러더니 불쑥 중얼거렸다.

"자동차로 데리고 가는 것과는 달라."

변명하는 듯한 말투였다.

"네?"

"왜 여기에, 이런 시대로 데려왔냐고 물었잖아. 그게 답이야. 나는 분명 시간 여행자지만 언제 어디든 가고 싶은 장소로 아무렇게나 갈 수는 없어. 어디로 가야겠다고 마음을 먹으면 그 사이에 훈련을 통해 경험을 축적해 두지 않으면 안 돼. 자네가, 예컨대 호텔 화재가 일어나기 십 분 전 세계로 데려다 줬으면 좋았을 텐데—라고 불평하는 것도 당연해. 그렇지만 나한테는 십 분 전 세계로 가는 길보다 쇼와 11년으로 가는 길이 더 익숙해. 그래, 말 그대로 이미 '길'이 나 있으니까. 더구나 화재 속에서는 내 몸도 건사하기가 힘들어서 체면이고 뭐고 우선 탈출하는 게 중요했어. 나도 정신이 들어서야 여기가 쇼와 11년이란 걸 알았으니까."

그러더니 나지막이 묻는다. "구해주지 않는 게 나았을까?"

"심술궂은 질문이네요." 다카시가 말했다. "구해주신 건 감사드립니다."

자기가 말했지만 진심이 담긴 말로는 들리지 않는다. 남자는 쓴웃음을 지었다.

"괜찮아. 무리할 필요 없어. 사실 나도 어째서 자네를 구하려고 마음먹었는지 이해를 못하고 있으니까 말이야."

얘기를 하자면 꽤 길어질 거야—라고 남자는 말했다.

"상관없어요. 어디 도망칠 곳도 없고, 시간은 썩을 만큼 넘쳐나잖아요."

"그래. 그렇군."

"그렇죠."

"좋아. 그렇다면 내게 어쩌다 이런 능력이 생겼는지, 거기서부터 시작해 볼까."

남자는 부르르 몸을 떨며 옷깃을 바로잡고는 얘기를 시작했다.

"원래 이 능력은 우리 일족—정확히 말하자면 모계 일족이네만—에게 대대로 계승됐어. 핏속에 잠든 특수한 능력이라고 할까. 그래 봤자 내게는 병이나 다름없지만."

"병……."

"그래. 딱 사춘기쯤 발병하지."

남자의 눈은 먼 곳을 바라보는 듯했다.

"내게 이런 능력이 있다는 걸 깨달은 건 열네 살 무렵이었어. 늦되던 내가 처음으로 좋아하게 된 여자아이에게 생애 첫 연애편지를 썼다가 차였던 날. 그날 밤이었지.

그 당시 내가 살고 있던 마을은—나중에 현대로 돌아갈 자네에게 진짜 지명을 말할 순 없으니—일단 사카이 마을이라고 해두지. 날 차 버린 여자아이의 이름이지만.

사카이라는 마을에서 우리 부모님은 작은 건어물 가게를 하고 있었어. 자식은 다섯. 삼남 이녀로 나는 차남이었지. 당시로서는 자식이 많은 편인지라 꽤나 쪼들렸어. 부모님은 정말 다정한 분이셨지만.

한데 어릴 때부터 부모님이 날 귀여워해 주셨던 기억이 거의 없어. 부모님뿐만 아니라 친척이라든가 형제들도 그랬어. 여동생들은 다른 두 오빠들과 노상 붙어 다녔는데 나하고는 안 그랬어. 큰형은 다른 동생들에게 아버지처럼 의지가 되는 존재였는데도 나에게는 무심했어.

어느 순간 주변을 둘러봤더니 내겐 친구 하나 없더군. 친한 친구라곤 단 한 명도. 아무도 야구하러 가자거나 집에 놀러 오지 않았어. 아니, 한두 번 온 적은 있지만 다들 지루해 죽겠다는 얼굴로 있다가 가 버린 다음부터는 아무도 안 왔지.

왜일까. 어린 마음에도 이상했고 외로웠어. 혼자 끙끙 앓으며 어디에 문제가 있는 건지 고민하기도 했어.

그러다가 내가 다른 사람들과 어울리지 못하고 따돌림당하는 건, 내가 그들과 다른 인간이기 때문이다—라는 걸 깨달았지. 어딘가 결정적으로 다르다고.

덧붙이자면 그건 우월감을 고양하는 발견도 아니었고, 전혀 자랑스럽지도 않았어. 그 '다름'이 너무나 기이하다는 걸 어린 나이에도 절감했기 때문이야."

"기이하다니?"

"어릴 때는 제대로 표현할 수 없었지만 지금이라면 이렇게 말할 수 있겠군."

남자는 잠깐 입을 다물고 생각에 잠기더니 곧 말을 이었다.

"언제 어느 순간에도 그 자리에 내가 있다—는 현실감이 내겐 없어. 가족과 저녁을 먹고 있을 때도, 내가 거기서 함께 젓가락을 놀리고 있는 게 아니라 내 빈 몸뚱아리가 가족과 식사를 하고 있는 광경을 한 걸음 떨어진 곳에서 바라보고 있다—그런 느낌이 드는 거야. 어른이 되어 조사해 보니 그런 증상을 가리키는 정신 질환이 실제 있더군. 이인증離人症 자아에 대한 인식을 잃어버리거나 외계에 대하여 실감이 따르지 않는 병적인 상태이라 하는 것 같네만.

어쨌든 내게는 늘 기묘한 '현실 거리감'이 붙어 다녔어. 그러니 진심으로 가족이나 친구와 함께 웃지도 울지도 즐기지도 못하지. 언제나 한 걸음 물러나 제삼자의 입장에서 볼 수밖에 없으니까.

그래서 툭하면 공상에 빠졌지. 처음에는 고독해서 공상에 빠져드나 싶었어. 근데 뭔가 이상하더군. 난 그 공상 속에서조차 항상 외톨이였거든. 낯선 동네를 걷거나, 어딘지 알 수 없는 역에 있거나, 새로 지어 반짝반짝 빛나는 빌딩을 올려다보지만, 역시 항상 외톨이였어. 고독한 꼬마의 공상치고는 너무나 현실반영적이지 않나?

문득 이런 생각이 들었어. 내가 때때로 푹 빠져드는 이 '공상'은 내 머릿속에서 만든 게 아니다, 실제로 그건 현실일지도 모른다는.

다만 지금은 존재하지 않을 뿐이라고. 어쩌면 다시는 못 만날지도 모르고.

처음 그런 생각이 든 건, 그래, 그건 열세 살 겨울이었어—바람이 세차게 부는 추운 겨울. 학교에서 돌아가는 길에 갑자기 머리가 멍해지는 거야. 아, 지금 '공상' 속에 빠져들고 있구나 하는 느낌이 들었어. 그때만 해도 그런 상태에 익숙하지 않았으니까.

현실 속의 나는 그때, 집에 가는 길에 있는 넓은 국도의 교차로를 건너려는 참이었어. 그 지방에서 처음 정비된 길이었는데 사차선 도로를 덤프트럭이 노상 윙윙거리며 달렸지. 삼십이 년 전이니까 마침 고도성장이 시작되던 무렵이야. 아스팔트 포장에 먼지가 풀풀 휘날리는 멋대가리 없는 길이었어.

그런데 '공상' 속의 나는 유채꽃이 흐드러지게 피어 있는 시골길을 걷고 있는 거야.

봄날의 꽃과 흙에서 풍겨 오는 향긋한 냄새가 코에 분명하게 느껴지더군. 나는 책가방을 메고 터벅터벅 걸어가다가 오른편에 무너진 우물이 있는 걸 발견하고 조심조심 들여다보았지. 바닥에 물이 반짝거리는 게 보였어. 우물 옆에는 유달리 키가 큰 유채꽃이 피어 있어 오른손으로 그걸 꺾어 들고 흔들며 걸어갔지—.

그러다 정신을 차리고 보니 '공상' 밖에 나와 있었어. 현실로 돌아온 거야. 어느새 국도를 건너 집으로 가는 좁은 길을 걷고 있더군. 양측으로 여염집들이 어수선하게 늘어서 있고, 초록 기운도 사라졌어. 아스팔트 위로 낙엽만이 바람에 날려 바스락거리고 있었지. 그런데 내 손에는 싱싱한 유채꽃이 쥐어져 있는 거야.

난 집에 돌아가기 전 그걸 길가에 버리고 말았어. 처음으로 무섭다는 생각이 들더군.

그로부터 얼마 뒤 국도에서 트럭이 방음벽에 충돌하는 사고가 일어났고, 보수 공사를 하느라 주변을 파내다가 옛 우물의 흔적을 발견했다는 이야기를 들었지. 그때 내 '공상'은 단순한 환상이 아니다, 나는 과거의 풍경을 본 거다—그 속을 걸어 유채꽃을 가지고 왔다—그 사실을 깨달았지."

이듬해 봄, 동급생 여학생에게 차여 슬퍼하던 무렵 '공상' 속으로 들어가는 게 하나의 특수한 능력으로, 훈련하기에 따라서 자유자재로 조절할 수 있다는 걸 알게 되었다—고 남자는 말했다.

"내게 그걸 가르쳐 준 사람은 어머니의 여동생—이모였어. 그즈음엔 삼십대 초반이었을 거야. 상당히 어두운 사람이었지."

이야기를 귀담아듣고 있던 다카시는 화들짝 놀랐다. 아무렇지 않게 입에 담은 '어둡다'라는 말에, 뺨이라도 얻어맞은 느낌이었다.

남자도 그걸 알아챈 모양이다. 고개를 주억거리며 말했다.

"그래. 이모도 상당히 어두운 사람이었어. 단순히 표정이나 안색이 어두운 게 아니라—."

"그 사람 주변의 빛이 일그러지는 듯한?" 하고 다카시가 물었다. "그 사람을 보고 있으면 유리창을 긁는 소리가 들리는 듯한 그런 느낌 아닌가요?"

남자는 미소를 지었다. 그 미소도 어두웠다. 눈으로 뒤덮인 백색의 세계에서 그의 주위만이 옅은 먹빛으로 물들어 가는 것처럼.

"딱 자네 말대로야. 잔혹하지만."

"죄송해요……."

"괜찮아. 사실이니까." 남자는 말을 이었다. "실제로 이모는 그런 사람이었어. 당시에는 독신이었고 그 뒤로도 결혼하지 않았을 거야. 친구도 없이 혼자 지내며, 형제자매 중 그나마 가까웠던 우리 어머니가 계신 곳조차 몇 년에 한 번 얼굴을 비추는 정도였어. 그 짧은 방문도 환영받지는 못했지. 이모는 그렇게 다른 사람이 멀리하게 되는 일그러진 사람이었으니까. 나랑 꼭 닮았어."

다카시는 잠자코 눈을 내리깔고 있었다.

"아까 얘기한 것처럼 그해 봄 열네 살의 나는 첫사랑에 실패해 실의에 빠져 있었지. 내가 쓴 연애편지는 봉투도 뜯기지 않고 되돌아왔어. 내가 좋아한 여자아이가 그러더군. '미안하지만, 넌 어둡고 음산해서 싫어. 사람 같지가 않아.' 어린 만큼 솔직했고 그만큼 잔인했지."

그 말을 다시 떠올리니 지금도 가슴이 아린 모양이다. 남자는 잠시 말을 멈췄다.

"이모가 훌쩍 왔을 때는 마침 죽고 싶을 만큼 괴로워하던 무렵이었어. 그런 내게 이모는 사소한 심부름을 시키더군—담배를 사오라는 거였지. 나는 담배를 사 우리 집 뒤뜰에서 기다리고 있는 이모한테 가져갔지. 이모는 심부름값을 주더니 날 붙들고 이렇게 말했어. '아무래도 얘기해 줘야 할 시기가 온 것 같다'고. 그러더니 내게 어머니 쪽 혈통 속에 흐르는 시간 여행 능력에 대해 이야기해 줬어."

"이모님도 능력을 갖고 있었나요?"

다카시의 질문에 남자는 고개를 끄덕이며 답했다.

"상당히 뛰어난 능력자였어. 훈련 방식이 달랐는지도 모르지."

이모의 말은 믿기 어려웠지만, 간단했다.

"대대로 어머니 쪽 혈통 가운데 시간 축을 자유롭게 이동할 수 있는 능력을 가지고 태어나는 아이는 한 세대에 딱 한 명뿐이라더군. 그 아이는 예외 없이 '어둡고' 음산한 분위기로 인해 다른 사람들에게 사랑받지 못할 숙명을 지닌다고. 게다가 다들 일찍 죽어. 당연히 자손은 남길 수 없지. 다음 세대의 시간 여행 능력자는 그, 혹은 그녀의 지극히 평범한 형제의 자식 세대—즉 조카나 조카딸 중에서 태어난다더군.

이모에게 이 비밀을 가르쳐 준 사람은 이모의 백부였나 봐. 그래서 이모도 이모 나름으로 자신의 조카나 조카딸을 줄곧 관찰해 왔겠지.

갓난아이였던 나를 보고는 바로 알아봤다고 했어. 어릴 때부터 뚜렷했던 모양이야. 너 사진 별로 없지, 라고 묻더군. 정말 그랬어. 가족조차도 사진 찍기를 주저할 정도로 일그러진 채 태어난 거야, 나라는 인간은."

"그럴 수가……." 다카시는 남자의 어두운 얼굴을 바라보며 중얼거렸다. "능력과 일그러진 어둠이 어떤 관계가 있는 걸까요."

"모르겠어." 남자는 고개를 저었다. "다만 내 나름의 이론은 갖고 있지."

시간은 '빛'이다—라고 강세를 주며 말했다.

"빛이야말로 시간이야. 그러니까 시간 축에서 벗어나 있을 때 그곳엔 빛이 없어. 아까 트립할 때도 새카맣지 않던가?"

불타는 호텔에서 날아올라 허공을 날고 있을 때—.

"빛과 시간의 속박에서 벗어나 돌아다닐 수 있는 나 같은 존재는, 빛에 있어서 이분자異分子인 거야. 이물이지. 빛의 혜택을 얻을 수가 없으니 본래 지니고 있는 힘이 사라지고. 그래서 일그러지며 어두워 보이는 게 아닐까."

처음 이 남자를 봤을 때 호텔 로비에 작은 블랙홀이 있는 게 아닐까 싶었다. 블랙홀 속에서는 빛조차 빨려든다고 들었다. 블랙홀 속에 시간은 존재할까?

"또 하나, 일종의 '안전장치'가 아닐까 싶어."

"안전장치?"

남자의 얼굴이 자조적으로 일그러졌다.

"그렇잖아? 시간 축을 자유롭게 이동할 수 있는 인간이 다정하고 매력적이라면 어떻게 되겠나? 가는 시대마다 사람들과 얽히면서 영향을 미치거나 족적을 남기게 되겠지. 그런 만큼 혼란을 야기할 위험도 커질 테고."

다카시는 눈이 휘둥그레졌다. "그게 타임 패러독스라는 건가요? 조금이라도 과거를 바꾸거나 역사에 영향을 미치게 되면 큰

일이 벌어진다는—.”

뭔가 알겠다 싶어 물어봤지만, 남자의 반응은 묘했다. 얼굴에 떠올랐던 일그러진 미소가 바로 시들해지며 시선을 떨어뜨린다. 순간 남자는 다카시의 존재마저 망각한 듯 보였다. 그 정도로 고독하고 황량해 보였다.

“타임 패러독스라.” 조용히 중얼거린다. “자네도 그런 말을 알고 있군.”

뭔가 의미심장한 말투에 다카시는 당혹스러웠다.

“네, 들은 적이 있어요.”

“글쎄, 뭐 그렇게 생각해도 되겠지.”

“다른가요?”

오한이 점점 심해지면서 남자의 이야기에 집중하기가 힘들어졌다. 다카시는 머리를 감싸 쥐고는 쿵쿵 때려 정신을 차리려 했다.

“이상한 행동을 하는군.” 남자는 재미있다는 표정을 지었다. “아프지 않나?”

“아프죠. 그러니까 하는 거예요. 멍해진 머리가 돌아가게.”

“라디오나 텔레비전이 안 나올 때 두드려 고치는 것처럼?”

“네, 원래는 아버지 버릇인데 아버지도 아저씨와 비슷한 말을 하신 적이 있어요. 옛날엔 이런 식으로 기계를 두드리면 고쳐졌다고.”

“그 ‘옛날’이 ‘지금’ 됐어. 그걸 잊지 마.”

남자의 얼굴은 진지했다. 다카시는 눈을 깜박거렸다.

"그렇지만 아직도 믿을 수가—."

갑자기 남자가 잽싸게 다가와 다카시의 입을 틀어막더니 목을 팔로 감아 움직이지 못하게 꾹 눌렀다.

"쉿, 조용."

굳은 얼굴로 목소리를 죽인 채 주변 동태를 살핀다.

함박눈이 계속 내리고 있었다. 눈 쌓이는 차분한 소리 외에는 아무 소리도 들리지 않는다—.

멀리서 자동차 엔진 소리 같은 게 나지막이 들렸다.

다가오고 있다. 이쪽으로.

다카시는 옴짝달싹하지 못하고 눈만 추켜올려 남자의 얼굴을 살폈다. 남자는 소리가 나는 방향으로 시선을 돌리고는 눈을 가늘게 떴다.

가까워지고 있다. 아까 그 눈길이다. 타이어가 그르렁거리는 듯한 소리를 냈다. 움직임은 조바심이 날 정도로 느렸다. 남자에게 거의 짓눌린 상태로 다카시는 엉뚱한 생각을 했다. 저 차, 타이어에 체인을 감지 않았네. 아니, 이 시대에는 아직 체인이 만들어지지 않은 걸까?

굼뜨게 가까워지던 엔진 소리는 가모 저택 앞에서 멈췄다. 이어서 차 문이 열렸다 닫히는 소리가 들렸다.

남자의 손이 느슨해지자 다카시는 나지막이 입을 열었다. "누가 왔어요."

남자가 고개를 끄덕였다.

"어떡하죠?"

"여기에 올 리는 없으니까 걱정하지 마."

두 사람은 가만히 숨을 죽이고 있었다. 차에서 내린 인물—몇 명인지 종잡을 수 없었지만—의 목적지가 가모 저택이라는 건 분명하다. 얼마 지나지 않아 현관문을 두드리는 소리와 함께 목소리가 들려왔다.

"실례합니다, 실례합니다."

상당히 다급하게 들리는 남자 목소리다. 여기까지 분명하게 들리는 걸 보면 어지간히도 소리를 지르고 있나 보다.

이윽고 누군가 현관문을 열었다. 아까 방문자가 "안녕하세요"라고 인사를 한다.

현관문은 큰 소리를 내며 닫혔다. 방문자가 저택 안에 들어간 것이다.

"누구지?" 다카시가 중얼거렸다.

"조금 있으면 알게 되겠지." 남자가 말했다. "아니, 대충 짐작이 가."

"누군데요?"

대답 대신 남자는 다카시를 누르고 있던 팔을 풀고 손목시계를 봤다.

"꽤나 빨리 보고하러 왔군." 남자는 혼잣말을 했다.

"무슨 소리예요?"

투덜거리는 다카시를 남자가 다시 "쉿" 하고 제지하더니 귀를 기울였다. 아까 방문자가 "그럼 실례했습니다"라고 인사하는 목소리가 들렸다. 상급자에게 경례라도 하는 듯한 씩씩한 목소리다.

다시 엔진 소리가 들리더니 느릿느릿 멀어져 간다.

차 소리가 사라지자 남자는 아까의 자리로 돌아가 앉았다.

"더 이상 꾸물거릴 수 없겠군. 좋아, 이런 이야기야."

"이야기?"

"자네 분신을 만드는 거지. 언제까지 여기에 있을 수는 없으니까. 잘못하면 얼어 죽겠어."

드디어 가모 저택 안으로 들어간다.

"자넨 이제부터 내 조카야. 알겠지?"

"조카."

"그래. 내 여동생 자식이라 해 두자고. 자네 이름은?"

"다카시. 오자키 다카시."

"이름은 그대로 둬도 괜찮겠군. 몇 살이지?"

"열여덟."

"그럼 자네는 1918년에 태어난 게 돼. 다이쇼 7년이야. 알겠지?"

어리둥절했다. 내가 다이쇼 태생이라고?

"자, 잠깐만요—."

남자는 아랑곳하지 않고 계속 말했다.

"현재는 쇼와 11년. 그러니까 1936년이지. 그렇지만 이 시대 일반 서민은—더구나 자네처럼 배우지 못한 노동자는 서력 같은 건 쓰지 않으니까 지금은 쇼와 11년. 자네는 다이쇼 7년 태생—아, 그렇지, 태어난 곳은 어딘가?"

"제 고향이요? 군마인데. 다카사키 시예요."

"다카사키라……." 남자는 입술을 악물었다. "난처한데. 전혀 내력을 모르는 곳이군. 자네 향토 역사에 밝나? 쇼와 11년 당시의 다카사키 시가—아직 시로 승격이 안 됐을지도 모르지만—어떤 모습이었는지 알고 있어?"

"알 턱이 없죠."

울고 싶어졌다.

"그런 걸 알고 있었다면 입시에 떨어지지도 않았을 거예요."

"흠, 할 수 없지. 혹시 고향이 어디냐고 묻거든 도쿄 후카가와 구 오우기바시라고 해. 알겠지? 후카가와 구 오우기바시야."

"아저씨 고향이 거기예요?"

"한때 거기서 살았던 적이 있어."

남자는 조바심이 나는지 말이 빨라졌다.

"알겠지? 지금 여기에 있는 나는 히라카와초이치반 호텔에 있었던 사람이 아니야. 다른 이름을 가지고 있어. 고향도 달라. 다른 분신을 만들어 호적도 얻었고. 시코쿠 마루가메 시라는 곳의 농가 출신인데 고향에서 도망쳐 도쿄로 올라왔다고 꾸며 두었지. 이 시대에서 새로운 신분을 얻으려고 상당히 고생했어. 그러니까 망치지 말라고. 알겠지?"

꿀꺽 침을 삼키며 다카시는 고개를 끄덕였다.

"후카가와 구 오우기바시 출생. 철공소에서 일하다 사고를 치고 도망쳐 어젯밤 이곳에 온 조카."

남자는 하나하나 확인하듯 다카시 얼굴을 손가락으로 가리키며 말했다.

"일단은 내가 오늘부터 고용살이를 하게 된 이 저택으로 자네를 데리고 온 거야. 이삼일 거두고 있다가 다른 곳으로 도피시킬 예정. 꾸물거릴 틈이 없어서 자기 물건조차 가지고 나올 수 없었어. 알겠나?"

다카시는 머릿속으로 복창하며 재빨리 고개를 끄덕였다.

"알았어요."

"상대방이 묻지 않으면 아무 얘기 할 필요 없어. 되도록 말도 어눌하게 해서 멍청한 척 굴라고. 그게 안전해."

척척 말을 지어내다가 갑자기 입을 꾹 다물더니 손목시계를 바라본다. 곧 밖으로 나가 저택 사람들과 접촉할 때가 다가오고 있다, 그런 각오를 다지는 표정이었다.

그렇지만 남자의 결의에 찬 얼굴이 오히려 다카시를 겁먹게 만들었다. 침착, 이성, 노력과 연결된 스위치가 머릿속에서 뚝 끊기며, 무선 조종 비행기가 허공에서 휘청거리는 것처럼 마음이 갈팡질팡했다.

어떻게 도망칠 수 없을까—어떻게든.

"저기, 아저씨만 저택에 들어가면 안 돼요?"

"왜?"

"오늘부터 고용살이로 일하게 됐다면서요? 아저씨만 가세요. 나는 그냥 여기 숨어 있을래요."

남자는 지그시 다카시를 바라봤다. "얼어 죽을지도 몰라."

"괜찮아요."

자신 있다는 걸 보여 주려고 쇠약해진 몸을 억지로 일으켜 가슴을 펴 보였다.

"사람이 그렇게 간단히 죽겠어요. 이틀이든 사흘이든 아저씨가 타임트립할 형편이 될 때까지 숨어 지낼게요."

남자의 표정이 험악해졌다.

"거울로 자기 얼굴을 아직 못 봤으니 그런 소리가 나오지. 자네는 치료가 필요해. 의사를 부르긴 어렵겠지만 우선 상처를 소독하고 수분을 섭취해서 최소한 하루는 안정을 취해야 돼. 이렇게 추운 데 있다가 큰일 나. 괜찮으니까 내 말대로……."

"싫어요."

큰 소리를 내고 말았다. 그런 자신이 한심하게 느껴질 정도로 모든 게 무서워졌다. 절대 못한다고는 말 못해도, 제대로 할 자신이 없다. 제정신으로 할 수 있는 일이 아니다.

"못 가요. 싫어요. 연기할 자신도 없고 방금 지은 얘기를 어떻게 다 기억해요."

"안 된다고 한들 지금은 별 수가 없어."

"부탁이니까 좀 봐주세요."

아, 울 것 같다고 느꼈을 때 눈물은 이미 뺨으로 흐르고 있었다.

다카시는 머리를 감싸 쥐고 얼굴을 파묻었다. 몸이 작아질 수만 있다면 이 모든 것으로부터 숨고 싶었다.

"싫어요. 가고 싶지 않다고요. 그냥 여기에 있을래요. 아니, 그보다 원래대로 돌아가게 해 줘요. 화재 한가운데라도 상관없어요. 돌아갈래. 돌아가게 해 줘요."

험악한 표정으로 무섭게 버티고 서 있던 남자가 순간 오두막 출입구 쪽으로 돌아섰다. 쉼 없이 불어오는 북풍과 흩날리는 눈을 맞으며 마치 얼어 버린 게 아닐까 싶을 정도로 꼼짝 않고 있다.

다카시는 살며시 고개를 들었다.

삼십 센티미터 정도 열린 오두막 문틈을 비집고 몇 가닥 하얀 줄을 그으며 눈이 흩날려 들어온다.

눈 줄기 사이로 젊은 여자가 몸을 숙이고 이쪽을 바라보고 있다.

기모노 차림이다. 어깨에는 작은 모포를 걸치고 있다. 긴 머리를 단정히 감아올려 예스럽게 보인다. 새빨개진 귓불이 추위를 짐작케 했다. 한 손에 커다란 바구니를 들고 머리 위를 가려 보지만 정작 아래쪽은 맨발에 나막신 차림이다. 그 모습에 다카시는 자기 발가락이 얼어버릴 것만 같은 기분이 들었다.

반듯한 용모에 새하얀 피부, 커다란 눈동자에 살짝 쳐진 눈매, 속눈썹은 통통한 볼에 그림자를 드리울 만큼 길다. 꾸민 기색이나 화장기는 전혀 없다.

그런데도 정말 예쁘다.

다카시를 등지고 꼿꼿이 서 있던 남자는 조심스레 양팔을 뒤로 돌려 왼손에 찼던 손목시계를 다카시 무릎 위로 던졌다. 다카시는 시계를 다급히 잠옷 주머니에 집어넣었다.

그때 여자가 처음으로 입을 열었다.

"히라타 씨? 이런 데서 뭐 하시는 거예요?"

히라타라 불린 이는 다카시 앞에 꼿꼿이 서 있는 이 남자—다카시를 여기로 데려온 모든 악의 근원. 그는 헛기침을 하더니, 난처한 기색을 역력히 드러냈다.

"죄송해요. 놀라게 해 드렸나요."

여자는 오두막 문을 열고 안으로 한 걸음 내디뎠다. 의아해하는 눈빛으로 히라타와 다카시를 훑어본다. 다카시는 눈을 내리깔고 낡은 모포를 뒤집어썼다.

"무슨 일인가요?" 말투에 약간 사투리가 섞여 있다. "같이 계신 분은?"

"제 조카입니다." 히라타가 바로 대답했다. "집에서 사고를 쳐서 제게 찾아왔길래 여기에 잠시 숨겨둘까 하고……."

다카시에게 이름도 모르는 시간 여행자였을 때는 한 번도 드러내지 않았던 굽실거리는 말투로 히라타는 말했다.

"말씀드리지 않는 게 좋을까요?" 여자가 물었다.

히라타는 머리를 숙이며 "부탁드립니다"라고 말했다. 들어만 준다면 절이라도 하겠다는 기색이다.

여자는 잠시 가만히 있었다. 그러고는 다시 다카시 쪽을 바라봤다. 그녀의 시선이 고개 숙인 다카시에게도 뚜렷이 느껴졌다.

"어디 다치셨나 봐요?" 다카시를 가리킨 모양이다.

히라타가 답했다. "화상을 좀. 제 방에 눕히고 싶은데, 괜찮을까요?"

여자는 아무런 대꾸 없이 손에 들고 있던 바구니를 내려놓더니 오두막 문을 닫고 다카시에게 다가왔다. 다카시는 몸을 점점 더 움츠렸다.

작고 하얀 손이 뻗어오자 다카시는 흠칫 물러났다. 다카시의 얼굴 앞에서 망설이듯 멈춘 손이 다시 뻗어 이마를 어루만진다.

"열이 있네요."

부드럽고 하얀 손은 서늘해서 기분이 좋았다. 다카시는 그대로 눈을 감았다. 자신의 몸이 서서히 옆으로 쓰러지는 게 느껴졌다.

8

—멀리서 누군가의 목소리가 들린다.

정신을 차렸을 때 맨 처음 눈에 들어온 것은 잿빛 회반죽이 칠해진 낮은 천장이었다. 중간에 백열전구 하나가 스산하게 매달려 있다.

불은 꺼져 있다. 그런데도 실내는 어스름히 밝아서 다다미 넉

장 반 정도의 천장 구석구석이 똑똑히 보인다.

이마에 뭔가 미지근하고 축축한 게 얹혀 있다. 손을 들어 만져 보니 수건이다.

다카시는 천천히 몸을 일으켜 낯설고 좁은 방 안을 둘러보았다.

나무 바닥이지만 중앙에는 낡은 다다미 세 장을 깔아 놓았다. 그 위에 이불을 펴고 다카시가 누워 있다.

발을 뻗은 쪽 벽으로 외짝 미닫이문이 보인다. 그 벽 오른쪽 가장자리와 맞닿은 곳에, 불투명 유리가 위에 달린 미닫이문이 또 하나 있다. 우측은 출입문이고 발치에 있는 건 잡동사니를 넣어 두는 공간이겠지.

고개를 드니 머리 위 채광창에서 빛이 반짝거리며 새어 들어오고 있다. 창틀 아래 손잡이가 달린 걸로 보아 바깥으로 밀어 여는 창인 듯하다.

다다미 구석에는 꽃무늬가 새겨진 자그마한 화로가 설치되어 있다. 부젓가락 하나가 불퉁스레 푹 꽂힌 채다. 난방이라곤 이 화로가 전부인 모양이다.

공기는 냉랭하다. 하, 하고 숨을 뱉어보니 입김이 하얗다. 다다미 밑에서도 냉기가 올라왔다. 그야말로 뼛속까지 추위가 파고드는 느낌이다.

멀리서 누군가 대화하는 소리가 다시 들렸다. 무슨 얘기를 하고 있는 걸까. 이윽고 타다닥 하는 발소리와 함께 문이 닫히는 듯하더니 일순 조용해졌다.

정적이 흐른다.

여기는 어딜까. 뭐가 어떻게 된 거지. 머릿속이 먹먹하다. 뭔가로 꽉 틀어막아 피가 통하지 않는 것 같다. 그것이 머리 안쪽을 자극한다. 못 견딜 정도는 아니었지만 일어서자 두통이 몰려왔다.

머리만이 아니다. 온몸의 관절이 아프다. 뺨과 손바닥, 그리고 살짝 몸을 비틀었을 뿐인데도 오른쪽 넓적다리에 찌릿하고 전류가 흐르는 듯한 통증이 느껴진다. 그래, 이건 화상의 상처다. 그 통증으로 인해 다카시는 지금까지의 경과를 떠올릴 수 있었다.

여기는 가모 저택 안인가.

오두막에서 정신을 잃은 거다. 히라타라고 불리는 남자가 여기로 옮겨 줬겠지.

—최소한 하루 정도는 안정을 취해야 해.

쓰러지기 직전, 오두막에서 나눴던 대화가 생각났다.

—제 방에 눕히고 싶은데, 괜찮을까요?

그렇다면 여기는 이제부터 그 남자가 머물 방이다. 고용살이를 하는 동안 쓰라고 저택에서 따로 마련해 주었겠지.

손에는 여전히 젖은 수건이 들려 있다. 머리맡에 놓인 쇠 대야에는 물이 가득하다. 누군가가 이걸로 이마를 식혀 준 모양이다.

조심조심 자리에서 일어났다. 현기증이 난다. 벽에 손을 짚었다가 너무 차가워서 깜짝 놀랐다. 회반죽으로 바른 벽은 습기를 머금고 있었다.

관절의 통증을 참으며 반대편 벽 쪽으로 다가가 외짝 미닫이문을 열었다. 헝겊으로 된 여행 가방이 오도카니 놓여 있다. 그 옆으로 가죽 구두 한 켤레가 보인다. 다카시의 기억이 분명하다면 이건 그 남자가 호텔에서부터 여기로 오는 동안 신고 있던 신발이다.

미닫이문을 닫고 이번에는 창가로 향했다. 저 높이라면 까치발을 하지 않아도 되겠다. 창 손잡이가 손에 닿자 힘껏 돌려 밀어 보았다. 꼼짝도 하지 않는다. 겨우겨우 일 센티미터 정도나 벌어졌을까. 별안간 창틀 사이로 눈덩이가 굴러떨어지기 시작했다.

어리둥절해 있다가 곧 이곳이 반지하임을 깨달았다. 지면에 쌓인 눈이 창밖을 막고 있다. 새하얀 외광도 눈 때문이다.

어둠 속에서 눈빛으로 봤을 뿐이지만 가모 저택은 상당히 호화스러운 건물로 보였다. 그런데 고용인에게 주는 방이 이렇게 별볼일 없다니.

다카시는 창을 원래대로 닫고 얼어붙은 손끝을 비비며 화로 앞에 섰다. 새하얀 재 안에 묻혀 있는 숯이 붉게 피어오르고 있다. 손을 갖다 대자 열기가 확 느껴진다.

내가 숯 같은 걸 직접 본 적이 있나? 보긴 본 것 같은데.

맞다……, 꼬치구이 집이었구나. 그렇지만 옛날 일반 가정에선 숯으로 불을 피워 몸을 녹인 것이다.

옛날—쇼와 11년.

지금이 몇 년이더라. 헤이세이 6년1994년이었지? 그렇다는 건 쇼와로 치면—쇼와 64년이 헤이세이 원년이니까—쇼와 69년인가.

즉, 나는 오십팔 년 전 시대에 와 있는 게 된다.

아니, 그게 아니다. 쇼와 11년이 '지금'인 거다. 예비교 시험을 보기 위해 상경했다가 빌어먹을 호텔에 불이 나는 바람에 도망친—쇼와 69년 쪽이 오십팔 년 뒤 미래다.

정말로 인간이 타임트립을 할 수 있을까. 시간 축을 자유롭게 이동할 수 있는 능력을 가진 인간이 정말 이 세상에 존재할 수 있을까.

혹시 뭔가 꿍꿍이속이 있어 거대한 사기를 치고 있다면.

여전히 호텔에서 입고 온 잠옷 차림이다. 다카시는 자기 몸을 살펴보며 잠옷 소매와 옷섶을 만져 봤다.

눅눅하다. 코를 갖다 대니 땀내가 났다. 열이 나서 그런 거겠지.

—열이 있네요.

오두막에서 봤던 여자가 그렇게 말했었다.

정말 예뻤는데. 여기서 일하는 사람인가. 그게 아니면, 그게 아니면…….

'사기꾼 패거리?'

바르르 몸이 떨려왔다.

사실을 확인하기 위해선 어떻게 해야 할까. 무엇을 근거로 지금의 상황을 판단하면 될까.

다카시는 천천히 방 안을 둘러보았다. 잿빛으로 바랜 회반죽 벽에는 못을 박았던 흔적이 곳곳에 남아 있다. 전에 일했던 고용인의 흔적이리라. 다다미 한 군데에는 담뱃불로 태운 자국이 있다.

화로에 손을 쬐었다. 불길이 닿지 않는 발끝이 시려 교대로 다리를 들어 발을 녹이고 있다가 자신의 모습이 너무 바보 같다고 느꼈다.

그런데 이 방, 뭔가 이상하다……. 다시 한번 방 안을 꼼꼼히 둘러보다가 문득 그 이유를 깨달았다. 그런가, 텔레비전이 없다.

벽을 따라 구석구석 살펴봤다. 콘센트도, 텔레비전 안테나선도 없다. 쇼와 11년.

일본에서 텔레비전 상업 방송이 시작된 게 언제였더라? 일반 가정에—고용인 같은 사람들이 사는 방에도—당연해질 만큼 대량으로 수상기가 보급된 건 언제였더라?

방 안을 빙글빙글 돌면서 다카시는 스스로가 자신을 속이고 싶어 한다는 걸 알게 되었다. 어이 너, 이게 사기인지 반신반의하고 있다면 왜 밖으로 나가서 확인하지 않는 거야? 문밖으로 나가 보면 되잖아. 걷지 못할 정도로 심하게 다친 것도 아니니까.

생각에 잠겨 우두커니 서 있는데 불길한 예감과 함께 아랫배가 부글부글 끓기 시작했다. 쿡쿡 쑤시는 듯한 통증이 느껴진다.

차가운 양손으로 배를 문지르며 한숨을 쉬었다. 내 꼴이 이게 뭐람. 〈백 투 더 퓨처〉의 마이클 J. 폭스는 50년대로 돌아가서도 팔팔하게 돌아다니더구만.

화장실에 가고 싶다. 한숨을 내쉬며 아랫배를 문지르고 있는데 다시 멀리서 문이 열렸다 닫히는 기척과 함께 발걸음 소리가 들린다. 이쪽으로 오고 있다.

다카시는 다급히 이불속으로 뛰어들어 눈 밑까지 이불을 끌어 올리고 상황을 살폈다. 발걸음 소리가 방 문 앞에서 멈췄다.

덜컹 하는 소리와 함께 미닫이문이 열렸다.

문틈으로 누군가 얼굴을 슬쩍 내민다. 그 여자다. 다카시가 황급히 눈을 감자, 자고 있다고 여겼는지 방 안으로 들어왔다.

문이 닫히는 소리가 난다. 다카시는 슬그머니 눈을 떴다.

분명 그 여자다. 아까 만났을 때와 같은 기모노 차림에 앞치마를 두르고 버선을 신고 있다. 왼팔에는 옷가지를 끼고 오른손에는 작은 병 같은 걸 들고 있다.

호리호리한 몸매에 하얀 피부가 눈부시다. 옆선이 특히—볼이 참 귀엽다—라고 생각하는데 상대가 이쪽을 쳐다봤다. 느닷없이 눈이 마주치고 말았다.

"어머, 깨어나셨네요."

입가에 웃음을 머금으며 여자가 말했다. 미소가 일자 눈가에 얕은 주름이 생긴다. 어려 보이지만 어쩌면 나보다 연상일지도 모르겠다고 다카시는 생각했다.

여자가 다가왔다. 버선을 신고 다다미 위를 걸으면 옷 끌리는 소리가 난다는 걸 처음 알았다. 여자는 다카시의 머리맡에 무릎을 꿇고 앉아 다카시를 들여다보았다.

"기분은 어때요?"

순간 아무 말도 할 수 없었다. 여기저기 안 아픈 데가 없는데다가 이젠 배탈까지……라고는 결코 말할 수 없다.

여자는 기모노 소매를 걷어 올리더니 다카시의 이마에 손을 댔다. 다카시는 놀라 눈을 감고 말았지만 새하얀 두 팔이 눈가에 선명한 인상을 남겼다.

"아직도 열이 있네." 여자가 중얼거렸다. "춥진 않아요?"

"괜찮아요……."

"이건 갈아입을 옷이에요."

여자는 팔에 들고 있던 옷가지를 머리맡에 두며 말했다. 다카시는 목을 내밀어 바라봤다. 유카타평상시 걸쳐 입는 두루마기 모양의 전통복인가.

"그리고 이건 말기름." 작은 병을 다카시에게 보이며 여자가 말했다. "화상에는 이게 제일 잘 듣는다네요, 지에 할머니가."

처음 들은 이름에 다카시가 다소 당황한 표정을 지었나 보다. 여자는 쿡 하고 웃음을 터뜨렸다.

"미안해요. 지에 할머니는 저랑 같이 일하는 하녀예요. 이것저것 모르는 게 없는 분이라 할머니 말에 따르면 문제없어요."

그러더니 목소리를 죽이며,

"히라타 씨가 부탁하셔서, 당신이 여기 있다는 걸 저택 분들께는 말씀 안 드렸어요. 저랑 지에 할머니만 알고 있으니까 걱정하지 말아요."

말투에 담긴 친밀함이 다카시의 불안한 마음을 누그러뜨렸다. 다카시는 고개를 끄덕였다.

"다카시 씨라고 했죠. 큰 고생을 했다고 들었어요. 히라타 씨는 당신을 여기에 사나흘 숨겨 두다가 오사카 쪽으로 보내겠다고 하더군요."

히라타—그렇다. 그게 그 남자가 여기서 쓰는 이름이다. 다카시는 머릿속으로 정리했다. 그래, 나는 히라타의 조카다.

"삼촌은 어디에 계신가요?"

겨우 입을 열어 물었다. 한심할 정도로 작은 목소리다.

"히라타 씨는 지금 문 앞에 쌓인 눈을 치우고 계세요." 여자는 설명이 필요하리라 여긴 모양이다. "여기는 히라타 씨 방이에요. 이 층은 고용인만 쓰니까 불안해도 가만히만 있으면 아무도 모를 거예요."

여자는 다카시의 불안한 기색이 '쫓기는 신세'여서 그런 거라 오해하고 있는 듯했다. 연신 달래는 말투다.

"혼자서 옷 갈아입을 수 있겠어요? 제가 도와드릴까요?"

여자가 쳐다보자 당황스러웠다. "괜찮아요. 혼자서 할 수 있어요."

"기름도 바를 수 있고요?"

"네, 네. 혼자 할 수 있어요."

여자가 웃었다. "히라타 씨 말이 딱이네요. 부끄럼을 잘 탄다고 하더니."

"죄송해요."

여자는 미소를 지으며 자리에서 일어났다.

"그럼, 갈아입고 나서 지금 입고 있는 옷은 자리에 두세요. 이따 세탁할게요."

여자의 능수능란한 처신에 다카시는 입만 우물거리고 있는데, 다시 배에서 꾸르륵 소리가 났다. 또 부글부글 끓는다.

"어머." 일어서던 여자는 다시 무릎을 굽히며 물었다. "배?"

다카시는 얼굴이 화끈거렸다. "좀 추워서……."

"하긴 눈 속을 잠옷 한 장만 걸치고 오셨다니. 잠깐만요."

말릴 새도 없이 종종걸음으로 방에서 나가더니 정말 금세 돌아왔다. 여자는 빨간 뚜껑이 달린 노란 병과 작은 찻잔을 쟁반에 얹어 가져왔다.

"이거 드세요. 나아질 거예요."

다카시는 그 작은 병을 쳐다봤다. 어딘가 낯이 익다 싶었는데, 정로환이다.

다만 다카시가 알고 있는 정로환正露丸하고는 라벨이 달랐다. 글자도 다르다. 이 라벨에는 '征露丸'이라 돼 있고 상품명 위아래로 복엽기와 전차 그림이 그려져 있다.

다카시가 제대로 약을 넘기는지 확인이라도 하려는 듯 여자가 지그시 바라보았다. 찻잔 물이 미지근하다.

"약만 먹으면 좋지 않을 테니까, 얼른 죽을 가져올게요. 배도 고프죠?"

여자는 다카시에게 받은 찻잔을 쟁반에 올리고 일어났다.

"화장실은 이 방에서 나가서 바로 오른쪽이에요."

방을 나가려는 여자가 미소 짓는 얼굴로 다시 돌아봐 주지 않을까 하는 마음에 다카시는 충동적으로 말을 걸었다.

"저기, 이름이……?"

여자는 되돌아보며 놀란 표정을 지었다. 이윽고 아까처럼 마음이 따뜻해지는 미소를 지으며 답했다.

"후키예요. 무코다 후키."

가모 집안 사람들

제 2 장

1

다카시는 잠옷을 갈아입고 상처에 말기름을 바른 다음, 이불 속으로 들어가 적신 수건을 머리에 얹었다.

순간 복통이 엄습했다. 이번에야말로 화장실에 안 가고는 못 배기겠다. 아랫배를 누르며 문 앞까지 갔다.

미닫이문을 잡고 약간 힘을 줬지만 꿈쩍도 하지 않는다. 문을 세게 당겨 보았다. 자칫 너무 힘을 줬다가 배에까지 영향을 미치면 큰일이다. 할 수 없이 꾸부정한 자세로 낑낑 신음소리를 내며 잡아당겼다. 갑자기 문이 콰당 하며 열렸다.

층 전체에 울려 퍼지지 않을까 싶을 만큼 큰 소리였다. 다카시는 바싹 겁을 먹고 목을 움츠리며 그 자리에서 굳어 버렸다. 방금 소리를 듣고 누가 오지는 않을까?

다행히 아무도 못 들은 모양이다. 발소리도 안 들린다. 주위는 여전히 황량하다. 휴 하고 한숨을 쉬고는 다급히 화장실을 찾았다. 후키 말대로 방 바로 우측에, 불투명 유리를 위에 댄 다른 미닫이문이 있다. 문을 열어 보지는 않았지만 그곳이 목적지임을 알 수 있었다. 악취가 진동했기 때문이다.

문을 열자 냄새는 한층 강렬해졌다. 고풍스러운 일본식 변기 안에 시커먼 어둠이 묵직이 괴어 있다. 아래가 뻥 뚫린 재래식 변소다. 초등학교 일학년 때 캠프를 갔다가 머물렀던 산장에서 딱 한 번 본 적이 있다.

화장지가 있을 리 없다. 변소 구석에 놓인 네모난 바구니 안에 까칠까칠한 잿빛 종이가 담겨 있을 뿐.

모든 것이 현대와는 다르다는 걸 알지만 일을 보고 나서 그냥 밖으로 나가자니 아무래도 어색하다. 버튼을 누른다거나 레버를 당기지 않고 나가다니 뭔가 잘못을 저지르는 느낌이다. 이곳이 1994년이 아님을 다카시의 몸에 밴 습관이 새삼 일깨워 준다.

방으로 돌아와 드러눕자 곧 후키가 작은 질그릇을 쟁반에 얹어 가져왔다. 아까와 달리 기모노 소매를 끈으로 묶어 뒀다. 코끝에는 살짝 땀이 배어 있다. 분명 바쁘겠지.

후키는 여기서 어떤 일을 할까. 하녀라는 말이 그에게는 익숙지 않다. 현대—라고 해야 할까, 다카시가 살고 있는 시대에는 홈헬퍼나 가정부는 있지만 '하녀'는 없다. 더군다나 후키처럼 젊은 여자가 집안일을 하기 위해 남의 집에서 고용살이를 한다니 도저히 상상할 수 없는 일이다.

멍하니 생각에 잠겨, 숯불을 지피며 죽을 담는 후키의 옆얼굴을 넋을 잃고 바라보았다. 보면 볼수록 아름다운 뺨이다. 고운 눈매다.

이런 걸 한눈에 반한다고 하는 걸까. 그러다가 후키의 옆얼굴에 어딘가 모르게 그리움을 불러일으키는 구석이 있음을 깨달았다. 어디선가 만난 적이 있다—그런 기분이 든다.

그런가. 혹시 내가 아는 누군가와 닮았을까. 그렇다면 누구지? 내 주위에 한두 살 연상의 이런 여자가 있었던가.

아니, 있을 리가 없다. 있다면 기억하지 못할 리가 없다.

역시 한눈에 반했다. 그래서 낯이 익다는 착각이 생겼겠지.

다카시가 응시하는 걸 의식했는지 후키는 조금 부끄러워하는 표정을 지었다.

"제가 보고 있으면 식사하기가 힘들 테니까."

그렇게 말하며 후다닥 방에서 나가고 말았다. 아쉬웠지만 맞는 말이긴 하다. 다카시는 질그릇 뚜껑을 열었다.

죽은 뜨겁고 맛있었다. 먹다 보니 점점 식욕이 돌아 계속 입으로 옮겼다. 몸이 따뜻해지며 조금씩 기운이 났다.

주위는 여전히 적막하다. 여기는 고용인밖에 없다던 후키의 말이 떠올랐다. 낮에는 일하느라 자기 방에 내려올 짬도 없으리라.

다카시가 죽을 다 비웠을 무렵 채광창 쪽에서 서벅서벅 하는 소리가 들리기 시작했다. 무슨 일인가 쳐다봤더니 창 바깥에 쌓인 눈이 점점 치워지고 있다. 누군가 눈을 치우고 있는 거다.

히라타인가 싶어 올려다보니 오른쪽 창밖 눈이 말끔히 치워지며 손 그림자가 비쳤다. 손이 똑똑 하며 창을 두드린다. 다카시는 일어나 창을 열었다.

예상대로 히라타의 얼굴이 보고 있다. 무릎이 나온 바지와 소매 없는 하오리옷 위에 걸치는 짧은 겉옷 같은 옷을 입었다. 볼품없는 군화를 신고 목에는 수건을 둘렀다.

"기분은 어때?"

방 안을 들여다보려고 쭈그려 앉아서 그런지 목소리가 갈라져 있다.

“좀 좋아졌어요. 고마워요.”

“얼굴색은 끔찍한데.” 히라타가 말했다.

“아저씨는 꽤 괜찮아 보이네요. 벌써 일을 시작했어요?”

히라타는 슬그머니 일어나 주위를 둘러보고는 목소리를 낮췄다.

“그렇게 큰 소리를 내면 어떡하나.”

“죄송해요. 조용히 콕 박혀 있을게요.”

“눈 다 치우면 들를게. 이것저것 알아 둬야 할 것도 있으니.”

히라타는 다시 눈을 치우기 시작했다. 다카시는 창문을 닫은 채로 한참 동안 히라타가 일하는 걸 지켜보았다. 꽤나 손이 빠르다. 눈 치우는 데 익숙해 보였다.

일단 그의 신상에 대해선 대충 들었다. 그걸 전적으로 믿는다 해도 모르는 것, 알고 싶은 것이 아직 잔뜩 있다. 그의 인생—가족과 친구 관계는 어떻게 되고 무슨 일을 해 왔는지. 그가 말하는 ‘시간 축을 자유롭게 이동할 수 있는 능력’을 구사해서 다른 시대에도 가본 적이 있는지.

무엇보다도 히라타는 왜 하필이면 이 시대로 트립했는지가 궁금했다.

비록 역사에 대한 지식은 짧지만 아무리 생각해 봐도 쇼와 11년이란 시대가 자진해서 살고 싶을 만큼 매력적인 시대 같지는 않았다. 더구나 여기에서 불과 수 킬로미터, 아니 어쩌면 수백 미터도 떨어지지 않은 곳에서 문제의 2 · 26사건이 발발, 진행 중이다.

중학교나 고등학교 일본사 수업에선 현대사에 대해 거의 가르치지 않는다. 시험에 안 나오니까.

교과서 페이지 순으로 조몬 시대부터 시작하여 메이지 유신쯤에서 메이지의 원훈 이름을 외우고 있으면 마지막 기말 시험이 들이닥친다. 그나마 수업 진도가 빠른 교사가 그렇다. 다카시를 가르쳤던 중학교 사회과 교사는, 폐번치현廃藩置県 뒤의 일들은 수업 시간에 가르칠 수 없으니까 각자 알아서 공부하라고 했을 정도다.

그렇지만 2 · 26사건이 군부에 의한 쿠데타였다는 것 정도는 알고 있다—라기보단 자백하자면 이제는 알고 있다. 히라카와초이치반 호텔에서 잠들기 직전 텔레비전 프로그램을 볼 때 누군가가 하는 말을 들었기 때문이다.

군이 쿠데타를 일으켰다는 말은 그만큼의 힘을 가지고 있다는 뜻이다. 그 힘을 바탕으로 한 군부의 방침에 따라 일본은 태평양 전쟁에 돌입했으리라. 최소한 그런 식으로 전쟁이 일어났다고 다카시는 배웠다. 프로그램에서도—다카시의 체감으론 불과 몇 시간 전 같다—그렇게 말하지 않았던가. 그 전쟁은 모두 폭주한 군부 탓이라고, 국민은 물자의 결핍과 굶주림에 허덕여 비전투원마저 공습에 의해 픽픽 쓰러져 나갔다고.

2 · 26사건이란 건 일본을 암흑시대로 몰아넣은 전환점이었으리라. 그 뒤는 죽음의 공포와 결핍과 굶주림 같은 불길한 것들만이 기다리고 있었을 뿐이다.

1994년이라는 풍족하고 안전한 시대를 살아가던 인간이, 아무리 시간 축을 자유롭게 이동할 수 있다 해도 그렇지, 어째서 이처럼 어두운 시대로 다시 오겠다고 마음먹었던 걸까. 궁금해서 관광이라도 하겠다는 거라면 이해가 되지만 남자는 아예 '히라타'라는 이름과 호적을 얻어 눌러 살 속셈이다.

정신이 나갔다고밖에는 여겨지지 않는다.

역시 전부 조작된 걸까?

젖은 수건을 이마에 얹으며 다카시는 곰곰이 생각했다. 사기당하고 있는 게 아닐까. 애초에 시간 여행이 가능할 리 없다. 초능력이라니 환상의 세계 속에서나 가능한 이야기다.

그때 미닫이문을 쿵쿵 두드리는 소리가 났다. 불투명창 너머로 어렴풋이 후키의 기모노 빛이 보인다. 다카시는 예, 하고 작게 대답했다.

후키는 아직도 끈으로 소매를 걷어 올린 모습이다. 낮에는 항상 이러고 있겠지. 이번에는 쟁반에 주전자와 찻잔을 얹어 가져왔다. 가까이 다가와 다카시가 죽을 깨끗하게 비운 걸 보고는 기쁘게 미소 짓는다.

"정말 맛있었어요. 감사합니다."

감사 인사에 후키는 다소 당황한 표정을 지었다. 왜 그런 걸까?

"옷은?"

"갈아입었어요. 벗은 잠옷은……,"

머리맡에 개켜 두었다. 잠옷을 거머쥐다가 다카시는 불현듯 깨달았다.

후키가 건네준 잠옷은 유카타다. 자신은 지금 그걸 몸에 걸치고 있다. 이 시대에 잠옷이란 대개 이런 형태다. 자기가 입고 온 잠옷에 대해서 어떻게 생각할까.

'이상한 걸 입고 있네요'라고 말한 적이 없었을 뿐, 후키가 무슨 생각을 하고 있는지는 알 수 없다. 세탁을 하기 위해 꼼꼼히 살펴보다가 뭔가 이상한 점을 발견할지도 모른다.

옷감이 백 퍼센트 면이었던가. 그렇다면 괜찮지만 폴리에스테르나 레이온 같은 혼방 섬유라면 곤란해진다. 이 시대에는 아직 그런 화학 섬유가 존재하지 않으니까.

"세탁할 테니까 이리 주세요."

잠옷을 손에 쥔 채 가만히 있는 다카시에게 후키가 말했다.

"왜 그래요?"

손 안의 얇은 잠옷이 꾸깃꾸깃해졌다. 손바닥에 땀이 배어 온다.

어쩌지?

그냥 줘 볼까. 그러고 나서 후키의 반응을 지켜볼까.

이게 공들인 사기라면 일부러 깜짝 놀란 표정을 지을지도 모른다. 아니, 전혀 신경 쓰지 않는 척할 수도 있다.

그렇지만 진짜 타임트립을 한 경우라면? 대체 난 무슨 생각을 하고 있는 걸까. 이다지도 자신을 설레게 하는 여자를 한편으로 의심하고 있다. 나라는 인간은.

"세탁하지 말까요?"

부드러운 후키의 목소리가 들린다.

"부끄러워요?"

다카시는 잠옷을 말아 쥔 채로 눈을 꾹 감았다 뜨며 조심스럽게 말했다.

"아뇨, 그렇진 않은데. 죄송해서요."

후키는 고개를 저었다. "걱정 안 해도 돼요. 좋은 잠옷이죠? 세탁 않고 내버려두면 아깝잖아요."

손을 떨며 잠옷을 후키 쪽으로 밀었다. 후키는 바로잡더니 옷 주름을 펴기 시작했다.

"왜 이렇게 구겨 놓았어요." 살짝 미소를 짓는다. "좋은 옷감이네요."

"……받은 거라서."

"아, 철공소에서 누가 줬나 보죠?"

"네, 십장이."

거짓말이란 건 한 번 내뱉기 시작하면 술술 나오게 마련이다. 대신에 멈출 수가 없다.

"저도 이런 옷 본 적 있어요." 후키는 잠옷 윗도리를 펼치며 말했다. "다카유키 님이 구주 여행 선물로 사 오셨거든요. 그건 본견이었지만."

다카유키. 님을 붙인 걸 보니 이 집안 사람인 모양이다. 이렇게 부유한 저택에서 하녀로 일하는 자에게는 이런 유의 잠옷도 경천

동지할 만큼 신기한 물건은 아닌가 보다.

“그치만 다카유키 님 것보다 줄무늬가 훨씬 선명하네요. 염색이 좋은 건가.”

후키는 꼼꼼하게 잠옷을 관찰하고 있다.

겨드랑이 아래로 식은땀이 흘러내린다.

“이상하지 않아요?” 자기도 모르게 그런 말을 내뱉고 말았다. 대체 후키는 어떻게 느끼고 있을까.

“뭐가요?” 후키가 동그란 눈을 들어 다카시를 쳐다봤다.

“저처럼 가난한 사람이 이렇게 좋은 잠옷을 입고 있다는 게 이상하지 않나 해서요.”

후키는 지그시 다카시를 바라봤다. 실제로는 한 차례 숨을 들이마시는 정도의 짧은 순간이었으리라. 하고픈 말이 목구멍까지 치밀어 올랐다.

‘전 말이죠. 지금으로부터 오십팔 년 뒤의 미래에서 왔다고요. 이런 잠옷쯤은 큰 슈퍼에서 이천구백 엔만 주면 살 수 있는 시대에서요.’

믿고 있나? 그게 아니면 믿는 척하고 있나? 혹은 믿지 못하는 척하고 있나?

후키가 붉은 기 없는 입술을 열며 불쑥 물었다.

“훔쳤어요?”

다카시는 다시 어지럼증을 느꼈다. 안도인지 당혹스러움인지 모를 묘한 감정 때문에.

"십장 걸 훔친 거예요?" 이어 후키가 물었다. "그게 들통 나서 그렇게 혼난 거예요?"

어이어이, 이번이 빠져나갈 구멍이야. 거짓말이라는 놈이 손짓하고 있다. 다카시는 눈을 감았다.

"네……."

후키는 잠옷을 쥔 채 양손을 무릎 위에 내려놓았다. 다카시를 쳐다보고 있다.

"저, 손버릇이 나빠요." 다카시가 말을 이었다. "그걸 들켜서."

의외로 후키가 웃음을 터뜨려 다카시는 깜짝 놀랐다.

"제겐 두 살 아래 동생이 있거든요. 가와사키의 조선 회사에서 일하고 있어요."

다카시는 잠자코 후키의 얼굴을 바라봤다.

"일이 힘들다고 가끔 편지를 보내곤 해요. 덕분에 괴롭다辛い는 한자를 외우게 됐죠."

"동생이……."

"예. 당신도 분명 그랬겠죠. 동생은 내년에 징병 검사를 받아요. 당신이랑 비슷한 나이가 아닐까 싶은데."

징병 검사. 처음 접하는 이 말에 다카시는 당황할 수밖에 없었다. 또 식은땀이 흐르기 시작했다.

"저, 쇼와……가 아니라 다이쇼 7년에 태어났어요."

후키의 얼굴이 환해졌다. "어머, 그럼 동생이랑 같네."

내년, 징병 검사.

내가 이 시대에 계속 머문다면.

다카시의 머릿속에서 그 말이 묵직하게 울려 퍼졌다.

2

무코다 후키는 다카시의 잠옷을 작게 말아 접고는 소매 아래로 감추듯 담아 방에서 나갔다. 역시나, 깨끗이 빨아 오겠다며.

후키가 나가 버리자 다카시는 다시 혼자가 되었다. 딱히 할 일이 있는 건 아니다. 그렇다고 다시 눕기도 뭐해서 그냥 이부자리 위에 멍하니 앉아 있었다. 아직 몸은 노곤하고 상처도 따가웠지만 아침에 비하면 기분이 훨씬 나아졌다.

그러고 있노라니 불현듯 밖으로 나가볼까 하는 충동이 생긴다.

기운이 돌아와서 그렇겠지. 수중에 돈이 생겼을 때와 똑같다.

충동이 점차 부풀어 오르며 심장이 두근거리기 시작했다. 손바닥에 땀이 배어 왔다.

만약 모든 게 사기라면 가모 저택에서 밖으로 나간 순간 알게 되리라. 여기가 진짜 어디인지—제아무리 주도면밀한 세트일지라도 마냥 펼쳐져 있지는 않겠지. 건물 주변을 둘러싸고 있는 낮은 울타리를 뛰어넘어 쏜살같이 달려 나가면 된다. 어느 쪽으로 가든 상관없다. 어디로 가야 할지 애매하다면 오늘 새벽 어둠 속에서 아스라이 빛나던 불빛—히라타가 '육군성 창문'이라고 가르쳐 준 불빛이 보였던 방향으로 달려가면 될 게다.

당시 다카시의 몸은 정상이 아니어서 냉정하게 판단하기 어려웠다. 육군성 창문 같은 말을 비웃어 줄 수가 없었다. 그 불빛이 고쿄의 수로 근처에 있는 비즈니스 빌딩의 어느 창에서 나온 것임을, 한낮의 태양 아래에서는 확인할 수 있을지도 모른다. 그렇다면 나는 완전히 우스갯거리가 되리라.

하지만 사기가 아니라면, 히라타라는 남자가 말한 게 모두 사실이라면, 그때는 어떻게 해야 하나. 아니 우선 밖으로 나가자. 나가면 확인할 수 있다. 어중간한 설렘을 동반한 후키에 대한 의심도 말끔히 해소할 수 있다.

동시에 히라타를 압박하는 방법이 될 수도 있다. 왜냐면 다카시가 설렁설렁 나돌아다니다가 저택 사람들 눈에 띄어 수상한 사람으로 몰리게 됐을 때 가장 곤란해지는 것은 그 남자이기 때문이다. 그는 이 시대에서 평화롭게 살고자 하는 목적으로 신분과 직업을 얻었다. 다카시가 소동을 일으켜 시간 여행자니 초능력이니 하는 말을 늘어놓기라도 하면 여기 머물기도 힘들어지리라.

전쟁 전 이런 시대에 그런 말을 나불댔다간 자칫 경찰에게 체포될지도 모른다. 내 생각이 지나친가. 그러나 역사에 무지한 다카시도 전쟁 전 일본에 '신'은 단 하나뿐이라는 걸 알고 있다. 그런데 히라타는 그 '신'조차 할 수 없는—시간 여행을 할 수 있다고 말하고 있다.

좋아, 다카시는 결심했다. 가능한 한 신중하게, 먼저 이 방을 나가 가모 저택 안을 살펴보자. 만에 하나 여기가 시간 여행을 연구하는 과학자의 저택이고, 히라타가 그 협력자라면…….

혼자 그런 생각을 하다가 피식 웃음을 터뜨리고 말았다.

웃음이 얼굴에서 사라지기 전에 문 앞에서 소리가 났다. 무슨 소린가 확인하려는 사이 드르륵 문이 열리더니 바로 히라타가 모습을 드러냈다.

다카시는 당황하며 정색했지만 히라타의 날카로운 눈매는 그 모습을 놓치지 않았다. 성큼성큼 옆으로 다가와 털썩 주저앉으면서도 다카시의 얼굴에서 눈을 떼지 않고 있다.

"즐거워 보이는군." 갑작스레 말을 꺼냈다.

"기운이 좀 나서요." 다카시가 대답했다. "게다가 이렇게 신기한 경험을 하고 있잖아요."

히라타는 눈을 치울 때와 똑같은 스웨터에, 똑같은 바지, 그리고 오른손에는 둘둘 말린 신문지 같은 걸 들고 있다. 책상다리를 하며 다카시에게 그걸 건넨다.

"읽어 봐."

펼쳐보니 그건 진짜 신문이었다. 「도쿄일일신문」. 날짜는 쇼와 11년 2월 24일 조간과 25일 석간이었다.

"헛간에 옛날 신문이 쌓여 있더군. 몰래 가져왔지."

솔직히 말하자면 신문을 읽기는커녕 발행일을 확인하는 것조차 꽤 시간이 걸렸다. 가로짜기 활자가 오른쪽에서 왼쪽으로 나열되어 있었기 때문이다. 테두리 바깥 상부에 인쇄되어 있는 '도쿄일일신문'이라는 명칭도 처음 딱 봤을 때는 '문신일일쿄도'라고 읽고 말았다.

24일자 조간 일면은 네 단으로 나뉘어 각 단마다 검정 바탕에 하얀 색으로 된 커다란 활자가 나열되어 있다.

맨 위 단은 세로쓰기다. 『다카하시 고레키요 자전自傳』—자전自傳은 자전自伝이겠지일본은 병용하던 한자의 정자와 약자를 1946년 약자로 통일하여 쓰기 시작했다. '되살아나는 메이지 역사'라는 추천문이 달려 있다. 그런데 이렇게 뭔가 있어 보이는 책과 함께 『남녀생활의 설계』라는, 절로 웃음이 나올 법한 제목의 책 광고도 실려 있다. 아무래도 같은 출판사인 모양이다. '치쿠라쇼보'라고 씌어 있다.

두 번째 단에는 끝에서 끝까지 가로짜기로 가득히 〈座講學古考教佛좌강학고고교불〉이라는 한자가 나열되어 있다. 그 밑에 세로쓰기로 〈불교는 동양사상의 정화精華로 우리 문화의 가장 중요한 요소입니다〉라고 씌어 있다.

다카시는 눈을 들어 히라타의 얼굴을 바라봤다.

"쇼와 11년에는 아직 이런 광고가 허용됐었나 보죠?"

히라타는 영문을 알 수 없다는 표정을 지었다. "응?"

"태평양 전쟁에 돌입하기 직전이라면, 온 나라가 국가 신도로 통일시켰을 텐데, 다른 종교 광고가 있다니 이상하네요."

히라타의 얼굴에 양지의 눈이 녹아내려가듯 천천히 웃음이 퍼져갔다.

"그래서 코에 땀이 날 정도로 뚫어지게 쳐다봤나?"

다카시는 자기 코끝을 만져 봤다. 정말 축축했다.

"땀이 나오는 게 뭐가 어때서요?"

"속임수의 증거라도 잡았다는 듯이 구니까 말이야." 히라타는 유쾌해 보였다. "자네, 지금도 내가 하는 말을 전혀 안 믿고 있지? 이 모든 게 정교한 연극이고 이 신문도 가짜다. 그러니 불교 강좌 광고를 보고 엉터리라는 생각이 든 거지. 아냐?"

찍소리도 낼 수 없었다.

"대학 입시를 준비하는 사람이—아니, 그래서 더욱 현대사 같은 건 공부를 안 하겠군." 히라타가 말했다. "분명 자네가 말한 대로 태평양 전쟁 이전 일본에선 국가 신도가 국가의 종교였지. 하지만 그게 정해진 건 쇼와 때가 아니야. 원래는 게이오 4년1868년 신불판연령神仏判然令 신도와 불교, 신과 불, 신사와 사원을 분명히 구별하라는 명령이 내려졌을 때부터 시작한 거야."

히라타는 다카시에게서 신문을 뺏어 들었다.

"신문도 광고도 전부 진짜야. 자네가 믿든 안 믿든 여기는 쇼와 11년 도쿄라고. 무엇보다, 내가 뭐 하러 이런 것까지 위조하면서 자네를 속이겠나."

다카시는 화가 치밀어 입을 다물고 있었다. 속내를 간파당해 분했고, 히라타의 말이 진짜처럼 느껴져 화가 났다. 그렇지만 아무래도 그럴싸한 말에 넘어가고 있다는 기분이 떨쳐지지 않았다.

히라타는 신문을 내려다보며 다시 한번 웃었다.

"보라고." 세 번째 단 우측을 가리킨다.

"이건 산세이도 광고야. 그러고 보니 영일사전 콘사이스군. 그립네. 학교 다닐 때 정말 신세 많이 졌지. 이때부터 인기가 있었나."

광고에는 '언제나 주머니에서 떨어질 일 없는 느낌 좋은 사전!'이라고 씌어 있다. 다카시는 저도 모르게 웃음이 나왔다. 소박한 문구라는 느낌이 들었다. 워크맨 광고에 써도, 통하겠지. 언제나 주머니에서 떨어질 일 없는 느낌 좋은 워크맨.

"얄궂지 않나?"

"뭐가요?"

"제일 위에『다카하시 고레키요 자전』광고 말이야."

그렇게 말한들 다카시로서는 무슨 의미인지 알 턱이 없다. 그러자 히라타가 실소했다.

"그렇군. 정말 아무것도 모르는군. 이 다카하시 고레키요라는 사람은 쇼와 11년 현재 이 나라의 대장대신이라고. 하지만 지금 시간이라면, 벌써 청년 장교들의 총칼에 암살되었겠지. 습격이 오늘 아침 다섯 시경이니까."

다카시는 히라타의 얼굴을 뚫어져라 쳐다봤다. 그렇게 가만히 바라보고 있으면 그의 몸 전체에서 방사하는 마이너스 오라, 타인에게 혐오감을 불러일으키는 어두운 분위기를 억지로라도 느낄 수 있을지 모른다고 생각했기 때문이다. 지금 다카시는 그 정도로 철저하게 이 남자를 미워하고 싶었다.

"그렇게 나를 노려봐도 아무것도 바뀌지 않아." 히라타가 말했다. "역사적 사실과 자네가 그에 대해 무지하다는 사실은 변함이 없으니까."

"어차피 전 바보니까요."

"아무도 그렇게 얘기하지 않았어." 그러더니 바지 뒷주머니를 뒤져 작은 상자를 꺼낸다.

"달달한 거 좋아하나? 지에 씨가 주더군. 조카 주라면서."

모리나가森永 캐러멜 상자였다. 낯익은 엔젤 마크 상표다. 다만 森永삼영이 아니라 永森영삼이다.

"반 남아 있네."

달그락달그락 상자를 흔들며 히라타가 말했다. "이건 큰 거니까, 하나에 십 전 정도 할 게야. 지에 씨의 유일한 즐거움인데다가 그녀의 급료를 생각해 보면 결코 허투루 베푼 호의가 아냐. 단 게 싫다면 그냥 돌려줘도 돼."

"지에 씨라면, 후키라는 사람의……."

"같이 일하는 선배 하녀지. 예순이 다 됐을걸."

"후키 씨와는 사이가 좋은가요?"

"할머니와 손녀 같으니까. 왜 그런 걸 묻나?"

후키라는 사람에게 마음이 끌렸으니까, 라고 대답할 수는 없다. 다카시는 캐러멜을 하나 집어 포장지를 벗기며 화제를 돌렸다.

"어쨌거나 참 평화롭군요. 2 · 26사건이 한창이라면서요? 그런데도 이렇게 적막하고 누구 하나 소란을 떨지 않으니. 진짜로 쿠데타 같은 게 일어난 걸까나."

"자네가 모르고 있을 뿐이야." 히라타가 무뚝뚝하게 답했다.

"그리고 모르는 편이 좋아. 가만히 숨을 죽이고 쿠데타가 끝날 때까지 숨어 있게. 오늘까지 해서 기껏해야 앞으로 사흘만 참으면 돼."

"이번 사건으로 매스컴이 떠들어 대지는 않나요."

"육군이 신문 기사를 통제하고 있어. 「도쿄일일신문」에 제일보가 실리는 건 내일 조간이겠지. 라디오에서 먼저 보도할지도 모르고."

히라타는 다카시의 눈 속을 꿰뚫어 보기라도 하듯 날카롭게 바라봤다.

"그걸 듣겠다는 생각, 하지 마. 바깥 동정을 보려는 생각도 하지 말고. 알았어?"

다카시는 고개를 끄덕거렸다. 캐러멜이 목에 걸렸다.

"하나 가르쳐 주지. 자네는 지금 사태가 어떻게 돌아가는지 전혀 몰라. 하지만 그건 이 시대의 평균적인 서민의 감각과 별반 다르지 않아. 여기서 내가 사용하고 있는 이름의 원래 주인은 오두막에서 말했던 것처럼, 이 당시 후카가와 구 오우기바시라는 곳에 살았어. 2 · 26사건 따위는 거의 신경도 쓰지 않았지. 관청가 쪽에서 뭔가 우당탕 하더라는 것 정도를 기억하고 있을 뿐이야. 분명 사건 현장에서 가까운 마루노우치나 나가타초라든지 고지마치 일부, 또는 해군 육전대가 어마어마하게 많이 상륙했던 시나가와 부근에선 ‘내전이 발발했다’거나 ‘일본 전체가 온통 불바다가 됐다’는 식의 유언비어가 난무하기도 했지. 하지만 그건 극히 일부에 불과해.”

다카시는 어깨를 움츠리며 말했다. “그래도 가모 저택은 습격당한 현장 바로 근처잖아요. 육군성이라든가.”

“육군성은 이 근처에 있지만 습격당한 장소가 아니야. 지금 현재 점거당한 곳은 사쿠라다몬 경시청과 육군대신 공저公邸지. 여기서 걸어갈 수 있는 거리에 있긴 한데. 흥미 없잖아, 자넨.”

히라타의 말투에 다카시는 다시 울컥했다. 또 자신을 바보 취급하고 있다.

“그야 그렇지만 근처에서 소동이 벌어졌다는데 가모 저택 사람들이 얌전히 있는 것도 이상하잖아요.”

히라타는 잠시 뜸을 들였다. 뭐라 말하려다 생각을 바꿨는지 한동안 고민하고 나서야 겨우 입을 열었다.

“이 저택의 주인은 육군 퇴역 군인이야. 퇴역이 뭔지 아나?”

“그 정도는 알아요. 현역에서 물러난 군인이라는 뜻이잖아요.”

“물러났다고 해도 예비역과 퇴역은 의미가 달라. 뭐 상관없지.” 히라타는 빠른 말투로 이야기를 이어갔다.

“이름은 가모 노리유키. 헌법의 헌憲이라고 할 때의 노리憲야. 이름과 어울리게 메이지 헌법을 머리에 받들고 태어난 것 같은 인품이지. 메이지 9년에 태어났으니 지금은 예순 살. 과거에는 황도파 동조자로 청년 장교들과도 가까웠지. 그러니 가까운 곳에서 사건이 일어났다 하더라도 갑자기 습격당할 위험 같은 건 없어. 물론 자네가 지금의 내 설명을 알아들을 리 없지만."

다카시는 히라타를 노려보았다.

"날 놀리는 게 그렇게 재밌나요."

"그런 게 아니야."

히라타는 책상다리를 풀며 자리에서 일어났다.

"여기서 숨어 지내는 것도 아주 나쁘진 않을 거야. 지에 씨도 후키 씨도 친절하지? 사흘만 참으면 돼. 자네야 현대사 따위 알 필요가 없으니, 현대로 돌아갔을 때 기다리고 있을 수험이라는 혹독한 경쟁에 대비해 여기서 쉬며 힘을 비축해 두는 게 좋지 않겠나."

히라타가 방에서 나가며 미닫이문을 쾅 하고 닫았을 때, 다카시는 뭔가 고이 간직하고 있던 걸 빼앗겨 버린 기분이 들었다.

밖으로 나가자. 지금의 결심은 겁에 질렸다거나 자기 보호 본능에서 생겨난 것이 아니다. 다카시에게도 의지가 있다. 화가 났다.

다카시는 이부자리를 박차고 일어나 유카타 끈을 고쳐 맸다. 이번에야말로 제대로 된 염탐이 필요하다. 주위 동태를 살피기 위해 귀를 기울였다.

천천히, 천천히 미닫이문에 손을 얹었다. 주위는 조용하고 발소리나 목소리도 들리지 않는다. 그런데도 손에 땀이 배어 나와 자신도 의아했다.

'들킨다고 날 죽이기야 하겠어.'

마음 편히 생각하자고 스스로를 격려했다. 문 상태가 좋지 않다는 건 아까 화장실 갈 때 확인했으니 이번에는 소리가 나지 않도록 문을 약간 들어 조용히 밀었다.

예상한 대로 소리 없이 미닫이문이 움직였다. 바퀴에 녹이 슨 모양이다. 이런 데는 괜히 꼼꼼한 편이라 신경이 쓰이면 바로 고쳐야지 직성이 풀린다. 후키 씨에게 고치는 편이 좋겠다고 말해 줄까. 그러다가 문득 쓴웃음이 나왔다. 나도 참, 그런 걸 신경 쓸 때가 아닌데.

맨발이라 고양이처럼 사뿐사뿐 걸을 수 있었다. 아까 나왔을 때 오른쪽에는 화장실밖에 없다는 걸 확인했으니 가야 할 길은 그 반대편, 다카시는 왼쪽으로 몸을 돌렸다.

오른쪽으로는 벽이 이어졌고, 왼쪽에는 방금 나온 방과 비슷한 미닫이문 세 개가 같은 간격으로 늘어서 있다. 모두 고용인 방이겠지. 이제야 모든 미닫이문 바깥에 하얀 페인트가 발라져 있음을 눈치 챘다. 엉터리로 칠했는지 얼룩진 곳과 칠이 덜 된 부분이 눈에 띈다. 또다시 꼼꼼한 성격이 고개를 들어 나라면 좀 더 깨끗이—하는 생각이 들었다.

이건 좋은 징조일지도 모른다. 자기 페이스로 돌아오고 있다는 얘기다. 다카시는 천천히 걸어 막다른 곳까지 갔다. 세 번째 미닫이문을 지나자 복도가 오른쪽으로 꺾이더니 그 앞으로 계단이 보였다.

저택 안으로 이어지는 계단일까. 갑자기 심장이 두근거린다.

짐작대로 여기는 반지하였다. 계단은 여섯 단. 일반적이라면 이

보다 배는 있어야겠지. 다 올라가니 이번에는 미닫이문이 아니라 고풍스러운 유리 손잡이가 달린 문이 나왔다. 위쪽에 불투명 유리창이 끼워져 있다.

그때 불투명 유리 너머로 사람 그림자가 어른거렸다. 다카시는 급히 몸을 숙였다. 희멀건 사람 그림자는 별로 크지 않다. 복도가 구부러지는 데까지 되돌아가 목만 빠끔 내민 채 동태를 살펴보고 있으니, 그림자가 다시 되돌아온다. 목소리도 들린다.

"시로키야에 가면 있을지도 몰라—."

나이 지긋한 여성의 목소리다. 캐러멜을 준 지에라는 사람의 목소리일까.

'어떡하지…….'

계단을 뛰어올라가 기습적으로 문을 연 다음 깜짝 놀랄 지에에게 "지금이 몇 년인가요?"라고 다그쳐 묻는 것도 하나의 방법일지 모른다. 아니면 현관을 찾아내 밖으로 뛰쳐나갈까. 그것도 방법이다.

둘 다 관두기로 했다. 지에 목소리에 이어 후키의 목소리가 들려왔기 때문이다.

"그렇지만 분명 비쌀 텐데요."

지에의 목소리가 답했다. "어떻게든 사서 보내 주고 싶은데 말이야."

"아야코 짱 좋아하겠네"라며 후키가 웃는다. "부럽다."

문 건너편은 저택 안이라고 해도 고용인들의 공간인 모양이다.

후키와 지에는 뭔가 작업을 하면서 얘기를 나누고 있다.

다카시는 벽에 등을 기대고 두 사람의 낌새를 엿봤다. 고개를 도로 들여놓자 대화의 내용까지는 알아듣기가 힘들다. 두 사람의 발소리와 대화의 단편만이 들릴 뿐이다.

당분간 물러날 기미는 보이지 않았다.

상관없잖아. 나는 사기당하고 있는 걸지도 모르는데. 계단으로 올라가 핵심과 맞부딪치는 거다. 후키라는 여자도 같은 패거리일지 모른다고 아까부터 생각하고 있었으니까.

그러나 다리가 움직이지 않는다.

허세를 부리고 있다는 사실을 자기도 알고 있다. 후키에게 이상한 꼴을 보이고 싶지 않다. 나쁘게 보이고 싶지 않다. 왜냐하면, 친절하게 대해 줬기 때문이다. 상냥하게 대해 줬기 때문이다. 그리고 그 사람이—정말 예쁘고 귀여웠기 때문이다. 남자는 어쩔 수 없는 생물이다.

다카시는 조심스레 왔던 길을 되돌아가다가 자기가 나온 방 바로 옆 미닫이문에서 멈춰 섰다.

여기부터 조사해 보자. 자물쇠가 안 걸려 있어야 가능한 얘기지만—.

안 걸려 있다. 미닫이문은 스르륵 십 센티미터 정도 열렸다. 조심스레 이번에도 문을 약간 들어 밀었다.

구조나 깊이는 히라타의 방과 똑같다. 다만 내부 풍경은 자못 다르다. 오른쪽 벽에는 작지만 단단해 보이는 일식 옷장이 하나.

닳아 해진 다다미 위에는 돗자리 같은 게 덮여 있고, 평평하게 눌린 방석이 오도카니 놓여 있다. 그 옆에 낯익은 화로가 하나. 출입구 옆으로 다리를 접어 놓은 둥근 탁자가 벽에 기대 세워져 있다.

이런 걸 뭐라고 하더라? 텔레비전 드라마에서 본 적이 있다. NHK의 아침 TV소설 같은 데서—.

맞다. 소반小盤이다. 둥글고 다리를 접어 정리할 수 있다.

반대편 벽에는 못을 박은 나무 판을 붙여 옷을 걸 수 있게 해 놓았다. 기모노가 한 벌 걸려 있다. 기모노의 색상으로 미루어 볼 때 지에의 방인 듯하다.

대체 몇 년 동안 이 가모 저택에서 일한 걸까. 오랫동안 고용살이를 해 온 것치고는 너무나 간소하고 물건이 적어 아무리 고용인의 방이라지만 적막하다는 기분마저 들었다. 풍족한 시대로부터 역행해 온 사람의 시선으로 보기에 더욱 그런 걸 테지. 어쩌면 쇼와라는 시대를 살아가는 사람들은 생계를 꾸려가는 데 그다지 많은 물건을 필요로 하지 않았는지도 모른다.

다카시는 살그머니 방을 빠져나와 옆으로 이동했다. 마찬가지로 문은 쉽게 열렸다. 약간의 호기심과 함께 뒤가 켕기기도 했지만 예상대로 후키의 방이다. 이번에도 걸려 있는 기모노를 보고 알았다.

낡아빠진 다다미나 화로는 지에의 방과 똑같다. 적당히 배분된 걸까. 그렇지만 소반이나 옷장은 없다. 대신에 채광창 바로 밑에 작은 책상이 자리 잡고 있었다. 책상 옆에는 자질구레한 것들을 담아 놓는 서랍장이 있고 그 위로 장난감 같은 경대가 얹혀 있다. 수건이 쳐져 있었지만 형태를 보고 짐작할 수 있었다.

방 안을 천천히 가로질러 경대 쪽으로 다가갔다. 수건을 걷어 치우니 얼룩 하나 없이 깨끗하게 닦인 둥근 거울이 보인다. 경대에는 작은 서랍이 있어, 쇠장식으로 된 손잡이를 잡아당기면 열리게끔 되어 있다.

다카시는 뒤를 슬쩍 돌아보며 켕기는 느낌을 떨쳐 내고 서랍을 열었다.

머리핀. 회양목. 검정 고무줄—이건 머리를 묶기 위한 것이리라. 화장품 같은 건 안 보인다. 여동생 방 거울 앞에 빽빽하게 늘어선 화장품을 떠올려 보면 그야말로 과도하게 간소한 편이다.

바닥에는 신문에서 오려낸 듯한 종잇조각이 놓여 있다.

"파피리오パピリオ"라고 가타카나로 크게 씌어 있다. 아까 봤던 「도쿄일일신문」의 광고 서체와 비교해 보면 조금 멋을 부렸다고 할까. 모던한 글자체다. 그도 그럴 것이 화장품 광고였기 때문이다. 읽어 보니 바로 알 수 있었다.

'가루분 12색', '정가 60전', '세계 제일의 가루분이 일본에서 나왔습니다.'

후키는 이게 갖고 싶은 걸까. 언젠가 사야지 하면서 오려 둔 것일까.

다카시는 그걸 원래 자리에 되돌려 놓고 잠깐 망설이다가 경대 아래 서랍장을 하나하나 열어 보았다. 제일 윗단은 반짇고리 대신 사용하는 모양인지, 실과 가위, 헝겊 종류들이 가득하다. 두 번째 단에는 연필과 주머니칼, 그리고 치요가미꽃무늬 등 아름다운 무늬가 그려진 일본 색종이가 몇 장. 접어 놓은 것도 보인다.

그 밑에는—엽서가 몇 장, 묶여 있다.

—동생이 갑자기 편지를 보내곤 해요.

갑자기 가슴이 두근거린다. 미닫이문을 쳐다봤다. 다행인지 불행인지 아무도 오지 않는다.

다카시는 천천히 엽서 다발을 꺼내 맨 위에 있는 한 장을 살펴보았다.

서툰 글씨였다. 겉장 주소는 도쿄 시 고지마치, '가모 노리유키 육군대장 댁 무코다 후키'라는 삐뚤빼뚤 쓴 글자들이 늘어서 있다. 보내는 사람은 '무코다 가쓰오'라고만 되어 있을 뿐, 주소는 없다.

뒤집어 봤다. 가로쓰기로 역시나 삐뚤빼뚤한 글자들이 기울어졌다가 다시 돌아오기를 반복하며 문장이 이어지고 있다.

"누님, 건강하시지요.

지난 편지 이후로 꽤나 뜸하고 말았습니다. 저는 아주 건강합니다만, 날씨가 쌀쌀한 무렵인지라 혹여 누님이 감기에라도 걸리지 않으셨나 걱정이 됩니다.

저는 바쁜 나날을 보내고 있습니다. 지난 편지에도 썼다시피 저희 반 반장이 상당히 엄격한 사람이라 매일 혼나고만 있습니다. 나라를 위해 중요한 군함을 만들고 있지만, 가끔은 집이 그리워집니다. 누님은 빵을 잘 만들게 되셨나요.

휴가를 얻으면 꼭 긴자에 같이 놀러 가요. 영화 보러 가요.

또 편지 쓰겠습니다. 안녕히. 가쓰오."

다카시는 그걸 두 번 되풀이 읽었다. 다 읽고 나서 다른 엽서에도 손을 댔다가 그대로 멈췄다. 갑자기 부끄러워졌다.

가쓰오라는 이름을 가진 후키의 동생은 다카시와 나이가 같다. 무서운 반장한테—아마도 작업반장 같은 부류의 상사겠지—혼나면서도 나라를 위해 군함을 만들고 있다. 나사를 조인다거나 부품을 닦는다거나 재료를 옮긴다거나 하는 일이겠지. 편지 내용을 보더라도 고등 교육을 받았으리라고는 여겨지지 않는다. 단순 작업을 하고 있으리라. 매일매일 자질구레한 일 따위에 쫓기며 혹사당하고 있음이 분명하다.

—꼭 긴자에 같이 놀러 가요. 영화 보러 가요.

이건 그 동생이, 멀리 떨어진 곳에서 고용살이를 하며 하녀로 일하고 있는 누이에게 한 글자 한 글자 그야말로 새기듯 써서 보낸 편지다. 건들건들 훔쳐 읽어서야 쓰겠는가.

다카시는 원래 놓여 있던 상태에 신경을 쓰며 엽서를 돌려놓은 다음 조심스레 서랍을 닫고 일어났다.

—가끔은 집이 그리워집니다.

후키의 고향은 어디일까. 아까 잠옷을 건네받았을 때 '훔친 건가요'라고 묻던 후키의 심정을 이제야 조금 알 것 같다. 이 시대는 아직도 그런 시대인 것이다. 적어도 후키와 가쓰오와 같은 이들에게 있어.

다카시는 후키의 방을 나와 세 번째 미닫이문 앞에 섰다. 이 미닫이문도 자물쇠가 걸려 있지 않다. 열어 보니 그곳은 지금까지 본 어떤 방보다도 살풍경하여 사람이 살고 있다는 기미조차 느껴지지 않았다. 다다미 일부에는 구멍도 뚫려 있다. 일을 그만둔 고용인의 방인 모양이다.

다카시는 다시 계단으로 돌아갔다.

불투명 유리 너머에는 이제 사람 그림자가 보이지 않는다. 목소리도 들리지 않는다. 지에와 후키가 뭘 하고 있었는지 모르지만 그 작업을 마치고 다른 일을 하러 갔겠지. 그러고 보니 유리 건너편이 아까보다 어두침침해진 듯하다.

올라가 보자. 다카시는 계단에 발을 디뎠다.

한 발 한 발 역시나 가슴이 떨린다. 그렇지만 이번의 두근거림은, 이전과는 약간 종류가 다르다. 사기에 걸려들었나 했던 의심은 거의 사라지고, 그저 순수하게 누군가의 눈에 띄지 않았으면 하는 마음만이 앞섰다. 이 주변을 조금 더 잘 알게 될 때까지는 아무한테도 들키지 않았으면 하고 바랐다.

한 계단, 두 계단. 여섯 번째 계단을 올라 손잡이를 쥐었다. 싸늘하고 차갑다. 각진 모양이 손바닥에 느껴진다.

돌려 봤다. 끼익 하는 소리가 나면서 아주 살짝 문이 앞으로 밀린다.

십 센티미터 정도의 틈으로 새어 나온 건 햇살—밝은 자연광이었다. 어딘가 가까운 곳에 창문이 있으리라. 어디선가 달콤한 향도 풍겨 온다. 핫케이크나 쿠키와 같은 좋은 냄새다.

문틈으로 고개를 내밀었다.

이 방이 고용인들의 작업 방일 거라는 예상은 반 정도 맞았다. 실제로 여기는 방이라기보다 조금 넓은 복도 같았다. 바닥은 판자를 댔고, 벽도 무미건조한 하얀색으로 칠해져 있다. 오른쪽에도 왼쪽에도 문이나 벽은 없다. 바로 앞쪽 벽에 길이 오십 센티미터 정도의 가늘고 긴 붙박이 탁자 같은 게 있다. 다리미판인 듯하다. 탁자 구석으로 상당히 무거워 보이는 다리미에 얼룩덜룩한 천으로 감긴 두꺼운 코드가 연결되어 있다. 코드를 꽂을 수 있는 콘센트도 보인다. 콘센트라니, 낯익은 문명의 이기를 오랜만에 접한 기분이다.

손가락으로 슬쩍 다리미를 만져 봤다. 아직 뜨겁다. 바로 옆에는, 이건 아마도 숯을 이용해서 데우는 것이리라, 손잡이가 달린 인두 같은 물건이 비스듬히 세워져 있다. 이것도 뜨겁다. 아까까지 둘은 다림질을 하고 있었나 보다—절로 미소가 나왔다.

그때, 오른쪽으로 이어진 복도 끝에서 별안간 여자 비명 같은 게 튀어나왔다.

3

다카시는 그 자리에 얼어붙었다. 너무 놀라 숨이 멎고 말았다.

그렇지만 그건 불과 한순간이었다. 이어진 비명이 후키의 목소리임을 알아차리자마자 달려 나갔기 때문이다. 고민하기 전에 몸이 먼저 움직였다.

목소리가 들려온 곳은 왼쪽이었다. 자신이 있던 복도 같은 작은 방을 가로지르니 왼쪽에 세 단쯤 되는 작은 계단이 나왔다. 그 위로 오른쪽에 목제 문이 버티고 있다. 앞뒤를 따질 겨를도 없이 다급히 문을 열었다. 문을 열자 다시 짧은 복도가 나온다. 문은 왼쪽에 하나, 막다른 곳에 하나 있다. 후키 목소리는 막다른 문 건너편에서 들려왔다.

다카시는 그제야 발을 멈췄다. 이마에서 솟은 땀이 뺨으로 흐르고 있다.

이번엔 타다닥 하는 발소리 같은 게 들려왔다. 그러고는 놀랍게도 웃음소리가 울려 퍼진다. 젊은 여자의 목소리. 후키는 아니다.

문에는 공들여 깎은 유리 손잡이가 달려 있다. 문 중앙, 기하학적인 무늬로 새겨진 유리에 사람 그림자가 희미하게 비쳤다.

손잡이를 돌려 조심스럽게 문을 열어 봤다. 여자의 웃음소리가 더욱 높아진다.

"자, 자, 도깨비, 이쪽이야."

명랑한 목소리가 노래하듯 울리고 있다. 다카시는 문틈으로 안을 엿봤다.

젊은 여자의 모습이 보인다. 화려한 무늬의 주홍색 기모노를 입고 있다. 후키처럼 머리카락을 틀어 올렸지만 그녀의 머리에는 반짝반짝 장신구가 달려 있다.

스무 살 정도일까. 나이를 가늠하기가 힘들다. 그녀는 웃으며 마냥 즐거워하는 기색이다.

"자, 후키, 그쪽이 아냐. 이쪽."

떨리는 가슴을 진정시키며 다카시는 후키의 모습을 찾았다. 등받이가 높은 의자가 시야를 가로막고 있다.

"아가씨—." 후키의 목소리가 들린다. 안쪽 오른편이다.

"용서해 주세요. 제가 곤란합니다."

목소리가 의외로 냉정하고 예의 바르다. 살며시 웃음을 머금은 듯 들린다.

마침 그때 다카시가 엿보고 있는 방 안 어딘가 다른 곳에서 문이 열리는 소리에 이어 발소리가 울렸다. 누군가 들어왔나 보다.

주홍색 기모노를 입은 여성이 "어머, 오라버니" 하고 놀라더니 다카시의 시야에서 사라졌다.

찬스다. 다카시는 자세를 낮춰 미끄러지듯 문 안으로 들어갔다. 문과 맞닿은 벽에 금병풍 하나가 모서리를 가리듯 쳐져 있는 게 보여 일단 그 뒤로 숨었다.

다행히 아무도 눈치 채지 못한 모양이다. 조심스레 목을 내밀자 실내가 잘 보인다. 그제야 다카시는 떨리는 숨을 토해 냈다.

살펴본 바로 등장인물은 세 사람. 한 사람은 주홍색 기모노 여자, 또 한 사람은—'오라버니'라 불린 인물이리라—이십대 중반으로 보이는 남자다. 잿빛 바지와 하얀 와이셔츠 차림에 슬리퍼를 신고 있다. 호리호리하고 얼굴이 갸름해 짧게 친 머리가 별로 안 어울린다.

세 번째 사람이 후키. 보자기 같은 걸 푹 뒤집어 쓴 채 걸레를 쥔 후키의 모습을 보고 다카시는 깜짝 놀랐다. 뭐 하는 거지?

"다마코, 뭘 하고 있는 거야." 청년이 말했다. 꾸짖는 기색이 역력하다.

"놀고 있어요." 주홍색 기모노 여자가 답했다. "후키랑 까막잡기를 하고 있었어. 그렇지, 후키?"

"예, 말씀하신 대로입니다."

후키는 보자기를 뒤집어 쓴 채 고개를 끄덕이며 대답했다. 청년이 후키 옆으로 다가와 보자기를 벗기려 했지만 목덜미에 매듭이 있어 푸는 데 다소 시간이 걸렸다.

보자기를 벗은 후키는 얼굴을 조금 찡그렸지만 눈가와 입가에 웃음을 머금고 있다.

"이런 장난을 해서야 쓰겠어?"

청년이 다마코라는 주홍색 기모노 여자를 야단쳤다. 그러자 후키가 마무리하려는 듯 말했다.

"다카유키 님, 화내지 마세요. 그냥 장난이었어요."

"그러게."

다마코는 기모노 소매를 쥐고 한들한들 흔들었다. "눈만 내려 지루하단 말이에요. 아버진 밖에 나가면 안 된다고만 하시고."

"그렇다고 이렇게 유치한 짓을 해? 위험하잖아. 후키는 일하는 중이라고."

다마코는 괜히 토라진 척했다. "오라버니는 언제나 후키 편만 들고."

그러고는 이번에도 역시 서툰 배우와 같은 몸짓으로 휙 하고 돌아서더니 방 왼편에 있는 문으로 뛰어 나갔다. 문을 닫을 때 주홍색 기모노 소매가 펄럭 나부꼈다.

다카시는 어안이 벙벙했다. 뭐야, 저 여자.

반면 남겨진 두 사람에게는 다마코라는 여자의 저런 행동이 이상할 것까진 없는 모양이다. 후키가 청년에게 머리를 숙인다.

"정말 죄송합니다."

다카유키라는 청년은 화가 난다는 듯 보자기를 한 번 휘둘러 펴고는 그걸 팔에 걸쳤다.

"후키가 사과할 일이 아니야. 다마코가 또 저런 짓을 하거든 걱정 말고 야단쳐. 정말 어쩔 수 없는 애야."

정말 화가 난 모양이다. 얼굴에 비해 유달리 큰 귀가 살짝 상기됐다. '부끄럽다'는 마음도 있겠지.

"청소하고 있는데 갑자기 이걸 뒤집어씌운 거야?" 다카유키가 물었다.

"예." 후키가 웃음을 지으며 대답한다. "바로 '누구게'라고 하시면서."

"비명을 듣고 깜짝 놀랐어."

"놀라게 해 드려서 정말 죄송합니다. 부끄럽습니다."

후키는 다시 머리를 숙였다. 다카유키가 후키의 어깨에 손을 얹으며,

"후키가 사과할 필요 없어. 장난 친 쪽이 나쁜 거니까. 알겠지?"

그렇게 말하더니 보자기를 들고는 다마코가 나갔던 문으로 나갔다.

방 안에는 후키 혼자 남았다. 살짝 한숨을 쉰다. 얼굴은 미소로 누그러져 있다.

"후키 씨." 다카시가 나직이 말을 걸었다.

후키가 깜짝 놀라 펄쩍 뛰어올랐다. 얄궂게도 아까보다 더 놀랐는지 걸레를 떨어뜨리며 소리를 지르려다 말고 손으로 입을 꾹 누른다. 다카시도 당황했다. 소리를 듣고 다카유키가 되돌아오면 곤란하다.

"저예요. 여기, 여기예요."

다카시는 병풍에서 얼굴을 내밀고 손을 흔들어 보였다. 후키가 눈을 휘둥그레 뜨며 얼어붙은 듯 서 있다가, 다급히 다카유키가 나갔던 문을 되돌아본다. 누가 방에 들어올까 주의를 기울이며 재

빨리 의자 사이를 지나 다카시가 있는 곳으로 뛰어왔다.
"이런 데서 뭘 하고 있는 거예요?"
그 말에 다카시는 약간 기분이 상했다.
"나도 비명을 듣고 깜짝 놀라 뛰어왔다고요."
"어머, 저런."
후키가 양손으로 볼을 가리더니 피식 웃음을 터트렸다.
"정말 고마워요. 미안."
"아까 누구예요? 별 유치한 여자를 다 보겠네."
후키는 다시 한번 주위를 살피며 다카시 옆에 쭈그리고 앉았다.
"이 집안의 아가씨예요. 다마코 님."
"그 남자는? 오빠?"
"예. 다카유키 님이에요. 그 남자라고 부르면 안 돼요."
후키는 진지한 얼굴로 타일렀지만 다카시는 왠지 심통이 났다. 아까 대화를 나누는 모습도 그렇고, 생각해 보면 후키와 잠옷 건으로 이야기하다 다카유키 이름이 나올 때도 그랬다. 왠지 다카유키의 이름을 꺼낼 때마다 후키의 말 속엔 호감이 배어 있는 것 같다.
"방으로 돌아가는 편이 좋겠어요. 이곳은 저택 분들이 드나드니까."
다카시는 새삼 실내를 둘러보았다.
천장이 높은 서양식 주택이다. 여염집보다 두 배는 높아 보인다. 천장 네 가장자리에 두꺼운 들보가 뻗어 있다. 그 내부에는 육각형으로 짜맞춘 듯한 형태로, 역시 두꺼운 들보로 칸을 구분하고 있다. 들보가 없는 천장 부분은 아리따운 자수가 놓인 천으로 대 놓았다. 천과 자수는 팥죽색이랄까 차분한 적색 계열의 톤으로 통일되어 있다.

벽지도 마찬가지였다. 이런 걸 뭐라고 하나. 손끝으로 만져 보니 요철이 분명하게 느껴진다. 인쇄한 문양이 아니라 손으로 일일이 수를 놓았다. 천장의 자수는 잘 안 보였지만, 벽에는 모란처럼 큰 꽃잎과 잎사귀, 그리고 가지 사이를 날아다니는 새가 어지러이 섞인 그림이 수놓아져 있다.

바닥에 깔려 있는 건 진홍색 융단이다. 단색이었지만 자세히 보니 얼마나 공들여 짠 것인지 짐작이 간다. 발끝이 파묻힐 정도로 골진 줄무늬가 이어져 있다. 맨발이라면 거의 소리가 안 날 테지. 그래서 아까 다마코라는 여자도 청소하고 있던 후키에게 들키지 않고 몰래 다가올 수 있었던 거다.

"여기는 거실인가요?"

다카시의 질문에 후키는 고개를 끄덕였다.

"손님들도 드나드시죠."

정면으로 직경이 이 미터쯤 되는 커다란 난로가 보인다. 불이 활활 타오르고 있다. 맨틀피스라고 하던가, 옅은 빛깔의 하얀색 대리석으로 난로 주위를 장식하고, 그 위에 액자 몇 개를 올려놓았다.

난로 앞에는 유리를 얹은 거실용 테이블이 있다. 그 주위를 둘러싼 등받이 높은 의자들이 아까 다카시의 시야를 가로막았던 거다. 난로 오른편에 놓인 소파는 오토만 천으로 만들어진 듯하다. 그 위에 무늬가 선명한 작은 쿠션 세 개가 장식처럼 놓여 있다.

다카시가 숨어 있던 병풍은 난로에서 볼 때 방 서쪽 구석의 파손된 벽지 일부를 감추기 위해 가져다 놓은 것으로 짐작된다. 병풍 오른쪽에는 위아래로 여는 창문이 세 단으로 이어져 천장까지 뻗어 있다. 눈빛으로 창밖은 하얗게 빛난다. 창틀 위로 걸혀 있는 진홍빛 커튼은 연극에 쓰이는 막이라 해도 무방할 만큼 묵직해 보인다. 가장자리에 달린 끈으로 올렸다 내렸다 하는 모양이다.

벽에 붙은 커다란 추시계가 천천히 시각을 가리키고 있다.

"방으로 돌아가세요."

후키는 이제 애원조가 됐다.

"들키기라도 하면 큰일 나요. 히라타 씨에게도 폐가 되고요."

다카시는 허리를 펴고 일어나 거실 전체를 둘러보았다.

문은 두 개다. 다카시가 들어온 문과 다마코가 나간 문. 방 동쪽 구석에는 커다란 삼각형 장식장이 있다. 다가가 보니 장식장 안은 그릇이나 꽃병 같은 걸로 가득하다.

"예쁘네."

"주인님 물건이에요." 후키가 서둘러 말했다. "저기, 이것저것 보고 싶은 건 알겠는데 방으로……,"

다카시의 소매를 잡아끌듯 후키가 재촉한다. 그때 다마코가 나갔던 문밖에서 발소리가 들렸다.

"아." 후키가 흡사 비명과 같은 소리를 내며, "누가 오고 있어요. 자, 얼른—,"

후키의 말이 끝나기도 전에 다카시는 그녀의 소매를 붙잡고 재빨리 방 안을 가로질러 다시 병풍 뒤에 숨었다.

"아니, 어째서—."

"쉿, 조용히."

후키를 제지한 다음 다카시도 숨을 죽였다.

문이 열린다.

작지만 체구가 다부진 노인이다. 기모노를 입고 있다. 오른손에는 지팡이를 들었는데 아닌 게 아니라 걸음걸이가 상당히 불편해 보였다. 한 걸음 디딜 때마다 쉬며 천천히 실내로 들어온다.

턱이 튀어나와서 그런지 완고한 인상이다. 머리는 은발로 풍성히 물들었고, 목이 짧아 그만큼 어깨가 치솟아 보인다. 반절 이상 샌 눈썹은 산신령처럼 무성해 가는 눈 위를 차양처럼 덮고 있다.

"저 사람이," 다카시가 소곤거리는 목소리로 물었다. "주인님?"

후키는 노인의 등장에 깜짝 놀란 눈치다. "예, 그래요."

그렇다면 저 사람이 가모 노리유키인가. 전 육군대장이라고 히라타가 말했었다. 쇼와의 군인.

예순이라 들었는데 그보다 훨씬 더 늙어 보인다. 걸음 탓인가.

"몸이 안 좋으세요." 후키도 목소리를 낮춰 말했다. "좀처럼 방에서 나오시질 않았는데, 무슨 일일까."

가모 노리유키는 한 발을 내딛고 멈추기를 반복하며 난로 가까이 다가갔다. 불빛이 얼굴에 비칠 정도로 가까워지자 걸음을 멈추더니 감질날 듯한 동작으로 지팡이를 맨틀피스에 세워 놓는다.

그러더니 품 안에 손을 넣어 뭔가를 꺼내 들었다. 하얀 종이—서류 뭉치 같다.

가모 노리유키는 서류 뭉치를 양손에 들고 한참 동안 바라보았다. 되풀이해서 읽고 있는 걸까.

이윽고 서류를 한 장씩 말더니 난로 불길 속에 집어넣기 시작했다. 다카시는 숫자를 셌다. 한 장, 두 장—전부 일곱 장이다. 종이는 불길에 휩싸여 눈 깜짝할 사이에 재가 되었다.

가모 노리유키는 종이가 타는 걸 지그시 지켜보더니 손을 떨며 부삽을 집어 들고는 장작을 쿡쿡 찔러 종이가 완전히 바스러지는 걸 끝까지 확인했다. 불안해 보이는 동작에 다카시는 조마조마한 기분이 들었다. 자칫했다가는 발끝을 삐끗하여 난로 속으로 넘어질 것 같았기 때문이다.

가까스로 작업이 끝나자, 노인은 올 때처럼 불편한 걸음으로 방에서 나갔다. 똑딱똑딱 하는 지팡이 소리가 완전히 사라질 때까지 다카시와 후키는 숨을 죽이고 있었다.

4

후키와 둘만 남게 되자 다카시는 안도의 한숨을 쉬며 병풍 뒤에서 나왔다. 다카시의 손은 여전히 후키의 손을 쥐고 있다.

후키는 방금 전 가모 노리유키의 모습이 어지간히도 이상했나 보다. 느닷없이 벌어진 일이라 다카시의 허물없는 행동을 나무라는 것도 잊은 채 주인이 나간 문에서 시선을 떼지 못하고 있다.

다카시가 살그머니 손을 잡아당겼더니 깜짝 놀라 눈을 끔벅거린다.

"주인님이 자기 방에서 밖으로 나오는 게 그렇게나 드문 일인가요?"

후키는 다카시의 말이 채 끝나기도 전에 꾸벅 고개를 끄덕였다. 정말로 놀란 기색이다.

"게다가 혼자서 거실로 내려오시는 경우라곤—."

말끝을 흐리다가, 그제야 자기가 다카시와 손을 잡고 있음을 깨달았나 보다. "어머" 하고 놀라더니 다급히 손을 뿌리친다. 다카시는 자기도 모르게 히죽 웃고 말았다.

"이상한 사람들이네, 이 저택 사람들은."

천장 높이 공들여 수놓은 자수를 올려다보며 다카시는 기지개를 켰다. 비좁은 방에서 나오니 역시 기분이 좋아졌다. 후키가 미심쩍은 표정으로 다카시를 바라본다.

"틀어박혀 지내는 주인님에, 유치한 장난을 치는 아가씨, 고릿

적 청춘 영화의 주인공처럼 행동하는 도련님. 이제 또 누가 남았나요?"

그러고 보니 어두웠던 새벽녘, 가모 저택 앞뜰에 있을 때 창을 열고 대화를 나누던 남녀가 떠오른다. 그 목소리는 지금의 남매와 달랐다. 노숙한 느낌이었다.

후키는 아무런 대답도 하지 않고 다카시의 얼굴을 쳐다보고 있다. 그러다 이제야 발견했다는 듯 다카시 옆을 지나 아까 떨어뜨렸던 걸레를 주워들었다.

"지하 방으로 돌아가세요." 등을 돌리고 말한다. "전 아직 해야 할 일이 많아요. 놀고 있을 처지가 아니에요. 무엇보다 당신은—,"

후키는 화가 난 표정을 보여 주고 싶지 않은지 등을 돌린 채 계속 말했다.

"이 저택 분들에게 들키기라도 해서 쫓겨나면 곤란하잖아요? 당신은 상관없을지 모르지만 히라타 씨는 분명 곤란할 거예요. 삼촌 입장도 생각해 봐요."

화난 얼굴도 예쁘네. 다카시는 문득 그런 생각이 들었다.

숨어 지내다가 밖으로 한 발 내디딘 것만으로 이렇게 흥분하리라고는 예상하지 못했다.

이 고양된 기분은 우월감과 비슷하다. 의외다. 방금 전까지만 해도 엄청난 사기에 걸려들었을지 모른다고 생각한 주제에. 하지만 일단 의심을 거둬들이고 나니 이번에는 시계추가 반대로 움직인 것처럼 유쾌한 기분마저 들었다.

난 정말 과거에 와 있다. 나는 이 사람들이 모르는 미래를 알고 있다. 미래에서 왔다. 이 사람들의 미래에 무엇이 기다리는지 알고 있다.

잘난 저택 사람들이 모르는 걸 알고 있다—.

눈싸움에서 지지 않으려고 볼을 뾰로통하게 부풀린 후키의, 이루 말할 수 없을 정도로 사랑스러운 얼굴이 다카시의 우월감을 더욱 자극했다. 이 사람을 놀라게 하고 싶다—그런 생각을 하자마자 말이 튀어나오고 말았다.

"일본은, 전쟁에서 져요."

후키의 눈이 휘둥그레졌다. 연붉은 입술이 멍하니 벌어진다. 걸레를 들고 있던 손을 가슴팍까지 올리며 다카시에게 한 발자국 다가갔다.

"네, 지금 뭐라고 했어요?"

"전쟁에서 져서 아메리카에게 점령당한다고요. 군인 따위는 전혀 존경받지 못하게 돼요. 일본은 평화 국가가 되니까."

말하고 나니 속이 후련했다. 특히 '군인 따위'라는 대목에서. 지금 치솟아 오른 우월감의 정체가 이거였구나 싶었다. 군인 집안에 고용되어 굽실굽실 머리를 숙여야 하는 후키가 안돼 보여, 그러지 않아도 된다는 말을 해 주고 싶었던 게다. 전후의 일본, 내가 살고 있는 현대의 일본이라면 당신처럼 귀엽고 부지런한 사람은 어떤 기업이라도 대환영일 거야. 가모 노리유키 같은 상사가 아무리 으스대더라도 그런 건 허영일 뿐 그래 봤자 샐러리맨이니까. 내가 있던 시대는 정말 모두가 자유로우니까. 일본은 그런 나라가 되니까.

점점 몸이 달아오르는 다카시와 달리 후키의 얼굴은 한층 창백해졌다.

"일본이…… 진다고요?" 후키는 조용히 중얼거렸다. 그러더니 눈을 치켜뜨고 다카시를 말끄러미 바라보며 말했다. "어째서 그런 말을 하는 거죠? 정말 잔인하시네요."

"잔인?" 다카시는 깜짝 놀랐다. 후키는 주먹을 쥐고 다카시의 가슴을 때릴 듯한 시늉을 했다. "그래요, 너무해요. 나라를 위해 혼신의 힘을 다하는 군인들에게 어쩜 그리 무례한 말을 할 수 있어요. 일본이 진다니."

이번에는 다카시 쪽이 벌어진 입을 다물 수 없었다. 후키는 눈물마저 글썽거렸다. 양손을 꽉 쥐면서 "물론…… 군대 안에선 별의별 일들이 있다고…… 높은 사람들은 자기 실속만 차리려 한다고 다카유키 님도 말씀하신 적이 있지만, 그렇다 해도 일본이 질 리가 없어요. 무엇보다 전쟁이 왜 일어나요? 어디랑 전쟁을 하는데요? 중국?"

"그러니까 아메리카하고. 그래, 미국하고 말이에요."

외래어로 말하면 모를까 봐 고쳐 말했다. 후키는 가로로 고개를 저었다.

"아메리카와는 전쟁을 하지 않는다고 다카유키 님께서 말씀하셨어요."

다카시는 울컥했다. 또 '다카유키 님'이다.

"다카유키라면 아까 그 남자 말이죠? 그 사람이 뭘 안다고 그래요. 도대체 그 남자가 뭐 그리 잘났다고."

후키는 '기가 막힌다'는 듯 눈을 확 치켜떴다.

"다카유키 님은 도쿄제국대학을 졸업하셨다고요. 당신 같은 직공과는 달라요. 말을 좀 삼가세요!"

다그치는 후키의 목소리가 너무 커 다카시는 다급히 주위를 살폈다. 그제야 후키도 손으로 입가를 가리며 눈을 내리깔았다. 흐트러지지도 않은 옷깃을 괜히 고치고는 목소리를 낮춰 다카시에게 말한다.

"방에 돌아가서 얌전히 계세요." 명령조였다. "또 이런 짓을 하면, 히라타 씨에게는 미안하지만 당신을 더 이상 여기 숨겨 줄 수 없어요."

후키는 등을 돌려 다카시가 들어왔던 문 쪽으로 나가려고 했다.

"어디 가는데요?"

"지에 할머니를 도우려요. 점심을 차려야 하니까."

아까 다리미판이 있던 곳에서 맡은 좋은 냄새가 떠올랐다.

"뭘 만드는데요?"

"몰라요."

"고소한 냄새가 나던데 핫케이크인가. 나도 줄래요?"

후키는 문 손잡이를 잡은 채 고개만 다카시 쪽으로 돌려 또 "몰라요"라고 했다. 그러고는 정말로 문을 열고 나가 버렸다. 어지간히 화가 난 모양이다.

오도카니 남겨진 다카시는 이내 닫히는 문을 바라보며 혼란스러운 기분에 사로잡혔다. 지금 저 반응은 대체 뭐지? 나라를 위해 혼신의 힘을 다하는 군인들? 후키, 당신들은 그 군인들 덕택에 앞으로 엄청난 일을 겪게 된다고—.

'정말, 후키는 이 시대 사람이다.'

새삼 그 사실을 인식했다. 나는 정말로 쇼와 11년에 온 거다. 앞으로 얼마나 비참한 전쟁이 기다리고 있을지 모르는 사람들의 세계로 온 거다.

문이 갑자기 열렸다. 순간 다카시의 목덜미 털이 곤두섰다.

다행히 얼굴을 내민 건 후키였다. 아직도 화가 안 풀렸는지 입을 뾰로통하게 내밀며 빠르게 말한다. "방으로 돌아가세요. 얌전히 있으면 점심을 갖다 줄 테니까."

문을 열어 둔 채 다카시가 나가기를 기다리고 있다. 다카시는 후키에게 미소를 지었다.

"알았어요. 미안."

가볍게 머리를 숙이고 다카시는 문을 빠져나왔다. 후키는 그가 통로를 지나 계단 밑으로 내려갈 때까지 계속 따라왔다. 다카시는 탈주병이 연행되어 가는 모양새로 출발지였던 히라타의 방에 돌아왔다.

후키에게는 미안하지만 얌전히 있을 생각은 없다. 다카시는 혼자가 되자 히라타가 눈을 치우며 얼굴을 내밀었던 채광창을 올려다보았다.

이 창을 통해 밖으로 나가는 거다. 저택을 지나서 나가는 것보다는 훨씬 빠르리라. 뭔가 디딜 만한 게 없나 방 안을 훑어봤다. 대략 삼십 센티미터 정도만 되면 창틀에 매달릴 수 있겠는데. 화로는 위험하다. 아, 여행 가방. 수납공간에 있던 여행 가방이 생각났다. 다카시는 지체 없이 수납공간의 미닫이문을 열었다.

들어 보니 의외로 무겁다. 문득 기묘한 데 신경이 쓰였다.

이건 누구 거지?

히라타는 다카시와 함께 화재에 쫓겨 타임트립을 하느라 소지품을 챙길 여유가 없었다. 호텔 방에 준비해 뒀는지는 알 수 없지만 여기에는 가져오지 못했다.

다카시는 가방을 지그시 바라보다가 조심스럽게 다다미 위로 옮겼다. 그러나 손잡이에 맹꽁이자물쇠가 달려 있어 아무리 흔들어도 열리지는 않았다. 마지막에는 발로 찼다가,

"아파!"

통증만 느꼈다.

열어둔 수납공간 안에는 히라타가 신고 온 구두가 가지런히 놓여 있다. 히라타가 벗으면서 저렇게 놨겠지. 그때 그는 이 가방을 보며 수상하게 여기지 않았을까? 그렇지 않았다면 이건 역시 그의 물건인가?

'그 아저씨, 이전에도 여기에 트립한 적이 있는 걸까?'

사전 준비를 위해?

화재 전 이층 비상구에 서 있던 히라타의 모습이 머릿속을 스쳐 갔다. 마치 유령처럼 순식간에 사라지더니 다시 요술처럼 이층 엘리베이터 홀에 서 있던 히라타—.

자기도 모르게 아 하고 소리를 질렀다.

'그때도 타임트립을 한 게 아닐까?'

그래—그랬던 거다. 그때도 타임트립을 한 것이다. 화재의 한가운데에서 다카시와 함께 '날아'오기 전에도 타임트립을 했던 것이다.

하지만 비상구에서도 히라타는 빈손이었다. 틀림없다. 다카시가 직접 봤으니까. 히라타가 이렇게 큰 가방을 가지고 있었다면 못 보고 지나쳤을 리가 없다.

그럼, 이 가방은 누구의 것일까? 그리고 이층 비상구에서—그래, 이층이었다—히라타는 어디로, 어느 시대로 트립을 한 것일까?

상당히 짧은 트립이었다. 다카시가 히라카와초이치반 호텔 비상계단에서 히라타의 모습을 찾기 위해 이리저리 뛰어다녔던 시간이래 봐야 십 분 남짓. 히라타는 어딘가에 갔다가 돌아왔다. 그 짧은 시간 동안.

또 날 속였구나. 오두막 안에서 빨리 현대로 돌아가게 해 달라고 울먹이던 다카시에게 히라타는 이렇게 말했다. 짧은 시간 동안 몇 번이고 트립을 하는 건 불가능하다고. 몸이 견딜 수 없어 잘못하다간 죽게 된다고. 그 외에도 이런저런 이유를 장황하게 늘어놓았지만 지금 생각해 보면 모두 변명에 불과하다.

다카시는 손에 배인 땀을 잠옷에 닦았다. 이제야 머리가 돌아가기 시작한다. 제기랄, 거짓말쟁이 같으니라고. 대체 무슨 생각을 하고 있는 거야? 어디까지 믿어야 하지?

이 시대에 정착할 계획이라고 했다. 여기서 살아간다고, 그 준비를 해 왔다고. 어디까지가 사실인지는 물론 알 수 없다. 그래, 그 인간이 타임트립을 할 수 있는 건 사실인 듯하다. 다만 여기에 온 목적이라면 지금껏 떠든 얘기와는 달리 나름의 속셈이 있는 게 아닐까.

참으로 어처구니없는 일이다. 지금까지도 충분히 어처구니없었지만 앞으로는 더 성가신 일이 남아 있다. 우선 히라타를 붙잡아 그 인간이 여기로 온 목적을 알아내야 한다. 그리고 현대로 돌아가는 거다. 아니 뭐가 어떻게 되든 간에 내가 현대로 돌아갈 수 있게 해야 한다.

다카시의 손은 유카타에 덮인 허벅지 위에 놓여 있다. 허벅지 위 유카타를 만지작거리는데 불현듯 뭔가가 머릿속을 스쳐 지나간다.

갈아입기 전에 입고 있던 잠옷. 오두막에서 쓰러지기 직전 그 바지 주머니에 뭔가를 집어넣었던 감촉이 손바닥에 남아 있었다. 그건, 그건―.

손목시계다!

오두막에 후키가 나타났을 때 히라타는 후키 몰래 손목시계를 풀어 다카시 무릎 위로 던졌다. 다카시는 그걸 주머니 속에 숨겼다. 손목시계는 현대의 물건이라 후키에게 보이면 안 되기 때문이다.

다카시는 이마를 철썩 때렸다. 왜 잊고 있었을까!

필사적으로 떠올려봤다. 옷을 갈아입을 때, 후키에게 잠옷을 건넬 때, 그리고 후키가 그 잠옷을 받아들었을 때, 순간순간의 동작들을. 잠옷 바지 주머니에 시계가 있었던가?

없었다—없었던 것 같다. 갈아입을 때, 무게가 느껴지지 않았다. 게다가 후키는 반듯하게 잠옷을 갰다. 주머니에 뭔가 있었다면 그때 알아차렸으리라.

그럼 이 방에 떨어뜨렸나.

다카시는 가방을 내팽개쳤다. 시계를 찾아내야 한다!

시계만 손에 넣으면, 그걸 빌미로 히라타에게 압력을 행사할 수 있다.

가모 저택 사람들에게 이걸 보여 주면 곤란하시겠죠? 자, 얼른 다시 한번 트립해서 현대로 돌려보내 줘요.

다카시는 다다미 위를 기어 돌아다니기 시작했다.

5

그러나—,

좁고도 눅눅한 실내를 그야말로 핥듯이 뒤졌지만 손목시계는 보이지 않았다.

다카시는 어깻숨을 가쁘게 몰아쉬며 몸을 일으켰다. 손목시계가 이 방에 없다면 오두막에서 쓰러질 때 흘렸거나 방으로 옮겨지는 도중에 떨어졌음이 분명하다. 후키가 가지고 간 잠옷 바지 주머니에는 없으니까.

'오두막인가…….'

다시 한번 오두막에 가 볼 필요가 있다. 오두막에도 없다면 오두막에서부터 이 방까지 오는 길을 샅샅이 뒤지는 수밖에.

다카시는 아까 내팽개쳐 뒀던 가방을 채광창 아래쪽 벽에 단단히 붙여 놓고 그 위에 올라섰다. 가방은 나무틀로 튼튼하게 만들어져 있어 별 문제없이 다카시를 지탱해 주었다.

창을 열어 봤다. 갑자기 차가운 바깥공기를 쐬니 재채기가 나온다. 햇살이 비치는 가운데 인기척 하나 들리지 않는다.

또다시 맨발로 눈 위를 다닐 엄두가 나지 않아, 가방에서 내려와 수납공간 안에 있던 히라타의 신발을 창밖으로 던져 놓았다.

방한 도구 대용으로 쓸 물건도 필요하다. 이불을 걷어 올리니 솜이 들어간 옷 모양의 이불—한텐옷고름이 없고 깃을 뒤로 접지 않는 방한복 옷자락을 길게 만든 모양을 한 것이 밑에 깔려 있다. 덕분에 따뜻하고 편하게 잘 수 있었다. 가이마키라고 부르던가. 아직 소학년이었을 때 야마가타에 있는 외갓집에 가면 할머니가 입혀 줬었다. 소매가 달려 있어 유카타 위에 걸쳐 입기 딱 좋다. 이것도 둘둘 말아 창밖에 내 놓았다.

준비 끝. 드디어 다카시가 나갈 차례다. 양손으로 창틀을 짚고 영차 하며 몸을 밀어 올렸다.

창틀에 머리를 부딪치고 어깨가 쓸리는 등 갖은 고생 끝에 겨우 허리까지 빠져나올 수 있었다. 아무래도 눈은 한참 전에 멈춘 모양이다. 히라타가 눈을 치운 곳은 그대로 지면이 노출되어 있다. 땅을 짚은 손은 온통 진흙투성이다.

끙끙 신음 소리를 내며 겨우 빠져나와 기진맥진한 채로 바닥에 털썩 쓰러졌다. 그 사이 밴 땀이 매섭게 불어오는 찬바람을 맞고 얇은 얼음 막이 되어 온몸을 휘감는다. 다급히 가이마키를 주워 몸에 걸쳤다. 이렇게 꾸물대고 있을 틈이 없다. 냉기로 귓불이 따갑고 볼이 당긴다.

다카시가 탈출한 이 방은 가모 저택 주위를 감싸고 있는 정원의 측면—처음 저택에 도착했을 때 숨어들었던 오두막의 왼편에 위치한 것 같다.

온통 눈으로 뒤덮인 모습은 별반 차이가 없지만, 눈앞에 보이는 울타리가 오두막 쪽보다는 더 넓다. 울타리 너머로 가모 저택과 비슷한 색깔의 벽돌로 지어진 건물의 뒷면이 보인다. 이 미터쯤 되는 벽돌 담 역시 색깔을 맞춰 건물을 빙 두르고 있다. 다카시네 집이라면 두 채가 들어가고도 남을 만큼, 건물과 담 사이의 공간이 넓다. 아마 정원인 듯 무척 호화롭게 꾸며 놓았다.

갑자기 불빛이 눈에 들어온다. 옆 건물 이층이다. 세 개의 창 가운데 하나가 불을 밝히고 있다. 멀리 떨어지긴 했지만 다카시는 얼른 자세를 낮추고 얼빠진 닌자처럼 기어 정원수 뒤에 숨었다. 다시 한번 가모 저택을 올려다본다. 잿빛 구름이 드리워진 건물 위로 검은 연기가 나부끼고 있다. 굴뚝에서 토해낸 것이리라. 이층과 지붕 사이에도 작은 창이 있다. 사방 삼십 센티미터 정도로, 자신이 탈출한 창을 제외하면 유일하게 보이는 창이다.

어느 방향으로 가야 하나. 왼쪽으로 가면 현관, 오른쪽으로 가면 뒤뜰과 오두막이 나온다. 목적지가 오두막이니 갈 길은 뻔하다. 더구나 그쪽은 가모 저택 배후를 지키는 나무숲에 가려 다른 사람 눈을 쉽게 피할 수 있다.

그러나 다카시는 왼쪽으로 향했다. 불쑥 저택의 전체 모습이 궁금해졌기 때문이다. 건물 모퉁이까지 다가가 조심스레 살펴보았다.

저택의 정면은 정원수에 둘러싸여 있을 뿐, 위압적인 대문 같은 건 보이지 않는다. 히라카와초이치반 호텔 로비의 사진 덕분에 눈에 익은 아치형 현관도 생각보다는 완만하게 굽어 있다. 현관 앞 통로의 눈은 이미 깨끗하게 치워진 상태다. 진창에는 오직 한 사람의 발자국이 뚜렷하게 남아 있다.

다시금 주위를 확인한다. 다카시는 닌자라도 된 듯 발소리를 죽이고 앞에 보이는 정원수 그늘로 뛰어들었다. 호흡이 가빠진다. 잠시 숨을 고르는 동안 건물 쪽을 살폈지만 여전히 움직임은 없다. 그저 연기만 날리고 있을 뿐.

다카시는 목을 쭉 뻗어 정원수 너머 밖을 내다봤다.

평평한 자동차도로가 눈으로 하얗게 뒤덮여 있다. 그 위로 자동차 바퀴 자국 몇 줄이 오른쪽에서 왼쪽으로—어쩌면 왼쪽에서 오른쪽일지도 모르지만, 가모 저택 앞을 지난다. 바퀴가 지나간 곳은 눈이 녹아 흙탕길이 되었다.

그중 하나가 가모 저택 앞에서 살짝 꺾여 정원수 바로 앞까지 이어져 있다. 오늘 새벽 오두막에 숨어 있을 때 들었던 자동차 엔진 소리가 떠올랐다.

'방문객이 왔었는데…….'

이른 아침부터 뭐가 그리도 다급했던 걸까. 딱 부러진 말투 하며 저택 주인이 전 육군대장이라는 점으로 미루어 보건대, 방문객은 군인일 가능성이 크다. 타고 온 차도 군용일까. 바퀴 자국이 뚜렷하고, 타이어 무늬도 선명하다. 홈이 깊은 타이어 같았다. 트럭일까.

용무가 끝나자 차는 후진으로 방향을 바꿔 왔던 길을 되돌아갔다. 몇 차례 핸들을 돌린 흔적이 눈 위에 남아 있다.

다카시는 용기를 내서 움츠리고 있던 등과 무릎을 펴 보았다. 시야가 한결 넓어졌다.

흐린 날씨와 상관없이 높은 하늘이 가장 먼저 눈에 들어온다.

건물은 많이 보이지 않는다—히라카와초이치반 호텔 주변과 비교해 볼 때 절반도 못 미친다. 대부분은 높지 않다. 그래서 멀리까지 잘 보이는 것이다.

하지만 건물 하나하나는 크고 튼튼하게 만들어져 있다. 주로 벽돌이나 콘크리트로 지어졌고, 이따금 석조 건물도 눈에 띄었다. 각각의 지붕들은 눈이 쌓여 고요한 모습으로 아름다운 전망을 자아내고 있다.

전신주는 제법 많이 보였다. 하나 둘 세어 보려다가 포기하고 말았을 만큼 많았다. 여기는 도쿄—도쿄 시1943년 도쿄 도로 바뀌었다의 중심부. 다카시가 살던 시대로 치면 나가타초 역 주변으로 관청들이 밀집된 지역이다. 하지만 지금 눈앞으로 새하얗게 펼쳐진 이 공간은, 녹지로 깨끗하게 정비되어 있을 것이다. 이 무렵 도쿄의 이 일대는 분명 유럽의 도시처럼 아름다웠으리라.

눈앞의 도로는 오른쪽으로는 국회도서관을, 왼쪽으로는 최고재판소를 우러르며 곧잘 거닐었던 바로 그 길이다. 헐벗은 가지를 하늘로 뻗은 가로수가 줄지어 늘어서 있는 완만한 내리막길이다. 지금은 가로수 그림자도 안 보이지만 내리막인 건 똑같다. 이 길의 막다른 곳에 이르면 고쿄의 해자와 초록 숲이 맞이해 주겠지.

하지만 다카시의 눈에 희미하게 비치는 고쿄의 숲은 눈으로 뒤덮여 있다. 마른 가지마저 하얗게 얼어 옛이야기 속 눈의 여왕이 사는 나라처럼 보인다. 숲의 초록 기운은 시들었고, 그 뒤편에서 반짝거리던 긴자의 불빛도 보이지 않는다.

오가는 사람도 없고, 자동차도 보이지 않는다. 오두막에서 히라타가 '이 일대는 봉쇄되었다'고 말한 게 생각났다.

그때 히라타가 '육군성 창문에서 나오는 빛'이라고 가르쳐 주었던 건물은 어느 쪽에 있을까. 머릿속으로 간단한 지도를 그려 생각해 보니, 가모 저택에 가려 안 보이는 듯하다.

창문 빛은 제법 멀어 보였는데 육군의 중추 건물이니까 분명 해자 근방이리라. 습격당했다는 경시청은 사쿠라다몬에 있다고 했으니 여기서 도보로 십 분에서 십오 분 정도 걸릴 것이다.

그렇다면 인적이 뜸한 이 길을 따라, 가모 저택이나 쿠데타에 휩쓸린 곳으로부터 충분히 떨어진 장소로 가서 타임트립을 하는 건 결코 불가능하지 않다. 히라타는 이 주변까지 무장한 군인들이 어슬렁거리고 있다는 식으로 이야기했지만 곰곰이 생각해 보면 군인들이 여기까지 올 이유가 없다. 맥이 풀리며 히라타 말에 고분고분 따라온 자신이 새삼 한심하게 느껴졌다.

'더 이상 속지 않겠어.'

마냥 새하얗고 적막하기만 한 경관을 마음속 깊이 담아 두고, 다카시는 다시 몸을 숙였다. 가모 저택 쪽은 여전히 별다른 기척이 없다. 다카시는 올 때 냈던 발자국을 그대로 밟아 저택 측면으로 되돌아갔다.

돌아가는 길에 빠져나왔던 창문을 기웃거리며 방 안을 살펴봤다. 여기도 변한 건 없다. 발각되지 않았다.

다카시는 뒤뜰로 돌아갔다. 새하얀 뒤뜰 한구석에 오도카니 서 있는 오두막이 보인다. 치우지 않은 눈 위로 오두막과 건물 측면 통로를 오간 고용인들의 발자국만이 어지러이 남아 있다. 내가 방으로 옮겨졌을 때의 발자국도 섞여 있을 테지.

다카시는 하얗게 펼쳐진 눈길을 거침없이 달렸다. 오두막은 가모 저택 뒤를 둘러싼 숲을 등진 채 건물 방향으로 문이 나 있다. 가까이 다가가니 문은 살짝 열려 있었다.

바람에 열렸나—하고 생각했을 때 오두막 안에서 목소리가 들려왔다.

"저기 말이야, 역시 괜한 걱정이 아닐까?"

순간 다카시는 털썩 주저앉았다. 부주의하게 문을 열어젖히지 않아 다행이다. 식은땀이 흘렀다.

저 목소리. 기억이 맞다면 오늘 새벽, 앞뜰에서 들었는데.

"난 못 믿겠어. 그 사람, 아직 그런 일을 할 만큼 기력이 남아 있을까."

웃음을 머금은 말투였다. 다소 경망스러운 느낌이 들었다. 누굴까, 이 여자.

"당신은 형님을 너무 만만하게 보고 있어." 남자 목소리가 들린다. 역시 오늘 새벽 앞뜰에서 들었던 목소리다. 정체불명의 이 남녀는 언제나 쌍으로 다카시 앞에 나타난다.

"뇌졸중으로 쓰러진 이후로는 확실히 기력이 예전 같지 않아. 하지만 저렇게 가만히 있어도 속으로 무슨 생각을 하는지 어떻게 알겠어. 워낙 강직한 사람이었으니."

“그런가. 내가 보기엔 이빨 빠진 호랑이 같던데. 쓰러지기 전의 기력이 조금이라도 남았다면 다카유키가 그런 망신을 샀을 때 가만 놔두지 않았을걸? 하긴 반년도 더 된 얘기지만.”

“다카유키에 대해선 진작에 포기했겠지.” 남자는 웃으며 말했다. “다카유키가 턱없는 겁쟁이라는 건 형님도 익히 알고 있던 바니까. 아버지를 따라 직업군인의 길도 따르지 않은 주제에 시시콜콜 아버지한테 대들기나 하는 외동아들이니.”

“그러게.” 여자도 코웃음 쳤다.

“사실,” 남자는 다시 진지한 말투로 돌아왔다. “이번 소동도 따지고 보면 아이자와 사건황도파 청년 장교에게 공감하는 아이자와 사부로 육군 중좌가 육군성에서 통제파인 나가타 데쓰잔 군무국장을 살해한 사건이랑 관계가 있어. 만약 아이자와 사건이 없었다면 청년 장교들이 결기하지도 않았겠지. 그렇다고 해도 좀더 시기를 보다가―,”

여자는 귀가 따가울 정도로 소리를 지르며 남자의 말을 가로막았다. “어려운 얘긴 그만 해. 아무리 말해 봐야, 나 무슨 말인지 모르니까.”

그나저나 왜 이런 데서 소곤소곤 얘기해야 되는 건데―라며 여자가 투덜거렸다.

“내 방에서 하면 되잖아.”

“누가 엿들을지도 몰라.” 남자가 목소리를 낮췄다. 덩달아 오두막 밖에 있는 다카시도 몸을 움츠렸다.

“요즘 들어 부쩍 다마코가 눈을 반짝거리면서 우리를 주시하더라고. 당신 몰랐어?"

"바보 같은 계집애가 뭘 하든 알 게 뭐야. 정말 그런 계집애 어디가 좋다고 혼담이 들어오는지 이해가 안 돼."

"다마코야 자기가 시집가고 나면 아버지가 어떻게 지낼지 걱정될 테고, 그러니 더 당신 행동이 신경 쓰이겠지. 하지만 우리가 도망가 버리면 다마코 혼담도 깨질 게야."

"쌤통이다."

"뭐, 상관없어. 다만 우리가 도망치는 계획에 대해선 아무리 신중해도 지나치지 않아."

여자는 뭔가 못마땅하다는 기색이 역력했다. "그치만 소동이 진정되기 전까지는 나갈 수 없잖아? 재수도 없지. 하필이면 오늘 같은 날을 골라 서로 총포를 겨눌 게 뭐람."

"흥, 군인들이란." 여자는 침이라도 뱉듯 덧붙였다.

"이 소동이 진정될 때까지는 우리도 아무 일 없는 척하자고. 어쩔 수 없어. 만약 그들이 실패하기라도 한다면 일석이조인데 말이야. 도망칠 필요도 없으니까."

여자의 목소리가 갑자기 높아졌다. "그게 무슨 말이야? 실패라니, 저 군인들이? 그거랑 우리랑 무슨 상관인데."

다카시는 숨을 죽이고 오두막에 귀를 바싹 갖다 댔다.

남자의 나지막한 목소리가 들린다. "이번 결기가 실패하면 형님은 살아 있을 수가 없거든."

순간 적막이 돌더니, 여자가 다그치듯 재차 물었다. "왜? 어째서 그 사람이 죽는다는 거야?"

여자의 목소리에 숨기려야 숨길 수 없는 희색이 돈다.

점점 더 여자의 정체가 궁금해졌다.

이 여자와 도망치겠다는 남자는 또 누구일까? 누굴 가리켜 '형님'이라고 부르는 걸까? 다카유키라는 이름의 그 도련님? 그렇지만 목소리나 말투로 미루어 이 남자는 다카유키보다 연상이다. 다카시로서는 가모 저택에 살고 있는 사람을 다 알지 못하니 추측할 방법이 없다.

"자, 잘 들어 봐." 남자가 말을 이었다.

"형님은 황도파 청년 장교들이랑 가까웠지. 쓰러지기 전에는 그들을 집에 초대해서 이야기를 나누는 일도 빈번했잖아?"

"응, 그랬죠."

"형님이 병으로 퇴역하지 않고 지금도 대장으로 육군 중추에 버티고 있었다면 틀림없이 지금 결기하고 있는 일당들이 떠받들겠지. 형님 본인도 마다하지 않고 떠받들릴 게야. 쇼와 유신을 위해서."

여자는 또다시 "흥" 하고 콧방귀를 꼈다.

"지금은 그럴 수 없지만 형님 마음은 쓰러지기 전과 변함없을 거야. 청년 장교들을 응원하겠지. 자, 그들이 실패한다면 형님은 어떤 생각이 들까? 거동하기도 힘든 외톨이 늙은이가 돼 버린 지금, 자신과 뜻을 같이한 청년 장교들이 실패하는 걸 여봐란 듯 눈앞에서 보게 된다면? 유일하게 남은 꿈마저 바스러진다면? 이번 결기가 실패하면 이걸 기회로 반反황도파 일당은 육군 중추에서 황도파를 몰아내겠지. 형님도 충분히 예상하고 있을 거야. 형님이 과연 그 참상을 목격하고 싶어 할까?"

두 사람은 침묵했다. 이윽고 숨을 죽이며 여자가 속삭였다.

"그럼 자결한다는 말이야, 그 사람이?"

흐흐 하고 남자가 콧소리를 냈다. "그렇지."

6

너무나 고소해하는 남자의 웃음소리에 다카시는 등줄기가 서늘해졌다. 비단 바깥의 찬 공기 탓만은 아니다.

자결이란 자살을 말하는 것이리라. 두 사람은 가모 노리유키가 자살하기를 기대하며 이런 데서 목소리를 낮춰 밀담을 나누고 있는 것이다.

확실히 가모 노리유키는 자살한다. 그건 역사적 사실이다. 2·26사건이 끝나고 나서가 아니라, 사건 초기에 자살하지만—.

그나저나 두 사람의 정체는 뭘까?

웃음소리의 여운이 채 사라지기도 전에 여자가 한층 더 낮은 목소리로 말을 이었다. "저기, 그러면 나는 어떻게 되는 거야?"

"어떻게 되다니?"

"이 집안 돈 말이야. 재산."

남자는 바로 단언했다. "당신 게 되지."

여자의 목소리가 높아졌다. "정말?"

"당연하잖아. 당신은 가모 노리유키의 부인인데."

다카시의 눈이 휘둥그레졌다. 경박하게 입을 놀리고 있는 이 여자가 가모 노리유키의 부인이라고?

아무리 생각해도 어울리지 않는다. 목소리로 봐선 젊은 처자는 아니겠지만, 가모 노리유키보다는 다마코라는 아가씨 쪽에 가까운 나이가 아닐까.

'후처인가?'

그럼 남자는? 그가 몇 번이나 '형님'이라고 부르는 대상은, 혹시 가모 노리유키?

아무래도 제법 터울 진 형제 같다는 느낌이 들지만—그럴 수도 있겠다.

그렇다면 가모 부인은 시동생과 관계를 맺고 있다는 건가.

다카시의 경악과는 상관없이 오두막 안 두 사람은 키득키득 웃고 있다.

"재산을 얻는데다 도망칠 필요도 없게 된다!"

"그렇지."

도저히 기쁨을 감추기가 힘든 모양이다. 다카시는 속이 메슥거렸다.

"그럼, 기다리고만 있으면 되네?" 여자가 다짐하듯 물었다. "결기인가 뭔가가 실패하기를 기도하면서 말이지?"

"가능한 한 정성을 기울여서 기도하는 게 좋겠지." 남자가 일어서려는 기척이 느껴진다. 덜커덕 하는 소리가 났다.

"나는 방으로 돌아갈게. 당신은 여기에 좀더 있다가 와. 정원을 산책했다고 둘러대면서 후키한테 홍차를 타오라고 해. 그때 이 새빨개진 코끝을 잘 보여 주라고. 밖에 있었다는 증거가 될 테니까."

남자의 희롱하는 듯한 말에 여자가 달뜬 목소리를 냈다. "미워. 심술궂긴."

오두막 문이 움직인다. 다카시는 오두막 측면에 몸을 붙이고 숨을 죽였다. 가이마키의 긴 옷자락이 눈 위로 끌려 다급히 걷어 올렸다.

문이 열렸다. 뽀드득 하고 눈 밟는 소리가 들린다. 남자는 동태를 살펴보는 듯했다. 다카시는 턱을 당겨서 뒤통수를 벽에 딱 붙였다.

뽀드득, 다시 한번 발소리가 났다.

"마리에, 그럼 조심해."

그러고는 오두막 문을 닫았다. 여자의 이름이 마리에인가 보다.

혹여 남자가 뒤뜰을 빙 돌아 저택으로 돌아간다면 오두막 옆에 숨어 있는 다카시의 모습이 완전히 노출되고 만다. 심장이 철렁했다. 다행히 남자는 가모 저택 오른편을 지나 앞뜰을 향해 걸어갔다. 눈을 밟는 소리가 멀어져 간다.

벽에서 살짝 몸을 떼고 남자가 사라져 간 방향으로 목을 내밀어

보았다.

마침 건물 모서리를 돌고 있는 뒷모습이 살짝 보인다. 남자는 검정색 코트 같은 걸 걸쳤다. 검정색 바지에 고무장화를 신고 있다. 키는 작다.

남자를 좇던 시선이 저택 뒤편 끄트머리에 있는 부엌 출입구에가 닿았다. 새벽에 지나갈 때는 못 보던 건데, 주위의 눈을 치운 듯한 삽이 문 옆에 비스듬히 세워져 있다. 후키나 지에가 출입하는 문이겠지.

'어라? 이상하네. 그렇다면 어딘가에 뒷문이 있다는 얘긴데…….'

정원수가 저택 배후를 둘러싸고 끊긴 데 없이 균일하게 심어져 있다. 결국 뒷문이나 통용문이 따로 없으면 고용인이나 드나드는 장사치들도 다른 손님들과 똑같이 앞뜰을 통해 부엌 출입구로 들어와야 한다. 이 정도 규모의 군인 저택치고는 묘하게 '평등'한 구조다.

그때 오두막 안에서 무슨 소리가 났다. 다카시는 가이마키를 걷어 올리며 벽에 찰싹 달라붙어 몸을 움츠렸다.

"아~아." 마리에라는 여자의 한숨 소리가 점점 고조된다. 혼자 투덜투덜대며,

"어휴, 추워 죽겠네."

뭔가 콧노래하듯 음음 하고 한두 소절 흥얼거리더니 다시 한숨. 정신없는 여자다. 그러더니 에취 하고 재채기를 했다. 다카시도

아까부터 코가 간질거리며 콧물이 맺혀 죽을 맛이다. 잠옷 소맷부리로 콧물을 훔쳤다. 훔친 데가 눅눅하다.

마리에가 오두막에서 나갈 기색은 안 보인다. 아직 한참을 여기서 견뎌야 할 모양이다.

다카시는 어떻게든 그녀의 얼굴을 보고 싶었다. 어떻게 생겨먹은 여자일까. 이번 일에 말려든 이래 이렇게 호기심이 발동하기는 처음이다.

그녀는 이 집 주인의 처다. 남편과 같은 지붕 밑에서 살며 역시 한 지붕 아래에 사는 듯한 시동생과 간통하여 도망칠 궁리를 하고 있는 여자다.

'간통이라니. 내 입에서 이런 말이 나올 줄이야.'

두 사람은 오늘 아침, 다카시가 이곳으로 '날아'왔을 때도 같은 방 안에 있었다. 확실히 기억하고 있다. 창을 열더니 눈이 많이 올 것 같다는 둥 태평스러운 대화를 나누고 있었다. 그 방은 어디였을까?

이층은 아니다. 분명히 일층이었다. 다카시와 히라타의 기척을 듣고 뭐지 하며 불을 켜고 창을 열었다. 다카시 일행이 숨죽이고 있자 창을 닫고 불을 껐다. 이런 사실은 거실이나 객실 같은, 저택 안의 '공적'인 공간이 아닌 사적인 공간에 있었다는 걸 의미한다. 그것도 단 둘이.

집주인의 처가 남편 이외의 남자와 둘이서 날이 채 밝기도 전에 불 꺼진 방 안에 있었다. 그것도 당당히, 주눅도 들지 않고 말이다. 도대체 어떻게 돌아가는 집구석인가? 도덕관념이란 게 있기나 한 걸까?

오두막 안에서 마리에가 다시 재채기를 했다. “아아 짜증 나”라고 투덜거린다. 그때 움직이는 기척이 들렸다. 다카시는 세 번째로 도마뱀처럼 오두막 벽에 딱 붙었다.

문이 열리며 여자가 밖으로 나온다. 동시에 조금 떨어진 곳에서 다른 문이 열리는 소리도 들렸다. 다카시는 긴장하여 심장이 두근거렸다. 저건 부엌 출입구가 열리는 소리 아닐까?

다카시의 판단은 정확했다. 마리에가 “어머” 하고 놀란다. 문밖에서는 그 독특한 높은 톤이 한층 더 분명하게 들려, 다카시는 자기도 모르게 살짝 매력적이라고 느꼈다.

“당신 누구?” 마리에가 누군가에게 묻고 있다.

다카시는 몸도 마음도 바빠졌다. 가이마키 옷자락을 가능한 한 높이 들어 올리고 오두막 뒤로 돌아 숨었다. 부엌 출입구에서 누군가가 나와 오두막 앞에 서 있는 저 여자와 마주친 모양이다. 그래서 누구냐고 물었으리라.

다카시가 오두막 뒤에 쌓여 있는 눈으로 뛰어들자마자 마리에가 말을 건 인물의 대답이 들려왔다.

“사모님, 인사가 늦어 죄송합니다.”

히라타의 목소리다. 다카시는 헐떡이는 숨을 진정시키며 귀를 기울였다.

“오늘부터 댁에서 일하게 된 히라타 지로라고 합니다. 아침 일찍 도착했습니다만 사모님은 아직 쉬고 계시니 인사는 저녁때 드려도 괜찮다고 다카유키 님께서 허락해 주셨습니다."

한심할 정도로 공손하게 머리를 숙이고 있겠지. 눈앞의 글을 읽는 듯 느리고 단조로운 어조였지만 긴장감도 살짝 배어 나왔다.

"어머, 그렇구나." 마리에가 말했다. "당신이 구로이 후임?"

"그렇습니다."

구로이? 전에 일하던 사람일까.

"사모님, 정원에 무슨 볼일이 있으시다면 제가 모시겠습니다."

고용인 신분으로 주인의 처에게 이런 데서 뭐하냐고 물을 수가 없으니 이렇게 돌려 말해야 하나 보다. 다카시는 웃음이 나올 것 같았다.

"난……," 머뭇거린다. 순간적으로 거짓말을 지어 낼 만큼 머리가 좋은 여자는 아닌 듯하다.

"거실…… 거실 난로가 꺼져서 말이야. 응, 그래서." 마리에는 횡설수설했다.

"큰일이잖아. 이렇게 추운 날에 불이 꺼져 버리면. 그래서 장작을 가지러 온 거야."

너무 빤한 거짓말이다. 다카시는 불과 십오 분 전쯤에 굴뚝에서 피어오르는 연기를 봤다. 무엇보다 이 마리에라는 여자가 난로에 장작을 지피는 일을 할 수 있겠나.

"정말 죄송합니다, 사모님." 히라타는 끝까지 정색하고 있다. "얼른 장작을 갖다 놓겠습니다. 사모님께서는 안으로 들어가시죠.

감기에 걸리시겠습니다."

"시키지 않아도 그럴 거야."

겸연쩍음을 감추려고 부러 화내는 척하는 건 사모님이나 하녀나 마찬가지다. 마리에는 뾰로통하게 대답하고는 얼른 걷기 시작했다. 사뿐사뿐한 발걸음 소리가 멀어져 간다.

어디쯤인가에서 그녀의 발이 멈췄다. "저기 당신, 히라타라고 했지?" 목소리의 톤이 반음 높아졌다.

"예, 그렇습니다."

"어느 방에 머물고 있어?"

"네?"

마리에의 목소리에 초조함이 배어 있다. 다카시는 그녀가 무슨 생각을 하고 있는지 깨달았다.

'여행 가방이다!'

그건 도망치려고 준비해 둔 짐이었던 게다. 히라타의 가방이 아니었다. 마리에와 그녀의 '남자'가 반지하 빈 방에 숨겨뒀던 거다.

"구로이가 있던 방이야?"

이젠 흥분한 것도 같다. 분명 식은땀도 흐르고 있겠지.

"방은 받았습니다만, 거기가 구로이 씨 방이었는지는 잘 모르겠습니다." 히라타는 영문을 몰라 하며 답했다. "지에 씨에게 물어볼까요?"

"아냐, 아냐. 묻지 마."

마리에는 다급히 발걸음을 옮겼다. 뛰어가겠지, 고용인 방까지.

그러고는 남자한테 달려갈까. 웃음이 터져 나올 것 같다. 별 웃기는 멜로드라마도 다 있네.

손으로 입을 가리고 간신히 웃음을 참고 있는데 히라타가 오두막으로 다가오는 발소리가 들렸다. 양동이를 들고 있는 걸까, 쇳소리가 들린다.

발소리가 멈췄다. 이윽고,

"밖에 나오지 말라고 했을 텐데."

낮은 목소리가 날아들었다. 다카시는 그 자리에서 굳었다.

탱그렁 하는 소리가 났다. 양동이 같은 걸 땅에 내려놓은 모양이다. 오두막 옆을 도는 발소리가 들린다. 몸에서 힘이 빠지며 마음이 편해졌다. 포기하니 무섭지도 않다.

한기로 히라타의 귓불이 빨개져 있다. 설마 화가 나서 저렇게 된 건 아니겠지.

"어떻게 알았죠?" 다카시가 물었다. "아무 소리도 안 들렸을 텐데요."

히라타는 매서운 눈초리로 다카시의 옷차림을 훑어보더니 눈으로 뒤덮인 오두막 주위 지면을 가리켰다.

"가이마키를 질질 끈 자국이 나 있더군."

"뭐야, 그랬구나."

"후키 씨에게 뭐라고 변명할 셈이야. 가이마키를 이 모양으로 만들고."

다카시는 짐짓 유난스레 어깨를 움츠렸다.

"더 이상 후키 씨에게 폐를 끼칠 일은 없어요."

"무슨 소리야?"

전혀 생각지도 않던 말이 입에서 튀어나왔다.

"나, 곧 현대로 돌아갈 거니까."

순간 다카시와 히라타는 서로를 정면에서 노려보았다. 히라타는 눈 치울 때와 똑같은 복장이고 신발만 나막신으로 바꿔 신었다. 누군가 보면 웃음을 터트릴 만한 광경이지만 이 눈싸움에서 지면 끝장이라는 생각으로 마음을 다잡았다.

손목시계는 못 찾았다. 찾을 틈조차 없었다. 그렇지만 다카시가 밖에 나와 있다는 것만으로도 눈가를 바르르 떨며 동요하는 히라타의 성난 얼굴을 본 순간, 허세를 부려도 충분히 통하겠다는 기분이 들었다. 이 아저씨, 무서워하고 있다. 내가 멋대로 돌아다니며 엉뚱한 짓이라도 할까 봐 정말로 무서워하고 있다.

"어떻게 돌아간다는 거지." 히라타가 말했다. "걸어서라도 가겠다는 건가."

다카시는 소리 없이 웃음 지었다. "아저씨가 돌아가게 해 주겠죠."

"불가능하다고 했잖아. 최소한 이삼일쯤 기다리지 않으면—."

"불가능해도 해 줘요." 다카시는 단호하게 말했다. "그러지 않으면 이 집 사람들에게 어떻게 우리가 여기에 왔는지, 아저씨가 뭐 하는 사람인지 죄다 불어 버리겠어요. 증거도 있으니까."

"증거?"

히라타의 뺨이 실룩실룩 경련을 일으켰다. 바싹 예민해진 신경이 피부를 찢고 튀어나올 것 같다.

"손목시계." 다카시는 턱을 젖히며 말했다.

"오늘 아침 오두막에서 나한테 손목시계를 건넸잖아요? 그걸 저택 사람들한테 보이면 어떻게 될까요? 쿼츠 전자 시계 말이에요. 손으로 감는 평범한 시계밖에 본 적이 없는 이 시대 사람들이 어떻게 생각할까요?"

팔을 축 늘어뜨리고 그 자리에 가만히 멈춰 선 히라타의 얼굴이 일그러졌다. 다카시가 히라카와초이치반 호텔 프런트에서 처음으로 목격했던 히라타의 표정과 똑같았다. 풀이 죽어 체념한 듯이.

"그거라면 여기에 있어."

히라타는 바지 주머니를 뒤지더니 손목시계를 꺼내 보였다.

7

가이마키 옷깃을 여미고 있던 손에 힘이 빠진다. 헛물을 켜 맥이 풀리면서도 한편으로는 긴장감이 사라져 한시름 놓았다는 기분도 들었다. 뭐야, 이 아저씨가 시계를 가지고 있었잖아—.

"내 잠옷 주머니에 들어 있었을 텐데?"

히라타는 집게손가락으로 손목시계 유리를 문지르며 고개를 끄덕였다. "자네를 방에 옮기고 나서 후키 씨 몰래 꺼냈지."

"계속 갖고 있었던 거예요?"

"아무 데나 숨겨 둘 수는 없으니까."

히라타는 추운지 몸서리를 쳤다. 얼굴이 상당히 피곤해 보인다.

"돌아가고 싶다." 나지막이 말했다. "그래, 자네는 돌아가는 게 좋겠어."

다카시는 잠자코 있었다. 무슨 말을 한들 모든 건 히라타의 마음에 달려 있으니. 다만 그의 태도가 마음에 걸렸다. 히라타는 화를 내거나 비웃기는커녕 몹시 풀이 죽어 있었다.

"돌아가게 해 주려고요?"

슬며시 물어보자 순순히 대답한다.

"그래, 그러자."

"지금, 여기서요?"

히라타는 고개를 끄덕였다. "당장은 안 돼. 잠깐 여기에서 기다려 줘. 난 장작을 가지러 왔으니까."

"거실 난로에?"

"아니, 대장 방에. 거실엔 아직 충분해."

다카시는 미소 지었다. "그럴 줄 알았어요. 마리에라는 여자가 거짓말했죠? 그 사람이 여기 사모님?"

사모님이라는 단어에 일부러 힘을 주었다. 히라타는 힐끗 눈을 치켜뜨며 다카시를 쳐다보고는 부엌 출입구 쪽을 돌아보았다.

"후처지."

"역시. 저기 아까 그 마리에 사모님이 아저씨가 사용하고 있는 방에 대해 왜 그렇게 장황하게 물어봤는지 알아요?"

마리에 일당의 논의에 대해 다카시가 얘기하자 히라타는 얼굴을 살짝 찌푸렸다.

"지금쯤 딴 데로 숨기고 있을 거예요."

"마음대로 하게 내버려 둬. 어차피 도망칠 수 있는 상황도 아니니까."

"당장은 도망치지 않을 거라고 하던데요."

"—무슨 소리야?"

히라타는 주위를 슬쩍 둘러보았다.

"어쨌든 오두막 안으로 들어가지."

히라타는 손목시계를 다시 바지 주머니 안에 넣더니 양동이를 들고 오두막 안으로 들어갔다. 다카시도 주변을 두루 살펴 사람이 없는 걸 확인한 다음 가이마키 옷자락을 힘껏 추켜올리고 뒤를 따랐다.

"문 닫아."

히라타는 발돋움을 하여 위쪽에 있는 장작부터 내리기 시작했다. 메마른 장작이 맞부딪치며 덜커덕 하는 소리가 났다. 히라타는 능숙한 솜씨로 커다란 양동이에 장작을 담았다. 다카시는 그 작업을 지켜보며 아까 들었던 걸 설명했다.

"마리에 사모님의 상대가 아무래도 대장의 동생 같던데."

히라타는 등을 돌린 채 대답했다. "가모 요시타카라고 하지."

"나이 차가 있는 형제죠?"

"대장은 장남, 요시타카는 여섯 번째 아들. 이 시대에는 드문 일이 아니지. 요시타카는 아직 사십대쯤일 거야."

"역시 군인?"

"말투에 그런 냄새가 나던가?"

"아무리 내가 이 시대 일을 모른다고 해도 내 느낌으로는 아닌 것 같았어요. 같은 군인이라면, 대장에까지 오른 형에 대해 그런 식으로 말하지 않을 테니까."

"그래."

양동이가 가득 찼다. 히라타는 양손을 탁탁 털었다.

"그 사람은 장사꾼이야."

"군대랑 관계있는 사업?"

"아니. 분명 비누 도매상 사장을 하고 있을 텐데, 군 납품업자는 아니야. 근데 왜?"

"군인을 경멸하는 말투치고는 군에 대해 꽤나 소상하다는 느낌이 들어서요."

"정보를 모으고 있겠지." 히라타는 무뚝뚝하게 말했다. "그리고 이 시대는 군 인사도 일반적인 화제야. 자네 아버님도 정치가 이야기를 하겠지? 그와 비슷해. 물론 선택된 정보 외에는 밖으로 드러나지 않지만."

"아이자와 사건인가 뭔가로, 다카유키가—다카유키가 이 집안 아들이라면서요—망신을 샀다던데, 그건 무슨 소린가요?"

히라타는 놀란 눈으로 다카시를 바라봤다.

"다카유키 군을 알고 있나?"

저택 안을 돌아다닌 걸 자기 입으로 자백한 꼴이 됐지만 더 이상 얽매일 필요가 없을 것 같아 "뭐"라고만 짧게 답했다. "상관없잖아요. 그런 거."

"그래." 히라타도 수긍했다. "다카유키가 무슨 망신을 샀는지도 자네와 상관없는 일이지. 자네는 이제 돌아갈 거니까."

"넵, 그렇지요."

양동이를 들어 올리는 걸 보니 나갈 모양이다.

"그런데 아저씨는 이 저택 일에 대해 굉장히 잘 아시네요. 트립하기 전부터 이것저것 미리 조사한 건가요?"

"그런 셈이지." 히라타는 걸어가며 어깨 너머로 답했다. "조사했다고 누가 잡아가는 것도 아니니까."

"뭐."

다카시는 홀가분한 척하며 대답하긴 했지만 내심 불안해졌다. 무엇보다 선선히 '현대로 돌아가게 해주겠다'는 히라타의 말은 진심일까. 왠지 꺼림칙한 기분이 들었다.

"여기서 아저씨를 기다리면 되는 건가요?"

"그래."

히라타가 오두막 문을 열었다.

"내 잠옷은 가져오지 않아도 되나요?"

"괜찮아. 후키 씨도 별로 의심하는 모습은 안 보였지? 내 손목시계 같은 게 아니니까 별일 없겠지."

"현대로 돌아가면 어디에 떨어지게 되나요?"

히라타는 뒤돌아보지도 않고 "알아볼게"라는 말만 남긴 채 나가 버렸다.

눈을 밟는 발소리가 이어지더니 부엌 출입구 문이 열렸다 닫히는 소리가 들렸다. 다카시는 혼자가 되었다.

'뭐야, 저 태도는.'

시계로 위협한 게 불쾌했다면 화를 내면 되지 저런 식으로—화낼 기운도 없다는 모습을 보이다니 치사하다. 이래서야 다카시 혼자 나쁜 놈이 된 게 아닌가. 애당초 히라타가 다카시를 이런 일에 휘말리게 했고, 책임은 전부 그에게 있는데도—.

마땅히 화를 풀 데가 없어 괜히 불퉁거리고 있다가 되레 맥이 빠지고 말았다. 한숨이 나왔다. 그래, 무슨 상관이야, 어쨌든 이제 집에 돌아갈 거잖아—라고 자신을 타일렀다.

히라카와초이치반 호텔은 어떻게 됐을까. 새벽의 화재로부터 얼마나 시간이 지난 걸까.

그나저나 지금 몇 시지?

진화는 거의 끝났으리라. 화재 현장에서 은색 내화복耐火服을 입은 소방대원들이 돌아다니며 현장검증을 하고 있을지도 모른다. 구경꾼이나 텔레비전 중계차가 아직도 호텔 주변에 몰려 있을까.

그런 현장 한가운데 갑자기 모습을 나타냈다가는 엄청난 소동이 벌어질 것이다. 게다가 지금 다카시는 유카타에 가이마키를 걸친 차림이다. 이제껏 어디 있었지? 어떻게 화재 현장에서 도망칠 수 있었나? 질문 공세를 당하게 되리라.

다카시는 머리를 흔들었다. 더 이상 풀 죽어 있을 수는 없다. 어차피 언제 현대로 돌아가든 난리가 나는 건 마찬가지다. 오히려 히라타의 처음 제안대로 사나흘 뒤 귀환하는 쪽이 훨씬 더 큰 소동을 불러일으킬지도 모른다. 그 무렵이면 다카시는 죽었으리라 여기고 있을 테니.

아니, 이미 벌써 부모님은 내가 죽었다고 생각하시겠지. 살아 있으리란 희망을 버렸을 것이다—그런 생각을 하니 묘하게 쓸쓸한 기분이 들었다.

어쩌면 부부 싸움을 하고 있을지도 모른다. 왜 그런 호텔로 애를 보냈냐, 애당초 도쿄에 있는 대학에 넣는 게 무리였다—라고 어머니가 아버지에게 호통 치는 소리가 들리는 것 같았다. 다카시의 어머니는 난폭하고 독선적인 아버지에 비해, 어찌 보면 복장이 터질 정도로 순종적인 사람이다. 그런데 뚜껑이 열리면, 무서울 정도로 격노하여 아버지에게 덤벼든다는 걸 다카시는 잘 알고 있다.

아버지 다이헤이는 다카사키 시내에서 작은 운송업체를 운영하고 있다. 기타칸토의 가난한 집에서 태어나 중학교를 나오자마자 지방의 보일러 공장에서 일하기 시작했지만 일을 제대로 배우지도 못하고 이 년도 안 돼 관두고 말았다. 그 뒤 온갖 일을 전전해야 했다. 한창 놀고 싶을 나이에 월급의 반을 고향 집에 생활비로

송금해야 했기에, 조금이라도 수입이 많은 일을 찾아 우왕좌왕한 것이다.

그러다 서른이 다 돼서 취직한 시내의 운수 회사에서 운전하는 게 적성에 맞았는지 가까스로 정착하게 됐다. 그 무렵 상사의 소개로 맞선을 보고 결혼까지 했다. 그게 어머니다. 일 년이 지나 다카시가 태어났고, 이 년 뒤에는 여동생이 태어났다. 여동생이 초등학교에 들어가던 해, 다이헤이는 직장에서 독립하여 달랑 경트럭 한 대를 밑천으로 삼아 회사를 차렸다. 그게 '오자키 운수'의 시작이다.

현재는 자사 트럭 세 대, 사원 세 명, 계약 운전수 두 명에, 일단은 이 층짜리 철골 건물에 차고가 딸린 사옥을 갖고 있는 유한회사다. 다이헤이는 명색이 사장이지만 운전부터 짐 싣는 일까지 앞장서서 한다. 딱 그만한 규모의 회사인 게다. 그렇지만 다이헤이 혼자 몸으로 이 년도 걸리지 않고 그 정도로 회사를 키웠기 때문에, 다카시는 꽤 훌륭한 아버지를 두었다고 생각하곤 했다. 입 밖에 내 본 적은 없지만.

그러나 오자키 운수에도 도산의 위기가 있었다. 다카시가 중학교 삼학년 때였다. 다이헤이의 각별한 신임을 받으며 경리 전반을 맡고 있던 사원이 회사의 자금을 모조리 들고 모습을 감추었던 것이다. 다급히 조사해 보니, 그 외에도 회사 도장을 사용하여 멋대로 돈을 빌리고, 아직 저당 잡혀 있던 트럭의 매각 계약을 체결해 버리는 등, 말도 안 되는 짓을 저질러 왔음이 드러났다.

다이헤이는 화내기에 앞서 아연실색했다. 신뢰하고 있던 사원에게 배신을 당한 것도 당한 거지만, 더 황당했던 건 문제의 사원이 저지른 횡령이나 배임 수법이 너무나도 조잡하고—재무나 경영을 조금이라도 아는 인간이라면 금세 알아차릴 정도로 유치했기 때문이다. 조사하러 온 경찰과 급히 부탁해 장부를 봐 준 회계사 등에게 그걸 지적당하자—다카시는 지금도 확실히 기억하고 있지만—다이헤이는 새파래지는 걸 넘어 얼굴이 새하얗게 됐다. “전 못 배운 인간입니다. 그 인간이 그걸 꿰뚫어본 거죠”라고 갈라진 목소리로 말했다.

다이헤이가 그 사원을 애지중지하고 신뢰했던 이유는 사소한 장부 기입부터 세금 신고, 대부 체결과 지급, 변통 등 다이헤이가 까다롭게 여기던 일들을 혼자 도맡아 처리했기 때문이다. 더욱이 사원이니까 변리사나 공인회계사에게 별도의 보수를 지불할 필요도 없었다.

회사는 도산 직전에 이르렀다. 다이헤이에게는 엄청난 쇼크였으리라. 회사 같은 건 망해도 상관없다, 나는 다시 고용 운전수로 돌아가면 되니까—라며 걸핏하면 낮술을 마시다 뻗어 잠이나 자는 등 전혀 수습할 의지를 보이지 않았다.

그러자 드디어 다카시 어머니의 인내심도 한계에 도달했다.

다카시는 어머니의 호통 소리를 소꿉친구네 집에서 들었다. 그 집은 오자키 운수 옆에 있었다. 즉 어머니의 호통 소리는 옆집에서도 들릴 만큼 컸다.

"제대로 된 변리사에게 지급해야 할 돈이 아까워서 그런 사람에게 다 맡겨 버린 당신 잘못이잖아! 내가 몇 번이나 말했어요. 그 사람을 너무 믿으면 안 된다고. 그런데 당신 뭐라고 했어요? 너 같은 얼치기 바보가 뭘 아냐고, 난 사람 보는 눈이 있으니 잔소리 하지 말라고, 그렇게 호언장담했던 게 누구였죠? 당신은 일용 운전수로 돌아가면 된다 쳐도 사원들은 어떻게 할 건데요? 도대체 언제까지 훌쩍거리고 있으려고요? 당신 같은 사람을 믿고 있느니 날품팔이를 해서라도 내 손으로 아이들을 키우는 게 낫겠어. 나가겠어요!"

다카시는 귀를 의심했다. 저게 엄마 목소리? 분명 아버지는 어머니를 노상 '얼치기 바보'로 취급했다. 온순한 어머니는 자신의 의견을 거의 말하지 않고 좀처럼 결단을 내리지 못하는 사람으로 다카시조차도 미덥지 못하다고 생각한 적이 있을 정도였다.

그런 엄마가—호통을 치고 있다.

다이헤이도 깜짝 놀란 모양이다. 놀라서 대꾸도 하지 못했다.

이후로 낮술 마시는 일은 없어졌고 심각하게 회사의 위기에 대해 고민하기 시작했다. 다행히 자금 원조를 해 주겠다는 단골 거래처가 있어 오자키 운수는 간신히 도산을 면할 수 있었다.

그러나 이 소동은 여러 가지 의미에서 회사와 오자키 집안에 화근을 남겼다. 그때까지 다이헤이 마음 깊은 곳에 잠들어 있던—아마 잠들어 있었을—'나는 배우지 못했다'는 굴절된 감정이 단번에 표면화하는 계기가 되었다. 생각해 보면, 다이헤이는 이 사건 이후로 다카시의 장래에 다소 분에 넘칠 정도의 꿈을 걸게 되었다.

전에도 "역시 못 배우면 고생한다" 같은 소리를 한 적이 있지만, 횡령 사건 이후로는 꼭 다음과 같은 말이 뒤따랐다. "알겠냐, 남들이 무시하는 사람이 돼선 안 돼. 바보 취급을 당하면 끝장이야."

다카시는 그런 아버지의 대사가 너무나도 자학적으로 들려 참을 수가 없었다. 그래서 한 번은, 아무도 바보 취급하지 않아요, 아빤 배우지 못했지만 회사도 훌륭히 경영하고 있잖아—라고 말한 적이 있다. 그러나 다이헤이는 고집스레 턱을 잡아당기며 이렇게 대답했다.

"그래, 훌륭히 하고 있지. 이렇게나 고생고생 하면서 어엿이 하고 있지. 그런데 바보 취급을 당했어. 배우지 못하고 머리가 나쁘니까 말이야. 너는 절대로 이렇게 살면 안 돼."

다행인지 불행인지 다카시의 성적은 결코 나쁜 편이 아니었다. 물론 특출하게 뛰어나지도 않았다. 그런 다카시에게 다이헤이는 입버릇처럼 노력하라고 말하며 공부를 위해서는 어떠한 지원도 아끼지 않았다.

하지만 별로 기쁘지 않았다.

당시 아버지의 심정을 다카시 나름대로 상상해 본 적이 있다. 횡령 사건은 다이헤이에게 있어 너무나 큰 상처였다. 그대로 내버려 두면 치유되지 않는다. 그래서 다이헤이는 거기에 커다란 반창고를 붙였다. 난 전력을 다해 왔고, 앞으로도 그럴 것이다. 그렇지만 배우지 못했다는 이유만으로 이렇게 지독한 꼴을 당했다. 내가 고생하는 건 단지 배우지 못했기 때문이다. 배우지 못한 인간의 인생이란 아무리 애써 봐야 이 꼴이다—라는 반창고를.

그러나 별로 약발이 안 듣는 반창고다. 반창고 아래 상처는 이미 곪아 있음이 다카시에게도 느껴졌다. 돈이나 배경이 없어도, 배우지 못해도, 몸뚱이 하나로 그럭저럭 버텨 왔다—라는 다이헤이의 자신감은, 횡령 사건 때문에 벌어진 상처 틈으로 사라져 버린 듯했다. 호통까지 치며 다이헤이를 격려해 준 아내도, 어려울 때 돈을 빌려 준 거래처도 다이헤이의 마음속에 자리 잡은 압도적인 열등감 앞에서는 그 존재감이 희미했다. 오히려 지금껏 다이헤이를 지탱해온 생래적인 억척스러움이 치솟아 올랐다. 얼치기 바보 마누라에게 호통을 듣고, 거래처 사장에게는 빚을 진데다가 동정까지 샀다, 이것도 저것도 다 내가 배우지 못한 탓이다, 제기랄 이렇게 고생해 왔는데—다이헤이의 마음속에 이런 열등감이 단단히 자리 잡은 것이다. 깔끔하게 뒤처리를 해 준 세무사에 대해서조차 "저 선생도 마음속으론 한심하게 속은 나를 비웃고 있겠지"라며 술에 취해 푸념을 늘어놓은 적도 있다.

그 감정이 전보다 더 잘난 체하는 횡포한 아버지를 만들었다. 매사에 절대 남에게 바보 취급당하지 않겠다는 허세가 허풍선이 아버지를 만들었다.

그래, 이 정도라면 참을 수도 있다. 더 이상 못 참겠다 싶으면 소리 지르고 집에서 나와 버리면 된다. 하지만 아버지로 하여금

"너만은 무시당하지 않는 사람이 되어야 한다"는 말을 내뱉게 하는 신념 안에는 "너만은 애비 같은 고생을 시키지 않겠다. 너만은 이런 열등감을 갖게 하지 않겠다"는 부모의 마음이 뿌리깊이 자리하고 있다는 걸 알기 때문에 이러지도 저러지도 못하는 것이다. 그 마음이 너무나 애처로웠다.

그런 마음이 있는 한 무슨 이야기를 해도 소용없다. 다카시는 결코 아버지를 멸시한 적이 없고, 아버지와 같은 인생을 걷게 되더라도 손해는 아니라고 생각하며 배우지 못한 아버지를 부끄럽게 여기지도 않았다. 그러나 아무리 얘기해 봤자 다이헤이는 들으려 하지 않을 게 뻔하다. 아니, 넌 아직 몰라, 애비 같은 고생을 해선 절대 안 돼, 그렇게 말하리라.

다행히 지금까지는 다이헤이의 신념과 다카시의 희망이 어긋나지는 않았다. 결과적으로는 재수생이 됐지만 대학 진학은 다카시로서도 원하던 바다. 그런 점에 있어서는 일단 다이헤이가 기대하는 대로 나아가고 있다고 생각한다. 대학을 나온 이후에 뭘 할지에 대해선 지금 고민할 때도 아니거니와 무엇보다 아직 들어가지도 못했다.

그런 생각을 하다 보니 더더욱 지금, 부모님이 어떻게 하고 있을지 걱정이 됐다. 어머니는 또 이웃이 놀랄 정도로 큰소리를 지르며 다카시를 히라카와초이치반 호텔에 머물게 한 아버지를 책망하고 있을까. 안 그래도 어머니는 다카시가 그 호텔에 투숙하는 걸 내켜하지 않았는데.

나, 살아 있어—라면서 그곳으로 돌아간다. 모두들 기뻐하리라. 내가 이해할 수 없는 설명을 해도, 그런 건 상관없다, 살아 돌아와 줘서 고맙다면서 마냥 기뻐하리라. 그런 생각을 하니 절로 미소가 떠올랐다.

신문 기사거리가 될 정도로 큰 화재였다면 매스컴도 야단법석을 떨겠지. 하지만 넘어갈 방법은 있다. 화재가 났던 밤, 호텔에 없었다고 하는 거다. 친구랑 놀러 나갔다, 예비교 시험을 보러 온 주제에 놀러 간 걸 사실대로 털어놓기가 쑥스러워 지금까지 가족에게도 밝히지 못했다—는 설명이면 대충 넘어가지 않을까. 변덕스러운 세상은 다카시 따위 금세 잊을 게 틀림없다.

나는 다시 보통의 학생으로 돌아가는 거다.

역사 같은 건 신경 쓰지 말고 수험이나 열심히 준비하자. 2 · 26 사건을 직접 볼 수 있었다고 한들 돼지 목에 진주다.

후키에게 '일본은 전쟁에서 진다'고 가르쳐 줬을 때, 그녀의 반응은 어땠던가. 후키를 생각하는 마음에 애써 앞으로 일어날 일을 알려준 건데도 전혀 믿으려 하지 않았다. 믿기는커녕 눈물까지 글썽이며 다카시를 비난했다. 이 시대는 내가 감당하기에 너무 벅차다.

다카시는 오두막 안에서 손가락과 발가락을 꼼지락거리며 추위를 견뎌 보려 애쓰다가 쓴웃음을 지었다. 그래 타임트립 같은 건, 예컨대 역사 연구가라고 하더라도 감당할 만한 경험이 아니다.

그렇지 않은가. 누가 믿어주겠는가? 아무리 차근차근 설명을 해도, 증거가 될 만한 걸—신문기사라든가 서적이라든가—쌓아 올려도 그런 건 날조라며 전부 부정해 버릴 게 틀림없다. 예를 들어 이 시대로 트립한 현대 역사가가 경시청이나 수상 관저를 점령하고 있는 청년 장교들에게 실제 문헌을 보여주며, 자네들의 결기는 실패한다, 자네들 태반은 사형을 당할 뿐만 아니라 이 사건을 계기로 군부 독주 태세가 완성되어 일본은 태평양전쟁의 수렁에 빠진다고, 아무리 진심을 담아 진지하게 호소한다 한들 그들은 전혀 들으려 하지 않을 것이다. 오히려 미치광이 취급을 당하거나, 자칫 잘못하면 살해되기 십상이다.

다카시는 문득 고개를 들어 눈을 깜빡거렸다.

살해당할 경우—그 현대 역사가는 어떻게 되는 걸까?

과거로 돌아가 살해당한 순간, 현대의 그는 영구히 사라지게 된다. 그렇다면 미래에 있어야 했던 그가, 목숨을 잃기 전까지 현대에서 이뤘을 연구 성과는 어떻게 되는 걸까? 그의 자손은 어떻게 되는 걸까? 그의 자손이 장차 일본을 짊어질 정치가가 될 예정이었다면, 그가 살해당한 순간, 미래가 변하고 마는 건 아닐까?

고민을 거듭하는 사이에 다카시는 당치도 않은 데까지 생각이 이르러, 트립한 이래 처음으로 소름 끼칠 정도의 공포를 느끼며 "앗!" 소리를 내고 말았다.

나는 어떻게 되는 걸까?

심장이 가슴속에서 요동치기 시작했다. 다카시는 유카타의 가슴팍을 꽉 움켜쥐었다.

나—오자키 다카시는 타임트립을 할 수 있는 아저씨와 만나지 않았더라면, 그가 구해주지 않았더라면, 본래 히라카와초이치반 호텔 이층 복도에서 불타 죽었을 인간이다. 그런데 이렇게 목숨을 건져 과거 어느 때로 피했다가, 다시 현대로—자신이 살아가는 현대로 돌아가려 하고 있다.

이게 올바른 걸까? 내가 이런 식으로 살아남게 됨으로써 역사의 톱니바퀴가 어긋나게 되는 건 아닐까?

'장난이 아니다…….'

심장 박동이 한층 격해진다. 손바닥에 땀이 배어온다. 몇 번이고 유카타를 거머쥐며, 필사적으로 머릿속을 정리해 보려고 했다. 죽어야 할 인간에게 미래란 존재하는가? 죽었어야 할 인간이 죽지 않음으로써 역사는 뒤틀리고 마는 게 아닐까? 죽었어야 할 내가 살아남음으로써 '현대'는, 이제 다른 세계로 변하는 게 아닐까?

현대에 내가 존재할 곳은 있는 걸까.

갑자기 오두막 문이 열렸다. 다카시는 말 그대로 펄쩍 뛰었다. 불쑥 얼굴을 내밀던 히라타도 눈을 휘둥그렇게 뜨며 뒷걸음질을 친다.

너무 골몰히 생각에 빠진 나머지 히라타가 다가오는 발걸음 소리를 못 들은 것이다. 다카시는 몸을 웅크리며 히라타의 얼굴을 말끄러미 바라보다 히라타가 말을 꺼내기 전에 침을 튀기며 물어봤다.

"나, 돌아갈 곳은 남아 있나요?"

갑작스런 질문에 히라타는 깜짝 놀랐는지 눈만 깜빡거렸다. 그런 모습에 다카시는 더욱 조바심이 났다.

“물어보잖아요, 대답해 봐요. 나, 원래 죽었어야 할 인간 아닌가요? 돌아가서 내가 있을 장소가 있기나 한 건가요?”

지금까지 생각했던 걸 단숨에 하나하나 열거하며 설명했다. 주위 동태를 살피며 슬그머니 오두막을 문을 닫고 자리에 앉은 히라타는, 다카시가 숨을 고르는 틈에 끼어들어 시원스레 답했다.

“걱정할 필요 없어.”

다카시는 가쁜 숨을 내쉬었다. “정말이에요?”

“정말이야.” 히라타는 쓴웃음을 지었다. “자네가 돌아갈 장소는 틀림없이 있어.”

“그렇지만 나, 역사를 바꾸고 말았잖아요?”

히라타는 고개를 저었다. “관계없어. 괜찮아.”

“어떻게 단언할 수 있어요?”

끈질기게 되묻는 다카시에게 히라타가 딱 잘라 말했다.

“역사에 있어서 자네는 그다지 중요한 인물이 아니니까.”

다카시는 순간 말문이 막혔다. 입이 떡하니 벌어졌다. 물론 자신이 세상에 없어선 안 될 대단한 존재라고는 생각하지 않는다.

“분명 내가 역사를 좌지우지할 수 있는 인물은 아니죠. 그렇지만 내 말은 그런 의미가 아니라, 내가 살아남게 되면서 사실이 바뀐 게 아니냐는 거잖아요. 사실이란 건 역사의 일부니까—.”

안달이 나 다급히 설명하려는 다카시를 손으로 만류하며 히라타는 웃음을 지었다. "알고 있어. 자네가 무슨 말을 하려는 건지 잘 알고 있으니까 초조해할 필요 없네."

히라타는 다시 다카시를 향해 미소 지었다.

"방금 내가 한 말에 마음 상했다면 미안하네. 어쨌든 자네는 핵심을 찌르는 중요한 말을 했어."

"내가? 무슨 말을요?"

"자네가 사실을 바꿨다—그리고 사실은 역사의 일부다."

다카시는 고개를 끄덕였다. "그래요. 아무리 내가 바보라도 그 정도는 알고 있다고요."

"자네는 결코 바보가 아냐. 비하할 필요 없어. 좋지 않은 버릇인데다가 자네에게도 주변 사람들을 위해서도 좋지 않아. 주변에서 그러는 사람이라도 있는 건가?"

다카시 마음속에서 아버지 다이헤이의 얼굴이 힐끗 스쳐갔다. 어차피 나라는 인간은 배운 게 없으니까—라고 푸념하는 목소리마저 들리는 듯했다.

"뭐 어쨌든 간에," 히라타는 말을 이었다.

"자네 말대로 사실은 역사의 일부로서 역사를 구성하고 있네. 천재지변과 같은 자연현상을 제외하면 사실을 만드는 건 인간이니까 역사 속의 사실은 곧 인간이라는 말이 되지. 인간 역시 역사의 일부인 거야. 그렇기 때문에 대체가 가능해."

다카시는 눈을 치켜떴다. "뭐라고요?"

"우리 인간은 역사의 흐름에 있어 단지 부품이라는 거지. 대체

가능한 부품일 따름이야. 부품 각자의 삶과 죽음은 역사에 있어 관계가 없어. 개개의 부품이 어떻게 되든 역사에 의미가 없다고. 역사는 자신이 가고 싶어 하는 방향으로 흘러갈 뿐이야."

다카시는 순간 말문이 막혔다. 화가 울컥 치밀어 올랐다.

"개개 인간의 삶과 죽음이 의미가 없다고? 무슨 말을 하는 거야! 칙칙하게 생겨먹어 누구에게 사랑받아 본 경험도 없는 주제에. 당신에게는 의미 있고 소중한 사람 같은 게 없으니까, 그런 당치도 않은 소리를 할 수 있는 거야!"

"그게 아니야."

"뭐가 아냐!"

"내게도 의미 있는 사람이 있어. 지금 이 순간 자네도 내게 의미 있는 인간이야. 그렇기 때문에 호텔에서 구한 거야."

히라타를 한 대 갈기려고 주먹을 꽉 쥐고 있던 다카시의 몸에서 힘이 빠지기 시작했다.

"내게도 소중한 사람은 있다고." 히라타는 나지막이 중얼거리며 거의 안 들릴 듯이 덧붙였다. "그래서 더 괴로워."

"그래서…… 뭐요. 무슨 말이 하고 싶은 거예요?"

"차분히 생각해 봐. 나는 아까 개개의 인간에게 있어 삶과 죽음이 의미 없다고 하지 않았어. 역사에게 있어 개개 인간의 삶과 죽음이 의미 없다고 했지. 전제가 다르잖아."

"아무리 그래도 당신은 역사를 지나치게 의인화하고 있어요. 역사를 만드는 건 인간 아닌가요."

히라타는 또다시 미소를 지었다. 그 미소에는 피곤과 쓸쓸함이 배어 있었다.

"역사가 먼저냐, 인간이 먼저냐. 영원한 수수께끼지. 그렇지만 난 이미 결론을 내렸어. 역사가 먼저야. 역사는 자기가 가려는 쪽을 지향해. 그것을 위해 필요한 인간을 등장시키고, 필요 없게 된 인간은 무대에서 내리지. 때문에 개개의 인간이나 사실을 대체하더라도 상관없는 거야. 역사는 스스로 보정하고 대역을 세우면서 사소한 움직임이나 수정 등을 모두 포용할 수 있거든. 그러면서 내내 흘러가는 거지."

높은 데서 다카시를 내려다보며 '한수 가르쳐 주마'라고 하는 듯한 거들먹거림은 없었다. 회사의 불합리한 처사나 부조리에 대해 불평하는 후배에게 어차피 세상은 그런 거니 체념하라고 위로하는 선배의 말에 담긴, 피로감이 뒤섞인 자포자기의 울림과 비슷하다.

"어째서 그런 식으로 생각하는 거죠?"

역사에게는 역사 스스로의 의사가 있어서 가고 싶은 방향으로 간다—라니 한 번도 들어본 적이 없는 이론이다.

"어떻게 그렇게 자신만만하게 단언할 수 있죠?"

히라타는 살며시 어깨를 움츠렸다. 볼품없는 윗옷의 어깨 부분이 온통 보풀투성이다. 오른쪽 소맷부리에는 다른 옷감을 댔다.

"지금까지 수차례 타임트립을 하면서 확인했으니까."

놀랍게도 히라타의 입가가 일그러졌다. 마치 눈물이 터지기 직전의 아이처럼.

숨을 죽인 채 히라타라 불리는 남자의 못생긴 얼굴을 바라본다. 그저 어제 처음 알게 됐을 뿐인 이 남자의 얼굴을, 살아오면서 만나 온 다른 누구의 얼굴보다도 빈번히 그리고 열심히 바라보며 따라왔다. 아무리 진지한 눈빛으로 바라보아도 심드렁한 표정은 변함이 없었고, 바라보는 횟수가 거듭되어도 주위에서 내뿜는 마이너스 오라—외면하고 싶게 만드는 불쾌한 분위기는 줄어들지 않았었다. 다만 이제는 익숙해졌을 뿐이다.

그런데 어찌하여 지금, 눈앞에서 히라타가 애처로운 얼굴을 한 것만으로 이다지도 마음이 흔들리는 걸까.

"뭘 봤는데요?"

"여러 가지를 봤지. 커다란 사고와 사건, 좋은 일도 나쁜 일도. 물론 나는 전부 알고 있었어. 앞으로 벌어질 일들은, 내겐 주지의 사실이었지. 그래서 나쁜 일 가운데 내 손으로 일단 저지해 둔 것도 있어. 그렇지만 결국 아무것도 바뀌지 않았어. 역사적 사실을 바꿔도 역사는 변하지 않아."

히라타의 목소리가 점점 낮아졌다. 몸을 기울이지 않으면 들리지 않을 만큼.

"일단 저지해 뒀다? 무슨 의미예요?"

히라타는 허공을 바라보며 적당한 말을 고르는 듯 잠깐 고민했다.

"자네가 알 만한 거라면…… 그래. 쇼와 60년1985년 8월 일본 항공 점보기가 추락한 사고 기억나나?"

"오백 명 이상의 사람들이 죽은 큰 사고였죠."

"그래. 그 비행기를 떨어뜨린 건 나야."

정원 어딘가에서, 아마도 정원수 위겠지, 털썩 하고 눈이 떨어지는 소리가 났다.

다카시는 눈을 가늘게 떴다. "……무슨 뜻인가요?"

"조금 복잡한 얘기지만," 히라타는 말을 이었다. "헤이세이 원년1989년의 일이었네. 점보기 추락 사고를 막기로 결심하고 쇼와 60년으로 타임트립을 한 건. 과거에 일어난 대사건을 사전에 막으려는 목적으로 했던 마지막 타임트립이었지. 실패한 덕분에 포기할 수 있었어."

괜찮겠나, 집중해서 들어줘, 라며 히라타는 다카시의 주의를 환기시켰다.

"그 시점, 헤이세이 원년의 시점에 내가 막겠다고 마음 먹었던 점보기 추락 사고는, 8월 12에 일어난 사고가 아니었어. 8월 10일에 일어났던 사고였지."

"그런 사고는 없—."

끼어드는 다카시를 나무라는 듯 히라타는 손을 흔들었다. "집중해서 들어달라고 했잖아. 알겠나, 내가 헤이세이 원년의 시점에, 과거에 일어났다고 인식한 사고는 8월 10일의 점보기 추락 사고였던 거야. 같은 일본 항공의 점보기였지만, 목적지도 다르고 기체 번호도 달라. 다른 비행기였으니까. 말이 나온 김에 언급하자면, 추락 지점도 남알프스 산중이었어. 대참사였다는 것만 똑같았지."

히라타는 양손으로 얼굴을 쓰윽 문질렀다. 침통한 표정이었다.

"가령 그 점보기를 001편이라고 하지. 나는 001편의 추락을 막기 위해 쇼와 60년에 타임트립을 한 다음 어떻게 막을까 고민하다가 아주 간단한 방법을 생각해 냈어. 일본 항공에 협박전화를 건 거야. 001편에 시한폭탄을 설치했다, 일억 엔을 지불하면 설치한 장소를 가르쳐 주겠다—라고 말이야. 큰 소동이 벌어졌지. 당연히 경찰이 출동했고 철저하게 수색한 끝에 001편은 결국 결항됐어. 당연히 추락하지 않았지. 날지도 않았으니."

"그럼 성공한 거네요."

"일단은." 히라타는 얼른 답했다.

"아까 말했잖아. 결국엔 똑같은 일이 벌어졌다고."

"그 001편이 8월 12일 오사카로 가는 도중 추락했다는 건가요?"

히라타는 고개를 저었다. "아니, 달라. 8월 12일 추락한 건 다른 점보기야. 기체 번호가 달라. 그래서 군마 현 산중에 추락한 점보기를 떨어뜨린 게 나라는 거야."

어리둥절해하는 다카시를 보며 히라타는 점점 목소리를 높였다. "모르겠어? 나는 001편이 추락하는 걸 막았지만 이틀 후 다른 점보기가 떨어진 거야. 내가 한 일은, 역사에 아무런 변화를 주지 못했어. 나는 그저 추락하는 점보기를 001편에서 다른 비행기로 바꿨을 뿐이야. 8월 12일 이후에도 쇼와 60년에 머물러 있던 나는 리얼타임으로 절감했지."

히라타는 양손으로 머리를 감싸 안았다.

"실망했어. 아니 실망 정도가 아니었어. 역시 안 돼, 역사를 바꾸는 일 따위 할 수 없어, 라며 포기했으니까. 이전에도, 나는 몇 번이고 몇 번이고 비슷한 일을 되풀이해 왔어. 과거에 일어난 어떤 참사를 막으면, 마치 내 노력을 비웃기라도 하듯 반드시 비슷한 사건이 일어나는 거야. 물론 장소도 다르고 연관되는 사람들도 달라. 그렇지만 사건의 성질은 똑같아. 일어날 사건 그 자체를 절대적으로 막는다는 건 불가능해."

"그래도, 아저씨는 점보기 한 편에 타고 있던 사람들을 구했잖아요." 다카시는 주뼛주뼛 말을 꺼냈다. "그것도 역시 역사를 바꾼 거잖아요."

히라타는 갑자기 고개를 들며 고함치듯 소리 질렀다. "구하고 자시고 한 게 아니야. 아무것도 바꿀 수 없었다고!"

히라타의 기세에 다카시는 저도 모르게 목을 움츠렸다.

"아직도 이해를 못하고 있군. 몇 번이나 똑같은 말을 해야 하는 건가? 자네는 역사적 사실을 바꾸는 것과 역사를 바꾸는 것을 혼동하고 있어. 지금 추락한 점보기 기체 번호, 비행기 안의 승무원과 승객들의 이름, 그리고 추락 장소를 내가 바꿨다고 말하고 싶은 건가? 그래, 그런 거라면 분명 바꿨어. 다른 점보기를 떨어뜨렸으니까. SF를 좋아하는 사람이라면 내 행동으로 인해 평행 우주가 형성되었다고 표현하겠지. 001편이 떨어진 세계에서는 위령비가 남알프스 산중에 있겠군. 내가 바꾼 세계, 자네가 알고 있는 세계에선 위령비가 군마 현 산중에 있지. 엄연히 달라. 나는 역사적 사실을 바꾼 거야.”

히라타는 주먹으로 자기 무릎을 툭툭 두드리며 말했다.

“점보기가 추락해서 타고 있던 오백 수십 명의 사람들이 죽었다는 데는 변함이 없어. 장소가 어디였든, 승객이 누구였든, 사고가 일어났다는 데는 변함이 없다고. 내가 ‘역사는 바꿀 수 없다’고 말하는 건 그런 의미야.”

알겠나, 라며 다짐받는 히라타의 목소리가 갈라졌다.

“역사의 흐름은 결정되어 있어. 쇼와 60년 즈음, 일본 내에서 사회적 허용량을 넘어설 정도의 인적 손해를 초래하는 항공기 사고가 일어난다, 라는 식으로. 사고는 온갖 영역에 다양한 영향을 미치게 되지. 실제 8월 12일 사고 이후, 점보기 안전성에 대한 의문과 함께 일본 항공의 무사안일 근성이 규탄받으면서 일본 항공의 사장이 책임을 지고 사임하는 등 여러 가지 일들이 일어났던 걸 자네도 기억할 거야. 국내만이 아니야. 그 사고는 세계 항공업계에 충격을 주었지. 역사는 결정되어 있어. 그런 사고가 쇼와 60년쯤 일본에서 일어나게끔 말이야.”

다카시는 무릎을 구부린 자세로 히라타에게 다가가 그의 팔을 붙들고 세게 흔들었다.

“바보 같은 생각은 집어 치워요. 역사가 스스로 세상사를 결정한다니. 역사는 인간이 만드는 거예요."

히라타는 눈을 감고 숨을 한 차례 크게 내쉬더니 다시 눈을 뜨고 자기 팔을 붙든 다카시의 손을 지그시 바라봤다. 그러고는 깨지기 쉬운 물건이라도 만지는 것처럼 천천히 다카시의 손을 잡더니 팔에서 떼어 냈다.

"그래, 역사를 의인화하는 건 문제가 있어. 너무 쉬운 방법이지. 그럼 이렇게 말해 볼까. 역사란 인간이 쌓아 올려가는 것이다. 그래서 쌓아 올린 게 무너질 때가 되면 어떻게든 무너지게 되어 있고, 뒤틀린 곳은 아무리 고쳐 봐야 뒤틀리게 마련이라고. 그 흐름은 필연적이며 과거의 사실을 알고 있는 미래의 인간이 타임트립을 해서 아무리 수정을 가하려고 해도 역사 그 자체를 바꾸는 건 근본적으로 불가능하다고."

별짓을 다 해 봤지, 정말, 이라고 히라타는 혼잣말처럼 중얼거렸다.

"평행 우주? 그동안 난 아무도 모르게 썩어 넘칠 만큼 수많은 평행 우주를 만들었겠지. 몇 번이고 몇 번이고 과거로 가서 사건과 사고들을 막겠답시고 아등바등했지만, 일어날 시간과 장소밖에 바꾸지 못했으니까."

지금까지의 이야기를 머릿속에서 소화하려고 하자, 손이 저절로 관자놀이를 향한다. 머리가 도저히 감당할 수 없다고 거부하고 있는 걸지도 모른다.

"타임트립 능력 같은 거 갖고 있어도 아무 소용이 없다는 말이잖아요."

다카시의 말에 히라타는 고개를 주억거렸다. "그래. 아무런 도움도 안 돼. 하지만 세상을 위해선 그게 나아. 그저 이 능력을 지닌 인간만 불행할 뿐이지."

히라타는 손으로 얼굴을 훔치더니 말을 이었다.

"타임트립 능력을 지닌 자는, 말하자면 가짜 신인 셈이지."

"가짜 신?"

"그래. 역사가 신경 쓰지 않는 사소한 퍼즐 몇 조각이나, 배우의 위치를 바꾸고, 그것들의 운명을 좌우하는 건 가능해. 자기 취향에 따라 순전히 자기만족을 위해서."

이렇게 대단한 권력이라니, 라면서 히라타는 두 손을 펼쳐 보였다.

"나는 죽을 운명에 놓인 인간을 구할 수 있어. 구미에 안 맞으면 그냥 죽게 내버려둘 수도 있어. 큰 사고가 일어날 장소에 내가 싫어하는 인간을 보내 다치거나 죽게 할 수도 있지. 그래도 벌을 받지 않고, 아무도 모르니 원망을 사지도 않아. 이렇게 멋진 일이 있겠나. 유쾌하기까지 하다고."

말과는 상반되게 히라타의 얼굴은 창백했다.

"그렇지만 가짜는 어차피 가짜일 따름이지"라고 내뱉듯이 말했다. "개인적인 좋고 나쁨이나 취향에 따라 저지른 행동의 청구서는 반드시 내게로 날아와. 역사의 흐름에는 아무런 영향을 미치지 않더라도, 난 내가 저지른 짓으로 발생한 결과와 정면으로 마주

봐야만 해. 가짜 신이기 때문에. 진짜 신은 죄악감도 사명감도 없어. 나는 주제넘게 8월 10일의 점보기 승객을 구해서, 12일의 승객들을 죽였어. 그게 무슨 의미가 있지? 대체 누구를 위한 걸까?"

히라타는 어깨를 축 늘어뜨렸다.

"몇 년 전의 연쇄 소녀유괴살인 사건, 기억나?" 히라타는 고개를 숙인 채 다카시에게 물었다.

"예, 어린 여자아이를 네 명이나 죽었죠."

"그 사건이 일어났을 무렵 난 방금 얘기했던 결론에 이미 도달해 있었어. 예를 들어 내가 과거로 트립해서 막 태어난 용의자 청년을 죽인다면 그는 그런 연속 유괴살인 사건을 일으킬 수 없겠지. 피해자인 네 명의 여자아이들은 살아날 테고. 하지만 내가 그런다고 한들 너무나 맥 빠지게도, 다른 A 또는 B라는 정신 나간 청년이 나타나, 또 다른 여자아이들을 유괴해서 살해하는 사건이 결국 발생하게 되어 있다는 거지. 역사가 그 시점에서 그런 유형의 범죄를 이 사회에 등장시키는 방향으로 가게 되어 있다면 그렇게 갈 수밖에 없어. 결국 나는 용의자와 피해자를 다른 사람으로 바꿔놓을 뿐이지."

다카시는 잠자코 들었다.

"그런데 뉴스를 보다가 심란해졌어. 비탄에 빠진 양친의 얼굴과 아이들의 귀여운 얼굴을 바라보면서, 다시 한 번, 딱 한 번만 과거로 트립해서 사건을 막으면 어떨까 하는 생각이 들었어. 분명 불가능한 일은 아니야. 하지만 바로 포기했지. 그 뒤 텔레비전에 나올 다른 여자아이의 얼굴과 쓰러져 울고 있는 어머니의 얼굴을 참고 볼 자신이 없었거든. 더구나 그 용의자 청년을 사라지게 함으로써 내가 만들어 낼 평행 우주 안에 새로 나타날 살인자는, 네 명으로 성에 안 찰지도 모르지. 여섯, 여덟, 열 명을 죽일 때까지 안 잡힐지도 몰라. 내가 그런 위험한 도박에 몸을 던질 수 있을까."

역사는 신경 쓰지 않아, 라고 히라타는 주문이라도 외듯 중얼거렸다.

"내가 과거로 돌아가, 전력을 다해 역사적 사실에 수정을 해도 대동아전쟁은 일어나겠지. 원폭도 떨어지고 고도성장도 일어날 거야. 천식이라든가 유기수은중독증 같은 공해병도 발생하겠지. 원폭이 떨어지는 곳이 히로시마가 아니라 욧카이치나 가와사키일지도 몰라. 어쩌면 미나마타일까. 어디가 됐든 결국 원폭은 떨어지고 누군가가 죽게 되어 있어."

정체 모를 싸늘함이 온몸에 스며들어 다카시는 가이마키 안으로 움츠러들었다.

"도조 히데키라는 이름을 들어본 적 있나?"

히라타가 물었다.

"……."

"모르나. 전후 일본에서 가장 큰 증오의 대상이자 국민들의 원성을 한 몸에 짊어진 이름인데 말이야."

"군인인가요."

"응. 육군대신, 수상, 참모총장으로 당시 최고 권력을 혼자서 장악한 인물이었어. 극동 군사 재판, 이른바 도쿄 재판에서 태평양 전쟁에 대한 최고 책임자로 형 판결을 받아 교수형에 처해졌지. 국민을 전쟁으로 몰아넣은 장본인이야."

"몰랐어요."

"도조 씨는 처음, 육군 안에서는 찬밥 대우를 받았다더군. 그가 군의 중추부로 진출할 발판을 마련할 수 있었던 계기가 바로 현재 진행 중인 2 · 26사건이야. 2 · 26사건 후 황도파가 일소되면서 인사人事에 큰 변동이 생겼기 때문이지."

히라타는 육군성 방향으로 시선을 돌렸다.

"마찬가지 얘기야. 2 · 26사건이 성공했더라면 도조 히데키가 등장하지 않았을 거라고, 나아가 전쟁도 일어나지 않았을 거라고 말할 수 있을까. 아니, 도조 히데키가 없다면 반드시 대역의 인물이 나오게 돼 있어. 역사가 도조 히데키에게 할당한 역할을, 도조 히데키가 달성한 역할을 이루기 위해."

히라타는 다카시를 돌아보더니 입술을 씰룩거리며 억지웃음을 지었다.

"자네가 말한 대로 역사적 사실은 바꿀 수 있어. 그럼으로써 평행 우주도 생겨나고. 다만 그 흐름은 바뀌지 않아. 각각의 평행 우주 역시 내용은 결코 동떨어져 있지 않을 거야. 소설 속에 흔히 등장하는 얘기들이 있지. 히틀러가 없는 독일은 어땠을까 하는. 나는 단언할 수 있어. 히틀러가 암살당해 그가 없는 평행 우주가 만들어졌다 해도 독일에서 일어날 일이나 전쟁의 양상은 거의 차이가 없을 거라고. 히틀러가 없으면 반드시 그 대역이 등장하게 돼 있어. 그로 인해 살해되는 유태인의 수가 다소 줄어든 채 끝날지도 모르지만 전쟁이 일어난 원인이나 경과, 결과에는 큰 차이가 생기지 않아. 아니, 인간에게 있어서는 큰 차이일지 몰라도 역사에게 있어서는 아주 사소한 세부의 수정일 뿐이지."

히라타는 쓴웃음을 지었다.

"하긴 그런 세부의 수정을 재밌어하며, 개개 인간의 운명을 좌우하는 데 묘미를 느끼는 타임트립 능력자도 있긴 하지."

쓴웃음의 '쓴' 색이 진해지며 히라타의 얼굴이 한층 일그러졌다. 다소 급작스런 변화로, 예를 들어 사람이 뭔가 기분 나쁜 기억이 떠올랐을 때의 표정과 닮았다.

다카시는 머뭇거리다가 중얼거리듯 입을 뗐다. "아저씨랑 같은 입장에 놓인다면 그렇게 되는 인간도 많지 않을까요……."

"그래. 나도 예전에는 그랬으니까."

"역시 그랬나요?"

"응. 하지만 어느 순간인가 허무해졌지. 누구를 구하고 누구를 버릴 것인가. 다시는 그런 판단의 기로에 놓이고 싶지 않아. 누군가를 구하면 다른 누군가가 대신하게 된다니 정말 질색이야. 이제는 그저 역사와 마주섰을 때 느끼는 나 자신의 무력감에 망연할 따름이야."

역사에 대해 인간은 무력하다. 그 말을 다카시는 마음속으로 되뇌어 봤다. 너무 비관적인 생각 아닐까.

히라타는 휴 하고 한숨을 토하고는 다카시를 쳐다봤다.

"대연설이 돼 버렸군. 어쨌든 내가 말하고자 하는 바는 네가 돌아갈 장소가 있다는 거야. 분명 자네가 돌아갈 세계는 자네가 히라카와초이치반 호텔에서 불타 죽었을 세계와는 다른 평행 우주겠지. 하지만 그걸 의식할 필요는 없어. 내가 '구해준' 쇼와 60년 001편의 승객들도 그랬으니까."

불쑥 다카시가 물었다.

"아저씨는 왜 절 구해준 거죠?"

히라타와 만나지 않았더라면 다카시는 틀림없이 죽음을 맞이했을 것이다.

"아저씨가 그랬잖아요, 타임트립 능력을 지닌 인간이 일그러져서 태어나는 이유는 다른 사람과 관계 맺지 않기 위해서라고. 지금까지의 이야기를 듣고 나니 무슨 말인지 이해할 수 있을 것 같아요. 아저씨와 같은 능력의 존재를 알고 이용해서 자기 입맛에 맞는 평행 우주를 만들고자 하는 인간과 가까워지면 안 되니까. 또 능력자가 자기 멋대로 평행 우주를 만들어 세상을 지배하고자 해도 혼자 힘으로는 제동이 걸릴 테니까. 지배자나 독재자는 지지자 없이 성립할 수 없으니까."

히라타는 흡사 다른 사람 얘기인 양 고개를 주억거렸다.

"그렇겠지."

"무엇보다 고독하게 지낼수록, 타인과 관계를 맺지 않을수록 누군가에게 호감을 가질 일이 없겠죠. 잘못하면 호감을 가지게 된 누군가의 미래에 뭔가 안 좋은 일이 있다는 걸 알고 거기에 개입하려는 유혹에 사로잡힐 테니까. 세상을 버린 사람처럼 산다는 건 아저씨에게 중요한 의미가 있잖아요."

히라타는 미소만 지을 뿐 아무 말도 하지 않았다.

"아저씨는 정말 일그러져 있어요. 빛을 빨아들이는 구멍처럼 어둡고요." 다카시는 큰맘 먹고 말했다. "저, 처음 아저씨를 봤을 때 저도 모르게 뒷걸음질 쳤어요. 아저씨도 제 시선에 담긴 혐오감을 느끼고 있었죠? 자, 그럼 다시 물을게요. 왜 저를 내버려두지 않은 건가요? 다른 사람과 엮이지 않겠다고 했잖아요."

히라타는 다카시의 눈을 응시한다. 입가의 미소가 퍼져간다.

"왜 그랬을 것 같나?"

"……단순한 우연?"

"우연이라. 그걸로는 내가 자네를 구해준 것처럼 구할 수 있던 수많은 사람을 못 본 체하며 지내온 게 설명이 안 되지."

"그럼 왜 나만?"

히라타는 살며시 눈을 감았다. 바로 어제 일일 텐데 표정은 먼 옛날을 회상하는 것 같다.

"자네가 미안해하는 표정을 짓고 있어서일까."

"네?"

"자네 입으로 그랬잖아. 처음 나를 봤을 때 자기도 모르게 뒷걸음쳤다고. 프런트에서 말이야. 자네는 그때 자신이 혐오감을 드러낸 걸 미안해하고 있었어."

"그랬을지도 모르지만……."

누구라도 그러지 않느냐는 다카시의 말에 히라타는 고개를 저으며 말을 이었다.

"그런 사람이 있긴 있었어. 몇 안 되지만 말이야. 그런데 자네는 내가 비상계단에서 사라지자 필사적으로 나를 찾았다고 했어. 엘리베이터에서 자네의 경직된 얼굴을 보고 그 말이 거짓이 아님을—투신자살인가 싶어 호기심이 발동한 구경꾼의 마음으로 나를 찾은 게 아니라는 것을 알 수 있었지. 화재가 일어나자마자 신경이 쓰이더군. 스쳐 지나가는 나를 진심으로 걱정해 준 자네가 무사히 도망쳤을까 걱정이 돼서 이층에 내려갔지."

"……그랬더니 내가 다 죽어가고 있었다."

"맞아. 그래서 자네를 데리고 여기로 데리고 온 거야."

"다른 사람과 엮이지 않겠다면서요. 그런데도 왜 그랬냐고 묻는 거예요."

히라타는 조금 고민하다가 대답했다. "그 시대에 남겨 놓는 기념품이라고 해 두지. 그래, 마지막으로 딱 한 번만 하자. 큰 화재였으니 만큼 희생자가 한두 사람 바뀌더라도 역사가 나중에 벌충하려 들지는 않겠지 싶었어. 화재 그 자체를 막은 건 아니니까. 순간적인 판단이었지. 다만 자네를 찾으러 가는 도중 수하물을 놔두고 온 건 뼈아프지만."

"지금 입고 있는 옷은?"

"후키 씨와 지에 씨가 빌려 줬어. 그녀들은 우리가 만들어 낸 이야기를 의심하지 않고 있어. 경영자가 고용인을 학대하는 일이 빈번한 시대니까."

히라타는 다시 웃으며 다카시의 오른팔을 붙잡았다. "자, 이야기는 이걸로 끝이야. 현대로 돌아갈 준비가 됐나?"

순간 다카시는 간이 졸아들었다. "잠깐만요. 하나만 더 가르쳐 주세요."

"또 뭘?"

"호텔 비상계단에서 모습을 감췄을 때 말이에요. 그때도 타임트립을 한 건가요?"

거짓말이 들통 나 무안했는지 대답이 없다.

"그렇죠? 아까 그 일이 생각나서 단기간에 타임트립을 되풀이하는 게 위험하다고 했던 아저씨 말이 어쩌면 거짓말일 수도 있겠구나 싶었죠."

히라타는 흐흐 웃음소리를 냈다. "맙소사, 그랬군. 그래서 시계를 빌미로 나를 위협하려고 했나."

"그런 셈이에요."

가모 저택으로부터 여자의 웃음소리가 희미하게 들린다. 순간 오두막 속 세계에 틀어박혀 있던 다카시의 정신이 지금 이곳의 현실로 되돌아왔다. 다마코인가. 또 후키에게 장난치고 있겠지.

"—분명 그때도 트립을 하고 있었어." 히라타가 말했다.

역시 그랬다.

"여기로?"

"응. 실수하지 않고 무사히 도착할 수 있을지, 직전에 한 번 동태를 살펴보려 했다고 할까. 내가 떨어져 내릴 곳에 군 트럭이 떡하니 자리 잡고 있으면 곤란하니까."

그래서 사라지고 난 뒤 바로 히라카와초이치반 호텔로 돌아올 수 있었구나.

"예비조사는 이전부터 했죠?"

"그래. 여기서 살아가기 위한 준비가 필요했으니까."

"역시……. 또 궁금한 게 있어요. 아무래도 이상해서." 다카시는 솔직히 말했다.

"훨씬 풍족하고 살기 편한 시대를 놔두고 왜 이곳에 정착하려는 거죠? 머지않아 전쟁으로 돌입하려는 시대를 굳이 택한 이유가 있나요?"

히라타는 슬쩍 어깨를 실룩거렸다. "사람마다 취향은 다르니까. 그거야말로 자네하고는 상관없는 일 아니겠나."

"자, 이제 가자고." 히라타는 다시 한번 다카시의 팔을 붙잡았다. "주인어른 방에서 장작을 지피며 생각해 봤는데 트립하기엔 여기가 제일 나은 것 같아. 아마 호텔 쓰레기장 시멘트 담 건너편에 떨어지게 될 거야. 자네는 못 봤겠지만 쓰레기장을 둘러싼 시멘트 담 건너편에는 이웃 빌딩의 작은 뒤뜰이 있어. 녹슨 자동차랑 낡은 에어컨 실외기가 돌아가고 있지. 아무리 호텔이 홀랑 타버렸어도 시멘트 담은 남아 있을 테니까 호텔 쪽에 사람이 있으면 웅크려서 몸을 숨기라고."

다카시도, 가모 저택과 호텔 위치 관계를 생각해 봤다. 히라타 말대로라면, 가모 저택은 히라카와초이치반 호텔과 거의 직각으로 교차하는 위치에 세워져 있다. 아마 호텔은, 현재 가모 저택이 면하고 있는 도로 쪽으로 비어져 나와 있으리라.

다카시는 꿀꺽 침을 삼켰다.

"그럼, 가요."

자기 목소리가 떨리고 있는 게 느껴졌다.

"무섭지 않아"

히라타가 미소 지었다.

"하지만 여기에 처음 왔을 때 자네에게 했던 말은 거짓이 아니야. 타임트립이 신체에 부담을 주는 건 사실이고 혼자더라도 단기간에는 두 번이 한도야. 자네를 데리고 가게 된다면 조건은 더욱 나빠지지. 되도록 애써 보겠지만 실패할지도 몰라. 미리 말해두지."

"실패하면 어떻게 되나요?"

"여기로 돌아오면 돼. 괜찮아, 시간 축에서 튀어나왔다 해도 되돌아오지 못한 경우는 없으니까."

히라타가 다카시의 팔을 움켜쥐었다. 당황한 다카시가 잡혀 있지 않는 쪽 팔을 뻗어 히라타의 상의 옷자락을 붙잡았다.

히라타가 허공을 노려보았다. 그의 눈빛이 점차 옅어지는 것 같더니 다카시 시야에 안개가 피어올랐다.

몸 주위로 전류가 흐르는 듯하다. 손끝이 찌릿찌릿했다. 처음

트립할 때는 화재로 인한 열기와 연기로 뒤범벅이 되어 느끼지 못했던 감각이다. 마치 몸 바깥에서부터 흘러들어 온 어떤 종류의 에너지가 다카시의 뼛속까지 스며들어 점점 응축되면서 임계점을 기다리고 있는 듯한—.

히라타의 이마에 땀이 맺히기 시작했다. 다카시의 흐릿한 시야 속에서도 한 줄기, 두 줄기 흐르는 땀방울이 보였다. 히라타가 눈을 감았다. 다카시의 팔을 붙잡은 손에 힘이 들어갔다.

가모 저택 쪽에서 또 여자의 웃음소리가 울려 퍼진다. 아까보다 더 아스라이 들린다. 그리고 아득히 멀어져 간다. 다마코인가. 순간 후키에게 작별인사를 못 하고 떠나는 데 대한 아쉬움이 강하게 밀려왔다.

몸이 점점 뜨거워진다. 다리가 따뜻해지며 가벼워지는 듯한 느낌. 안개가 점점 짙어지더니, 덜커덩 하는 충격과 함께 암흑 속으로 빨려 들어갔다.

허공에 떠 있다. 난 날고 있다. 잠깐 의식이 끊기더니 다카시는 날아오르고 있음을 느꼈다. 아니, 이젠 하강하고 있다, 라고 느끼는 순간 다시 오른다. 날개에 상처 입은 새의 비행을 연상시킨다. 자신의 팔을 붙잡고 있는 손의 체온과 자신이 붙들고 있는 상의의 까칠한 섬유의 감촉만이 오롯이 느껴지는 실체감이다. 귓가에 바람이 윙윙 불고 있다. 시간 축 바깥에도 대기가 흐르는 걸까. 그게 아니면 귓가에 메아리치는 이 울림은 내 몸이 항의하는 신음소리일까.

이윽고 몸이 아래로 떨어지기 시작한다. 분명히 느껴지는 하강, 하강, 하강. 눈을 뜰 수가 없어, 자신이 히라타보다 먼저 떨어지고 있는지 나중에 떨어지고 있는지 알 수 없다. 손을 놓칠까 봐 한층 필사적으로 히라타의 상의를 꽉 붙들었다.

떨어진다, 떨어진다, 떨어지고 있다.

다카시는 엉덩이부터 쿵 떨어졌다. 지독한 통증으로 목소리도 나오지 않는다. 머리 꼭대기까지 쇠막대기에 관통당한 듯한 통증이다.

충격으로 번쩍 뜨인 눈에 들어온 풍경은 히라타가 말한 시멘트 담 건너편 뒤뜰도 아니고 낡은 에어컨 실외기나 녹슨 자동차도 아니었다.

다카시는 화염 한복판에 있었다.

호텔이 아직 불타고 있다니. 입은 아연히 벌어졌으나 소리는 머릿속을 맴돌았다. 반나절이 지났는데도 진화되지 않은 걸까?

뜻밖에 불길의 정체는 장작더미였다. 바닥도 타고 있다. 천장 역시 화염으로 뒤덮여 있다. 채광창 밖으로 새빨갛게 물든 밤하늘이 보인다.

대체 어떻게 된 일이지, 내가 오두막에 있다니!

히라타가 보인다. 구부정한 자세로 몸을 웅크린 채 쓰러져 있다. 히라타의 윗옷에 불이 붙었다. 다카시는 비명을 지르고 뛰어가 불을 끄며 절규했다.

"아냐, 히라타 아저씨, 여기가 아니라고! 돌아와 버렸어!"

울부짖으며 히라타를 안아들고 간신히 오두막 밖으로 나왔다. 오두막 문에서 치솟은 불길이 다카시와 히라타가 밖으로 나뒹굴자마자 안으로 빨려 들어가더니 시끄러운 소리를 내며 문을 날려 버렸다.

다카시는 눈을 들어 주위를 둘러보았다.

하늘이 붉게 물들어 있다. 밤인데도 공기가 뜨겁다. 검은 그림자가 되어 우뚝 솟아 있는 가모 저택 지붕 주변에서 짙은 연기가 뭉게뭉게 피어올랐다. 난로 굴뚝이 아니다. 연기 속에 무수한 불꽃 파편이 뒤섞여 있고, 그리고—

비명이 들렸다. 저택 안이다.

뒤돌아보니 저택 뒤편 숲에도 불이 붙어 있다. 도로 건너편 건물에도, 어둠 속 여기저기서 새빨간 새싹 같은 불길이 치솟으며 점점 커져간다.

"위험해."

히라타가 신음에 가까운 소리로 주의를 주더니 다카시의 몸을 뒤로 잡아 끌었다.

"엎드려!"

히라타의 고함과 함께 휙 하며 허공을 가르는 소리. 다카시는 몸을 뒤틀며 히라타가 잡아당긴 방향으로 펄쩍 뛰었다. 몸이 하늘에 붕 뜨더니 마치 다이빙하듯 머리부터 땅에 떨어진다.

얼굴이 땅바닥에 긁혔다. 팍 하는 소리와 함께 방금 자신이 서 있던 곳까지 치솟는 새로운 불길이 등 뒤로 느껴졌다.

"떨어져, 떨어지라고!" 히라타가 소리쳤다. "소이탄이야. 기름이 튀면 옮겨 붙어!"

다카시는 무턱대고 땅을 기었다. 손톱으로 땅을 긁듯이 기어 도망갔다. 뒤돌아보니 방금 떨어진 소이탄 불꽃이 살아 있는 생물처럼 날름거리며 가모 저택의 벽을 기어오르고 있다. 창틀에도 불이 붙었다.

저택 안에서 새된 비명소리가 나더니 부엌 출입문이 부서질 듯한 기세로 열린다. 실신 직전의 공포로 멍한 다카시의 눈앞에 사람 모양으로 된 불덩어리가 튀어나온다. 손을 휘젓고 발을 구르며 몸에 달라붙은 불길을 떨어뜨리기 위해 미친 듯이 바닥을 구르기 시작했다. 뒤뜰에 쌓여 있던 눈은 어디로 간 것일까. 성마른 지면은 불길을 꺼뜨릴 힘이 없다. 불덩어리가 다카시 바로 앞까지 굴러오더니 팔을 쭉 뻗었다.

그 손을 잡아 주지도 못하고 못 박힌 듯 서 있던 다카시는 그제야 알아볼 수 있었다. 불탄 머리카락과 무수한 수포가 생겨 문드러진 팔을, 구원을 바라며 이쪽으로 향하고 있는 그녀의 얼굴을.

후키였다.

8

다카시의 머리 안에서 불길이 치솟아 올랐다. 눈꺼풀 안이 빨갛게 물들어 한순간 앞이 안 보였다. 이성이 끊기며 암흑의 시야 안에서 불꽃이 흩날렸다.

그럼에도 자신을 향해 내뻗었던 후키의 팔은 보였다. 망막에 눌러 붙어 있다. 그 팔의 피부가 더덕더덕 문드러지는 게 보인다. 허공에서 허우적거리는 손끝에 정원의 흙이 들러붙어 있는 모습이 보인다.

그때 어디선가 커다란 굉음이 울려 퍼졌다. 우두둑 하며 쓰러지는 굉음이 사방팔방에서 들려왔다. 성난 땅이 발을 동동 굴러 지상에 있는 모든 것을 산산조각내고야 말겠다는 듯이 굴고 있다.

폭음은 다카시를 현실로 되돌려 놓았다. 불덩어리로 변한 후키가 땅바닥에서 나뒹굴고 있는 현실로.

다카시는 이성을 상실한 채 후키를 향해 한 발짝 움직였다. 그때 누군가가 무정할 만큼 강한 기세로 다카시를 끌어당겼다.

"무리야. 그만둬!"

히라타였다. 다카시는 그에게 끌려가며 발버둥치다가 바닥에 쓰러졌다. 그럼에도 양손은 여전히 불타고 있는 후키를 향해 헤엄치듯 내뻗고 있다.

다카시는 절규했다.

"놔줘요, 놔달라고요!"

"늦었다고 했잖아."

히라타도 성난 목소리로 답했다. 그는 다카시의 허리를 움켜쥔 채 후키에게서 떨어뜨리기 위해 무턱대고 잡아끌었다. 후키의 시커먼 팔이 털썩 하고 땅바닥에 떨어지더니 몸이 움직이지 않는다. 그걸 본 순간, 다카시를 지탱하던 무언가가 뚝 부러졌다. 이에 아랑곳하지 않고 히라타는 계속해서 다카시를 질질 끌고 갔다. 뒷걸음질치다 밟은 옷자락이 훌렁 벗겨진다. 두 사람이 지나간 길 위로 다카시의 가이마키가 덩그러니 남겨졌다.

"앞에 있는 도로로 나가는 거야, 이쪽이야, 얼른!"

히라타가 있는 힘껏 소리를 지르며 고꾸라질 듯한 다카시를 앞뜰 방향으로 잡아끌었다. 다카시는 앞뒤 좌우를 분간할 수 없는 상태에서 무릎이 부들부들 떨리는 것을 느꼈졌다. 등 뒤로 첨벙하는 소리가 났다. 뒤돌아보니 오두막이 불타 무너지고 있다. 동시에 그때까지 내부에 갇혀 있던 화염과 열기가 한꺼번에 뱉어져 나왔다. 열풍이 다카시와 히라타를 덮치며 머리카락과 눈썹, 코털을 태웠다.

후키가 뛰쳐나온 부엌 출입문은 그대로 열려 있다. 히라타에게 끌려 비틀거리며 그 앞을 지나가려니 그곳에서도 열풍이 불어오는 게 느껴졌다. 가모 저택 내부가 불타고 있다. 벽돌로 지어진 저택이 불타고 있다. 마음 깊은 곳에서부터 곤혹과 분노의 절규가 치솟아 올랐다.

"대체 어떻게 된 거야!"

히라타는 발을 멈춰 가모 저택을 돌아봤다. 걸음을 멈춘 그의 몸도 부들부들 떨리고 있었다. 히라타의 얼굴이 불길에 되비쳐 새빨갛게 물들었다가 다시 창백한 낯빛으로 돌아왔다. 커다랗게 눈을 뜬 히라타의 입가에서 침이 흐르고 있는 게 보인다.

"고, 공습이다." 히라타는 쓰라린 듯 말했다. "미군기의 공습이야."

"공습—."

입을 열었더니 목이 매캐했다. 연신 기침을 토하는 다카시를 히라타가 다시 잡아끌었다. 두 사람은 서로 매달리는 듯한 자세로 가모 저택 앞뜰까지 간신히 나왔다.

방금 전 어둠 속에서 빨간 새싹처럼 싹트고 있는 듯 보였던 불길의 무리는, 이제 여기저기서 커다랗게 줄기를 키우더니 가지를 내뻗으며 기세를 올리고 있다. 이 일대를 에워싼 숲과 녹지는 어둠 속에서 까맣게 가라앉고 있다. 그곳에서 꿈틀거리고 있는 화염의 줄기와 촉수.

다카시의 머릿속에서 흑백사진 한 장이 떠오른다. 하와이 섬의 화산이 폭발하여 용암이 흘러나오는 장면이었다.

갑작스런 파열음과 함께 머리 위로 유리 파편이 떨어진다. 손으로 얼굴을 가리며 고개를 들었다. 가모 저택 일층 모서리 방의 한쪽 창이 깨지면서, 그 기세로 다른 쪽 창문이 쾅 하고 열리는 게 보인다. 그곳에서 불길이 뿜어져 나오고 있다. 올려다보는 사이 이번에는 그 옆 창과 이층 중앙 창이 보이지 않는 저격병에게 집중적으로 공격받은 것처럼 차례차례 산산조각 나며 불길을 내뿜기 시작한다. 불길은 히라타와 다카시에게도 덤벼들었다. 두 사람을 저택 안으로 잡아끌고 가겠다는 듯.

열풍은 앞에서 불어오나 싶으면 뒤에서, 오른편에서 후려갈기나 싶으면 왼편에서 불어와 다카시를 농락한다.

방금 전까지만 해도 놔달라고 울부짖던 다카시는, 히라타의 팔을 꽉 붙든 채 구부정한 자세로 나아가는 히라타 뒤에 바싹 달라붙어 있었다. 히라타가 정원수에 걸려 넘어지는 바람에 잡아 일으키며 정신을 차려 보니 가모 저택 앞 도로가 바로 코앞이다. 그러나 눈앞에 가득 찬 연기와 열기로 눈을 뜨는 것조차 힘들었다. 기다시피 하여 도로까지 나오자 저택의 부서진 창문 어딘가에서 "마리에, 마리에" 하는 남자 목소리가 들린다. 미친 듯이 외치고 있다. 마지막에는 "마리에에에" 하고 길게 꼬리를 끌며 절규가 되었다.

다카시는 도로에 닿자마자 털썩 무릎을 꿇고 망연자실해 있었다. 히라타도 뒤따라 무릎이 꺾이더니 그 자리에 쓰러진다. 다카시는 그나마 무릎을 세운 자세로 간신히 몸을 지탱할 수가 있었지만 히라타는 지면에 양손을 짚고 숨을 헐떡이며 어깨를 위아래로 들썩이고 있다.

길 저 너머 완만한 비탈 아래쪽에 있는 고쿄의 숲 윤곽이 어렴풋하게 눈에 들어왔다. 주위는 물론 숲 속마저 다카시를 조롱하듯 붉은 불길이 기다란 혀를 날름거리고 있다. 아무 소리도 나오지 앉아 망연히 있는데 은빛 기체 몇 대가 사악하게 들릴 정도로 날카로운 폐쇄음을 내며 하늘을 가로지른다.

하늘에 불이 붙었다. 거의 넋을 잃고 다카시는 그렇게 중얼거렸다. 저들이 밤하늘에마저 불을 붙였다.

그런데 '저들'은 누구인가? '저들'은 어디에서 온 것인가? 미군기라니? 아직 전쟁은 시작도 안 했을 텐데.

"고쿄가 불타고 있다……"

말을 하고 나니 입 안에 그을음 맛이 난다. 히라타의 대답이 신음처럼 들려왔다.

"현대로 돌아가지 못했어."

다카시는 꿇어 앉은 자세 그대로 멍하니 히라타의 뒤통수를 내려다봤다. 그는 여전히 두 손을 바닥에 짚은 채 숨을 헐떡이고 있다. 그 몸이 기이하게 움츠러든 듯이 보인다.

"역시, 단기간에 트립을 되풀이하면, 게다가 나 혼자, 만도 아니라, 실패하고 말았어, 점프, 해내지 못했어."

고개를 숙인 채 띄엄띄엄 말하는 히라타의 목소리가 바닥으로 흐트러진다.

"어떡하다 이런 데 떨어졌는지 모르겠어……."

"여기가 어디죠?"

"아마도 쇼와 20년1945년 5월 25일." 히라타의 말이 목을 옥죄듯이 들린다. "규조宮城 고쿄의 옛 이름마저 불탄 대규모 공습이 있었으니까."

과연 고쿄의 숲에서는 화염이 미친 듯이 날뛰고 있다.

"그런 얘기 처음 들어봐요. 고쿄가 공습으로 불탔다니."

히라타가 망연히 되씹고 있는 '점프 해내지 못했어'라는 말의 의미를 생각해 봤다. 쇼와 11년에서 헤이세이 6년으로 가다가 쇼와 20년에서 속력을 잃고 추락해 버린 걸까…….

다카시의 얼굴을 덮친 열풍이 부주의하게 입속으로 들어갔다. 목이 매캐해진다.

가모 저택의 창문 유리는 모두 깨져 있다. 연기와 불기운을 내뿜고 있지 않는 창은 건물 내부의 어둠을 흐트러짐 없이 내비치며 공허하게 다카시를 내려다보고 있다.

후키가 죽었다.

우두커니 서서 바보처럼 불타고 있는 저 건물에서 죽은 것이다. 벽돌로 지어진 주제에 불타 버렸다. 후키는 죽은 것이다.

무의식적으로 팔을 들어 얼굴을 훔쳤다. 눈물이 흐르고 있다. 연기 때문이겠지. 그게 아니면 뭐란 말인가? 저 저택의 사람들에 대해서도 후키에 대해서도 난 전혀 모른다. 사소하게 얽혔을 뿐이다.

그렇지만, 그렇지만—.

"우리, 어떡하죠?"

저택에서 눈을 떼지 못한 채 히라타에게 묻자, 그는 거친 기침을 연신 토하더니 간신히 입을 열었다.

"11년으로 돌아가자."

다카시는 히라타에게 눈을 돌렸다. 히라타는 비틀거리며 몸을 일으키더니 다카시를 쳐다봤다.

이제 더 이상 충격받을 일은 없겠지, 라며 간과하고 있던 다카시는 허를 찔린 듯 헉 하고 숨을 토할 정도로 놀랐다. 히라타 입가에 게거품이 들러붙어 있고 입술 가장자리가 실룩실룩 경련하고 있다. 더욱 심한 건 그의 눈이었다. 핏발이 서 있고 특히 왼쪽 흰자는 호되게 두들겨 맞은 것처럼 질척한 붉은색으로 물들어 있다.

"아저씨……."

다카시는 손을 뻗어 히라타의 얼굴을 만지려고 했다. 그러나 히라타는 그 손을 떨쳤다.

"다시 한 번, 11년으로 돌아갈 점프 정도는 할 수 있을 거야. 아니, 하지 않으면 안 돼. 지금 상태로 여기 있다가는 큰일 나."

목소리를 쥐어짜듯 다급히 말했다. 어깨가 들썩거리고 있다.

"그랬다간 아저씨, 죽게 될 거예요."

자기도 모르게 그런 소리를 하고 말았지만 히라타는 고개를 저었다.

"여기 있어도 죽기는 마찬가지야. 이 공습에서 살아남더라도 여기는 쇼와 20년이야. 도저히 견딜 수 없어. 자네에게는 무리야. 나 역시 준비되지 않았고."

히라타의 손이 다카시에게 다가왔다. 다카시는 비틀거리는 히라타를 부축하기 위해 그 손을 맞잡으려 했지만 히라타는 다카시의 유카타 소매를 단단히 움켜쥐더니,

"꽉 잡아"라고 나지막이 속삭였다.

어둠 속을 날아가는 이번 여행은 불안할 정도로 길었다. 그리고 너무나 괴로웠다. 몸이 허공에 뜬 채 분해되는 듯한 느낌도 들었고, 주위의 어둠에 압박당해 으깨어지는 느낌도 들었다. 이동은 느렸다. 마치 거북이처럼 느릿하여 움직일 때마다 숨이 막혔다. 몸이 부상할 때는 눈앞이 캄캄해지고 내려갈 때는 배가 뒤틀렸다.

낙하의 순간 의식이 뚝 끊겼다. 차라리 이게 낫다.

'차갑다.'

눈을 떠 봤다. 처음에는 오른쪽 눈꺼풀을, 다음에는 왼쪽을.

진흙과 눈 그리고 차의 바퀴 자국.

고개를 살짝 들어 봤다. 다카시는 히라타와 함께 가모 저택 앞 도로, 오늘 아침 엔진 소리를 들었던 차가 남긴 타이어 자국 위에 포개어지듯 쓰러져 있다.

'돌아온 건가?'

가모 저택은 서늘한 잿빛 하늘을 배경으로 서 있다. 창문에는 불이 켜져 있고 굴뚝에서 연기가 길게 흩날리고 있다. 인기척은 들리지 않는다.

히라타는 쓰러져 있다. 만져도 움직이지 않는다. 다급히 맥을 짚어 보았다. 아주 희미하게 띄엄띄엄 끊기며 맥이 뛰고 있다. 어릴 때 키우던 병아리가 죽기 전 이렇지 않았던가.

이번에는 다카시가 히라타를 짊어지고 움직일 차례다.

히라타의 몸은 젖은 모포처럼 무거웠고 아무 반응이 없었다. 저택 사람들의 눈에 띄기 전에 반지하 방으로 돌아가지 않으면 안 된다.

피로에 찌들어 손과 발이 생각대로 움직여 주지 않는다. 히라타를 떠받들고 가려다 뭔가에 걸려 눈밭에 쓰러졌다. 다시 일어나 히라타를 부둥켜안았지만 이번에는 반대방향으로 쓰러졌다. 눈에 얼굴을 파묻은 채 이대로 그냥 내팽개치고 싶다는 생각이 들었을 때 가모 저택 쪽에서 문이 열렸다 닫히는 소리가 났다.

눈 밟는 소리에 이어 진흙탕을 건너뛰면서 발자국 소리가 다가오고 있다. 다카시는 눈을 감은 채로 목소리가 들려오는 순간을 기다렸다.

"다카시 씨……."

겁이 깃든 목소리의 주인공은 후키였다. 다카시는 어떻게든 얼굴을 들어보려고 했다.

그녀는 혼자가 아니었다. 바로 뒤에 다카유키라는 청년이 바싹 붙어 있다. 찡그린 눈썹 사이와 관자놀이가 똑같이 푸르스름하다. 다부진 어깨가 들썩거리더니 후키를 그 자리에 눌러 세우고 앞으로 나왔다.

"대체 무슨 일이야?"

다카시의 마음속에 무수한 대답들이 난무했다. 진실을 듣고 싶어? 우리가 어떤 인간인지 알고 싶어?

하지만 다카시의 입에서 나온 건 여과된 거짓말, 반나절도 안 되는 사이 히라타와 함께 있을 때 그가 단단히 주입시킨 거짓 진실이었다.

"제가 도망치려고 해서—삼촌이 뒤쫓아 와 말다툼을 하는데 갑자기 쓰러졌어요."

다카시에게 안긴 히라타는 미동도 하지 않았다. 호흡하는 기미도 느껴지지 않는다.

"죽을지도 몰라요."

다카유키는 재빨리 다카시에게 다가와 한쪽 무릎을 꿇고 몸을 숙인 채 히라타의 몸에 손을 얹더니 살며시 흔들었다.

"어이, 정신 차려."

히라타는 움찔하지도 않았다. 다카유키가 히라타의 몸을 뒤집었다. 눈보다도 새하얀 얼굴이 나타났다. 눈을 감고 있다.

다카유키는 히라타의 가슴에 귀를 대고 그의 머리를 들어 올리며 귀밑에 손가락을 댔다.

"살아 있어." 작게 말했다. 그러고는 흠칫 놀란 듯 자신의 손을 쳐다봤다. 다카시에게도 보였다. 피가 묻어 있다.

"코피군."

다카유키는 가슴팍에 깍지를 낀 채 눈만 끔뻑거리며 지켜보고 있는 후키를 올려다봤다.

"뇌출혈일지도 몰라. 방으로 옮기자."

후키는 기운차게 고개를 끄덕였다. 다카유키를 도와 히라타의 몸을 들어올렸다. 히라타의 팔을 자신의 어깨에 걸치면서 다카유키가 다카시를 쳐다봤다.

"자넨 걸을 수 있나?"

다카시는 반사적으로 고개를 끄덕였다. 걸을 수 있을지 자신할 수는 없었지만.

"그럼, 얼른 따라와. 우물쭈물할 새가 없어. 아버지나 마리에 씨 눈에 띄었다간 귀찮아질 테니까. 후키, 방 알고 있지?"

다카유키가 어렵지 않게 히라타를 둘러업고 걷기 시작했다. 후키는 다카시에게 다가와 거들어줬다. 서리가 꼈던 다카시의 의식이 후키의 따뜻한 손이 닿자마자 해동된 것처럼 명료해졌다.

"왜 그랬어요." 후키가 속삭였다. 말끝이 떨린다. "어디 갈 데도 없으면서. 해자는 군인들로 가득한데……."

그 목소리에 안타까움이 듬뿍 묻어났다.

"미안." 다카시는 중얼거렸다. "다시는 이런 짓 안 할게요."

후키는 입을 다물고 다카시를 부축한 채 걷기 시작했다. 다급한 그녀의 발걸음에서 초조함이 전해졌다. 힐끔힐끔 가모 저택에 시선을 던지며 되도록 빠른 걸음으로 앞뜰을 지나갔다.

후키의 체온이 느껴진다. 숨결이 들린다. 이토록 따뜻하고 부드러운. 살짝 풍기는 약 냄새는 후키의 윗옷에서 나는 건가. 살아 있다. 숨 쉬고 있다. 지금은 살아 있다. 후키는 생생히 여기에 존재한다.

"미안."

다카시는 다시 한 번 중얼거리고는 소리 죽여 눈물을 흘리기 시작했다. 후키는 깜짝 놀라 다카시의 얼굴을 훔쳐보다가 엄마가 자식을 달래는 것처럼 다카시의 어깨를 가볍게 흔들더니 나지막이 말했다.

"괜찮아요, 히라타 씨는 좋아질 거예요."

푹 숙인 얼굴에서 눈물이 뚝뚝 떨어진다. 다카시는 고개를 저어 후키의 부드러운 몸에 바싹 기대고 가모 저택으로 발을 내디뎠다. 한 발, 다시 한 발.

내 눈물은 당신 때문이에요. 마음속으로 말하며 결심했다. 난 돌아가지 않겠어. 설령 당장 돌아갈 수 있다 해도 지금은 아니야.

히라타가 말했었다—자신의 좋고 나쁨만으로 사람을 구한다거나 죽게 내버려두는 건 결국 가짜 신 노릇에 불과하다고. 그렇지만 가짜든 뭐든 상관없다. 그런 억지 논리에 신경 쓸 필요 없다. 후키, 난 여기에 있을 거야. 혼자 돌아가진 않을 거야.

당신을, 죽음의 운명에서 구해내기 전까지는.

9

히라타는 잠들어 있다. 숨소리도 들리지 않을 만큼 혼수상태에 가까운 깊은 잠이다.

다카시는 히라타의 머리맡에 앉아 있다. 지금은 둘뿐이다. 반지하에 위치한 히라타 방에 있다. 후키가 바지와 셔츠, 스웨터를 챙겨줘 갈아입었다. 다카유키가 입던 옷일까.

히라타와 다카시를 저택 앞 길에서 데리고 온 가모 다카유키는, 척척 지시를 내리고는 후키와 다카시의 도움을 받아 히라타를 이부자리에 눕혔다. 다카시는 양손이 살며시 떨리는 걸 억누르기 힘들었지만 열심히 거들었다.

방 안에 들어선 순간 이곳에서 탈출할 때 발받침 대용으로 썼던 여행 가방이 사라졌다는 것을 바로 알아차렸다. 역시 마리에가 다급히 회수해 갔겠지.

히라타의 병간호를 하는 동안 다카유키는, 그에게 있어 고용인일 히라타의 행동이나 원래 여기에 있어서는 안 될 다카시의 존재에 대해 전혀 묻지 않았고 누구도 나무라지 않았다. 오히려 다카시 쪽이 안절부절못해 머뭇거리다가 설명을 하려 하자 다카유키는 딱 잘라 가로막았다.

"후키한테 대강 들었어. 지금은 환자를 치료하는 게 우선이야."

그러고는 의사한테 전화를 해 보겠다며 계단으로 올라갔다.

"의사를 불러도 괜찮을까요."

다카시는 자기도 모르게 고용인의 심정이 되어 후키에게 물었다. 그러자 그녀가 고개를 끄덕였다.

"다카유키 님이 그렇게 말씀하셨으면 걱정하지 않아도 돼요. 고맙기도 하시지. 여느 저택에서 이렇게까지 해 주시겠어요, 특히나 이런 경우에.”

“그래도 의사가 올 수 있을까요?”

2 · 26사건이 바로 코앞에서 진행중이다. 봉쇄되었을 이 지구에 의사가 들어올 수 있을까?

후키의 얼굴도 어두워졌다. “그건 알 수 없지만…….”

“와 줄 만한 의사는 있나요?”

“주치의 선생님이 계세요. 전에는 근처에 살고 계셨는데……. 작년에 다른 곳으로 이사를 하시고도 계속 찾아와 주셨죠. 고히나타 쪽에 사신다고 들었는데.”

후키가 젖은 옷을 입고 있는 다카시에게 갈아입을 옷을 챙겨주는 사이 다카시는 그녀의 눈을 피해 몰래 히라타의 바지 뒷주머니를 뒤져 봤다. 예의 시계를 꺼내 두려는 생각이었다. 그런데 시계가 보이지 않았다. 도중에 낙하했을 때, 쇼와 20년 5월 25일에 떨어뜨렸나. 이번에야말로 정말 시계가 사라졌다.

잠들고 난 뒤에도 히라타는 얼마간의 코피를 흘렸다. 다카시는 젖은 수건으로 연신 코피를 닦아냈다. 이젠 멈췄겠지 싶어 손을 떼면 다시 주르륵 흐른다. 히라타의 생명이 빠져나가는 걸 일부러 보여주기라도 하듯.

“히라타 씨, 얼마나 심하게 넘어졌기에.”

잠든 히라타의 얼굴을 바라보며 후키가 불쑥 말을 꺼냈다.

도망치는 다카시를 쫓아왔던 히라타가 눈길에서 쓰러졌다.

거짓말은 끝까지 밀고 나가지 않으면 안 된다. 다카시는 천천히 고개를 젓고는 후키의 얼굴을 쳐다봤다.

"잘 모르겠어요. 상태가 안 좋아져서 쓰러졌는지, 미끄러지면서 머리를 부딪혀 이렇게 된 건지."

후키는 잠자코 손을 뻗어 히라타의 뺨을 만지며 "차갑네"라고 말했다.

"여기 있으면 안 된다는 생각이 들어서 도망쳤어요."

아무 말 없이 있기가 괴로워 묻지도 않은 말을 했다. 후키는 히라타의 얼굴에서 시선을 떼지 않고 나지막이 답했다.

"이젠 됐어요. 그치만 히라타 씨 걱정되네요."

"저택 사람들은……."

후키는 틈을 두지 않고 바로 말했다. "다카유키 님 말고는 아무도 모르세요. 길에 쓰러져 있는 걸 발견한 것도 다카유키 님뿐이었으니까 정말 다행이에요."

"그럼, 내가 여기에 숨어 지내는 것도 아직까지는 비밀인가요?"

"예, 주인님이나 사모님에게는 오늘부터 일하러 온 히라타가 눈을 치우다가 미끄러져 다쳤다고만 말씀드릴게요."

후키는 다카시를 향해 미소를 지으며 걱정 말라는 듯 고개를 주억거렸다.

"괜찮아요. 원래 저택 일이 그리 많지 않아요. 저랑 지에 할머니가 둘이서 그럭저럭 다 해 왔으니까."

다카시의 머릿속에, 오두막 앞에서 마리에가 히라타를 불러 세우던 장면이 떠올랐다.

"하지만 히라—아니, 삼촌 같은 남자 고용인이 있지 않았어요? 남자 하인이라 불러야 하나. 구로이 씨?"

그 이름이 언급되자 따뜻한 실내에 있다가 싸늘한 밖으로 나갈 때처럼 후키의 얼굴이 얼어붙었다.

"구로이 씨를 알아요?"

다카시는 이번에도 거짓말을 했다. "삼촌한테 들었어요. 전 고용인이라고."

"그랬군요."

후키의 얼굴에 안도감이 깃든 것처럼 보여 더 신경 쓰였다.

"구로이 씨라는 사람, 왜 관뒀어요?"

후키는 여전히 딱딱한 얼굴로 대답했다. "이미 지난 일이라."

"이 방을 사용했었나요? 여기 말고 또 빈 방이 하나 있던데."

딱히 궁금해서라기보단 입 다물고 있는 게 불안해서 꺼낸 질문이었는데 뜻밖에도 후키의 반응은 가차 없었다.

"왜 그런 일에 관심을 갖는 거죠?"

"아니…… 그냥……."

"다른 방이라니, 그럼 다카시 씨, 다른 방을 열어 봤어요?"

다카시는 어깨만 움츠린 채 아무 대답도 할 수 없었다.

마침 복도에서 발걸음 소리가 나더니 다카유키가 얼굴을 내밀었다.

"가쓰라기 선생님이 와 주실 모양이야." 다카시가 아니라 후키를 향해 하는 말이다.

"다행이네요." 후키는 얼굴 앞에서 두 손을 모았다. "그치만 이쪽으로 오실 수 있을까요?"

"선생님은 차를 가지고 계시니까. 운전하기 힘들어지면 걸어서라도 오시겠다고 하더군."

후키는 여전히 걱정스러운 기색이었다.

"군인들이 길을 가로막고 있다던데."

다카유키는 힐끗 웃음을 지어 보였다. "나도 걱정이 됐는데 선생님이 그런 걱정은 됐다고 하시더군, 나라를 위해 일어섰다는 군인들이 위급한 환자에게 찾아가는 의사를 가로막다니 당치도 않다며 거리낌 없이 호통치시겠대."

다카유키는 그제야 처음으로 다카시를 쳐다봤다.

"그러니까 걱정 안 해도 돼. 가쓰라기 선생님이라는 분은 우리 집 주치의셔. 나이는 좀 있으시지만 솜씨는 좋아."

"감사"라며 다카시는 머리를 숙이다가 다급히 말을 이었다.

"—합니다."

"선생님은 용무를 다 보고 나면 바로 오겠다고 하셨는데 아마 밤이나 되어야 출발할 수 있지 않을까."

밤이라—다카시는 히라타의 무표정한 얼굴을 내려다봤다. 그렇게 느긋해도 될까.

"차라리 병원으로 옮길 수는 없을까요?"

다카유키는 고민스러운 표정으로 두터운 눈썹을 움찔거렸다.

"글쎄. 우리 집엔 차가 없는데다가 날씨마저 이러니. 들것으로 옮기기라도 했다가 더 나빠질지도 모르고.”

하지만 히라타가 정말로 뇌출혈을 일으킨 거라면 서둘러 치료를 받아야 하지 않을까.

다카시의 조바심을 눈치 챘는지 다카유키가 말을 이었다. “가쓰라기 선생님 말씀으론 머리를 부딪쳤다면 괜히 움직이지 말고 안정을 취하는 게 낫다 하시더군.”

다카시는 그제야 새삼스럽게 깨달았다. 지금은 쇼와 11년—헤이세이 6년과는 다르다. 분초를 다투는 재빠른 치료로 뇌질환이나 뇌좌상'뇌타박상'의 옛 표현 환자를 구할 수 있는 시대가 아닌 것이다. 의사의 치료가 몇 시간 늦든 빠르든 죽을 환자는 죽고 살아날 환자는 살아난다. 그게 통념인 시대다.

허둥대지 말고 안정을 취하는 게 나을지도.

피로가 젖은 수건처럼 다카시를 덮쳤다. 히라카와초이치반 호텔에서 도망친 이후 운명은 단 한 번도 다카시 뜻대로 흘러 주지 않았다.

다카유키가 위로라도 하듯 말했다. “가쓰라기 선생님께는 틈틈이 연락해 보도록 하지. 선생님이 이쪽으로 오실 때쯤 마중도 나가야 하니까.”

“제가 나갈게요, 마중.”

의욕으로 가득 찬 다카시의 말에 다카유키는 후키와 서로 마주보더니 같이 미소 지었다.

“좋을 대로 해. 나중에 다시 의논하자고. 후키 말로는 자네도 다쳤다고 하던데."

"이젠 괜찮아요."

다카유키는 그 말에 아무 대꾸를 하지 않고 방을 나가며 후키에게 말했다.

"후키, 가쓰라기 선생님께는 오늘 밤 여기에 묵으시라고 말씀드렸거든. 저 소동이 어떻게 진행되느냐에 따라 며칠 머무셔야 할지도 모르니 준비를 해 두는 편이 좋겠어."

예, 하며 후키가 머리를 숙인다. 다카유키가 나가고 나서도 한참 동안 그의 빈자리를 응시했다.

"꽤나 극진하시네요."

고마워해야 함에도, 이렇게 도와주는데도 다카시는 그렇게 중얼거리고 말았다. 저 다카유키와는 영 맞지 않는다.

후키는 다른 데 정신이 팔려 간병을 소홀히 하고 있는 다카시의 손에서 수건을 뺏더니 말했다.

"다카유키 님은 저희 같은 것들한테도 친절하세요."

그러고는 한숨 놓았다는 듯이 목소리가 올라갔다.

"코피가 멈췄나 봐."

후키 말대로 출혈은 진정된 모양이다. 그렇지만 히라타의 얼굴은 훨씬 창백해졌다. 눈꺼풀은 미동도 하지 않은 채 숨소리만 깊다. 마치 죽은 사람 같았다.

"다카시 씨, 이번에는 도망치지 말고 삼촌을 잘 지켜보고 있어요."

말할 나위도 없다. "응. 똑바로 보고 있을게요."

"저는 위층으로 올라갈게요. 거실로 올라가는 도중에 작은 방이 있었죠?"

"다리미판이 있는 데 말이죠."

"예, 무슨 일이 있으면 거기로 와 주세요. 저도 생각날 때마다 보러 올게요. 절대 다른 데 돌아다니면 안 돼요. 다카유키 님이야 상관없지만 다른 분들에게 들키면 쫓겨날지도 몰라요."

"예."

후키가 자리에서 일어나 방을 나갔다. 그녀가 입고 있는 하얀 덧옷 같은 게 전보다 조금 잿빛으로 바래 보인다. 방이 어두워졌다. 오후도 이제 어지간히 지났으리라.

홀로 남겨진 다카시는 히라타의 얼굴을 들여다보았다. 지금은 달리 할 수 있는 일도 없다.

히라타가 회복할 수 있을까.

만일 그가 죽게 되면 다카시는 이 시대에서 살아가야 한다. 이제 곧 전쟁으로 돌입할 시대에. 훗날 망국의 위기였다고 평가받는 시대에.

그렇다고는 해도 현실적인 공포는 느껴지지 않았다. 지금 고민한들, 불안해한들 아무 소용없다.

오히려 아무리 떨쳐내려 애써도 머리에서 떠나지 않는 건 불타 죽어 가던 후키의 모습이다. 저택의 모든 창에서 유리가 휘날리며 밤의 어둠 속 깊은 데까지 새빨갛게 불타오르던 공습의 광경이다.

'후키를 구하려면 어떻게 해야 할까?'

쇼와 20년 5월 25일이 오기 전에 후키를 이 저택에서 내보내야 한다. 저택에 없으면 이곳에 떨어질 폭탄 때문에 목숨을 잃을 일도 없을 것이다. 히라타의 말대로라면, 이 세계에서 죽게 될 후키의 운명을 바꾼다 해도 역사 그 자체는 변하지 않는다. 다카시는 아무 거리낌 없이 후키를 구할 길만 고민하면 된다.

히라타 대신 여기서 일하면 어떨까? 지금까지의 사정을—물론 거짓말이지만—솔직하게 저택 주인에게 털어놓고 삼촌 대신 내가 일하겠다고 말하면 어떻게 될지도 모른다.

시간은 담담히 흘러갔다. 다카시는 히라타의 자는 얼굴을 바라보며 생각이 공습 장면으로 흐르려 할 때마다 힘껏 떨쳐냈다.

피로와 무력감으로 깜빡깜빡 선잠에 들었다. 예비교 시험을 치는 꿈을 꿨다. 술술 해답을 적어 내려갈 수 있었다. 내년에야말로 지망 학교에 들어가는 거다—.

화들짝 잠에서 깼다. 히라타의 모습에는 변함이 없다. 어째서 그런 꿈을 꾼 것일까. 여태껏 현대의 일 같은 걸 생각해본 적도 없었는데.

'뭐, 그럴 여유도 없었지만.'

꼼짝 않고 있노라니 지루하다. 자리에서 일어나 머리 위 백열등을 켰다. 다시 주변이 조용해지자 멀리서 나지막이 사람 목소리가 들려온다.

귀를 기울여 보니 대화가 아니라 단조로운 혼잣말이다. 아무래도 육성이 아닌 것 같다.

다카시는 살그머니 히라타를 내려다보며 그의 변함없는 모습을 확인하고는 살그머니 방을 나왔다. 나지막한 목소리가 좀더 분명해진다. 계단을 올라 다리미판이 있는 작은 방으로 통하는 문을 살며시 열어 보니 이제 확실하게 들렸다.

라디오였다. 라디오 뉴스다.

잡음이 많고 알아듣기 힘든 금속성의 목소리였지만 분명 라디오 아나운서의 목소리다. 손잡이를 잡은 채 다카시는 가만히 귀를 기울였다.

"하나, 금일 오후 세 시 제일사단 관하 전시 경비를 하명한다. 둘, 전시 경보의 명목은 병력에 의해 주요건물을 경비함과 아울러 일반의 치안을 유지함에 있다."

라디오 목소리는 거실 방향에서 들려왔다. 누가 듣고 있는 걸까?

"셋, 당장의 치안이 유지됨으로써 일반 시민은 안도하여 각자의 일에 종사해야 할 것이며,"

다카유키가 '저 소동'이라 표현한 사건, 2 · 26사건에 대한 보도이리라. 그렇지만 이런 식으로 듣고선 뭐가 뭔지 명확히 알 수 없다. 세 번째의, 일반 시민은 안심하라는 말만 그나마 이해할 수 있었다.

살짝 무릎이 떨린다.

아, 진짜 일어나고 있는 일이구나.

다카시는 문을 닫고 조용히 물러났다. 후키가 쓸데없는 소동을 일으키지 말라고 했지. 그래 당장은. 의사가 올 때까지는.

발길을 돌릴 찰나였다. 별안간 다카시 머리 위로 가모 저택 안 어디선가 한 발의 총성이 울려 퍼진 건.

사건

제 3 장

1

정확히 얘기하자면 그 소리는 '울려 퍼졌다'고 할 정도는 아니었다. 다카시가 꼼짝하지 않고 책상에만 앉아 지내던 작년 여름, 근처 공원에서 종종 들려왔던 불꽃놀이 소리와 비슷했다.

다만 어째서인지 그게 총성이라는 걸 알았다. 한 박자 늦게 심장이 철렁했다. 또 무슨 일일까?

숨을 죽이고 있는데 불쑥 떠올랐다. 히라카와초이치반 호텔 벽에 걸려 있던 가모 노리유키의 경력이.

'쇼와 11년 2월 26일, 2·26사건 발발 당일, 가모 대장은 장문의 유서를 남기고 자결하였습니다.'

그래, 그거다. 다카시는 눈을 크게 떴다. 저게 그 소리다. 총성이 난 지금이 가모 대장의 자결 순간이다.

"무슨 소리야?"

질문을 던지는 목소리가 거실 쪽에서 들려왔다. 다카유키였다. 다카시는 문을 다시 열어 다리미판이 있는 방 가운데까지 걸어갔다.

곧 다카유키가 나타나더니 다카시가 거기 있다는 데 놀란 표정을 지었다. 그는 나무라기에 앞서 물었다.

"지금 소리 들었어?"

"들었어요. 위 같아요."

다카유키는 잰걸음으로 다카시를 지나쳐 다리미판이 있는 작은 방을 빠져나갔다. 다카시도 뒤를 따랐다. 두 사람이 향한 곳은 부엌이었다. 봉당처럼 낮은 공간이다. 투구 모양의 가스 화로 두 개가 벽돌로 만들어진 벽 옆에 자리 잡고 있다. 그 옆 설거지대에서 후키와 허리가 다소 구부러진 왜소한 체구의 할머니가 나란히 흰색 요리용 앞치마를 두르고 설거지를 하는 중이다. 작은 프로펠러 같은 고풍스러운 모양의 수도꼭지에서 물이 흘러나오고 있다. 아, 수도가 연결되어 있구나 싶어 놀랐다. 하긴 에도 시대가 아닌데다가 이렇게나 큰 저택이니까.

다카시가 뛰어 들어오자 후키와 노인은 깜짝 놀랐는지 얼굴을 들었다. 후키가 다급히 앞치마 자락으로 손을 훔쳤다. 주인의 명령을 받드는 하녀의 몸짓이다. 그녀가 입을 열기 전에 다카유키가 다급히 물었다.

"지금 소리 들었어?"

"지금 소리—말씀이십니까?"

후키가 애매한 말투로 되물으며 노인의 얼굴을 바라보았다.

"부엌에서 난 소리는 아니지?"

연거푸 묻는 다카유키에게, 두 사람은 영문을 몰라 곤란하다는 듯한 표정을 지었다. 다카시는 조바심이 났다. 지금 소리는 당신 아버지가 자결한 총성이야, 라고 큰 소리로 말해 주고 싶었다. 안달이 난 만큼 목소리가 커졌다.

"아까 말했잖아요, 위층에서 소리가 났어요. 여기가 아니에요."

그러자 다카유키가 갑자기 실이 끊어진 꼭두각시 인형처럼 어딘가 흐리멍덩한 눈매로 다카시를 쳐다본다.

"아아, 그런가"라고 중얼거렸다. "역시 그런가."

"역시라니……." 후키가 불안해하며 되물었다. 그러나 다카유키는 주위에 사람이 있다는 걸 잊어버렸다는 듯 우두커니 서 있을 따름이다.

"잘못 들은 게 아니에요. 저도 그 소리를 들었으니까요. 계단 위예요. 이층이에요."

다카시는 다카유키를 바라보며 한 단어, 한 단어 또박또박 힘주어 말했다. 그도 아버지의 자결에 대해 뭔가 예감하고 있었을까. 그래서 "역시"라는 말이 나온 걸까.

"위로 안 가 봐도 괜찮아요? 그건 총성이었어요."

다카유키는 꺼림칙한 얼굴로 눈을 끔뻑거렸다. 다카유키와 어깨를 나란히 하자 다카시는 자신의 키가 그보다 약간 크다는 걸 알게 되었다.

"무슨 일이라도?"

말을 하는 후키의 얼굴은 어두웠다. 다카유키가 그 소리를 듣고 정신이 들었는지 고개를 살짝 젓더니 이렇게 명령했다.

"후키와 지에는 가만히 있어. 내가 괜찮다고 할 때까지 여기서 움직이지 마."

다카유키는 거실 방향으로 발을 돌렸다. 다카시도 뒤따랐다. 두 사람이 거실로 뛰어들었을 때, 마침 방 반대쪽 문이 열렸다. 다마코라는 아가씨가 역시나 다급한 모습으로 뛰어들어 왔다.

"아, 오라버니. 여기에 계셨군요."

발을 멈추자 낮에 봤던 그 기모노 소매가 너풀거린다.

"아버지 방에서 이상한 소리가 들려서요. 뭘까나."

"나도 들었어. 분명 아버지 방이었어?"

"예, 맞아요."

"가 보자."

다카유키가 달리기 시작했다. 계단을 올라간다. 다마코는 그 모습을 눈으로 좇다가 다카시에게 시선을 던졌다. 고개를 갸웃거리며 뚫어져라 쳐다본다.

"당신, 누구?"

이런 순간임에도 다카시는 느닷없이 눈앞에 초상화가 한 폭 펼쳐진 듯한 기분이 들었다. 움직이지 않고 있는 다마코는 아름다웠다. 낮에 웃고 떠들며 노닥거리던 그녀와는 다른 사람 같았다. 지금 다카시가 보고 있는 건, '다마코의 초상화'였다.

"오라버니 친구?"

다카시는 가까스로 자신의 입장을 떠올렸다. 충동적으로 다카유키의 뒤를 따라 여기까지 와 버렸다. 자기 처지를 잊어버리고 말았다.

"아니, 저기……."

거실 안에선 라디오 소리가 계속 중얼거리고 있다. 그 목소리가 방해가 된다고 여겼는지 다마코는 한 발 가까이 다카시에게 다가왔다.

"뭐라고? 뭐라고 했어?"

"저기…… 위층으로 올라가 봐야 하지 않을까요."

다카시는 머릿속이 먹먹해 그냥 떠오른 대로 내뱉어 보았다. 그러자 다마코가 의외의 행동을 했다. 불쑥 손을 내밀더니 다카시의 손을 붙잡았다.

"나, 혼자면 무서워. 당신 같이 가 줘요."

다마코는 다카시를 끌어당겨 계단 쪽으로 나아갔다. 여기에 남아 있을 이유도 찾지 못하고 그렇다고 변명도 못한 채 다카시는 주춤주춤 끌려갔다.

폭이 넓고 단이 낮은 계단은 윤기가 도는 밤색이었다. 중앙에 주홍색 융단이 깔려 있다. 다마코는 버선발로, 다카시는 양말 차림으로 융단을 밟고 올라갔다. 완만하게 오른쪽으로 구부러진 계단은 역시 밤색 바닥에 주홍색 융단이 펼쳐진 복도로 이어진다. 복도를 따라 묵직한 문이 늘어서 있고, 문과 문 사이에는 금테 액자에 담긴 그림이 걸려 있다.

다마코는 다카시의 손을 꽉 쥐었다. 살이 올라 부드럽고 매끄럽다. 땀 한 점 배지 않아 보송보송했다.

"아버님 방은 어느 쪽인가요?"

"저쪽."

다마코는 복도 오른쪽으로 나아갔다. 다카시는 손을 붙들린 채 뒤따라갔다. 늘어선 문에서는 누구 하나 나오는 기색이 없다. 아무도 없는 걸까? 아까 소리를 못 들었나?

다마코는 복도 막다른 곳에 있는 문을 손가락으로 가리키더니 멈춰 섰다.

"저 문이야."

그녀는 다카시의 손을 쥔 채 뒤로 물러나며 다른 손으로 난간을 붙잡았다.

"오라버니가 안에 계시려나. 열어 볼래요?"

다카시는 다마코의 얼굴을 바라봤다. 문을 바라보는 그녀의 눈빛엔 지독한 공포가 배어 있다. 그녀도 아까 소리를 총성이라 생각하고 있는 걸까.

"저기, 말 걸어 봐요."

다마코는 다카시의 손을 놓더니 등을 떠민다. 다카시는 문으로 다가가 주먹을 쥐고 노크했다.

한 번, 두 번. 대답이 없다. 어쩔 수 없다. 놋쇠로 보이는 둔탁한 금색 손잡이를 잡고 돌려 보았다. 돌아간다. 다카시는 문을 열었다.

생각보다 훨씬 넓은 공간이 눈앞에 펼쳐졌다. 동시에 훅 하고 불어오는 온기가 느껴졌다. 한 발 내딛고 나서야 그 이유를 알았다. 실내 난로에 불을 피워 놓았던 것이다.

눈에 들어온 광경은 구조나 장식적인 면에서 아래층 거실과 비슷했다. 바닥에 깔린 융단. 정면의 한 면은 창. 비단 같은 커튼.

창은 닫혀 있지만 커튼은 전부 젖혀진 상태다. 높은 천장을 교차하는 굵은 들보 사이에 자수를 넣은 천이 드리워져 있다.

방 중간쯤에 자리 잡은 커다란 책상 위에는 심플한 모양의 스탠드가 놓여 있다. 그 외에는 아무것도 없다. 책상 위에 엎드려 있는 사람을 빼면.

엎드린 자세였지만 풍기는 분위기나 머리 모양, 옷차림으로 미루어 짐작할 수 있었다. 방 주인인 가모 노리유키다.

다카시는 바로 옆에서 인기척을 느끼고 순간적으로 몸을 돌렸다. 다카유키가 마치 열린 문 뒤쪽에 숨은 것처럼—숨을 이유는 없겠지만—우두커니 서 있다. 책상에 푹 엎드려 있는 아버지의 등에 시선을 고정시킨 채. 양팔과 어깨가 아래로 쳐져 있어 보이지 않는 로프에 목을 매단 모습이다.

"대장은 돌아가셨군요." 다카시가 말했다.

다카유키는 가만히 바라만 보고 있을 뿐 대답이 없다.

다카시는 문가에서 떨어져 책상으로 다가갔다. 발치의 융단은 털이 짧아 복도에 깔려 있는 것보다 감촉이 훨씬 딱딱했다.

문에서부터 책상 앞까지 여섯 걸음. 다카시는 책상을 사이에 두고 가모 노리유키와 마주 볼 수 있는 자리에 섰다. 책상은 난로를 등지고 있다. 온기가 한층 더 강하게 느껴졌다. 굵은 장작이 기세 좋게 타오르며 불꽃을 튀겼다. 잿빛 돌을 쌓아 올려 만든 선반 옆에는, 가모 노리유키가 손에 쥐고 있던 지팡이가 비스듬히 세워져 있다.

가모 노리유키의 오른쪽 관자놀이에서 피가 흐른다. 용기를 내 자세히 살펴보니 새끼손가락 한 마디 정도 크기의 둥근 구멍이

나 있었다.

머리에 총을 쏜 것이다. 정말로 이런 방식의 죽음이 있구나. 갑작스레 든 생각은 그런 것이었다.

출혈은 많지 않았다. 피가 손바닥만큼 고여 있다. 상흔도 오른쪽 관자놀이뿐이다. 총알이 관통하지 않은 것이리라.

손을 대도 괜찮을까. 엎드려 있는 가모 노리유키의 목덜미를 바라보며 생각했다. 목덜미 부근에 백발이 집중적으로 나 있다. 그 탓에 목덜미만 유달리 늙어 보였다.

"돌아가셨어." 뒤에서 다카유키가 말했다. 마치 독경이라도 읊는 듯한 묘한 억양이다.

다카시는 뒤돌아봤다. 다카유키는 아까와 같은 자세로 같은 곳을 바라보고 있다.

"확인해 봤어. 맥이 안 뛰어."

다카시는 다시 한 번 가모 노리유키의 시체를 내려다봤다. 마치 만세를 하듯 양팔이 머리 옆에 내팽개쳐져 있다. 고가임이 분명할 책상 위에는 앙상한 노인의 손이 진기한 장식품처럼 나란히 놓여 있다. 두 손 사이에는 백발이 뒤섞인 머리.

"총은 챙기신 건가요?"

다카시는 고개를 돌려 어깨너머로 다카유키에게 물었다. 가모 노리유키는 빈손이다. 아무것도 갖고 있지 않다. 하지만 자결이라면 근처에 총이 있을 터였다.

대답이 없다. 다카시가 다시 한 번 질문을 던지자 가까스로 시선을 돌려 "응?" 하고 묻는다.

"총이요. 총이 안 보여서요."

다카유키는 멍하니 다카시를 바라보다가 간신히 질문의 의미를 깨달았는지 실내를 둘러보기 시작했다.

"아깐 안 보이던데. 그 근처에 있겠지."

다카시는 몸을 숙여 바닥 위를 휙 둘러보았다. 융단 위에는 아무것도 떨어져 있지 않았다.

"몸 아래 깔려 있나."

머리에 총을 쏜 순간 총을 떨어뜨리고 위로 엎드렸을 법도 하다.

"움직이면 곤란할까요."

"곤란하지 않을까." 이번에는 대답이 재빨랐다. "최소한 지금은. 여길 이대로 둬야겠지."

다카시도 그런 생각이 들었다. "경찰을 부르죠."

"경찰?" 다카유키는 앵무새처럼 말을 되뇌었다.

"오라버니, 아버지는 돌아가신 건가요?"

복도 저편에서 다마코의 목소리가 들린다. 아직 그 자리에서 움직일 수 없나 보다.

"응, 돌아가셨어." 대답이 짧다. 배려라고는 찾아볼 수 없는 건조한 대답이었다.

"다마코는 밑에 내려가 있어."

"괜찮으세요?"

다카시는 다카유키 옆으로 다가가며 물었다. 왠지 다카유키가 제정신이 아닌 듯한 기분이 들었기 때문이다. 그래도 그렇지, 아버지가 자결했다는데 이 남매의 반응은 뭐란 말인가? 아버지의 모습을 확인하려고조차 하지 않는 딸이라니.

다른 일행은 어떻게 하고 있을까. 마리에는? 그녀는 가모 노리유키의 부인 아닌가. 어디서 무얼 하고 있는 걸까?

"이게 무슨 의미인지 알고 있는 건가요?"

다카유키를 붙잡고 몸이라도 흔들고 싶은 심정이다.

"아버지가 돌아가셨잖아? 알고 있어요? 알고 있는 거예요?"

"알고 있어."

다카유키가 답했다. 입가가 일그러져 있다. 미소가 아니다. 긴장이 풀어져 입가가 아래로 처져 버린 것이다. 다카시는 오싹한 한기를 느꼈다. 무슨 생각을 하고 있는 거야, 이 자식은. 어떻게 됐나 보다.

"이 방에 도착했을 때, 문이 열려 있었나요?"

다카시의 질문에 다카유키는 눈꺼풀을 깜빡거렸다. 조금쯤 정신이 든 모양이다. 눈빛이 맑아졌다.

"문—이 방 문 말이지. 아니, 닫혀 있었어. 잠겨 있지는 않았지만. 불러 봐도 대답이 없기에 들어왔지."

"어쨌든 가장 먼저 발견하신 거네요."

"그렇게 되나……." 다카유키는 창가로 시선을 옮겼다. "창문도 닫혀 있군."

창문으로 다가가 창틀을 움직여 봤다. 열리지 않는다.

"자물쇠가 걸려 있어."

다카시도 창가로 다가갔다. 다카유키 말대로 걸쇠식 자물쇠가 걸려 있다. 유리를 통해 집 밖에 쌓인 눈이 희미하게 보인다.

"일단 아래로 내려가자고."

다카유키는 어색하게 몸을 돌리더니 방에서 나가려고 했다.

"이제 곧 가쓰라기 선생님이 오실 테니 꼼꼼히 조사해 달라고 하고 시체를 움직여도 된다는 허락이 떨어졌을 때 제대로 안치하면 돼. 나도 해야 할 일이 많아. 고민하지 않으면 안 될 일이 있다고."

독백과 같은 어조였다. 슬픔으로도 놀라움으로 탄식으로도 들리지 않았다. 다카시는 기가 막혀 무슨 말을 해야 할지 알 수 없었다.

"다른 사람들에게는 알리지 않고요?"

두 사람은 복도로 나갔다. 다카유키가 기계적으로 몸을 돌려 "문을 닫아 줘"라고 말했다. 이어 "모두에게 알릴 거야. 자네는 아래로 내려가. 부엌에 있어도 좋아. 그래, 후키랑 지에에게 사정을 얘기해 줘."

다카유키는 앞서 복도를 걸어갔다. 살짝 앞으로 움찔하며 다리가 엉켜 융단 위로 쓰러질 뻔했다. 꼭 술 취한 사람 같다.

그렇지만 다카시가 다가가려고 하자 쫓아 보내려는 듯 계단 밑을 가리켰다.

"내려가 줘. 난 마리에 씨에게 말할 테니."

다카유키는 복도를 지나 왼쪽에서 두 번째 있는 문을 두드렸다. 세 번 노크를 하자 이윽고 "예" 하는 목소리가 들린다. 다카유키는 문을 열고 안으로 사라졌다.

다카시는 이층의 일에 신경이 쓰였지만 일단 아래로 내려갔다. 거실에는 다마코뿐이다. 멍하니 의자에 앉아 유리를 댄 호화로운 탁자에 팔꿈치를 대고 턱을 괴고 있다. 기모노 소매가 팔꿈치 아래로 드리워져 새하얀 팔이 드러났다.

조심스럽게 다가가니 그녀가 돌아봤다. 눈이 마주치자 살며시 미소를 짓는다. 다른 사람과 얼굴을 마주하면 반사적으로 미소 짓는 버릇이 다마코에게 있는지도 모른다. 왼쪽 뺨에 보조개가 생기는 게 보였다.

"아버님께 마지막 인사를 드리지 않아도 괜찮아요?"

말을 걸자 얼굴에서 웃음을 싹 지우더니 멍하니 시선을 돌린다.

"오라버니가 괜찮다고 하실 때까지는 그 방에 안 갈 거야."

"걱정 안 돼요?"

"그치만 벌써 돌아가셨잖아?"

무뚝뚝하다기보다 오히려 천진난만한 말투다.

"돌아가셨다면 새삼스레 이러쿵저러쿵 수선을 떨어 봐야 소용없잖아."

그 순간 어쩐지 다마코가 '당신, 담배 갖고 있어?' 하고 물어본 것 같은 기분이 들었다. '나, 담배 피우고 싶어'라는 말을 들은 것 같았다. 물론 이 시대의 양가집 아가씨가 담배 같은 걸 피울 리 없고 실제로 다마코는 아무 말 없이 턱을 괸 모습 그대로다. 하지만 다카시 머릿속에선 하얗고 아름다운 손가락에 담배를 끼운 채 입술을 살며시 내밀어 담배 연기를 뿜고 있는 다마코의 모습이 선명하게 떠올랐다. 이렇게 혼자 오도카니 앉아 있는 다마코에게 담배는 꽤나 잘 어울릴 듯했다.

라디오가 꺼져 있어 거실 안은 조용했다. 난로에선 불이 활활 타고 있다. 빠지직빠지직 장작 튀는 소리가 들린다.

창문은 모두 닫혀 있고 커튼도 쳐져 있다. 거실은 물론, 건물 안 전체가 장엄할 정도로 팽팽한 적막감을 자아내고 있다. 저택은 다른 누구보다도 엄숙하게 주인의 갑작스러운 죽음을 받아들여, 옷깃을 여미는 듯했다.

창가로 다가가 커튼을 젖혔다. 창이 흐리다. 창살에는 눈이 얕게 쌓여 있다. 어두운 밤하늘로부터 나풀나풀 흩날리는 하얀 것이 희미하게 보였다. 다카유키가 '저 소동'이라 불렀던 쿠데타 한가운데 있을 장교와 병사들도 지독히 춥겠구나 하는 생각이 들었다.

커튼을 다시 치고 뒤돌아보니 다마코가 아까와 같은 자세로 훌쩍훌쩍 울고 있다. 정면을 응시하며 양 손바닥으로 턱을 괸 채 눈물을 흘리고 있다. 눈물은 유리창에 미끄러지는 빗줄기처럼 그녀의 티 없는 얼굴 위로 주르륵 굴러떨어졌다.

다카시는 뭐라고 해야 할지 몰라 가만히 서 있었다. 다마코도 다카시 쪽으로 시선을 돌리려 하지 않았다. 말도 걸지 않는다. 다카시의 존재조차 잊어버린 듯한, 이를테면 제멋대로 흘리는 눈물이었다.

다카시는 말없이 다마코의 옆을 지나 부엌으로 발걸음을 옮겼다. 후키와 아까 만난 노인은 어떻게 하고 있을까. 당연히 걱정하며 마음을 졸이고 있겠지.

부엌으로 들어가는 문을 두드리자 안에서 "예" 하는 후키의 목소리가 바로 나더니 문이 열렸다. 후키가 살짝 발돋움하여 다카시의 뒤를 살펴본다. 다카유키를 찾는 모양이다.

"다카유키 씨는 아직 위에 있어요."

다카시는 흙바닥에 앉으며 말했다.

"마리에 씨에게 알리겠다고 하더군요."

"무슨 일이 있는 거죠?" 후키가 물었다. 몸은 다카시 쪽으로 향해 있지만 시선은 자꾸 문 쪽으로 돌아간다.

노파는 가스 화로 옆에 서 있다. 설거지가 끝나 부엌에 불기가 없다. 여기는 천장이 높은데다가 습기도 있어 상당히 추웠다.

막다른 벽에 아까는 못 봤던 문이 하나 있다. 정원에서 봤던 부엌 출입문인 모양이다.

"지에 할머니인가요?"

다카시가 묻자 노파는 먼저 후키의 얼굴을 보며 대답해도 괜찮냐는 눈길을 보냈다. 분명 후키의 할머니라고 해도 될 만큼 나이가 지긋해 보인다. 손이 앙상하고 허리는 약간 구부정하다. 가모저택에서는 이런 노인을 일하게 하고 있다. 다마코 같은 아가씨가 놀고먹기 위해.

"맞아요." 후키가 대신 답했다. "할머니, 이쪽이 히라타 씨 조카인 다카시 씨."

"여러 가지 폐를 많이 끼쳤습니다."

다카시가 머리를 숙이자 지에도 머리를 숙였다. 그러고는,

"그런 것보다, 당신, 이런 데서 어슬렁거려도 괜찮아요?"

"다카유키 씨가 사정을 알고 있어요." 다카시가 답했다. "그래서 이젠 숨지 않아도 될 것 같아요. 삼촌 대신 제가 일할 테니 뭐든 시켜만 주세요."

후키가 눈을 깜박거렸다. 지에는 의견을 구한다는 양 후키의 얼굴을 살펴봤다.

"그치만 주인님께서 뭐라고 말씀하시려나."

다카시는 입매를 다잡으며 천천히 말했다. "그 점은 이제 걱정할 필요 없어요. 주인어른께서는 돌아가셨습니다."

나란히 서 있던 두 하녀는 거의 동시에 가슴팍으로 손을 올려 깍지를 꼈다.

"돌아가셨다고요?" 물은 건 후키였다.

"그래요. 위층 방에서. 피스톨로 머리를 쏜 것 같아요. 아까 탕 하는 소리가 났어요. 제가 다카유키 씨와 함께 여기에 달려 들어와서 무슨 소리 듣지 못했냐고 했죠? 그때예요."

후키는 살짝 입술을 벌린 채 무슨 말을 하려고 몇 번이나 망설이다 결국 입을 다물고 말았다.

“아무 소리도 들리지 않았는데.” 지에가 말한다.

다카시는 부엌의 높은 천장과 가스 화로 주위의 단단한 벽돌 벽을 바라봤다.

“여기는 주인어른 방에서 가장 떨어져 있는데다가 아까 물을 사용하고 있었잖아요? 그래서 들리지 않았겠죠.”

후키가 그 자리에 스르르 주저앉았다. 쓰러지나 싶어 다카시가 다급히 손을 뻗었지만 후키는 바닥에 한 손을 짚어 몸을 지탱했다.

“주인님께서 돌아가셨다…….”

목 안에서 갈라지는 듯한 목소리가 나왔다. 얼굴이 창백했고 눈꺼풀이 바르르 떨리고 있다. 후키도 뭔가 예감하고 있었던 걸까? 다카유키도, 후키도 두려워하고 있던 게 현실이 되어 이런 식으로 동요하는 걸까?

지에가 설거지대 가장자리와 벽을 짚어 가며 후키에게 다가가 그녀를 감싸 안았다. 노인의 발걸음은 상당히 불편해 보였다. 하체가 약해진 탓이리라. 또다시 마음속에, 이 저택에 대한—아니, 이 시대에 반감이 불쑥 치솟았다.

“어쨌든 거실로 가 보죠. 다들 모일 테니.”

다카시가 문을 열며 두 사람을 재촉했다. 그런데 후키도 지에도 웅크려 앉은 채로 움직이려 하지 않았다.

“왜 그래요?”

“우리들은 여기에…….” 지에가 말했다.

"왜요? 다카유키 씨가 부를 때까지 여기에 있으라고 해서요?"

지에는 면목 없다는 듯 목을 움츠리며 고개를 끄덕였다. "우리는 하녀니까."

"지금 그게 무슨 상관이에요."

그렇지만 두 사람은 움직이지 않는다. 후키는 얼이 빠져 다카시의 목소리조차 들리지 않는 모양이다.

"그럼 제가 다카유키 씨에게 허락을 받아 올게요. 여기 계속 있다간 감기에 걸릴 거예요."

지에가 영문을 알 수 없다는 표정을 짓는다. 다카시는 깨달았다. 둘 다 감기 따위 걸린 적이 없는 거다. 이런 데서 일하며 난방다운 난방도 없는 반지하 방에서 사는 게 그녀들의 일상이었기 때문에. 추위와 더위, 서서 하는 일과 물 묻히는 일, 그게 그들의 인생이었기 때문에.

"어쨌든 전 거실로 갈게요."

다카시는 그렇게 말하고 부엌에서 나왔다. 다림질판 위에 놓여 있는 다리미의 두꺼운 얼룩무늬 코드를 바라보고 있노라니, 이 저택에 대한 혐오감이 종이로 만든 뱀처럼 불쑥불쑥 목 안에서 기어올라 온다.

습하고 어두침침하여 서 있는 것만으로도 병에 걸릴 것 같은 부엌. 일부러 고용인들에게 불쾌한 환경을 주기 위해 저택 안에서 가장 채광이 안 좋은 장소를 골라 만든 것만 같은—.

그러다가 문득 다른 데 생각이 미쳤다. 이 건물에는 부엌에 출입문이 달려 있다. 그런데 다른 문은 눈에 띄지 않는다. 저택 전부를 상세히 둘러보진 못했지만, 지금까지 봐 온 것만으로는 잔디가 깔린 앞뜰을 가로질러 정면 현관에 도달하는 길 외에, 외부에서 저택 부지 안에 들어오는 길은 없는 듯했다.

그렇다면 후키 같은 고용인들도 앞뜰을 가로질러 저택까지 갔다가 옆으로 돌아 부엌 출입구로 드나든다는 말인가. 그래서야 의미가 없지 않는가. 저택 식구나 손님들 시야 바깥에서 움직이는 고용인들이 눈에 띄지 않게 드나들기 위해 만들었을 부엌 출입문인데 말이다. 지금 상태로는 손님이 오면 상당히 겸연쩍은 생각이 들지 않을까.

어쩌면 손님이 아예 없어 애초에 그럴 걱정을 할 필요가 없었던 걸까. 하지만 오늘 아침에 누군가 왔잖은가. 짧은 시간이었지만 그건 분명 방문자였다.

이상하네—여러 가지로 기이한 저택이다.

복도를 걷다 보니 멀리서 사람 말소리가 들려온다. 다카시는 발을 멈추고 귀를 기울였다. 가족들이 거실에 모인 걸까.

몇 명이나 있는 걸까? 그 안에는 물론, 다카시가 목소리만 훔쳐 들었던 마리에의 비밀 연인이자 가모 노리유키의 동생인 가모 요시타카도 섞여 있을 게 틀림없다. 어떤 남자일까?

오두막에서 들었던 대화가 머릿속에서 되살아났다.

—이번 결기가 실패하면 형님은 살아 있을 수가 없거든.

—그럼 자결한다는 말이야, 그 사람이?

—그렇지.

그 두 사람이야말로 정확히, 잔인할 정도로 정확히 가모 노리유키의 최후를 예견하고 있었을지도 모른다. 그들은 지금 어떤 기분으로 어떤 표정을 짓고 있을까.

생각에 잠기는 사이 저절로 찡그린 얼굴이 됐다. 추위로 손가락이 곱았다. 복도는 난방이 안 되기 때문이다.

거실로 가기 위해 발을 내딛다가 계단 앞에 와서야 갑자기 히라타를 계속 방치해 두었다는 데 생각이 미쳤다. 거실 상황도 신경이 쓰였지만 히라타도 걱정됐다. 지금 좀 살펴보고 오자. 다카시는 서둘러 반지하로 내려갔다.

미닫이문을 조심스럽게 열어 목을 내밀고 들여다봤다. 히라타는 다카시가 방에서 나왔을 때와 같은 자세로 이불에 누워 있다. 화로 속 숯불이 새빨갛게 피어오르고 있지만 채광창이 조금 열린 탓인지 방 공기는 바깥과 별 차이 없이 추웠다. 채광창을 연 사람은 후키였다. 다카시가 그러면 춥다고 불평하자, 화로를 가리키며 다 닫으면 위험하다고 했다. 일산화탄소 중독을 말하고 있다는 걸 바로 알아차리지 못했다.

가까이 다가가 히라타의 잠자는 얼굴을 내려다봤다. 눈이 감겨 있다. 무릎을 꿇고 한 손으로 그의 이마를 만져 봤다.

그때 히라타가 갑자기 눈을 뜨는 바람에 다카시는 그야말로 뛰어오를 만큼 놀랐다.

"깼어요?"

두 눈이 새빨갛게 충혈되어 있다. 평범한 색깔이 아니었다. 두개골 안의 뇌에서 질퍽질퍽 피가 흘러내리고 있는 게 눈으로 나타난 듯한 색깔이었다.

히라타는 천천히 눈꺼풀을 깜빡거렸다.

"말하지 말아요." 다카시가 말했다.

"안정을 취해야 해요."

조금 있으면 가쓰라기라는 의사가 올 텐데.

"의사를 불렀어요." 히라타에게 고개를 주억거리며 말했다. "진찰받으면 분명 좋아질 거예요."

히라타의 어디에 어떤 문제가 있는지도 모르는데다 이 시대의 의사가 과연 치료할 수 있을지도 장담할 수 없어, 할 수 있는 말이라곤 그뿐이다. 어쩌면 이런 말을 하면서 스스로를 위로하고 있는 건지도 모른다.

히라타의 입이 움직였다. 입술을 움직이려 하자 타액이 길게 늘어졌다. 턱이 경련을 일으키며 보기 싫은 주름과 같은 근육이 생겼다.

"말 안 해도 돼요."

말리는 다카시의 말이 안 들리는지 히라타는 자꾸만 눈을 깜박거리며 열심히 입술을 움직였다. 가느다란 목소리가 새어 나온다.

"일…… 일주일…… 있으면."

다카시는 히라타를 응시했다. 눈물이 날 것 같았지만 참았다.

"나을…… 테니까. 원래대로…… 돌아갈 수…… 있으니까."

다카시는 몇 번이고 고개를 끄덕였다. "알아요. 그렇지만 지금은 그런 거 생각 안 해도 돼요."

히라타는 눈을 감았다. 다시 죽은 사람의 얼굴이 됐다. 관자놀이에서 피를 흘리고 있던 가모 노리유키보다 훨씬 더 죽은 사람처럼 보였다.

다카시는 자리에서 일어나 숨을 들이마시며 등을 꼿꼿이 폈다. 히라타는 죽지 않는다. 반드시 낫는다. 그리고 나는 현대에 돌아간다. 그렇지만 그전에 해야 할 일이 있다.

다카시는 방을 나와 거실로 향했다.

2

다카시가 거실로 들어서자, 아까와 같은 의자에 앉아 있던 다마코가 머리를 번쩍 들어 다카시를 봤다.

"어머, 당신이구나."

거실 안에는 그 외에도 두 사람이 더 있었다. 두 사람은 다마코와 떨어져 난로 옆에 서 있다. 한 사람은 마리에다. 낮에 봤던 기모노 차림으로 어깨에 커다란 숄을 걸치고 있다.

또 한 사람은 다카시가 처음 보는 얼굴이다. 마리에 옆에 달라붙듯이 서 있는 것만으로 누군지 알았다. 대장의 동생, 가모 요시타카겠지.

사십대 남성이다. 진회색 윗옷에 짙은 밤색 바지, 흰색 셔츠 위로 손으로 짠 조끼 같은 걸 입고 있다. 말끔한 느낌이었다. 히라타가 분명 비누 도매상 사장이라 했었다. 그래서 말끔해 보이는 걸까. 덩치는 작았지만 어깨 폭이 넓고 다부진 얼굴 윤곽은 형과 상당히 닮았다.

"어라, 누구신가?"

그는 눈썹을 조금 움찔거리며 마리에에게 물었다. 앞뜰 눈 속에 숨어 있을 때 머리 위 창에서 들었던 목소리였다. 오두막 안에서 대장의 자결을 예측하며 해죽거리던 그 목소리다.

"누구야?" 마리에가 다마코에게 물었다. 힐문조다. 오두막 앞에서 히라타에게 말을 걸었을 때와 똑같았다.

"이 사람은 오라버니 친구예요." 다마코가 설명했다.

마리에는 손으로 숄 끝을 여미며 한두 걸음 다카시 쪽으로 다가왔다. 상당히 조심스러운 발걸음이었다. 일단 자기 눈에 익숙하지 않으면 모두 자신보다 비천하고 지저분한 인간이라 여겨 물색없이 다가가선 안 된다고 굳게 믿고 있는 듯한 표정이다.

"다카유키의 친구라고요?"

마리에의 눈이 잽싸게 돌아가며 다카시의 옷차림을 훑어보고 있다. 눈빛이 점점 험상궂어졌다. 역시 후키가 꺼내 준 헌옷을 입고 있으니 다카유키의 친구로는 보이지 않는 것이다. 그런 점에서 그녀의 판단은 옳다.

"저에 대해선 나중에 다카유키 씨에게 물어보세요."

다카시가 딱 잘라 말했다. 아무것도 모르는 상태에서 느닷없이 이 여자와 얼굴을 마주했으면 훨씬 굽실거렸겠지. 그러나 지금의 다카시는 알고 있다. 오두막에서 똑똑히 들었다. 그녀가 정부와 도망치려 한다는 것을. 가방을 숨겨 둔 방에 히라타가 있을지도 모른다는 얘기를 듣고 당황해서 뛰어가던 모습도 보았다. 질겁해서 가방을 가지러 갔을 그녀를 상상할 수 있다. 겁을 낼 필요가 전혀 없다.

"다카유키가 알고 있다니? 당신 누구야?" 마리에의 목소리가 날카로워졌다. "어째서 내가 모르는 사이에 이 집에 손님이 든 거지?"

다마코가 귀찮다는 듯 얼굴을 찌푸렸다.

"어떻든 상관없잖아요, 마리에 씨."

마리에가 날카롭게 다마코를 돌아봤다. "어머니라고 불러."

다마코는 실소할 뿐 대답하지 않았다. 다시 턱을 괴자 이번에는 예쁜 두 팔의 맨살이 훤히 보였다.

"저기 당신, 소개할게. 이쪽은 요시타카 숙부님. 아버지의 막냇동생이야."

다마코가 마리에 옆에 있는 남자를 가리키며 말했다.

"숙부님, 이쪽은 다카유키 오라버니의 친구인—,"

이름을 얘기하지 않은 게 생각나, 다카시가 말했다. "오자키 다카시라고 합니다."

요시타카는 말없이 아주 가볍게 인사를 했다. 남자치고는 보기 드물게 매끈한 얼굴을 하고 있다. 피부도 깨끗하다. 역시 비누 덕택인가—하는 엉뚱한 생각을 하고 말았다. 웃음이 터질 것 같았다. 도망칠 논의를 우연히 듣고 난 뒤로 다카시는 어쩐지 이 남자의 약점을 거머쥔 기분이 들었다. 동시에 그가 히죽거리며 말한 것처럼 대장이 죽고 그의 계획대로 일이 진행되는 게 배 아프기도 했다. 한번 비웃어 준다 한들 죄가 되지는 않겠지.

가모 요시타카 입장에선 그런 사정을 알 리가 없다. 그의 시선은 계속 물건 값을 매기듯 다카시의 온몸을 훑고 있다.

"다카시 씨라고 해요." 다마코가 미소 지었다. "그러고 보니 좋은 이름이네. 오라버니랑 비슷해. 내 이름이랑 오라버니 이름은 돌아가신 할아버지께서 지어 주셨는데. 당신 이름은 누가 지어 주셨어?"

"다마코, 이럴 때 쓸데없는 소릴 하면 어떡해."

마리에가 딱 가로막았다. 하지만 다마코는 나 몰라라 하는 얼굴이다. "어떤 한자를 써? 다카시의 다카는 오라버니랑 같아?"

"다마코!"

다마코는 한층 싱글거리며 덧붙였다.

"한자도 제대로 쓸 수 없는 사람에게는 재미있는 화제가 아니겠군요."

시선은 마리에가 아니라 다카시를 향하고 있다. 그러나 마리에를 가리킨 말이란 건 다카시조차도 알 수 있을 정도였다. 마리에는 어깨에 걸친 숄을 양손에 꽉 쥔 채 이를 악물고 다마코를 노려봤다.

그녀가 아무 말도 없이 다마코에게 다가가려 하자 요시타카가 뒤에서 마리에의 어깨를 붙들고 말렸다. 마리에는 슬쩍 요시타카를 뒤돌아보더니 이내 “흥” 하고 콧방귀를 꼈다. 분통이 터진다는 듯한 기색이다. 묘한 걸음걸이에서도 화가 났음이 느껴진다. 그녀는 다마코로부터 가장 멀리 떨어진 곳에 있는 의자로 가더니 기모노 옷자락을 털며 자리에 앉았다. 다카시는 내심 다마코에게 갈채를 보냈다.

요시타카는 난로 옆에서 움직이려 하지 않았다. 뭐가 재미있는지 입술을 실쭉거리며 다마코의 얼굴을 곁눈질하고 있다. 그러다가 불쑥 등을 돌리더니 불을 지피기 시작했다. 뒤돌아서서 웃음을 참고 있는 건가. 그렇겠지. 그로서는 웃다 지쳐 쓰러져도 행복한 상황일 테니.

그나저나 다마코의 이런 호기는 앞으로 얼마나 계속될 수 있을까. 대장의 죽음으로 저택 내 역학관계도 곧 바뀌리라. 요시타카와 마리에 쪽으로 쏠려 가겠지. 그런 꼴은 보고 싶지 않다. 갑자기 다마코가 가여워졌다.

“뭔가 도와드릴 일은 없는지요.”

다카시는 간신히 말을 꺼냈다. 아무도 반응을 나타내지 않는다. 마리에와 요시타카는 자신들에게 대답할 의무가 없다는 표정을 짓고 있고 다마코는 그런 두 사람과 다카시를 지켜보고 있다.

"주인—어른 얼굴은 뵙고 오셨는지요." 다카시는 마리에를 향해 분명히 말했다.

마리에의 눈매는 여전히 화가 나 있지만, 일단 다카시의 얼굴을 보며 고개를 끄덕인다.

"다카유키에게 불려가서."

"알려야 할 데라든가, 이것저것 해야 할 일이 있으시잖아요. 말씀하시면—,"

다카시의 말이 채 끝나기도 전에 마리에는 입가에 웃음을 띠며 내뱉었다. "알릴 데도 없어요. 그 사람이 죽었다고 누가 신경이나 쓰겠어. 속세를 떠난 사람 같았으니."

"그렇지만……."

오늘 아침 누군가 찾아왔던 것 같다, 고 말하려다가 잠자코 있었다. 그 일은 섣불리 언급하지 않는 편이 좋겠다. 무엇보다 오늘 아침 차로 온 손님이, 누구를 만나러 온 건지도 모르고.

"갑자기 한잔하고 싶네. 뭔가 만들어 줘요."

마리에의 말에 생각이 났다. "후키 씨와 지에 할머니도 여기로 부르면 어떨까요."

마리에는 눈썹을 모았다. 진하고 가는 눈썹이다. "두 사람은 어디에 있는데?"

"부엌에서 대기하고 있습니다."

"불러와요."

다카시는 서둘러 거실을 나왔다. 문을 닫자 한숨 놓인다.

후키와 지에는 흙바닥에 웅크리고 앉아 있다. 다카시가 부르자 후키가 먼저 일어섰다.

"사모님이 술을 준비해 달래요."

"다들 어디에 계세요?"

"거실에 있어요. 사모님도, 요시타카라는 숙부님이랑 다마코 씨도 함께."

"다카유키 님은?"

"아직 위층에 있겠죠."

그러고 보니 뭘 하고 있는 걸까?

"바로 준비할게요."

후키와 지에는 활기차게 움직이기 시작했다. 정말로 사이좋은 할머니와 손녀 같다. 마침 지인 집에 안 좋은 일이 생겨 여러 잡일을 거들러 와 준 느낌이었다. 새하얀 앞치마를 차려입고서.

"전 위층에 올라가 볼게요."

다카시는 다시 거실로 돌아갔다. 거실을 지나지 않고서는 이층에 올라갈 수 없다. 아무 말도 않고 냉큼 빠져나갔다. 왠지 혼자만 허둥거린다는 기분이 들었다.

계단을 올라 바로 가모 노리유키의 방으로 향했다. 문이 닫혀 있다. 다카시는 빠르고 세게 두세 번 노크를 한 다음 대답도 기다리지 않고 문을 열었다.

문을 연 순간 책상에 엎어져 있는 가모 노리유키 바로 옆에서 다카유키가 튕기듯이 몸을 일으켰다. 다리 한쪽에 서류 같은 게 잔뜩 널려 있다.

다카시는 깜짝 놀라 꼼짝할 수 없었다. 다카유키도 일어난 자세 그대로 얼어붙어 있다. 검은 표지에 검정 끈으로 철한 서류 뭉치를 오른손에 든 채.

"뭐 하고 있어요?"

큰 소리를 내려는 의도는 없었는데, 다카유키를 보고 놀라 목소리가 커져 버렸다. '다카유키는 겁쟁이야'라는 마리에의 말이 머릿속을 스치고 지나간다.

"여기는 이대로 두는 게 낫다고 하지 않았어요?"

여자들은 남편과 아버지가 막 죽었다고 하는데도 전혀 상관없다는 듯 말다툼을 벌이는 중이다. 동생은 형의 죽음에 웃음을 꾹 누르며 기뻐하는 모습이다. 조금은 분별 있어 보이던 아들에게 왔더니, 체온이 채 식지도 않은 유체 옆에서 서랍 안을 뒤지고 있다.

난로 불이 흔들거린다. 그 빛에 되비쳐 다카유키의 얼굴이 빨개졌다 하얘졌다 한다.

"조금…… 찾을 게 있어서."

"아버님의 유서?"

말해 버리고 말았다. 실수다. 다카시는 대장이 장문의 유서를 남겼다는 걸 알고 있다. 알고 있기 때문에 입 밖으로 내뱉고 말았지만, 배우지 못한 공장 직공치고는 지나친 말이 아닐까.

다카유키가 흠칫했다. "유서?" 묘하게 목소리를 높이며 코웃음 치듯 말하더니, "그 말의 의미를 알고는 있나?"라고 내뱉고는 서류들을 정리하기 시작했다.

다카시는 실내를 둘러보았다. 대장의 유서는 어디에 있는 걸까. 아까 책상 위에서도 이렇다 할 만한 걸 보지 못했다. 분량이 많아 서랍에라도 보관하고 있는 걸까.

'그런가.'

다카시의 시선에서 도망치듯 다카유키는 어지럽혀진 서류를 주섬주섬 정리하고 있다. 그러고 보니 대장의 유서는 "발견 당시 유족의 배려로 공개되지 않았다"고 씌어 있지 않았던가. 전쟁의 향방에 대해 냉철하게 예측하여 군부의 독주에 대한 우려와 충고를 담은 유서라고 하니, 당시(가 아닌 현재) 가모 집안 유족의 심정으로선 무리도 아니었다.

다카유키는 아까까지 아버지가 남긴 유서를 훑어보고 있었을지도 모른다. 분명 그랬을 것이다. 그리고 신랄한 내용에 당황하여 숨기려고 했을 것이다.

그의 입장에 어느 정도 동정이 갔다. 그럼에도 불끈 치솟는 불쾌감을 감출 수 없었다.

죽음을 앞둔 사람이 유서를 쓴다. 그건 왜일까. 남아 있는 지인들에게 자신의 생각을 전하고 싶기 때문이다. 하지만 가모 대장이 남긴 유서는 그런 사적인 내용이 아니다. 거기에는 육군에 대한 비판이 담겨 있다.

비판만이 아니다. 장래에 대한 분석과 그에 따라 발생하는 염려. 가까운 장래에 일어날지도 모를 최악의 사태로서 미국과의 전쟁까지 언급했다고 하지 않았던가. 그런 걸 가족에게, 가족에게만 썼을 리 없다. 대장은 군인이다. 군의 장래를 우려한 유서는 당연히 육군 중추부 앞으로 남겼을 것이다. 대장의 유서는 자결과 맞바꿔 제출된 직소장直訴狀에 가까운 것이다.

그걸 가족인 다카유키의 독단적인 판단으로 묵살한다.

어쩔 수 없는 일일까. 시대가 시대인 만큼. 강한 것에 거스를 수는 없다. 대장의 유서는 전쟁이 끝나고 나서야 평가를 받았지만 이 시대에 있어서는 분명 위험하고 불온한 문장이다. 어설프게 공개했다가 재난과 맞닥뜨려야 하는 사람은 남아 있는 가족이다.

무엇보다 이 시대 사람인 다카유키로서는 아버지가 쓴 문장의 내용을 정확하게 이해할 수 없을지도 모른다. 그 유서가 현재의 상황과 미래에 대한 날카로운 분석이라는 사실을 아는 건, 다카시가 전후의 '미래'에서 온 인간이기 때문이다. 다카유키에게는 무리다. 횡설수설로밖에 안 보일지도 모른다. 그렇다면 감춰 두자는 생각도 제멋대로이긴 하지만 아버지에 대한 배려일지 모른다.

다카시는 살그머니 말을 걸었다. "뭐라도 도와드릴까요?"

"네가 상관할 일이 아냐."

갑자기 다카유키는 고압적인 말투로 내뱉었다. 자신과 다카시의 신분 차이를 떠올렸을지도 모른다. 몸을 일으키더니 여유 있는 태도로 서류철을 책상 구석에 놓았다.

"뭐 하러 왔나."

"계속 기다려도 내려오지 않아서 뭐 하나 보러 왔죠. 여자들은 아래층에서 당황해하고 있는데. 가장이시잖아요? 어떻게 해야 하지 않나요?"

"아무것도 할 필요 없어." 다카유키가 무뚝뚝하게 내뱉었다. "의사를 기다리는 것 말고는."

"경찰이나 군대에 알리지 않아도 괜찮을까요?"

다카유키는 냉소했다. 난로 불빛이 얼굴을 비추자 지독히 일그러진 웃음이 드러났다.

"아까부터 너는 바보 같은 소리만 지껄이고 있군. 아무리 교육을 받지 못한 직공이라 해도, 지금, 이 도시에서 무슨 일이 일어나고 있는지 모를 리가 없잖아? 경시청은 청년 장교들이 점령하고 있어. 육군대신은 아직 살아 있나 본데, 그 겁쟁이 양반이야 알아서 용케 피했겠지. 이제 어떻게 될까. 수상도 살해당했지. 내각대신도 살해당했어. 일이 이 지경인데 아버지가 자결했다고 누가 신경이나 쓰겠어."

점점 열을 띠며 말투도 격해졌다. 화가 났다기보다 두려워하는 것처럼 보인다. 이 두려움이 다카유키 자신을 몰아붙여 아버지가 남긴 유서를 숨기고 아직 뭔가 성가신 사태를 불러일으킬지도 모를 서류를 찾아 서랍을 뒤지게 한 걸까.

"사흘도 지나지 않아 이 수도는 육군 것이 될 테지. 군인 천하가 되는 거야."

다카유키가 단언했다. 아무리 봐도 그 '군인 천하'를 환영하는 말로는 들리지 않았지만.

짧은 시간 동안 다카시의 머릿속에선 온갖 생각의 조각들이 어지러이 흩날렸다. 분명 사흘 정도면 쿠데타는 끝난다. 물론 청년 장교의 승리는 아니다. 그러나 군인 천하는 도래한다. 나는 그 사실을 알고 있다. 왜냐하면 미래에서 왔으니까. 하지만 세세한 내용을 모르기에 나도 당신과 마찬가지로 뭐가 어떻게 될지 모르고 있다. 안타깝다—.

갖가지 단편적 사고들은 결국 말로 나오지 않았다. 다카시는 이렇게 말했다. "의사 선생님은 정말 와 줄까요?"

화제가 바뀌어서 그런지 다카유키의 어깨가 축 늘어지며 힘이 빠졌다.

"온다고 했어."

"늦네."

"도로가 봉쇄돼서 그럴 거야. 막고 있을지도 모르지."

"도중까지 마중 나가 볼래요."

어디서 이런 홀가분한 마음이 생겼을까. 스스로 생각해도 의아스럽다.

"네가? 위험할지도 모르는데?"

어떤 식으로 위험할까?

"가 보지 않으면 모르죠. 어느 쪽으로 가면 되죠?"

"가쓰라기 선생이 온다고 해도 규조 쪽으로는 올 수 없을 거야. 요쓰야에서 아카사카미쓰케 쪽으로 거쳐서 오겠지. 거기도 지나갈 수 있다면 하는 얘기지만."

"그럼 현관을 나가 왼쪽으로 걸어가면 되나? 외길이죠?"

"아카사카미쓰케 교차점까지는 그렇지."

"그럼 가 볼게요."

다카시는 발길을 돌려 방에서 나오기 직전 생각이 나 덧붙였다. "여자들은 거실에 있어요. 다마코 씨랑 마리에 씨, 요시타카라는 분. 후키 씨랑 지에 할머니도 불렀어요. 전부 모여 있는 편이 나을 것 같아서."

"알았어. 얼른 가 버려."

내쫓아 버리는 듯한 말투에 울컥 치밀어 올라 다카유키를 쏘아봤다. 그도 지지 않겠다는 듯 같이 노려본다.

다카시는 머리를 흔들고는 등을 돌렸다. 문을 닫기 전 다시 돌아보니 다카유키가 아직도 노려보고 있다. 아버지의 시신을 앞에 놓고, 마치 내가 지금 홧김에 아버지를 죽이고 말았지만 불만 있으면 어디 한번 따져 보라는 듯한 모습이다.

다카시는 계단을 내려갔다. 거실에는 후키가 와 있었다. 마리에와 요시타카에게 술시중을 드는 중이다. 저 두 사람에게는 축배겠지. 혀에 쓴맛이 느껴진다.

"어머, 당신이네." 다마코가 적절하지 않게 쾌활한 목소리를 냈다. "오라버니는 아직? 당신도 뭐 먹을래요?"

다마코는 홍차 잔을 손에 들고 있다. 얼굴은 여전히 창백하고 눈이 기이하게 반짝거린다. 다마코 나름으로 충격 속에서 가까스로 균형을 잡고 있는 것이리라. 그러나 마리에와 요시타카는 다르다. 두 사람의 찌푸린 눈썹이나 침울해하는 표정 뒤에는, 대장의 자결에 박수 치고 환호하는 야만의 얼굴이 숨어 있다.

그들을 보는 것만으로도 불쾌해 견딜 수가 없다. 밖에 나가게 되어 잘됐다—나를 위해서라도 바깥공기를 마실 필요가 있다. 부지불식간에 그렇게 느끼고 자신이 의사를 마중 나가겠다는 말을 꺼냈을지도 모른다.

후키가 커다란 쟁반을 탁자 위에 올려놓고는 다카시에게 말을 걸었다. "다카유키 님은 내려오셨나요?"

"그보다 후키 씨, 의사 선생님이 좀처럼 오지 않으셔서 밖에 나가서 상황을 보고 올까 해요."

후키가 눈썹을 모은다. "그치만, 밖에는……."

"다카유키 씨에게 허락을 받았어요. 위험할 거 같으면 바로 되돌아올게요."

다마코가 갑자기 얼굴을 반짝거리며 자리에서 일어났다. "멋져, 밖에 나갈 거야? 나도 데려가요."

마리에가 회초리를 내리치는 듯한 어조로 단호히 말했다. "바보 같은 소리. 지금 밖이 얼마나 위험한데."

다마코는 상대하려는 기색도 없이 가볍게 웃었다. "마리에 씨 보고 가라고 한 게 아니잖아요. 내가 가요."

"걱정돼서 하는 소리잖아요."

"그것 참 고마우셔라, 어머님."

다마코는 조롱하듯 공손히 머리를 숙였다. 마리에는 다마코를 노려보고 있다.

함께 있기 힘들다. 다카시는 일그러진 삼각형 모양으로 앉아 있는 두 명의 여자와 한 명의 남자 사이를 빠져나와 얼른 부엌으로 향했다. 부엌 출입문을 통해 밖에 나가자.

“후키 씨, 신을 것 좀 빌려 주세요.”

어깨 너머로 후키에게 말하자 그녀는 서둘러 뒤를 따라왔다. 다리미판이 있는 방을 지나 부엌에 다다랐을 때 후키가 다카시에게 바싹 다가오더니 조용히 물었다.

“정말로 밖에 나가려고요?”

“응. 불은 어떡하지.”

“우리는 초롱불을 사용해요. 저기…….”

다카시는 후키의 말을 가로막으며 시원스레 말했다.

“그럼, 그걸 빌릴게요.”

부엌 화로 앞에서는 지에가 작은 냄비로 우유를 끓여 하얗고 작은 포트에 옮겨 담고 있다.

“가쓰라기 선생님을 마중하러 간다네요.”

후키가 말하자 지에는 가스 불을 끄고는 말했다.

“외투가 필요하겠네. 잠깐 기다려요.”

지에는 꾸부정한 자세로 비틀비틀 부엌에서 나갔다. 다카시의 시선은 부엌 출입문 바로 옆에 가지런히 놓여 있는 목이 긴 군화에서 멈췄다. 오늘 아침 히라타가 눈을 치울 때 신고 있던 것이다.

다카시는 그걸 신기로 했다. 조금 작았지만 신지 못할 정도는 아니었다.

“이건 누구 거예요?”

후키는 대답하는 데 조금 시간이 걸렸다.

“구로이 씨가 사용했던 거예요. 군에서 불하받았다고 했었나.”

그러고 보니 이거 구로이 씨 거였네 하고 작게 중얼거렸다.

“저기 다카시 씨.”

다카시는 후키의 얼굴을 쳐다보지 않고 군화끈을 묶었다. 최근 몇 년 사이 이런 종류의 하이 부츠가 유행했다. 신는 데 별로 어렵지 않았다.

군화 가죽은 완전히 너덜너덜했고 바닥은 푹 꺼져 있었다. 새것은 군화끈뿐이다. 히라타가 눈 치울 때 써서 그런지 군화 바닥이 눅눅하고 차가웠다. 그렇지만 나막신을 신기보다는 한층 형편이 낫다.

지에가 돌아왔다. 묵직해 보이는 잿빛 코트를 손에 들고 있다. 질질 끌릴 것 같아 다카시는 얼른 지에 손에서 옷을 받아 들었다.

“이것도 구로이 씨 거네.” 후키가 다시 중얼거렸다. 그러자 지에가 뜻밖에도 빠르게, 하지만 상냥한 말씨로 “저택 물건이죠”라고 타일렀다.

다카시는 코트에 손을 넣었다. 무겁고 방충제 냄새가 난다. 늙은 잿빛 곰에게 부둥켜안긴 듯한 기분이 들었다. 하지만 의외로 청결했다. 이런 의류나 비품은 지에가 간수하고 있으리라.

후키가 가스 화로 옆에 놓여 있던 큰 상자 안의 성냥을 긁어 초롱에 불을 넣었다. 하얀 천을 두른 둥근 초롱이다. 지에가 부엌 구석에 있던 행주걸이에서 마른 수건을 들고 와 다카시 목에 감아 줬다.

"우산보다 이쪽이 나을 거예요. 쓰고 가세요. 눈이 심하게 내리지는 않는 것 같으니까."

"고마워요."

고무 바닥으로 된 군화를 신고 일어나자, 잊고 있던 발바닥 상처가 욱신 아파 왔다. 호텔에서 유리를 밟았을 때의 상처였는데 지금의 다카시에게는 모든 게 천 년도 더 된 옛날 일처럼 느껴졌다.

"정말로 가게요?"

후키는 불붙인 초롱을 들고 물었다. 건네줄 기미가 보이지 않아 다카시는 후키 손에서 초롱을 뺏어 들었다. 후키와 손이 닿았을 때, 그 손끝이 떨리고 있는 걸 느꼈다.

다카시는 자기 발끝을 잠시 바라보다 고개를 들어 말했다.

"이 집안 사람들은 다들 이상하네요."

두 하녀는 다카시의 얼굴을 바라본 채 아무 말도 하지 않았다.

"터무니없을 정도로 이상해요. 잠깐이라도 밖에 나가서 머리를 식히고 와야겠어요."

후키는 눈을 깜박거렸다. "이상하다는 건, 그건 저…… 사모님 말인가요."

"사모님도 대장의 동생도 다마코 씨도 다카유키 씨도."

그러자 지에가 살며시 미소 지었다. "그런 건 입 밖에 내는 게 아니에요."

너무 파고들면 안 된다고 눈으로 부드럽게 말하고 있다. 다카시는 자기도 모르게 말해 버릴 뻔했다. 지에 할머니는 훨씬 이전부터 알고 계셨죠? 요시타카와 마리에가 깊은 관계라는 걸. 마리에는 진짜 대장의 부인인가요? 저런 여자가, 후처라며 육군대장의 부인으로 들어앉다니—그런 일이 이 시대에는 가능한 모양이죠?

정말로 말해 버리면 여러 가지로 성가신 일이 생기리라. 다카시는 입을 다물고 간신히 미소를 지었다.

"그럼, 다녀오겠습니다."

부엌 출입문을 열려고 했을 때 부엌문이 덜컥 열리더니 다마코가 얼굴을 내밀었다.

"어마, 가는 거야? 나, 따돌림당하나 봐."

다카시는 눈을 치켜뜨고 말했다. "아가씨는 집에 계셔 주세요. 정말 위험해요."

다마코는 만면에 웃음을 띠고 있다. 눈이 씰룩거린다.

"저기, 군인이 당신을 쏠지도 몰라"라고 불쑥 말한다. 즐거운 비밀 이야기라도 털어놓듯.

다카시가 말문이 막혀 가만히 있자 키득키득 웃으면서 계속 말했다.

"혹시라도 총에 맞게 되면 당신, 꼭 죽지 말고 돌아와야 해. 내가 치료해 줄 테니까. 꼭 돌아와 주세요."

다카시는 다마코로부터 시선을 옮겨 후키의 얼굴을 바라보았다. 그녀는 얼굴을 숙이고 있다. 지에를 봤다. 노인은 미소를 짓고 있었다. 아까 '그런 건 입 밖에 내는 게 아니에요'라고 말했을 때와 마찬가지로.

밖으로 나왔다. 문을 닫을 때, 후키와 지에의 어깨 너머로 여전히 웃고 있는 다마코의 얼굴이 보였다. 외출하는 아버지에게 선물을 사 가지고 오라며 조르는 아이처럼 밝고 악의 없는 웃음을 짓고 있다. 그렇지만 그녀의 주홍색 기모노는 어두침침한 부엌 안에서 탁한 피 색깔로 보였다.

밖이다.

다카시는 가모 저택 주위를 둘러싼 정원수를 지나 바깥으로 한 발 내디뎠다.

올려다본 하늘은 구름에 완전히 가려져 있다. 흐린 날 특유의 살짝 붉은 기가 도는 듯한 잿빛 구름. 나풀나풀 춤추듯 떨어지는 눈은 오늘 아침에 봤던 함박눈과는 달리 자잘한 가랑눈이다.

북풍이 다카시의 뺨을 스쳐 지나간다. 무거운 코트 옷자락은 꿈쩍도 하지 않았고 귓불이 저릴 정도로 아파 왔다.

저택을 뒤로 하고 왼쪽으로 방향을 잡았다. 외길이라고 다카유키가 말했다.

가로등도 없는 밤길, 불빛은 초롱불뿐이다. 그렇지만 눈에 반사되는 빛 덕분에 발끝은 그다지 어둡지 않다. 발끝에 내린 밤보다도 다카시 마음 쪽이 훨씬 더 어두웠다.

자동차 바퀴 자국은 아직 남아 있다. 얼어붙은 자국이 발에 밟혀 서걱서걱 깨진다. 그게 기분이 좋아 다리를 들고는 진눈깨비처럼 굳은 눈을 밟아 부수며 앞으로 나아갔다.

주위 광경은 거의 변화가 없었다. 까맣게 가라앉은 녹지에 다문다문 솟아 있는 건물. 모두 일반 가옥이 아니다. 아치형 현관을 지닌 저택이거나 고풍스러운 삼각 지붕 탑을 얹은 잿빛 건물이다.

걷기 시작한 다카시는 금세 오싹한 한기를 느꼈다. 기온 탓이 아니리라. 아직 몸 상태가 완전하지 않다. 잇따라 여러 일들이 일어나, 지금은 히라타의 조언이나 행동을 뒤따를 수도 없어졌다. 그게 다카시의 정신을 긴장시켜 머리가 맑아졌지만 몸은 좀처럼 따라가질 못하고 있는 것이다.

그 증거로, 뒤돌아보면 아직도 가모 저택이 보일 정도밖에 걷지 않았는데도 벌써 숨이 가쁘다. 길은 완만한 오르막이지만, 평소의 다카시라면 비탈길이라는 의식조차 하지 못할 정도의 경사였다.

발을 멈추고 크게 숨을 쉬었다. 초롱을 든 오른 손등을 왼손으로 문질러 데우고, 왼손은 쥐었다 폈다를 반복했다. 초롱불을 움직여 주위를 두루 비췄다. 아무도 없다.

여기저기서 띄엄띄엄 불빛이 보인다. 밤눈이라 잘 모르겠다. 무슨 건물일까. 높은 데 있는 불빛, 낮은 데 있는 불빛. 창문으로 밖을 내다보다가 혼자 눈길을 걸어가는 다카시를 보고 깜짝 놀란 사람이 있을지도 모른다.

다시 저벅저벅 소리를 내며 걷다 보니 십자로가 나왔다. 조금 경사진 길이 양쪽에서 교차하고 있다.

다카유키가 외길이라고 한 건 내내 왼쪽을 따라 쭉 가라는 의미였을까. 다카시는 일단 그렇게 하기로 했다. 전과 다름없이 인기척은 없다.

한참 더 가니 이번에는 길이 갈고리처럼 오른쪽으로 구부러져 있다. 여기도 길을 따라 쭉 걸었다. 바람에 날려 구부러진 모퉁이에 쌓인 커다란 눈더미가 불빛을 받아 비현실적일 정도로 새하얗게 빛났다.

아직 자동차 바퀴 자국이 남아 있다. 가모 저택 앞에서 봤던 것과 똑같은, 기껏해야 두세 대의 차가 만들었을 자국이다. 그렇지만 사람의 발자국이라 여겨지는 건 전혀 보이지 않았다. 사건이 일어난 후에 이 길을 걸어 지나간 사람이 분명 있을 테지만 그 수가 얼마 안 되어 발자국도 금세 눈에 묻혀 버렸으리라.

가랑눈이 계속 내리고 있지만 지에가 목에 감아 준 수건은 그대로 뒀다. 머플러처럼 따뜻하다.

구부러진 모퉁이를 지나 한참을 가니 전방에 지금 걷고 있는 길보다 훨씬 넓고 커다란 도로가 오른쪽에서 왼쪽으로 뻗어 있는 게 보였다. 간선도로라고 할 만큼 큰 도로다.

'왼쪽으로 가면 아카사카미쓰케니까, 그렇다면 저 길은—.'

미야케자카와 아카사카미쓰케의 교차점 사이를 연결하는 대로 일 것이다. 구획이 바뀌고 골목길에 다소 변화가 있더라도 저렇게 큰길은 바뀌지 않는다. 뭐라고 부르는지 모르지만, 히라카와초 이치반 호텔 정면 현관에서 나와 조금 북쪽으로 걸어가면 맨 처음 만나는 대로다. 겨우 하루 전 첫 시험을 마치고 난 뒤에 이 길을 따라 미야케자카 방향으로 걸었다. 그리고 한조몬 쪽으로 돌아 고지마치를 지나서 요쓰야 역까지 긴 산책을 했다.

'요쓰야 역 근처에서 햄버거를 먹었는데.'

어제 일인데도 백 년쯤 된 옛날처럼 느껴진다. 아니 실제로 그 패스트푸드점은 최소한 오십 년이 지나야 저 장소에 생긴다.

지금 나는 빈털터리다, 라는 생각이 불쑥 들었다. 일 엔도 갖고 있지 않다. 그렇다 한들 딱히 별일은 없겠지만 이상하게 마음이 불안해진다.

휴 하고 한숨을 쉬었다. 어느 정도 몸이 따뜻해졌다. 멈춰 서서 코트 어깨와 머리카락에 내려 쌓인 가벼운 눈가루를 털어냈다. 이 길이 간선도로와 만나는 곳까지 가려면 앞으로 오 미터는 더 걸어야 한다. 슬슬 마음의 준비를 조금 해 두는 편이 나을지도 모르겠다―.

갑자기 도로에 차가 한 대 나타나 눈앞을 가로질렀다. 긴 코끝과 커다란 범퍼가 달린 상자 모양의 검정색 차다. 타이어에 짓뭉개진 눈이 진흙 빛 진눈깨비가 되어 흩날렸다. 차가 드르르 소리를 내며 달려가자 같은 모양의 차가 한 대 더 뒤를 이었다. 두 대 모두 차라리 걸어가는 게 빠를 것 같은 속도다. 자세히 살펴보니 운전석 외에 뒷좌석에도 사람이 있었다.

사람의 모습을 본 것만으로 갑작스레 몸이 긴장했지만 차가 지나갔으니 괜한 걱정이란 생각도 들었다.

다카시는 길 왼편을 따라 대로 방향으로 나갔다. 길이 만나는 곳에 이르자 가까운 벽돌집으로 다가가 주위를 둘러보았다.

여기도 역시 관청가의 일부겠지. 커다란 건물들이 가로수와 녹지 사이에 드문드문 늘어서 있다. 다카시가 알고 있는 헤이세이의 이 길은 아름다운 가로수 길로, 미야케자카를 향해 왼쪽에 최고재판소, 오른쪽에 국회도서관만 있는 조용한 곳이다. 느낌상으로는 현대와 별 차이가 없다. 그렇지만 묘하게 전신주나 전선이 도드라지게 보인다. 그러고 보니 여기에는 가로등도 달려 있다.

눈이 흩날리는 도로 중앙에 가로등이 빛을 반사하여 은빛으로 반짝였다. 잘 보면 선로라는 걸 알 수 있었다.

'도영都營……이 아니라, 시영市營 전차인가.'

다카시는 대로를 걸었다. 여기에서 아카사카미쓰케 교차점까지 시야를 가리는 건 아무것도 없다.

그때 다카시는 보았다. 멀리 줄기차게 내리는 눈의 장막 너머로 바리케이드가 길을 막고 있는 모습을. 그 건너편에 늘어선 군인들의 검은 그림자를.

3

눈가루가 속눈썹에 달라붙고 빰이 얼어붙었다. 다카시는 눈을 깜빡거리며 시선을 모았다.

분명히 군인들이 있다. 언뜻 봐서는 수를 헤아릴 수 없을 정도로 많다. 모두 바리케이드 건너편에 서서 이쪽을 향하고 있거나 그 반대편을 바라보고 있기도 하다.

몸을 감출까 생각했다. 겁을 먹은 정도가 아니다. 무릎이 부들부들 떨려왔다. 걸음을 옮기자 곧바로 발이 스르르 미끄러져 몸이 허우적거렸다.

멀리서 봐도 군인들이 무장하고 있는 모습이 분명히 보인다. 어깨에 메고 있는 건 총이리라. 영화에서밖에 본 적 없지만, 앞에 총검이 달려 있어 그걸로 적을 사살하는 경우도 있을 게다. 이런 흐린 날씨에 절대 그럴 리가 없을 텐데도 다카시는 어쩐지 그들 어깨 위에서 총검이 순간 번득하고 빛나는 느낌이 들었다.

—자네처럼 아무것도 모르는 사람이 돌아다니기에는 지나치게 위험한 사흘간.

히라타의 목소리가 들려왔다. 가모 저택에 있을 때는 막연히 흘려듣고 말았다. 그러나 지금은 그 말을 뼛속 깊이 절감했다.

2 · 26사건으로 사망자가 나왔던가?

민간인 사망자는? 군인에게 총살당한 시민이 있었나? 사건 첫날, 오늘 26일 한밤의 정세는 얼마나 긴박했지? 모른다. 알 수 없다. 다카시는 아무것도 배우질 못했다. 알려고도 하지 않았다.

바리케이드는 그다지 높지 않다. 군인들 허리 부근 정도까지다. 목재를 짜 맞춰 만든 부분도 있지만 길에 해당하는 곳에는 가는 철사를—그걸 원형으로 둘둘 감아 도로에 가로질러 놓았다. 그래서 다카시가 있는 데서도 눈을 밟고 돌아다니는 군인들의 발끝까지 잘 보였다.

아직 늦지 않았다. 저쪽은 나를 보지 못했다. 바리케이드 안쪽에선 설마 사람이 어슬렁거리며 돌아다니고 있으리라곤 생각지도 못하리라. 지금이라도 가모 저택으로 돌아가자. 의사는 만나지 못했다고 말하면 된다. 혹은 솔직히 도중에 무서워져서 돌아왔다고 자백하자. 죽는 것보단 낫다.

이 꼬락서니가 뭐람. 마음 한구석에서 생각한다. 용감한 다카시 군, 아무리 위험하다 해도 그런 집 안에서 어수선한 일행들에 둘러싸여 있기보단 밖으로 나와 정신을 가다듬고 오겠노라 마음먹을 만큼 과감함을 지니고 있던 오자키 군이 아니던가.

그러나 발은 움직이질 않는다. 식은땀이 마구 흐른다. 전쟁도 테러도 폭도도 모르는 우리 세대는 일단 진짜 '무력武力'과 부닥치면 바로 무릎을 꿇고 만다. 아무리 그게 눈의 장막 저편에서 유령처럼 소리 내지 않고 오가는 군인들의 어슴푸레한 그림자뿐이라고 해도.

불가능하다. 죽어도 못한다는 건 아니지만 앞으로 나아갈 수가 없다. 다카시는 군인들에게서 억지로 시선을 떼고 어색하게 몸을 돌렸다. 왔던 길로 되돌아가자. 건물 그림자 속에 숨는 거다.

그런데 그때, 힐끗 곁눈질로 살펴본 시야 구석으로 희뿌연 안개처럼 쏟아져 내리는 눈 건너편에서, 군인 한 명이 이쪽으로 얼굴을 돌리는 모습이 보였다.

군인의 어깨가 흠칫 움직인다. 어깨에 멘 총이 흔들린다. 놀라고 있다. 바로 옆 군인에게도 전해졌다. 두 사람이 이쪽을 본다. 세 명이 본다. 네 명, 다섯 명. 바리케이드에서 떨어져 있던 군인들도 이쪽을 본다.

그야말로 갈림길이다. 다카시는 뛰어서 도망치자고 생각했다. 아직 늦지 않았다. 거리가 있으니까. 그러나 얼어붙은 눈이 군화 아래서 주르르 미끄러지고 들고 있는 초롱 때문에 균형 잡기가 어렵다. 맞다, 난 초롱을 들고 있지 하고 순간 의식했다. 불을 들고 있다. 멀리서도 보인다.

병사 하나가, 그리고 또 하나가 바리케이드를 타고 넘어 이쪽으로 달려왔다. 다카시는 턱을 덜덜 떨면서도 여전히 길을 가로지르려고 했다.

"누구냐!"

커다란 목소리가 눈 속에서 울려 퍼졌다.

"움직이지 마! 멈춰!"

십팔 년 동안의 인생에서 큰 소리로 "멈춰"라는 말을 들은 적은 한 번도 없었다. "움직이지 마"라고 명령받은 적도 없다. 경찰의 불심검문조차 받아본 적 없는 다카시였다. 불린 것만으로도 심장이 오그라들었다. 멈추려고 했다. 그런데 발이 미끄러졌다. 앞으로 고꾸라질 듯 무릎이 구부러지며 엉거주춤한 자세가 되었어도 몸은 여전히 도망칠 곳을 찾고 있다.

"멈추라고 했다!"

두 명의 군인이 달려왔다. 검은 그림자가 점점 커져 갔다. 쳐다보니 총은 이제 어깨 위에 없다. 양손으로 잡고 있다. 총구를 이쪽으로 향하고.

"멈추라니까!"

그 한마디가 결정타가 되어 다카시는 모든 걸 포기했다. 뛰어오는 군인 쪽으로 얼굴을 돌리고 거의 반사적으로 초롱을 내던지며 양손을 머리 위에 올렸다. 발끝에서 털썩 우그러든 초롱에 불이 붙어 타올랐다.

두 명의 병사는 눈길에 미끄러지지도 않고 일직선으로 다카시 근처까지 달려왔다. 한 사람이 다른 사람의 뒤에 서서 양발을 힘껏 디디고 자세를 잡아 다카시를 겨눴다. 또 한 사람은 다카시로부터 일 미터 정도 떨어진 곳에 멈추고, 역시 상당히 조심스럽게 총을 앞으로 쑥 내밀어 다카시의 얼굴을 매섭게 쏘아봤다.

다카시는 바보처럼 양손을 높이 들고는 누가 보더라도 알 수 있을 정도로 온몸을 떨었다. 높이 들어 올린 팔의 코트 소맷부리에 눈이 들러붙는다. 머리카락과 얼굴에도.

"여기는 통행금지 구역이다!"

앞에 있는 병사가 큰 소리로 말했다. 멀리 있을 때나 가까이 있을 때나 들려오는 성량은 변함이 없다. 다카시는 자기도 모르게 눈을 질끈 감았다.

"미, 미, 민간인입니다."

스스로도 한심할 정도로 상기된 목소리로 그렇게 말했다.

"저, 저는 민간인입니다."

주위가 조용해졌다. 경직된 상태 그대로 살그머니 눈을 떠 봤다. 두 명의 군인은 여전히 같은 자세로 다카시 앞에 서 있다. 다만 바로 앞의 군인이 뒤에 있는 군인을 슬쩍 보더니 약간 맥이 빠진 표정을 지었다.

"자신을 증명할 수 있는 물건을 가지고 있나." 앞에 있는 군인이 물었다.

다카시는 여전히 만세 자세로 부들부들 고개를 옆으로 저었다.

"안 갖고 있나?" 앞의 군인이 말한다. 여전히 큰 목소리였다.

어째서 이런 가까운 거리에서도 호통 치는 듯한 말투를 쓰는 걸까.

"지금은, 가지고 있지 않습니다. 집에 두고 왔습니다."

다카시는 목이 메어 말했다. 입술에 눈이 달라붙어 차갑다.

"이름은 오자키 다카시라고 합니다. 공장 직공입니다. 철공소에서 일하고 있습니다."

히라타가 가르쳐 준 자기소개를 열심히 기억해 내며 다카시는 말했다.

"공장은—후카가와에 있습니다. 오늘은 휴가를 받아 친척을 만나러 왔습니다."

다급히 말을 쏟아내려니 말이 점점 빨라졌다. 말해야 한다, 말하고 있으면 안전하다는 기분이 들었다.

"그래서 저, 친척이 병에 걸려, 의사에게 진찰받지 않으면 안 돼, 그래서 제가—,"

서둘러 말을 이으려고 하자 앞의 군인이 그걸 막았다.

"잠깐 기다려. 그렇게 숨도 쉬지 않고 말을 쏟아내면 알아들을 수 없어."

두 명의 군인은 다시 슬쩍 시선을 교환했다. 뒤에 있는 군인의 딱딱한 얼굴 위로 희미한 쓴웃음 같은 게 스쳐 지나간 것 같았다.

"그대로 움직이지 마."

그렇게 명령을 내린 앞의 군인이 총을 어깨에 다시 메고 다카시에게 다가왔다. 두툼한 벙어리장갑을 낀 양손이 다카시의 몸을 위에서부터 아래까지 훑는다.

"뒤로 돌아."

다카시는 고분고분 따랐다. 신체검사다. 다시 위에서부터 아래로 훑어 내렸다. 군인이 손을 떼고 한 발 뒤로 물러나고 나서도 다카시는 그 자세 그대로 있었다. 그러자 목소리가 들렸다. "이제 됐어. 손을 내려도 좋아."

다카시는 뒤돌아서서는 시키지도 않았는데 차려 자세를 했다.

가까이서 보니 눈앞의 병사는 아직 이십대 초반으로 보이는 젊은이다. 모자 위와 들어 올린 챙 위에 가랑눈이 잔뜩 쌓여 있다.

깃을 세워 껴입은 코트는 올이 촘촘하고 두툼해 보인다. 허리에 찬 폭넓은 벨트에는 주머니 같은 게 달려 있다. 무릎 길이의 코트가 닿는 정강이에다 붕대 크기만 한 천을 감고, 바닥이 두꺼워 단단해 보이는 군화를 신었다.

“친척 집에 왔다고 했나.”

목소리가 조금 낮아졌다.

“예, 그렇습니다.”

“주소와 번지는.”

다시 경기가 날 것 같다. 모른다고 하면 어떻게 될까. 군인은 모자 차양 아래로 다카시를 지그시 노려보더니 “모르나?” 하고 물었다.

“예…… 모릅니다. 히라카와마치 어디인 것 같습니다만.”

“거주자의 이름은?”

“그게…… 가모 씨입니다.” 허둥대며 다카시가 답했다. “가모 노리유키라는 사람입니다. 전 육군대장인.”

두 군인이 얼굴을 마주 봤다, 뒤에 있던 병사가 한 발 바꿔 내디디며 앞에 있는 병사에게 말했다.

“분명 가모 각하는 히라카와초에 저택을 갖고 계시지. 히라카와 2초메에 있는 전차 정류장 근처야. 퇴역 후에 거기 틀어박혀 지내신다는 소문이 있지만.”

앞의 병사가 잠시 생각에 잠기더니 표정을 다잡고 재차 다카시를 바라보며 말했다.

“네가 가모 각하의 친척이라는 건가?”

다카시는 얼른 고개를 저었다. “아뇨, 그렇지 않습니다. 제 삼촌이 가모 대장 저택에서 일하고 있습니다.”

군인은 얼굴에 이제 알겠다는 기색이 돌았다. “아프다는 사람이 가모 각하의 가족 분이라는 건가.”

“아뇨, 제 삼촌입니다. 삼촌이 쓰려져서 가모 대장이 전화로 의사를 불러 주셨습니다. 좀처럼 안 와서 제가 마중 나와 봤습니다.”

“의사 이름은.”

“가쓰라기 선생님입니다. 고히나타에 살고 계신다고 합니다.”

“가쓰라기…….” 앞의 군인이 고개를 갸웃거렸다. 자기 짝을 돌아보더니 “삼십 분 정도 전에 의사가 왔다고 하지 않았어?”라고 묻는다.

뒤의 군인이 고개를 끄덕였다. “길을 내달라 안 된다 하며 옥신각신했지. 꽤나 고압적인 자세라 이토가 쫓아 보냈을 거야.”

앞의 군인이 다카시에게 물었다. “환자는 어떤 상태인가? 위중한가?”

“뇌일혈 같습니다.” 다카시는 간단히 답했다.

그걸 듣자 뒤의 병사가 말했다.

“가모 각하의 저택이라고 하면 내버려둘 수만은 없지. 잠깐 확인하고 올게.”

그렇게 말하며 총을 메고 뒤로 돌아 바리케이드 쪽으로 뛰어갔다. 올 때와 마찬가지로 가볍게 바리케이드를 타고 넘더니 모여 있는 군인들 사이를 빠져나가—뭐라 한두 마디 이야기를 나누고는—아카사카미쓰케 교차점에서 왼쪽으로 꺾어져 달려갔다.

눈앞의 군인과 둘이 남게 됐다. 쉼 없이 계속 내리는 눈 아래서 우두커니 서로를 마주 보았다. 총구를 거두었지만 군인의 표정에는 빈틈이 없었다. 딱 부러지게 다문 입가에는 상대하기 어려운 고집스러움이 느껴진다.

다카시는 슬금슬금 추위를 느끼기 시작했다. 눈이 목 언저리로 날아들었다. 공포의 파도는 조금씩 물러났지만 여전히 긴장된 상태다. 머리를 움직이지 못하고 눈만 두리번거려 주위를 둘러보았다. 전선에, 전신주 꼭대기에, 하얀 눈이 쌓여 있다. 도로 양편에 늘어서 있는 건물 창은 닫혀 있어, 어디에도 사람의 모습은 보이지 않았다.

초롱은 새카만 잔해가 되어 발치에 떨어져 있다. 하얀 눈 위라서 상당히 지저분해 보인다. 그 위로도 눈이 쌓여 간다. 삼십 분 정도 지나면 뒤덮여 가려질지도 모른다.

"몇 살인가?"

돌연 군인이 물었다. 멍해 있던 다카시는 당황하며 눈을 깜빡거렸다. 질문을 못 들었나 싶었는지 군인은 되물었다.

"열여덟입니다." 대답하는 목소리가 우스꽝스러울 정도로 부들부들 떨렸다.

군인은 턱을 가볍게 끄덕였다. 그러더니 호통 치는 말투로 덧붙였다.

"네가 한 말이 거짓이 아니라면 그렇게 무서워할 필요 없다."

창피해 귀가 화끈 달아올랐다. 그래도 꽤 단정하게 말을 하네. 하나같이 모두 난폭하고 지저분한 말을 사용하는 군인들에 비하면. 이 사람은 장교일까. 아니 장교라면 눈길에 보초를 서지는 않겠지. 일반 병사라면 제법 교육—이라 할까 예의범절이라 할까—을 받은 것이리라.

"라, 라디오에서도 그렇게 말했습니다." 왠지 침묵이 흐르면 곤란할 것 같아 다카시가 입을 열었다.

"침착하게 행동하라고."

"저녁 방송에서?"

"예, 가모 대장 저택에서 들었습니다."

군인은 다시 고개를 끄덕였다. 뭐라 말도 없이 총을 어깨에서 비껴 올려 고쳐 멨다. 그런 정도의 동작인데도 총이 움직이자 다카시는 움찔 놀라고 말았다.

"춥네요"라고 말해 봤다. 대꾸가 없다. 다카시는 발밑으로 시선을 떨어뜨렸다.

군인의 가죽 군화는 녹은 눈이 스며들어 색이 변해 있다. 발끝에서 얼어 버린 눈을 보니 그가 얼마나 오랫동안 바리케이드를 지키며 서 있었는지 짐작이 간다.

다카시는 얼굴을 숙인 채 시선만 힐끗 올려 군인의 얼굴을 훔쳐봤다. 둥근 얼굴에 눈썹이 두껍다. 어떻게 보면 귀여운 얼굴이다. 가랑눈이 눈썹과 코끝에 달라붙고 있다. 오늘 아침 면도를 한 후로 그대로겠지. 턱 주위에 검푸른 그림자가 생기기 시작했다. 모자 밑 머리는 까까머리로 코트 깃을 세우고 있어도 목덜미 부근이 추워 보인다.

어깨 부근에 빨간 견장이 꿰매 붙어 있다. 별은 두 개 달려 있다. 군의 계급에 대한 지식은 없지만 일등병 표시가 아닐까 막연히 짐작했다.

동네는 쥐죽은 듯 조용하다. 그때 멀리 바리케이드 쪽에서 아까 사라졌던 군인이—아마 그렇겠지—이쪽으로 되돌아오는 게 보인다. 뛰고 있다.

"가쓰라기라는 의사가 맞더군."

그가 뛰어오며 다른 군인을 향해 말했다.

"어떻게든 여기를 지나가겠다면서 우기고 있어. 중대장님과 직접 담판하게 해 달라, '고라쿠幸楽'에 들어가게 해 달라고 우겨 대며 도로에서 꼼짝 않고 있대."

비로소 다카시도 한숨 돌릴 수 있었다. 아직 만나지도 못한 가쓰라기 의사에게 진심으로 감사드렸다. 있어 줘서 다행이다.

"어쩔 수 없지. 가 볼까." 옆에 있던 군인이 말하고는 다카시를 쳐다봤다.

"따라와."

둘은 다카시를 사이에 두고 앞뒤로 서서 바리케이드를 향해 걸어가기 시작했다.

4

놀랍게도 아카사카미쓰케 교차점 건너편에는, 야밤인데도 일반 시민으로 보이는 사람들이 많이 있었다. 저택이나 관청 같은 건물을 등지고 보도에 늘어서서, 제각기 코트 주머니에 손을 찔러 넣은 채 의외로 속 편해 보이는 자세로 군인들을 구경하고 있다.

남자뿐이다. 젊은 사람은 얼마 없었다. 중년이나 장년이라 할 연배의 사람들로, 약속이라도 한 듯 모자를 쓰고 있다. 중절모라고 해야 하나. 다카시는 집에 있던 앨범에서 할아버지가 저런 모자를 쓰고 찍은 사진을 본 적이 있다.

아카사카미쓰케 교차점에는 바리케이드 대신 착검한 총을 든 군인들이 제각기 산개해 있었다. 시민들이 있든 말든 신경 쓰지 않고 교차점에서 한참 먼 서쪽 방향을 묵묵히 바라보고 있다.

두 군인 사이에 끼어 교차점에 다다른 다카시에게 구경꾼 시민들의 시선이 날아왔다. 뭘 하다 군인에게 붙잡혔나 하는 시선이다. 다카시는 눈을 내리깔았다.

세 사람은 일렬종대가 되어 교차점에서 왼쪽으로 꺾었다. 구부러지는 모퉁이에는 큰 저택이나 관청 같은 건물이 있어서 그런지 담이 빙 둘러져 있다. 앞에 걸어가는 군인은 보폭이 넓고 박자를 맞추듯 발걸음이 일정했다. 다카시는 그에 맞춰 걸었다. 세 사람의 움직임에 따라 구경꾼의 시선도 움직이는 게 느껴졌다.

가쓰라기 의사가 버티고 있다는 '고라쿠'로 가는 중이겠지. '고라쿠'라는 곳은 어디일까. 건물 이름인가.

다카시는 하릴없어 주위를 훔쳐봤다. 밤공기 속에서 구경꾼들이 토하는 하얀 숨이 보인다. 머리 위로는 전선이 그물처럼 엇갈린 채 늘어져 있다. 전차에 쓰이는 거겠지. 군데군데 하얀 콘센트 같은 게 달려 있어 미풍에 흔들린다.

하얀 눈이 전선에도 나무 전주 꼭대기에도 쌓여 있다. 너무나 조용하다. 이렇게 사람이 많은데도 떠드는 목소리 하나 들리지 않는다.

양편에 빽빽이 들어서 있는 건물들의 태반은 목조거나 정면만 콘크리트로 된 이층집이다. 점포나 상가로 쓰는 건물일까.

오른편으로 '아카사카미쓰케'라는 전차 정류장이 보인다. 앞선 군인은 발걸음을 늦추지 않고 계속 나아갔다. 추위로 귓불의 감각이 사라졌다. 화장실에 가고 싶다.

오륙 분쯤 걸었을까. 드디어 발을 멈췄다.

"여기서 기다리고 있어."

그 말에 다카시는 얼굴을 들었다. 나무 담이 왼편을 빙 둘러 앞쪽까지 이어져 있고, 담벼락이 끝나는 곳에 나무들이 심어져 있다. 하얗게 쌓인 눈 밑에서 나무의 짙은 초록빛이 내비쳤다.

삼각 지붕 바로 아래에, 눈에 띄는 하얀 간판이 걸려 있다. '幸楽고라쿠'. 역시 다카시에게 익숙한 가로쓰기가 아니라 오른쪽에서 왼쪽으로 된 배열이다.

다카시를 멈춰 세운 군인이 급히 '고라쿠' 문 안으로 들어간다. 건물 느낌으로는 아무래도 여관이나 요정 같았다. 교차점에서 상당히 떨어져 있어 주위에 구경꾼은 보이지 않았다. 그런데 멀리 앞쪽으로 시선을 향하는 순간 다시 숨이 조금 막혔다. 눈의 장막 너머로 또 다른 보초선과 함께 군인들이 늘어서 있다.

가까스로 머릿속에 도쿄 지도를 떠올렸다. 아마 저 길은 다메이케를 지나 도라노몬 쪽으로 이어져 있으리라. 그게 아니면 아오야마 방면인가. 서쪽에 저런 식으로 보초를 세우지 않으면 안 될 이유라도 있는 걸까.

기다리는 동안에도 눈은 내렸다. 다카시는 손을 들어 어깨와 소매의 눈을 털었다. 뒤에 따라왔던 군인은—지금은 어깨를 나란히 하고 있다—미동도 않고 잠자코 눈에 덮여 있을 따름이다.

잠시 후 '고라쿠' 안에서 사람 그림자 둘이 나타났다. 한 사람은 아까 들어간 군인이었지만 다른 사람은 일반인으로 보이는 작은 체구의 남성이다. 검정 코트 깃을 세우고 같은 색 중절모를 쓰고 있다. 발걸음이 급해 문에서 나올 때는 옆으로 크게 미끄러졌다. 한 손에 손가방을 쥐고 기운차게 휘두르고 있다.

'저 사람이 가쓰라기 선생님인가?'

그런 생각을 하고 있는데 상대가 다카시 앞으로 기세 좋게 다가왔다. 눈이 마주쳤다. 상대는 갑작스레 큰 소리를 냈다.

"아아, 자네가 마중 나온 건가, 고생했어, 고생."

그러나 팔이 닿을 거리쯤 왔을 때 다시 발이 미끄러졌다. 눈만 끔뻑거리고 있던 다카시가 급히 상대를 그러안으려고 했지만, 기세에 못 이겨 함께 눈 위를 뒹굴고 말았다.

"거참, 뭔 놈의 날씨가 이렇담!"

검정 코트를 입은 남자는 다카시를 밀어제치듯이 일어나며 화가 난 것처럼 말했다.

"자네, 괜찮나?"

다카시는 간신히 혼자 힘으로 일어섰다.

"괜찮습니다……. 저기, 가쓰라기 선생님인가요?"

"그래." 의사는 고개를 크게 끄덕였다. 코 밑에 작은 얼굴과는 어울리지 않을 만큼 멋들어진 콧수염이 말을 하면 위아래로 흔들린다.

"한참 전에 도착했네. 그런데 히라카와초 바리케이드에서 쫓겨나 이쪽으로 피난 오게 됐지. 몇 번 전화를 걸어도 아무도 안 받더군. 가모 저택에선 전화선을 빼 버린 건가?"

"저택에 전화를 하셨어요?"

"했지. 두 번이고 세 번이고 말이야."

왜 연결되지 않았을까? 최소한 다카유키가 이 의사를 불렀을 때는 전화에 이상이 없었다.

토해 내듯 쏟아지는 의사의 말이 끊기는 틈을 노려 의사를 안내한 군인이 입을 열었다. "아까는 정말 죄송했습니다만 중대장님의 허가가 없으면 통과하실 수 없습니다."

의사는 불쑥 뒤돌아봤다. "그래서 어쩌겠다는 건가?"

"이대로 저희와 동행하시든가, 허가를 받을 때까지 여기서 기다리고 계시든가, 둘 중 하나입니다."

의사는 흥 하고 콧방귀를 뀌더니 다카시에게 말했다.

"아까 혼자 있을 때는 가모 각하의 이름은 꺼내지 않았지. 그때는 문 앞에서 쫓아내더니만 이제 각하 댁에 간다는 걸 아니까 허가만 있으면 된다고 말을 바꾸는군."

다카시는 어떻게 대꾸해야 할지 알 수 없어 애매하게 입만 우물거리며 잠자코 있었다. 아무래도 가쓰라기 선생님은 군인을 싫어하나 보다.

"이런 데서 우물쭈물할 필요 없지. 환자가 기다리고 있어. 허가인지 뭔지 받으러 함께 가자고. 중대장은 어디에 있나?"

"미야케자카 야영지에 계십니다."

가쓰라기 의사는 눈을 크게 부라렸다. "여기서 다시 미야케자카까지 가자는 말인가?"

그러자 계속 다카시와 함께 있었던 군인이 끼어들었다. "히라카와초 보초선에서 기다려 주십쇼. 오래 걸리지 않을 겁니다."

"어이구." 의사는 큰 목소리를 냈다. "할 수 없지. 자네, 앞장서게나."

이번엔 네 명이 한 무리가 됐다. 역시 군인들이 앞뒤에 서고 그 사이에 다카시와 가쓰라기 의사가 끼어 있다. 몸이 작고 기운 좋은 의사는 급한 성격치고는 발걸음이 불안해, 노상 비틀비틀 미끄러져 고꾸라질 듯했다. 그때마다 다카시가 손을 내밀었다. 아카사카미쓰케 교차점에 돌아올 무렵에는 아예 다카시의 팔에 매달리다시피 했다. 가방도 다카시 손에 있다.

다시 구경꾼의 시선이 집중되었다. 길에 늘어서 있는 군인들은 다카시 일행을 데려온 군인들과 경례만 주고받고는 눈 위에 세워놓은 물건처럼 원래의 꼿꼿한 자세로 돌아간다. 대화할 때 말고는 손조차 비비지 않는다.

"정말 뒤숭숭하구만." 다카시의 팔에 매달린 채 가쓰라기 의사가 말했다. "자네는 몇 살인가?"

"열여덟입니다."

"그럼 앞으로 이 년만 지나면 저들과 한 무리가 되겠군. 안쓰러운 얘기야."

다카시는 조마조마했다. 바로 앞뒤로 군인에게 둘러싸여 있는데 잘도 이런 이야기를 꺼낸다. 군사 쿠데타가 일어난 지역의 중심에서, 실제로 지금은 일반인 통행금지구역을 통과하는 중인데도 전혀 무섭지 않은 모양이다.

일동은 히라카와초 보초선까지 돌아왔다. 갈 때와 달리 조금은 익숙해지기도 했거니와 덮어놓고 군인들을 무서워할 필요가 없다는 걸 알게 되자, 이제 바리케이드 건너편에 있는 군인들과 그들의 총을 봐도 심장이 펄쩍 뛰지는 않았다. 다카시 손에서 떨어진 초롱이 타 버린 잔해는 거의 다 눈에 쌓여 가려졌지만 흔적은 남아 있다. 마치 자신의 겁먹은 마음이 타 버린 것 같은, 그런 잔해처럼 보인다.

"이걸 가져가게."

가쓰라기 의사는 코트 안주머니를 부스럭부스럭 뒤지더니 지갑에서 명함 한 장을 꺼내 군인에게 건넸다.

"내 명함일세. 중대장님에게 보여 드리게나. 그걸로 신뢰할 수 없다면 어쩔 수 없이 직접 만나야겠지."

군인은 명함을 받아들고 다카시와 의사를 바리케이드 바깥에 남겨 둔 채, 이번에는 미야케자카 방향을 향해 곧바로 달려갔다. 그 모습을 바라보며 가쓰라기 의사가 다카시에게 물었다.

"환자의 상태는 어떤가?"

"계속 자고 있습니다. 눈 위에서 쓰러진 뒤로 한참이나 코피가 났어요."

"머리를 부딪쳤나?"

"아뇨, 그런 것 같지는 않습니다."

"의식은 돌아왔나?"

"딱 한 번요. 이야기를 했어요. 술술 말하지는 않았지만."

"다카유키 군 이야기로는 고용인이라던데."

"예. 제 삼촌입니다."

"나이는 몇 살인가."

히라타가 몇 살이더라? 그러고 보니 물은 적도 없었다.

"마흔이 좀 넘었어요. 몇 살인지…… 저도 정확히는."

의사는 흠흠 하고 고개를 끄덕이며 수염을 잡아당겼다.

"골치 아프군. 이런 추위에, 뇌일혈일지도 모르는데 말이야."

단기간에 시간 여행을 되풀이하다 보니 뇌를 다친 것 같습니다. 그렇게 말하면 이 산만한 선생은 어떤 반응을 보일까. 아니 그 이전에 아까부터 누차 언급되고 있는 가모 노리유키 대장은 벌써 죽어 버렸다—가모 저택으로 부른 데에는 대장의 검시를 해 주십사 하는 이유도 있다는 걸 털어놓으면 어떤 얼굴을 할까.

군인은 대장의 이름을 꺼내자 "내버려 둘 수만은 없지"라고 했다. 처음에는 쫓겨났던 선생님 역시 허가가 떨어지면 통과할 수 있다는 얘기를 들었다. 가모 노리유키의 이름은 이 군인들에게 어느 정도의 의미와 무게를 가지고 있을까.

이윽고 아까 전의 군인이 달려 돌아왔다. 발이 빠르네, 이 사람들은.

"통과해도 괜찮다고 하십니다."

다소 숨을 고르며 군인은 의사에게 말했다.

"저희가 전송해 드리겠습니다."

"그럴 필요 없다고 하고 싶네만, 자네들은 우리가 정말 가모 각하 댁에 들어가는지 확인하지 않으면 곤란하시겠지."

가쓰라기 의사는 또다시 빈정거리는 투로 말했다. 정말이지 이 선생 옆에 멍청히 있다가는 성가신 일에 말려들지도 모르겠다.

예상대로 처음부터 내내 동행해 온 군인 하나가 입술을 악물고는 입가를 움찔했다. 뭔가 한마디 하고 싶은 얼굴이다. 그러나 달려 돌아온 동료의 눈짓을 보더니 입을 다물었다.

걷기 시작했다. 전차 길에서 빠져나와 다카시가 혼자 걸어왔던 샛길을 따라 네 명이서 되돌아가고 있다. 군인들은 가모 저택에 들어가려고 할지도 모른다. 가모 노리유키와 면회하려고 할지도 모른다. 어떡하지? 대장이 이미 죽었다는 걸 알게 해선 안 될 텐데…….

다카시는 잠자코 걸었다. 군인이 손에 불을 들고 있어 아까보다 훨씬 편했다.

그 탓인지 빨리 온 느낌도 들었다. 정신 차리고 보니 벌써 가모 저택 지붕이 보이는 곳까지 와 있다.

현관을 향해 가쓰라기 의사가 뛰다시피 나아갔다. 군인도 딱히 말리지는 않았다. 다카시는 커다란 가방으로 균형을 잡으며 그 뒤를 따랐다.

"실례합니다."

주먹으로 문을 두드리며 의사가 큰 소리로 불렀다.

안에서 문이 열렸다. 후키의 얼굴이 보인다.

"가쓰라기 선생님!" 하고 부르며 얼굴이 밝아진다. "무사히 잘 오셨군요."

"위험한 일은 전혀 없었지." 의사는 여전히 큰 소리로 말했다. "환자는 어디 있나?"

쿵쿵거리며 건물 안으로 들어간다. 다카시와 후키가 현관 앞에 남겨지자 두 군인이 다가왔다.

"전 육군대장 가모 노리유키 각하 댁입니까."

딱 부러지게 경례를 하며 한 명이 말했다. 처음 히라카와초에서 다카시에서 수하했을 때와 마찬가지로 호통 치는 목소리다.

"예, 그렇습니다." 후키는 정중히 답하며 머리를 숙였다.

"저는 보병 제삼연대 사카이 소대 야마다 아키요시 일등병이라고 합니다."

나란히 선 또 한 사람, 내내 다카시와 함께 있던 군인도 오른손으로 눈이 휘둥그레질 만큼 멋진 동작으로 경례를 했다.

"같은 부대 사사키 지로 일등병입니다. 중대장 안도 데루조 대위님의 명령에 의해 의사 가쓰라기 고로 씨를 동행했음을 알려 드립니다."

후키는 다시 한번 인사를 했다. "수고 많으셨습니다."

군인들은 군화 뒤축을 휙 밟아 몸을 돌렸다. 그들이 가모 저택 부지에서 나가 눈길을 걸어 사라져 가는 걸 후키는 지그시 바라봤다.

그들의 모습이 시야에서 사라지자 후키는 고개를 돌려 다카시를 바라보았다. "추웠죠."

"초롱을 떨어뜨리고 말았어요"라고 말하며 다카시는 어깨의 눈을 털었다. 그렇게라도 해서 얼굴을 돌리지 않으면 눈가에 고인 눈물을 후키가 보게 될 것 같았기 때문이다. 그녀의 얼굴을 본 순간 안도하여 눈시울이 뜨거워지고 말았다.

다카시가 코트를 벗자 후키가 받아 들어 팔에 걸었다. "히라타 씨는 내내 자고 있었어요." 후키가 말했다. "아까 살펴보러 갔을 땐 눈꺼풀이 살짝 움직이긴 했는데."

잠시 안 본 사이에 후키의 눈매가 피곤함으로 가득하다.

"가쓰라기 선생님이 위험하지 않았다고 하셨지만, 정말 괜찮았어요?"

"군인들과 딱 마주쳤을 땐 조금 놀라긴 했지만."

"그랬겠죠. 방금 왔다 간 군인들과는 계속 함께 있었어요?"

"대로—전차가 달리는 길이 나왔을 때 불러 세웠는데, 내가 가모 대장의 고용인이라는 걸 알자 공손히 대해 줬어요. 역시 대장이네."

"그런가요."

나름대로 추켜세우려 한 것인데 생각보다 후키는 감동한 모습을 보이지 않았다.

"주인님 성함이라." 후키는 작게 중얼거렸다.

거실 문이 열리고 가쓰라기 의사와 다카유키가 함께 나타났다. 무슨 영문인지 큰 소리로 다카유키에게 말을 하고 있던 의사가 다카시를 보자,

"자네, 가방, 가방" 하고 말했다.

분명 가방은 아직 다카시에게 있다. 가방을 건네자 의사는 후키를 앞장세우더니 서둘러 거실 쪽으로 되돌아갔다. 왜 거실로 가는 걸까, 히라타는 반지하 방에 있는데—라고 생각하다가 새삼 깨달았다. 일단 건물 안으로 들어갔다가 고용인 방으로 가려면 반드시 거실을 지나야 한다. 아니면 앞뜰에서 저택 측면을 돌아 부엌 출

입문으로 들어가든지.

통용문이 없다는 사실과 함께 이것도 이 저택의 기묘한 점 가운데 하나다. 방 배치가 부자연스럽다고 할까, 사용하기 불편하다. 반지하 방은 처음부터 고용인을 위해 만들어진 것 같은데, 그렇다면 애당초 가족 거실을 지나가지 않고 외부 손님이 반지하로 왕래할 수 있는 복도나 통로도 함께 만드는 게 낫지 않았을까.

"고생했네. 위험하진 않았어?"

다카유키가 이쪽을 보고 있다. 다카시는 현관 홀을 둘러봤다. 아무도 없다. 이음매 없이 잘 짜 맞춰진데다 반들반들 닦인 나무바닥에도 다카시와 다카유키 외의 사람 그림자는 보이지 않았다. 그걸 확인하고 나서 말했다.

"선생님께는 아직 가모 대장이 돌아가셨다고 말씀드리지 않았어요."

다카유키는 말없이 고개를 끄덕였다.

"전화가 연결이 안 되나 보던데요."

바로 다카유키가 끄덕거렸다.

"그럴 거야. 내가 선을 잘랐으니까."

"왜요?"

"그보다, 어떻게 그걸 알고 있지?"

"가쓰라기 선생님이 히라카와초 바리케이드에 있던 군인에게 발이 묶이자 아카사카미쓰케로 돌아가 이쪽으로 전화를 하셨다더라고요. 그런데 연결되지 않았다고."

"그랬었군." 그제야 다카유키는 마음을 놓았다는 표정을 지었다. "좀 미안한데."

"왜 전화선을 끊었나요?"

다카유키는 머뭇거리며 두세 번 빠르게 눈을 깜박거렸다. 마치 대답할 말이 눈꺼풀 안에 씌어 있어 그걸 찾는 중이라는 듯.

"혹시라도 전화가 걸려 오면 여러 가지로 귀찮아질지 모르니까."

"어째서 귀찮은데요?"

다카유키는 눈을 치켜뜨며 다카시의 눈동자를 똑바로 바라보더니 갑자기 고압적인 말투가 되었다. "그건 자네가 알 필요 없어. 그보다 얼른 히라타 방에나 가 보게."

다카시는 자신을 쫓아 보낼 기세로 엄하게 노려보는 다카유키를 거스르는 것처럼 일부러 이층으로 올라가는 계단을 올려다보았다.

"빨리 가."

다카유키의 목소리가 날아들었다. 다카시는 그를 쳐다보지 않고 그대로 거실 문을 열었다. 저런 식으로 고압적인 말투를 들으면 순간적으로 부아가 치민다. 역시 내가 현대인이라서 그런가.

거실에는 다마코 혼자 있다. 아직도 오도카니 앉아 난로 불을 응시하고 있다. 마리에 일당은 뭘 하고 있는 걸까.

"군인은 많이 있었어, 응?" 다마코가 말을 걸었다. 가쓰라기 선생을 배웅하러 나가기 직전에 말을 걸었을 때와 마찬가지로 넋이

나간 모습이었다.

“예, 많았어요.”

툭 내뱉고는 그대로 지나쳐 복도로 나왔다. 문을 닫으려는데 다마코가,

“누구 하나 다치지도 않았네, 재미없어.”

라고 말하는 소리가 들렸다.

바깥도 추웠지만 반지하 방으로 이어지는 복도도 만만치 않게 쌀쌀했다. 냉기를 품은 벽돌 벽에 벽지 한 장 발라져 있지 않으니 그럴 만도 하다. 히라타 방으로 가는 사이 재채기가 세 번이나 나왔다.

가쓰라기 의사는 히라타가 누워 있는 이부자리 옆에 앉아, 고풍스러운 수압 펌프식 기구를 사용하여 히라타의 혈압을 재는 중이다. 후키가 의사 옆에서 간호사 역할을 하고 있다. 다카시는 슬쩍 이부자리로 다가가 발치에 똑바로 앉았다.

쉬익 하는 소리와 함께 펌프 공기가 빠졌다. 가쓰라기 의사는 무테안경의 작은 타원형 렌즈 너머로 혈압계를 바라본다. 눈금을 읽는 눈매가 사뭇 진지하다.

“좋아, 벗겨도 돼.”

후키가 히라타 팔에서 검은색 벨트를 벗겼다.

“혈압은 정상이군.” 가쓰라기 의사는 고개를 들어 말했다. “삼촌이 평소에도 혈압이 높았나?”

“아뇨, 높지 않았어요.” 대답하고선, 높지 않았을 거예요, 라고

마음속으로 덧붙였다.

"그래……." 의사는 진료 가방 안을 뒤지더니 청진기를 꺼내 들었다. "맥박도 안정되어 있고 혈압도 정상. 가슴을 좀 볼까."

후키의 도움을 받아 이불을 젖히고 히라타의 옷깃을 풀었다. 다카시는 계속 지켜보기가 불편해 눈을 피했다. 그때 전에는 하나밖에 없던 화로가 둘로 늘었다는 걸 알아챘다. 양쪽 다 불이 지펴 있다. 후키나 지에가 싸늘한 방 안을 조금이라도 데우기 위해 가져다 놓았으리라.

'사실 난로가 있는 방에 눕히는 게 좋겠지만…….'

아무래도 무리겠지.

의사는 히라타의 가슴에 청진기를 댔다. 바깥으로 드러난 맨가슴은 상상보다 훨씬 말라 앙상해 보였다.

가쓰라기 의사는 히라타의 눈꺼풀을 뒤집어 보고 목 언저리나 겨드랑이 등을 살피더니 고개를 살짝 갸웃거리며 다카시 쪽을 바라봤다.

"쓰러졌을 때 코피가 났다고 했지?"

"예, 좀처럼 멈추지 않았어요."

후키는 불안한 얼굴로 고개를 끄덕거렸다. 의사가 후키에게 물었다. "자네도 봤나?"

"예, 눌러도 눌러도 피가 주르륵 흘러나와서."

"흐음. 주르륵이란 말이지."

가쓰라기 의사는 고개를 끄덕거리며 멋들어진 콧수염 위를 오른손 중지와 인지로 툭툭 두드렸다. 고민하고 있다는 걸 보여주기 위한 연극적인 몸짓 같았다.

"쓰러졌을 때, 자네 삼촌—저기 성이 뭐지?"

"히라타입니다."

"이름은?"

다카시는 말문이 턱 막혔다. 이름이 뭐였지? 가르쳐 줬던가? 삼촌과 조카 사이라고 말만 맞춰 놓았지 이름은 간과하고 말았다.

후키가 말했다.

"히라타 지로 씨예요. 차남次男할 때 지次를 써서."

"아, 그렇군."

가쓰라기 의사는 진료 가방을 자기 옆으로 끌어당겨 커다란 장부 같은 걸 꺼내 거기에서 백지를 빼냈다. 진찰 카드다. 이어 품속 주머니에서 아무렇게나 만든 핫도그처럼 보이는 만년필을 꺼냈다.

"히라타, 지로."

초등학교 일학년생처럼 소리를 내 가며 쓰기 시작했다.

"나이는—모른다고 했던가." 안경 너머로 다카시를 쳐다본다. 후키가 놀란 듯 눈을 깜박거렸다.

"다카시 씨, 모르세요?"

"정확하게는……." 쑥스러웠다. "함께 살고 있지도 않아서."

"뭐, 사십대겠지." 가쓰라기 의사는 히라타의 자는 얼굴을 보며 말했다. "그런데 이 사람 부정맥이 있구만."

"부정맥이요?"

"응. 맥박이 빨라. 가끔 삼촌이 가슴이 아프다 하는 말은 없던가?"

"아뇨, 딱히 그런 적은."

입 안에서 우물거리며 답하자 이번에는 후키가 다소 비난 섞인 눈초리로 다카시를 바라봤다.

"부정맥이 쓰러진 거랑 연관이 있는지는, 평소 어땠는지 알 수가 없으니 뭐라 말하기 힘들군. 건강한 사람이라도 맥박이 빨리 뛸 때가 있으니까."

"그럼 특별히 이상이 있는 건 아닌가요?"

"음 그러려나……. 그렇지만 전혀 걱정할 필요 없다고는 말할 수 없네. 경우에 따라선 심장에 문제가 있을지도 모르니까."

몸이 오싹해진다. 앞뜰에 떨어졌을 때, 바로 현대에 돌아가고 싶다는 다카시에게 히라타가 말했었다. 그런 짓을 했다가는 심장이 멈춰 버릴지도 모른다고. 시간 여행 능력을 지닌 인간은 빨리 죽는다고도 했었다.

"병력은 그만두더라도 최소한 이 사람의 정확한 생년월일과 출신지, 가능하면 이전 직업까지 알 수 있으면 좋지."

다카시는 몸이 움츠러드는 느낌이었다. 그런데 후키가 살짝 손뼉 치더니 말했다.

"아, 그거라면 있어요. 고용인은 모두 신상을 기록해 놓는 서류를 써야 하니까요. 그게 어디에 있을 거예요."

"어디 있을까?"

"다카유키 님께 여쭤볼게요."

후키가 벌써 일어나 방에서 나가려고 하자 그 작은 등에 대고 가쓰라기 선생이 말했다.

"가는 김에 모포도 한 장 더. 여기는 추워서 못 쓰겠구만."

알겠습니다, 라고 말하면서 후키는 위층으로 올라갔다.

"쓰러지기 전 삼촌이 흥분 상태였나?"

"그랬습니다." 말하기 껄끄러운 일이라 자연스레 목소리가 작아지고 말았다. "사실은…… 저랑 좀 다퉈서."

"아아, 그랬군. 설마 그때 자네, 삼촌을 때리거나 한 건 아니겠지?"

"말도 안 돼요! 안 그랬어요."

다카시의 당황한 모습이 우스웠는지 가쓰라기 의사는 큼직한 수염을 실룩거리며 미소 지었다.

"역시. 쓰러지면서 머리를 부딪치지도 않았다고 했었지?"

"예."

"그렇다면 그렇게 걱정할 필요가 없을지도 모르겠네."

"네?"

"아까 말한 것처럼 자네 삼촌은 지금 혈압도 정상이고, 부정맥이 있지만 유달리 격렬하게 심장이 뛰고 있는 것도 아니네. 동공—눈알 속에 있는 눈동자 말이야—이것도 제대로 빛을 반사하고 있고, 통각도 있는 듯하네. 아픔을 느낀다는 말일세. 하녀 얘기로는 아까 양쪽 눈꺼풀이 움직였다 하고 몸을 뒤척이기도 했나 보더군. 자네와도 이야기를 했다면서?"

"띄엄띄엄 끊어지기는 했어도."

"혀가 꼬여 있었나?"

"아뇨, 그렇지는."

"그렇다면 괜찮아." 의사는 양손으로 무릎을 툭 하고 쳤다. "얼굴빛은 지독히 나쁘지만 이건 내출혈이라기보다 빈혈 상태라 보는 게 맞을 듯싶군. 피가 빠져나간 거지. 알겠나?"

다카시를 교육받지 못한 소년이라 여겨서인지 가쓰라기 의사는 온화한 어조로 친절하게 말했다.

"예, 알겠습니다."

"정리해 보세. 삼촌이 자네하고 싸움을 하던 그때, 화가 나 머리가 불끈하며 피가 치솟았어. 혹시 자네와 다툴 때 얼굴이 새빨개지지 않던가?"

"글쎄요……. 눈은 충혈돼 있었어요."

공습 한가운데에서 여기에 되돌아오려고 했을 때, 눈 전체가 충혈되어 있었다. 정면에서 카운터펀치를 얻어맞은 것처럼 눈 속이 빨개졌었다.

"그랬겠지. 그래서 삼촌이 쓰러진 게 아닐까. 중년 부인에게 곧잘 있지. 즉 기절일세."

"기절……." 그렇게 가벼운 게 아닌 듯싶었지만. "코피는요?"

"음, 그건 좀 신경 쓰이네. 그것 때문에 병력을 알았으면 하는

데. 남자의 코피를 가볍게 보면 안 되지만 코피가 잘 나는 사람도 있으니 말일세. 코에 있는 가는 혈관은 잘 터지니까."

의사는 목에서 청진기를 벗어 가방에 넣었다.

"어떻게 할까. 일단 의식이 돌아와야 뭔가 얘기를 할 수 있겠지. 내 진단으론 시간을 다퉈 병원으로 데려가지 않으면 안 될 정도의 상태는 아닐세. 오히려 얼마 동안은 이대로 두었다가 자네 삼촌이 깨어나면 다시 진찰해 보는 게 좋을 듯해. 괜찮아, 이제 슬슬 정신이 들 테니까. 지금은 더 이상 이렇다 하게 나쁜 데는 없어."

위로하듯 다카시의 마음을 어루만지는 말투다. 이 시대 의사의 솜씨를 헤아리기는 어렵지만 최소한 가쓰라기 의사가 다정한 성품이라는 건 분명해 보였다.

불끈하여 일시적으로 머리에 피가 모이는 바람에 심장에 부담이 가면서 혈압이 올라 쓰러졌다—그것 역시 있을 법한 얘기다. 트립을 할 때 알 수 없는 에너지가 하나둘 모여들다가 단숨에 폭발할 것처럼 몸이 달아올랐다.

타임트립이라는 초현실적인 일을 하는 능력이 히라타의 뇌 어디에 자리 잡고 있는지는 당연히 모른다. 그렇지만 뇌는 인간 신체의 일부이고, 뇌를 움직이려면 혈액이 돌아야만 한다. 타임트립을 하느라 몸을 혹사시켰기 때문에 뇌에 피가 과하게 모여들어, 예컨대 엔진 과열 상태가 됐다—그래서 히라타가 쓰러졌다. 지금은 엔진이 식어 히라타도 정상으로 돌아오고 있다는 말이다. 그러고 보면 텔레비전에 나오는 초능력자라든가 영력자도—진짜인지 가짜인지는 알 수 없지만—연거푸 실험이나 영시靈視를 하지는 않았던 것 같다. 피곤하니까, 라고들 하지 않았던가.

단기간에 타임트립을 반복하면 위험하다던 히라타의 말도 과열된 엔진을 무리해서 움직이게 되면 망가진다는 의미였으리라.

"의식은 돌아왔는데 혹시 몸이 마비되거나 움직이지 못한다면 그때는 다시 생각해 봐야겠지. 그럴 우려는 별로 없을 것 같네만."

마음이 놓인 다카시는 자기도 모르게 입가의 긴장이 풀리는 것을 느꼈다. 그때 후키가 돌아왔다. 접히지 않도록 살짝 쥐고 있는 종이가 나풀거린다.

"가쓰라기 선생님, 히라타 씨 일이 끝나면 드릴 말씀이 있다고 다카유키 님께서 전해 달라 하셨습니다."

"아, 예, 말씀에 따르지요."

후키가 가져온 종이를 받아 들며 가쓰라기 선생은 싹싹하게 고개를 끄덕였다.

"나도 오랜만에 방문해서 대장 각하의 존안도 뵙고 싶은 참이었으니."

그러나 가모 노리유키는 죽었다. 후키는 표정을 감추지 못하고 눈을 내리깔았다. 의사는 알아차리지 못한 듯 안경을 고쳐 쓰고는 손에 든 종이를 찬찬히 들여다보았다.

"글씨 참 잘 썼군. 달필이네." 후키를 보더니 "누구 글씬가?" 하고 묻는다.

"히라타 씨 본인이 쓴 것 같습니다만."

"오호……." 가쓰라기 의사는 깊이 잠든 히라타의 얼굴을 새삼 신기하다는 양 내려다본다.

"대단하군" 하고 중얼거린다.

진찰 카드와 신상 서류를 나란히 놓고 의사는 둔탁한 만년필을 놀리기 시작했다. 다카시의 기대와 달리 이번에는 아까처럼 소리 내 읽으며 쓰지는 않아, 히라타 지로의 신상 서류에 어떤 말이 씌어 있는지 알 수 없었다.

후키는 의사가 부탁했던 모포를 가지고 왔다. 다카시는 그녀를 도와 히라타의 몸에 모포를 한 겹 더 덮었다. 언뜻 봐도 더 따뜻해졌다고 할 정도는 아니었다.

그러는 사이에도 다카시는 어떻게든 서류를 훔쳐보고 싶은 마음에 곁눈질을 하거나 슬쩍 다가가 보았다. 그런데 후키가 눈치 빠르게 알아차리곤 노려봤다.

의사는 진찰 카드를 다 쓰고는 후키에게 서류를 돌려줬다. 그녀는 잽싸게 그걸 숨겨 버렸다.

"이제 세면을 준비하겠습니다."

후키가 방에서 나갔다. 가쓰라기 의사는 진찰 카드와 만년필을 정리하더니 화로를 잡아당겨 언 손을 녹였다.

"여긴 춥지" 하며 다카시에게 묻는다. "서양식 건물 같은 데 사는 건 난 반대야."

"훌륭한 저택입니다만……."

"그래도 우리 땅하곤 안 맞아."

의사는 우울한 눈매로 어두침침한 실내를 둘러봤다.

"보게나, 이 지하실을. 습기도 지독하고 뼛속까지 오싹하잖아. 이래서야 누구라도 늦든 빠르든 병에 걸릴 거야. 류머티즘이나 신경통의 소굴일세. 지에라는 노인도 이런 방에서 지내는 모양이던데 뭔가 좀 해 줄 수 없으려나."

지에의 불편한 발걸음이나 구부러진 허리를 다카시는 떠올렸다. 음…… 맞는 얘기다.

"고용인 방이니까."

"그렇게 말할 문제가 아닐세." 의사는 딱 잘라 말했다. "각하야 그렇다 쳐도, 다카유키 군이라면 손을 쓸 수 있지 않을까. 그는 서민의 편임을 표방하고 있으니."

다카유키가? 그래서 후키도 무슨 일이 있으면 그에게 부탁하는 걸까.

"다카유키 씨는—학생인가요?"

후키는 그가 "도쿄제국대학을 졸업하셨다"고 했다. 그런데 지금은 뭘 하고 있는 걸까? 직업은? 그에 대해선 아무것도 모른다. 연이어 벌어지는 어수선한 일들 탓에 그런 기본적인 사실을 궁금해하거나 이상하게 여길 틈도 없었다.

"학생은 아니야."

"제국대학을 나왔다고 들었습니다만."

"그래, 법학과에서 헌법윤리를 공부했었지. 졸업한 건—일 년 전이었나."

헌법. 이 시대라면 메이지 헌법이리라, 당연히도.

"그래서 작년 천황기관설天皇機関説 천황이 국가통치권의 주체임을 부정하고 통치권은 법인인 국가에 있으며 천황은 최고 기관으로 통치권을 행사할 뿐이라는 주장 문제로 미노베 박사가 귀족원에서 연설했을 때도 다카유키 군이 분명 흥분하리라 생각했는데 그렇지도 않았나 보더군."

마치 혼잣말을 하는 것 같다.

"그러고 보니 미노베 박사는 용케 습격을 피했구만. 황도파 청년 장교가 결기했다기에 박사도 무사하지 못하리라 생각했는데, 거참, 잘됐네, 잘됐어."

무슨 말을 하는지 정확히 알아듣지는 못했지만 다카시는 그냥 알겠다는 표정으로 흘려들었다.

"그럼, 지금 다카유키 씨는 병아리 학자인가요."

"어떨까나." 가쓰라기 의사는 고개를 갸우뚱했다. 정말 잘 모르겠다는 표정이다.

"대학을 졸업하고 나서 한동안 아버님의 글쓰기 작업을 돕는다고 했으니 지금도 그렇지 않을까? 취직한 건 아니니까."

히라카와초이치반 호텔 벽에 걸려 있던 대장의 경력에 따르면 대장의 '저작'과 '연구'는 군사 업무와 군사 전략에 관한 것이다. 그런 저작의 집필을 법학에 대해 공부한 다카유키가 돕는다……? 도움이 될까. 아, 대장이 뇌졸중으로 쓰러지고 난 뒤 몸이 불편해서 긴 문장은 다카유키가 대필한 걸까.

아버지 책상 서랍을 마구 뒤지던 다카유키의 모습이 떠올랐다.

그때, 그곳에서 대장의 유서를 읽고 내용의 과격함에 놀라 몰래 감추고는 이외에도 뭔가 다른 사람이 보면 곤란한 물건이 있나 싶어서 서류를 살펴보고 있었겠지—라고 생각했는데, 아무래도 그 생각은 틀린 모양이다.

그가 대장의 집필을 거들고 있었다면 대장이 어떤 생각으로 저서를 쓰고 있었는지 제대로 이해하고 있었을 터. 문제의 유서에 대해서도 사전에 내용을 알 기회가 있었으리라. 어쩌면 대장이 쓰는 걸 도왔을지도 모른다—물론 당시에는, 그 장문의 글이 '유서'가 되리라는 사실을 몰랐다는 상황이겠지만.

대장의 속마음까지야 직접 듣지 못했더라도 관찰 정도는 충분히 할 수 있었으리라. 대장의 자결을 대하자마자 "아, 역시"라는 말을 흘리고 만 건 그래서가 아닐까. 예감하는 바가 있었기 때문에.

하지만 그렇다고 하면 이번에는 다른 의미로 이상한 점이 생긴다. 이전부터 대장의 사상이나 저작의 내용을 알고 있었다면, 대장이 자결한 직후 어째서 그렇게 당황했을까 하는 점이다. 조금도 우왕좌왕할 필요가 없지 않은가. 알고 있던 바니까.

다카시가 물었다. "선생님, 가모 대장이 썼던 게 지금까지 공개된 적이 있나요?"

"공개라고 하면 출판되었다는 의미인가?"

"예, 잡지나 신문에 발표됐다던가."

의사는 수염을 천천히 쓰다듬으며 잠깐 생각하더니 고개를 저었다. "내 기억으로는 없네. 퇴역하시고 이 년밖에 안 지난데다 오래 앓으신 뒤여서 바로 저작에 착수하기도 어려웠을 게야. 아직 책으로 묶을 만큼 쓰시지도 못했을 테고."

다카시는 천천히 고개를 끄덕였다. 그 말대로라면 대장의 유서는 대장에게 있어 유일한 저작인 셈이다. 온힘을 다해 썼으리라.

그렇기 때문에 이전부터 내용을 알고 있던 다카유키로서도, 대장이 죽은 후에야 발견한 유서를 안전한 곳에 감출 때까지는 마음을 놓을 수가 없었던 걸까. 그래서 안절부절못했던 걸까. 여전히 확실하지는 않지만 현재로선 다카유키가 군부를 두려워하여 유난을 떨었다고밖에는 달리 설명할 방법이 없다.

'자기도 군인의 자식이면서. 짜증나는 놈이야.'

가쓰라기 의사가 희한하다는 표정으로 다카시를 바라보았다.

"자네, 왜 그러나?"

"선생님, 다카유키 씨는 군부와 가까운 사람이죠?"

"응?" 의사의 작은 눈이 휘둥그레졌다. "군부와 가깝다는 게 무슨 뜻인가?"

다카시는 다급히 고개를 저었다. 이제부터 군인 천하가 온다며 내뱉듯이 말했던 다카유키가 아닌가. 그런 그가 군부를 지지할 리 없다. 그게 아니라 이렇게 말해야 한다.

"죄송합니다. 군부가 무서워서, 사실은 반대 의견을 가지고 있으면서도 공공연히 군의 행태에 불만을 드러내는 건 피하려는 사람이 아닌가 싶어서요. 그걸 여쭤보려고 했어요."

"꽤나 얄밉게 말하는군."

"하지만 사실 아닌가요?"

의사는 대답하지 않았다. 다카시는 침묵을 대답으로 받아들였다. 다카유키의 겁쟁이 근성에 점점 혐오감이 몰려왔다.

그 순간 방금 전까지 시내를 걷고 있던 자신의 꼬락서니가 생각났다. 총을 멘 군인을 보자마자 부들부들 떨고 저택으로 돌아왔을 때는 눈물까지 흘린 오자키 다카시.

'나는 이 시대에 익숙하지 않으니까. 일본에 군대가 있고 군인이 무기를 든 채 시내를 활보하는 시대에 익숙하지 않으니까 어쩔 수 없잖아. 다카유키와는 엄연히 다르지.'

애써 합리화하려 했지만 마음 한구석이 켕긴다. 다카유키는 어떨까. 어찌 됐던 간에 유서는 전후까지 제대로 남겨졌다. 그가 감추지 않았으면 가모 대장이 목숨과 맞바꾼 직언은 어둠 속에 파묻혔을 것이다. 감추기는 했지만 버리거나 태우지는 않았다는 점에서 다카유키의 행동 역시 나쁘게 볼 수만은 없을지도 모른다.

그나저나 대장의 유서는 어디에 있을까. 어디에 숨겼을까. 한번 봤으면 좋겠는데. 하긴 본다 한들 무슨 내용인지 이해할 수는 없겠지만.

"군이 무서워 잠자코 있는 건 다카유키 군 혼자만이 아니야. 우리들 대부분이 마찬가지일세."

가쓰라기 의사가 나지막이 말했다. 다카시가 고개를 들자 의사는 다카시의 눈을 빠끔히 바라보았다.

"누군가가 나서서 군의 행동에 대해 이상한 건 이상하다고 얘기해 주지 않을까……. 다들 그렇게 생각하고 있지. 누군가 나서 주지 않을까 하고. 몇 년 전 고스톱 사건 때처럼……."

"뭔가요, 그게."

다카시가 되묻자 가쓰라기 의사는 어이없다는 듯이 턱을 내리깔았다.

"모른단 말인가?"

유명한 사건이었던 걸까. 움찔했지만 물어보고 말았으니 어쩔 수 없다.

"네, 모릅니다."

"오사카 시내의 교차점에서 오사카 사단 군인이 적신호를 무시하고 길을 건너려 했는데, 순사가 꾸짖으며 주의를 줬다네. 그 일로 인해 황군의 위신이 떨어졌다며 다툼이 일어났지."

"그런 바보 같은. 당연히 적신호를 무시한 쪽의 잘못이잖아요."

그런데도 다툼으로 발전했다. 그런가, 그만큼 군인이 위세를 떨치고 있는 것이다.

"결국 어떻게 됐나요?"

"군과 경찰이 어중간한 꼴로 화해했지. 원래 '화해'할 만한 성질의 사건이 아닌데 말이야." 가쓰라기 선생이 얼굴을 찡그렸다.

"세상의 흐름이라는 거지."

그 흐름의 끝에 길고 비참한 태평양 전쟁이 기다리고 있다. 갑자기 이곳에 있는 게 끔찍해진다. 얼른 현대로 돌아가자고 떼라도 쓰고 싶다. 그러나 지금은 무리다—히라타가 쓰러져 버렸으니까. 게다가 후키도 구해야 한다. 그걸 잊어선 안 된다.

"다카유키 군은 꽤나 기골 있는 청년이었어." 가쓰라기 의사가 말했다. "아버지에 대한 반발 때문이었는지도 모르지만 학생 시절에는 군부의 전횡을 계속 허용하다간 이 나라가 망하고 만다며 열변을 토하기도 했지. 그게 변하고 만 건…… 역시 그 일 이후이려나."

"그 일이라뇨?"

생각에 잠긴 얼굴을 하고 있던 가쓰라기 의사가 다카시의 솔직한 물음에 불쑥 정색을 한다. 자신이 누구와 이야기하고 있는지 깨달은 모양이다. 다카시는 일단, 이 집의 고용인 입장이다.

"뭐, 그건 자네하곤 관계없는 일일세"라며 얼버무린다.

다카시는 물러설 생각이 없었다. 아직 궁금한 게 남아 있다. 의사에게 가까이 다가갔다.

"선생님, 아까 아카사카미쓰케 교차점에서 말씀하셨었죠? 처음에는 군인들에게 가모 대장 저택에 간다는 얘기를 하지 않았다고."

"아, 그랬지."

"어째서인가요? 처음부터 그렇게 말씀하셨으면 바로 통과시켜 줬을 텐데요."

여기까지 바래다 준 군인들은 가모 대장의 이름을 듣자 바로 정중해졌다. 그런데 후키는 그 이야기를 듣고 의외의 반응을 보였다. “주인님 성함이라.” 의미 있다는 듯 이렇게 중얼거렸다.

아주 단순하게 묻자면 가모 노리유키는 대단한가, 대단하지 않는가이다. 지금의 육군에게 그 이름은 어떤 의미가 있는가. 여기에 도착했을 때 히라타가 말했다. 가모 저택의 주인은 결기한 청년 장교들과 가까운 사이라고. 그래서 안전하다고. 정말 그런가.

직언이 담긴 유서를 남길 정도다. 생전에도 육군 중추부에 대해 뭔가 쓴 소리를 했을지 모른다. 어쩌면 그를 탐탁잖게 여긴 이들도 있을지 모른다.

가쓰라기 의사는 작은 얼굴에 비해 유달리 큰 수염을 만지작거리며 살며시 미소 지었다. “목숨은 중요하니까.”

“무슨 의미인가요?”

방 출입구를 살펴보더니 목소리를 낮춘다. “아까는 그런대로 잘됐지. 그런데 말이야, 자네. 가모 각하의 이름이 어떤 반응을 불러올지는 말이야, 도박일세.”

“도박?”

“그래.” 고개를 주억거리더니 의사는 눈을 끔뻑이면서 다시 다카시의 얼굴을 쳐다봤다. “자네, 여기서 일한 지 그리 오래되지 않았구만.”

“예, 오늘 아침 막 왔습니다.”

“그렇다면 모르는 것도 무리가 아니군. 지금 이 주변에서 일어나고 있는 소동의 근본적인 이유도 역시 모르나?”

모른다. 그렇지만 그건 가쓰라기 의사가 생각하듯 다카시가 쇼와 11년의 배우지 못한 소년이라서가 아니라 헤이세이에서 날아온 역사치 소년이라서다.

"전혀 몰라요." 다카시는 순순히 대답했다.

"저건 말일세, 육군의 집안싸움이야." 의사가 말했다. "황도파와 반황도파는, 아이자와 사건 이후로 부딪치는 일이 점점 더 많아졌지. 결국 일선 장교들이 지금의 막료 체제에 불만을 품고 결기한 셈인데, 글쎄, 그들의 뜻대로 체제를 뒤엎고 황도파가 천하를 얻는다 한들 과연 이 나라가 나아질까? 나는 아니라고 보네."

일선 장교? 다카시는 눈을 끔벅거렸다.

황도파라든가 아이자와 사건이라는 말은 어디선가 들은 기억이 있다. 맞다……. 오두막에서 마리에와 요시타카가 도망을 모의하고 있을 때 들었다.

"아이자와 사건이 뭔가요?"

"군무국장 나가타 데쓰잔을 아이자와 사부로라는 중좌가 참살한 사건이야. 재판을 하고 있을 텐데. 전혀 모르나?"

"에, 저기……."

신문에서 읽었다고 말하려다가 관뒀다. 안 실렸을지도 모른다. 이 시대의 신문이 보도할 수 있는 사건은 제한되어 있지 않았을까. 그렇지만 검열되어 감춰진 사건이라면 가쓰라기 선생이 알 리도 없을 거고—.

"자넨 진짜 아무것도 모르는구만." 그렇게 말하더니 시선이 먼 곳으로 향한다. "그래, 그래서 좋은 걸지도."

"예?"

"아니, 아무것도 아닐세. 어쨌든 그런 사건이 있었다네. 육군의 상세한 공식 발표도 있었고, 나는 각하가 보여 줘서 사건 뒤 황도파가 유포한 괴문서 따위도 봤으니. 뭐랄까, 한심한 일일세. 육군이라는 조직, 그것도 군무국장이라는 요직에 있던 인물이 백주대낮에 군 건물 안에서 그런 식으로 살해당했으니 상황이 제대로 돌아갈 리 없지. 이것도 아니고 저것도 아니라며 서로 물고 늘어지기만 해. 일선 장교들을 누가 뒤에서 조종하고 있는지는 모르지만, 소동이 수습되고 난 뒤 어느 쪽이 천하를 얻든 간에 앞으로 순탄할 리 없다는 건 확실하네."

가쓰라기 의사는 다카시의 질문을 잊어버렸는지 계속 투덜거리며 분개하고 있다.

"그래서 저기, 선생님이 가모 대장의 이름을 꺼내지 않았던 건……."

"응? 아아, 그렇군." 의사는 웃음을 지었다.

"여기 주인은 말이야, 몸이 아파 군에서 퇴역하기 전에는 아라키나 마사키와 더불어 청년 장교들과 가까이 지냈네. 황도파 안에선 희망의 별이라고까지 일컬어졌어. 하지만 다소간의 말썽도 있었지."

"말썽이요?"

가쓰라기 의사는 갑자기 머뭇거렸다.

그것이야말로 듣고 싶은 이야기인데 뭘 우려하는 걸까. 또 정색을 하며 얼버무릴까 싶어 재빨리 물었다.

"가모 대장이 황도파라는 사람들이 듣기에 껄끄러운 말을 했나요?"

의사는 턱을 잡아당기며 다카시를 봤다. "뭐야, 알고 있구만."

그렇군. 역시나 하며 다카시는 고개를 끄덕였다.

가쓰라기 의사가 안경을 밀어 올리며 말했다. "게다가 말썽이 있던 무렵엔, 말만 번드레한 아라키 대장 같은 이들이 청년 장교들 사이에서 점점 평가가 나빠지고 있었어. 일부에선 '타락 간부'라고 부르기도 한 모양이야. 가모 대장에 대한 평가도 나빠지면서 반대파에 들러붙은 배신자라는 소문까지 떠돌았지."

"하아……."

"각하는 아까 얘기한 것처럼 몸이 나빠져 군에서 물러났기 때문에 다시 군으로 돌아갈 일은 없었어. 말하자면 지방인地方人이 된 셈이지. 그런데 황도파 내부의 청년 장교들 사이에서는 지금까지도 각하에 대한 평가가 나뉘어 있단 말이야. 무심코 각하의 이름을 꺼냈을 때 어떤 반응이 돌아올지 누가 알 수 있겠나. 아직 각하를 과거 황도파의 별이었던 인물로 우러러보고 있는 장교라면 괜찮지만, 저렇게 무기가 잔뜩 있는 장소이다 보니, 그렇지 않은 장교라면 자칫 봉변을 당할지도 몰라."

"저기…… 선생님과 제가 만났던 군인은 장교가 아니었잖아요."

눈으로 뒤덮인 군인의 코트에 별이 두 개 달린 견장이 있었다.

"병사라는 건 장교의 명령에 따라 행동하게 돼 있어. 멋대로 총을 쏘거나 사람을 체포하진 않지. 아까도 중대장 허가를 받으러 갔었잖아?"

그러고 보니 그렇다.

"바리케이드를 만들고 있는 부대의 장교가 어떤 인물이며 가모노리유키를 어떻게 생각하느냐가 문제였던 게야. 알겠나?"

얼굴을 빤히 쳐다보는 바람에 쑥스러워졌다. "예, 알겠습니다."

"뭐, 자네나 나나 대장 본인이 아니니까, 딱히 위험한 일은 없었을지도 몰라. 반대로 계속 붙들려 있었을지도 모르고. 자네가 가모 대장의 이름을 꺼냈을 때, 나는 솔직히 조마조마했다네."

의사의 말에 다카시도 새삼 식은땀이 났다.

맞부딪치는 두 개의 파벌. 황도파와 반대파. 그게 2 · 26사건인가.

"황도파는 어떤 글자를 쓰나요?"

가쓰라기 선생은 어이없다는 표정을 지었지만 손가락으로 다다미에 써 주었다. 황도파皇道派. 글자를 보는 것만으로 어쩐지 그들의 의도하는 바를 알 것 같은 기분이 든다.

"청년 장교들은, 자신들을 '근왕파勤王派'라고 부르더군." 의사가 덧붙였다. 예, 하며 다카시는 고개를 끄덕였다.

"지금 육군 중앙에는 그들과 대적하는 파벌이 있나요?"

이번에는 앞질러 다다미에 글자를 써 준다. 통제파統制派, 라고.

"딱히 자신들을 무슨 파라고 이름을 붙인 건 아니지만, 통제 경제를 주장하는 무리라서 통제파로 불리더군."

"아라키, 마사키는 누구인가요?"

가쓰라기 의사는 쓴웃음을 지었다. "아라키 대장 각하, 마사키 대장 각하일세. 함부로 불러선 안 돼. 게다가 자넨 아까부터 가모 대장, 가모 대장이라 계속 부르던데, 역시 대장 각하라고 불러야 하네. 혹은 주인어른이라든가."

그때 뒤에서 목소리가 들렸다. "무슨 얘기입니까?"

다카유키였다. 문가에 등을 쭉 펴고 긴장한 자세로 서 있다.

가쓰라기 의사가 얼굴에 웃음을 띠었다.

"어, 진찰을 막 마쳤다네."

다카유키가 무서운 얼굴로 다카시를 노려보고는 가쓰라기 의사에게 눈을 돌렸다.

"환자는 어떤가요."

"걱정하지 않아도 되겠어."

"그렇습니까. 다행이네요."

다카유키가 건조한 눈매로 그렇게 말한 다음 그 자리에 무릎을 꿇고 똑바로 앉았다. "실은, 드릴 말씀이 있습니다."

앉음새를 바로 한 다카유키의 얼굴에 다소 당황했으리라. 가쓰라기 의사는 설명을 구하는 듯 슬쩍 다카시를 바라봤다. 다카시는 고개를 숙였다.

"원래대로라면 선생님께서 오셨을 때 바로 털어놨어야 했습니다만."

"무슨 일인가?"

"조금 전 아버지께서 자결했습니다."

한순간 침묵이 흘렀다. 다카유키의 입술이 일그러졌고 가쓰라기 의사는 입을 살짝 벌리고 있다. 의사는 천천히 숨을 들이마셨다가 조용히 숨을 토하며 물었다.

"정말인가."

목소리가 안정되어 있다. 나지막이 의견을 구하는 듯한 어조였다.

"네. 일곱 시가 막 지날 무렵이었습니다. 총성을 듣고 제가 방에 달려갔을 땐 책상에 엎드려 계셨습니다. 관자놀이에 총상이……."

다카유키의 말끝이 조금 떨렸다.

"그랬나…… 역시." 가쓰라기 의사가 중얼거렸다.

"하필이면 이럴 때에……."

또 '역시'다. 가쓰라기 의사도 가모 대장의 자결을 의외라 생각하지 않았다. 다들 대장의 죽음을 예감했었나 보다. 다카시는 한 번 슬쩍 봤을 뿐인 가모 노리유키라는 사람이 문득 애처롭게 느껴졌다.

"청년 장교들의 결기와 관계가 있나."

"아마도 그런 듯합니다." 다카유키가 나지막이 답했다. "책상 서랍 안에 장문의 유서가 남겨져 있었습니다. 너무 길어서 아직 자세히 읽지는 못했습니다만 아버지의 필적이 틀림없습니다."

역시 유서는 다카유키 수중에 있다.

"각하를 직접 뵙고 싶군." 가쓰라기 의사가 말했다. "돌아가셨다면 내가 뭘 해야 하나……. 어쨌든 얼굴을 뵙고 싶네."

"물론입니다." 다카유키가 고개를 끄덕였다. "그런데 선생님, 부탁이 있습니다."

"뭔가?"

"지금 이 소동이 끝날 때까지 아버지의 죽음을 공개하지 않았으면 합니다."

가쓰라기 의사는 잠시 생각에 잠겼다가 입을 열었다. "뭐, 공개하려 해도 중앙 정부가 제대로 기능하지 못하고 있으니. 아버님의 부고를 알린다 한들 육군성도 재향군인회도 현재로선 대처할 수 있는 상황이 아니겠지. 그렇다고 내내 숨길 수는 없지 않은가. 최소한 아버님과 교류가 있었던 분들에게만은 알려야 하지 않겠나."

"알려도 달라질 건 없겠죠. 조문하러 올 수 있는 상황도 아니고."

"그 말도 일리가 있네만……." 의사는 조금 의심스럽다는 말투가 되었다. 다카유키의 얼굴을 살펴보며 빤히 바라본다.

"선생님께 아버지 시신의 검사와 매장에 필요한 서류 작성을 부탁드리고 싶습니다."

"물론 그리 하겠네. 어쨌든 각하를 뵙게 해 주겠나."

두 사람은 자리에서 일어났다. 다카시도 따라가려고 하자 다카유키가 엄한 시선을 던졌다.

"자네는 할 일이 있지 않나? 한동안은 환자 옆에 붙어 있어."

할 수 없이 다카시는 혼자 남았다. 히라타의 자는 얼굴을 멍하

니 바라보고 있노라니 역시 위층이 신경 쓰여 견딜 수가 없다. 슬그머니 일어나 방을 나왔다

거실에는 다마코가 있었다. 탁자 위에는 뭔가 낡은 앨범—천을 댄 표지에 금테로 철해져 있다—이 펼쳐져 있다. 가족사진인가. 다마코의 심정도 짐작이 가는 터라 조금 마음이 놓였다. 이 아가씨도 자기 나름으로 아버지의 죽음을 애도하고 있다. 대장의 죽음을 알고 난 직후에 흘린 눈물도, 당연히 슬픔의 눈물이었으리라.

"저도 위층에 가면 안 될까요."

다카시가 물었다.

"도와드려야 할 일이 있을지도 모르고."

"그러든가." 앨범 페이지에 눈을 떨어뜨린 채 다마코가 말했다. "후키가 위층에 올라갔어. 아버지를 눕히는 게 어떻겠냐면서."

벌써 시신을 움직였나. 의사에게 보이지도 않고? 아까—다카시가 의사를 마중하러 가기 전에는 선생님한테 허가를 받은 후에 수습하자고 했으면서.

다카시는 서둘러 이층으로 향했다. 계단을 올라가 보니 복도엔 아무도 없었다. 곧장 가모 노리유키의 서재로 다가갔다. 문이 반쯤 열려 있다. 슬쩍 들여다보니 지에가 함석 양동이를 바닥에 놓고 걸레로 책상 위를 닦는 참이다. 핏자국을 지우고 있다.

다카시의 얼굴을 보고, 지에는 깜짝 놀란 표정을 지었다. 다카시 뒤를 살펴보려는 듯 구부러진 허리를 펴며 작은 소리로 묻는다.

"여기서 뭐해요? 히라타 씨 옆에 있어야죠."

"할머니, 그거……." 다카시는 책상을 가리켰다. "다카유키 씨가 시켰나요?"

"네." 지에가 고개를 끄덕였다. "주인님 방을 깨끗이 하라고. 가능한 한 빨리요."

과연 책상 위는 깨끗이 치워져 있다. 다카유키가 마구 뒤적이던 서랍 안도 정리되었을까, 바닥 위에는 먼지 하나 떨어져 있지 않다.

역시 속인 거다. 어째서 이처럼 다급하게 자살 흔적을 지웠을까. 이번 일의 공개를 늦춰 달라는 부탁도 같은 맥락인가.

현대적 사고방식에 익숙한 다카시의 눈에는 현장을 망치려는 짓으로밖에 보이지 않는다. 자칫 잘못했다간 증거 인멸에 대한 책임을 져야 할지도 모른다. 특별히 그쪽 방면의 지식이 없어도 변사체를 발견했을 시, 당국의 허가가 있을 때까지 현장을 그대로 보존해 두어야 한다는 것쯤은 상식이다. 자살이 틀림없다고 확신하더라도 마찬가지다. 처리가 너무 빠르다. 게다가 다카유키의 부자연스러운 태도, 당황한 모습.

별안간 말도 안 되는 생각이 머릿속에서 번득여, 다카시는 저도 모르게 눈을 크게 떴다.

'가모 대장은 정말로 자결했을까?'

아무도 현장을 보지 못했다. 다카유키가 말한 '유서'도 다카유키 외에는 본 사람이 없다. 자살이라 할 만한 증거가 과연 있을까.

'어쩌면 살인일지도.'

아니 잠깐, 그럴 리가 없다. 히라카와초이치반 호텔 벽에 걸려 있던 대장의 경력에는 확실히 '자결'이라 씌어 있었다. 그건 역사적 사실이다. 그런데—.

그런데 그 사실도, 사실이라 전하는 사람은 당사자거나 관계자다.

만약 이 '처음 전한다'는 단계에서 거짓이 있었다면 어떻게 될까? 실은 대장이 살해당했는데 자살이라 결론 지어 버렸다면?

과연 누가? 무엇 때문에?

이 저택은 지금, 바깥 세상으로부터 고립되어 있다.

당연한 사실을, 새삼스럽게 떠올렸다. 즉, 여기서 살인이 일어났다면 범인은 저택 안에 있다는 말이 된다.

가족이다. 가족 중 누군가가 대장에게 손을 썼을지도 모른다는 의심이 들었다. 그래서 다카유키가 다급히 현장을 치운 것이다. 그는 누군가를 감싸며, 대장의 죽음이 살인이라는 사실을 감추려는 게 아닐까?

그러고 보니—.

"저기, 다카시 씨." 지에가 허리를 구부린 채 말을 걸었다. "일러바치지 않을 테니까, 방에 가세요."

다카시는 건성으로 들으며 물었다. "대장은 지금 어디에 있나요?"

"다카시 씨……."

"삼촌 대신 뭔가 도와드릴 일이 있을지도 몰라요."

지에는 걸레를 들고 곤란하다는 표정을 지었다. "옆 침실로 옮겼어요."

다카시는 바로 발걸음을 돌려 옆방으로 향했다. 동시에 문이 열리며 안에서 후키가 나왔다. 그녀와 함께 향내가 풍긴다.

"다카시 씨." 후키의 표정은 지에보다 훨씬 엄했다. "저택 안에서 어슬렁거리지 않기로 약속했죠?"

"가모 대장은 여기에 있나요?"

물어봐도 후키는 다카시를 노려볼 뿐이다. 얼굴이 귀여워 박력은 없지만. 게다가 다카시는 다른 일에 흥분한 상태다.

"벌써 향을 피웠구나. 역시 다카유키 씨 지시예요?"

"왜요? 그러면 안 돼요?" 낮게 탄식하며 후키가 말했다. "주인님을 편안히—,"

"좀 들어갈게요."

다카시는 후키를 밀치며 문을 열었다. 문이 갑자기 열리자 안에 있던 두 사람이 놀란 표정을 짓는다. 가쓰라기 의사와 다카유키다. 가모 노리유키를 눕힌 커다란 침대를 사이에 두고, 다카유키는 의자에 앉은 채로 가쓰라기 의사는 가모 노리유키의 머리 쪽에 선 채로 이쪽을 바라보고 있다. 손에 하얀 손수건 같은 걸 들고 있는 모습으로 미루어 볼 때 가모 노리유키의 얼굴에 씌운 천을 치우고 막 유체와 대면하려던 찰나였음이 분명하다.

침대 곁의 다리가 짧은 테이블이 보인다. 그 위에 놓인 향에서 엷은 연기가 피어오른다. 향은 벌써 반 이상 타 들어갔다. 가모 노리유키의 밀랍처럼 새하얀 양손은 침대 이불 위에 단정히 깍지 끼워져 있다.

"뭔가, 자네." 다카유키가 안색이 바뀌며 일어섰다. "실례 아닌가."

"아가씨께 허락받았습니다."

되받아치듯 다카시가 말했다.

"벌써 서재를 치우라 하셨더군요?"

다카유키는 얼굴을 외면하며 의자로 돌아갔다. "자네와는 관계 없는 일이야."

"관계는 없지만 아무래도 이건 좀 아니라는 생각이 드네요. 가모 대장—대장 각하는 지금이야 어떨지 몰라도 과거에는 육군의 중요 인물이셨죠? 그런 분의 자살을, 아무리 좋지 않은 상황이라 해도, 이렇게 허둥지둥 집안 식구들끼리 정리해 버리는 게 과연 옳은 일인지 모르겠네요. 나중에 조사라도 받으면 어쩔 셈이죠?"

다카유키가 반박하려고 벌떡 일어나자 의사가 만류했다.

"좀 진정하게. 왜 그러나, 다카유키 군."

"선생님."

의사는 손에 들고 있던 하얀 천을 천천히 가모 노리유키의 얼굴 위로 돌려 놓고 두 손을 모아 배례했다. 그리고 다카유키를 돌아보았다.

"확실히 이 청년은 아까부터 다소 무례하긴 했네. 하지만 지금

한 말은 틀리지 않아. 각하가 돌아가셨던 방을, 될 수 있는 한 그대로 내게 보여 주었으면 싶었네."

"보여 줄 수가 없었겠죠, 선생님께."

다카시가 딱 잘라 말했다. 자기도 모르게 숨이 차올랐다. 가쓰라기 의사는 섬뜩한 표정으로 다카시를 올려다봤고, 다카유키의 얼굴은 굳어져 갔다.

"보여 줄 수가 없었다고요." 다카시가 다시 말했다. "자결이라 하기엔 석연치 않은 구석이 있었으니까. 현장을 보였다간 금방 들통 날 거라고 생각했겠죠. 안 그래요, 다카유키 씨?"

다카유키는 수세에 몰린 듯 뻣뻣한 자세로 의사와 다카시의 시선을 피하고 있다.

"그런가? 다카유키 군. 대장 각하의 자결에 의심스러운 데가 있던가?"

"있죠. 다카유키 씨, 총은 어디에 있나요?"

다카유키 어깨가 불쑥 움직였다. 눈에 보이지 않는 무거운 무언가를 들어 올리기라도 했는지 목 근육에 힘줄이 솟았다.

"총성을 듣고 저희가 대장 방으로 달려갔을 때는 총이 보이지 않았어요. 처음엔 몸 아래에 깔려 있을 줄 알았죠. 하지만 아니었어요. 대장의 유해를 움직였는데도 총이 나오지 않았어요. 그렇죠, 다카유키 씨?"

그래서 다카유키는 부랴부랴 대장의 책상 서랍과 그 부근을 뒤졌던 거다. 다카시도, 유족이 유서를 감췄다—는 역사적 사실만 머릿속에 떠올라 다카유키가 유서를 찾고 있으리라 여겼다. 실상은 달랐다. 다카유키는 총을 찾고 있었다. 총이 없다는 사실이 무엇을 의미하는지 깨닫고 공포에 휩싸여 거의 반미치광이처럼 찾고 있었다. 없다, 없다, 어디로 갔지? 떨어지다 부딪혀 어딘가에 숨어 들어갔나? 여기에 있어야 한다. 없을 리가 없다, 라고 생각하면서.

다카유키는 깍지를 끼더니 지그시 눈을 감았다. 목의 힘줄이 한층 선명해진다. 이내 어깨를 축 늘어뜨리고 긴 한숨을 쉬었다. 순식간에 그는 몸에 있는 기운이 모조리 빠져 나간 사람처럼 무기력해 보였다.

"그 말이 맞습니다." 다카유키가 갈라지는 목소리로 말했다.

아연한 표정으로 다카유키를 쳐다보던 의사가 양손으로 얼굴을 살짝 문지른다. 그러고는 설명을 구한다는 듯 하얀 천이 덮여 있는 대장의 얼굴을 내려다봤다. 물론 가모 대장은 아무 대답도 해주지 않았다.

"가모 대장은 살해당한 겁니다."

목소리를 높여 다카시는 말했다. 이 공교로운 사실과 스스로 정면으로 맞서기 위해서도 커다란 목소리로 선언할 필요가 있었다.

"이건 살인입니다."

5

가쓰라기 의사의 제안으로 가모 저택 안의 사람들은 거실에 모였다. 당연히 이번에는 후키와 지에도 함께 참석하도록 했다. 다 같이 똑바로 얼굴을 마주 보고 이야기해야 한다는 게, 이 원기 왕성한 선생의 주장이었다. 자리에 없는 사람은 히라타뿐이다.

다카유키는 완전히 기력을 잃고 지휘권을 가쓰라기 의사에게 넘긴 채 멍하니 앉아 있다. 몹시 피곤해 보인다. 하지만 조금은 안도하고 있는 듯한 모습이기도 하다. 가쓰라기 의사가 있어서 다행이다, 마음을 놓아도 되겠다 싶은 마음이겠지.

마리에와 요시타카는 저녁을 먹으라고 부른 줄 알았던 모양이다. 거실에 들어서자마자 마리에는 불만스레 입을 내밀며, "뭐야, 아무것도 없잖아"라고 투덜거렸다. 그러고는 부엌으로 통하는 문 앞에 서로 의지하듯 딱 달라붙어 있는 지에와 후키에게 신경질을 부렸다.

"대체 뭣들 하고 있는 거야? 해이해진 거 아냐. 아까도 차를 내오라고 했는데 안 가져오고. 당신들 누구 덕택에 이 저택에 붙어 있는 건지 잊어버린 거 아냐?"

한 걸음 일찍 와서 다카유키 옆에 앉아 있던 다마코는 마리에 쪽을 쳐다보지도 않고 말했다.

"누구 덕택인지는 모르겠지만 당신 덕택은 아니에요, 마리에 씨."

"어머니라 부르라고 몇 번 말해야 알겠어."

다마코는 새치름하게 어깨를 움츠리며 오빠에게 미소를 지었다. 다카유키가 고개를 숙인 채 반응을 나타내지 않자 이번에는 다카시를 향해 방긋 웃는다.

하지만 그 웃음에는 밝은 구석이 없었다. 그녀도 불길한 기운을 감지했겠지. 다마코는 마리에가 생각하는 것처럼 '바보 아가씨'가 아니다.

"자, 앉자고."

가모 요시타카가 진정시키듯 마리에의 어깨를 가볍게 두드리며 난로 옆에 놓인 팔걸이의자에 앉았다.

요시타카는 덧옷처럼 보이는 하얀 옷을 입고 있었다. 바지는 아까 봤을 때랑 똑같다. 그냥 위만 걸쳐 입은 걸까. 묘하게 생긴 옷이다.

그때 가쓰라기 의사가 요시타카에게 말했다. "또 그림을 그리고 계셨나 보군요."

아아, 그런가. 그림 그릴 때 걸쳐 입는 옷이구나. 그러고 보니 소매 부근에 물감이 묻어 있다.

요시타카는 웃음을 지었다. "네, 새로운 구상이 떠올라서요."

"새롭다고 해도, 어차피 또 마리에 씨 초상화겠죠." 다마코가 말했다.

"그래. 몇 장을 그려도 다른 각도에서 그리고 싶어져서 말이야." 요시타카는 능청스러운 얼굴로 답했다.

"도중에 중단하고 내려오셨나요?"

"예, 그렇습니다."

"물감이 마를지도 모르겠군요. 조금 이야기가 길어질 것 같습니다만."

요시타카는 눈썹을 치켜올렸다. "무슨 일입니까?"

가쓰라기 의사가 긴 한숨을 내쉬었다. 멋들어진 수염이 하늘하늘 흔들렸다.

"형님이 돌아가신 방식에 대해 의문이 생겼습니다."

의사는 다카유키를 돌아봤지만, 그는 의사에게 모두 맡겼다는 듯 어깨를 떨어뜨리고 있다. 가쓰라기 의사는 요시타카와 마리에, 다마코의 얼굴을 차례차례 바라보다가 저간의 사정을 설명하기 시작했다.

다카시는 재빨리 눈길을 돌리며 모두의 얼굴을 관찰했다. 누가 어떤 반응을 나타낼까, 분명히 확인해야 한다.

요시타카는 의사의 설명을 들으면서 점점 눈을 휘둥그렇게 떴다. 그러고는 몇 번 깜빡거렸다. 입가가 슬쩍 일그러진다. 웃었다—다카시에게는 그렇게 보였다. 일그러짐은 순식간에 사라졌지만 다카시의 눈 속에 남았다.

마리에의 표정은 변함이 없었다. 평소처럼 내내 화난 얼굴로 의사의 이야기를 들었다. 무릎 위에서 손가락을 조금 움직이다가 쓸데없이 허공으로 손을 휘젓긴 했지만 별다른 움직임은 없었다.

다카유키 옆에 앉은 다마코는 무릎에 단정히 손을 얹고 의사의 얼굴을 정면으로 바라보며 이야기를 듣고 있다. 다마코의 얼굴을 뻔히 바라보던 다카시는, 가지런하고 균형 잡힌 그 생김새에 다시금 감탄했다. 너무 아름다워 어딘가 비인간적인 느낌이 들 정도다.

다마코는 울지도, 웃지도, 화내지도 않고, 고개를 끄덕이지도 않고, 가만히 앉아 있다. 다만 의사의 설명이, 총을 찾기 위해 다카유키가 방 안을 뒤졌다는 대목에 이르자, 슬그머니 자기 손을 오빠 손 위에 얹더니 손가락을 꼭 쥐었다.

다카유키는 아무런 반응도 보이지 않았다. 한층 강하게 눈을 감았을 따름이다.

후키는 아연해하는 것처럼 보였다. 후키와 지에만이 자리에 앉지도 문에 기대지도 않은 채 일어서서 이야기를 듣고 있다. 후키는 지에의 팔꿈치에 팔을 걸고 아까보다 더 가까이 달라붙었다.

지에는—울고 있었다.

노파가 울고 있다는 걸 처음엔 알지 못했다. 눈물이 눈가를 적시고 있을 뿐, 볼에 흐르거나 소리가 나지도 않았다. 알게 된 건 지에가 앞치마 옷자락을 추켜올려 코끝을 눌렀기 때문이다.

뜻밖에도 이때 다마코가 뒤로 돌아 어깨 너머로 지에에게 말을 걸었다.

"지에, 괜찮아?"

지에는 말없이 허리를 굽혀 머리를 숙였다. 하지만 그대로 앞치마에 얼굴을 묻고 말았다. 후키가 그 등을 팔로 감아 부둥켜안았다. 그녀 역시 금방이라도 눈물을 쏟아낼 것 같았다.

가쓰라기 의사는 담담히 이야기를 마쳤다.

"이렇게 된 사정입니다."

아무도 입을 여는 사람이 없다.

잠시 후 요시타카가 말했다. "그래서? 어떡하겠다는 말씀이신가요?"

의사는 요시타카를 쳐다봤다. 기분 탓일까, 오호라 당신이 제일 먼저 입을 열었군—이라며 확인이라도 하는 듯한 눈빛이었다.

"딱히 뭘 어쩌자는 얘기가 아닙니다. 우선 여러분께 말씀을 드리고 어떤 분이 총을 갖고 가시지는 않았는지, 혹은 그 행방을 알고 계시지는 않는지, 여쭤보고 싶었을 뿐입니다."

요시타카는 조금 소리 내 웃었다—라기보단 웃음소리를 내려고 했다.

"전 총의 행방 같은 건 모릅니다. 마리에도 마찬가지일 테고요. 애당초 형님이 어떤 총을 갖고 있었는지, 아니, 갖고 있었다는 것 자체를 몰랐습니다. 어이, 자네, 자네도 그렇지 않나?"

"네, 그럼요." 마리에가 대답했다. 여전히 화난 얼굴이다.

"이십오 구—," 다카유키가 말을 꺼냈다. 고개를 숙인 모습 그대로 눈만 떴다. 갑자기 입을 열어 목이 잠긴 모양이다.

다카유키는 목소리를 가다듬고 다시 말했다. "이십오 구경 브라

우닝 오토입니다. 한 손에 숨길 수 있을 정도로 작은 총이에요."

"형님이 그런 걸 가지고 있었나."

다카유키는 고개를 들어 숙부를 봤다.

"갖고 계셨어요. 가이코샤육군 장교 친목 조직에서 사셨지요. 쓰러지시기 전—언제였더라, 군인들 사이에서 외국제 권총을 갖는 게 유행이어서."

"쓰러지기 전이라—그럼 자결하기 위해 일부러 산 건 아니네." 요시타카가 중얼거렸다. "형님도 유행하는 물건을 사는 경우가 있었군."

"난 본 적 없어요." 마리에가 딱 잘라 말했다.

"어떤 총인가요?" 다카시가 물었다. "작고…… 총신의 색은?"

"파란색. 어두운 파란색이지."

"오토라는 건, 회전식 권총이 아니라 오토매틱이라는 거죠? 자동식."

"그래……."

"탄을 한 발 한 발 집어넣는 방식이 아니라, 카트리지—즉 통 안에 넣은 다음 딸깍 하고 채우는?"

"글쎄." 다카유키가 곤혹스러운 기색을 보였다. "잘 몰라. 슬쩍 보여 주셨을 뿐이고 나도 총에 대해선 잘 모르니까."

마리에가 팔걸이의자에 앉아 다리를 꼰 채 불쑥 몸을 앞으로 내밀었다.

"저기, 당신, 꽤나 총에 대해 잘 알고 있네."

다카시는 조금 당황했다. 영화에서 본 적이 있는 정도다.

"그렇지도 않습니다."

"안 그렇긴. 당신 직공이라면서, 진짜야? 적색분자 아냐, 이 사람? 활동가야. 위험해."

마리에는 연신 위험하다고 중얼거리며 실실 웃고 있다. 눈이 심술궂게 반짝인다. 다카시가 도움을 구하려고 가쓰라기 의사를 쳐다보자 이때다 싶었는지 마리에는 의사를 재촉하기 시작했다.

"저기 선생님, 그렇게 생각 안 해요? 애당초 이 사람 수상한 게 너무 많았어요. 신원도 불분명하고, 이 사람이 저택에 굴러들어오자마자 주인양반이 죽었어요. 우연이라 하기엔 너무 지나치지 않아요?

"그러고 보니 그렇군." 요시타카가 덩달아 맞장구쳤다. 마리에처럼 조롱기 섞인 웃음을 띠지는 않았다. 진지한 얼굴이다.

"외부 사람의 짓이라고 충분히 생각할 수 있잖아? 그래그래, 형님이 병원에서 퇴원하고, 그렇지—반년 정도 지났을 무렵이었나, 문병이라 속이고 찾아왔던 남자에게 총 맞을 뻔한 적이 있었잖아. 기억나지, 다카유키?"

다카유키를 가로막고 마리에가 말했다. "잊어버릴 리가 없죠. 무서워 죽을 뻔했는데요."

"그건 황도파 과격분자가 저지른 짓이에요. 아버지가 말씀하셨어요." 다카유키가 말했다. "군인도 아니고 황도파의 사상을 제대로 이해조차 못한 자라더군요. 아버지도 그다지 신경 쓰지 않으셨어요. 내버려두면 돼, 라면서."

"그래도 총에 맞을 뻔했잖아."

다카시로선 처음 듣는 얘기다. 대장이 병으로 쓰러진 후 황도파 사람들이 싫어할 만한 발언을 한 탓에 주목을 받고 반발을 샀다는 이야기를 가쓰라기 의사에게 듣긴 했지만 목숨까지 위협을 받았다니.

"이번 일도 그런 거 아냐? 그 남자처럼 위험한 패거리가 숨어들어 주인양반을 쏴 죽이고 도망친 거야."

이때 내내 잠자코 있던 후키가 갑자기 입을 열었다.

"그 남자가 정말로 주인님을 쏘려고 했던 건 아니라고 생각합니다."

벽에 걸린 그림이 말하기 시작한 모습을 보기라도 한 듯 놀란 마리에가 이내 눈을 부라렸다.

"당신은 가만히 있어."

후키는 기가 죽었지만 멈추지 않았다.

"제가 식사를 준비해서 방에 들어갔을 때 남자가 주인님께 총을 들이대고 있었습니다. 제가 비명을 지르자 남자는 다급히 도망쳤어요. 창에서 뛰어내린 다음 곧바로 차를 타고 도망치는 소리가 들려왔습니다. 주인님은 무사하셨고, 저런 놈은 쫓아 버리면 돼, 어디에 알릴 필요도 없어, 라고 말씀하셨습니다."

"과연……. 정말 죽일 생각이었다면, 자네에게 발각된 정도로 부리나케 도망치지는 않았겠지. 단순한 위협이었나 보군." 가쓰라기 선생이 고개를 주억거렸다.

"오늘은 위협이 아니었잖아요?" 마리에는 끈덕지게 물고 늘어졌다. "시늉만이 아니라 주인양반을 죽이고 말았어요."

날카로운 목소리로 다마코가 말했다. "아버지가 어떤 생각을 가지고 계셨는지도 모르는 주제에 잘도 그런 헛소리를 하시네요."

마리에는 자리에서 벌떡 일어났다. "뭐라고!"

"당신은 아무것도 모른다고 말했어요."

다마코에게 덤벼들려는 듯한 마리에를 요시타카가 강제로 앉혔다.

"당신은 가만 있어. 애를 상대로 뭘 그리 정색하고 그래."

마리에는 화가 난 나머지 얼굴이 창백해졌다. 다카시는 다마코를 향해 마음속으로 박수를 쳤다.

"다카유키." 요시타카가 불렀다. "나도 요즘 형님의 사상적 입장이 어땠는지 잘 몰라서 물어보고 싶었어. 설령 위협이라 해도 그런 식으로 압박을 받은 적이 있다는 소린 황도파 군인들을 완전히 적으로 돌리고 말았다는 뜻인가?"

다카유키는 단호한 표정으로 고개를 저었다. "그렇지 않습니다. 아버지 입장이 애매해진 건 사실이고, 황도파 안에서 아버지의 언동을 적대시하는 일파가 생긴 것도 분명합니다만, 아버지에 대한 존경을 잃지 않은 사람들도 있습니다. 실은—," 가쓰라기 선생을 슬쩍 바라본다. "오늘 아침, 저 소동이 일어났을 때 일선 장교들이 결기했다는 걸 아버지께 보고하러 온 사람들이 있었습니다. 지방인이지만 역시 황도파의 사상에 공감하는 인물입니다. 그래서 라디오로 뉴스를 듣기 전에 아버지는 사정을 알고 있었어요."

다카시는 오늘 아침 오두막 안에서 들었던 손님의 목소리와 바퀴 자국을 떠올렸다. "실례합니다"라고 하던 다급한 목소리. 용건이 끝나자 허둥지둥 돌아가던 그 모습.

"누가 그 사람을 집에 들였어?" 마리에가 물었다.

"접니다." 후키가 답했다.

"처음 본 얼굴이었나?"

가쓰라기 의사가 묻자 후키가 고개를 저었다.

"아뇨, 몇 번이고 오셨던 분이었습니다. 젊은 분이에요."

"이름을 기억하고 있나?"

"분명…… 주인님께서 다가와 군이라고 부르셨어요."

"아는 사람인가?" 의사가 다카유키에 물었다. 그가 고개를 끄덕였다.

"아버지 밑에 있던 이른바 연락책 같은 청년입니다. 종종 편지를 가지고 왔었죠."

"대장은 누구와 연락을 주고받았던 걸까?"

"너무 깊게 관련되면 귀찮은 일에 말려든다고 저에겐 가르쳐 주시지 않으셨어요. 다만……."

"다만?"

다카유키의 말투가 신중해졌다. "일선 장교들 가운데서도 성급한 결기에 반대하는 입장에 있던 인물이 아닌가 싶습니다. 아버지가 그런 의견을 가지고 계셨으니까요. 가깝게 편지를 주고받았다면 의견을 함께하는 인물이겠죠."

"그래서 조기결기파가 형님을 노렸던 건가." 요시타카가 납득했다는 표정을 지었다. "황도파도 갈라져 있군."

"그런데 결국 결기해 버렸죠……."

"형님도 상당히 생각이 바뀌셨네."

요시타카가 남 얘기 하듯 느긋한 말투로 말했다.

"쓰러지기 전에는 형님도 조기결기파였잖아? 재벌과 결탁하여 자기 배만 채우는 군벌이야말로 원흉이다, 한시라도 빨리 군벌을 해체해 중추부를 뿌리째 변혁하지 않으면 황군의 미래는 없다—그런 연설을 한바탕 했었잖아. 그런데 상당히 변했군. 병에 걸리기 전과 후가 완전 다른 사람이야."

다카유키는 힐끗 숙부의 얼굴을 쳐다봤다. 그 눈에 분노의 빛이 어른거리고 있다. 그러나 아무 말도 않은 채 입을 다물고는 눈을 내리깔았다. 가쓰라기 의사는 수염을 비틀고 있다. 다마코는 멍하니 난로를 응시하고 있다. 마리에는 웃음을 머금은 채 요시타카의 옆모습을 바라보고 있다.

"애초에 그때도 이상하다고 생각했어……." 오래전 일을 떠올리는 듯 눈을 가늘게 뜨더니 말을 이었다. "아이자와 사건 때 말이야. 어째서 형님은 나가타 군무국장에게 편지 같은 걸 보낼 생각을 했을까—적의 우두머리한테 말이야."

주위의 침묵 속에서 요시타카는 히죽히죽 웃기 시작했다.

"게다가 다가와라는 연락책이 있었다면 왜 당시에는 다카유키에게 편지를 가져가라고 했을까? 다가와를 보냈으면 될 텐데. 그치?"

다카유키는 몸을 웅크리고 있다. 이마에 땀이 보인다. 다카시는 요시타카와 마리에의 대화를 떠올렸다.

—다카유키가 큰 망신을 사서.

—그 녀석은 겁쟁이야.

그리고 가쓰라기 의사의 말. 꽤나 기골 있던 청년 다카유키가 "그 일 이후 변하고 말았다"라며 왠지 말을 얼버무렸던—.

다카유키가 어색하게 말을 꺼냈다. "아주 중요한 문서니까 네가 가 달라고 부탁하셨어요. 원래는 아버지가 가서 나가타 씨를 직접 뵙고 전해야 하는 편지라고 하시면서."

"흠, 그랬군." 요시타가는 여전히 웃고 있다.

"덕분에 네가 험한 꼴을 당했지."

"그러게요." 마리에도 웃는다. 경멸스레 웃는 모습에 사정을 잘 모르는 다카시조차 이때만은 다카유키 편을 들고 싶어졌다. 그래서 목청이 커지고 말았다.

"어쩐지 이야기가 엇나간 것 같네요. 두 분께선 이야기를 딴 데로 돌리고 싶으신가요?"

순간 마리에의 얼굴에서 웃음기가 싹 사라졌다. 그녀의 성난 얼굴을 보자 가슴이 다 후련해진다.

"도대체 무슨 얘기를 하고 싶은 거야!"

"별로, 뭐."

"이제 그만하시죠." 가쓰라기 의사가 질렸다는 듯 끼어들었다. "오자키 군 말대로 이야기가 벗어났군요."

"벗어나지 않았어요. 물론 군 내부의 일은 우리와 관계없지만, 문제는 누군가 그 사람의 목숨을 노렸을지도 모른다는 거예요."

마리에의 얼굴이 일그러졌다.

"그렇잖아요? 그것만 알면 돼요. 그 사람은 같은 일당에게 살해당한 거예요."

어이구, 겉으로나마 가모 대장을 '주인양반'이라 부르는 것마저 잊어버렸나 보다. 그래도 유산 문제만은 끈덕지게 생각하는 중이겠지 하고 다카시는 생각했다.

"밖에서 들어와 아버지를 죽이고 도망치기란 누구에게도 불가능합니다." 다카유키가 조용히 말했다.

"어째서?"

"총성이 들렸던 시각에는 일선 장교들의 결기가 이미 시작되어 있었습니다. 도로는 봉쇄됐죠. 외부에서 이 건물로 태연스레 출입할 수는 없어요."

"봉쇄한 일당이 왔을지도 모르지." 요시타카가 말했다. "아까 네가 말했잖아. 황도파 안에도 형님을 적대하는 무리가 있다고. 그들 중 누군가가 저질렀을지도 몰라."

"그런 바보 같은." 다카시는 자기도 모르게 내뱉고 말았다. "당신은 바깥을 다녀 보지 않아서 그런 말을 내뱉을 수 있는 거예요.

내친 김에 말하자면 군대에 대해서도 모르시네요."

역시 요시타카의 안색이 바뀐다. "뭐라고?"

가쓰라기 의사가 어이없다는 얼굴로 다카시를 보고 있다. 조금 부끄러워졌다. 다카시도 군대에 대해 모르기는 마찬가지다.

그렇지만 이 시점에선 강하게 밀어붙여야 한다.

"전 결기군의 모습을 보고 왔어요. 절대 불가능하다고 단언할 수는 없지만, 그 안에서 장교나 병사 한두 명이 살그머니 빠져나와 가모 대장을 암살하고 오겠습니다, 라고 말할 만한 분위기는 아니었다고요. 무엇보다, 대장을 죽이려고 했다면 떼거지로 몰려와 저질렀겠죠. 실제로 당당하게 중신들을 암살한 뒤 저렇게 수도 한가운데를 점거하고 있으니까. 하필 가모 대장의 경우에만, 좀도둑처럼 숨어들어 올 필요가 있을까요?"

"그건……." 요시타카가 우물거렸다.

마리에는 지지 않았다. 입을 뾰족 내밀더니 침을 튀기며 격하게 말했다. "그러면 이웃에서 온 거야!"

"이웃?"

"그래, 그 사람들은 봉쇄선 안에 있으니까."

"무슨 근거로……."

대꾸하려는 다카시를 다마코의 목소리가 가로막았다.

"아버진 이웃 분들과 사이가 안 좋으셨어."

"사이가 안 좋아서 살해했다고요?"

"그럴지도 모르지. 사상 대립이었으니까."

다카시의 눈을 보며 다마코가 천천히 얘기했다.

"이 집 주변에는 군인이나 군에 출입하는 상인, 관청에서 근무하는 관리들이 사는 저택이 많아. 아버지는 그런 사람들과 거의 한 명도 빼지 않고 대립하고 있었어. 어휴, 그 사람들 꼴조차 보기 싫다고 통용문마저 부숴 버렸으니까."

다카시는 깜짝 놀랐다. 분명 이 저택에는 통용문이 없다는 이유로 부자연스럽고 불편한 상황이 자주 연출된다. 그 원인이 이웃과의 불화였다니.

"원래 있던 통용문을 이용하려면 뒤쪽의 저택 부지를 통과하는 사도私道를 지나야만 해. 그런데 아버진 뒤쪽 저택 사람이랑 싸운 뒤로 다시는 그 길로 안 다니겠다며 막아 버려서—."

다마코가 슬쩍 웃음 지었다.

"아이들 싸움 같잖아. 아버지는 '국적國賊이다!'라면서 욕했다니까."

"싸움의 원인이 뭔가요?"

다마코 대신 가쓰라기 의사가 답했다.

"'중국일격론中国一擊論'이야."

"네?"

"쉽게 말하자면 중국 따위는 일격에 평정할 수 있다, 진짜 적은 북방의 소련이라는 의견일세. 가모 대장 각하도 병으로 쓰러지기 전엔 이 주장의 지지자였지만, 쓰러지시고 난 후 마음이 바뀐 모양이더군. 그런데 육군사관학교 교관인 뒤쪽 저택 주인은 그런 각하를 변절자라며 호되게 비난해서 말이야."

가쓰라기 의사는 곤란하다는 듯 수염을 비틀었다.

"그래서 통용문을 없애 버렸노라고 말씀하시더군. 각하는 웃고 계셨지만…… 한편으론 상당히 부담스러워하시는 모습도 보였네."

어리둥절한 기분으로 다카시는 팔짱을 꼈다.

아까 요시타카도 말했지만 병 전후로 분명 가모 대장이라는 사람은 변했다. 뭐라고 해야 할까? 병을 계기로 사람의 사상이 바뀌어 버리는 경우가 있을까? 이번 살인도 대장의 사상 변화와 관련이 있는 걸까?

다카유키가 조용히 말했다.

"어쨌든 간에, 외부에서 사람이 들어와 아버지를 죽이는 건 불가능합니다."

덜컥 현실로 돌아온 다카시는 그의 얼굴을 바라봤다. 다카유키는 아까의 굴욕에서 벗어나 다시 냉정한 표정으로 되돌아와 있었다.

"당신도 완고하네." 마리에가 독설적으로 말했다. "어떻게 단언할 수 있어?"

다카유키가 시원스레 답했다. "창문에 자물쇠가 걸려 있었으니까요."

휘익 하고 진공 상태가 되었나 싶은 침묵이 날아들었다.

"자물쇠가……?" 다마코가 오빠를 본다.

"그래." 다카유키가 고개를 끄덕였다. "문은 열려 있었지만, 창문 자물쇠가 굳게 걸려 있었어. 전부 안쪽에서. 나뿐 아니라 오자키 군도 확인했어. 그렇지, 자네."

눈을 크게 뜨고 입도 반쯤 벌린 채 다카시는 고개를 끄덕여 수긍했다. 그래, 그랬다. 듣기 전까지 잊고 있었다—.

"예, 맞아요."

다카시가 인정하자 마리에가 입을 떡 벌렸다. 그녀 역시 이번만은 당황한 기색이다.

"뭐야 그게……, 그럼……."

다카유키는 마리에의 얼굴을 정면으로 바라보고 있다.

"그래요. 아버지를 죽인 범인은 집 안에 있다는 말이죠."

6

팔걸이의자를 넘어뜨릴 기세로 요시타카가 자리에서 일어섰다.

"말도 안 돼! 어째서 우리가 의심받아야 하지?"

"아무도 숙부님이라고는 얘기 안 했어요." 다카유키가 말했다. "우리 중에 범인이 있다고만 했죠."

요시타카의 안색이 바뀌었다.

"형님 유서에 그렇게 씌어 있기라도 했나?"

그것도 생각해 보지 못할 문제는 아니다 싶어 다카시는 다카유키의 얼굴을 쳐다봤다.

그러나 다카유키는 냉정했다.

"유서에는 그런 내용이 씌어 있지 않았어요. 아버지도 그럴 분이 아니죠. 다만 정황상 범인은 이 집 안에 있을 수밖에 없다고 말했을 뿐이에요."

"마찬가지잖아."

마리에도 상황이 어떻게 돌아가는지 이해했나 보다. 자리에서 일어나 다카유키를 추궁하겠다는 듯이 테이블로 다가왔다.

"총성이 들렸을 때, 우리는—나랑 요시타카 씨는 함께 방에 있었어. 그림을 그리고 있었어. 난 모델이었고. 다카유키가 전하러 와서, 그래서 알게 된 거야."

"그럼 총성을 들었다는 거네요?" 다카시가 반문했다. "그런데도 이상하다고 생각하지 않으셨어요? 무슨 일이 일어났다고 여기지 않았나요?"

당시 총성 같은 걸 들은 직후 뭔가 듣지 않았냐고 다카유키가 찾아왔었다. 그리고 다카시와 마주쳤다. 거실로 통하는 다리미판이 있는 작은 방에서. 두 사람은 부엌으로 가서 후키와 지에의 얘기를 듣고, 부엌에서 난 소리가 아님을 확인한 다음 거실로 향했다. 이내 현관 홀 쪽에서 다마코가 뛰어 들어와, "아버지 방에서 이상한 소리가 났다"고 말했다. 그래서 셋이 대장의 방으로 달려갔다—.

다카시가 기억을 더듬어 가며 설명하자 다카유키가 하나하나 확인하듯 고개를 끄덕였다.

"그때, 두 분은 거기에 없었죠." 다카시가 말했다. "대장이 돌아가셨다는 걸 확인한 뒤에 다카유키 씨가 두 분에게 전하러 간 건 사실이지만, 그전에는 뭘 하고 계셨나요? 총성을 들었다면 어째서 나와 보지 않았죠?"

마리에는 살짝 턱을 당기며 겁먹은 듯 눈을 깜빡거리더니 요시타카를 돌아봤다.

요시타카는 테이블로 다가와서는 다카시를 내려다봤다.

"총성은 들었지만 집 밖이라 생각했어."

"밖?"

"그래. 저런 소동이 일어났잖아. 총성 한두 발쯤 들려도 당연하다고 생각했지."

"봉쇄선은 멀어요. 이렇게 가까운 데서 총격전이 벌어질 리 없죠."

"알 게 뭐야." 요시타카가 대들듯이 말했다. "밖에 군인들이 쫙 깔렸으니 바깥이라 생각하고 그냥 넘겼을 뿐이야."

마리에의 위세도 되돌아왔다. "응, 맞아. 그보다 다마코는 뭐 했어? 어디 있었지?"

추궁당한 다마코는 찬물이라도 뒤집어쓴 것처럼 눈을 깜빡거렸다. "저요?"

"그래." 마리에가 의기양양한 표정으로 눈을 반짝거리고 있다.

"무슨 소릴 들었다면서 거실로 뛰어 들어오기 전에는 어디 있었는데? 그때까지 혼자서 어디 있었던 거야?"

사람들의 시선이 다마코에게 집중됐다. 다마코는 무표정한 얼굴로 사람들을 훑어보았다.

"현관 밖에 있었어요."

"현관 밖? 거기서 뭘 하고 있었는데?" 다카유키가 물었다.

"밖을 보고 있었어." 다마코는 조금 부끄러워하며 눈을 내리깔았다. "뭔가 보일까 싶어서……. 눈이 와서 앞뜰까지는 안 나갔지만 군인 목소리 같은 게 들리지 않을까 싶어서."

그러더니 묘하게 목가적인 말을 덧붙였다.

"게다가 나, 눈이 쌓인 풍경, 진짜 좋아하거든."

"무슨 엉뚱한 소리야." 마리에가 말했다.

"내 방에선 규조 방향이 안 보여요."

"다른 방에서 보면 되잖아."

"마리에 씨, 좀 가만히 계세요." 다카유키가 말리며 다마코에게 물었다. "얼마나 오래 현관에 있었어?"

다마코가 고개를 갸웃했다. "글쎄…… 삼십 분 정도였나. 더 길었을지도 몰라요."

"추웠을 텐데 용케 버티고 있었군."

가쓰라기 의사가 중얼거리는 바람에 모두가 쳐다봤다. 자신이 뜬금없는 소리를 내뱉었다 싶었는지 의사는 쑥스러워하는 표정을 지었다. "아, 실례."

그때 다카시의 가슴이 철렁 내려앉았다. 머릿속에서 섬광이 번뜩했다. 등이 짜릿해지며 땀이 나기 시작했다.

가쓰라기 의사가 날카로운 지적을 한 셈이다. 하나도 엉뚱하지 않다.

다카시는 저도 모르게 꿀꺽 침을 삼키고는 물었다. "다마코 씨, 정말로 춥지 않았어요?"

다마코가 키득 웃었다. "추웠어요."

"기모노 위에 뭔가 걸치고 있었나요?"

"아뇨."

"손발이 시려웠을 텐데."

"응, 얼어붙을 것 같더라고."

다카유키가 조바심이 나는지 끼어든다. "무슨 얘기를 하는 거야."

"중요한 문제예요." 다카시가 다마코를 정면으로 쳐다봤다. "다카유키 씨가 대장 방에 올라가고 그 뒤를 저희 둘이 따랐을 때, 다마코 씨가 저에게 이렇게 말했었죠."

—나, 혼자면 무서워. 당신 같이 가 줘요.

"기억나요?"

"응, 기억하고 있어."

"그러고는 제 손을 잡았죠. 기억나요?"

다마코의 오동통한 볼이 살며시 굳어간다. 역시 이 아가씨는 바보가 아니다.

"글쎄, 잘 기억이 안 나네." 그녀가 말했다. "당신 손을 잡았나?"

"잡았죠." 다카시가 말했다.

당사자의 얼굴을 정면으로 바라보며 그 자리에서 거짓말을 폭로하는 건, 다카시로선 처음 해 보는 경험이다. 귓불이 뜨거워질 정도로 긴장됐다.

"당신 손은 따뜻했어요." 다카시가 말했다.

다카유키의 표정이 변했다. 그도 깨달은 것이다.

"확실히 기억하고 있어요. 당신이 제 손을 잡아 깜짝 놀랐거든요. 당신 손은 따뜻했어요. 그 손은 현관문을 열고 삼십 분이나 밖을 봤던 사람의 손이 아니었어요."

다마코는 다카시의 얼굴을 외면했다. 다카유키에게 도움을 청하지 않을까 싶었는데, 가만히 테이블로 눈을 떨어뜨리고 만다.

"다마코……." 다카유키가 우물거린다. "정말 어떻게 된 거야?"

다마코가 불쑥 중얼거렸다.

"나, 아버지를 죽이지 않았어."

"누가 알겠어." 마리에가 말했지만, 아무도 그녀에게 신경 쓰지 않았다. 모두가 다마코를 응시하고 있다.

"내가 왜 아버지를 죽이겠어? 오래 사셨으면 했어. 신부 차림을 보여 드리고 싶었으니까."

"혼담 때문이야." 요시타카가 말을 꺼냈다. "형님이 멋대로 결정해 버렸잖아. 그게 불만이었지?"

배려해 주는 척 말투만은 상냥하다. 다카시는 짜증이 났다. 한 대 후려갈기고 싶었다.

"형님이 유서를 남기셨다고 했지? 자결할 결심을 하고 계셨던 거야. 어지간히 발끈하지 않고서야 그런 형님을 죽일 리가 없지. 다마코, 그 혼담이 그렇게 맘에 안 들었어? 못 견딜 만큼 싫었던 거야?"

다카시가 끼어들었다. "잠깐만요. 유서가 있다는 건, 대장이 돌아가시기 전까지는 몰랐어요."

최소한 미래에서 온 다카시와 히라타 외에는 모르는 바였다.

"혼담에는 불만이 없었습니다." 다카유키가 말했다.

"상대편에서도 꼭 맺어지길 바랐고 다마코도 만족하고 있었어요."

"흥, 상대는 택시 회사 아들이잖아?" 마리에의 새된 목소리에는 멸시하는 기색이 역력했다.

"이렇게 고매하신 아가씨가 자동차 가게 며느리라니, 얼씨구나 하고 받아들일 리가 없지!"

"아버지가 결정하신 일입니다." 다카유키가 말했다.

"다마코의 장래를 위한 일이라고 하셨죠. 다마코도 기뻐했어요. 당신은 그런 사실을 모르잖아요. 다마코의 혼담에 신경도 안 쓰던 사람이."

"어머, 신경 쓰고 있었어요. 어머니인데."

"당신이 무슨 어머니야!"

다카유키의 호통소리에 유리창이 흔들릴 듯했다. 기세등등하던 마리에도 움찔 몸을 움츠렸다.

순간의 침묵 사이로 다마코의 여린 목소리가 울려 퍼졌다.

"—엿듣고 있었어."

"예?" 다카시가 다마코의 말에 귀를 기울였다. "뭐라고 했어요?"

"엿듣고 있었다고요." 다마코가 되풀이하더니 고개 숙이고 말을 이었다. "요시타카 숙부님 방 문밖에서 두 사람이 무슨 이야기를 하나 훔쳐듣고 있었다고. 그때 아버지 방에서 탕 하는 소리가 들려—그치만 혼자 가기가 무서워서 거실에 오라버니가 있다는 걸 알고 내려간 거예요."

다마코는 연신 눈을 깜박거리다가 다시 고개를 숙였다.

"그니까 현관에 있었다는 건 거짓말이에요. 오자키 씨 말대로."

"엿들었다고……." 마리에의 눈이 휘둥그레졌다.

"어쩜 이렇게 재수 없는 애가 다 있지!"

"사실인지 아닌지 확인할 길이 없군." 요시타카는 어깨를 움찔거렸다. "증인이 없으니 말이야."

다마코가 불쑥 머리를 들어올렸다. 잠자던 뱀이 머리를 치켜드는 것처럼 빠르게. 그러고는 숙부의 눈을 바라봤다.

"마리에 씨에게 청년 장교의 결기가 실패하면 형님은 반드시 자결할 거야, 라고 말씀하셨죠?"

요시타카의 얼굴이 굳어졌다. 마리에의 빨간 입술이 멍하니 벌어졌다.

"도망치지 말고 기다려 보자고. 사실 나, 도망칠 때 쓰려고 반지하 빈방에다가 가방을 숨겨 둔 것도 알고 있어요."

다마코는 씩 웃더니 마리에의 얼굴을 바라보며 말했다. "당신도 참 바보야. 숙부님이 당신을 그린다는 구실로 저택에 머물 때마다 몰래 엿들었다고요. 도망치자는 말은 반년 전부터 나왔죠. 당신이 꺼낸 얘기죠? 숙부님은 도망칠 맘이라곤 요만큼도 없으면서 당신 비위를 맞춰 가며 때가 되면 도망치자고 맞장구만 치더라고요. 훔쳐 듣는 나도 충분히 알아듣겠던데 당신은 그저 좋아라만 하고 있더라. 정말 바보 같아. 둔하기는."

"다마코!"

화난 목소리와 함께 요시타카의 손이 날아와 다마코의 뺨을 때렸다. 다마코가 의자에서 쓰러질 정도로 강한 기세였다.

"무슨 짓이야!"

요시타카에게 달려드는 다카유키를 가쓰라기 의사가 제지했다. 다카시가 다마코를 일으키자 후키가 옆에서 도왔다.

"고마워."

다마코는 일어서며 미소 지었다. 왼쪽 뺨에 빨간 손자국이 뚜렷하게 남아 있다. 하지만 다마코는 의연했다. 맞지 않은 쪽 하얀 뺨도 상기돼 붉은색을 띠었지만 두 눈이 반짝거리고 있다. 아름다웠다.

"이런들 무슨 소용이 있나."

창백한 얼굴로 숨을 헐떡이고 있는 요시타카를 진정시키며 가쓰라기 의사가 말했다.

"이제 늦었네. 쉽시다. 아직 저녁 식사도 못하지들 않았나? 어쨌든 이 자리는 여기서 파합시다."

싫다고 하는 사람은 없었다. 지에가 다시 눈물을 훔치며 부엌으로 돌아갔다.

다카시는 다카유키와 가쓰라기 의사와 함께 거실에서 저녁을 먹었다. 마리에와 요시타카는 요시타카 방에 틀어박혔고 다마코는 식사보다 자고 싶다며 자기 방에 들어가 버렸다. 다카시는 히라타 옆에 있고 싶었지만 가쓰라기 의사와 다카유키로부터 함께 있어 달라고 부탁받았다.

"우리끼리 상황을 좀 정리해 보세." 의사가 말했다.

"제가 있어도 괜찮나요? 고용인인데."

"이제 와서 무슨 소릴 하는 건가. 그리고 지금은 비상사탤세."

후키가 히라타를 챙기겠다며 미음을 쑤어 먹여 보겠다고 했다. 다카시는 후키에게 고맙다고 인사하고 식사를 하기 시작했다. 야채 조림과 구운 생선, 무침류 몇 가지가 그릇에 예쁘게 담겨 있다. 분명 맛있게 보였지만 맛을 느낄 수가 없었다.

젓가락으로 반찬을 쿡쿡 찔러 보고만 있는 다카유키에 비해 가쓰라기 의사는 잘 먹었다. 물론 외부인인 만큼 입장이 가볍기도 하겠지만 의사 특유의 노련함이겠지. 위기의 순간일수록 에너지를 보급해서 기운을 내지 않으면 안 된다.

그런 모습을 본받아야겠다 싶어 다카시도 입 안에 쑤셔 넣었다. 주위가 조용해지자 새삼스럽다는 듯 몸 여기저기가 아파 왔지만 참을 수 없을 정도는 아니었다. 오늘 아침보다는 훨씬 낫다. 긴장하고 있던 게 오히려 몸에는 좋은 효과를 낳았을지도 모르겠다.

"상황이 참 곤란해졌구만."

젓가락을 내려놓고 지에가 내온 차를 느긋하게 한 모금 마시더니, 가쓰라기 의사가 말했다.

다카유키는 손도 안 댄 접시에서 눈을 들었다. 다카시도 의사의 얼굴을 쳐다봤다.

"난 탐정 소설은 안 읽네만 지금 상황은 흡사 소설 같군."

확실히 그렇다고 다카시도 느꼈다.

"뭐라 해야 할까—부재 증명이라 하나? 살인이 일어났을 때, 그 장소에 없었다고 하는."

"예." 다카유키가 고개를 끄덕인다.

"다카유키 군과 오자키 군, 후키와 지에는, 부재 증명에 있어선 확실하군." 가쓰라기 의사가 말했다. "다마코 양과 마리에 씨와 요시타카 씨는 좀 의심스럽지……. 다마코 양의 얘기가 사실이라면 세 사람 역시 부재 증명이 되긴 하지만."

"다마코가 거짓말을 하고 있지는 않을 겁니다." 다카유키가 말했다. 접시를 밀어 내더니 난로 쪽을 쳐다본다.

"엿들었다는 얘기는 아까 같은 상황이 아니고선 결코 밝힐 수 없었겠죠. 거짓말이라 여겨지지 않습니다."

의사는 잠자코 있다. 다카시가 말했다. "게다가 세 사람에게는 동기가 없어요."

"동기?"

"예. 다마코 씨의 혼담 문제에 대해선 잘 모르니 뭐라 말씀드리기 어렵지만, 얼마 못 본 저로서도 다마코 씨가 대장 각하를 죽였다고 생각되지 않네요."

다카시는 대장의 죽음 직후 다마코의 뺨에 흐르던 눈물을 떠올렸다. 참 제멋대로 운다고 생각했지만 최소한 진짜 눈물이었다. 그 뒤 거실에서 가족사진을 보던 그녀의 표정을 떠올리면 더욱 그랬다.

"다마코 씨는 죽이지 않았어요……."

"당연하지." 다카유키가 툭 내뱉었다.

다카시는 슬쩍 다카유키를 바라봤다. 그리고 목까지 치밀어 온 말을 꾹 삼켰다.

'그렇지만 당신이야말로 머리에 총을 맞고 죽어 있는 대장의 시신 옆에 권총이 없다는 걸 알았을 때 너무나 당황스러워했지. 왜 그렇게 당황했지?'

살인을 저지를 법한 누군가의 얼굴이 순간적으로 떠올랐겠지. 그래서 당황했던 거다. 권총이 없다는 사실을 바로 밝힐 수 없었던 이유 역시 그의 머릿속에 떠오른 '누군가'를 감싸기 위함이었을 테고.

그 '누군가'는 누구일까. 다카시에게는 다마코 말고 다른 얼굴이 떠오르지 않는다. 지금까지 지켜본 바로는, 절대 요시타카나 마리에가 아니다. 그가 감싸 줄 만한 인물은 다마코뿐이다.

다마코에게 아버지를 죽여야 할 동기가 있다고는 생각되지 않았다. 실제 다마코가 죽이지 않았을지도 모른다. 그러나 사실이 어쨌든 간에 다카유키에겐 "다마코가 아버지를 죽인 게 아닐까?" 하는 의혹을 품을 만한 이유가 있는 게 아닐까.

그게 뭔지는 알 수 없지만.

"마리에 씨와 요시타카 씨는 어떨까." 의사의 얼굴은 여전히 근심에 잠겨 있다. "저 두 사람이—뭐라 해야 하나, 깊은 사이라는 건 나도 알고 있었네. 사실 대장 각하도 눈치 채고 계셨지."

다카시는 화들짝 놀랐지만 다카유키는 태연한 얼굴이었다.

"예, 알고 계셨어요. 알면서도 그냥 내버려두고 계셨죠."

"부인이잖아요? 아무리 후처라고 해도."

"후처는 무슨." 다카유키가 코웃음 쳤다.

"입적도 안 했어. 멋대로 기어들어 와 눌러앉은 여자야. 이를테면 첩이지."

다카시는 어안이 벙벙하여 잠깐 말문이 막혔다.

"마리에 씨가 이 저택에 온 게 언제였더라? 각하가 퇴역하시고 난 뒤였던가." 의사가 혼잣말처럼 말했다.

"각하가 쓰러지신 게 9년—초봄이었지. 3월이었나. 그해 연말에는 이미 마리에 씨가 여기에 들어와 있었던 거 같은데."

"저 사람이 기어들어 온 건 9월쯤이었을 겁니다." 다카유키가 기억을 더듬듯이 천천히 말했다. "갑작스러워 놀랐죠. 맞아요, 아버지가 테러당할 뻔했던 사건, 그 직전이었을 거예요."

문병 왔다던 남자가 권총으로 대장을 위협하다 후키에게 발각되어 도망쳤다는 사건. 아까 마리에가 "무서워서 죽을 뻔했다"고 했던.

"그 무렵엔 이미 각하도 상당히 회복해서 글도 쓰기 시작하셨지? 거동은 좀 불편하셨지만 정신만은 분명하셨어. 그런데 어째서 마리에 씨가 머물게끔 놔두신 걸까? 호통 쳐서 쫓아 버리면 끝날 문제였을 텐데."

다카유키가 얼굴을 찌푸렸다. "저도 잘 모릅니다. 아버지께선 미안하지만 좀 참아 달라고만 하셨죠."

"참으라니—."

"저 사람은 아버지가 뒤를 봐주고 있던 요정에서 일했나 봅니다. 아버지와 전혀 관계가 없다고는 할 수 없죠."

가쓰라기 의사는 쓴웃음을 지었다. "그렇지만 이를테면 남자의 지조라는 게 있지 않나. 사모님이 돌아가시고 나서도 십오 년이나 흔들림 없이 지내셨는데."

가모 부인은 그렇게 오래전에 돌아가셨구나.

"아버지로서도 여러 가지 복잡한 사정이 있었겠죠. 또 여기까지 기어들어 온 데에는 누군가의 꼬드김도 분명 있었을 겁니다. 마리에 씨 혼자 생각일 리가 없어요. 뒤에서 조종하는 손이 있습니다. 아마 숙부겠죠."

다카시는 다시 화들짝 놀라 젓가락을 떨어뜨리고 말았다.

"설마……."

"요시타카 숙부가 무슨 꿍꿍이인지 알 수 없습니다만, 어쨌든 그런 내막입니다."

"그 사람은 마리에 씨가 대장의 후처라고 믿고 있던데요."

사실 저도 훔쳐 들었어요, 라고 다카시가 털어놓았다. 오두막에서의 대화—대장이 자결해 죽게 되면 재산은 전적으로 '부인'인 마리에의 몫이 된다는 요시타카의 말.

의사와 다카유키는 우울한 얼굴로 서로를 바라봤다.

"맙소사, 저 두 사람은 각하의 자결에 대해서 노상 떠들고 있었구만."

의사가 고개를 저으며 말했다.

"요시타카 씨가 정말 그렇게 생각하고 있었을까. 참으로 이상하구만."

"뭐가 이상한가요?" 다카시가 물었다.

"당연하지 않나. 각하의 유산이 마리에 씨 것이 된다니 말도 안 되는 소리지."

"본처가 아니라서요? 요시타카 씨는 마리에 씨가 본처라고 오해하고 있는 걸까요."

"아냐, 아냐." 의사가 손사래를 쳤다. "설령 본처라 해도 각하의 유산은 마리에 씨가 물려받지 못해. 부인에게는 권리가 없거든. 유산은 장남인 다카유키 군에게만 상속된다고."

다카시는 입이 떡 벌어졌다. 누가 뒤에서 머리를 내려친 듯이 훤히 이해가 된다.

그래, 그렇구나. 전전과 전후의 유산 상속 개념이 완전히 달랐던 것이다. 유산의 제일순위 상속자로 부인을 인정한 건 전후에 생겨난 남녀평등 사상 덕분이다. 다카시가 와 있는 쇼와 11년은 엄연히 존재하는 가부장제에 따라 여성의 권리 따위는 인정하지도 않거니와 그런 게 있는지조차 모르는 시대다.

"그럼, 요시타카 씨가 착각을—."

"아니면 거짓말을 하고 있거나." 다카유키가 말했다. "마리에 씨는 유산 문제가 어떻게 되는지 전혀 모를 테니까. 숙부님의 말이라면 덮어놓고 믿을 사람이지. 그렇게 머리가 안 돌아가는 면을, 아버지는 가여워하는 한편 귀엽다 여기셨던 모양이야."

"요시타카 씨는 왜 그런 거짓말을 하는 걸까요?"

"알 게 뭐야." 다카유키는 내뱉듯이 말했다.

"본인한테 물어보지그래."

"자, 자." 의사가 끼어들었다. "각하가 자신의 사후에 마리에 씨에게 재산을 나눠 주라고 하셨다면 어떨까. 물론 그 경우에는 각하께서 다카유키 군에게 유지를 남기셨겠지만."

"전 아무 말도 듣지 못했습니다." 다카유키가 말했다. "유산 얘기는 하신 적도 없어요."

"도무지 모르겠군." 의사는 이마를 짚으며 신음소리 같은 걸 냈다. "으음, 마리에 씨에게 재산이 넘어 갈 거라 여겼다면 그야말로 동기인데 말이야."

잠깐 사이를 두고 다카유키가 고개를 끄덕였다. "그렇지요."

"잠깐만요." 다카시가 다급히 말했다. "두 사람은 분명 가모 집안의 재산을 노리고 있어요. 다만 대장이 확실히 자결한다는 걸 전제로 세운 계획이었음을 잊으면 안 되죠."

"틀림없이 자결한 상황이니까 죽여도 의심받지 않으리라 생각한 게 아닐까."

다카유키답지 않은 물음에 다카시는 웃음이 나올 뻔했다. 용케도 그런 조잡한 생각을 다 했군.

"바보 같은 소리 하지 마세요. 요시타카 씨는 정확히 이렇게 말했어요. '이번 결기가 실패하면 형님은 살아 있을 수가 없다'고. 어디까지나 '결기가 실패했을 때'의 얘기죠."

만약 결기가 실패했는데도 가모 대장이 자결하지 않으면 그때야말로 정말 자결로 꾸미고 살해해야겠다는 마음을 먹었겠지만 결기는 오늘 아침 막 시작했다. 어떻게 귀결될지는 아무도 모른다.

최소한 미래를 모르는 이 저택 사람들은 2 · 26사건이 어떻게 종결되는지 모른다.

"그런 생각을 하고 있었다면 이번 결기가 어떻게 끝날지 분명해지기 전까지는 엉뚱한 행동을 자제하겠죠. 오늘 대장을 죽여야 할 이유가 요시타카 씨와 마리에 씨에겐 없어요. 최소한 오늘까지는 기다려 보는 게 나았을 테니까."

가쓰라기 의사가 한숨을 쉬었다.

"아무도 없군."

자조하듯 살짝 웃는다.

"연기처럼 나타나 각하를 죽이고—다시 연기처럼 모습을 감춘다—그런 인물이 있을 리가 없으니까 말일세."

그렇지만 누군가 있어야 한다. 표면적으로 대장의 죽음이 자결로 보이지만 분명히 총은 없었다.

"대장 각하가 자결하는 걸 본 누군가가 슬그머니 권총만 들고 사라졌다……."

혼잣말처럼 의사가 중얼거리다 쓴웃음 지었다. "쓸데없는 가정이로군. 아무런 필요성이 없으니까."

"역시 누군가 밖에서 들어온 게 아닐까요."

"누가, 어디에서?"

"현관으로 들어와 계단을 올라 대장을 쏘아 죽이고 다시 계단으로 내려가 밖으로……."

스스로도 바보 같다는 생각이 들어, 다카시의 목소리는 점점 작아졌다.

"가능성이……."

"없지." 의사가 퉁명스레 말했다.

"아까 자네가 말하지 않았나. 외부의 인간이 사상적인 이유로 대장 각하를 살해하려고 기도한다면 밤도둑 흉내를 낼 필요가 없다고. 당당히 자기 이름을 대고 오겠지. '천벌'이라고 하면서 말이야.”

“사상적인 동기가 아니라면요?”

가쓰라기 의사가 눈을 희번덕거리더니 천장으로 시선을 향했다. “그 경우라면 우리 손을 벗어나지. 하지만 사상적인 동기를 갖고 있지 않는 외부자가 하필이면 소동이 일어나 통행조차 원활하지 않은 오늘 같은 날을 골라 대장 각하를 죽이러 오겠나?”

갑자기 생기 넘치는 목소리로 다카유키가 말했다. “아까 말씀하셨던, 누군가가 총만 갖고 사라졌을 경우는 있을지도 모르겠습니다.”

다카시와 가쓰라기 의사는 합창했다. “왜?”

“그 총으로 다른 누군가를 또 죽이려는 거죠.”

이번엔 의사와 다카시가 서로의 얼굴을 마주 보았다.

“언제?” 의사가 되물었다. “언제 다음 살인이 벌어질 것 같나?”

“글쎄요…….”

“바로 저지르지는 않겠지. 지금처럼 폐쇄된 상황에서 살인이 다시 일어나면 범인은 금방 발각될 테니. 이 저택에 있는 사람은 한정되어 있으니까.”

“바로 다음 살인을 저지르지 않을 거라면 굳이 지금 대장의 권총을 훔칠 필요가 없죠.” 다카시가 말했다. “혹시 그냥 갖고 있으려고? 만약을 대비해서?”

시끄럽다는 듯 다카유키가 손을 저었다. “알았어, 그만 됐어.”

그런데 다카유키의 말이 그럴싸하다고 느낀 다카시는 계속 머리를 굴렸다. 그래. 애당초 그게 문제다. 대장을 죽인 범인은 왜 권총을 가져갔을까?

이상하지 않은가. 그 자리에 권총이 있었다면 '자살'로 깨끗이 정리된다. 지금의 소동은 권총이 사라졌기 때문에 일어난 것이다. 그 정도는 범인도 상상할 수 있었으리라. 그런데도 현장에서 권총을 가져갔다, 어째서?

지문인가. 이 시대에 벌써 지문이라든가, 자국—뭐더라, 총을 쏜 흔적이 손바닥에 남는다는—그래, 초연반응硝煙反應—그런 걸 조사할 기술이 있을까? 그걸 통해 범인을 특정할 수 있다는 발상이 가능한가?

아니, 있다 해도 지문 같은 건 닦으면 지워져 버린다. 집요한 생각이긴 하지만 지금 도쿄는 비상사태다. 경찰도 결기군에게 점거당해 움직일 수 없다. 지문이나 초연반응 같은 검사를 하고 싶어도, 검사가 가능하다 해도, 경찰이 여기에 도착하기 전까지는 무용지물이다. 범인은 흉기인 권총을 그대로 대장 옆에 방치해 두기만 하면 아무 의심도 안 받고 상황이 종료된다.

그런데 왜 굳이 들고 갔을까?

"그건 그렇고……."

가쓰라기 의사의 고민에 잠긴 듯한 목소리가 들려왔다.

"대장 각하가 요시타카 씨와 사이가 틀어진 건 알고 있었지만 이 정도였나."

다카유키가 빈정거리는 듯한 웃음을 지었다. "여자를 이용해서 집안을 교란할 정도라는 말씀이신가요."

"말하자면 그렇지."

"아까도 말씀드렸습니다만 아버지는 마리에 씨를 상대도 하지 않았습니다." 다카유키가 잘라 말했다. "쫓아냈다간 요시타카가 또 뭔가 정신 사납게 굴 테니 그냥 내버려두라고 말씀하셨습니다. 때가 되면 저 여자도 알아서 나가지 않겠느냐고 하셨죠."

"어쨌든 잘도 기어들어 와서 용케 눌러앉았네요." 다카시는 소박한 감상을 털어놓았다.

가쓰라기 의사가 쓴웃음을 지었다. "저 사람이 왔던 날은 나도 분명히 기억하네. 택시를 타고 와서 행장을 옮겨 놨지. 대장 각하를 모시려고 오늘부터 여기서 머물게 됐습니다, 라면서 말이야."

—각하께는 정말 신세를 많이 져서, 각하께서 병환에 드셨을 때엔 제가 곁에서 간병해 드리겠다고 약속드렸죠. 각하도 '마리에, 그땐 잘 부탁하네'라고 말씀하셨더랬어요.

가쓰라기 의사가 아양 떠는 마리에의 말투를 흉내 냈다. 다카유키가 웃자 의사도 도중에 웃음보를 터뜨리고 말았다.

"요시타카 숙부님도 그 무렵부터 찾아오기 시작해서 마리에를 밀어줬죠. 형님이 쓰러지면 후처로 오기로 된 사람 운운하면서요."

그렇게 마리에가 눌러앉게 됐다. 그녀와 그녀를 조종하는 요시타카는, 마리에가 가모 노리유키의 본처라도 된 양 굴었다. 그러나 다카유키는 사실이 아니라고 말했다. 그 오해는 어디서 비롯됐을까.

"대장과 요시타카 씨는 예전부터 사이가 안 좋았나요?"

"대장 각하." 가쓰라기 의사가 다카시의 호칭을 교정해 주었다. "흠, 나이 차가 있는 형제다 보니 마음이 맞진 않았겠지."

"아무리 나이 차가 나도……."

"요시타카 씨도 군대는 다녀왔어. 국민의 의무니까. 하지만 대장 각하와는 격이 다르지. 가모 각하 연배에 대장의 위치까지 오른 이는 기껏해야 열 명 정도뿐이야. 대장에 비하면 요시타카 씨는 그저 지방인이지."

아까부터 이 '지방인'이라는 말이 가끔 등장한다.

"지방인이란 게 뭔가요?"

"아, 결국 민간인이라는 얘기야. 군인 이외의 인간 말일세."

다소 낮춰 부르는 듯한 표현이다. 군인의 대단함에 비하자면 나머지 사람들은 바깥에 있다는 얘긴가. 그런 태도로 대장은 요시타카와 지냈고 요시타카는 형에 대해 굴절된 증오의 감정을 품었다—.

"한때는 요시타카 씨가 위세를 떨치던 시기도 있었지. 러일 전쟁 뒤 지금으로선 상상이 안 될 정도로 강한 군축의 바람이 불며 군인의 지위가 약해져서 길섶을 걷고 있는 듯한 시대였어. 그 무렵엔 요시타카 씨도 떵떵거리며 다녔네. 마침 회사도 궤도에 오르지 않았었나. 그런데 그 뒤로 금세 세계정세가 바뀌면서 외국의 압력에 대항하기 위해 일본이 전시 태세를 갖추게 됐지. 다시 군인의 힘이 강해지면서 각하와 요시타카 씨의 입장도 역전되고 말았어. 잔뜩 으스대던 요시타카 씨로선 재미없는 상황이 된 거야. 그래서 각하가 쓰러지자마자 이때다 싶어 괴롭히기 시작한 거지. 잘만 하면 재산도 한몫 얻을 수 있을 테니까."

다카유키가 실소했다. "선생님 용케 잘 아시네요."

"각하와는 오랫동안 봬 왔으니 말일세." 의사의 말씨가 정중하다.

"사실…… 지금이니까 말하네만 각하가 내게 자결에 대해 물어보신 적이 있었네."

한 달쯤 전의 일이었다고 한다.

"권총을 사용할 경우 어디를 쏴야 괴로움 없이 확실히 죽을 수 있냐고 물어보셨네. 난 그런 질문엔 대답할 수 없다고 입을 다물었지만 각하께서—,"

—죽을 때 죽지 못해 욕된 인간이 되고 싶지 않습니다. 선생님이니까 물어보는 겁니다.

"군인으로서 부끄러움 없는 죽음을 맞이하고 싶다는 말씀을 하시더군. 난, 경솔하게 자결이라는 길을 택하시면 안 된다, 그것만은 약속해 달라고 말씀드린 후에 대답했네."

"뭐라고 말씀드렸습니까."

의사는 괴로운지 눈을 내리깔았다.

"머리를 쏘는 게 가장 확실하다고."

다카유키는 고개를 끄덕이더니 의사의 얼굴에서 시선을 돌린다.

"그래서 처음 각하가 자결하셨다는 얘기를 들었을 때 아무런 의심도 품지 않았네. 그게 설마 이렇게 될 줄이야……."

실제 유서는 있었다. 권총이 없어지지만 않았더라면 이건 어엿한 자결이다.

대체 무슨 일이 일어난 걸까?

다카유키는 자기 방에 돌아갔고 다카시는 후키가 사양했지만 같이 도와 저녁 식사 뒷정리를 했다. 가쓰라기 의사는 거실에 남아 담배를 피우며 라디오를 듣는 중이다.

설거지가 끝나고 거실로 돌아가자 가쓰라기 의사가 난롯가에 앉아 타오르는 불꽃을 응시하고 있다. 불길은 제법 줄어들어 있었다.

"슬슬 이것도 꺼야겠군."

"선생님 주무실 자리는 지금 지에 할머니가 준비하고 있어요."

"그래, 고맙군. 자기 전에 다시 한번 자네 삼촌을 보고 올까."

후키도 따라왔다. 셋이서 반지하 방에 내려갔다.

"라디오에서 뭔가 새로운 소식이 나오던가요?"

"글쎄, 확실하진 않지만 계엄령이 발포될 가능성이 있다더군."

계엄령? 그게 뭐지?

반지하 복도는 으슬으슬 떨릴 정도로 추웠다. 밤이 되어 온도가 더욱 내려간 모양이다. 히라타의 몸에 냉기가 좋을 리가 없다. 인간의 몸이 어디까지 견딜 수 있을까. 히라타는 정말로 좋아질까.

심각한 장애가 남는 건 아닐까?

다카시 일행이 방에 들어서자 히라타가 눈을 떴다. 얼굴빛은 여전히 하얬고 입술은 말라 있다.

가쓰라기 의사는 자신의 질문에 띄엄띄엄 대답하는 히라타의 말에 맞장구를 치고 후키한테는 히라타에게 뭘 먹였는지 물어보면서 척척 진료를 끝마쳤다.

후키가 바지런히 움직이며 난로에 숯을 넣고 히라타의 이불을 다시 덮어 주는 사이, 의사가 다카시를 손짓으로 불렀다. 방 후미진 곳으로 자리를 옮기자 의사가 낮은 목소리로 말했다.

"아무래도 이상한 느낌이 드네."

"안 좋은가요?"

"의식은 분명한 것 같아. 내 질문도 제대로 이해하고 정확히 대답하네. 말이 엉키지도 않았고."

"전에 저와 대화할 때엔 말이 뚝뚝 끊겼어요."

"그랬나……. 그럼 그 점은 좋아졌다 할 수 있겠군."

"그럼 딴 데가?"

의사는 목소리를 더욱 낮췄다. "마비가 있는 것 같아."

"……."

"왼쪽 반신 일부에 마비가 있어. 손가락을 잘 펴지 못하고 다리도 움직이지 않아. 눈가 표정도 굳어 있네."

왼쪽 반신 마비. 그렇다면 우뇌에 문제가 있는 걸까. 아직 능력의 대부분이 해명되지 않았다는 우뇌. 육감이라든가 초능력이라든가, 인간에게 드물게 나타나는 불가사의한 능력을 주관하는 게 아닐까 추정되고 있는 우뇌.

"뇌졸중은 아니야." 의사가 얼굴을 찡그리며 말했다. "혈압도 안정됐어. 정상치야. 도무지 이유를 모르겠군."

당연하죠, 앞으로 육십 년쯤 훗날의 의사가 와도 타임트립이 반복되었을 때 뇌가 받을 부담과 그 후유증에 대해 정확한 진단을 내리기란 불가능할 테니까요—다카시는 마음속으로 혼잣말을 했다. 괜히 죄송스러운 마음이 들었다.

"내일 자네 삼촌을 병원으로 데리고 가세."

"가능할까요?"

"가능하겠지. 어디 나가 전화라도 빌려서 차를 불러 보자고. 병원 쪽은 내가 어떻게든 수배해 봄세. 오늘처럼 제대로 사정을 얘기하면 군인이라도 방해하지 않을 게야. 다행히 이 부근을 점거하고 있는 부대의 중대장은 이야기가 통하는 인물인 듯싶더군."

자네도 푹 쉬게나, 라며 의사는 다카시의 어깨를 토닥여 주었다.

"여러 가지 일들로 피곤할 터이고 흥분도 됐겠지. 잠이 안 올 것 같으면 수면제를 조금 줄까?"

"괜찮습니다."

그럼 잘 자게, 라고 말하고 의사는 계단 위로 올라갔다.

후키가 다카시의 잠자리를 봐줬다. 다카시는 서둘러 거들었다.

"히라타 씨를 잘 보살펴 드리세요."

잠에서 깬 히라타가 다카시를 바라보며 웃고 있다. 그 얼굴, 왼쪽 눈가가 마치 죽은 것처럼 움직이질 않는다.

"예, 신경 쓸게요."

"무슨 일이 있으면 저는 옆방에 있으니까."

"알고 있어요—저, 후키 씨."

방을 나서려던 후키는 깜짝 놀라 뒤돌아봤다.

"네?"

"무섭지 않아요?"

후키는 고개를 살짝 갸웃하더니 다카시를 바라봤다. 다카시는 창피해졌다.

"아니, 됐어요. 후키 씨야말로 무슨 일이 있으면 나를 불러요. 언제든."

"예." 후키는 아주 살짝 미소 지었다.

"안녕히 주무세요."

"잘 자요."

다카시는 닫힌 미닫이문을 한참 동안 바라보다가 긴 한숨을 내쉬었다. 그러고는 잠자리로 가서 얇은 이불 위에 털썩 앉았다.

"걱정…… 끼쳤군."

히라타가 이쪽을 보고 있다.

"미안, 하네."

"괜찮아요."

대장의 유해를 발견하고 난 뒤 바로 여기에 내려왔을 때보다는 확실히 히라타의 말투가 뚜렷해졌다. 아직 눈은 충혈돼 있지만 그래도 왼쪽 눈은 상당히 가라앉았다. 염소로 소독한 풀장에서 오 분 정도 헤엄을 치다가 나온 듯한 느낌. 얼굴의 경련도 가라앉아 있다.

일주일 정도 있으면 원래대로 돌아간다고 히라타가 장담했으니 지금으로선 믿을 수밖에 없다. 그렇게 스스로를 위로했다.

"선생님이 내일 아저씨를 병원에 데리고 가시겠대요."

히라타는 천천히 눈을 깜박거렸다.

"그러는 편이 낫겠죠? 병원에서 검사받는다고 아저씨가 시간 여행자라는 걸 들킬 리는 없잖아요. 이렇게 춥고 어두침침한 데서 다른 곳으로 옮기기만 해도 몸에는 좋을 거예요."

"자넨…… 어쩔, 셈인가?"

"여기에 남으려고요."

순간적으로 다카시는 그렇게 대답했다. 잘 생각해 보면, 그를 따라 병원에 가겠다는 대답이 무난했겠지만 저도 모르게 엉뚱한 대답을 하고 말았다.

"제가 병원에 따라가 봐야 아무 도움도 안 될 테니까요. 아저씨가 자리를 비웠으니 대신 일하고 있을게요."

히라타의 눈꺼풀이 다시 천천히 움직였다. 왼쪽의 움직임이 느리다. 언뜻 보기에도 느리다.

"가모 각하는…… 자결, 했나?"

질문을 받고 다카시는 히라타의 얼굴을 바라봤다.

다카시가 히라카와초이치반 호텔 벽에 걸린 대장의 경력을 읽고 바로 오늘 '자결'한다는 사실을 아는 것처럼, 히라타 역시 가모노리유키가 쇼와 11년 2월 26일, 즉 2·26사건 발발 당일에 권총으로 자결했다는 '역사적 사실'을 알고 있을 터였다. 그렇기 때문에 지금 다카시에게 확인하려고 물은 것이다.

다카시는 망설였다. 지금 상황을 설명해야 하나. 자기 뜻대로 말조차 제대로 못하는 히라타에게 그런 걸 털어놔 봤자 전혀 도움이 안 될 텐데…….

결국 간단히 고개만 끄덕이기로 했다.

"응, 자결하고 말았어요. 그 뒷마무리 때문에 다들 정신없어요. 저도 거들어야 할 것 같아요."

히라타는 고개를 끄덕이곤 눈을 감았다.

다카시도 옷을 갈아입고 누웠다. 얇은 이불 속에서 추위에 언 손발을 움츠리며 새카만 천장과 바깥의 눈에 되비치는 하얀 채광창을 올려다봤다.

몸은 지독히 피곤한데 잠이 오지 않았다.

'자결, 이라.'

그건 '역사적 사실'이다. 하지만 후세에 전해진 '역사적 사실' 속에는, 그것이 사실로 확정되기까지 뒤엉켜 일어났던 문제들은 포함되어 있을 리가 없다. 대장은 '자결'했다고 전해진다—그러나 그 '자결'이 진짜 '자결'인가 하는 의문과 그러한 의문을 둘러싼 내막은 다음 시대에 전해지지 않았다.

실제로는 이렇게 뒤엉켜 있는데. '역사적 사실'이 '자결'로 전해졌다는 건 옥신각신한 끝에 결국 '자결'로 귀결되었다는 걸까? 그게 아니면—.

그게 아니면?

다카시는 눈을 떴다.

다카시가 '역사적 사실'로 알고 있던 '가모 대장의 자결'과 자신이 직접 겪은 '대장의 죽음' 사이에는 커다란 차이가 있다. 딱 하나일지라도 결정적인 차이다.

지금 이곳에 다카시가 머물고 있다는 것이다.

아니, 더 정확히 말하자면 '다카시도'라고 해야겠지. 히라타가 있으니까. 시간 여행자인 히라타가.

그의 존재로 인해 '가모 대장의 자결'이라는 역사적 사실에 변화가 일어난 게 아닐까 생각하다가 자기도 모르게 "앗" 하고 소리를 내고 말았다.

이건 타임트립에 의해 발생된 패러독스 같은 게 아니다. 좀더 현실적인 일—기묘한 표현이지만 시간 여행자에게 있어 현실적으로 간단한 일.

—마치 연기처럼 나타나 각하를 죽이고 다시 연기처럼 모습을 감춘다.

가쓰라기 의사가 존재할 리 없다는 의미로 했던 말이다. 그러나 다카시는 알고 있다. 그런 인물이 딱 한 명 이 세상에 머물고 있다는 사실을.

그것도 지금 여기에.

순간적으로 나타났다 사라진다. 백 년도 더 된 예전처럼 느껴졌지만, 문득 지난밤의 일이 떠올랐다. 히라카와초이치반 호텔 비상구 계단에서 안개가 바람에 사라지듯 히라타는 모습을 감췄다. 그 뒤 오 분도 지나지 않아서 다시 이층 엘리베이터 앞으로 돌아왔다.

어디에 갔다 왔냐고 물었을 때 히라타는 이 시대에 갔다 왔다고 대답했다. 마지막으로 확인하기 위해. 자신이 착지할 장소에 군 트럭이 자리 잡거나 하면 곤란하니까—.

다카시는 혀를 찼다. 거짓말이다. 히라타는 다카시를 속였다. 확실하다. 히라타는 비상계단 이층에서 모습을 감췄으니까. 타임 트립은 장소 이동이 불가능하다. 당연히 히라타가 착지한 곳도 이층 높이에 있는 장소일 수밖에 없다. 왜 진작 깨닫지 못했을까?

대장의 방도 이층에 있다.

이불을 걷고 자리에서 일어나 채광창으로 흘러들어 오는 눈빛을 받아 환해진 히라타의 얼굴을 바라봤다. 점토와 같은 피부 색. 가볍게 코를 골며 정신없이 자고 있다.

'당신이 가모 대장을 죽였나요?'

그윽하게 반짝이는 어둠 안에서 다카시가 물었다.

대답은 없다. 오늘 밤 눈으로 뒤덮인 하늘을 바라보며 노영하는 군인이 잠들 수 없듯 다카시에게도 진정한 휴식은 없었다.

계엄령

제 4 장

1

춥다.

눈을 떴을 때 맨 처음 든 생각이다. 발끝이 완전히 얼어붙은 것처럼 차갑다.

머리가 말똥말똥해 잠을 못 이룰 줄 알았는데 간신히 잠이 들었던 모양이다. 다카시는 고개를 젖히고 히라타 쪽으로 기지개를 켰다. 요가 얇은 탓인지 등이 아팠다. 목도 뻐근하다.

몸을 일으키며 숨을 내쉬자 허연 김이 나온다. 채광창도 살얼음이 꼈는지 희뿌옇다.

얼마나 잔 걸까. 머리가 띵하다.

하룻밤 자고 나니 모든 게 꿈이었다, 라는 일은 일어나지 않았다. 여기는 가모 노리유키의 저택이며 '오늘'은 쇼와 11년 2월의—하루가 지나 27일이다.

다카시는 잠자리에서 쑥 빠져나왔다. 일어나자 추위가 한층 더 몸에 스며들었다. 손바닥으로 팔이며 허벅지를 문지르는 동안 계속해서 방 안을 서성거렸다. 히라타는 별다른 기척 없이 조용히 자고 있다.

화로는 완전히 불이 꺼져 싸늘하다. 하얀 재가 더욱 을씨년스러워 보인다. 다시 장작을 가져와 불을 지펴야 한다—스위치를 올리면 난방이 되는 시대가 아니니까.

똑바로 베개를 베고 이불 아래 단정히 누워 있는 히라타의 얼굴을 내려다보았다. 기분 탓일까. 건강했을 때보다 몸이 작아 보인다. 어제 다카시가 그랬던 것처럼 잠옷 대신 유카타를 입고 있다.

다카시는 그대로 방을 나와 화장실로 향했다. 반지하 복도 막다른 곳에 아마도 고용인용일 성싶은, 벽과 같은 색깔의 잿빛 세면대가 있다. 거기서 얼굴을 씻었다. 칫솔이 두 개, 둥근 통 안에 놓여 있다. 후키와 지에 할머니 것이겠지. 그 옆으로 뚜껑이 달린 통에는 화한 냄새가 나는 하얀색 가루가 들어 있었다. 치약 가루다. 손가락 끝에 가루를 약간 묻혔다. 양치질하는 시늉만으로 참는 수밖에. 따뜻한 물도 없이 씻으려니 어금니가 아린다. 양손이 새빨개졌다.

수건걸이에 무명 수건이 걸려 있어 빌려 썼다. 얇아서 언 것처럼 뻣뻣하다.

정면 벽에 붙어 있는 테 없는 거울에 창백한 자신의 얼굴이 비친다. 턱을 만져 봤다. 까끌까끌하긴 했지만 수염이 옅은 오자키 가문의 핏줄답게 당분간은 내버려둬도 괜찮을 듯싶었다.

거울은 맑았다. 온기가 전혀 없으니 당연하다. 히라카와초이치반 호텔에서는 온수가 제대로 나왔지만 여기에 있는 동안엔 이게 보통이다. 얼음장처럼 차가운 물 덕분에 머리가 맑아진 것 같다.

평소 일상 속에서 행해지는 아침 일과. 어떤 상황에 놓이더라도 인간의 습관은 변하지 않는구나. 다만, 오늘은 마치 장례식날 아침 같다. 장례식이라고 해 봐야 오 년 전 할아버지가 돌아가셨을 때 겪은 게 전부지만 당시와 지금의 기분이 꽤나 비슷하다. 같은 지붕 아래 유해가 있다는 것도 그렇고. 여기엔 가모 노리유키가 죽어 있다—.

불현듯 어제 하루의 사건들이 한순간 생생하게 되살아났다. 어젯밤 잠이 들었을 때 누군가가 다카시의 마음속 뚜껑을 열고 알맹이를 몽땅 빼갔다가 그가 일어나자 보이지 않는 파이프를 이용해 다시 알맹이를 집어넣었다—그런 느낌이다. 이제 내용물이 다시 채워졌으니 다카시도 자신의 임무를 완수해야 한다.

소리 없이 나타나 가모 대장을 죽이고 현장에 있던 권총과 함께 소리 없이 사라진 인물. 어제 잠들기 직전 깨달았다. 그건 오로지 히라타만이 가능한 일임을. 트립해 와서 대장을 쏴 죽인 다음 권총을 들고 현대로 돌아간다. 그에게는 일도 아니다.

하룻밤을 보낸 지금에 와서 다시 생각해 본다—.

만약 그렇다면 동기가 뭘까. 무슨 목적으로 그랬을까.

유령처럼 나타났다 사라지는 건 히라타만이 할 수 있는 일이다. 그를 범인으로 추정한다면 그 부분에 대한 의문은 해결된다. 그러나 히라타는 가모 대장이 2월 26일에 자결한다는 사실을 알고 있다. 역사적 사실을 지식으로 가지고 있다. 즉, 그가 대장을 증오해서 죽이려 했다 하더라도 하필 2월 26일 당일에 위험을 감수하면서까지 직접 손을 쓸 이유는 없었다는 얘기다. 내버려둬도 대장은 자결한다. 알고 있던 바다.

자결할 게 분명한 인간을 일부러 죽일 바보는 없다.

다카시는 거울 속 자신의 얼굴을 보며 코웃음 쳤다. 역시 즉흥적인 생각만으로는 아무것도 해결되지 않는구나—.

순간 거울 속 얼굴의 웃음이 지워진다.

뭔가 석연치 않은 기분이 들었다. 자결할 인간을 죽일 바보는 없다—정말 없을까. 그런 케이스는 전혀 가정할 수 없는 걸까.

다카시가 사는 '현대'에선 분명 가정하기 어렵다. 상당히 힘들다. 왜냐하면 '현대'에는 더 이상 '자결'이라는 개념이 없기 때문이다.

'자살'은 있어도 '자결'은 없다.

가모 대장은 '자살'이 아니라 '자결'했다. 그는 쇼와의 군인인 것이다.

군의 현황을 근심하고 국가의 장래를 염려하였으나 자신은 이제 거동하는 것조차 뜻대로 되지 않아 더 이상 할 수 있는 일이 없다. 주위에 의견을 냈더니 이해하기는커녕 도리어 반감을 품고, 테러와 같은 무모한 행위도 서슴지 않는다. 비분강개한 가모 대장은 죽음으로써 육군 중추부에 직언하리라 결심한다. 그 때문에 장문의 유서도 쓴다.

한데 죽기 직전 그에게 원한을 가진 인간이 나타나, 당신이 '자결'이라는 명예로운 죽음을 맞이하도록 그냥 놔두지 않겠다, 당신의 죽음이 보통의 살인 사건으로밖에 기억되지 않도록 하겠다, 당신에 대한 역사적 기록은 '살해'로 남도록 만들어 버리겠다—고 선언했다면? 그리고 실행했다면?

세면대에 얹은 두 팔이 뻣뻣해지며 온몸이 경직됐다.

불가능한 얘기가 아니다. '자결'할 인간을 살해하는 건 바보 같은 짓이다. 하지만 '자결'할 인간을 미리 죽여야 할 상황이 있을 수도 있다. 그리고 '가모 대장 살해'는 실제로 그와 같은 상황하에서 일어났다.

히라타는 히라카와초이치반 호텔 비상계단에서 트립했을 때 가모 대장을 살해했다. 그게 '자결'이 아님을 알리기 위해 권총을 들고 사라졌다. 쇼와 11년 2월 26일 이른 아침, 이번엔 고용인의 신분으로 가모 저택에 왔다. 저택 안에 머물며 자신이 저지른 가모 대장 살인 사건이 역사적 사실로 기록되는 과정을 빠짐없이 지켜보기 위해—.

이런 가설이라면, '현대인'일 히라타가 어째서 일부러 이 시대에 왔는가 하는 수수께끼도 해결된다. 굳이 이런 시대를 골라 오다니 취향이 독특하다는 정도로만 여겼는데 사실은 취향에 관한 문제가 아닐지도 모른다.

몸서리가 쳐져 가볍게 팔을 문질렀다. 실로 무서운 상상이다.

이게 진상이라면 히라타라는 인간은 가모 노리유키에 대해 상당히 깊고 어두운 악의를 품고 있었다는 얘기이리라. '자결'을 막아 누구나 살인임을 눈치 챌 수 있는 형태로 만든다는 건 이른바 대장을 두 번 죽이는 짓이다. 육체는 물론이거니와 유지마저 죽여 버리는 결과를 낳기 때문이다.

정말 그런가. 히라타인가. 그가 맞다면 도대체 가모 대장에게 무슨 원한이 있어서 그랬단 말인가.

거울을 향해 자문자답해 보지만 거울 속 다카시 역시 궁금하다는 표정을 짓고 있을 따름이다. 자기 그림자에게 말을 걸고 있는 외톨이 아이 같다.

다카시는 고개를 한 번 가로젓고는 거울 앞을 떠났다. 우물쭈물 고민하고 있어 봐야 아무 소용없다. 나중에 히라타에게 물어보자. 그런 복잡한 이야기를 할 수 있을 만한 상황이 되면, 다카시의 의문에도 대답해 주겠지. 아니, 반드시 대답을 들어야만 한다.

초조해할 필요 없다. 시간은 충분하다. 어차피 히라타가 나을 때까지는 꼼짝없이 여기에 있어야 한다. 아니, 자신이 목도한 납득할 수 없는 사건의 진상을 확인하고, 장차 비참한 죽음을 맞게 될 후키를 구할 수 있는 방법을 찾기 전까지는 절대 움직일 생각이 없다.

복도로 돌아가 후키와 지에의 방을 살짝 노크하고 열어 보았다. 짐작대로 두 사람 다 없다. 벌써 일어나 위층에서 일하고 있으리라. 그러고 보니 대체 지금이 몇 시지?

계단을 올라 통로가 돼 버린 다리미판 방을 나왔다. 오른쪽 부엌 방향에서 말소리가 들려 온다. 후키 목소리다.

조용히 다가가 귀를 기울였다. 거실 쪽에선 아무 소리도 들리지 않는다. 가모 집안 사람들은 아직 자고 있으리라.

저택 안을 조금 돌아다녀 볼까. 어제 하루는 내내 휘둘려 다니느라 저택 내부에 대해 알 기회가 없었다. 눈을 꼭 감은 채 손으로만 더듬고 있는 셈이다. 오늘 하루가 시작되기 전에 집 안 동태를 파악해 두면 마음이 편해질지도 모른다.

거실로 들어갔다. 아무도 없다. 커다란 테이블 위는 깨끗이 정돈되어 유리엔 재떨이만 달랑 놓여 있다.

창가의 수납대 위에는 상자 모양 라디오와 장식장이, 정면의 난로 위에 설치된 선반에는 액자가 놓여 있다. 가까이 다가가 보니 세 장의 흑백사진이다.

한 장은 젊은 시절의 가모 노리유키 부부 같다. 군복 차림의 가모 노리유키—그렇다, 이건 노리유키다. 생김새가 다카유키와 비슷하지만 눈매가 다르다. 키도 다카유키보다는 작아 보인다.

부인은 기모노 차림으로 머리를 틀어 올리고 있다. 얼굴이 다마코와 너무 닮아 다카시는 한참을 들여다보았다. 대개 남자아이는 어머니를 닮고, 여자아이는 아버지를 닮는다는데 가모 집안은 완전히 반대다.

고풍스럽게 드리워진 발을 배경으로 가모 부인이 의자에 앉아 있고 옆에 가모 노리유키가 서 있다. 결혼 기념사진인 듯하다.

거실에 놓여 있는 이 사진을 매일 대하며 마리에는 어떤 기분이 들었을까. 이곳에서 그녀의 입지는 상당히 위태로워 보였다. 뭔지 알 수 없는 속사정으로 겨우 버티고 있는 듯했다. 여러 가지 막연한 사실들 가운데 확실한 것 하나는 요시타카가 마리에의 배후라는 점이다. 마리에는 요시타카에게 완전히 구워삶아져 이용되고 있을 가능성이 높다.

가모 대장은 그녀와 그녀의 배후에 있는 요시타카가 무엇을 노리는지 분명히 알고 있었을 것이다. 그러나 다카유키에게는 "참아 달라, 저 여자도 곧 나가게 된다"라고만 하며 별달리 손을 쓰지 않았다. 이것도 상당히 기묘한 이야기 아닌가.

'요시타카에게 뭔가 약점이라도 잡혔나?'

본의 아니게 그들 말에 따랐던 게 아닐까. 그렇다면 요시타카 쪽의 대장 살해 혐의는 점점 옅어진다. 약점을 잡힌 쪽이 잡은 쪽을 죽이는 건 흔하지만, 그 반대는 별로 많지 않기 때문이다.

'역시 히라타 씨가 대장을 죽인 걸까?'

생각이 다시 그쪽으로 흐르고 말았다.

부부의 사진 옆에는 엽서 크기의 액자에 담긴, 차려입은 남자아이와 여자아이 사진이 놓여 있다. 다카유키와 다마코겠지. 뭔가 축하할 일이 있었던 모양이다. 시치고산七五三 3, 5, 7살에 아이의 성장을 축하하는 행사이려나……. 어린 다마코는 인형처럼 생겼다.

거실 난로에는 아직 불을 넣지 않았다. 무릇 난방도구란 불이 없거나 전원이 켜져 있지 않으면 외려 차갑게 느껴지는 법이다. 옆에 걸쳐 놓은 무거운 부지깽이를 손에 쥐자 냉기가 뼛속까지 스며든다.

다카시는 거실에서 나왔다. 현관 홀은 조용했다. 얼음처럼 투명하게 빛나는 햇살이 문 양옆의 채광용 장식 창에서 들어와 바닥을 서늘하게 비추고 있다.

빙 둘러보다가 어제 허둥지둥 뛰어 올라가기 바빴던 계단 아래로 공중전화박스 크기의 공간이 있음을 깨달았다. 다만 높이는 조금 모자라다. 부주의하게 안으로 들어가려 했다가는 문머리에 부딪치고 말겠다. 정면 벽에 달아놓은 선반 위로 전화기가 보인다. 카드 공중전화기 정도의 크기로 몸체는 검은색이다. 오른쪽에 핸들 같은 게 달렸고 나팔 모양의—아마 수화기겠지—도구가 떡하니 놓여 검정 코드로 본체와 확실하게 연결되어 있다.

시대가 흘러도 전화기는 역시나 전화기다. 아무리 다카시라도 이걸 세탁기라고는 생각하지 않는다. 그러나 눈으로만 확인해서는 이 전화가 살아 있는지 죽어 있는지를 짐작할 수 없다. 어제 다카유키가 "선을 잘랐다"고 했지만 과연 정말일까.

수화기를 들어 올려 귀에 대 봤다. 아무 소리도 나지 않는다. 원래 별도의 조치가 없으면 예의 "삐—" 소리가 안 나는지도 모르기 때문에 섣불리 판단할 수는 없다.

좁은 공간 안에서 쪼그리고 앉아 다카유키가 "잘랐다"는 전화선이 어디에 있는지 찾아보았다. 어쩌면 자기 손으로 고칠 수 있을지도 모른다는 생각이 들었다.

한참을 찾은 끝에 잘려 있는 부분이 전화기 본체 안쪽과 연결된 선임을 알아냈다. 천으로 둘러쳐진 두꺼운 선이다.

'안 되겠네…….'

코드를 연결할 만한 여유 공간이 있다면 어떻게든 해 볼 수 있을지 모르지만 그럴 수 있는 상황이 아니다. 코드도 본체 콘센트에 직접 꽂는 게 아니라 본체 박스 안으로 연결되어 있어 따로 빼내기는 어렵다. 손 쓸 방법이 없다.

뭐 그래도 수확은 있었다. 정말로 전화가 끊겼다는 걸 확인했으니까. 모든 것이 애매모호한 가운데 비록 하나뿐일지라도 누군가의 말이 사실임을 확인하고 나니 조금은 속이 후련하다.

다시 현관 홀로 돌아왔지만 여전히 아무도 없었다. 내친김에 홀 안쪽 오른편으로 보이는 문을 살펴보기로 했다. 열어 보니 화장실이다. 휘황찬란하다. 은으로 가장자리를 두른 커다란 거울과 공들인 모양의 은 수도꼭지가 달린 세면대. 놀랍게도 수세식 변기까지 설치되어 있다.

이 정도 저택이니 수세식 변기가 있다고 해도 딱히 놀랄 일은 아니지만 반지하 고용인 방과 비교해 보면 역시 아연해질 수밖에 없다. 너무 차별하는 거 아냐?

문득 어제 다마코가 했던 이야기가 떠올랐다. 가모 대장은 옆집과 싸우고 난 뒤에 통용문을 부쉈다고 했다. 한데 '재래식' 화장실의 경우 분뇨 수거인을 불러야 할 테고, 짐수레든 뭐든 분뇨를 수거해 갈 차가 들어오려면 반드시 통용문을 지나야만 한다. 하지만 통용문이 부서졌으니 앞뜰을 가로질러 건물을 빙 돌아 부엌 출입문 쪽으로 들어오는 수밖에 없다. 그야말로 진기한 광경이 펼치지는 것이다. 통용문을 부쉈을 때는 대장도 미처 여기까지 생각하진 못했으리라. '사상의 대립'이라고 다마코가 말했지만 언뜻 보기에도 고상하게 느껴지는 그 대립이 일상의 차원에서 이런 데까지 영향을 미치는 것이다. 자기도 모르게 살짝 웃음이 나오고 말았다.

"뭐 해?"

깜짝 놀라 뒤돌아보니 다마코가 서 있다. 오늘 아침에는 정장 차림이다. 검정에 가까운 회색으로 털이 길어 따뜻해 보이는 슈트를 입고 있다. 롱스커트에 윗옷 길이는 짧다. 전체적으로 품이 넉넉하다. 그녀에게 있어선 평상복이겠지만 그리 싼 물건 같진 않다.

다카시의 여동생이 올해 초 바겐세일 때 사 온 정장이 생각났다. 유행은 되풀이된다던데 과연 그런 모양이다. 슈트의 색상이 다마코의 하얀 얼굴을 더욱 돋보이게 한다. 어제도 느꼈지만 순간적으로 동작을 멈췄을 때의 다마코는 무척 아름답다.

"아, 안녕하세요." 다카시가 인사했다.

다마코가 말도 없이 가만히 자신을 바라보자 어쩐지 쑥스러워진 다카시는 머릿속에 떠오르는 대로 얘기를 꺼냈다.

"오늘은 기모노가 아니네요. 잘 어울려요."

"거무스름한 게 이거뿐이라." 우두커니 자리에 선 채로 다마코는 불쑥 말했다.

그녀로서는 상복인 셈이다. 나도 참 눈치 없네.

"당신, 오라버니 친구가 아니라면서?"

고개를 살짝 갸웃하며 다마코가 말했다. 딱딱한 말투가 아니라, 그냥 솔직히 놀랐다는 투다. 다카시는 시인했다.

"네. 어제는 미처 말씀드릴 기회가 없어서……."

"히라타 조카라고 들었는데. 여기 숨어 있다고."

"네. 오빠에게 들었나요?"

다마코는 멍하니 고개를 끄덕였다. 아직 졸음이 가시지 않은 모양이다.

"오라버니는 다양한 친구들과 어울리니까, 당신 같은 친구가 있어도 이상하지 않다고 생각했는데, 틀렸네."

어제 가쓰라기 의사로부터 들은 말이 머릿속에 떠올랐다.

—다카유키 군은 서민의 편이라 표방하고 있으니까.

"저 같은 노동자 계급의 인간도?"

다마코는 대답하지 않았다. 그렇다고 쓸데없이 뭘 그런 걸 묻느냐는 표정을 지은 것도 아니다. 다만 흐리멍덩한 눈으로 이렇게 말했다.

"비켜 줘. 나, 세수할 거니까. 그리고 거실 난로에 불이나 넣어 줘. 아버지 방에도. 눈도 치워야 하지 않겠어, 네가 말이야."

갑자기 고용인을 대하는 태도다. 다카시야 군말할 입장이 아니다. 다마코가 지나갈 수 있게 옆으로 물러났다. 그녀는 세면대로 향하더니 옆에 있는 찬장을 열어 연한 분홍빛이 나는 예쁜 비누를 꺼냈다. 세안용인 모양이다. 차가운 물로 거품을 내자 다카시가 있는 곳까지 향이 풍겨 온다.

더 이상 다카시를 상대할 생각이 없는 듯했다. 다카시는 홀 쪽으로 가다가 마침 계단을 내려오던 다카유키와 마주쳤다.

"여기서 뭐하고 있나?"

갑자기 그렇게 물었다. 한숨 자고 나서인지 어느 정도 피로의 기색은 사라져 보인다. 그러나 눈매는 어제보다 훨씬 어둡다. 기분 좋은 꿈을 꾸지는 못했겠지.

"전화를 고칠 수 있을까 해서 살펴보고 있었어요." 순간적으로 거짓말을 했다. "이제 거실과 주인어른 방 난로에 불을 넣고 오겠습니다."

다카유키가 뾰로통한 표정으로 다카시를 지나쳐 세면실 쪽으로 걸어갔다.

"아가씨가 사용하고 계세요"라고 말해 두곤 다카시는 부엌으로 향했다.

주인어른이라든가 아가씨 같은 말이 입에서 나오다니 스스로도 놀랐다. 당분간은 시늉만이라도 고용인의 분수를 지켜 나가지 않으면 안 될 것 같다.

거실을 지나 부엌에 들어서자 정신없이 아침 식사를 준비하는 후키와 지에가 보인다. 가스 화로 한쪽에선 커다란 주전자가 끓고 있다. 다른 화로에 얹어 놓은 쇠 냄비를 지에가 나무 국자로 젓고 있다. 죽인가. 식욕을 돋우는 냄새가 났다.

두 하녀는 작은 목소리로 다카시에게 아침 인사를 했다. 걷어 올린 후키의 팔이 하얗다. 코끝에 살짝 땀이 배어 있다. 어제나 오늘이나 후키와 지에의 인상은 변함이 없다.

다카시도 인사를 건넸다. 다시 한 번 장례식 아침 같다고 느꼈다. 사람이 죽어도 살아 있는 사람들은 아침을 먹는다. 그걸 준비하는 사람도 있다.

"난로에 불을 넣으라고 아가씨께서 말씀하셨어요. 장작 가지고 올게요.”

작은 그릇에 나물을 담고 있던 후키가 걱정되는 듯 고개를 갸웃거렸다.

“할 수 있겠어요?”

“불 피우는 것 정도야 어떻게든 할 수 있겠죠. 가져올게요.”

“헌 신문을 태워서 불을 먼저 피워 주면 좋아요. 저기에 성냥이랑 같이 놓여 있으니까 가져가세요.”

후키가 부엌 구석 선반을 가리키며 말했다.

“장작에 습기가 차서 불이 잘 안 붙을지도 모르니까 처음에는 가는 불쏘시개를 사용하세요.”

“알았어요.”

다카시는 부엌 출입문에 있던 군화를 신고 어제 히라타가 사용했던 양동이를 들고 정원으로 나갔다. 눈은 그쳤지만 하늘은 구름에 가려 있고, 땅은 새하얗다. 어젯밤에도 꽤나 내린 모양이다. 곳곳에 쌓인 눈이 커다랗게 덩어리져 있다. 반지하 창은 완전히 눈에 파묻히고 말았다. 주변은 온통 적막하여 전혀 인기척이 느껴지지 않는다.

다카시는 담과 울타리를 따라 걸으며 부근을 꼼꼼히 살펴봤다. 예전에 통용문 있던 자리를 찾았지만 눈에 뒤덮여 여기저기 얼어붙은 상태라 알아보기 어려웠다. 오두막에서 장작을 양동이 가득 담고는 하얀 입김을 내쉬며 부엌으로 돌아왔다.

“뭐든 시켜 줘요, 개의치 말고.”

거실로 향하며 후키에게 말했다.

“삼촌이 좋아질 때까지 대신 일할 수 있게 해 달라고 했어요. 최소한 뭔가 일은 하고 있어야죠.”

이렇게 해 두면, 마리에와 달리 저택에 머물며 행동할 명목도 선다.

“다카시 씨…….”

“나중에 눈도 치울게요. 아, 가쓰라기 선생님이 삼촌을 병원으로 데리고 가는 게 낫겠다고 하시더라고요. 그래서 선생님이랑 같이 병원에 가게 될 거 같아요.”

“밖으로 나가셔도 괜찮을까요?”

“네. 괜찮을 거예요. 어제도 아무 일 없었으니까.”

지에가 말했다. “병원비는 있어요?”

아차 싶었다. 그 문제는 생각해 보지 못했다. 지에에게는 꽤나 현실적인 면이 있다. 그렇기 때문에 노인을 가벼이 여겨서는 안 된다.

“선생님과 의논해 볼게요.”

“그보단 다카유키 님께 부탁드리는 게 좋을 텐데”라고 후키가 말했다.

그녀는 뭐든 다카유키에게 의지한다. 다카시로서는 별로 탐탁스럽지 않은 일이다.

“어떻게든 해 볼게요. 걱정 마세요.”

후키는 부엌 선반에서 그릇과 수저를 꺼내 쟁반 위로 옮겨 담느라 정신이 없다.

“아침 식사 차리는 거죠?”

“예.”

이 인분만 따로 차려진 쟁반.

“이건 누구 거예요?”

“사모님과 요시타카 님 식사예요.”

“그 사람들은 자기 방에서 식사해요? 따로?”

“그편이 낫지 않겠냐고, 다카유키 님이.”

“그렇구나. 이건 제가 가지고 갈게요.”

좋은 기회다. 마리에와 요시타카의 동태를 보고 오자. 오늘 아침 그들은 어떤 표정을 하고 있을까.

“후키 씨랑 지에 할머니는 마리에 씨를 ‘사모님’이라고 부르네요.”

후키가 가만히 있기에 슬쩍 지에의 얼굴을 봤다.

“맞아요”라고 지에가 답했다.

“나도 그렇게 불러야 되나? 다카유키 씨 말로는 사모님도 뭣도 아니고 멋대로 들어온 거라던데. 저 사람이 자기를 사모님이라 부르라고 명령했어도 따를 필요는 없어요.”

“그럴 수야 없지요.” 지에가 단호히 말했다. “쓸데없는 말썽을 일으켜서는 안 되니까요.”

“요시타카라는 사람이 자꾸 말썽을 피우죠? 가모 대장은 아무 말 없었어요? 마리에 씨는 앞으로 어떻게 되는 걸까요?”

“아무것도 모릅니다. 저희와는 상관없는 일이에요.”

지에가 딱 잘라 말했다. 노인의 얼굴에는 ‘쓸데없는 일에 신경 쓰면 좋지 않아’라며 타이르는 듯한 표정이 떠올라 있다.

“이 저택에 계신 분들은 모두 저희에게 있어서는 훌륭한 주인이시니까요. 다카시 씨도 히라타 씨 대신 일할 생각이면 그걸 명심해 두세요.”

어쩔 수 없다. 다카시는 알겠습니다, 라고 순순히 대답했다. 후키도 더 이상 이쪽을 봐 주지 않는다. 양동이를 내려놓고 부엌을 나왔다.

아무도 없는 거실로 들어가 난로 앞에 섰다. 완전히 식은 재 위에 새카맣게 타고 남은 장작이 널려 있다. 난로 앞을 둘러싸고 있는 목책 같은 덮개를 걷어내고 신문지를 말았다.

굴뚝을 통해 들어오는 바깥공기가 느껴진다.

‘이 난로—?’

생각났다, 트립에 실패해서 쇼와 20년 5월 공습의 한가운데 떨어져 버렸을 때 일이.

그때 가모 저택은 불타고 있었다. 벽돌로 만들어진 건물인데도 안쪽에서 불을 내뿜고 있었다. 그로 인해 후키가 죽었다. 잊을 리가 없다. 새카맣게 눌어붙은 그녀의 손이 다카시를 향하던 그 순간을.

떨리는 몸을 진정시키며 다카시는 생각했다. 그때 가모 저택은 왜 불에 탔을까. 바깥에서 일어난 불이 옮겨 붙은 건 아니었다. 저택 내부에서 발화하여 불길을 내뿜는 것처럼 보였다.

'굴뚝인가?'

짐작되는 바가 있었다.

그래, 굴뚝으로 공습 폭탄이 떨어진 거다. 히라타는 분명 소이탄이라고 했다. 폭탄이 터지면서 내장된 기름이 튀어 불길을 키우는 종류다. 그게 굴뚝에서 거실로 날아들었다면?

장작이 든 양동이를 치우고 다카시는 굴뚝 안으로 머리를 들이밀었다. 고개만 돌려 위를 보려 했더니 목덜미와 등이 아프다. 간신히 굴뚝에 몸을 집어넣고 이번에는 상반신을 비틀어 난로 안쪽 벽을 살펴보았다. 겨우 한 손으로 몸을 지지한 상태다. 좀더 힘을 내서 목을 뻗으니 정수리에 뭔가가 닿았다.

깜짝 놀라 다카시는 일단 물러났다. 굴뚝 안에 칸막이가 있나?

다시 한번. 이번에는 처음부터 누운 자세로 팔꿈치와 엉덩이를 이용해 기어 들어갔다. 아까보다 쉽게 몸을 집어넣을 수 있었다.

위를 올려다봤다.

뭐야. 철망이 쳐져 있다. 온통 그을음투성이다.

멀찌감치 굴뚝 입구를 통해 자그마하게 잘린 잿빛 하늘이 보인다. 그쪽을 향해 손을 뻗었다. 곧 손가락에 철망이 닿았다. 촘촘하고 단단한 것 같은데—거참 이상하네, 어딘가 찢어졌나?

"앗 따가워!"

서둘러 손을 내렸다. 오른손 집게손가락 끝에 빨간 핏방울이 맺혀 있다.

혀를 차며 다시 한번 신중하게 손을 내밀어 천천히 철망을 만져 보았다. 역시. 바로 앞쪽에 커다란 구멍이 나 있다. 어두워서 눈에는 잘 안 들어왔지만, 지름이 이십 센티미터 정도는 될 법한 구멍이다. 찢어진 철망이 아래쪽으로—즉 난로 쪽을 향해—삐쭉삐쭉 튀어나온 걸 보니, 위에서 뭔가가 떨어지며 철망을 뚫어 버린 모양이다.

철망 자체는 본래 그런 용도로 달려 있었던 게 아닐까. 뭔가가 굴뚝에—사람? 새?—떨어졌을 때 떠받칠 수 있도록.

이건가. 손으로 계속 더듬으며 혼자서 고개를 주억거렸다. 작긴 해도, 강한 성취감이 북받쳐왔다. 그래, 수리하자. 이것만 고쳐두면 어쨌든 20년의 공습 때 후키는 죽지 않는다. 분명 그럴 것이다. 빨리 발견할 수 있어서 다행이다.

그때 철망을 훑고 있던 손에 딱딱한 물체가 닿았다. 철망 위에 뭔가 놓여 있는 거 같았다.

다카시는 자세를 바꿔 가며 조금이라도 자세히 보기 위해 노력했다. 공간이 거의 없어서 약간만 뒤척여도 그을음이 후드득 떨어져 내린다. 눈이 따갑다. 하는 수 없이 철망을 더듬어 구멍을 찾았다. 겨우 찾았다 싶어 손을 밀어 넣는 순간 또다시 날카로운 아픔이 몰려왔다. 이번에는 손목을 긁힌 모양이다. 손끝에는 아까 그 물체가 만져진다. 다카시는 그걸 움켜쥐었다.

금속의 느낌이 난다. 다카시는 흠칫 놀라 그대로 가만히 있었다.

'설마?'

오른손을 얼굴 앞으로 가져왔다. 손을 꽉 움켜 쥔 채로 심장이 두근거리는 걸 느끼면서. 이건 어쩌면—아니 그런데 크기가—작은 것이라 했으니—.

조심스럽게 손을 펴 봤다. 금속으로 만들어진 것 같긴 하지만 모양은 얇은 사각형이다. 그을음이 들러붙어 새카맣고, 열 때문인지 테두리가 뒤틀려 있다.

휴, 하고 소리 내어 한숨을 쉬었다.

권총은 아니다. 처음 손에 쥐었을 때는 얼마간 확신했지만 틀렸다. 이거, 뭐지?

평평한 부분을 손으로 문지르니 그을음이 벗겨지며 조각된 꽃문양이 조금씩 드러났다. 상자 테두리에는 쇠고리가 달려 있다. 손톱을 세워 끌어당기자 딸깍 하며 열린다.

새카만 재가 조금 들어 있다. 점점 더 영문을 알 수 없다. 뭐에 쓰는 물건인지 궁금했지만 일단은 원래대로 닫고 바지 주머니에 집어넣었다.

꽤나 고생하여 난로에 불을 붙였을 때 쟁반을 들고 거실로 들어온 후키가 다카시의 얼굴을 보자마자 웃음을 터뜨렸다.

"어머, 굴뚝청소부 같아."

당황한 다카시가 손으로 얼굴을 문질렀지만 후키의 웃음은 그치지 않았다. 양손을 보니 새카맣다.

"그러지 마세요 더 까매졌어요."

"그럼 웃지 마요."
웃지 말라고 대꾸하면서 자신도 웃고 말았다. 후키의 웃는 얼굴을 보는 게 기뻤다.
"씻고 오세요. 주인님 방 난로는 제가 붙일게요."
"그렇게 해 주면 고맙지요—아 맞다."
다카시는 자리에서 일어나 아까 발견한 상자를 꺼내 들고 후키에게 다가갔다. 탁자 위에 아침 식사를 위한 접시며 그릇을 늘어놓던 후키가 그걸 보고 손을 멈췄다.
"난로 안에 있던데 뭔지 알겠어요?"
발견하게 된 사정을 설명하며 다카시는 상자를 내밀었다.
"조심해요. 손이 더러워지니까 끝을 잡아요."
후키는 살짝 집어들듯 받아들었다. 앞뒤를 살펴보다가 뚜껑을 열려고 하자 다카시가 말렸다.
"안에는 새카만 재뿐이에요."
후키는 상자 표면에 새겨진 무늬를 지그시 바라보았다.
"도대체 이게 뭐죠?"
"담배 상자예요. 궐련을 집어넣는." 후키가 답했다. "다카시 씨 모르세요?"
"담배 상자?"
앵무새처럼 말을 따라했다가, 아 그런가 하며 납득했다. 담배 케이스구나. 애당초 포장되어 있던 담배를 케이스에 다시 담아 들고 다니는 사람은 다카시가 살던 시대에서도 별난 사람이거나 멋을 부리는 사람뿐이다. 담배를 줄이려고 하루에 피울 양을 한정한 사람이거나.

"이상한 곳에 있었네? 누구 물건일까요?"

후키는 잠자코 있다. 입을 다문 그 모습에서 짐작되는 바가 있었다.

"누구 건지 알고 있는 거죠, 후키 씨?"

후키는 담배 상자 겉면의 꽃무늬를 손가락으로 문질렀다. 그녀의 손도 새카매지고 말았다.

"누구 거예요?" 다카시가 밀어붙였다.

후키는 나지막이 한숨을 토했다.

"딱히 숨겨야 하는 건 아니지만."

"응, 그렇다면 말해 줘요. 괜찮잖아요."

후키는 화가 난 모습으로 다카시를 째려봤다. "다카시 씨는 저택 일에 대해 이것저것 너무 파고들어서."

"그렇지 않아요."

"아뇨, 그러고 있어요."

"이제부터 안 그럴 테니까, 가르쳐 줘요."

후키가 다시 다카시의 얼굴을 쳐다봤다. 다카시는 정색했다.

"—구로이 씨 거예요." 후키가 작은 소리로 말했다.

"구로이 씨? 히라타 씨—아니, 삼촌 전에 여기서 일했던 하인? 그런 남자가 담배 상자를 가지고 있었다고요?"

"남자가 아니에요. 여자예요."

다카시는 깜짝 놀랐다. "정말?"

그러고 보니 구로이라는 인물에 대해서는 미처 파악하지 못했다. 마리에가 히라타에게 '당신이 구로이의 후임이구나'라고 한 얘기만을 근거로 추측하고 있었을 뿐이다.

"그럼 후키 씨랑 같은 하녀였던 거예요? 구로이라니, 이름은 뭐예요? 그 사람은 무슨 사정이 있어서 여길 나간 거죠? 어제부터 후키 씨, 내가 그 사람에 대해 물어보면 곤란한 표정을 짓던데?"

다카시는 쉬지 않고 연거푸 질문했다. 그래, '구로이'라는 이름이 나오면, 후키는 상당히 복잡한—조금은 기분 나쁜 일이 기억난다는 듯한 표정을 지었다. 그게 이상했다. 지금은 혼자인데다가 지에라는 노련한 참견꾼도 없으니 사정을 얘기해 줄지도 모른다. 알아 두고 싶다.

후키는 이내 마음먹은 듯 살그머니 어깨를 떨어뜨리며 입을 열었다. "아뇨, 저나 지에 할머니와는 달랐어요. 주인님의 시중을 들기 위해 잠시 들어와 살았던 사람이에요."

"그럼, 대장이 아프고 난 후?"

"네. 원래는 주인님이 입원하신 병원에서 간병을 하던 사람이었어요. 솜씨가 좋아서 주인님이 퇴원할 때 데리고 나오셨죠."

이 집에 일하는 하녀가 두 사람이나 있는데도 일부러 데려왔다는 건 상당히 마음에 들었다는 뜻이리라.

"이 저택에 얼마나 있었는데요?"

"글쎄요, 일 년 정도였나."

"그 사람의 담배 상자가 왜 난로에 있었던 걸까요?"

후키는 조금 쓴웃음을 지었다.

"호기심 많은 다카시 씨."

"네—."

"담배 상자가 없어져서 구로이 씨가 찾고 있었던 건 저도 기억해요." 후키가 말했다. "그 무렵에도 혹시나 했었는데 역시 그랬구나."

"무슨 말이에요?"

후키는 새카매진 담배 상자를 손 위에 올려놓았다. "이건 주인님께서 구로이 씨에게 선물한 거예요. 금장인데다 상당히 가치 있는 물건이겠죠. 그래서 마음에 안 들어 했던 사람이 몰래 숨겨 놨던 모양이에요"

"그런데 왜 난로 안에?"

"철망이 찢어져 있었다고 그랬죠?"

"응, 구멍이 났어요."

"일 년쯤 전이었나. 굴뚝을 청소하던 사람이 위에서 뭘 떨어뜨렸는데 마침 철망도 오랫동안 불에 그슬리고 약해져 있던 터라 구멍이 났어요. 다들 알고는 있었지만 빨리 고쳐야 할 이유도 없어서 차일피일하다가 그만 잊어버리고 만 거죠."

난로 철망에 구멍이 난 정도야 그다지 대수롭지 않은 일이라고 후키는 말했다. 아니, 그렇지 않아, 후키 씨 목숨과 관련이 있다고요. 다카시는 마음속으로 중얼거렸다.

"저 구멍은 나중에 내가 고쳐 둘게요"라고 딱 잘라 말했다. "난로 안은 누가 뒤질 염려도 없는데다 불까지 피우면 더더욱 발견하기가 힘들겠죠. 덕분에 담배 상자는 그을음에 뒤덮이고 불길에 그슬려 완전히 망가졌고. 심술궂은 짓이네요."

"그렇네요……."

"숨긴 건 마리에 씨겠죠?"

"글쎄요, 거기까지는 확실히 말씀드리기가."

"그런가. 후키 씨 얼굴에는 벌써 나랑 같은 생각이라고 씌어 있는걸요."

후키가 웃었다. "그렇지 않아요."

"그런가. 마리에 씨라면 그런 유치한 심술을 부려도 이상하지 않을 것 같은데. 구로이 씨라는 사람이 여기를 나간 이유도 마리에 씨 때문인가요? 쫓아내 버린 거 아니에요?"

후키는 또다시 곤란하다는 얼굴을 했다. 말하기 힘든 사정이 있는 모양이다.

"지에 할머니가 저택 내부 일에 대해서는 함부로 말하지 말라고 했나 봐요?"

"아뇨……."

곤란해하는 후키에겐 안됐지만 다카시는 핑곗거리를 만들려고 했다.

"그래도 말이에요, 어제 일…… 대장이 저런 식으로 돌아가셨는데 어찌 된 영문인지 전혀 모르고 있잖아요? 저택 내부 일은 아무리 사소한 거라도 확실하게 해 둘 필요가 있다고 생각해요."

후키는 눈을 크게 떴다. "구로이 씨와 어제 일어난 일은 그다지 관계가 없을 텐데요."

"왜요?"

"그 사람이 저택에서 사라진 건 작년 여름쯤의 일이거든요. 벌써 반년도 더 전이죠. 게다가 구로이 씨는 누군가에게 쫓겨난 게 아니라 자기 발로 나갔어요."

"대장이 마음에 들어 했다면서요?"

"주인님께서도 구로이 씨가 관두고 나가는 걸 알고 계셨어요."

"그럼 후키 씨는 어째서 구로이 씨 얘기가 나오면 항상 입을 다무는 거죠?"

"그건—."

"구로이 씨가, 아무 문제없이 자기 발로 나갔다면 껄끄러워 할 이유가 없잖아요. 이상해요. 뭔가 숨기는 거 같아."

다소 시비조가 되고 말아 다카시는 떨떠름했지만 이미 내뱉은 말이니 주워 담을 수도 없다.

후키의 통통한 볼이 고집스러운 느낌으로 불퉁해졌다.

"숨기는 건 없어요."

"미안, 탓하려는 게 아니에요, 다만—."

"다카시 씨는 정말 제멋대로군요." 나무라는 말투다. 지금 다카시는 히라타의 대리인, 즉 이 저택의 고용인으로서 자신과 같은 처지임을 떠올린 모양이다.

"저택 내부 일에 대해서는 함부로 간섭하지 말아 주세요. 자, 얼른 손 씻고 요시타카 님과 마리에 사모님 방에 아침 식사나 가져다 드리시죠."

그리고 분명하게 다짐을 받듯 덧붙였다. "더 이상 쓸데없는 얘기는 안 돼요."

일단은 이쯤에서 그만두는 게 좋겠다.

"알았어요. 미안해요."

다카시는 물러났다. 후키의 손에서 담배 상자를 돌려받는 건 잊지 않았다.

"이건 내가 다카유키 씨에게 갖다 줄게요."

구로이라는 인물의 존재는 아무래도 수수께끼 같은 데가 있다. 이 담배 상자를 사람들에게 보여 주면서 어떤 반응이 나타나는지 시험해 봐야겠다고 생각했다.

"다카시 씨가 자꾸 그러니까—."

다카시가 부엌 쪽으로 돌아갈 때, 후키의 조금 화난 듯한 목소리가 뒤좇아 왔다. 그녀와 싸우고 싶진 않지만 화난 얼굴도 귀엽다.

마리에와 요시타카는 일어나 있었다. 요시타카는 이미 옷을 갈아입었고, 마리에는 베개를 팔꿈치로 받친 채 침대에 모로 누워 있다. 다카시가 아침 식사를 가지고 들어갔지만 힐끗 쳐다보기만 할 뿐 아무런 말이 없다.

대장의 침실과 비슷한 크기의 방이다. 화려한 장식도 거의 똑같다. 싱글 침대가 두 개 나란히 있고, 창가에는 팔걸이의자와 동그란 모양의 작은 테이블이 갖춰져 있다. 아마도 손님용 침실이리라.

기름 냄새가 약간 났다. 요시타카가 그림을 그린다더니, 유화물감 냄새인가.

이 방에도 상자 모양의 라디오가 있었다. 요시타카가 의자에 앉아 라디오 쪽으로 귀를 기울이고 있다. 튜닝 상태가 별로인지 잡음이 많은 방송이었지만 요시타카는 알아듣는 모습이다.

"새로운 소식이라도 있나요?"

이 시대 아나운서는 훌륭했지만, 말투가 딱딱해서 다카시는 잘 알아들을 수 없었다.

요시타카는 여전히 라디오를 바라보며 고개만 끄덕였다. 영상을 비추진 않더라도 라디오를 들을 땐 라디오에 주목한다. 특히 중요한 뉴스일 때는. 그런 습관이 옛날에는 있었던 것이다.

"계엄령이 발포된 것 같군. 그런데도 교통은 자유로워졌어. 이걸로 진정되는 걸지도……."

그러자 꾸벅꾸벅 졸던 마리에가 불쑥 일어났다.

"밖에 나갈 수 있어?"

"응, 전차도 움직이고 있으니까."

"잘됐네. 틀어만 박혀 있으니 못 견디겠어. 당신, 회사에 갈 거지? 나도 같이 갈래."

바로 옷을 갈아입으려는지 침대에서 미끄러져 내려온다. 잠옷 차림이다. 다카시가 눈을 어디다 둬야 할지 몰라 곤란해하자 그 모습을 슬쩍 보며 마리에가 히죽거리고 있다. 부아가 치민다. 정말로 얄미운 여자다.

"나간다고 해도 밤에는 돌아오는 거야."

요시타카의 말에 마리에가 노골적으로 싫은 내색을 드러낸다.

"뭐라고요? 나, 하루도 더 이렇게 짜증나는 데 있고 싶지 않아."

"있지 않음 안 돼." 요시타카가 다카시의 귀를 신경 쓰는 듯한 기색으로 말했다.

"무엇보다 당신이 어디로 갈 수 있단 거야? 여기가 당신 집이야."

"난—."

"따라오고 싶으면 따라와. 그래도 저녁에는 다시 돌아오는 거야. 나는 다카유키와 할 얘기가 있으니까."

다카시는 잠자코 아침 식사를 차리고 있었지만 내심 울컥했다. 당신들, 지금 어떤 입장에 처해 있는지 전혀 모르는군. 그 말이 입 밖으로 나올 것 같았지만, 괜히 여기서 또 나섰다가 후키에게 미움을 살까 싶어 꾹 참았다.

서둘러 방을 나왔다. 대장 침실 쪽에서 향내가 풍겨 온다. 거기에 유해가 있다는 사실을 새삼 실감하며 거실로 돌아왔다.

거실에는 다카유키와 다마코, 가쓰라기 의사까지 모여 있었다. 의사는 연신 하품을 하고 있고, 다마코는 추운지 잔뜩 몸을 움츠리고 있다. 탁자 위에는 아침 식사가 차려져 있었지만 다들 손도 대지 않았다.

“좋은 아침.” 가쓰라기 의사가 말을 걸었다. “방금 삼촌의 상태를 보고 왔네. 별 변화는 없더군.”

다카시는 화가 났던 기운의 여세가 남아, 바로 히라타 문제로 머리를 전환하지 못했다.

“아, 고맙습니다.” 허투루 대답하고 말았다.

“지금 다카유키 군과 얘기하고 있었는데 말이야, 입원 등에 필요한 비용은 일단 다카유키 군이 대신 치러 준다고 하네. 자네 잘됐구만. 고맙다고 하게.”

“아, 감사. 저기—,”

가쓰라기 의사가 얼굴을 찡그렸다. “무슨 인사를 그렇게 하나.”

“아니, 저기,” 조바심이 난 다카시가 목소리를 높였다. “다카유키 씨, 요시타카 씨랑 마리에 씨가 외출한다던데요.”

“외출이라니—.”

“라디오에서 교통이 자유로워졌다는 뉴스가 나왔대요. 그래서 회사에 간다고.”

다카유키는 소리 내 의자를 끌며 자리에서 일어났다. “잠깐 얘기하고 올게.”

다카시도 함께 위층으로 올라가려 했지만 다카유키가 재빨리 돌아보며 “자넨 여기 있어”라고 내뱉고 나가 버리는 바람에 멍하니 쳐다보는 수밖에 없었다. 가쓰라기 의사는 재밌다는 듯 콧수염을 실룩거리고 있다.

"밖에 나가면 곤란한가?"

"곤란하지 않나요? 아직 누가 범인인지 모르잖아요."

"여기에 틀어박혀 있다고 알 수 있는 것도 아니잖나. 나도 밖에 나갈 거야. 병원이랑 차를 수배해야 하니까. 전화는 여전히 안 되지?"

의사 말이 맞긴 하다. 다카시도 알고는 있지만, 지금 이 상황에서 요시타카와 마리에를 자유롭게 놔두는 게 영 내키지 않는다. 지극히 감정적인 문제다.

"저 사람들, 도망치거나 증거가 될 만한 물건을 처분할지도 모릅니다."

의사는 웃음을 터뜨렸다.

"혹시라도 도망친다면 그거야말로 죄를 고백하는 꼴이 되지 않겠나. 증거가 될 만한 물건을 처분하는 일 역시 이 집에서도 얼마든지 가능해. 그렇게 신경을 곤두세울 필요 없네."

태연자약한 의사와 담담히 식사를 하고 있는 다마코의 얼굴을 훑어보다가, 이내 그만뒀다. 아무래도 혼자 하는 씨름 같다.

"그보다 자네도 얼른 식사하게. 나가야 하니까."

"에? 저도 가야 되나요?"

"따라와 줬으면 좋겠군."

"전화를 걸러 가시는 거 아닌가요? 선생님께 부탁드리면 안 될까요?"

가급적이면 현장에서 떨어지고 싶지 않다. 그러나 의사는 다소 불쾌한 표정을 지으며 말했다.

"자네 삼촌 일일세. 또……."

"뭔가요?"

"나 혼자 가다가 넘어져서 움직이지 못하게 되면 어떡할 건가? 위험하잖아."

가쓰라기 의사는 성질이 급해서 어제 여기로 오는 도중에도 몇 번이나 미끄러져 멋들어지게 구를 뻔했다. 하지만 그 정도야 신경 써서 걸으면 될 텐데 싶어 아무 대답하지 않고 가만히 있자, 의사는 마땅찮다는 듯 다시 말했다.

"자네 삼촌 일이라니까."

알았다고 대답할 수밖에 없나 보다. 이 기세 좋은 선생에겐 이길 수가 없다. 다카시는 승낙했다. 그러고는 주머니에서 상자를 꺼내들었다.

"선생님, 다마코—아가씨."

담배 상자를 꺼내 두 사람에게 보였다.

"오늘 아침 난로 안에서 발견했어요. 담배 상자 같습니다만."

"난로에서 나왔다고?"

가쓰라기 의사는 놀란 듯했지만 다마코는 달랐다. 몸을 약간 내밀어 담배 상자를 잡으려 했다.

"손이 더러워져요."

다카시가 주의를 주자 다마코가 말했다.

"이쪽으로 잘 보여줘 봐."

예예, 알겠습니다. 다카시가 다마코 쪽으로 내밀자 가만히 관찰하던 다마코가 무뚝뚝하게 말했다. "구로이 거네."

후키와 똑같은 대답이 돌아왔다. 다마코는 차분한 기색인데다 그다지 흥미를 보이지 않았다.

"대장이 구로이 씨에게 선물한 거라던데요."

"알아. 내가 사러 갔었거든."

"다마코 씨가?"

"응. 긴자의 하쿠호도白鳳堂에 주문해서 특별히 만든 거야. 구로이가 상당히 기뻐했지. 잃어버리고 나서는 한동안 풀이 죽어 있었어. 그랬구나. 난로 안에 있었구나."

다카시가 사정을 설명하자 다마코는 고개를 끄덕이더니 타고 있는 장작을 바라보며 불쑥 말했다. "마리에 씨네."

마찬가지로 후키와 똑같은 대답이다. 마리에도 참 알기 쉬운 심술을 저질렀군.

"구로이 씨라면……." 가쓰라기 의사가 의아한 얼굴로 말했다.

"아버지 간병인 말이에요." 다마코가 대답했다. "전에 여기 들어와 살았잖아요? 선생님은 만난 적이 없었던가."

"아니, 만난 적은 있네. 덩치가 큰 여자 아니었나."

"예, 맞아요. 몸이 크고 힘이 셌죠. 간병인으로선 적격이었어요. 막 퇴원하셨을 때 아버진 혼자 힘으로 잠자리에서 일어나지도 못하셨으니까."

"그랬군……." 의사가 고개를 끄덕였다. "그 상태에서, 천천히라도 걷는 것도 가능해졌고 저작에도 착수할 정도로 회복하셨으니, 각하의 의지도 참 대단하셨네."

"모두 구로이 덕분이었죠."

말투는 냉정했지만 다마코로선 최대의 찬사인 듯싶었다. 다카시는 속으로 감탄했다.

"구로이 씨가 잘해 줬다는 건가요?"

"그래. 아버진, 구로이 덕분에 기력을 상당히 회복하셨어." 다마코의 볼이 살짝 부풀어 오른다.

"아버지가 구로이를 너무 소중히 여기시고 구로이 말이라면 모두 오냐오냐 하셔서, 질투까지 났었다니까."

가쓰라기 의사가 미소 지었다. "각하는 자네를 제일 예뻐하셨어."

"예, 알고 있어요." 다마코도 웃었다. "아주 잘 알고 있습니다."

죽은 부인과 꼭 닮은 외동딸이다. 대장이라도 다마코가 예쁘지 않았을 리 없다. 설령 살짝 특이한 데가 있는 딸이라 할지라도.

그런데 다마코 말투에서 느껴지는 '구로이'라는 인물의 인상은 후키가 한 얘기를 듣고 짐작하던 것과는 상당히 달랐다. 후키는 뭔가, 구로이와 관련해서 기분 나쁜 체험이라도 한 걸까.

"구로이 씨, 어떤 사람이었나요?"라고 물어봤다. "나이는 몇 살 정도였죠?"

"글쎄…… 아버지보다 조금 어린 정도였을걸. 쉰다섯, 여섯쯤이려나.”

“들어와 살고 있었던 거죠? 반지하에 있는 방 하나를 썼겠네요.”

“응, 맞아. 아버지 간병을 하지 않을 땐 거의 자기 방에 틀어박혀 있었어.”

다마코는 미간을 살짝 찌푸렸다.

“난, 그 사람 별로 좋아하지 않았어.”

가쓰라기 의사가 다시 쓴웃음을 짓자 다마코가 서둘러 말을 이었다. “아뇨, 선생님, 질투하는 게 아니에요. 구로이에게는 감사해요. 그치만 좀 꺼림칙한 느낌이 드는 여자였어요. 선생님은 그런 느낌 받은 적 없었나요?”

“글쎄, 난 몇 번 만나지도 않았고, 봤어도 아주 짧은 시간이었으니까.”

“아버지의 총애를 받으면서도 저랑 오라버니에게 정중했고 후키나 지에와도 별 문제 없이 지낸 걸 보면 사람은 괜찮았을지 모르지만…… 어딘가 다른 사람들과 너무 달랐어요.”

마지막 부분만은 날카로운 말투가 됐다.

“꺼림칙한 느낌이 들었다고요?”

“응, 그랬어.” 다마코는 가녀린 어깨를 조금 움츠렸다. “뭐랄까, 두더지 같은 여자였어. 내내 어두운 방에만 있고, 낮에도 좀처럼 밖에 나오지 않았어. 아, 맞아—,” 다마코의 눈이 휘둥그레지더니 흡사 교태를 부리는 몸짓처럼 가슴에 손을 대고 가쓰라기 의사 쪽으로 몸을 내민다.

"저기 선생님, 선생님은 유령을 보신 적이 있으세요?"

의사는 당황했다. "아니, 다행인지 불행인지는 모르겠지만."

"저도 확실히 유령이다 싶은 건 본 적이 없어요. 그치만 구로이를 보고 유령 같다고 생각한 적이 있어요."

"무슨 뜻인가요?" 다카시가 물었다.

그 목소리와 말투에 의외의 긴장감이 배어 있어 정색하는 느낌을 받았으리라. 다마코와 의사 둘 다 놀란 듯이 다카시의 얼굴을 쳐다봤다.

"당신, 왜 그래?"

다카시는 목이 꽉 막혀 입을 제대로 열 수가 없었다. 자기도 모르게 주먹을 꽉 쥐고 있다. 설마 하고는 있지만 그 설마를 억제하기가 힘들었다.

"아, 아뇨." 목소리가 갈라졌다.

"그래서 저기, 다마코 씨는 어째서 구로이라는 사람을 보고 유령 같다고 여긴 건가요?"

다카시의 상태를 살피려는 듯 빤히 바라보던 다마코를 향해 시선을 똑바로 던지자, 이내 눈을 깜빡거리던 그녀가 선선히 대답했다. "왜냐면, 어쩐지 꺼림칙한데다가 어두운 구석뿐이었으니까. 안색도 별로 좋지 않고……. 맞아, 이 집에 일 년밖에 없었지만 그 사이에도 점점 파리해지는 것 같았어."

"저혈압이었겠죠." 가쓰라기 의사가 말했다. "어쩌면 빈혈이었을지도 모르고. 가정이 어려운 사람에게 곧잘 있는 일이네. 영양 실조가 만성화해서 말이지."

다마코는 의사의 진단을 무시했다. 뭔가 기억이 났는지 미간을 찡그리고 있다.

"저 말이에요, 본 적이 있다고요. 구로이가 이렇게…… 어두운 데서 휙 하고 모습을 드러낸 걸."

이번에야말로 가쓰라기 의사가 파안대소하고 말았다. "아니아니, 그건—."

"정말이에요, 선생님. 계단을 올라 아버지 방에 가려고 했는데, 복도 끝에 잘 안 보이는 데서 구로이가 불쑥 나타났다니까요. 방금 전까지 아무도 없던 장소였어요. 정말로 유령을 봤나 싶어 놀랐다구요."

"미처 못 봤겠지. 자주 있는 일이네."

"그런가요." 다마코가 손으로 뺨을 누르며 중얼거린다. "자꾸 기분 나쁘다고 생각해서 그렇게 보였나."

"그렇겠지."

"선생님께서 그렇게 말씀하신다면 그런 거겠죠." 다마코는 수긍했다. "그치만 나, 구로이가 관뒀을 때 살짝 마음 놓았어요."

"왜 관두게 됐나요?" 다카시가 물었다. 목소리가 달뜨지 않도록 필사적으로 억눌렀다. 머릿속은 확신으로 가득 찼고, 묘하게 고양되면서 심장이 두근거렸다.

"글쎄, 난 모르겠어." 대답은 했지만 다카시의 모습에 의아해하는 기색이다. "어느 날 느닷없이 사라져서 아버지께 여쭤봤더니, 구로이가 관뒀다고 말씀하셨을 뿐이야—당신, 땀이 나고 있어. 왜 그래?"

아무것도 아니에요, 괜찮습니다, 라고 대답했을 때 문이 열리며 다카유키가 돌아왔다. 의사가 말을 걸었다. "요시타카 씨네는 어떻든가."

"역시 밖으로 나가려나 봅니다." 다카유키는 바로 대답했다. "저녁엔 돌아오겠다고 하니 어쩔 수 없죠. 장례 준비부터 시작해서 숙부님과 의논해야 할 일들이 산더미처럼 많지만 회사를 내버려 두라고도 할 수 없으니."

"오자키 군은 저 사람들이 도망치는 게 아니냐며 걱정하고 있었어." 가쓰라기 의사가 놀리듯이 말했다. 다카유키는 차가운 눈으로 다카시를 바라봤다.

"도망쳐 준다면 나로선 고맙지."

그렇게 말하며 다카시가 상기된 얼굴로 땀이 나 있음을 알아챈 모양인지 "무슨 일이 있었나요?"라고 물었다.

"뭐 별일 없었네." 의사가 답했다.

"이 사람이 난로 안에서 구로이의 담배 상자를 발견했어." 다마코가 까맣게 그을린 상자를 가리켰다. "그래서 구로이 이야기를 하고 있었어요."

다카유키는 담배 상자를 보더니 다시 한번 다카시의 얼굴을 쳐다보았다. 다카시는 서둘러 자리를 피하고 싶었다.

"죄송합니다. 삼촌이 어떤지 보고 오겠습니다."

발걸음을 급하게 하지 않으려 한껏 조심했지만 거실에서 나가자마자 잔달음질 치고 말았다. 뭔가 물어보려는 다카유키의 시선이 뒷덜미를 낚아챘지만 뿌리치고 문을 닫았다.

구로이—대장의 간병인. 어두운 인상을 지닌 오십대 중반의 여자. 두더지처럼 구석진 곳을 좋아하며 유령처럼 불쑥 나타난 적이 있다. 가모 대장은 그녀를 총애하여 그녀 말이라면 선선히 다 들어줬다 한다. 다마코가 질투할 정도로 대장에게 구로이는 특별한 존재였다—.

다카시는 반지하로 이어진 계단을 뛰어가며 기억을 떠올렸다. 화재가 일어나기 전, 비상계단에서 사라졌다 다시 나타났던 히라타를 목격하고 깜짝 놀랐을 때 호텔 프런트맨과 나눴던 대화를.

—이젠 안 나오나 싶었는데. 그렇구나, 또 나왔구나.

—뭐가 나왔다는 건가요?

—당연하잖아요. 유령 말이에요.

가모 대장의 유령 말이에요.

아니다. 유령이 아니다. 이젠 단언할 수 있다. 프런트맨이 본 건 살아 있는 가모 노리유키 대장이다. 살아 있는 가모 대장이 히라카와초이치반 호텔에 나타나 돌아다녔던 것이다.

그렇다. 과거에서 온 것이다.

다카시는 방문을 벌컥 열어젖혔다. 히라타는 깨어 있었는지 베개에서 머리를 들고 다카시를 바라봤다. 놀란 눈을 하고 있다.

다카시는 성큼성큼 이부자리로 다가가 히라타를 지그시 내려다보았다. 얼굴은 여전히 창백했고 눈은 충혈되어 있다. 음식다운 음식을 제대로 먹을 수 없으니 얼굴이 수척해 질 수밖에.

그러나 진상을 파악했다 하는 흥분 때문인지 동정심은 일지 않았다.

"아저씨 이모님, 여기 왔었죠?" 다카시가 물었다.

히라타는 담담한 눈길로 다카시를 올려다봤다. 뭔가 말을 하려는 기색도 없었다.

"구로이라는 이름으로 여기에 들어와 살았어요. 대장을 간병하면서. 그렇죠?"

어두운 인상. 두더지 같은 분위기. 컴컴한 곳에서 불쑥 모습을 드러낸 여자.

다카시가 아는 한 그런 인간은 이 세상에 두 사람밖에 존재하지 않는다. 히라타, 그리고 그의 이모.

"이모님은 여기에 왔었어요. 그리고 이모님의 힘으로 가모 대장은 미래에—현대로 트립했죠. 그렇죠? 가모 대장은 미래를 봤죠?"

그래서 병을 앓고 난 뒤 사상이 일변하게 됐다. 요시타카가 감탄스럽다는 어조로 말하지 않았던가. 형님도 상당히 생각이 바뀌셨군. 그렇다. 바뀌고 말았다. 육군 요직에 있는 사람들이나 과거에 자신을 숭앙하던 황도파 장교들에게 듣기 싫은 소리를 한 결과 테러리스트에게까지 위협받는 처지에 이르렀다. 미래를, 앞으로 일어날 전쟁의 양상을, 전쟁의 결과를, 일본의 장래를, 일본군의 종말을 모두 알게 되어 사상도 사람도 바뀌고 만 것이다.

다카시를 바라보던 히라타의 눈꺼풀이 처지면서 턱이 움직이기 시작했다. 그는 가능한 한 크고 분명하게, 다카시가 충분히 알아볼 수 있도록 고개를 끄덕였다.

2

히라타는 눈매와 마른 입술에 희미한 웃음기를 머금고 감탄했다는 시선으로 다카시를 바라보았다. 용케도 알아냈군.

자기 말에 조금은 당황해하지 않을까 생각했던 다카시는 완전히 김이 빠져 버렸다.

"내가 어떻게 알아냈는지 궁금하지 않아요?"

히라타가 고개를 끄덕였다.

"말할 수 있겠어요?"

히라타는 어렵사리 입을 열었다. 바싹 말라 달라붙은 입술을 떼자 목에서 그르렁거리는 소리가 났다.

"잘…… 안 될, 거 같군." 발음이 부정확하다.

다카시는 양손으로 얼굴을 문지르며 한숨을 크게 토했다. "그럼 잠깐 듣고만 계세요. 어제부터 일어난 일들을 설명할 테니까요."

대장 방에서 총성이 울려 퍼진 이후 어떤 일이 일어났으며 누가 무슨 말을 했고 어떻게 행동했는지, 그에 대해 다카시가 느낀 점들을 차례대로 얘기했다. 히라타는 가만히 듣고 있었다.

"어젯밤 누워 있으면서 생각했어요. 대장 방에 홀연히 나타나 대장을 죽이고 아무에게도 모습을 보이지 않은 채 연기처럼 사라질 수 있는 사람은 아저씨뿐이라고. 실제로 아저씨는 호텔 이층 비상계단에서 트립을 했잖아요. 마지막으로 확인하려고 갔다는 말, 거짓말이죠? 이층에서 트립을 했으면 이층 높이에 내리게 되어 있으니까. 아저씨는 이 저택 안 어딘가에 내린 거예요."

"으응." 갈라지는 목소리로 대답하는 히라타의 눈매에는 유쾌함이 깃들어 있었다.

"그래, 거, 짓말이었어."

"역시."

자결할 대장을 부러 죽여야 할 이유가 아저씨에게 있을지도 모른다—다카시는 그 생각에 대해 설명했다.

"아저씨가 왜 대장을 죽여 자결이란 명예를 뺏으려 했는지는 알 수 없었어요. 말하자면 동기에 대한 동기라고 해야 할까요. 대장에 대한 개인적인 원한이나 증오가 없으면 살해할 이유가 없으니까요."

"그런가." 히라타가 말했다.

"그래요. 다른 게 있을까요?" 다카시는 양손을 펼쳐 보였다. "설마 사상적인 이유인가요? 그게 아니면 다분히 시간 여행자다운 동기? 예를 들어 대장이 과거에 역사적으로 중요한 국면에서 잘못된 행동을 하여 많은 사람이 죽게 된다—아저씨는 그걸 막기 위해서 미리 대장을 죽였다? 하지만 그런 짓은 공허할 뿐이라고 아저씨가 전에 얘기했잖아요? 세부의 수정 끝에 누군가를 구했다 한들 스스로는 비통할 뿐이라고. 그것도 역시 거짓말이었나요?"

히라타의 얼굴에 띤 웃음은 일그러져 보였다. 마비된 왼쪽 얼굴이 마음대로 따라가 주지 못하는 것이다.

"아니, 정말이야." 혀로 마른 입술을 열심히 적시며 덧붙였다. "진심이었어."

"그러니까요." 다카시의 목소리가 커졌다. "개인적인 동기밖에 생각할 수가 없어요. 그런데 그걸 모르겠다고요."

"물, 좀." 히라타가 말했다. 다카시는 베갯머리에 있는 그릇을 집어 들었다. 한 번 끓였다가 식혔는지 아직 온기가 남아 있다. 후키의 배려겠지.

다카시는 물을 먹이고 히라타의 얼굴이 편해질 때까지 기다렸다가 조용히 물었다.

"이모님, 가모 대장에게 미래를 보여 준 거죠?"

"그래."

"미래를 본 대장은 생각이 바뀌었어요. 조금이라도 일본의 장래를 바꿀 수 있을까 싶어 일을 도모했지요. 아프기 전에는 사사건건 부딪치던 다카유키에게 화해를 청하고 도와달라고 부탁까지 해 가면서."

히라타는 듣고만 있다.

“아저씨 이모님은 대장을 위해 타임트립을 반복했어요, 짧은 기간 동안—그랬겠죠. 대장이 병원에서 이모님과 우연히 만나고부터 이모님이 이 저택을 나갈 때까지 일 년 사이에 일어난 일이니까.”

다마코는 구로이의 안색이 점점 나빠졌다고 말했다.

“이모님은 그로 인해 몸이 상했어요. 닳고 닳아 온몸이 해질 정도로. 그리고 죽었어요. 어쩌면 이 저택에서.”

다마코에 따르면 구로이는 느닷없이 사라졌다. 구로이가 왜 관뒀냐고 묻자 후키는 얼버무리며 말하기를 꺼려했다. 떠올리기도 싫다는 듯한 후키의 얼굴에서 뭔가 짐작이 갔다.

“아저씨는 이모가 그런 식으로…… 대장 한 사람을 위해 쓰였다가 버려진 꼴로 죽음을 맞이한 것에 화가 났어요. 이모랑은 가끔 만났죠? 이모에게 사정을 들은 거예요.”

“으응.” 히라타가 시인했다. “이모는…… 돌아가시기, 직전에…… 나, 를, 만나러, 왔어.”

“역시.”

다카시는 한숨을 쉬었다. 자신의 추측이 맞았다는 걸 확인하자 기분은 좋았지만 이야기 자체는 결코 즐거운 화제일 수 없다.

“아저씨는 대장에게 원한을 품었어요. 대장이 자결한다는 사실—아무리 미래를 봤다고 해도 자기 혼자 힘으론 이 나라의 진로를 바꿀 수 없음을 깨닫고 유서의 형태로 직언을 남겼다는 걸 말이에요—을 알고 아저씨는 복수를 생각해 냈어요. 그 죽음에서 명예를 빼앗겠다고…… 그렇지 않나요?"

천장을 올려다보고 있는 히라타 얼굴에 뭐라 표현하기 힘든, 기쁘고 즐거우면서도 곤란하다는—덧붙여 부끄럽기까지 하다는 표정이 떠올라 있다. 말을 하거나 움직이기 힘든 히라타도 괴롭겠지만, 히라타의 얼굴에서 뭔가를 읽어내기 위해 뚫어져라 살펴봐야 하는 다카시 또한 괴롭기는 마찬가지였다.

설령 자신의 추측이 모두 맞다 하더라도 히라타를 비난할 수는 없다는 생각이 들었다. 동정일지도 모를 그 마음이 마냥 순수한 동기에서 비롯된 게 아님은 분명했지만, 지금의 다카시에게는 그걸 헤아릴 만한 정신이 없었다.

어둡게 일그러진 오라에 둘러싸여 세상 사람들의 눈에 띄지 않도록 숨어 지내는 두 사람의 시간 여행자, 구로이와 히라타. 이모와 조카. 서로의 존재를 유일하게 이해할 수 있는 인간. 그렇기 때문에 히라타는 이모의 비참한 죽음에 분노와 슬픔을 느껴—.

"맞아요?"

거듭 물어보자 히라타의 얼굴이 움직인다. 고개를 끄덕이는 게 아니라 가로젓고 있다.

"틀리다고요? 뭐가 틀린데요?"

히라타가 환하게 웃는다. 비웃음이 아니라 정말 즐거워하는 기색이다.

"자넨 머리가 좋아."

"계속 바보 취급했잖아요."

히라타는 웃으며 고개를 저었다. 아냐—.

"난, 가모 대장을, 죽이지, 않았어."

다카시가 잘 들을 수 있도록 한 단어, 한 단어 끊어서 말했다.

"죽이지, 않았어. 대장을, 미워하지도, 않아."

다카시는 당혹스러웠다. 자신을 갖고 확신하며 흥분했었기에, 게다가 히라타를 동정하고 있었기에 화도 조금 났다.

"아, 그러신가요?" 자기도 모르게 비아냥거리는 투가 된다. "범인이 그렇게 간단히, 그렇습니다, 죄송합니다, 하고 인정할 리 없죠."

히라타를 노려봤지만 그의 얼굴에선 즐거워하는 기색이 사라지지 않았다.

"내 생각이 틀렸다면 설명해 줘요. 아저씨는 왜 이런 시대에 온 거죠? 현대보다 훨씬 불편한데다가 앞으로 위험한 상황이 잔뜩 기다리고 있다는 걸 잘 알고 있잖아요. 호텔 비상계단에서 트립했을 땐 대체 어디로 갔던 거예요? 가르쳐 줘요, 네?"

단순한 화풀이일 따름이다. 히라타가 다카시의 질문에 대답할 만한 상황이 아니라는 건 충분히 알고 있으면서도 이렇게라도 마구 토해내지 않으면 도저히 분이 풀리지 않는다.

히라타는 잠시 생각에 잠겼다가 다카시를 바라봤다.

"자네는, 거리 상황을—봤나?"

"거리요? 예, 잠깐이었지만."

"이 시대를, 봤다는, 건가."

"조금은요." 다카시가 어깨를 움츠렸다. "군인과 마주쳤을 땐 정말 무서웠어요. 이렇게 정신없는 시대에는 한시도 머물고 싶지 않아요. 하지만 현대로 돌아가기 전까지—,"

히라타의 얼굴을 정면으로 보고 말하기가 껄끄러웠다.

"후키—후키 씨가 걱정되니까. 어떻게든 그 문제를 해결하고 싶어요."

히라타의 눈가에 다시 미소가 담겼다.

"알게, 되지 않을……까." 히라타가 말했다.

"뭘요?"

"아까, 질문에, 대답할 수 있다면. 자네라면, 알 수 있지 않을까."

다카시는 입을 다물고 히라타를 바라봤다.

"앞으로, 며칠이, 지나면, 반드시." 히라타가 말했다. "말해 줄게. 약속이야."

"지금은 안 돼요?"

무리라는 걸 알면서도 자기도 모르게 입이 삐죽 나오고 말았다.

"지금보다…… 조금 더 뒤에." 히라타가 고개를 끄덕이며 말했다. "좀더 뒤, 자네가, 여기에, 있어 준다면."

다카시의 얼굴이 다시 부루퉁해지는 순간 복도 쪽에서 후키의 목소리가 들려왔다. 깜짝 놀랐다.

"후키 씨다."

자리에서 일어나자 문이 열리며 후키가 얼굴을 내밀었다. 걱정스러운 눈빛으로 다카시를 바라본다.

“히라타 씨 상태는?”

“괜찮아요. 잠깐 이야기를 하고 있었어요. 근데 무슨 일이라도?”

“가쓰라기 선생님이 외출하신다고.”

날 기다리고 있겠지.

“알았어요. 바로 갈게요.”

후키는 슬쩍 히라타를 살펴보더니 위층으로 올라간다. 다카시는 히라타 곁으로 돌아갔다.

“병원을 수배하러 다녀올게요.”

그렇다. 히라타는 환자다. 진상을 파악하기 전에 자신의 문제를 생각해야 한다. 더 이상 히라타를 무리하게 해선 안 된다. 이 남자의 존재 자체가 나를 현대로 귀환시킬 열쇠니까.

“얼른 나으세요. 부탁할게요.”

히라타가 고개를 끄덕였다. 다카시가 돌아서자 목소리가 쫓아왔다.

“총을—.”

다카시는 뒤돌아봤다. “네?”

“총을, 조심, 해.” 히라타가 말했다.

“누군가, 가지고 있어. 조심, 해.”

그의 얼굴에 웃음은 지워져 있다. 그는 진지했다.

3

진작에 다카시를 불렀으면서도 가쓰라기 의사는 좀처럼 나가려고 하지 않았다. 한참을 꾸물거리고 있자 요시타카와 마리에 쪽이 먼저 밖으로 나갔다. 요시타카는 낙타 가죽으로 보이는 고급 코트 차림이었고 마리에는 화사한 색깔의 털 숄을 걸친 채 요시타카의 팔에 매달려 있다.

현관 앞에서 다카유키가 요시타카에게 다짐을 받듯이 말했다.

"시간을 지켜 주세요."

요시타카가 잔소리 좀 그만 하라는 표정으로 고개를 끄덕인다.

"알았다고."

"택시 안 불러요? 오래 걷는 건 질색인데."

마리에가 투덜거렸다.

요시타카 일행이 수선을 피우며 나가고 십 분가량이 지나 겨우 다카시 일행도 나서게 됐다. 다카시는 어제와 똑같은 차림으로 가쓰라기 의사와 어깨를 나란히 하고 밤새 쌓인 눈을 밟아가며 가모저택을 나왔다. 도로로 나와 뒤돌아봤지만 누구 하나 배웅해 주는 사람 없이 문이란 문은 모두 닫혀 있다.

어제 봤던 바퀴 자국과 발자국은 모두 눈에 묻혀 사라졌다. 새하얀 입김을 토하며 눈이 그친 하늘을 쳐다봤다. 잿빛 구름이 펼쳐져 있다. 코끝이 구름에 닿을 듯이 하늘이 낮다. 자투리라도 좋으니까 푸른빛이 나와 줬으면.

가쓰라기 의사는 아카사카미쓰케 방향으로 발걸음을 옮겼다. 어제와 반대 방향으로 가려는 것이다. 의사는 저택에서 빌렸는지 올 때 신었던 가죽 구두 대신 검정 고무장화를 신고 있다. 그런데도 발걸음이 불안해 뒤를 쫓아가는 다카시가 보기에 위태위태했다.

저택에서 나오자마자 놀랍게도 반대 방향인 미야케자카 쪽으로 걸어가는 사람들과 마주치게 되었다. 두꺼운 코트에 모자를 쓴 남자가 커다란 꾸러미를 안고 비틀거리며 다가오자 가쓰라기 의사가 말을 걸었다.

"안녕하세요. 전차 길에서 오셨습니까?"

상대는 발을 멈추고 가쁜 숨을 고르며 답했다.

"예, 그렇습니다."

"전차는 운행하고 있던가요?"

"운행하더군요. 엄청 복작거리더라고요. 이케부쿠로에서 오다가 사람이 꽉 차 포기해 버렸죠."

"군인은 보이던가요."

"계엄령이 발포돼서 그런지 결기 부대가 이동한 모양이더라고요. 의사당과 아카사카에 있는 호텔로 모여들었다고 들었습니다."

다카시가 끼어들었다.

"경시청 앞은 어때요?"

"군인들은 철수했다던데요. 사쿠라다몬 주변에는 구경꾼이 몰려 있어요. 저도 방금 정류장 근처 가게에서 들었는데, 오늘 아침 백기를 든 군인들이 열을 지어 터벅터벅 귀환했대요. 거참 대단한 광경이었나 보더라고요."

"그렇군요. 감사합니다."

의사가 가볍게 손을 들어 인사하고 다시 걷기 시작했다. 다카시도 인사를 하고 처음 마주친 정보원과 엇갈려 지나갔다. 그가 안고 있던 꾸러미에는 일용품 같은 게 들어 있겠지. 가모 집안처럼 어제 하루 봉쇄선 안에 갇힌 지인이나 친척 집에 갖다 줄 물건일지도 모른다.

꾸러미를 든 남자에게 들리지 않을 정도로 멀어지자 다카시가 의사에게 말했다. "들으셨죠? 경시청 점거가 풀린 모양이에요."

의사는 다카시를 쳐다보지도 않고 무뚝뚝하게 말했다. "그래서 어쨌다고."

"연락해야 하지 않을까요, 저택에서 벌어진 사건에 대해."

"다음엔 헌병대라도 부를 셈인가, 응?" 화가 난 듯한 말투다. "가모 각하가 암살당했습니다, 라고 보고라도 하겠다는 건가."

뭘 그리 불퉁거리는 거야. 성질나는 건 이쪽이다. 다 큰 어른이 눈길을 걷기 힘드니까 함께 따라와 달라니. 제멋대로 굴고 있다. 그런 주제에 나갈 때는 꾸물거려 다카시는 내내 짜증이 났다.

밖에 나가고 싶지 않았다. 정말 저택에 남고 싶었다. 히라타가 마지막으로 덧붙인 "조심해"라는 말속에 담긴 절박함이 여전히 귓가에 생생하다. 저택에서 무슨 일이 일어나는지 눈을 떼지 않고 지켜보는 게 내 역할이다, 다카시는 그렇게 생각하고 있었다.

"자네는 배우지 못했어."

계속해서 미끄러지고 휘청거리며 눈길과 격투를 벌이던 가쓰라기 의사가 말을 꺼냈다.

"갑자기 무슨 말씀을?"

"그에 비해 머리가 좋아. 그런데도 묘하게 감이 둔해. 곤란한 인간이야."

"그것 참 죄송하게 됐습니다."

울컥하여 발을 멈췄다. 그 순간 의사의 발이 푹 빠졌다. 양손을 허우적대며 균형을 잡으려는 노력도 헛되이 엉덩이부터 꽈당 미끄러진다.

"진짜 지독한 길이군."

의사는 온몸이 눈으로 뒤덮여 수염 끝까지 하얘졌다. "자네, 가만히 있지 말고 손 좀 내밀어 봐."

"선생님은 일부러 걷기 어려운 길만 골라서 걸으시는 것 같아요." 다카시는 양손을 허리에 짚고 의사를 내려다봤다.

"걷는 게 서툴러요."

"논평 참 고맙네." 의사가 일어서기 위해 버둥거리며 다카시를 노려봤다. "이 손 좀 당겨 보게."

난폭하게 손을 잡아당기자 의사는 앞으로 고꾸라질 뻔했지만 다행히 다카시에게 기대어 간신히 일어날 수 있었다. 수염에 들러붙은 눈을 흥 하고 콧김으로 날린다.

"왜 자네를 데려왔는지 전혀 모르겠나?"

"선생님이 잘 넘어지셔서 아닌가요?"

"거봐, 이러니 배우지 못한 사람은 곤란하다고. 머리를 써 보게."

머리라면 어젯밤과 오늘 아침 사이에 정수리에서 김이 날 만큼 무수히 썼다. 내가 지금 무엇 때문에 머리를 감싸 안고 있는지 가쓰라기 의사가 알게 되면 히라타보다 더 심각한 뇌 손상을 입겠지. 예, 선생님, 저는 대학 입시에 떨어져 곧 재수생이 될 미래에서 온 고등학생입니다. 정말 배우질 못했습니다.

그런 생각을 하면서도 눈에 뒤범벅이 된 채 골을 내고 있는 의사의 모습이 우스꽝스러워 본의 아니게 웃고 말았다.

"왜 웃나."

"선생님 때문에 웃는 게 아닙니다."

"거짓말하긴."

옷에 달라붙은 눈을 털어 낸 의사는 마치 보험이라도 든 것처럼 다카시의 팔을 딱 붙들고 걷기 시작했다.

"내가 일부러 자네를 데려온 건 다른 사람이 없는 데서 찬찬히 이야기를 하고 싶어서네."

"저하고요?"

"그래, 자네하고 말이야. 공교롭게도 자네 말고 딱히 의지할 만한 인물이 눈에 띄지 않더군."

앞쪽에서 다시 사람이 다가온다. 이번에는 두 명의 여성이다. 기모노 차림에 발치엔 비닐 덮개 같은 걸 씌운 나막신을 신었고 그중 한 사람은 신문을 들고 있다. 다카시 옆을 지나더니 바로 오른쪽에 있는 커다란 대문의 목조 건물 안으로 들어갔다.

그녀들이 사라지자 의사가 말을 이었다.

"오늘 아침, 다카유키 군에게 자네 삼촌을 병원으로 데려가겠다는 말을 꺼내니까 나더러 그 길로 돌아가 달라고 부탁하더군."

"선생님 댁으로요?"

"그래. 우리 가족도 걱정할 테고 각하의 장례식도 육군의 소동이 수습되지 않으면 진행할 수 없으니까, 더 이상 날 계속 붙들고 있을 이유가 없다면서 말이야."

의사는 조바심이 난 얼굴이었다.

"난 말도 안 된다고 했지. 각하의 죽음에 수상한 데가 있는데 어찌 그냥 돌아가냐고 했더니 다카유키 군이 그러더군."

—어젯밤 천천히 생각해 봤습니다만, 아버지의 죽음은 역시 자결이 아닌가 싶습니다.

자기도 모르게 다카시가 발걸음을 멈추자 의사가 다시 넘어질 뻔했다.

"무슨 말인가요? 살인이라 말한 사람은 다카유키 씨예요."

의사의 입이 뾰족 나와 있다. "아냐, 정확히 말하자면 살인이란 말은 자네가 꺼냈지. 다카유키 군은 총이 없다는 걸 알고 당황했을 뿐이네."

"마찬가지죠. 분명히 창에 자물쇠가 걸려 있어서 범인이 집 안에 있을 수밖에 없다고 다카유키 씨가 말했잖아요."

"그래……. 그 부분이 고민되는 지점일세."

가쓰라기 의사는 다카시의 팔을 잡아끌면서 천천히 걷기 시작했다.

"각하의 유해 옆에 권총이 없다는 걸 알아차렸을 때 다카유키 군은 살인이 아닐까 직감했다더군. 거실에 모이는 순간까지도 그 생각을 떨쳐 버릴 수가 없었던 모양이야. 구체적으론 요시타카 씨를 의심했고."

다카유키가 당황했던 이유는 다마코를 의심해서가 아니었나?

"사실 다카유키 군도 각하의 자결에 대해서는 이전부터 예감하던 바가 있었기 때문에 권총이 발견되지 않자 상당히 곤혹스러웠겠지."

총소리가 대장 방에서 났다는 걸 알았을 때 다카유키는 "역시"라고 중얼거렸다.

"아버지는 어쩌면 살해된 게 아닐까—의심하자마자 요시타카 씨의 얼굴이 떠올랐다고 하네. 두 사람은 오랫동안 반목했으니까. 테러가 아닌 이상 사실 요시타카 씨 말고는 수상한 사람이 없긴 하지. 하지만 다카유키 군 입장에서 보자면, 삼촌이 아버지를 죽인 게 되는 셈이니 함부로 입 밖에 낼 수 있는 의심은 아니야."

"그건 그렇지요……."

"다카유키 군은 내내 괴로워하며 거실에서 우리의 대화를 듣고 있다가 다마코 씨와 자네가 요시타카 씨와 마리에 씨의 비밀 이야기를 엿들었다는 새로운 정보를 듣게 된 걸세. 그 정보가 사실이라면 요시타카 씨 일행은 각하가 자결하길 기대하며 기다리고 있었다는 얘기잖나."

뭔가 불쾌한지 의사의 표정이 일그러졌다.

"그래서 다카유키 군은 처음부터 다시 생각했던 거야. 요시타카 씨와 마리에 씨의 소행일 가능성은 낮아졌다—그럼 누굴까 하고."

"저는 아닙니다." 다카시가 말했다. 농담조로 말했는데 의사는 진지하게 받아들였다.

"나도 아닐세."

"예, 선생님은 현장에 안 계셨으니까요."

"그렇지. 다카유키 군도 이것저것 고민하다가 결국 각하가 자결했다는 결론을 내렸다더군. 현장에서 권총을 가져간 사람은 따로 있고."

다카시는 걸어가며 어깨를 움찔했다. "어젯밤에 했던 얘기잖아요. 저는 말도 안 된다고 생각해요."

"어째서 말이 안 되지?"

"권총을 들고 가 봤자 쓸 데가 없잖아요. 설마 누굴 쏘겠어요?"

가쓰라기 의사가 엄숙하게 고개를 끄덕였다. "설마가 아닐세. 쏘려고 가져간 거야."

다카시는 웃음이 나왔다. "저택 안에서요? 바로 붙잡힐 텐데?

저택 안에 있는 사람은 빤하다고요."

"붙잡혀도 상관하지 않고 쏘겠다는 마음을 먹고 있다면 어떡할 텐가?"

다카시는 다시 멈춰 서서 의사의 얼굴을 바라보았다.

"뭐라고요?"

"잘 들어 보게. 각하는 자결하셨어. 유해 옆에는 자결에 쓰인 권총이 나뒹굴었고. 목격자는 충격 속에서 그 권총이 다른 사람도 죽일 수 있는 무기임을 깨달았겠지. 다시 말해, 각하의 자결로 충격을 받은 누군가가 마음속에 비수를 품고 자신의 결의를 달성하기 위해 현장에서 권총을 들고 사라진 거야. 가능한 얘기 아닌가?"

눈씨름하듯 서로를 바라보다가 다카시가 먼저 눈을 깜빡거렸다. "누굴 죽이겠다는 거죠?"

의사는 다카시의 시선을 피하며 걷기 시작했다.

"저택 안에서 각하가 권총을 가지고 있다는 사실을 아는 사람은 다카유키 군 혼자였다고 하네. 하지만 본인 역시 각하가 어디에 권총을 보관해 두는지는 몰랐다더군. 권총을 가져간 인물이 누군지 모르지만 현장에 나뒹구는 권총을 발견한 인물에게는 무기를 손에 넣을 절호의 기회였겠지. 각하가 자결에 사용했던 권총이니 만큼 의미도 있으리라 여겼을 테고."

의사의 마지막 말을 듣고 나서야 다카시는 깨달았다. 다카유키가 '현장에서 권총을 들고 간 인물'로 누구를 의심하는지.

"다카유키 씨는 다마코 씨를 의심하는 거죠?"

잠깐 사이를 두고 의사가 대답했다.

"그래. 오늘 아침 말하더군. 어젯밤에 한숨도 자지 못하고 고민했던 모양이야."

아버지가 자결에 사용한 권총으로 사사건건 아버지를 괴롭히던 삼촌과 삼촌의 애인을 쏴 죽인다—다마코가 저지를 만한 일이기도 했지만 터무니없는 추측 같기도 하다.

"각하의 자결 현장에서 권총을 들고 갈 기회가 있던 인물은 네 명뿐일세." 의사가 말을 이었다. "다카유키 군과 다마코 양, 마리에 씨, 요시타카 씨. 모두 거실에 모이기 전까지 기회가 있었네."

"제게도 있었죠."

"그럼 자넨가?"

"아뇨, 저는 총 쏘는 법도 모르는데요."

"나도 자네는 아니라 여기네."

"고맙습니다만 단정 지을 순 없죠. 동기나 누굴 죽이려는지 따위를 차치하고 보면 저도 용의자니까요." 다카시는 웃음을 지었다. "예를 들어 제가 이전에 대장을 습격했던 테러리스트 같은 자인데, 나중에 수상을 암살할 목적으로 권총을 숨겼다면요?"

의사의 대답은 뚱했다. "오카다 수상은 벌써 살해당했네."

"그럼 다음 수상을."

"직공으로 가장한 테러리스트가 가모 각하의 자결 현장에 있다가 우연히 발견한 권총을 들고 사라졌다는 얘기군?"

"가능성으로선 충분하죠."

"가능성이라. 가능성이라고 하면 뭐든 생각해 볼 수 있지."

의사는 눈길을 노려보며 목소리를 낮췄다.

"아닌 게 아니라 자네와 둘만 있을 때 확인해 두고 싶었던 일이 있었네. 자넨 대체 누군가?"

다카시는 말문이 막혔다.

"누구라뇨? 선생님이 방금 말씀하신 대로 직공입니다."

"무슨 직공인가? 뭘 만들고 있나? 태어난 곳은 어딘가? 히라타라는 남자는 정말 자네 삼촌인가? 정체가 뭔가? 나는 알고 싶네."

가쓰라기 의사는 진심이다. 다카시에게 시선을 돌리지 않은 채 발끝만 보며 걷고 있지만 확실히 느낄 수 있었다. 뿌리친다 해도 떨어지지 않을 것 같았다.

"저는—,"

히라타가 가르쳐 준 거짓 경력을 머릿속에 떠올려봤다. 다이쇼 7년, 후카가와 구 오우기바시에서 태어났다. 히라타의 여동생 아들로 공장에서 일하다가 사고를 치고 도망쳐 나왔다—.

차마 말이 나오지 않는다. 질문의 무게에 눌려 옴짝달싹할 수가 없다. 거짓말로 받아내기엔 역부족이다. 가쓰라기 의사의 반짝이는 눈을 보며 거짓말을 떠올리는 것만으로도 패배감이 몰려온다.

"저, 저는—,"

미래에서 왔습니다. 믿기 힘드시겠지만 전쟁이 끝나고 오십 년 후의 이 나라 국민입니다. 시간을 거슬러 왔습니다. 히라타라는 사람은 시간 여행 능력을 가지고 있습니다—.

말해 버리자. 말해 버리는 거다. 믿든 안 믿든 지금 의사와 대등하게 상대하려면 이 수밖에 없다.

다카시의 입술이 미래의 '미'라는 소리를 내려고 벌어진 순간, 멈춰 서서 다카시를 쳐다보던 가쓰라기 의사가 말했다.

"자넨, 데루키 아닌가?"

4

가쓰라기 의사의 입이 '가?'에서 멈춰 얼어붙었다. 다카시의 입도 '미'를 말하려다가 그대로 굳었다. 두 사람 사이로 하얀 공기가 스쳐 지나간다.

정면으로 마주 선 채 그렇게 몇 초간 꼿꼿이 서 있었다. 전차 길임을 상기시키는 떠들썩한 소리가 희미하게 들려온다. 발끝으로 차가운 눈의 감촉이 새삼 온몸에 스며들어 왔다.

다카시가 물었다.

"데루키라뇨?"

의사의 입술뿐만 아니라 얼굴 전체가 움직이며 축 늘어지더니 입가가 처졌다.

"아니었나." 감탄과 안도가 동시에 섞인 목소리를 낸다. "아니구나. 아니었구나. 그래, 아니었구나."

웃기 시작한다.

"내가 쓸데없는 생각을 했군. 지금 자네 얼굴을 보니—그래, 그렇구만."

"자, 잠깐 기다려 주세요. 혼자만 납득하시면 어떡해요. 데루키라니 그게 누구죠? 선생님, 대체 무슨 말씀을 하시는 건가요?"

가쓰라기 의사는 다카시의 팔을 놓더니 기운차게 걷기 시작했다. 갑자기 기세가 좋아졌다.

"그렇게 걷다가, 또 넘어—,"

말이 채 끝나기도 전에 보란 듯이 굴러 넘어졌다. 그런데도 방긋방긋 웃으며 일어난다.

다카시는 손을 내밀며 물었다. "데루키가 누군가요?"

의사는 눈을 털어 내고 다시 걷기 시작했다. "지에가 알고 있어. 물어보게."

"그 할머니는 뭘 물어도 가르쳐 주지 않아요. 저택 일을 파헤치려 들지 말라며."

"그래, 이게 그 경우일세."

"정말 제멋대로시군요!"

다카시의 목소리가 사나워지자 의사가 웃으면서 손을 절레절레 저었다.

"어이, 화났나?"

"당연하죠. 같이 못 가겠네요."

뒤돌아 저택으로 돌아가려고 하자 가쓰라기 의사가 팔을 쭉 뻗어 다카시의 어깨를 붙잡았다. 거기까지는 좋았으나 스스로 팔을 뻗는 기세를 이기지 못하고 이번에는 다카시까지 길동무 삼아 나뒹굴고 말았다.

"……정말."

얼굴이 정면으로 눈에 파묻혀 숨이 막혔다. 팔꿈치로 밀어 겨우 일어나며 말했다.

"이런 식으로 가다간 백 년이 지나도 전화 있는 데까지 못 가요."

"어이구, 미안하네."

가쓰라기 의사는 여전히 유쾌해 보였다. 본인도 눈으로 뒤범벅인데 다카시 어깨에 묻은 눈을 털어 준다.

"데루키 씨는 각하의 아이일세."

다카시의 눈이 휘둥그레졌다. "아이? 아들인가요?"

"그래. 나이는 다카유키 군이나 다마코 양보다 어려. 딱 자네 정도지. 하지만 적자嫡子는 아닐세. 각하가 젊었을 때 부인이 아닌 다른 여성에게 얻은 자식일세. 사실대로 말하자면 기생의 아이지."

가모 노리유키는 아이에게 데루키라는 이름을 붙여 줬으나 정식으로 자신의 아이로 받아들이지는 못했다. 상대 여성이 사양하며 몸을 숨겼다고 한다.

"각하는 그 여성의 앞날을 고민한 끝에 아이를 양자로 보내려고 했지만 아이를 떠나보내는 게 내키지 않았는지 각하 앞에서 모습을 감추고 말았어. 아마도 만주로 건너간 듯하네.”

“한데 왜 데루키라는 사람이 저라고……?”

“그런 게 아닐까 하는 생각이 들고 말았어. 어젯밤 나도 이래저래 고민하다 보니.”

“데루키라는 사람이 아들로 인정받지 못했다는 데 원한을 품고 대장 앞에 나타날 가능성이 있었나요?”

“전혀 없다고는 할 수 없지. 각하도 툭하면 데루키는 어떻게 지내고 있는지 걱정하셨네. 특히 쓰러지신 뒤로.”

부모의 마음이라는 건 그런 걸까.

“데루키라는 사람의 존재를 알고 있었던 건 선생님과 지에 할머니뿐인가요?”

“사모님은 알고 계셨지. 다카유키 군과 다마코 양도 이제는 어딘가 배다른 형제가 있다는 것 정도는 알고 있으리라 생각하네.”

“그래도 용케 별일 없었네요.”

“별일이 왜 없었겠나. 밖으로 드러나지만 않았을 뿐이네. 최소한 사모님은 그 일을 가지고 내 앞에서 각하를 흠 잡는 말씀은 전혀 안 하셨지. 하지만 다소 소란스러운 일이 있었다고 각하께서 말씀하시더군. 상당히 축약해서 말이야.”

다카시가 살고 있는 ‘현대’라면 분명히 소란이 벌어졌을 만한 일이다.

“마침 데루키가 태어나고 얼마 지나지 않아 각하께서 독일대사관 주재무관으로 부임하게 됐네. 가족이 동행해서 네 식구만 모여

살게 되는 바람에 일본에 남은 여성과는 멀어지게 됐지. 좋은 기회였을 거야."

"음……."

"각하는 그 일로 사모님의 마음을 아프게 한 걸 후회하셨어. 역시 쓰러지고 나서의 일이지만. 이후로 걸핏하면 부인에 대한 추억을 꺼내시더군."

"사진을 봤어요." 다카시가 말했다. "아름다운 분이더군요. 다마코 씨와 꼭 닮았어요."

"그렇지? 그래서 부인이 돌아가시고 난 뒤 각하께 다마코 양은 이중으로 사랑스러운 존재가 되었다네."

돌연 현실로 돌아왔는지 의사의 얼굴이 어두워졌다.

"다마코 양도 아버님을 사랑했지. 그 아가씨에게 있어서는 아버님과 오라버니가 이 세상의 전부일 게야. 그런 만큼 더 걱정이 되네. 다카유키 군도 얼굴이 창백해질 정도로 걱정하고 있어."

분명 다마코에겐 권총을 들고 갈 기회가 있었다. 총성을 들었지만 혼자 보러 가기 무서워 일단 거실로 내려왔다—그 말이 거짓이라면? 총성을 듣고 바로 서재로 달려가 아버지의 유해와 그 옆에 떨어져 있는 권총을 봤다면?

"다마코 양의 동태를 잘 지켜봐 주게."

가쓰라기 의사가 다카시를 바라보았다.

"다마코 양이 권총을 가지고 갔다면 위험한 행동을 하게 내버려 둘 수 없네. 아까 꾸물댔던 건 요시타카 씨 일행이 외출하기 전까지 다마코 양에게서 눈을 떼고 싶지 않았기 때문일세. 다카유키 군도 주의하겠다고 말했지만 혼자보단 두 사람의 눈으로 감시하는 게 확실하지. 자네에게 그걸 부탁하고 싶었네."

"알겠습니다. 선생님 말씀에 따르겠습니다. 지에 할머니나 후키 씨에게도 말해 두는 편이 낫지 않을까요?"

의사는 고개를 저었다. "하녀들은 혹여 다마코 씨에게 부탁이라도 받으면 어떻게 행동할지 알 수 없네. 사실 지금쯤…… 지에는 다마코가 권총을 갖고 있다는 사실을 눈치 챘을지도 모르지."

저택 내부 일에 쓸데없이 파고들지 말라고 다카시에게 충고하던 말투. 충성스런 지에라면 다마코를 거들지도 모른다. 가모 집안에서 평생을 일한 그 할머니가 마리에나 요시타카에 대해 좋은 감정을 갖고 있을 리 없으니까.

"신경 써서 다마코 씨를 지켜보겠습니다."

약속을 하면서도 한편으론 머리가 냉정하게 돌아간다. 어쩌면 다카유키가 위험한 행동을 저지를지도 모른다.

그에게도 권총을 들고 갈 기회가 있었다. 다카시와 함께 대장의 서재에서 유해를 발견했을 때 권총이 유해 밑에 있었다면.

다카시가 먼저 방에서 나가고 난 뒤 다카유키가 총을 숨긴다. 물론 목표는 숙부와 마리에. 가쓰라기 의사에게는 다마코에 대한 의심을 흘려 주의를 돌리고, 사실 그럴싸한 이유를 대며 제삼자인 가쓰라기 의사를 저택 밖으로 쫓아 보내려 하는 사람도 다카유키다.

—총을 조심해. 누군가 가지고 있어.

히라타의 말이 머릿속에서 되살아났다.

"형제 사이에, 삼촌과 조카 사이에 이런 가당치도 않은 일"이라며 가쓰라기 의사는 끙끙거렸다. "어째서 이런 일을 걱정하지 않으면 안 될 정도까지 꼬였을까."

분명 형제간의 다툼 수준을 넘어선 분쟁이다.

"생각하기에 따라서는 군인과 실업가의 싸움이로군." 의사가 말했다. "군인은 실업가를 하찮게 여기지. 각하는 요시타카 씨에 대해 언급할 때면 곧잘 '장사꾼'이라고 폄하하셨어. 요시타카 씨는 요시타카 씨대로 주먹이나 휘두르며 자기들만 잘난 줄 아는 바보 자식들이라고 군인들에게 독설을 퍼붓곤 했지. 만주를 둘러싼 국제연맹과의 분쟁도 외교와 경제에 대해 쥐뿔도 모르는 주제에 군인들이 독주해서 저렇게 돼 버렸다고 침을 튀기며 말했던 적이 있었네."

그러나 다카시가 알고 있는 전후의 일본은 실업가가 세웠다고 하는 나라다. 가모 대장은 미래의 '장사꾼의 나라 일본'을 직접 보고 무슨 생각을 했을까?

문득 다마코의 혼담 얘기가 떠올랐다. 마리에가 상대가 '택시 회사 사장의 아들'이라며 비웃었다. 장사꾼이다.

"선생님, 다마코 씨 결혼 날짜가 잡혔나요?"

자신이 하고 싶었던 얘기를 마치고 뭔가 생각에 잠겨 걷고 있던 의사는 "응?" 하며 되물었다. "혼담 말인가?"

"예, 혼담은 언제 결정된 일인가요?"

"글쎄, 나도 자세히는 모르네. 최근 일인 것 같네만."

아마 그렇겠지. 다카시는 고개를 끄덕였다. 미래를 보고 난 뒤가 아니라면 가모 대장이 다마코를 실업가에게 시집보내려고 했을 리가 없다.

"선생님은 이상하다 여기지 않으셨어요? 다마코 씨의 상대는 대장이 말하는 '장사꾼'이잖아요."

의사가 고개를 갸웃했다. "그렇군. 하지만 군인 집안에 시집보낼 마음은 없으셨겠지. 본인이 너무나 잘 알고 있으니까. 더구나 이제 곧……."

"전쟁이 가까워서?"

"아마도 말이지." 의사가 고개를 끄덕였다. "다마코 씨 상대는 다카유키 군 대학 후배인 모양이야. 그게 혼담에 영향을 미치지 않았겠나?"

"그렇겠네요." 다카시도 고개를 끄덕였다. "그러고 보니 다카유키 씨도 군인이 아니네요."

"그 얘기라면 어제도 했잖나."

"직업군인이 아니더라도 징병은 되지 않나요? 다카유키 씨는 군대에 다녀왔어요?"

요시타카 일행이 다카유키보고 겁쟁이 운운했던 게 마음에 걸렸다.

"대학에 들어갔으니까."

"대학생은 징병 의무에서 면제되나요?"

"그건 아니네만—," 의사가 다카시를 날카롭게 째려봤다. "뭔가, 자네도 징병에서 도망칠 비법을 알고 싶나? 그렇다면 내게 물어봐야 소용없네. 기껏해야 제비뽑기에서 떨어지길 기원하는 수밖에."

"그건 아닙니다."

가쓰라기 의사가 무뚝뚝하게 입을 다물더니 미끄러질 것 같은지 다카시의 팔을 붙잡았다. 그러고는 성큼성큼 발걸음을 옮기기 시작했다.

5

전차 길은 소란스러웠다.

어제와는 전혀 다른 모습이다. 길 양편으로 늘어선 가게들이 하나둘 문을 열고 여기저기 창문과 문틈으로 고개를 내민 채 바깥 상황을 살피고 있다. 두툼한 솜옷을 입은 중년 남성과 기모노에 흰색 앞치마 차림의 여성. 이 주변 건물에 살거나 장사를 하고 있는 사람들이리라. 다들 이렇다 할 긴장감은 없고 하나같이 밝은 느낌이다.

통행인은 많았다. 중절모를 쓴 코트 차림의 남자들. 전차가 덜

컹덜컹 소리 내며 달리고 있다. 레일이 눈으로 덮여 궤도를 벗어나 달리는 것처럼 보인다. 전차 안은 발 디딜 틈 없이 빽빽하다. 히라카와초 정류장에 도착하자 딸랑딸랑 종이 울린다. 옷을 껴입은 승객들이 하차하여 미야케자카 방향과 아카사카미쓰케 방향으로 나뉘어 걸어간다.

다카시는 길 앞쪽을 바라보았다. 어제 만난 군인들이 쳐 놓은 보초선은 보이지 않는다. 가시철사를 감았던 바리케이드도 모닥불을 때던 드럼통도 사라졌다. 군인들이 의사당으로 이동했다고 전해 준 사람의 말이 떠올랐다.

"의사당은 어느 방향인가요?"

"남쪽일세. 가모 저택이 있는 곳에서 훨씬 더 남쪽으로 내려가야 하네."

가쓰라기 의사는 두리번두리번 주위를 둘러보며 대답하다가 갑자기 손을 들어 길 반대쪽을 가리켰다.

"저 가게 문이 반쯤 열려 있군. 봐, 저 빨간 간판의 빵집 말이야."

페인트가 말라 너덜거리는 낡은 간판에 '미야모토 빵'이라고 씌어 있다. 여느 경우와 마찬가지로 다카시에게는 불편하게 읽히는, 오른쪽에서 왼쪽으로 된 가로쓰기다.

"빵집이라면 전화가 있을지도 모르겠군."

말을 마치자마자 아슬아슬해 보이는 모습으로 발을 내디딘다. 길을 건너다가 또 넘어질 뻔해서 의사가 꼭 붙들고 있는 다카시의 팔이 아려왔다.

반쯤 열린 빵집 문 앞에는 신문이 놓여 있었다. 빵집 옆은 양식당인 모양이다. 문은 닫혀 있고 창문 저편엔 줄무늬 모양의 커튼이 드리워져 있다. 누군가 쌓인 눈을 밟아 다진 흔적이 문 앞에 남아 있다. 눅눅히 젖어 차가워진 신문을 집어 들었다.

"실례합니다."

가쓰라기 의사가 빵집에 들어갔다. 다카시도 문턱을 넘어 한 평 정도 크기의 가게 안에 발을 들여놨다.

정면으로 텅 빈 유리 케이스 두 개가 보인다. 상품명이 적힌 명찰이 거꾸로 포개져 구석에 정리되어 있다. 밖에서 보기엔 낡은 판잣집 같았는데 내부는 제법 멋을 부려 아담하다. 벽에는 꽃무늬 벽지를 발라 놓았다. 우중충한 녹색 두꺼비가 웅크린 듯한 모습의 기계가 유리 케이스 뒤에 놓여 있다. 자세히 보니 숫자가 적힌 버튼이 늘어서 있다. 금전 출납기인가.

가게 안에 드리워진 얇은 커튼 너머로 불빛이 보인다. 가쓰라기 의사가 다시 한번 부르자 불빛 쪽에서 "예"와 "어이"의 중간쯤 되는 대답이 돌아왔다. 얼마 뒤 계단에서 내려오는 발소리가 나더니 커튼을 걷으며 조금 통통한 남자가 얼굴을 드러냈다. 회색 바지에 솜을 넣은 하오리 차림이다.

"정말 죄송합니다. 오늘은 아직 빵이 나오지 않았는데요."

둥근 얼굴에 눈썹이 처져 있다. 싹싹해 보인다. 포동포동한 오른쪽 뺨에 있는 사마귀 하나가 눈에 띄었다.

“죄송한 건 이쪽이네. 손님으로 찾아온 게 아니라 전화가 있으면 좀 빌리고 싶어 그러네만 괜찮겠나?”

다소 딱딱한 말투다. 가쓰라기 의사는 지갑에서 명함을 꺼냈다.

“난 의사인 가쓰라기라고 하네. 실은 오늘 아침 가모 전 육군대장 각하의 저택에서 환자가 생겼어. 다급히 전화를 걸어야 하는데 저택 전화가 연결이 안 돼서 말이야.”

빵집 주인이 양손으로 명함을 받아들고 찬찬히 살피더니 다카시의 얼굴을 쳐다본다.

다카시는 서둘러 말했다. “저는 저택 고용인입니다.”

“아하.” 빵집 주인은 고개를 끄덕였다. “그러시다면 어서. 전화는 위층에 있습니다.”

포동포동한 몸을 잽싸게 돌려 커튼 너머로 얼굴을 들이밀더니 “어이, 가쓰코, 가쓰코” 하고 부른다. “하녀에게 안내시키겠습니다.”

가쓰코라 불린 하녀는 주인보다도 더 야단스레 쿵쾅거리며 내려왔다. 역시나 제법 통통한 여자로, 이야기를 듣자 바로 우당탕 소리를 내며 의사를 안내하고 나섰다. “계단이 좀 높으니 조심하세요.”

“전화가 붐벼서, 좀처럼 연결이 안 될지도 모르겠네요.” 빵집 주인이 계단을 올려다보며 말했다.

“그런가? 어제는 안 그랬는데.”

“어제는 운이 좋으셨네요. 내내 연결이 안 되더라고요.”

"몇 군데 걸 텐데 괜찮겠나? 물론 요금은 제대로 내겠네."

"예, 아무렴요. 전화선이야 썼다고 닳는 것도 아닌데요."

가쓰라기 의사가 계단으로 올라가 버리자 다카시는 빵집 주인과 가게 안에 남겨졌다. 무릇 수행인은 무료하기 마련이다.

"춥지? 이쪽으로 와서 난로에 몸을 녹이게나."

주인이 다카시에게 손짓했다. 그러다 다카시가 들고 있던 신문으로 시선을 돌렸다.

"어라, 신문이네."

"아, 이 앞에서 주웠어요."

"좀 봐도 될까?" 주인이 눈이 진지해지며 반짝거렸다. "분명 호외겠지. 우리 집엔 오늘 조간밖에 안 왔더라고."

다카시는 유리 케이스 옆을 돌아 커튼 건너편으로 들어갔다. 한 평 정도 크기의 주방이다. 커다란 가스대와 아궁이, 그리고 설거지대. 잘 닦인 조리대 위에 오래 써서 하얘진 봉이 놓여 있다. 도구들은 깨끗하게 닦아 먼지가 내려앉지 않도록 잘 정돈해 놓았다.

조리대 옆에 둥근 화구를 유리통으로 둘러싼 석유난로가 빨갛게 타오르고 있다. 가까이 다가가자 열기로 인해 뺨이 발그레 물들어 누그러진다.

"앉게." 주인이 의자를 꺼내 다카시에게 권했다.

"실례하겠습니다."

다카시는 의자에 앉아 신문을 펼쳐봤다.

"아, 정말 호외네요."

한자만 가득해 당황스러웠다. 옛날 한자인 "호외號外 현대 표기는 '号外'"가 왠지 위엄 있게 보인다.

"어디어디."

주인이 난로 옆으로 다가와 얼굴을 드밀었다. 2월 26일자 「도쿄일일신문」 호외다.

〈국체옹호國體擁護를 목적으로 청년 장교들 중신을 습격〉이라는 표제가 보인다.

"오카다 수상, 사이토 내대신, 와타나베 교육총감 사살이라." 주인이 읽어 내려가며 손가락으로 사마귀를 긁었다. "정말 큰일이 벌어졌구만."

"어제랑 오늘이랑 분위기가 완전 달라졌어요. 오늘 같은 분위기면 소동도 이대로 진정되지 않을까요."

2 · 26사건이 발생부터 수습에 이르기까지 얼마나 시간이 걸렸고 어떻게 전개됐는지, 구체적인 역사적 사실을 다카시는 모른다. 하루 이틀 사이로 정리되지는 않았으리라 대충 짐작하고 있지만, 이렇게 많은 사람들이 돌아다니고 전차까지 쌩쌩 달리는 상황이라면 그다지 대단한 소동은 아니었던 것 같기도 하다.

"자넨 어제 어디에 있었나?"

"가모 대장 저택에요."

"대장님 사시는 데는 여기서 두 길 건너 남쪽이지? 그 부근은 조용했으니 무슨 일이 일어났는지 알기 어려웠겠구만."

"그래도 밖에 나가지 말라고 하시던데요."

"길이 뚫린 건 오늘 아침 여섯 시인가 여섯 시 반쯤이었지. 그 직전에 말이야, 저기—,"

주인은 눈을 희번덕거리며 문밖을 가리켰다.

"경시청이랑 미야케자카 쪽에 있던 군대가 모두 철수하는데 말이지, 정말 대단한 광경이었다고. 엄청나게 많은 군인들이 서걱서걱 눈을 밟고 가더라고. 〈존황의군尊皇義軍〉이라는 깃발 아래 다들 총검을 차고 말이야. 진짜 대포도 지나가더라고. 무섭더군."

"지금은 의사당 쪽에 있다던데요."

"그쪽으로 모이고 있나 봐. 높으신 양반들이랑 싸울 셈이겠지. 하여간 대단해."

지금의 '대단'은 '큰일이다'라는 말이 아니라 '훌륭하다'는 말처럼 들린다. 주인은 청년 장교들 편일까.

"오늘 아침 조간 좀 봐도 될까요?"

"그럼. 아, 대장님 저택 동네면 신문 배달도 안 됐겠구만. 우리 집에도 꽤 늦게 왔으니까. 그러고 보니 아사히 신문사에도 습격해서 활자함을 완전히 뒤집어엎었다더군."

주인은 조리대 구석 선반 위에서 신문을 가져왔다. 선반에 놓인 낡은 상자 모양의 라디오가 다카시 눈에 들어왔다.

조간 일면 표제는 가로쓰기로 역시 〈청년 장교들 중신을 습격〉이다. 하단 기사를 살펴봤다.

〈오늘 새벽 2시 30분에 드디어 수도에 계엄령 포고

사령관은 가시이 고헤이 중장〉

오늘 아침 요시타카가 라디오를 들으며, 같은 말을 했었다.

—계엄령인가.

다카시에게는 영화 속에서나 익숙한 단어다. 계엄령이 포고됐다는 말은 이 도시가 일시적으로 군정지대郡政地帶, 즉 군인이 치안을 유지하는 도시가 된다는 얘기 아닌가. 그런데 지금 거리 분위기는 상당히 밝고 낙관적으로 보이기까지 한다.

"계엄령이라고 해도 그렇게 무서운 게 아닌가 보네요. 이렇게 사람이 많이 다녀 번화한데다 전차도 만원인 걸 보면."

주인은 웃으며 다시 사마귀를 긁었다.

"다들 구경꾼이야."

일반 시민이 구경꾼이 되는 계엄령이라.

"라디오에서 들으셨어요?"

"응. 오늘 아침엔 별다른 얘기가 없더군. 신문이랑 똑같아. 같은 얘기를 되풀이할 따름이지."

"어제는 뭐라던가요?"

"어제 낮에는 일반 방송이 나왔어. 로쿄쿠浪曲 샤미센 반주에 맞춰 부르는 대중적인 창를 들었지. 저 군인들이 애쓰고 있는 걸 보면서—." 대충 미야케자카 방향을 가리켰다.

"처음엔 대규모 훈련을 하나 했어."

"그런데 대신들이 살해당했죠?"

"그런 일은 금세 알 수 없으니까."

중신 습격은 어제 새벽 사이에 벌어진 사건이다. 그런데도 라디오에선 낮까지 로쿄쿠를 틀고 있었다—.

아, 이 시대에는 아직 보도의 자유가 없겠구나. 정부—아니 이 상황에선 아마 군부가 일반에게 공표하는 정보를 거를 수 있을 것이다.

"라디오에서 나오는 내용이 바뀐 건 어제저녁 방송부터였어." 주인이 말했다.

"일곱 시 뉴스요? 예, 그건 저도 들었어요. 어려워서 무슨 말인지 잘 알아듣진 못했지만."

주인은 다카시가 들고 있는 조간을 통통한 턱으로 가리켰다.

"거기에 어제저녁 발표 기사가 실려 있네."

그러더니 주전자에 물을 채워 난로 위에 올려놓고 조리대 밑에서 찻주전자와 찻잔을 꺼낸다. 다카시는 다시 신문을 읽어 내려갔다. 모르는 대목은 대충 짐작해 보며 이해하려 애썼다.

빵집 주인 말대로 일면 하단에 〈금일 오후 3시 제일사관第一師管 전시경비를 하령한다. 전시경보의 목적은 병력에 의해—〉라는 부분이 있었다. 어젯밤 라디오에서 들었던 일절이다. 이 말은, 어제 오후 세 시에 전시경비령이라는 게 포고되어 제일사관이라는 데서 수도 경비를 명령받았다는 의미겠지—아마도.

경비사령부 사령관은 가시이 고헤이 중장. 어젯밤 오전 두 시 반에 '계엄령'이 포고되면서 가시이 중장은 계엄사령관이 된 것이다.

군복 차림에 안경을 끼고 고지식해 보이는 가시이 고헤이의 얼굴 사진이 실려 있다. 군인 얼굴은 다 똑같아 보인다. 제복을 입어서인가. 어쨌든 간에 이 사람이, 중신들을 암살하고 현재 도쿄 도심부를 점거한 결기부대의 청년 장교들을 진압하는 편의 수장이다. 다카시는 흠흠 하며 고개를 주억거렸다.

이때 빵집 주인이 묘한 이야기를 꺼냈다. "저 군인들도 사령부 아래 같이 있었다더군. 그래서 교통 봉쇄도 풀렸을 거야."

다카시는 깜짝 놀랐다.

"저 군인들이라뇨? 소동을 일으킨 부대 말이에요?"

"그래."

"그들도 계엄사령부 아래 있었다고요?"

"그렇다고 하던데." 주인은 다카시의 놀란 얼굴을 향해 고개를 끄덕였다. "어젯밤에 말이야, 군인들이 두셋 몰려와서 우리 집 빵을 있는 대로 사 가면서 말하더라고. 자기들도 경비 부대에 있다고. 그렇다면 오늘 아침 구성된 계엄사령부 밑에도 들어갈 수 있다는 말이잖아?"

"모양새로선 그럴 수 있을지도 모르겠지만……."

"경비 부대로 들어갈 수도 있지만 연대에서 지급하는 식료품이 늦어져서 빵을 사러 왔다더라고. 또 이 동네라면 민가에서 밥을 얻을 수도 있고 군인들이 추위를 피해 잠시 머물 만한 집도 있을 테니까."

다카시는 어안이 벙벙했다. 너무나 이상한 얘기다. 아니, 가시이 중장이 지휘하는 계엄사령부와 결기한 청년 장교들이 지휘하는 부대는 서로 대립하는, 목적이 정반대인 부대다. 그런 그들이 하나로 모인다고?

"같이 모여서 무얼 '경비'한다는 걸까요."

주인의 대답은 애매했다. "적색분자겠지. 빨갱이거나."

"빨갱이는 어디에 있는데요?"

"근처에 있겠지."

"근처에……."

"응. 어쨌든 간에 육군의 대단한 양반들이 결기한 장교님들의 주장을 인정했다는 뜻 아니겠나? 이걸로 상황이 좋아질지도 모르지."

물이 끓자 주인이 차를 넣었다.

"역시 전화가 불통인가." 주인이 슬쩍 위층 걱정을 했다. 쟁반에 찻잔을 얹더니 계단을 올라가면서 다카시에게 말했다.

"라디오 켜도 되네. 다이얼은 맞춰 놓았으니까."

"감사합니다."

다카시는 선반의 라디오로 다가갔다. 라디오라 해도 다카사키시의 본가에 있는 미니 컴포넌트의 스피커보다 크다. 세 개의 버튼 중 맨 왼쪽에 있는 전원을 눌렀다.

아나운서의 목소리가 흘러나온다. 아아, NHK다, 라고 바로 느껴지는 뉘앙스다. 안정되고 명료하며 사무적인. 이것만은 시대가 달라도 바뀌지 않는 모양이다.

어젯밤 도쿄 시에 계엄령이 발포된 사실, 계엄 지역이 도쿄 시내의 임전 구역臨戰區域인 나가타초 일대, 아카사카, 도라노몬, 사쿠라다몬 주변임을 담담히 알리고 있다. 계엄사령부는 구단군인회관九段軍人会館에 설치됐다고 한다.

구단군인회관—구단회관을 말하는 건가. 작년에 사촌이 결혼식을 올린 장소가 아닌가. 피로연에 불려간 아버지가 집에 돌아와서 구단회관에 아직 기관총 총좌銃座가 남아 있더라는 얘기를 했었는데.

아버지.

갑자기 가족이 생각났다. 다들 어떻게 지내고 있을까? 히라카와초이치반 호텔 화재로부터 오늘로 이틀째. 어머니는 상경했을지도 모른다. 화재 현장의 수색 작업을 지켜보며 다카시의 안부가 판명되지 않았다는 데에 희망을 걸고 있으리라. 울보 여동생은 괜히 훌쩍거리다가 아버지한테 혼나려나.

라디오 때문이다. 음질과 말투, 방송 내용이 다르더라도 NHK 라디오 방송 특유의 분위기는 변함이 없다. 그래서 집 생각이 나버렸다.

트럭을 세차하거나 엔진을 정비할 때면 아버지는 늘 라디오를 켰다. 방송은 반드시 NHK. 다카시가 이따금 거들 때 좀더 떠들썩한 민영방송을 들으려고 다이얼을 멋대로 돌리다가 매번 혼쭐이 났었다. 다카시에게 있어 NHK 라디오 방송은 가정의 소리 그 자체였다.

아나운서는 계엄령 뉴스에 이어 교통 통제 해제에 대해 알리기 시작했다. 전차나 합승 버스가 다니고 있지만 운행이 혼란스럽다—그때 빵집 주인이 위층에서 내려왔다.

"역시 전화가 안 되는군." 다카시에게 말했다. "군 트럭을 빌릴 계획이라고?"

"예, 가모 대장의 성함을 대면 어떻게 빌릴 수 있지 않을까 싶었는데 대중교통이 움직이고 있으니 그럴 필요가 없겠네요."

"그래도 눈길이니까 조심해야지."

"네. 저기, 저 바깥 상황을 좀 보고 와도 될까요?"

"물론이지. 아직 한참 걸릴 거 같아."

다카시는 몸을 숙이고 반쯤 열린 문을 빠져나왔다. 사람들의 왕래가 더 늘어나서인지 보도의 눈이 거의 다 녹아 걷기가 편했다. 잠깐 고민하다가 미야케자카 방면을 향해 걸어가기 시작했다.

지금 걷고 있는 이 길은, 현대에서는 미야케자카 산사로와 아카사카미쓰케를 연결하고 있다. 단순히 시대의 간극만 있을 뿐 같은 길이다. 잔뜩 다니는 차에 비해 아름다운 가로수 길을 걷는 이는 얼마 안 돼 기이하게 느껴질 정도로 '수도' 도쿄라는 무언의 위압감을 물씬 풍기던 도로. 이 길이 육십 년 전에는 이랬다. 벽돌로 지은 멋들어진 건물이 늘어선 길가에 전신주가 유달리 눈에 띈다. 콘크리트가 아닌 목재 전신주다. 변압기가 안 달려 있어 왠지 빨래걸이 같다. 덕분에 시야가 트이는 느낌이지만.

머리 위로 전선이 바둑판처럼 펼쳐져 있다. 이건 조금 답답하다. 건물 사이로 자그마한 가게들도 보인다. 담배 가게의 철제 간판. 흰색, 파란색, 빨간색 줄무늬가 빙글빙글 소용돌이치는 이발소 간판이 왠지 정겹다. 와, 옛날에도 똑같았구나. 〈정연한 스타일을 만들어 내는 장발의 묘기〉라는 입간판에 웃음이 나온다.

건물 사이 샛길 안으로 창문에 플라멩코 댄서 같은 무용수의 포스터가 붙어 있는 레스토랑과 〈여종업원 모집〉이라는 벽지가 붙은 사무소가 보인다. 〈대서代書 다나카〉라는 큰 간판이 눈에 뒤덮여 노인이 바지런히 눈을 치우고 있다. 여기는 뭐 하는 가게일까?

걷는 동안 자신이 사는 '현대'와 하나에서 열까지 모두 다르지는 않구나 하고 생각했다. 옷차림, 신발, 빌딩 높이, 문장의 가로쓰기 방향이 다른데다가 한자도 어렵지만 인간 자체가 뿌리째 바뀌지는 않는 것이다.

버튼 하나로 해결할 수 없는 일이 너무 많아 인간의 손으로 직접 해야 한다는 것. 그게 가장 큰 차이 아닐까. 지에나 후키가 일하는 걸 봐도 그렇다. 청소기나 세탁기가 없고 자가용이 없으니 시장도 하녀를 보내야 한다.

할 일이 많은 시대다. 물론 하고 싶은 일만 골라 할 수 없어 힘들겠다 싶기는 하지만, 노동의 의미가, 다카시가 있는 '현대'보다 훨씬 더 소박하고 분명했으리라. 담배 한 갑을 사려고 해도 직접 얼굴을 마주 보고 주고받아야 하는 시대다. 담배와 거스름돈을 주고받는 행위에는 그만한 세상살이의 무게가 담겨 있다.

조금은 부럽기도 하다. 나 같은 인간은 어떻게 되는 걸까. 현대로 돌아가 재수를 해서 대학에 합격하고 나면 사 년간 적당히 놀다가 취직. 그 뒤엔 무슨 일을 할까? 어떤 직업을 고를까? 버튼 하나면 전부 해결되는 시대다. '인간'이 아니어도 할 수 있는 일이 너무 많다. 때문에 다카시라는 '인간'을 필요로 하는 일을 발견하기가 어렵다. 분명히 점점 더 어려워지리라.

만일 이후에 전쟁이, 사상 통제가, 공습이, 식량부족이, 점령이 기다린다는 역사를 몰랐다면, 이 시대에 살고 싶어졌을지도 모르겠다. 나쁘지 않다. 앞으로의 일 따위 고민하지 않는다면 나쁘지 않다. 인간의 힘을 소중히 여기는 시대인 만큼 사람들 사이의 관계도 따뜻하다. 빵집 주인도 저렇게 친절하지 않은가. 살아가기에 결코 나쁘지 않은 시대다.

히라타가 왜 여기에 왔을까 하는 의문이 새삼 떠올랐다. 회복되면 꼭 답해 주겠다고 했다. 이 시대를 봤냐고 물어보며 나라면 알 수 있을 거라고도 했다.

어쩌면 히라타는 그저 이 시대의 편안함에 묻히고자 찾아온 걸지도 모른다.

히라타야 그렇다 치고 그의 이모는 왜 이 시대로 왔을까? 가모 저택에 오기 전에는 병원에서 간병인으로 근무했다고 들었다. 다마코의 말에 따르면 나이는 쉰대여섯쯤. 히라타의 이모니까 대충 그 정도겠지. 그렇다면 딱 지금의 쇼와 10년대 전반 태생이 된다. 그녀가 일부러 헤이세이의 세계를 버리고 태어날 무렵의 시대로 돌아온 이유는? 살기 편해서, 일을 찾기 쉬워서. 그런 게 아닐까. 다마코는 구로이가 어둠 속에서 불쑥 모습을 나타내는 등 꺼림칙하다고 했다. 하지만 다카시가 처음 히라타와 만났을 때 느꼈던 주위의 빛을 흡수하는 듯한 어두침침함에 대해선 아무런 언급도 하지 않았다. 그 어두움은 시간 여행 능력을 지닌 사람 특유의 오라이기 때문에 구로이도 히라타와 마찬가지였을 텐데.

다마코는 느끼지 못했다. 다마코뿐만 아니라 가모 집안 사람들 역시 구로이를 보고 꺼림칙하게는 여겼어도 그녀 주위에서 풍기는 일그러진 어두움을 구체적으로 의식하지는 못했으리라. 이 시대는 현대보다 훨씬 조명이 적은 시대니까.

인공위성에서 일본을 내려다보면 도쿄 일대가 밤새도록 유달리 반짝인다고 한다. 그러나 그건 '현대'의 사정이고 이 시대는 아직 그 정도로 인공의 빛이 흘러넘치지 않는다. 실제로 가모 저택 내부만 봐도 그렇다. 저녁부터 날이 밝을 때까지 램프나 전등 빛이 켜진 공간은 얼마 없다. 덕분에 구로이로서는 한낮의 태양 빛만 신경 써 피하면 됐고, 실제로도 그랬기 때문에 다마코가 "구로이는 낮에도 좀처럼 밖에 나오지 않았다"고 얘기한 것이리라.

생각에 잠겨 걸어가다 이마에 눈덩어리를 맞고 퍼뜩 공상에서 깨어났다. 전신주에서 떨어졌나. 눈을 끔벅거리고 있으니 마주 보고 걸어오던 젊은 여성이 입을 살짝 가리며 웃는다.

미야케자카에 이르자, 해자와 면한 산사로 보도에 떼 지어 모여 있는 사람들이 보인다. 가판대에서 신문을 사려고 모여든 모양이다. 해자에 멈춰 서서 열렬히 토론하는 사람들도 보인다. 정부 요인이 암살당한 직후 수도의 풍경이란 이런 것일까. 정치가가 체포

되었다는 얘기는 들었지만 구체적으로 누가 암살당했는지는 모르는 다카시로서는 지금의 분위기가 비장감이 결여된 듯이 보였다. 아니, 이런 분위기가 어쩌면 정상적인 걸지도 모르겠다.

도로 위로 군인의 발자국과 트럭이 지나간 듯한 타이어 자국이 여전하다. 빵집 주인 말대로다. 새벽에 그들이 이동하는 광경을 볼 수 있었다면 좋았을 텐데. 장관이었겠지.

다카시는 경시청으로 향하는 도로에 멈춰 서서 코트 주머니에 손을 찔러 넣고 한동안 주변을 둘러보았다. 사람들이 토해 내는 하얀 숨 너머로 눈 덮인 고쿄의 숲이 보인다. 수묵화 풍경처럼 펼쳐져 숨이 멎을 만큼 아름답다. 그때 어디선가 진지한 목소리가 들려왔다. 가쓰라기 의사와 비슷한 연배의 남성 두 명이 진지하게 대화를 나누고 있다. 한쪽이 열심히 떠들면 다른 한쪽은 고개를 끄덕이며 맞장구를 친다. 말하는 쪽은 회색 중절모를 썼고 상대는 갈색 모자에 옷깃을 세운 코트 차림이다.

회색 중절모 입에서 몇 번이나 "대어심"이라는 말이 흘러나왔다. 다카시는 잠시 그들의 대화를 엿듣다가 적당한 틈을 노려 슬쩍 끼어들었다.

"저기……."

둘이 동시에 다카시를 획 돌아본다. 정색한 표정이다.

"뭔가?" 회색 중절모가 물었다.

"방해해서 죄송합니다. 지금 상황이 어떤가요?"

상대해 줄 의향이 있는지 회색 중절모는 다카시 쪽으로 돌아섰다. 다카시와 비슷한 목이 긴 군화를 신었다.

"정세 말입니다. 어제 여기서 고생하던 군인들이 의사당에 모였다고 들었습니다만."

"아, 그래." 회색 중절모는 힘차게 고개를 끄덕였다. "어젯밤부터 눈이 한바탕 내렸으니 말이야. 병사들이 휴식을 취하게 하고 태세를 재정비하면서 상층부와 교섭을 계속하겠지."

"잘 될까요."

회색 중절모는 다카시의 애매한 말투에 개의치 않고 활기찬 웃음을 보였다.

"물론이지. 청년 장교들의 결기가 침체됐던 육군 상층부를 동요시켰다고. 머지않아 잠정 내각이 만들어져 그들이 바라던 정권이 탄생할 거야."

갈색 코트가 끼어들었다. "수상은 역시 마사키마사키 진자부로, 황도파의 중심인물 대장이겠지."

회색 중절모는 즐거워보였다. "아마 그렇지 않겠나. 대만에 있는 야나가와 씨야나가와 헤이스케, 황도파의 중심인물로 당시 대만군 사령관으로 좇겨났었다를 부르자는 안도 있나 보더군."

"시간이 걸릴 테니까 말이야."

회색 중절모의 눈이 반짝거렸다. "치치부노미야다이쇼 천황의 둘째 아들가 상경할지도 모르지. 사리사욕만을 추구하는 중신들이 사라졌으니 부패한 육군 상층부를 일소할 수 있다면 우리 나라도 바뀔 거야."

시민들 사이에, 청년 장교들을 응원하는 공기가 흐른다는 건 아까 빵집 주인과 얘기하면서 확인한 바 있다. 하지만, 다카시에게 두 사람의 흥분은 다소 경솔하게 느껴졌다. 아마도 히라카와초이 치반 호텔에서 심야 방송을 보고, 2·26사건의 결말을—실은 결말뿐이지만—알아 버렸기 때문이겠지.

"육군의 대단하신 양반들이 간단히 고개를 숙이고 요구를 수용해 줄까요?"

회색 중절모가 발끈한다.

"당연하지. 안 들어줄 리가 없어. 청년 장교들의 행동과 마음이야말로 대어심에 부응하니까. 분명 대조환발을 옮기는 거야."

알겠다는 표정으로 고개를 끄덕이며 다카시는 생각했다. '대어심大御心'이라—. 지금 이 나라에서 가장 대단한 사람—아니, '신'인 천황의 뜻이라는 얘기겠지. '대조환발大詔渙発'은 천황이 내리는 명령쯤이 될까. 결국 청년 장교들의 행동을 천황이 인정하면서 그들의 바람대로 정치 체제를 개편하라는 명령을 내릴 거라고, 회색 중절모는 확신하고 있다.

역사적 사실은 어떤가? 다카시는 호텔에서 봤던 방송 해설 내용을 애써 떠올려 보았다. 잠들기 직전이어서 정확하게 기억은 안 나지만 쇼와 천황은 청년 장교들의 행동을 인정하기는커녕 오히려 '단호히 처벌하라'고 했다. 실제로 결기 부대 청년 장교들은 29일 신병이 구속되어 군법 회의에 회부되었다.

다카시가 머리를 굴리는 사이 회색 중절모 일행은 다시 자기들만의 대화에 열중하기 시작했다. 다카시는 해자 쪽으로 발걸음을 옮겼다. 이번에는 회색 중절모 일행과 대조적으로 불안한 표정을 떠올리고 있는 두 명의 남녀를 발견했다.

"소동이 커졌네요"라고 말을 걸어 보았다.

목소리에 놀란 남녀는 서로 마주 보았다. 다카시의 말에 관심이 없다는 듯 남자의 눈이 다시 고쿄를 향하자, 여자가 추운지 목을 움츠리며 "시바우라에 육전대陸戰隊 일본 해군에 소속되어 상륙 작전을 담당하던 부대가 상륙했나 보더라고요"라고 대꾸해 준다. "살해당한 대신 중에 해군 출신이 많았으니까."

"해군 패거리들은 다들 노발대발하고 있겠지." 남자가 말했다. "연합함대도 이쪽으로 향하고 있나 봐. 이거 자칫하다가는 내전이 되겠어."

반응이 전혀 다르다. 두 사람은 중절모 남자들처럼 다카시를 상대해 줄 의향이 없는지 바로 길을 건너가 버렸다. 다카시는 은빛으로 반짝이는 해자의 물을 멍하니 바라보았다.

중절모 일행의 예상은 틀렸다. 내전이 될 거라는 남자의 전망도 틀렸다. 다카시는 분명히 알고 있다. 그러나 어느 쪽을 향해 틀렸다고 한들 믿어줄 리가 없다. 그들만이 아니다. 의사당에 모인 청년 장교들에게 가서, 쇼와 천황의 의견은 당신들과 다르다, 당신들 앞에 기다리고 있는 건 군법 회의뿐이다, 얼른 병사들을 돌려보내고 투항해라, 라고 가르쳐 줘도 역시 믿을 리가 없다.

역사의 흐름은 변하지 않는다—가능한 건 세부의 수정뿐.

그렇다. 다카시가 태연스레 의사당으로 찾아가 살기를 내뿜고 있는 결기 부대 앞에서 그런 얘기를 떠들어 봐야 헛일이다. 결국 총에 맞아 죽어 쇼와사史의 2 · 26사건 항목에 "사건이 한창인 가운데 민간인 사상자가 한 명 발생하였다"고 덧붙여질 뿐이다. 시간 여행이라는 건 실로 유쾌하지 않은가.

전차가 들어왔다. 부산스레 울리는 종소리와 함께 전차가 미야케자카 정류장에 멈춘다. 승객이 타고 내리는 사이 차장은 전차 머리 위 팬터그래프를 사쿠라다몬 방향으로 뻗은 전선에 바꿔 걸쳤다. 한가로워 보이는 궤도 수정이다.

그 광경을 보며 다카시는 심야 텔레비전 방송 해설의 마지막 구절을 떠올렸다. 2 · 26사건을 계기로 강력한 무력을 지닌 군부의 국정에 대한 발언권이 강해졌고, 이내 일본은 군부 독재에 의한 전쟁의 시대로 돌입하게 된다—.

그렇다, 나는 지금 시대의 전환점에 서 있다. 전차가 팬터그래프를 바꾸듯, 쇼와 역사도 진행 방향을 결정하고 이제 전철기轉轍機를 바꾸는 지점에 도달한 것이다. 아무리 분위기가 밝다 한들, 청년 장교를 응원하는 공기가 흐른다 한들, 쿠데타에 희망을 건 시민이 존재한다 한들, 역사는 아무것도 보려 하지 않고 아무것도 들으려 하지 않는다.

추위가 온몸에 스며들었다.

6

빵집으로 돌아가니 가쓰라기 의사가 내려와 있다. 간신히 용무를 마친 두 사람이 가게를 나섰다. 빵집 주인은 싹싹하게 웃으며 전송해 줬다.

“병원 쪽은 어떻게 됐나요?”

“고마고메 병원에 지인이 있어 부탁해 보려고 했는데 아무래도 병실 상황이 여의치 않은 모양일세. 뭐, 상관없네. 좋은 데가 생각났거든. 시바우라로 가세.”

“시바우라?”

방금 전 해자에서 육전대가 상륙했다고 들은 장소 아닌가. 그 얘기를 꺼내자 가쓰라기 의사는 아하 하며 고개를 끄덕였다.

“해군성을 경비하기 위해 군대를 보냈겠지. 요코스카 진수부해군 기지를 지키는 군부대 장관이 누구였더라. 요나이 씨결기부대를 반란군으로 단정, 진압 과정에 활약했던 요나이 미쓰마사를 말한다였던가.”

“연합함대가 이쪽으로 향할 거라는 이야기도 들었습니다만…….”

“함대가 온다 해도 경솔하게 대포를 발포하지는 않을 걸세. 설령 발포한다 하더라도 포탄이 날아드는 곳은 이 근방 아니겠나.”

의사는 대담한 건지 태평한 건지 알 수 없는 소리를 했다.

"시바우라까지는 어떻게 가시려고요?"

"택시를 불렀네. 한 시간쯤 뒤에 저택으로 와 달라고 했어. 저렇게 혼잡한 전차에 환자를 태울 순 없으니까."

"자동차가 눈길을 다닐 수 있을까요."

"운전수가 어떻게든 하겠지." 그런 말을 하다가 의사는 크게 미끄러졌다. "난 환자를 데려가야 하네. 자네는 저택에 남게. 아까 내가 했던 얘기 잊지 말고."

"알겠습니다."

"곧 장의사가 올 테니 별다른 일은 없겠지."

깜짝 놀랐다. "장의사도 오나요?"

"아까 전화로 불렀으니까 오겠지. 당연하지 않나."

"그렇지만……."

지금 같은 상황에서 다른 사람을 들여놔도 될까, 아무래도 께름칙하다.

"각하의 유해를 저대로 내버려둘 수는 없네. 다카유키 군은 권총의 행방이 분명해질 때까지 조문객을 부르지 않겠다고 했지만 모양새만이라도 철야하는 시늉은 갖춰야 하지 않겠나." 그러고는 다소 망연한 표정을 짓는다. "나가타초 일대와 아카사카 근방 장의사들이 아주 바쁜가 보더군."

왜냐고 물으려다 그만뒀다. 당연하다. 중신들이 암살당한 뒤니까.

우울해 보이는 의사의 얼굴을 보다가 문득 궁금해졌다.

"선생님?"

의사는 여전히 눈길과 다투고 있다. "뭔가."

"선생님은 가모 대장과 오랜 기간 가깝게 지내셨지요? 그럼 앓기 전 대장이 그랬던 것처럼 선생님도 황도파 편이셨나요?"

대답이 없다. 시선을 발끝에 집중시킨 채 넘어지지 않으려 안간힘을 쓰고 있다. 영차 하며 눈 쌓인 곳을 넘어 평평한 장소에 나와서야 입을 열었다. "꽤나 대답하기 힘든 질문이구만."

다카시는 웃었다. "전 스파이도 아니고 활동가도 아니니까 괜찮잖아요."

"아니, 후환이 두려워서가 아닐세." 진지한 어조로 의사가 말을 이었다.

"황도파든 반황도파든 군인이라는 점에선 차이가 없어. 그 점이 정말 어려운 부분이야. 어느 편을 든다 한들 결과는 그리 차이가 없다는 느낌이 드니까. 이번 소동도 결국 주도권 쟁취를 위한 내부 투쟁이 아니겠나. 전에 이 얘기는 했었지?"

"네. 그러셨죠."

"군인의 임무는 나라를 지키는 걸세. 우리 나라가 외국의 압력에 지지 않기 위해서도 싸울 필요가 있어. 군인들이 싸우고 싶어 하는 건 당연해. 조바심도 나겠지. 이대로 있다간 석유고 철광석이고 다 뺏겨서 경제는 점점 쇠락할 테니까."

"흠……."

"유럽과 아메리카는 지들은 실컷 제국주의적 침략을 해 온 주제에, 잘난 척 정의의 가면을 쓰고 아시아 문제에 개입하고 있네. 만몽滿蒙 문제도 그래. 리턴 보고서만주사변을 일본의 침략 행위로 규정하고 만주국을 인정하지 않는다는 내용을 담은 보고서에 우리 측 해명은 전혀 실리지 않았잖아? 시찰하기도 전에 이미 결론이 났지. 지금 우리 나라와 독일은 전 세계의 악역을 떠맡은 듯한 느낌이 든다고."

무슨 말인지 잘 알아들을 수 없어서 다카시는 그냥 고개만 끄덕였다.

"전쟁을 마다할 수 없는 상황임은 분명해. 싸우지도 못하고 망국의 위기를 잠자코 지켜볼 수만은 없으니까."

가쓰라기 의사가 얼굴을 찡그렸다.

"그런데 말이야, 전쟁 자체가 목적일 수는 없단 말일세. 전쟁이란 일종의 외교 수단 아니겠나? 제대로 된 목적과 미래에 대한 전망이 있어야지 전쟁도 의미가 있는 걸세. 그러나 작금의 군인은 의미 따위 전혀 모르고 있어. 요시타카 씨가 그랬지. 군인은 주먹만 휘두르는 바보라고. 나름 이치에 맞는 얘기라 생각하네." 의사는 쓴웃음을 지었다. "그 사람의 인품과는 별개로 말일세."

"그렇군요."

"자네 말대로 난 대장 각하와 오랫동안 각별히 지내 왔지. 그런 만큼 엉뚱한 소리를 할 처지가 아니었어. 주치의로서의 본분을 지키며 말을 삼갔네."

"대장이 병으로 쓰러지고 나서 생각이 바뀌셨다면서요?"

"음……. 각하의 생각이 어떻게 바뀌셨는지 나는 잘 몰라."

잠깐 생각하더니 말을 잇는다. "유서를 보면 이것저것 알 만한 데가 있을지도 모르겠군."

유서는 전후까지 공개되지 않는다고요—.

"어쨌든 자기들끼리 다툴 때가 아니네." 가쓰라기 의사가 말했다. "에도 막부가 와해됐을 때 가쓰 가이슈천황파와 막부파 사이를 중재하여 천황파의 에도 입성을 성공시킨 인물가 무혈입성한 덕분에 쓸데없는 내전 없이 통일이 되어 이 나라의 식민지화를 면하지 않았나. 그걸 본받아야 하는데 말이지. 그리고 문관文官이 좀더 제대로 해야 되는데 말이야."

"문관들이라면 정치가 같은 관리 말인가요?"

"그래. 군인들의 서슬에 질려 뒤꽁무니나 따라다니는 무리들은 도저히 의지할 수가 없지. 좀더 기합을 넣고 일해 달라고. 하긴 그랬다간 다카하시 대장대신 같은 꼴이 될까."

가쓰라기 의사는 지금껏 보지 못했던 심각한 표정을 지었다.

"이번 결기 이후로 군인들의 눈치를 살피는 문관이 늘어날 걸세. 다들 목숨을 아까워하니까."

가만히 걸어가며 다카시는 다시 방송 해설을 머릿속에서 되씹어 봤다. 강력한 무력을 지닌 군부의 국정에 대한 발언권이 강해져—그렇다, 선생님 말씀대로다.

자기도 모르게 혼잣말을 했다. "선생님 같은 생각을 가진 사람이 많으면 좋을 텐데."

"응?" 의사가 웃었다. "재밌는 얘기를 하는군. 정말 자네는 머리가 좋은지 나쁜지 통 모르겠어. 진짜 어느 쪽인가?"

저택에 돌아오자 가쓰라기 의사는 바로 다카유키와 뭔가 이야기를 나누기 시작했다. 다마코는 기분이 안 좋다며 자기 방에 틀어박혔다고 한다.

다마코의 모습을 잘 살피라고는 했어도 방 앞에서 파수꾼 노릇까지 하라는 의미는 아닐 것이다. 마리에 일행도 돌아오지 않았으니 아직 경계할 필요는 없다. 그보다 먼저 해야 할 일이 있다. 눈을 치워야 한다. 다카시는 삽을 들고 눈을 치우기 시작했다. 차가 현관 앞까지 들어올 수 있게 눈을 치워 두지 않으면 안 된다.

다카시의 고향인 기타칸토는 겨울바람이 얼어붙을 정도로 춥긴 하지만 눈이 많이 내리는 지역은 아니다. 그런 만큼 눈 치우는 요령을 파악하는 데 시간이 걸렸다. 하지만 이곳에 온 뒤로 내내 골머리를 썩이다가 머리를 텅 비워 놓고 오랜만에 몸을 움직이니 기분이 좋아졌다. 아직도 화상이나 타박상을 입은 부위 여기저기가 결렸지만 머리를 싸매고 가만히 앉아 있는 것보다는 낫다 싶어 바지런히 몸을 놀렸다.

눈을 치우기 시작한 지 삼십 분 정도 지났을 때 장의사 두 명이 찾아왔다. 리어카를 끌고 와서 처음엔 장의사인지 몰랐다. 공손한 태도와 상장喪章이 아니었더라면 몰라봤으리라. 가까운 거리는 자동차보다 리어카 쪽이 눈길을 다니기가 수월해 짐마차꾼에게 빌려 왔다고 한다.

대충 눈을 치우고 나자 땀이 배었다. 저택 안으로 들어가니 지에와 후키가 바삐 계단을 오르락내리락하고 있다.

"수고했어요." 후키는 양손에 작은 행장 같은 걸 안고 말을 건넨다.

"추웠죠?"

"아뇨, 더운데요. 선생님과 다카유키 씨는?"

"이층에 계세요."

"도와드릴 일이 있나요?"

"지금은 없으니까 좀 쉬세요. 아참, 다카시 씨, 배는 괜찮아요?"

어제 설사를 해서 정로환을 받았었다.

"괜찮은 거 같아요."

"다행이네요. 다카시 씨가 나가고 나서야 복대를 빌려드릴걸 하고 지에 할머니랑 아쉬워했어요."

후키는 방긋 미소를 지었지만 이내 얼굴이 어두워졌다. "히라타 씨가 또 코피를 흘렸어요."

"정말? 심했어요?"

"아뇨, 아주 조금이었지만. 지금 다시 잠들었나 봐요."

"음……."

히라타의 뇌는 지금 어떤 상태일까. 너무 익은 수박에서 즙이 질질 흐르듯이 질금질금 출혈을 일으키고 있는 걸까.

"저기, 후키 씨." 위층으로 올라가려는 후키를 불러 세웠다. "아까 나가기 전에 다마코 씨한테 구로이 씨 얘기를 들었어요."

후키가 눈을 깜빡거렸다. 또 그 얘긴가요, 라는 기색이 맑은 눈동자 안에 살짝 비친다.

"어쩐지 꺼림칙한 느낌이 드는 사람이라던데. 그래서 후키 씨도 구로이 씨에 대해 얘기하기가 껄끄러웠나 봐요. 안색이 나빠 유령처럼 보이는 사람이었다면서요?"

가모 대장을 위해 타임트립을 반복했던 구로이에게 히라타 같은 증세는 없었을까. 출혈이나 졸도를 하거나 몸에 마비가 온다든지.

"좋은 분이었어요." 후키가 말했다. "구로이 씨를 싫어할 이유가 없죠. 담배 상자는 구로이 씨 물건이 맞대죠?"

"응, 다마코 씨가."

"다마코 씨가 아니라 아가씨예요."

"네, 네."

후키가 계단으로 올라가 버리자 다카시는 반지하 방으로 향했다. 후키 말대로 히라타는 잠들어 있다. 코 밑에 희미하게 남아 있는 핏자국을 보니 다카시의 마음속에도 불안이라는 코피가 조금씩 나오는 것 같다.

한참 동안 히라타 머리맡에 앉아 잡생각을 하고 있는데 슬슬 졸음이 몰려온다. 뭔가 할 일을 찾자. 움직이는 게 제일이다.

목이 말랐다. 부엌에 가서 물이나 마시자.

부엌은 깨끗하게 정리되어 있었다. 아침에 사용됐던 식기류가 너무 가지런히 놓여 있어 사용하기가 미안할 정도였다. 주위를 둘러보니 설거지대 옆에 작은 생맥주 통만 한 항아리가 있다. 그 위에 놓인 국자로 수돗물을 마셨다.

그나저나 왜 이런 국자가 있지? 항아리 안에 뭐가 들어 있는지 궁금해서 열어 보니 물이 반쯤 채워져 있다. 수도가 있는데 왜 굳이 물을 담아 뒀을까. 다른 용도가 있나.

거실로 가자 가쓰라기 의사가 지에와 얘기를 나누는 중이다. 다카시를 바라보는 지에의 얼굴에 어렴풋이—있는 듯 없는 듯—화가 난 기색이 보인다.

의사가 다카시에게 말했다. "지에가 병원까지 따라가 줄 걸세."

"예? 삼촌 때문인가요?"

"그래. 자네는 환자 간병을 못 하니까. 역시 여자의 손길이 필요하지. 다카유키 군이 허락해 줬네. 고맙다는 인사나 제대로 해 두라고."

"정말 감사합니다."

다카시가 지에에게 머리를 숙이자 의사가 웃었다.

"인사는 다카유키 군에게 해야지."

지에는 다카시의 인사를 무시하는 투로 상당히 딱딱하게 말했다. "갈아입을 옷이나 수건은 여기 있는 걸 사용하죠. 히라타 씨 혼자서 측간에 가실 수 있으신지."

"측간?"

"혼자서 볼일을 보실 수 있으신가요."

"아, 네, 그럼요."

"그럼 무명천은 필요 없겠군요. 이제 곧 차가 오겠죠? 선생님, 전 준비하고 기다리겠습니다."

"아, 부탁하네."

노인은 무뚝뚝하게 거실을 나갔다. 살짝 구부러진 몸에서 화가 발산되는 듯 발걸음이 빨라진다.

"선생님." 다카시가 말했다. "그럴싸한 핑계를 만드셨군요. 지에 할머니를 다마코 씨로부터 떨어뜨리기 위한. 그렇죠?"

"그런 셈이지." 의사가 수염을 만지작거렸다. "지에는 아주 훌륭한 하녀지만 충성도 경우 나름이니까. 미리 손을 써 두는 게 좋지."

"그래도 좀 과하지 않나요."

"그런가?"

"예. 만약 다마코 씨가 권총을 들고 위험한 일을 벌이려 한다는 사실을 지에 할머니가 안다 해도 설마 거들겠어요? 필사적으로 말리겠죠. 소중한 아가씨가 살인을 하도록 내버려둘 사람이 아니니까요."

"다마코 양이 일을 저지르게 놔두고 대신 죄를 뒤집어쓸지도 모르지." 의사의 말투는 덤덤했다. "지에는 그런 하녀일세. 돌아가신 사모님이 가모 집안에 시집올 때 따라와 내내 여기서 일했으니까. 다카유키 군과 다마코 양은 지에에게 자기 생명보다 더 소중한 존재일 거야."

"후키 씨는 어떤가요?"

의사는 눈썹을 치켜올렸다. “그 아가씨는 모르겠군. 여기 온 지 한 사오 년쯤 됐나. 지에와 함께 오지는 않았네.”

후키는 다카유키에게 호의를 품고 있는 듯 보인다—혹여 다카유키가 위험한 짓을 벌이려 한다면 후키 역시 그를 돕거나 감쌀지 모른다.

“다카유키 군은 집안 식구들 외에 다른 사람을 모두 이 저택에서 쫓아내려는 모양일세.”

“예?”

“정식으로 장례를 치를 준비가 되면 전해 줄 테니 돌아가 달라고 신신당부하더군. 나는 병원에 들렀다가 일단 집으로 돌아갈 수밖에 없겠지. 하지만 반드시 돌아올 테니 걱정하지 말게.”

“저도 쫓겨날까요.”

“어쩌면. 지에를 병원으로 데려가는 대신 자네가 여기서 일하게끔 하겠다고 했더니 신경 쓰지 말라며 자네도 병원으로 데려가라더군. 히라타가 걱정되지 않겠냐며 말이지. 그 말 자체에는 흠 잡을 데가 없어서 반대하기가 어려웠네.”

“저는 절대로 여기서 움직이지 않겠습니다.”

“그래, 자네만 믿네.” 가쓰라기 의사의 얼굴은 진지했다. “다카유키 군의 모습이 상당히 신경 쓰이네. 뭔가 결심하고 일을 꾸미는 표정이라…….”

의사의 뜻과 달리 다카시가 저택에서 버티겠다고 한 건 다마코나 다카유키를 위해서가 아니다. 누군가 총을 가지고 있어, 조심해—히라타의 경고. 그렇다면 후키를 지켜줘야 한다. 물론 무슨 일이 일어나는지 끝까지 지켜보고 싶다는 호기심도 다분히 있다.

"차가 늦는군." 가쓰라기 의사가 회중시계를 꺼내 시간을 확인하고는 미간을 찌푸렸다.

"벌써 열한 시가 다 됐는데 말이야. 대체 뭣들 하는지."

장의사는 오전에 돌아갔다. 다카유키는 쿠데타가 정리될 때까지 아무에게도 말하면 안 된다는 다짐을 받은 후에 뭔가를 싸서 그들에게 건넸다. 장의사는 잘 알겠다는 듯 머리를 굽실거렸다.

슬쩍 엿본 가모 대장 침실은 완전히 철야할 준비가 되어 있었다. 옅은 하늘색과 하얀 색 막이 둘러쳐져 방의 느낌이 사뭇 다르다. 깍지를 낀 가모 대장의 양손 위에는 액막이 칼이 놓여 있었다. 얼굴은 편안해 보인다. 저택 안 누구보다 평온한 표정을 짓고 있다. 이 사람이 미래의 일본을 직접 봤을 때 얼마나 충격을 받았고 어떤 생각을 했으며 어느 정도의 초조감을 느꼈을지 다카시는 상상해 보려 했다. 각계각층에 편지를 보내고 직접 만나 얘기를 해봤지만 아무것도 바뀌지 않았다. 앞으로 다가올 전쟁이 얼마나 비참한지 알면서도 그걸 전할 수 없다는 안타까움에 대장은 나와 마찬가지로 시간 여행 같은 건 아무 쓸모가 없구나 하고 여겼을까.

"그래도 미래의 일본이 형편없지는 않았죠?"

대장 머리맡에 서서 나지막이 속삭였다.

"그나마 안심하셨나요?"

물론 대답이 있을 리 없다. 방 안은 그저 적막할 뿐. 다카시는 처음으로 가모 대장에게 아련한 친근감을 느꼈다.

점심 식사가 끝날 즈음 다마코가 방에서 나왔다. 어젯밤에 잠을 못 이뤄 아침부터 계속 졸았다고 한다. 지에가 걱정스러운 눈빛으로 다마코의 시중을 들려고 하자 식욕이 없다면서 고개를 흔든다. 어깨를 움츠린 채 말없이 앉아 있던 다마코는 장의사가 와서 장례 준비를 하고 갔다는 얘기를 듣고는 부스스 일어나 대장 침실로 올라갔다.

한 시쯤 되어 겨우 차가 왔다. 땅딸막한 차체에 유달리 큰 헤드라이트가 달린 검정색 차였다. 기다리는 동안 안절부절못하던 가쓰라기 의사는 덮어놓고 운전수를 야단쳤다. 눈길에 차가 미끄러져 옴짝달싹 못했다며 운전수는 싹싹 빌었다.

"게다가 오늘 따라 손님이 많아서……."

"환자를 옮긴다 하지 않았나. 일의 경중도 모르나."

차 트렁크에는 목재가 가득 실려 있었다. 용도를 묻자 미끄러지기 쉬운 곳에 목재를 깔아놓고 지나간단다.

납득이 가는 한편으로 걱정도 됐다.

"해가 지기 전에 시바우라에 도착할 수 있을까요?"

운전수는 흐린 하늘을 올려다보며 말했다. "어떻게든 되겠죠. 날은 아침부터 어둡긴 했는데."

가쓰라기 의사와 다카시는 히라타를 반지하 방에서 옮기기 시작했다. 히라타의 왼쪽 다리가 거의 마비되어 가만히 서 있지도 못했다. 의사의 영차 하는 소리와 함께 현관까지 히라타를 나르는 내내 다카시는 불안한 마음을 주체할 수 없었다. 차라리 가만히 있는 편이 좋지 않을까.

간신히 히라타를 차에 태우자 가쓰라기 의사가 가방을 들고 옆자리에 올랐다. 지에도 커다란 보자기를 안고 함께 탔다.

"그럼, 출발하세."

가쓰라기 의사가 운전수에게 말했다. 자동차는 다카시가 고생하며 치워 놓은 앞뜰을 천천히 빠져 나갔다. 차창 너머로 다카시와 가쓰라기 의사의 눈이 마주쳤다. 의사가 슬며시 고개를 끄덕인다. 옆에서 히라타도 다카시를 바라보고 있다. 눈이 잔뜩 충혈되어 피로한 기색이 역력하다.

—조심해, 누군가 총을 가지고 있어.

트렁크에 쌓인 목재가 덜컹거리며 소리를 낸다. 차는 조심스럽게 눈길을 달렸다. 그 모습을 눈으로 좇는 다카시 뒤에서 다마코가 불쑥 중얼거렸다.

"히라타는 죽는 건가?"

다카시가 뒤돌아봤다. "안 죽어요."

"그럴까." 눈보다 하얀 그녀의 얼굴에는 아무런 표정도 떠올라 있지 않았다. "이 저택은 불길한 곳이야. 여기 있다가 모두 죽게 될 거야."

옆에 있던 다카유키가 뭐라고 하기 전에 다마코는 휙 등을 돌려 집 안으로 들어가 버렸다.

“전 아버지 곁에 있을래요.”

다카시는 후키를 거들며 오후를 보냈다. 청소, 세탁 등 자질구레한 집안일들이 그녀의 바지런한 손길에 정리되어 갔다. 다카시는 후키의 지시에 예예 대답하는 것만으로도 눈이 핑핑 돌아갈 지경이었다.

침대 시트를 갈고 모포를 들여놓기 위해 요시타카와 마리에의 방에 다시 들어가 볼 수 있었다. 옷가지들이 여기저기 내팽개쳐져 있고 융단 위에는 담배꽁초가 나뒹굴고 있다. 마리에답다 싶어 쓴웃음이 나왔다.

모처럼의 기회인 만큼 방 안을 두루 살펴봤다. 요시타카나 마리에가 권총을 가져갔을 가능성도 있으니까. 물론 그랬다 하더라도 다카시가 쉽게 발견할 수 있을 만한 곳에 두었을 리는 없지만.

그래도 어제 히라타 방에 있던 여행 가방은 금방 눈에 띄었다. 커다란 붙박이장 안에 숨겨져 있다. 당황한 마리에가 급히 가방을 옮기는 장면을 상상하니 웃음이 난다. 다카시는 미소를 지으며 침대 시트를 갈고 베개를 털었다.

화장대 옆에는 하얀 천이 드리워진 캔버스와 이젤이 놓여 있었다. 아침 식사를 들고 왔을 때는 미처 보지 못했다. 물감통에도 최근까지 작업한 흔적이 남아 있다. 저택을 방문하기 위한 구실에 불과하겠지만 얼핏 보기에도 아마추어의 영역을 넘어선 듯한 솜씨여서 본의 아니게 감탄하고 말았다. 가모 집안에는 예술가의 피도 흐르는 건가.

기모노 차림, 정장 차림, 머리를 묶은 모습, 머리를 풀어헤치고 드레스를 입은 모습 등 모두 마리에의 초상화다. 실물의 마리에보다 훨씬 부드럽고 신비로운 이미지로 그려져 이상하긴 했지만, 데생이 정확하여 원근감이 잘 표현되었고 물감을 겹쳐 바른 터치도 개성 있게 보였다. 목탄으로 밑그림만 그려놓은 캔버스 하나는 모델인 마리에의 옷차림으로 추측건대 어제 그리고 있던 그림인 모양이다.

다카유키와 다마코의 방은 후키 담당이었지만, 그녀의 눈을 피해 슬쩍 들어가 봤다. 다카유키의 방은 책으로 꽉 차 있고 다마코의 방은 기모노와 정장이 가득하다. 어느 쪽이나 느긋하게 권총이 어디 있는지 뒤져 볼 시간 여유는 없었다. 겨우 베개를 두드려 보고 침대 밑을 기웃거리거나 옷장을 열어보는 정도다. 당연히 이상한 점을 발견하기는 힘들었다.

하긴 가져갔다 하더라도 총을 자기 방에 숨겨 둘 리가 없지. 반면 저택은 짜증스러울 정도로 넓다. 청소를 하며 구석구석 살펴봤지만 권총 비슷한 물건도 찾을 수 없었다.

정리가 되자 후키와 부엌에서 한숨을 돌렸다. 그녀는 이제 장을 보러 간다고 한다.

"다카유키 님께서 지금은 교통이 자유롭지만 언제 어떻게 될지 모른다고 하셔서요. 필요한 물건을 미리 사 두려고요."

"같이 가고 싶긴 한데……."

다카시는 난처했다. 오늘 거리의 분위기라면 별일이야 없겠지만 후키 혼자 보내려니 아무래도 걱정이 된다. 하지만 마리에 일행이 돌아올 시간도 거의 다 됐다. 요시타카가 저녁때 집에 오겠다고 했으니까.

"괜찮아요." 후키가 미소 지었다. "혹시 누가 방문할지도 모르니 다카시 씨는 집을 잘 지키고 계세요."

"그럴게요." 고개를 끄덕이며 다카시가 말했다. "후키 씨, 무섭지 않아요?"

"안 무서워요. 다카시 씨는 제가 어지간히도 겁쟁이로 보이나 봐요."

"그런 건 아니지만. 아까 청소할 때 권총은 못 봤죠?"

"……."

"청소하는 내내 권총 생각밖에 안 나더라고요. 물론 쉽게 찾을 수 있는 장소에 숨겼을 리가 없지만."

후키가 화제를 돌린다.

"다카시 씨, 정말로 병원에 안 따라가도 괜찮아요?"

"응, 삼촌 대신 여기서 일해야 하니까."

후키는 고개를 갸웃거리며 궁금해하는 표정을 지었지만 이내 "주인님 서재 난로에 장작을 넣어 주세요. 다카유키 님께서 계속 거기에 계시겠다고 하셨어요"라는 말만 남기고 밖으로 나가 버렸다.

다카유키는 아버지의 책상에 앉아 굵은 만년필로 뭔가를 쓰고 있었다. 책상 위는 책과 서류철로 가득했다.

다카시가 방에 들어서자 경계하는 기색이 역력했다.

"장작은 충분한가요?" 다카시가 물었다.

"응? 아, 난로 말인가."

불이 꽤 줄어 있다. 장작을 넣어 불을 피워 올리며 힐끔힐끔 다카유키의 동태를 살폈다. 다카유키는 고개를 파묻은 채 만년필을 놀리고 있다.

"다카유키 씨."

말을 걸자 딱 하고 움직임이 멈춘다. 마치 기다렸다는 듯.

"가쓰라기 선생님께 들었어요. 다마코 씨가 걱정된다고."

다카유키는 어깨를 쭉 펴고 잠시 입을 다물었다가 이내 휴 하고 한숨을 토했다.

"선생님도 입이 가벼우시군."

다카시는 책상 앞으로 가 그의 얼굴을 똑바로 쳐다보았다. 정신을 집중하고 글을 쓰느라 눈의 초점이 한데 모인 듯한 인상이었지만 전반적으로 냉정함을 잃지 않고 있다.

"어째서 너한테까지 그런 얘기를 꺼내셨을까."

"저택을 나가게 돼서 걱정이 많으신가 봐요."

"너도 병원에 보냈어야 했는데."

"제가 가 봐야 무슨 도움이 되겠어요."

다카유키는 만년필을 내려놓고 서류철을 닫았다. 다카시에게 보이고 싶지 않는 모양이다.

"너, 쫓기는 신세라면서. 이제 통행이 자유로워졌으니까 도망가야 되지 않아?"

"제가 여기에 있다는 사실은 삼촌밖에 몰라요. 쫓아오는 사람도 없고요. 그리고 후키 씨 혼자 집안일을 어떻게 다 해요."

다카유키는 코웃음 쳤다.

"대장은 자결했다—." 다카시의 말에 다카유키가 눈을 치켜떴다. "그런 결론을 내셨더군요."

고개를 끄덕인다. "그래. 애당초 유서가 있으니까 자결일 수밖에 없어. 권총이 안 보이는 바람에 괜히 당황하고 말았지만."

"유서는 어디에 있나요?"

실물은 아직 못 봤다.

"내가 보관하고 있지. 네가 신경 쓸 문제가 아니야."

"그럼 다행이고요." 다카시는 어깨를 실룩거리며 말했다. "미처 말씀드리지 못한 게 있어요."

난로에 불을 지피다가 머릿속에 떠오른 일이다.

"어제, 그러니까 제가 아직 저택 안에 숨어 지낼 때 거실에서 대장을 봤어요."

다카유키는 깜짝 놀란 듯했다.

"아버지를? 아래층 거실에서?"

"예. 드문 일이라던데."

"아…… 다리가 불편해지신 이후에는 아래층으로 내려오시는 일은 좀처럼 없었으니까."

"거실 난로에 종이를 태우시더군요."

"아버지가? 직접?"

"예, 손수요. 이상한 얘기죠? 난로는 여기에도 있는데. 폐지라면 왜 굳이 거실까지 내려오셨을까요."

다카유키는 마치 그 안에 해답이 있다는 듯 몸을 돌려 난로를 노려본다.

"아마 서재에 누군가가 있었겠죠." 다카시가 말했다. "뭔지는 모르겠지만 그 사람에게 보이고 싶지 않았던 거예요. 이젠 쓸모가 없어져 태워 버려야 하는데 그런 모습조차도 보이기 싫었으니까. 그래서 불편한 몸을 이끌고 아래층으로 내려오신 게 아닐까요."

다카유키는 잠자코 있다.

"서재에 누가 있었을까요. 그렇게까지 경계해야 했던 사람이 누구였을까요."

다카시는 요시타카를 떠올렸다. 당신 숙부가 대장의 약점을 빌미로 잡아 뭔가를 요구하고 있던 게 아닌가요, 라는 질문을 던지려고 다카유키의 얼굴을 쳐다봤다가 깜짝 놀라고 말았다. 다카유키가 웃고 있다. 처음 본 그의 웃음은 의외로 귀여운 데가 있었다.

"정식으로 우리 집에서 일해 볼 텐가?"

"제가 맘에 들었나요."

"정식으로 고용하면 목을 잘라 쫓아낼 수 있으니까."

그러더니 곧 다카유키는 손을 흔들며 나가라는 시늉을 했다.

"주제넘은 얘기는 이제 충분해. 얼른 나가."

얼굴에도 이미 웃음이 사라지고 없었다. 잔뜩 찡그린 채 허공을 바라보고 있다. 다카시는 잠자코 물러났다.

한 시간쯤 지나 후키가 귓불이 새빨개져서 돌아왔다. 사온 물건들을 함께 정리하는데 거실 쪽에서 후키를 부르는 마리에의 목소리가 들려왔다.

"돌아오셨나 보네요."

후키는 서둘러 거실로 향했다. 다카시도 뒤를 따랐다.

요시타카와 마리에가 난로 앞에서 손을 녹이고 있다. 다마코는 거실에 앉아 복잡한 서양자수에 열중한 채 두 사람은 안중에도 없다는 표정이다.

마리에는 꽤나 기분이 좋아 보이는 얼굴로 미쓰코시에서 쇼핑한 물건을 배달해 주는 사람이 오는지 잘 보라는 둥 저녁은 먹었으니 차리지 말라는 둥 계속해서 후키를 닦달했다.

"내 방으로 차를 갖다 줘. 모포는 더 넣었어? 방은 데워 놨어?"

계엄령이 한창인데 쇼핑이라니 기가 막힌다. 다카시가 어이없어하는데 다카유키가 거실로 뛰어들어 왔다.

"늦으셨잖아요." 나무라는 투다.

요시타카는 무슨 상관이냐는 눈빛으로 다카유키를 바라봤다.

"저녁에 온다고 했잖아? 아직 삼십 분이나 남았구만."

거실의 큰 괘종시계가 다섯 시 반을 가리키고 있다. 그러고 보니 요시타카 일행이 외출할 때 다카유키가 시간을 지켜 달라고 했었다. '약속'이라니 무슨 약속일까?

"차는 위층에서 드시죠." 다카유키가 재촉했다. "드릴 말씀이 많습니다. 장의사도 왔다 갔고요. 얼른 올라와 주세요."

"알았어. 급하긴." 요시타카가 쓴웃음을 지었다. "지금 장례식이 문제가 아냐. 저놈의 쿠데타 때문에 주가가 폭락해서 내 발등에 불이 떨어졌다고. 하긴 경제 같은 건 쥐뿔도 모르는 군인 가족이 뭘 알겠냐만."

다카유키는 "어쨌든 서재로 가서 말씀하시죠"라는 말만 툭 내뱉고 거실에서 나갔다.

왜 저리도 서두르는 걸까. 요시타카 일행과 무슨 얘기를 하려는지도 궁금했지만 서두르는 이유가 더 궁금했다.

요시타카와 마리에가 거실에서 나가자 그들이 벗어 놓은 코트를 들고 뒤를 쫓으려는 후키를 다마코가 불러 세웠다.

"나도 차 마시고 싶어."

맥없는 말투로 눈은 엉뚱한 데를 향하고 있다.

"바로 준비하겠습니다." 후키가 답했다.

"제가 할게요."

다카시가 부엌으로 가려고 하자 다마코가 갑자기 자리에서 일어났다. "당신은 할 줄 모르잖아?"

"차 정도는 저도 할 수 있어요."

"그럼, 내가 할래. 그보다 당신—맞아, 장작을 더 가져와. 한밤에 장작이 떨어져서 오두막까지 가게 되면 곤란하잖아."

다마코가 왜 굳이 손수 차를 타겠다고 나서는 걸까. 눈은 초점을 잃은 듯 보였고 말도 횡설수설한다.

설마 권총을 품에 지니고 위층에 차를 갖다 주겠다면서 올라갈 속셈이라면—.

"제가 내오겠습니다." 후키가 만류했지만 다마코는 쿵쾅거리며 부엌으로 달려가 버렸다. 아무래도 불안해 다카시도 뒤따라갔다.

부엌에 들어간 다마코는 뭘 어떻게 해야 할지 모르는 기색이다.

"물을 끓여야 하는데"라며 가스 화로 주변을 어슬렁거리고 있다. 마치 몽유병 환자처럼 보인다.

후키도 다마코의 상태가 이상해 보였는지 종종걸음으로 다가와 그녀의 팔을 살며시 붙들며 나긋하게 말했다. "여기는 춥습니다. 거실에 계시면 바로 차를 내가겠습니다."

다마코가 미소 지었다. "미안해, 후키."

"무슨 말씀이세요."

"오늘 다들 피곤했지?" 다마코는 다카시와 후키의 얼굴을 번갈아 보며 말했다. "이제 또 저녁도 차려야 할 테고. 그 전에 우리 다 같이 차를 마시자. 과자도 내오고."

"네, 감사합니다."

후키는 다카시에게 눈빛으로 신호를 보냈다. 다카시는 고개를 끄덕이고 다마코를 따라 거실로 돌아갔다. 심장이 두근거렸다. 정신 차려요, 혹시 당신이 권총을 가지고 있다면 엉뚱한 생각일랑

하지 말고 제게 주세요, 라고 확 말해 볼까.

거실에 돌아온 다마코는 자기 자리에 앉더니 자수 도구를 만지작거렸다. 발치에는 갖가지 색깔의 실 다발이 담긴 바구니가 놓여 있다. 그녀는 예쁜 진홍색 다발을 꺼내 풀기 시작했다.

다카시는 위층 상황이 신경 쓰여 견딜 수가 없었다. 다카유키에게 권총이 있다면 지금이야말로 요시타카와 마리에를 저격할 절호의 기회다. 다카유키의 속셈이 그건가. 다카유키일까 다마코일까. 당장 현장을 덮칠 수 없어 초조함만 더해 간다.

다카시는 발소리를 죽인 채 계단을 올라 서재 앞에 이르렀다. 문이 닫혀 있다. 안의 말소리도 새어 나오지 않는다. 다마코가 이쪽으로 올지도 모르니까 여기서 지키고 있자.

잠시 후 쟁반을 든 후키의 발걸음 소리가 들렸다. 다카시는 계단 중간까지 마중 나가 쟁반을 받아들었다.

"내가 가지고 갈게요. 후키 씨는 다마코 씨를 잘 지켜봐요."

후키는 불안해 보였다. "다카시 씨, 무슨 생각이에요?"

"나도 모르겠어요. 하지만 다마코 씨를 저대로 내버려두면 안 될 거 같아요."

서재로 들어서자 책상 옆에 서 있는 다카유키가 보였다. 하품을 하는 마리에와 요시타카는 맞은편 팔걸이의자에 앉아 있다.

"어라, 남자의 차 시중인가." 요시타카가 다카시에게 말을 걸었다. "이래서야 분위기가 안 나는군."

미간을 찌푸리고 입을 다문 다카유키와 비교하면 여유만만이라고 할까, 명랑해 보일 정도다.

"지에는 뭘 하는데 안 보여." 투덜거리는 마리에에게 다카시가 차 시중을 들며 사정을 설명하자 마리에의 붉은 입술이 뾰로통해진다.

"고용인 주제에 별 호사를 다 누리네. 여기 와서 무슨 일을 했다고. 다카유키, 고용인한테 너무 무른 거 아냐?"

마리에가 다카유키의 이름을 함부로 부르는 걸 처음 들었다. 다카시는 자기도 모르게 다카유키의 얼굴을 쳐다봤지만 그는 별 내색 없이 무뚝뚝한 표정으로 홍차를 마시며 "환자를 내버려 둘 수는 없으니까요"라고 말할 뿐이다.

"어머, 자상도 하시지. 일하지 못하면 먹지도 말라고."

마리에는 게걸스레 과자를 먹기 시작했다. 당신 자신을 돌아보시지 하는 생각이 절로 들었다.

되도록 모든 동작을 천천히 하려 했지만 차 시중이래 봐야 시간은 뻔하다. 책상 근처에서 우물쭈물하는 다카시를 보고 다카유키가 한소리 했다.

"뭐 해? 일 다 봤으면 나가."

가차 없는 눈매로 말을 내뱉으면서도 다카유키는 온통 시계에만 신경을 쓰는 듯하다. 힐끗힐끗 탁상시계를 곁눈질하는 모습이 무척이나 초조해 보였다.

시계는 여섯 시 오 분 전을 가리키고 있다. 다카유키가 왜 저러는 걸까. 시간에 무슨 의미가 있는 거지.

“할 얘기가 뭔데?” 요시타카가 홍차를 홀짝이며 다카시를 슬쩍 쳐다봤다. “고용인 따위가 들으면 안 될 중요한 얘긴가?” 마리에를 향해 웃음을 지으며 “그렇겠지?”라고 말한다.

마리에도 “그렇겠죠” 하며 피식 웃음을 터뜨렸다. “굳이 서두를 필요는 없겠지만 미리미리 해두는 게 좋겠죠.”

“이후로 저택을 어떻게 할지에 대한 건가요?” 다카시가 물었다.

“응, 그래.” 마리에의 기분 좋아 보이는 대답과 거의 동시에 다카유키가 “시끄러워!” 하고 호통을 쳤다.

마리에가 깜짝 놀라 벌떡 일어나더니 노골적으로 불쾌한 기색을 드러냈다. “뭐야, 다카유키, 왜 나한테 소릴 질러!”

“당신도 그만 앉아.” 요시타카가 끼어들었다. “다들 진정하자고. 자네, 오자키라고 했던가. 자네하곤 관계없는 일이야. 다 큰 어른끼리 멱살잡이를 할 일은 없을 테니 얼른 나가게. 일이 있으면 이쪽에서 부르지. 이건 명령이야.”

단호한 말투에 다카시는 어쩔 수 없이 서재에서 나와야 했다. 물러나며 다카유키를 뚫어져라 쳐다봤지만 그는 눈길도 주지 않았다.

심장 박동 소리가 복도에 울릴 듯 크게 느껴진다. 참 바보 같은 역할을 맡았다는 생각이 들면서도 앞으로 무슨 일이 벌어질지 너무 궁금했다. 아니, 나랑 무슨 상관인가. 혹시라도 다카유키가 요시타카와 마리에를 쏜들, 다마코가 권총을 가지고 있다 한들 나하곤 관계없잖아. 난 가쓰라기 선생님과 입장이 달라. 내게 중요한 건 후키의 안전뿐이야.

순간적으로 전부 부질없다는 마음이 들었지만—역시 걱정된다. 누군가 권총을 가지고 있다. 무슨 짓을 저지를 것이다. 조심해— 히라타의 경고.

곧 무슨 일이 일어난다.

다카시는 복도에 서서 기다렸다. 무슨 말이라도 들리지 않을까 지그시 문에 기대어 모든 신경을 귀에 집중시켰다. 거실 상황도 걱정이 됐지만 다마코가 올라오는 건 여기서 지켜볼 수 있다. 그리고 후키가 잘 보고 있겠지.

얼마나 시간이 흘렀을까. 삼 분? 오 분? 아니 더 될까? 문 저편은 침묵하는 가운데 당연히 총성도 들리지 않았다. 괜한 걱정이었나 싶어 휴 하고 한숨을 쉬었을 때 계단을 올라오는 다마코의 모습이 보였다.

서두르는 기색 없이 느긋하게 올라오고 있다. 한 손은 난간을 잡고 다른 손은 치맛주름을 추켜올린 채 우아한 걸음걸이로. 문 앞을 가로막고 선 다카시에게 다마코는 미소를 지으며 다가왔다.

"당신도 걱정되나 보네?" 말투가 다정했다. "나도 걱정돼. 오라버니는 이제 와서 숙부님과 마리에 씨에게 무슨 이야기를 하려는 걸까?"

"다마코 씨……."

다마코가 쉿 하며 입술에 손가락을 댔다. "우리 들어가 보자. 문을 벌컥 열어서 깜짝 놀라게 하는 거야."

"안 그러는 게 좋겠어요." 다카시는 문손잡이를 잡으려는 다마코를 점잖게 밀쳤다. "용무가 없냐고 제가 여쭤보지요."

"그래 줄래?"

다카시는 고개를 끄덕이고 다마코가 문에서 떨어지는 걸 확인한 다음 몸을 돌려 문손잡이를 잡았다.

그때 등 뒤로 이상한 낌새가 느껴졌다. 온몸으로 위험을 감지하고 돌아보려 했다.

늦었다. 뭔가 쾅 하고 머리를 내리쳤다. 눈에서 불꽃이 튀며 옆머리가 깨질 듯이 아팠다.

맞았나? 총에 맞은 걸까?

다카시는 비틀거리다 엉덩방아를 찧고 쓰러졌다. 간신히 머리를 들어 올리자 다마코의 모습이 보인다. 치맛주름을 추켜올리던 손에 부지깽이가 쥐어져 있다.

"미안해요." 다카시를 내려다보며 말했다. "이대로 두면 방해할 테니까. 당신은 홍차를 마시지 않아서 이렇게밖에 할 수 없었어."

부지깽이를 벽에 세워 놓고 스르르 발걸음을 옮겨 서재 문을 여는 다마코의 모습이 뿌옇게 보였다. 눈의 초점이 들쑥날쑥하고 머리가 윙윙거린다. 몸에 힘이 안 들어가 도저히 일어날 수 없었다.

다마코가 서재로 들어간다. 다카시는 팔꿈치로 기어 그녀의 뒤를 쫓았다. 문 사이로 몸을 밀어 넣자 안의 광경이 펼쳐졌다.

다마코의 등이 보인다. 그녀의 손이 가슴팍으로 들어가더니 불쑥 권총이 모습을 드러냈다. 손 안에 숨길 수 있을 정도로 작은 검푸른 권총.

역시 그녀가 가지고 있었다—.

다마코가 권총을 꺼내들었는데 아무도 놀라지 않았고 비명 소리 하나 들리지 않는다. 세 사람 모두 쓰러져 있다. 책상에 엎드린 다카유키가 먼저 눈에 들어왔다. 요시타카는 팔걸이의자 안에 파묻혔고 팔걸이 밖으로 상반신이 늘어져 손이 바닥에 닿은 마리에가 보인다.

죽었나? 아니 잠든 거다.

홍차인가? 저기에 약이 들었던 건가? 다마코의 짓인가? 어떻게 해서?

시야가 핑핑 돌기 시작한다. 도저히 머리를 들어 올릴 수가 없다. 다마코 손에 쥔 권총이 스르르 움직이더니 요시타카 쪽을 향한다. 그만둬, 라고 외치려 했지만 목소리가 안 나온다. 왼쪽 눈에 물기가 흘러들어 보이질 않는다. 머리에서 피가 흐르고 있다. 지독한 통증에 얼굴이 일그러졌다.

"잘 가." 다마코가 중얼거렸다. 총구는 요시타카의 머리를 겨누고 있다.

그때 다마코의 인사에 대답하듯 작은 종소리가 들려왔다. 다카시는 희미해지는 의식을 필사적으로 붙들고 주위를 둘러봤다. 시, 시계? 탁상시계 소리다. 여섯 시.

그리고 목소리가 들려왔다.

"아가씨?"

목소리는 난로 쪽에서 날아들었다. 방금 전까지 아무도 없던 난로 앞에 지금 사람이 있다. 낡은 감색 기모노를 입고 머리를 틀어 올린 몸집이 큰 여자가.

큰 얼굴에 비해 유난히 작은 눈에 놀란 기색이 역력하다. 눈을 한껏 치켜뜬 채 꼼짝 않고 서 있다.

다부진 몸매와 달리 힐끗 봐도 환자처럼 보였다. 푸르뎅뎅한 안색에 숨소리는 거칠었고 고통을 참고 있는 듯이 꾸부정한 자세다.

"구로이?" 다마코가 말했다. "당신 구로이야?"

구로이—히라타의 이모다!

권총을 쥔 다마코의 손이 털썩 떨어진다. 너무 놀라 뒷걸음질 치며 다마코가 달뜬 목소리로 묻는다.

"당신이 어째서 여기에? 어디서 들어왔어? 당신 진짜 구로이야?"

다마코와 마찬가지로 구로이라 불린 여자도 무척이나 놀란 모양이다.

"이게 대체 무슨 일인가요?"

쓰러진 세 사람을 둘러보는 구로이의 입술이 바들바들 떨리고 있다. 다카유키에게 다가가 어깨를 붙잡고 흔들었다. "도련님, 도련님!"

다마코는 연신 고개를 저으며 구로이의 모습을 샅샅이 훑어보고 있다.

"무슨 짓을 하신 거예요, 아가씨!" 구로이가 비틀거리며 다마코에게 다가가려 했다. 계속 숨을 헐떡인다. "왜 이런 짓을?"

"자는 거야. 잠들었다고."

다카유키의 호흡을 확인한 구로이의 눈매가 조금 풀렸다.

"아, 그렇군요. 주무시는구나."

"몰라, 난 몰라—." 다마코가 헛소리하듯 중얼거렸다. "저리 가! 다가오지 마! 어떻게 된 거지? 당신이 왜 여기에 있는 거야?"

구로이 얼굴에 거의 고통에 가까운 슬픈 표정이 떠올랐다. 커다란 손을 쭉 뻗어 다마코를 만지려고 했지만 자지러지는 다마코의 모습에 손을 거둬들인다.

구로이가 천천히 실내를 둘러봤다. 애처로운 시선이 다카시의 얼굴에 닿자 의아한 눈빛으로 훑어본다. 뭔가 물어보려고 다카시를 봤다가 단념했는지 고개를 젓고는 무거운 몸을 질질 끌듯 옮겨 마리에와 요시타카에게 다가갔다.

그러고는 두 사람의 팔을 잡았다. 왼손에 마리에의 오른팔을, 오른손에 요시타카의 왼팔을.

순간, 구로이가 뭘 하려는지 다카시는 깨달았다.

구로이는 다마코를 바라보며 얘기했다. "도련님께서 모든 사정을 알고 계세요. 도련님이 깨어나시면, 아가씨에게 설명해 주시겠죠. 아가씨는 모르셨으면 했는데, 정말 그랬는데…… 구로이는 참으로 유감스럽습니다."

다마코가 비틀거리며 뒷걸음질 치다 간신히 의식을 붙들고 있는 다카시의 오른발을 밟았다. 다카시의 두 눈은 모두 피로 범벅이 된 상태다. 구로이의 목소리가 아스라이 들린다.

"이 두 사람에 대해선 걱정하지 마세요." 구로이는 말을 이었다. "도련님께 전해 주세요. 구로이는 약속을 지켰다고요. 괜찮으시겠죠? 꼭 전해 주세요."

구로이 눈이 촉촉해졌다. 입술이 떨리나 싶더니 목소리가 갈라졌다.

"이렇게…… 이렇게 돼 버리다니…… 무슨 착오가 있었던 건가요?"

착오—약속—다카유키는 알고 있었다—.

"저도 이렇게 큰일은 처음입니다." 구로이가 말했다. "가능하면 한 번 더 여기에 돌아오고 싶습니다만, 돌아올 수 있을지 모르겠네요."

다카시의 머리가 바닥에 떨어졌다. 구로이의 목소리가 높은 데서 들려온다—.

"꼭 도련님께 전해 주세요. 구로이는 약속대로 왔다고, 모든 걸 해결했다고."

구로이는 연신 숨을 헐떡거리며 마리에와 요시타카의 팔을 꽉 움켜쥐었다. 그러고는 고개를 들어 꼬마아이가 용기를 낼 때처럼 눈을 반짝거리며 남은 힘을 다해 뺨을 이완시켜 다마코에게 미소를 보냈다.

"아가씨, 행복하세요."

그리고 사라졌다. 눈 깜빡할 사이에. 연기처럼. 마리에와 요시타카도 함께 모습을 감췄다.

다마코의 손에서 권총이 떨어졌다. 융단 위에 굴러떨어진 권총을 다카시는 필사적으로 움켜쥐었다. 잠시 뒤 다마코가 다카시의 몸 위로 쓰러졌다.

쿵 하는 충격과 함께 다마코의 향수 냄새가 풍겨 왔다. 다카시는 정신을 잃었다.

병사에게 고한다

제 5 장

1

나풀나풀 눈이 내린다.

다카시의 눈동자 안에 눈이 내린다. 눈이 한바탕 쏟아지며 하얀 커튼을 드리우더니 안개처럼 희미해진다. 주위가 아스라이 보이기 시작한다. 그러나 잠시 뒤 눈이 그려 내는 하얀 사선斜線이 시야를 가득 채워 다카시를 다시 백색 암흑 속에 고립시킨다.

아무 목소리도 들리지 않고 누구 하나 보이지 않는다. 지독한 추위로 손발이 얼어붙을 것 같다. 그런데 얼굴에 흩날리는 눈의 차가움은 느껴지지 않는다. 손을 뻗어 손바닥으로 받아 보려 하지만 아무 감촉이 없다. 바닥에 쌓인 눈에 발자국도 새겨지지 않는다.

눈이 내린다. 눈발이 이어진다. 눈보라가 일다가 그친다. 다시 눈이 내린다. 한없이 되풀이되는 눈보라의 등장과 퇴장에 다카시는 망연히 몸을 맡긴다. 시간이 정지한 듯한 공간 속에서도 눈보라의 퇴장 시간이 점점 길어진다. 긴 정적이 찾아들더니 어느 순간 시야가 환해진다. 눈이 부시다.

그때 목소리가 들렸다. "다카시 씨?"

후키의 목소리다. 대답하려 했지만 입술이 움직이지 않았다. 후키의 목소리가 들려오는 방향으로 머리를 돌려 보려 했지만, 역시 안 된다.

"눈이 움직여." 다른 목소리가 들린다. 다카유키의 목소리다.

"목숨은 건졌군."

피할 기력이 없어 다카시는 다시 백색의 암흑에 굴복하고 말았다. 아무리 눈동자를 굴려도 하염없이 펼쳐진 흰색만이 눈앞을 뒤덮어, 망막한 고독 속으로 다카시를 이끈다.

"다카시 씨, 들리세요?"

'들려요.'

대답해 보려고 애썼다. 차가운 후키의 손이 이마를 만지는 게 느껴진다. 그녀가 머리에 뭔가를 감고 있다. 왜? 뭘 감는 거지?

백색 암흑이 희미해지며 어스름한 빛이 다카시를 감싸 안는다. 한 발자국, 한 발자국, 바람이 한 번 더 등을 밀어 주면 여기서 빠져나와 후키의 얼굴이 보이는 장소에 갈 수 있을 것 같다—.

잠이 쏟아진다. 아, 이제 잠들겠구나 하는 생각과 동시에 다카시는 발끝부터 수렁으로 끌려들어가듯 빠져 들었다.

다카시가 깨어난 곳은 반지하 방이 아니었다.

천을 두른 천장과 바둑판 눈금처럼 짜맞춘 옻빛 들보. 어디선가 본 기억이 난다. 이층 방.

고개를 돌리자 바로 옆에 침대가 하나 더 보인다. 아, 여기는 요시타카와 마리에가 사용하던 침실이다. 팔걸이의자와 책상 위 라디오도 보인다.

발치가 따뜻하다. 이불과 모포 밑으로 살그머니 발을 놀려 보았다. 따뜻한 무언가가 수건에 둥글게 말려 있다. 뭔지 모르지만 기분이 좋다.

일어나려는 순간 뒷덜미에 날카로운 통증이 몰려왔다. 눈썹까지 붕대가 둘둘 감겨 있다.

다마코에게 얻어맞은 기억이 되살아나며 동시에 눈사태처럼 기억이 쏟아져 내렸다.

'구로이.'

여섯 시 알람과 함께 나타난 구로이. 의자에 파묻힌 요시타카와 바닥에 팔을 늘어뜨린 마리에를 붙잡고 한순간 사라진 구로이. 히라타 외에 다카시가 알고 있는 또 한 사람의 시간 여행자. 터무니없는 능력의 소유자.

—꼭 도련님께 전해 주세요. 구로이는 약속대로 왔다고, 모든 걸 해결했다고.

그랬나, 그런 것이었나. 그녀가 나타나기로 약속됐던 걸까. 그래서 다카유키는 내내 시간에 집착했던 거구나. '약속' 시간에.

다카유키는 시간에 신경 쓰고 있었다. '약속' 시간에 구로이가 두 사람을 데리고 갈 수 있도록 서재에 요시타카와 마리에를 앉혀 놓아야만 했다.

문이 열리는 소리가 났다. 다카시가 그쪽으로 고개를 돌리자 후키의 하얀 얼굴이 보였다. 다카시는 눈을 깜빡거렸다.

"다카시 씨!" 후키는 침대로 뛰어왔다. "눈을 떴네요! 아아 다행이다."

다카시는 간신히 입을 열 수 있었다.

"후키 씨……."

후키는 상당히 수척해 보였다. 다마코가 탄 약의 영향일까. 뭔가 부작용이 있었나.

"후키 씨…… 괜찮아요?"

소곤거리는 듯한 목소리밖에 나오지 않는다. 간신히 안부를 묻자 후키는 울먹거리며 웃음을 지었다.

"괜찮아요. 후키 걱정일랑 안 해도 돼요."

후키가 '저'도 '나'도 아닌, '후키'라고 말했다. 그게 기뻤고, 그녀의 얼굴을 다시 보게 돼 기뻤다. 다카시는 미소를 지어 보려 했다.

"기분은 어때요? 춥진 않아요? 머리는 아프지 않아요?"

머리가 지독히 아프고 추운데다가 기분도 별로 좋지 않지만, 그래도 괜찮아요…….

"후키 씨, 지금 몇 시예요?"

"일곱 시가 다 됐어요. 아침이에요."

"아침?"

"예, 오늘이 28일이니까요. 다카시 씨 계속 잤어요."

그런가…….

"가쓰라기 선생님은 돌아오셨나요?" 다카시가 물었다. "삼촌을 병원으로 옮긴 다음에 돌아오겠다고 하셨는데."

글쎄요, 라는 듯 후키의 눈이 깜빡거렸다. "집에 돌아가셨다고만 들었어요."

"걱정하고 계셨어요. 반드시 돌아오시겠다고 하셨는데."

목이 잠겨 목소리가 갈라진다.

"더 이상 말하지 마세요. 물을 가져올 테니까 좀 마셔 봐요."

방에서 나가려는 후키의 등 뒤로 다카시가 있는 힘껏 외쳤다.

"가쓰라기 선생님은 무슨 일이 벌어질까 봐 걱정하고 계셨어요. 나한테 잘 지켜보라고. 신경 써 달라고 부탁하셨는데. 그런데 난 아무 도움도 안 돼서…… 미안해요……."

문손잡이를 잡고 뒤돌아선 후키의 눈시울이 붉어졌다.

"다카시 씨 탓이 아니에요." 후키가 나지막이 말했다.

"다마코 씨는 어떤가요? 요시타카 씨와 마리에 씨는 어떻게 됐어요?"

사실 이렇게 묻고 싶었다. 요시타카 씨와 마리에 씨가 어디로 갔는지 다카유키 씨가 당신에게 설명해 줬어요? 다마코 씨는 그런 광경을 목격하고도 괜찮은가요?

후키는 머뭇거리며 고개를 숙이고 융단을 바라보다가 말했다.

"나중에 다카유키 님이 말씀해 주실 거예요. 그러니 지금은 가만히 누워 있어요, 네?"

다카시는 다카유키가 찾아오기를 기다리며 내내 침대에 누워 있었다.

후키가 커튼을 걷어 줘서 바깥 빛이 비쳐 들었지만, 날이 흐려 쌓인 눈에 반사되는 빛의 밝기만으로는 시간의 경과를 짐작하기가 어려웠다.

후키는 빈번히 드나들며 상처를 소독하고 붕대를 새것으로 바꿔 감고 땀이 밴 잠옷을 갈아 주며 발치의 탕파—이 따뜻한 물건의 이름이 탕파라고 했다—도 다시 갈아 줬다.

의식이 처음 돌아왔을 때는 속이 메스꺼워 전혀 식욕이 없다고 하자 후키가 따뜻한 설탕물을 가져와 다카시가 마실 수 있는지 지켜봤다. 오후가 지나자 욕지기도 제법 가라앉았다고 말해 주었다. 후키는 기뻐하며 묽은 죽을 쑤어 먹여 줬다.

"사실 병원에 가야 하는 상황인데." 괴로워하며 말한다. "어젯밤 늦게부터 다시 바깥이 소란스러워졌나 봐요. 전혀 다닐 수 없는 건 아니지만 위험할 수도 있대요. 다카유키 님이 일단은 상황을 지켜보자고 하셔서."

다카유키가 자신을 병원에 데리고 가지 않은 이유는 따로 있으리라.

다카유키는 본인의 의지와 상관없이 잠든 사이에 다카시가 뭘 봤고 어디까지 아는지 불안한 것이다. 차라리 다카시가 죽어 버리는 편이 그에게는 오히려 좋을지도 모른다.

—목숨은 건졌군.

다카시를 바라보며 그렇게 중얼거렸던 그의 마음속에 꽤나 깊은 실망감이 숨어 있을지도 모른다.

"아카사카 곳곳에서 장교님들이 가두연설을 하고 있대요. 사람들이 모여 결기 부대를 응원한다지만…… 거리 분위기가 어제와는 전혀 다른가 봐요."

후키가 나가고 난 뒤 한동안 꾸벅꾸벅 졸다가 비행기 폭음 같은 소리에 잠이 깼다.

바깥에서 노랫소리가 들려왔다. 창가까지 걸어갈 수 있을까. 자신은 없었지만 호기심이 몸을 일으키게 만들었다.

무리하게 움직이지만 않으면 통증은 별로 없다. 하지만 발이 휘청거렸다. 가구와 벽을 짚어 가며 간신히 창가에 도달했다. 나무틀을 들어올려야 하는 창문이다. 지금의 다카시에게는 버거운 무게였지만 몇 차례 시도 끝에 겨우 십 센티미터 정도 열 수 있었다.

좁은 틈 사이로는 눈에 파묻힌 앞뜰의 적막한 정경밖에 보이지 않았지만 노랫소리는 뚜렷하게 들렸다. 북풍에 실려 들려오고 있다. 군가였다. 만세, 만세 하며 여럿이서 외치는 소리도 섞였다. 비장감이 묻어나는 노호와 같은 울림이다.

비행기 폭음도 다시 들린다. 오른쪽에서 왼쪽으로 저택 위를 가로질러 간다. 시계를 찾아 시간을 확인했다. 오후 두 시다.

"걸어 다녀도 괜찮나."

뒤돌아보니 문가에 다카유키가 서 있다.

"군가가 들려요." 다카시가 말했다. "비행기도 날고."

"결기부대가 이동하고 있는 거겠지. 그들도 결전의 각오를 굳혔다니까."

다카시에게 다가와 나란히 창가에 섰다.

"계엄사령부가 드디어 진압에 착수했어. 오늘 밤 시작할 게야."

다카시는 잠자코 다문다문 들려오는 군가를 들었다. 다카유키가 이 결기의 행로에 대해 얼마나 알고 있을까 생각하면서.

다카유키는 구로이의 계획을 거들고 있었다. 필시 대장 생전에 구로이의 능력과 시간 여행 등에 대해 다 들었겠지. 그렇지 않고서야 고분고분 시키는 대로 따를 다카유키가 아니다. 가모 대장으로서도 병후의 활동에 있어 다카유키의 협력이 절대적이었기에 사정을 얘기해야만 했을 것이다.

다카유키는 무엇을 어떻게 어디까지 설명할 셈일까. 다카시가 무엇을 어떻게 어디까지 목격했다고 여기는 걸까. 지금까지 벌어진 일과 그간의 사정을 모두 털어놓을까. 아니면 거짓 변명을 준비하고 있을까.

지레 멍청한 소리를 입 밖에 내지 않으려면 가만히 기다리는 수밖에 없다.

“이번 결기는 실패야.” 다카유키가 가슴팍에 팔짱을 끼고 조용히 말했다. “청년 장교들은 중대한 국면에서 단추 몇 개를 잘못 끼웠어. 방송국이나 신문사를 통제하지 않은 점도 뼈아픈 실책이지.”

다카시는 몸이 싸늘해져 다시 벽을 짚어 침대로 돌아갔다. 다카유키는 다카시의 불안한 보행을 가만히 바라보다가 다카시가 침대에 올라앉자 창을 닫았다.

침묵이 찾아들었다. 아스라이 들려오는 군가를 반주 삼아, 각자 앞으로 말할 대사를 고민하기 위해 찾아든 침묵이다. 잘못된 대사를 하나라도 입에 담았다가는 국면이 완전히 바뀔 수 있음을, 다카유키도 자신도 잘 알고 있다. 그 사실이 두려웠다.

자신이 고를 수 있는 대사는 몇 개 없다. 선택권을 쥔 건 다카유키다. 무대의 막을 여는 대사는 주인공인 다카유키의 몫이고 자신은 주인공 대사에 맞춰 연기를 할 엑스트라일 따름이다.

무엇보다 이 연극은 최악의 경우 엑스트라의 목숨이 위태로울 수 있다. 그렇다. 두 명의 인간이 불가해한 방식으로 사라진 현장을 목격했을지도 모른다. 영원히 입을 열지 못하도록 만드는 편이 낫다고 여길 가능성이 대단히 높다.

동작 하나하나에 신중을 기하듯 다카유키는 천천히 발걸음을 옮겨 팔걸이의자에 앉았다. 그러고는 고개를 숙인 채 다카시를 쳐다보지 않고 말했다.

"다마코는 진정됐어."

혼잣말 같았다. 아니 다카시에게 말하는 게 아니라 의자의 팔걸이에 말하는 것처럼 들렸다.

"이후로 많이 안정된 상태야. 권총은 내가 가지고 있어."

다행이네요, 라고 말하려고 했지만 입이 열리지 않는다. 목이 바싹 말랐다.

다카유키가 고개를 들었다. 다카시와 눈을 맞추려 했다. 시선에서 압력을 느껴 이번에는 다카시가 고개를 숙이고 말았다.

"말려 줘서 고마워." 다카유키가 말했다.

다카시는 간신히 얼굴을 들었다.

"자네가 말리지 않았더라면 다마코는 숙부님과 마리에 씨를 쐈겠지. 자네 덕분에 다마코는 살인자가 되지 않았어."

다카시는 머리에 난 상처가 욱신거리지 않도록 조심스럽게 턱만 움직여 고개를 저었다.

"전 그냥 지켜봤을 뿐이에요. 가쓰라기 선생님이 신신당부하셨으니까."

다카시가 그간의 정황을 얘기하자 다카유키가 고개를 끄덕였다.

"선생님은 돌아오시지 않았어. 집에 있는 가족이 만류해 움직이지 못하시겠지. 누가 점거 구역 한가운데로 가족을 보내려 하겠나."

이곳의 전화도 끊긴 상태니 안절부절못하고 계시리라. 다카시는 멋들어지게 수염을 기른 의사의 얼굴이 그리워졌다.

"다마코는 아버지의 자결 현장에서 권총을 들고 간 뒤 계속 기회를 엿봤던 모양이야. 도저히 숙부와 마리에를 용서할 수 없었겠지."

다카유키가 처음으로 두 사람을 함부로 불렀다.

"아버지가 자결할지도 모른다는 걸 다마코는 짐작하고 있었어. 아버지도 다마코에게 슬쩍 내비친 적이 있나 봐. 당신이 죽더라도 낙심하지 마라, 그건 의미 있는 죽음이다, 이제 다마코도 정신 차리고 살아야 한다고 말이지. 그런데 다마코는 그 말을 듣고, 혹여 아버지가 돌아가시면 더 이상 자신이 무슨 짓을 저지르든 아버지가 걱정할 이유가 없다, 그러니 아버지가 돌아가신다면 반드시 일을 벌이자고 결심했다더군."

다카유키는 깊게 한숨을 토했다.

"혼자서 두 사람을 처리하기는 어렵다고 여겼겠지. 처음부터 아버지의 권총을 손에 넣기로 마음먹었지만 막상 가져가고 보니 일이 커지면서 괜한 경계심만 불러일으키게 됐어. 그래서 수면제를 사용하게 된 거지. 수면제는 가쓰라기 선생님 가방에서 몰래 훔쳤다더군."

26일 밤, 잠이 안 오면 수면제를 주겠다던 가쓰라기 의사의 말이 기억났다.

"홍차에 탔나요? 아니 어떻게?"

홍차는 다마코가 아니라 후키가 준비했다.

"간단해. 물에 넣으면 되니까."

"수도에?"

"아냐." 다카유키가 살짝 웃었다. "그렇군. 자네는 우리 집 습관을 잘 모르지."

가모 집안에서는 녹차나 홍차를 탈 때 수돗물을 직접 사용하지 않는다고 한다.

"그대로 사용하면 쇳내가 나니까 말이야. 항아리 안에 몇 시간 넣어 둔 물을 사용해."

부엌의 항아리와 국자—그런 용도로 쓰이는구나.

"항아리에 수면제를 탔지. 수면제에 대해 아무것도 모르니 있는 대로 다 넣어 버려서 다들 지독한 꼴을 당했어. 난 아직도 머리가 띵해."

죽은 듯이 잠들어 있던 세 사람의 모습이 떠오른다.

"전 홍차를 안 마셨으니까." 다카시가 말했다. "그래서 다마코 씨한테 얻어맞았군요."

"그런 모양이야. 다마코한테 그런 당찬 구석이 있으리라곤 상상도 못했어. 마냥 철부지라고만 생각했는데."

다카유키는 가볍게 어깨를 실룩거리더니 갑자기 전에 없이 날카로운 눈매로 다카시를 바라봤다.

"그런데도 자네는 바로 정신을 잃지 않았지? 다마코를 쫓아 서재까지 들어와 권총을 챙겼어."

첫 번째 고비다. 대답에 따라 벼랑 끝에 몰릴 수 있다. 다카시는 머릿속에서 신중하게 단어를 골랐다.

"다마코 씨가 부지깽이를 복도에 두고 서재로 들어가는 걸 봤어요. 손에 권총을 쥐고 있더군요. 죽을 힘을 다해 기어서 다마코 씨를 쫓아갔죠. 저도 제정신이 아니었지만 다마코 씨도 바들바들 떨며 어쩔 줄 몰라 했어요. 온몸을 날려 권총을 집어 들긴 했는데 그 뒤의 일은 기억이 안 나요. 바닥에 쓰러지고 나서 정신을 잃은 것 같기도 하고."

다카시는 단숨에 이야기를 지어내고는 눈을 내리깔았다. 고양이 앞에 놓인 쥐처럼 심장이 오그라든다.

"내가 눈을 떴을 땐 다마코도 기절해 있었어. 자네 위에 포개어 놓은 듯이 말이야."

"그랬군요……."

"일어나 보니 자넨 머리에서 피가 흐르고 있고 다마코는 쇼크 상태로 얼굴이 새하얗게 변해 있었어. 도대체 무슨 일이 일어났는지 알 수 없었지. 권총은 자네가 쥐고 있더군."

다카시는 계속 눈을 내리깔고 있었다. 이제 슬슬 물어봐야 할 시간인가. 지금 꺼내 볼까? 요시타카 씨와 마리에 씨는 어떻게 됐나요, 라는 질문을.

다카시의 이마에 다카유키의 시선이 머무르는 게 분명히 느껴진다. 그곳만 뜨거울 정도로 강렬히.

한없이 계속될 것 같은 침묵 끝에 다카유키가 입을 열었다.

"다마코를 부축해 일으켰더니 다마코가 눈을 뜨고 울며 숙부님과 마리에 씨를 죽이려 했다고 털어놓더군. 그제야 간신히 사정을 파악할 수 있었지."

그렇게 끝날 얘기가 아니다. 다마코가 울며 요시타카 일행을 죽이려 했다고 고백한 건 사실이겠지. 하지만 그 전에 다마코는 거의 제정신이 아닌 상태로 이렇게 말했으리라. 오라버니, 저 구로이를 봤어요, 구로이가 두 사람을 데리고 사라졌어요, 약속을 지켰다고 오라버니께 전해 달라고 했어요, 오라버니는 알고 있었나요…….

말을 이어가는 다카유키의 어조는 담담했다.

"아래층으로 내려가 약에 잠든 후키를 깨워 자네를 이 방으로 옮겨 놨어."

자기도 모르게 다카시는 눈을 치켜뜨고 다카유키의 얼굴을 쳐다봤다.

이번에는 다카유키가 시선을 피했다. 흡사 암기한 걸 외우는 듯 단조로운 어조로 말을 이어간다.

"그때쯤엔—숙부님과 마리에 씨도 눈을 떴고, 내가 사정을 설명했지."

다카시의 심장이 부풀어 목 언저리까지 치밀어 오른 것처럼 온몸 가득 고동소리가 울려 퍼졌다.

"두 사람은 바르르 떨었어……." 다카유키가 중얼거렸다. "다마코의 진심을 알았겠지."

"두 사람은 뭐 하고 있나요?" 다카시는 입 밖으로 나온 자기 목소리가 낯설게 느껴졌다.

다카시를 바라보는 다카유키의 얼굴은 어제 가모 대장의 유해를 발견했을 때처럼 공허한 눈빛에 입가가 처져 긴장감을 찾아볼 수 없는 표정이 되었다. 거짓말을 읊을 때 사람은 이런 표정을 짓는 걸까. 아니, 자기 의도와 다르게 돌아가는 상황과 맞닥뜨리면 절로 이런 표정이 되는 걸까.

아버지의 자결에 대한 결의를 알고 이후에 벌어진 일의 순서와 자신의 역할을 머릿속에 주입시켜 놓았던 다카유키에게, 권총이 없다는 사실은 얼마나 큰 충격이었을까. 왜? 왜 없지? 예정 밖의 일이 벌어진 걸까? 자결이어야 하는데? 아버지가 살해당한 걸까? 일의 순서도 바꿔야 하나?

다카유키가 당황했던 것도 무리는 아니다.

그럼에도 다카유키는 자신을 추슬렀다. 권총은 다마코가 가져갔으리라 추측하고 그녀의 언동에 주의를 기울이며 계획대로 밀고 나갔다. 27일 오후 여섯 시, 구로이가 서재에 나타나 요시타카와 마리에를 데려갈 수 있도록 두 사람을 서재에 붙들어 놓는 계획을. 그동안 사정을 모르는 다마코와 다른 사람들의 시야에서 벗어나는 일쯤이야 어렵지 않으리라 여기며—.

그러나 상황이 바뀌고 말았다. 수면제가 가장 컸다.

다카시가 다시 한번 물었다. "요시타카와 마리에 씨는 지금 뭐 해요?"

이 물음을 던지기 위해 필요한 용기만큼 대답하기 위한 용기도 필요하겠지.

다카유키가 눈을 슬쩍 깜빡거리며 말했다.

"두 사람은 도망쳤어. 저택에서. 우리 앞에서."

"도망—?"

"그래. 마리에 씨는 전부터 챙겨 놓은 자기 짐을 들고 나가 버렸어. 숙부님과 도망칠 꿈만 꾸던 사람이니, 뭐 잘됐지."

다카유키의 입가에 어슴푸레한 웃음이 떠올랐다. 팔에 소름이 돋으며 싸한 한기가 몰려온다.

"그 사람들, 자네가 보기에도 좀 웃겼지?" 다카유키가 다카시의 눈을 바라보며 침착하게 물었다. "자격도 없는 주제에 멋대로 기어들어 와서 유세 떨던 비천한 기생 출신 여자와, 그런 여자를 뒤에서 부추기던 당주의 동생이라니. 묘한 조합이지. 아무리 아버지와 숙부의 사이가 안 좋았어도, 그렇게까지 시키는 사람이나, 시킨다고 하는 사람이나, 또 당한 사람까지 다들 제정신이 아니야."

"정말 옆에서 보기에도 이상했어요." 다카시가 말했다. "마리에 씨는 요시타카 씨의 꼭두각시 인형 같다는 느낌도 들고."

"그 말대로야." 다카유키는 팔걸이를 탕 하고 내려치고는 자리에서 일어나 창가로 다가갔다. 어느새 군가도 만세 소리도 들리지 않는다.

"애초의 발단은 아버지가 숙부에게 쓴 편지였어."

다카유키는 창밖을 바라보며 말했다.

"아주 짧은 편지야. 병석에 누우시고 반년쯤 지났을 무렵이라 손도 편치 않으셨을 테니 그 정도 분량도 간신히 쓰셨겠지."

"편지에 뭐라고 쓰셨길래?"

가모 대장이 요시타카에게 약점을 잡혀 멋대로 휘둘림당했다는 자신의 추측이 얼추 들어맞았나 보다.

"아버지는 숙부에게 사과했어." 다카유키는 말을 이었다.

"실업가였던 숙부를 업신여기며 경멸했던 행동을 사과하고 용서를 구했어. 당신께서 잘못했다고 말이야. 그리고 편지에—이런 말을 남기셨어."

다카유키는 눈을 감고 암송했다.

"군인과 실업가는 각기 잇속을 챙기며 서로 이용만 할 게 아니라 함께 손을 맞잡고 이 나라를 만들어 가야 한다. 군인이 아닌,

너와 같은 실업가가 나라를 일으킬 원동력이 되어야 할 시대가 반드시 온다—."

미래를, 전쟁 이후의 일본을 본 가모 대장이기에 쓸 수 있는 문장이다. 어떤 의미에서 전 육군대장의 패배선언일지도 모른다, 라고 다카시는 생각했다.

다카유키가 계속했다. "……그 시대에는 폐하도 '살아 있는 신'의 자리에서 내려와, 보다 국민과 가까운 장소에 머무실 테고, 통수권의 독립에 따라 군인의 천하는 멀리 사라져 진정한 의미의 만민 평등이 실현될 것이다."

다카시는 잠시 어리둥절했지만 그런 기색을 내비치지 않고 다카유키를 응시하며 필사적으로 머리를 굴렸다. 지금 문장 중 어디가 문제인가?

"아버지는 정말 당치도 않은 말을 써 버리셨어." 다카유키가 말했다. "자칫 잘못했다가는 미노베 박사의 전철을 밟게 될 만한."

미노베 박사? 들어본 이름 같은데…… 누구한테 들었더라. 가쓰라기 선생님? 그래, 귀족원에서 연설을 해서…… 천황기관설이 문제가 돼서……

그래, '폐하도 살아 있는 신의 자리에서 내려와'다. 그 문장이 문제다.

다카시의 목소리가 절로 커지고 말았다.

"불경죄인가요?"

다카유키는 천천히 고개를 끄덕이며 손바닥으로 창을 문질렀다. 닦여서 투명해진 부분으로 밖을 슬쩍 살펴보더니 눈을 가늘게 모으며 말을 이었다.

"아버지는 화해를 청할 마음으로 쓴 편지였는데, 숙부에게는 엄청난 꼬투리가 되었지. 퇴역했다고는 하지만 황군의 대장이었던 아버지가 불경죄로 추궁받기라도 하면 사형에 가까운 불명예인 셈이야. 숙부는 얼마나 즐거워했을까. 편지를 핑계로 협박하기 시작했어. 가모 가에는—저택을 포함해서 재산이 다소 있지만 아버지가 쌓아 올린 게 아냐. 은행가이자 자산가였던 어머니 친정에서 물려받은 재산이야. 숙부는 재산을 다 넘기라고 요구했어. 숙부 입장에서는 실제로 재산을 뺏는 것보단 아버지를 협박하고 아버지가 사랑하는 자식들의 유산을 뺏는다는 사실 자체가 통쾌했겠지."

대장의 죽음 이후 거실에 모였을 때, 요시타카는 "형님 생각이 상당히 바뀌었군"이라고 태평스레 말했었다. 지금 생각해 보면 일부러 꺼낸 말이다. 그때 다카유키의 얼굴이 분노로 일그러졌던 것도 당연했다.

"마리에를 이 집안에 들여보낸 이유도 역시?"

"그래. 아버지와 숙부 사이가 안 좋은 건 다들 알고 있어. 생전이든 사후든 아버지가 숙부에게 유산을 남긴다면 대부분 이상하게 여길 테지. 그런데 애첩의 경우에는 트집 잡기가 곤란하지 않겠어? 그런 의미에서도 마리에 씨는 전적으로 숙부의 꼭두각시 인형이었어."

"마리에 씨는 요시타카 씨가 뭘 무기로 삼아 대장을 협박했는지 알았을까요?"

다카유키가 고개를 저었다. "협박한다는 건 알았겠지만 편지의 내용까지는 몰랐을 가능성이 커. 저 여자 의외로 소심한 구석이 많아서 불경죄와 관련됐다는 사실을 알았다면 애당초 끼지도 않았을 거야."

그래, 소심해서 그렇다. 다마코의 태도에 하나하나 발끈하고 후키나 지에에게 잔소리하거나 으스대는 태도를 보면—.

"숙부는 그 여자에게, 이제 곧 가모 노리유키의 정실이 될 거다, 무골이라 여자의 아양 같은 데 익숙지 않은 가모 대장은 네 말이라면 뭐든지 다 해 줄 거다, 가모 집안 재산도 다 네 것이 된다—이런 식으로 바람을 넣었겠지. 사실 그 여잔 머리가 모자라서—," 다카유키는 키득키득 웃기 시작했다. "아버지가 쫓아내지 않고 겉으로나마 우리가 머리를 숙이고 들어가니까 어느새 정실이라도 된 양 으스대며 재산도 자기 손에 쥔 듯한 착각에 빠졌지. 법률이나 상속에 대해 아무것도 몰랐으니까. 숙부 말만 곧이곧대로 믿고 뻔뻔스레 굴며 여기가 지겹다, 나가고 싶다는 소리를 해 대서 숙부를 애먹인 모양이더군. 숙부 입장에선 최소한 아버지가 살아 있는 동안에는 그 여자가 저택에 있어야 했어. 앓고 난 뒤 몸이 불편한 아버지가 요정으로 갈 리 만무하니, 당신이 애첩이었다고 우기기 위해선 아버지 옆에 붙어 있어야 한다, 그런 식으로 구슬렸겠지. 너를 앞세워 유산을 낚아채야 하는데 네가 나가 버리면 내가 곤란하다고 털어놓을 리는 없으니까."

"마리에 씨는 계속 도망치자고 했잖아요."

"그 여자의 도망치자는 말은 이 집에서 도망치자는 뜻이 아니야. 숙부님도 처자가 있어. 가족에게서 도망치자는 말이지. 숙부님도 구슬리느라 고생깨나 했을 거야."

순간 다카유키의 얼굴에서 웃음이 지워졌다.

"그런데 이번에는 정말로 도망쳤어."

다카시는 얼굴을 들었다. 다시 긴장감에 휩싸였다.

"어제저녁 서재에 모인 이유는 문제의 편지 때문이야." 다카유키가 말했다. "난 전부터 숙부에게 편지를 보여 달라고 했지. 아버지가 협박받는다고 내게 털어놓은 이후로 숙부에게 편지가 있다는 얘기는 들었지만 한 번도 보지 못했거든. 실물을 보여 주지 않으면 협박에 굴복할 이유가 없으니 눈앞에 가져와 달라고 요구했어."

그러나 요시타카는 안 가져왔다고 한다.

"저택 어딘가에 권총이 있을지도 모르는 상황에서 함부로 가져올 수 없다는 핑계를 대더군. 안전한 장소에 숨겨 뒀다고만 했어."

"그럼 두 사람이 사라졌어도 상황은 딱히 달라졌다고 할 수 없겠네요."

다카시의 목소리가 높아졌다. 반동으로 머리가 욱신거렸지만 그런 데 신경 쓸 정신이 아니었다.

계획은 실패로 끝났다. 구로이가 요시타카와 마리에와 문제의 편지를 한데 묶어 이 시대에서 사라진다. 그리고 세간에는 두 사람이 도망쳐서 모습을 감춘 것이라고 설명한다. 대장의 유언으로 마리에에게는 꽤 많은 유산이 남겨졌고, 유산을 손에 넣은 두 사람은 모든 구속으로부터 도망친 것이다. 마리에가 이전부터 가모 요시타카에게 가족을 버리고 자기와 도망칠 것을 강요해 왔다—고.

간단히 끝낼 수 있는 일이었는데 뜻대로 진행되지 않았다. 요시타카와 마리에가 사라졌다 해도 문제의 원흉인 편지는 이 시대에 남아 있다. 어딘가에, 비밀리에.

다카유키는 먼 곳을 바라보는 시선으로 다카시의 눈을 쳐다보며 천천히 말했다. "두 사람이 사라졌다—너, 지금 그렇게 말했나?"

가슴이 철렁했다. "도, 도망쳤다면서요. 그렇게 말했잖아요."

잡아떼려는 얼굴과 밝혀내려는 얼굴 사이로 실내의 차가운 공기가 풍선처럼 팽팽하게 부풀어 올랐다. 그 광경을 높은 데서 내려다보듯이 마음속으로 그려 봤다. 다카유키의 시선은 자신을 뚫고 지나가 저택 벽 내부의 훨씬 깊고 어두운 곳까지 들여다보는 듯하다.

다카유키가 불쑥 중얼거렸다. "너, 서재에서 뭘 봤어?"

죽을병에 걸렸다는 선고를 의사가 내리기도 전에 이미 모든 걸 알고 있었으면서도 묻지 못했던 사람처럼, 다카유키는 스스로에게 질문을 던지는 듯 보였다. 그 질문 안에는 이 녀석이 모든 걸

봤다고 대답했을 때 내가 제대로 대처할 수 있을까 하는 의구심이 담겨 있었다.

다카시는 아무 대답도 할 수 없었다.

"뭘 봤을까?" 다시 중얼거리며 다카유키는 창가로 얼굴을 돌렸다. 창문 너머로 흐린 하늘을 바라보다가 눈이 부시다는 표정으로 먼 곳을 응시한다.

사실대로 털어놓아야 할까. 정신을 잃어 아무것도 못 봤다고 버틸까. 무슨 소리인지 전혀 모르겠다는 표정을 지어야 할까. 온갖 생각이 뒤엉켜 다카시의 머리를 흔들었다. 갑작스레 통증이 몰려온다.

그때 다시 다카시에게 시선을 돌리며 다카유키가 입을 열었다.

"너, 데루키지?"

그 물음은 다카시 머릿속에서 난무하던 모든 생각들을 단숨에 가라앉혔다. 어딘가에 갇혀 열리지 않는 문과 씨름하던 중 갑자기 발밑 마룻바닥이 열리며 통로가 생긴 것처럼.

"데루키 맞지?" 다카유키가 다시 확인했다. "아버지가 지은 이름이지. 내게 남동생이 생기면 그렇게 짓겠다고 하셨어. 옛날부터 생각해 온 이름이라며."

다카유키의 얼굴에 희미한 웃음이 떠올랐다.

"네가 여기에 굴러 들어왔을 때부터 뭔가 이상하다고 느꼈어. 바로 직감했지. 이 녀석은 분명 데루키다, 라고 말이야. 아버진 걱정하고 계셨어. 네가 아버지를 원망한다면 반드시 만나러 올 거다

—의외의 형태로, 그다지 반갑지 않은 형태로 말이야. 자기 정체를 밝힐지도 모르니 각오하라시더군."

다카유키는 어깨를 움츠리더니 다카시 쪽으로 몸을 내밀었다.

"이만하면 됐잖아. 솔직히 말해 줘. 너 데루키지?"

다카시는 입을 다물고 생각에 잠겼다. 왠지 마음이 후련해졌다.

오해받고 있었구나. 다카유키는 처음부터 내내 오해했던 거다. 다카시를 대하는 태도가 결코 호의적이진 않았지만, 언제나 다카시가 불리한 입장이 되지 않았던 이유가 이제야 납득이 됐다.

다카시가 불쑥 물었다. "그 문제에 대해 가쓰라기 선생님과 얘기한 적 없죠?"

다카유키의 눈이 살짝 올라간다. "선생님? 내가 왜 선생님과 그런 일을 의논하겠어."

"선생님도 똑같은 질문을 하셨으니까요. 어제 병원을 수배하러 거리로 나섰을 때."

"선생님이—?"

"예, 저한테 여쭤보시더군요. 데루키가 아니냐며."

가쓰라기 의사에게 '너는 누구냐'는 질문이 날아왔을 때처럼 거짓말을 할 수는 없다고 느꼈다. 이제는 진실을 말해 줄 수밖에 없다. 아니, 다른 수가 있다 하더라도 이젠 싫다. 거짓말 따위 더 이상 하고 싶지 않다—.

히라타의 얼굴이 떠올랐다. 쿡쿡 찔러오는 상처의 통증보다 훨씬 강렬히 히라타의 존재가 머릿속을 가득 채웠다.

그 남자는 생명의 은인이다. 내내 잊고 지냈지만 사실이다. 히라타는—진짜 이름은 뭘까, 그조차 모르고 있다—어떤 목적을 가지고 이 시대의 가모 저택으로 '날아' 왔다. 그 목적을 다카시는 듣지 못했다. 꼭 얘기해 주겠다고 약속했지만 아직 지켜지지 않았다.

히라타의 목적을 모르는 채 그의 정체를 폭로하게 되는 얘기를 다카유키에게 해도 되는 걸까. 내게 그런 자격이 있을까. 히라타는 분명 구로이—그의 이모가 한 일이나 그녀가 죽게 된 상황과 관련된 일 때문에 이곳에 찾아왔을 것이다. 그냥 우연찮게 온 게 아니다. 그런데도, 어쩌면 히라타의 원수일지도 모를 다카유키에게 다 털어놔도 될까. 결과적으로 히라타에게 배은망덕한 짓이 될지도 모르는데—.

"데루키 맞지?" 다카유키가 거듭 물었다.

그 물음 속에는 '부탁이니 데루키라고 얘기해 줘'라는 바람이 섞여 있었다. 느껴졌다. 온몸으로 느껴졌다. 다카유키의 고뇌와 두려움이 손에 닿을 듯 생생하게 전해져 왔다.

덕분에 결심을 굳힐 수 있었다.

"제가 데루키 씨가 아니라면요?"

다카유키는 아무 말도 않고 눈을 내리깔았다.

"절 어떻게 할 생각인가요. 제 입을 막지 않으면 안 될걸요?"

"너—."

"어제 서재에서 믿을 수 없는 광경을 목격했어요."

되도록 분명하게 말하려고 애썼다. 이젠 되돌아갈 수 없다.

"구로이라는 여자분이 느닷없이 서재에 나타나 요시타카 씨와 마리에 씨를 데리고 어딘가로 사라졌어요. 어디로 갔는지는 몰라요. 눈 깜짝할 사이에 나타나 눈 깜짝할 사이에 사라졌어요. 마치 유령처럼."

다카유키가 천천히 주먹을 쥐었다. 그 안에 뭔가 붙들어야 할 것이라도 있다는 듯이.

"구로이 씨는 당신에게 전해 달라는 말을 다마코 씨에게 남겼어요. 구로이는 약속대로 왔다, 모든 걸 정리했다고. 다마코 씨에게 들었죠? 전 그 광경을 보고 들었어요."

다카시는 고개를 저으며 말했다. "전 데루키가 아니에요. 당신의 배다른 동생이 아니라고요. 틀렸어요."

"데루키가 아니다……."

"그래요. 하지만 어제 서재에서 일어난 일을 전부 목격했어요. 보시다시피 부상을 입어서 저항할 힘조차 없고요. 당신 좋을 대로 할 수 있다는 얘기죠. 자, 어떻게 하시겠어요?"

다카시는 다카유키의 주먹을 응시하며 도중에 기가 죽지 않으려고 단숨에 내뱉었다.

"당신은 저를 죽일 수도 있어요. 서재에서 제가 목격한 장면을 밖에서 떠들지 못하도록 말이에요. 물론 제가 떠들어 댄들 아무도 믿지 않겠죠. 하지만 요시타카 씨와 마리에 씨의 행방에 대해서라면 의문을 품을 수도 있어요. 두 사람이 정말 도망쳤을까 하고. 당신으로선 환영할 수 없는 의문일 거예요. 가장 피하고 싶은 상황이죠. 특히 편지를 돌려받지 못한 지금으로서는. 어떡하시겠어요. 전 위험한 존재예요."

다카유키는 그 자리에 얼어붙은 듯 움직이질 않았다. 다카시도 그를 뚫어져라 쳐다보며 꼼짝 않고 있었다. 얼마나 그러고 있었을까. 일 분? 오 분? 삼십 분? 그 사이에 흘러간 시간의 무게는 다카시와 다카유키의 체중을 합친 것보다 무거우리라.

이윽고 다카유키의 주먹이 풀어졌다.

어깨에서도 힘이 빠졌다. 벌 받는 게 끝나 집에 돌아가도 된다는 말을 들은 아이처럼 얼굴 근육이 누그러졌다.

"널 죽일 만큼……."

반쯤 울먹거리면서도 얼굴에 미소를 띠며 다카유키가 말했다.

"사람을 죽일 수 있을 만큼 내게 용기가 있었더라면 처음부터 이런 처지에 놓이지도 않았겠지."

온몸의 긴장이 풀리고 있다. 이다지도 작고 여린 나 같은 존재가 어쩌다 이런 곳에 내동댕이쳐졌을까. 스스로의 연약함을 새삼 절감했다.

"전 데루키가 아니에요."

다시 한 번 분명히 말했다.

"전, 이 시대 인간도 아니에요. 미래에서 왔어요."

그리고 털어놓기 시작했다. 모든 사정을. 다카시가 보고 듣고 생각해 온 모든 일들을.

2

다카시 얘기가 끝날 때까지 다카유키는 끼어들지 않았다. 그의 단정한 얼굴에는 다양한 표정이 떠올랐지만 '믿을 수 없다'라는 표정만큼은 나타나지 않았다. 아버지로부터 시간 여행에 대해 처음 들었을 때는 어땠을까 하는 생각이 문득 들었다.

다카유키는 감탄했다고 할까, 어처구니없어 했다고 할까 웃음을 참는 듯 묘하게 장난기 어린 표정을 지으며 불쑥 중얼거렸다.

"히라타가 구로이의 조카였구나…… 생각지도 못했어."

"어제 서재에서 일어난 일을 제 눈으로 확인한 덕분에 그동안 풀리지 않았던 수수께끼들을 대부분 해결할 수 있었어요." 다카시가 말했다. "다만 딱 한 가지는 아직도 모르겠어요. 왜 히라타 씨가 이 시대의 가모 저택으로 왔는가. 설명해 주겠다고는 했어요. 하지만 사정을 듣기도 전에 히라타 씨에 대한 얘기를 해 버리고 말았으니 어쩌면 저는 그 사람을 배신한 건지도 몰라요."

다카유키는 잠시 눈을 감고 생각에 잠겼다. 마음을 진정시킬 만한 장소를 찾기라도 하듯.

잠시 후 얼굴을 들더니 고개를 약간 갸웃했다.

"나는 구로이가 아버지를 원망하며 죽었다고 생각하지 않아."

신중한 말투였지만 확신에 차 있다.

"마지막까지 아버지를 위해 온힘을 다해 줬지. 그 충성에는 거짓이 없었어. 구로이가 죽기 전에 히라타와 얘기를 나눌 기회가 있었다면, 히라타도 아버지를 이모의 원수로 여기지는 않았을 거야."

다카유키가 겸연쩍은 미소를 지었다.

"물론 내 멋대로의 상상일지도 몰라."

구로이가 다카유키에게 마지막으로 남긴 말을 듣는 순간 다카시도 분명히 알 수 있었다. 그녀가 마지막까지 가모 대장과 두 자식들에게 얼마나 극진했는지.

그렇기 때문에 더 히라타의 목적이 뭔지 알 수 없게 됐다. 그는 왜 왔을까.

"당신은 제 얘기를 믿을 수 있나요?"

어쩐지 두루뭉술하게 넘어가는 기분이 들어 묻고 말았다. 다카유키는 웃음을 터뜨렸다.

"한 사람의 시간 여행자를 알았어. 두 번째를 안 믿을 이유가 없잖아?"

다카시도 살짝 웃었다.

"첫 시간 여행 때 아버지는 과거의 어머니를 보러 가셨다더군." 다카유키가 먼 곳을 바라보는 듯한 표정으로 말했다. "아버지는 엄격하면서도 모든 일이 자기 본위로 돌아가야 직성이 풀리는 사람이었어. 병으로 몸과 마음이 약해지고 나서야 어머니 생각이 난다며 생전에 못해 줬던 게 후회가 됐나 봐. 그런 면에서도 참 자기 멋대로지."

간병인이었던 구로이는 가모 대장의 그런 모습에 감동을 받았다. 그래서 사모하는 부인을 만나게 해 줄 수도 있다고 제안한 것이다.

"먼발치에서 겨우 본 모양이야. 젊었을 적 어머니에게 말을 걸거나 몸에 손을 대는 일은 구로이가 절대 못하게 했다더군. 위험하다기보다는 혼란을 야기시킬 수 있으니까."

"시간 여행은 환자의 몸에 꽤 부담이 될 텐데요."

"그렇다고 들었어. 병원에서는 딱 한 번 시도해 보셨대. 어머니의 모습을 보러 말이야. 아버지도 실제로 체험하기 전까지는 구로이 이야기를 헛소리로 여겼겠지."

그러나 한 번의 체험으로 세계가 변했다.

"아버지는 퇴원하며 구로이를 설득해 집으로 데리고 왔어. 시간 여행을 견딜 정도로 건강을 회복하면 이 나라의 장래를 보여 달라며 간절히 부탁하셨대. 그렇게까지 된 이상 구로이도 거절하기 어려웠겠지."

"대장은 시간 여행을 몇 번이나 경험했나요?"

"세 번이라고 들었어."

히라카와초이치반 호텔에 출연한 가모 대장 유령의 정체다.

"세 번으로는 못내 아쉬웠지만 아버지 건강 상태로는 그것도 무리라고 구로이가 만류했다는군. 이후로는 구로이 혼자 미래로 가서 아버지가 필요로 하는 서적이나 사진집 등을 가지고 돌아왔어."

비록 남의 일이긴 하지만 다카시는 등덜미가 서늘해졌다. 대장에게는 세 번의 트립밖에 허락하지 않은 대신 자신은 몇 번이고 트립을 되풀이했다. 자살행위나 마찬가지다.

"구로이는 점점 지쳐갔지." 다카유키는 혼잣말하듯 말했다. "안색이 너무 안 좋아서 괜찮냐고 물어봤더니, 어차피 오래 살기는 글렀다, 이 일에 전념하고 싶다며 웃더군."

—용케 이런 능력을 가지고 태어났으니 이 사람이다 싶은 분에게 온 힘을 다해 도움을 드리고 싶습니다.

"어제 자네가 서재에서 봤던 구로이는, 우리 집에서 모습을 감춘 날의 구로이겠지. 그러니까 일 년 정도 전의 구로이야."

—이렇게 큰일은 처음입니다.

엉망진창이 된 몸으로 두 사람을 데려가야 하는 타임트립이다. 구로이도 무사할 리 없다. 요시타카와 마리에를 데리고 간 장소에서 함께 목숨을 잃었으리라.

"어디로 간다는 말을 하던가요?"

"아니." 다카유키가 고개를 저었다. "얘기해 주지 않았어. 죽이지는 않겠다, 운이 좋으면 목숨을 건질지도 모른다, 하지만 목숨을 건진다 해도 더 이상 아버지를 협박하지 못할 장소로 데려간다고만 했어."

"구로이 씨는 히라타 씨처럼 쓰러지거나 코피를 흘린 적이 없나요?"

"보지는 못했어. 그보다 구로이는 심장이 안 좋아졌던 모양이야. 무서울 정도로 괴로워하며 바닥을 두드리거나 다다미를 쥐어뜯는 걸 본 적이 있어."

그런데도 절대로 의사를 부를 수 없었겠지.

—의사에게 보였다가는 치료를 받아야 한다며 저택에서 떼어놔 버릴지도 모릅니다. 이 구로이에겐 그럴 만큼의 시간적 여유가 없습니다. 하루라도 오래, 한 시간이라도 더 각하 곁에 머물면서 도움을 드리고 싶습니다.

"구로이가 발작을 일으킬 때마다 후키가 돌봤어. 후키로서도 마음이 편치는 않았겠지."

"아아, 그래서……."

구로이 이름이 나올 때마다 후키가 복잡한 표정을 지었던 이유를 이제 알았다.

"왜 의사의 진료를 안 받느냐, 저 사람은 대체 누구냐고 후키가 자꾸 캐물어 곤란했어."

"구로이 씨의 정체에 대해서는 언제 알게 됐나요? 대장이 말씀하셨어요?"

다카유키가 고개를 끄덕였다. "퇴원하시고 석 달 정도 지나서였을 게야. 간신히 거동을 하실 수 있는 정도였지. 서재로 불러 구로이를 옆에 대동하고 고백하시더군. 미래를 보고 왔다고."

목소리가 상기됐다.

"황국은 망한다. 그렇게 말씀하셨어. 그걸 막기 위해 해야 할 일이 있는데 나의 도움이 필요하다고. 편지나 논문을 써서 전하고 사람들의 의견을 듣고 진술하는 등 그 모든 일에 함께 해 줬으면 좋겠다고 하셨어."

"그 말이 믿기던가요?"

다카유키가 웃었다. "그럴 리가 있나. 체험하기 전까지는 믿지 못했지."

다카시의 눈이 휘둥그레졌다. "그럼 당신도 시간 여행을?"

"딱 한 번." 다카유키가 말했다. "어머니를 만나러 갔어. 임종하는 날의 어머니를. 결코 잊을 수 없는 그날에."

그날의 일을 다카유키는 뇌리가 아니라 눈 안에 각인시켜 놓은 듯했다. 언제든 떠올리고 싶을 때마다 눈꺼풀 안을 들여다보기만 하면 그날의 광경을 바라볼 수 있도록. 지금의 다카시를 향한 그의 눈은 과거를 보고 있다.

"있는 그대로의 나를 받아들이고 사랑해 주셨던 오직 한 사람, 어머니가 돌아가신 날."

혼잣말처럼 중얼거렸다.

"다카유키 씨—"라고 다카시가 불렀다.

"응?"

"지금은 다마코 씨도 시간 여행에 대해 아나요?"

다카유키는 고개를 끄덕였다. "응, 내가 얘기했어. 다마코가 현장을 보고 말았으니까."

입가를 살짝 실룩거리며 웃었다. 쓴웃음이라기보단 자조에 가까웠다.

"다마코에게 그런 행동력과 다부진 면이 있다는 사실을 알았더라면 애초에 전부 털어놓았을 텐데. 아버지의 시간 여행부터 구로이의 정체, 문제의 편지 내용, 숙부와 마리에 씨를 구로이가 데리고 갈 계획까지 전부 말해 줬더라면 이렇게까지 되지는 않았을 텐데."

"그야 그렇지만……."

"숙부와 마리에 씨를 구로이가 데리고 갈 날은 어제 27일이어야만 했어."

다카시도 이유를 직감할 수 있었다.

"어제 하루는 통행이 자유로웠으니까. 오늘은 다시 봉쇄됐고."

"그래. 내일 오후까지는 이런 상태겠지. 두 사람을 데리고 가기엔 어제가 최적이었어. 27일에 모습이 사라지고 28, 29일 양일간 소란스러운 상태면 숙부 가족이나 회사 사람들이 두 사람을 찾거나 행방을 쫓는 걸 늦출 수 있으니까. 결국 둘이 함께 도망쳤다는 쪽으로 유야무야되겠지."

"그 계획은 누가 세웠나요?"

거침없던 다카유키의 어조가 순간 머뭇거렸다. "누구냐니—."

"가모 대장인가요, 구로이 씨인가요?"

"나를 포함한 세 사람이라고 해야겠지."

"그런데도 구로이 씨가 두 사람을 데리고 간 장소를 모른다고요? 그렇게 중요한 사실을요? 말해 봐요, 공범자니까."

다카유키는 입을 다물었다.

"구로이 씨가 계획을 세웠죠?" 다카시가 말했다. "대장과 구로이 씨가 의논한 다음 당신에게는 일의 줄거리와 해야 할 일만 일러 줬겠죠. 그렇죠?"

다카유키는 가만히 다카시를 바라보다가 한숨을 내쉬었다. "그걸 시인하게 만들면 뭐가 즐겁나?"

"즐겁자고 묻는 게 아니에요. 확인하는 것뿐이에요. 대장은 26일에 자결하겠다는 것도 당신에게 말해 주지 않았죠?"

항복한다는 듯 다카유키가 순순히 고개를 끄덕였다. "빠른 시일 안에 하겠다—그렇게만 말씀하셨어. 더 이상 현실에 희망이 없다면서 말이야. 언제 실행할지 구체적인 언급은 없었어. 가르쳐 주면 내가 말릴 거라 여기셨나? 27일의 계획에 대해 말씀하실 때도 자결에 관해서는 일절 언급하지 않으시더군. 아버지와 구로이 사이에는 이미 얘기가 다 되었겠지. 내 겁쟁이 근성을 어지간히도 경계하신 게야."

그러더니 불쑥 덧붙였다. "실제로 다마코가 나보다 훨씬 용감했어. 머리도 좋아. 아버지가 협박받는다는 사실을 다마코에겐 절대 내색하지 않았는데 다마코는 제 나름대로 이미 눈치 채고 마리에 씨와 숙부에게 뭔가 내막이 있고 원흉이 숙부라는 걸 간파하고 있었어. 그래서 죽이려 했겠지."

"아, 맞다. 다마코 씨에게도 저에 대해 설명해 주세요. 제가 현장에 있던 걸 아니까 뭘 봤는지 걱정하겠죠."

"그래, 얘기할게. 자네가 괜찮다면."

"후키 씨에게도 얘기해 주시겠어요?"

"후키에게?" 다카유키는 놀란 눈치다. "그럴 필요가 있을까?"

"후키 씨한테는 요시타카 씨와 마리에 씨가 도망쳤다는 거짓말로 무마하려고요?"

"그러는 편이 낫지 않을까. 후키는 의심할 리도 없거니와 설령 의심스럽다 해도 마음 저편에 밀어두겠지."

당신에게 호의를 가지고 있어서? 하녀라는 자기 입장을 잘 아니까? 다카시는 마음속으로 물어보았다. 당신은 후키를 마음대로 할 수 있으니까?

"앞으로 어떤 일이 벌어질지 모르잖아요." 마음을 추스르며 다카시가 말했다. "문제의 편지를 돌려받지 못했어요. 지금 어디에 있는지도 모르잖아요? 갑자기 불쑥 나타날지도 몰라요."

"그렇긴 하지만……."

"요시타카 씨와 마리에 씨가 도망친 걸로 말은 맞춰 놓더라도 후키 씨에게는 사실대로 얘기해 두는 게 나을 거 같아요. 후키 씨가 당신—당신들에 대해 그렇게 충실하다면 무슨 얘기든 믿겠죠."

다카유키는 불안해 보였다. "그래도 괜찮겠나? 후키가 자네의 정체를 알게 돼."

"한 사람에게 털어놓은 이상, 두 번째, 세 번째가 곤란할 이유는 없어요."

다카시가 다카유키의 대사를 되돌려 주자, "그렇군" 하며 다카유키가 쓴웃음을 지었다.

"차라리 거리로 나가서 청년 장교들의 연설을 들으려고 모여든 사람들에게 외치면 어떨까, 쿠데타가 어떻게 되든 결과는 똑같다고."

황국은 망한다—라고 슬쩍 덧붙였다.

다카시는 후키의 얼굴을 떠올렸다. 다카유키가 얘기하면 그녀도 시간 여행에 대해 믿어 주겠지. 마음이 쓰라리긴 하지만 내가 직접 얘기하는 것보단 훨씬 순순히 믿으리라.

다카시의 생각은 더 멀리까지 나아갔다. 히라타가 허락해 준다면—아니, 반드시 허락받고 말겠어—후키에게 헤이세이 시대로 함께 가지 않겠냐고 권해 보자.

거기라면 안전하다. 앞으로 기다릴 기아도 전쟁도 없다. '대장의 편지'라는 폭탄이 여전한 채로 후키를 남겨 두기는 싫다. 그녀가 타임트립을 믿고 받아들이기만 하면 아무것도 염려할 필요가 없다. 설득해서 꼭 데리고 가야겠다.

"자네 안색이 안 좋군." 다카유키가 말을 꺼냈다. "너무 열중하다 보니 얘기가 길어졌어. 좀 눕지그래."

"아뇨, 괜찮아요."

이대로 잠이 들기엔 자신이 털어놓은 비밀의 무게가 막중하다. 눈을 감은 사이에 무슨 일이 일어날지 몰라 불안하다. 다카유키의 말대로 머리가 어질어질하고 온몸이 노곤했지만 현실과의 접점을 끊기가 두려웠다.

다카시의 동요를 꿰뚫어 본 듯 다카유키가 자리에서 일어나며 말했다. "오늘은 더 이상 아무 일도 일어나지 않을 거야. 저택 안에서든 밖에서든. 쿠데타—후세에는 2·26사건이라 불리지만—저 소동은 오늘 밤부터 내일 오전 사이에 수습될 테고. 자네가 걱정할 일은 이제 없어."

"다카유키 씨."

"뭐야."

"갑자기 저 보고 '자네'라고 부르네요. 내내 '너'라고 불렀는데 말이에요."

다카유키는 슬며시 웃었다. "그랬나."

"그래요. '너, 너'라고 할 때마다 화가 났거든요."

"못마땅해하는 건 눈치 채고 있었어." 다카유키가 말했다. "그 모습을 보고 네가 데루키가 아닌가 하고 여기게 됐으니까."

아니 '너'가 아니라 '자네'지—그렇게 고쳐 말하곤 문손잡이를 잡더니 뒤돌아보며 말했다. "자네가 사는 시대에는 징병제가 없지?"

"네?"

"아냐. 됐어. 쉬게."

문이 닫히며 다카시는 다시 혼자가 됐다.

가만히 누워 있다가 어느새 잠이 들고 말았다. 이번에는 꿈도 꾸지 않았다. 이곳에 온 이후 처음으로 휴식다운 휴식을 취할 수 있었다.

다시 눈을 떴을 때에는 방 안은 이미 어두워져 있었다. 전등 스위치를 켜려다 관뒀다. 어둠에 휩싸인 방 안이 자기만의 비밀 기지가 된 듯한 기분이 들어 가만히 누운 채로 어둑어둑한 창문을 바라보았다.

어두워서인지 문이 열리는 기척도 느끼지 못했다. 발소리가 들려 그제야 누가 들어왔음을 깨달았다. 눈을 끔뻑거리며 고개를 돌리자 침대 바로 옆에 다마코가 서 있다. 작은 목소리로 "일어났네" 하며 말을 건다. 머리맡에 놓인 스탠드를 켰다. 옥으로 된 대에 커다란 등이 달린 스탠드의 노란 불빛이 방 안을 어슴푸레 밝히며 다마코의 얼굴에 되비친다.

다마코는 회색 털 슈트 차림이다. 호리호리한 몸매가 불빛 안에서도 오롯이 윤곽을 드러낸다. 다마코가 침대 발치에 내려앉자 그 부분이 푹 꺼지며 삐걱거리는 소리를 냈다.

"미안." 다마코는 고개를 숙인 채 바닥을 내려다보고 있다. "때려서……. 아팠지?"

다마코가 진정됐다고 다카유키가 말해 주긴 했지만 그래도 긴장이 된다. 부지깽이로 얻어맞아 보면 누구나 이렇게 되리라.

"오라버니랑 후키 말로는 스쳐 맞은 정도라서 별로 심하지 않다고 하던데."

순순히 그렇다고 인정하기에는 머리의 통증이 여전하다. 얻어맞고 기절까지 했을 정도다. 하긴 부지깽이로 머리 정면을 내려쳤다면 곧장 저세상으로 갔을 테니 다마코의 말도 영 그르지는 않다.

"괜찮아요. 이렇게 살아 있으니까."

"그런가 보네."

살아서 다행이라는 건지, 그렇게 끝나 아쉽다는 건지 분간하기 힘들다.

"다마코 씨."

"왜?"

"오빠한테 얘기 들었어요?"

다마코는 잠깐 입을 다물고 스커트를 쓰다듬다가 고개를 들어 다카시를 쳐다봤다.

"당신, 미래에서 왔다며."

"그래요. 저와 히라타 씨—구로이 씨에 대해서도 들었어요?"

"들었어." 다마코는 마치 주문이라도 된다는 양 되풀이했다.

"응, 들었어. 들었어."

"요시타카 씨와 마리에 씨는 이제 돌아오지 않아요. 살인을 안 하게 돼서 정말 다행이에요. 당신이 손을 더럽혔다면 구로이 씨는 분명 슬퍼했겠죠."

서재에 나타난 순간 구로이의 표정은 너무 놀라 정신을 잃을 것처럼 보였다. 어떤 착오가 있었던 건가요, 절규와 같은 그 말이 아직도 다카시 귓속에 울려 퍼진다.

"구로이가 오기 전에 내가 두 사람을 쏴 죽였으면 구로이는 어떻게 했을까.”

“그런 상상일랑 하지도 마요.”

다마코가 어둠 속을 응시하며 혼잣말처럼 중얼거렸다. “두 사람의 시체를 어딘가로 들고 가 주지 않았을까. 그랬으면 좋았을 텐데. 나, 그 두 사람을 응징하고 싶었어. 정말 그러고 싶었어.”

순간 다마코의 눈이 반짝거린 것 같았다.

“쏘고 싶었어. 쏘고 싶었단 말이야.”

다카시는 다마코를 조용히 지켜보았다. 그녀의 일그러진 마음이 안쓰럽기도 했지만 그 기세에 압도되어 아무 말도 할 수가 없었다.

다마코가 불쑥 다카시 쪽으로 시선을 돌리며 물었다.

“오라버니는 가쓰라기 선생님께 뭐라고 변명할까. 다른 사람들은 어떻게 넘어가 줄지 모르지만 가쓰라기 선생님은 도망쳤다는 얘기로는 결코 납득하지 않으실 텐데.”

다마코 말대로다. 가쓰라기 의사는 권총이 사라진 사실부터 요시타카가 정실 자리 운운하며 마리에를 뒤에서 조종한 것까지 모두 알고 있다.

“저도 걱정되네요. 다카유키 씨는 뭐라고 하던가요.”

“자기한테 맡겨 두라고.”

다마코는 무릎 위에 팔꿈치를 올리고 아이처럼 턱을 괬다.

“내가 두 사람을 쏘려고 권총을 가져갔다는 얘기를 가쓰라기 선생님께 말하겠다니까 오라버니는 그러라고 했어. 두 사람이 내 위협에 질려 다급히 도망쳤다고 말씀드릴 거라면서. 누가 물어보면 두 사람이 눈이 맞아 도망쳤고 어디로 갔는지는 모른다고만 대답하라고 했어."

사실 그 수밖에 없겠지. 가쓰라기 의사가 쉽사리 믿어 주진 않겠지만 두 사람의 행방을 찾겠다고 나선들—최소한 이 시대의 일본에서는—가모 요시타카와 마리에의 시체는 나뒹굴지도, 숨겨지지도, 방치되지도 않을 테니까. 가쓰라기 의사로서도 어쩔 수 없을 것이다.

"오빠 말대로 따라요. 그게 제일 낫겠네요."

다마코는 고개를 숙이고 다시 스커트를 쓰다듬기 시작했다. 어색한 침묵이 흘렀다.

"이거 내가 짠 거야"라며 다마코가 불쑥 말을 꺼냈다.

"네? 아아, 그 옷이요. 솜씨가 좋네요."

"당신 주변에 뜨개질하는 사람 있어?"

"예, 제 여동생이 가끔 해요."

다마코가 갑자기 기운을 차리며 관심을 드러냈다.

"어머, 여동생이 있어?"

"예."

"몇 살?"

"올해 열여섯이에요."

"열여섯이라…… 귀엽겠네."

"다마코 씨만큼 예쁘진 않아요."

다마코가 웃었다. 간만에 보는 미소다.

"아냐. 여동생이랑은 사이가 좋아?"

"글쎄요…… 만날 싸우기만 해서."

"싸운다는 건 사이가 좋다는 거네."

"아니에요. 제 여동생이 얼마나 난폭한데요. 화가 나면 저한테 물건을 마구 던진다고요."

"어머, 재밌겠다."

"재밌긴요. 다카유키 씨랑 다마코 씨가 훨씬 사이 좋잖아요."

다마코의 얼굴에서 웃음이 싹 사라졌다.

"사이 안 좋아."

"다카유키 씨가 다마코 씨를 얼마나 소중히 여기는데요."

"날 소중히 여겨 준 사람은 아버지뿐이야."

골똘히 생각에 잠긴 다마코의 얼굴이 불빛을 받아 노란색으로 물들어 있다. 그 모습이 세상과 동떨어진 듯 아름답게 보였다.

"정말 아버지뿐이었어. 어머니는 어렸을 때 돌아가셔서 아버지만이 내 전부였어."

"그래서 아버지를 괴롭힌 두 사람을 죽이려고 했나요?"

다마코는 어린아이처럼 꾸벅 고개를 끄덕였다. 묘하게 여리고 가련해 보인다.

"아버지 생전엔 걱정 끼칠 만한 일을 할 수가 없었어…… 경관이나 헌병한테 붙잡히는 모습이라도 보시면 충격으로 돌아가셨을 테니. 하지만 아버지가 돌아가시고, 내가 무슨 짓을 저지르든 걱정할 사람이 없게 되니까…….”

“오빠가 있잖아요. 얼마나 괴로워하며 걱정하겠어요.”

“오라버니는 전혀 개의치 않을 거야.” 다마코는 단언했다.

“안 그래요.”

“당신은 몰라. 오라버니는 항상 후키와 지에 편만 들었어. 나한테는 항상 너처럼 응석받이에 사치스럽게 자란 애는 말이야, 이러면서 이러쿵저러쿵 잔소리만 했어.”

토라진 얼굴로 불쑥 말했다.

“오라버니는 후키를 맘에 들어 해.”

다카시 귀에도 듣기 좋은 말은 아니다. 다카유키와 후키 사이의 교감을 짐작하고는 있었지만 역시 재미없다.

화제를 돌리자.

“다마코 씨는 제게 아무것도 안 묻네요.”

“아무것도라니, 뭘 말이야.”

“미래에 대해서요. 이 나라가 어떻게 될지, 라든가 앞으로 무슨 일이 일어날지 궁금하지 않아요?”

또 하나 중요한 게 있다.

“다마코 씨는 미래를 직접 보고 싶지 않아요?”

다마코는 다카시의 얼굴을 슬쩍 보고는 담담한 목소리로 말했다. “미래 따위 어떻게 되든 관심 없어. 내게 미래 같은 건 없으니까.”

“그럴 리가 없잖아요.”

"아버지를 잃었어. 나에게는 더 이상 아무것도 남아 있지 않아."

"그래도 다마코 씨…… 그래요, 시집가잖아요. 새로운 가족을 만드는 거예요. 이젠 당신이 어머니가 될 차례예요."

"내가? 그 사람이랑?" 다마코가 웃음을 터뜨렸다. "어머, 이상해."

"그 사람이라니 다마코 씨 약혼자잖아요. 택시 회사 아들이랬죠? 장래에 분명 큰 회사가 될 거예요. 그건 제가 보장할게요. 자동차 산업은 앞으로—."

다마코가 양손을 절레절레 흔들며 다카시를 말렸다. "그만 해. 그런 얘기 들어 봤자 소용없으니까. 나, 그 사람이랑 맞선 자리에서 딱 한 번 봤을 뿐이야. 아버지가 결정하신 얘기라서 받아들였지, 어떤 사람인지도 몰라. 나, 정말 미래에 대해 아무 흥미 없어. 미래를 소중히 여기는 사람이 살인하겠다고 마음먹을 리가 없잖아?"

다카시는 왠지 설득당한 것 같아 잠자코 있었다.

"그렇게 나한테 뭔가 가르쳐 주고 싶다면 하나 물어봐도 돼?"

"뭔데요?"

"앞으로 전쟁이 일어나?"

다카시는 고개를 끄덕였다. "일어나요."

"큰 전쟁?"

"예, 온 나라가 휩싸이는 전쟁이에요."

전 세계를 적으로 돌릴 끝없는 수렁과 같은 전쟁.

"그래, 알았어." 다마코는 훌쩍 침대에서 뛰어내렸다. "그거면 충분해. 아직 죽을 기회가 남았다는 거니까."

푹 쉬라는 말을 남기고 방에서 나가는 다마코의 발걸음이 가벼워 보였다. 다카시는 우두커니 남겨졌다.

작년이었나. 여동생이 실연을 당하고 나서 몇 날 며칠을 울고 난리치는 바람에 가족들이 애를 먹은 적이 있다. 내내 훌쩍거려 기운 내라고 위로했더니, 여동생은 어른스러운 말투로 이렇게 말했다.

—나, 대지진이나 일본 침몰 같은 게 너무너무 무서웠어. 그런 일이 일어나면 어떡하지, 살아남을 수 있을까, 그런 생각만 해도 눈물이 날 정도로. 그런데 지금은 내일 당장 세상이 멸망한다 해도 전혀 안 무서워. 아니, 잘됐다, 고맙다고 생각할 거야.

—살아갈 희망이 없다는 건 이런 건가 봐.

여동생의 말을 웃어넘겼던 다카시였다. 그러나 지금 다마코의 얘기에는 웃을 기분이 나지 않았다.

그날 밤, 후키가 저녁을 갖다 줬을 때가 가장 두려웠다. 이렇게 두려운 마음이 들기는 태어나서 처음이다.

다카유키에게 들었겠지. 내가 미래에서 왔다는 것을. 그녀는 어떻게 받아들이고 있을까.

후키는 다카시를 쳐다보려 하지 않았다. 상태가 어떠냐고 말을 걸며 탕파를 갈고 이부자리를 새로 봐주는 등 세심한 배려에는 변함이 없었지만 결코 다카시의 얼굴을 정면으로 보려 하지 않았다.

"후키 씨." 어색한 분위기를 참을 수 없어 다카시가 먼저 얘기를 꺼냈다. "후키 씨, 내가 무서워요?"

냄비에서 국을 뜨다가 흠칫 멈춘다. 손에서 국자가 떨어지고 말았다.

"내가 미래에서 왔다는 거 다카유키 씨에게 들었죠? 무서워요? 그래서 내 눈을 피하는 거예요?"

다카시는 손을 짚어 몸을 일으켰다. 이부자리에서 벗어나자 한기와 함께 두통이 몰려왔지만 후키가 자신을 바라봐 줄 때까지 결코 그녀로부터 눈을 떼지 않으리라 마음먹었다.

후키가 국자를 주워 올리며 천천히 다카시를 쳐다봤다.

"미안해요……."

"사과할 일이 아니잖아요."

후키가 앞치마 옷자락을 꽉 쥐며 고개를 숙였다.

"대체 뭘 어떻게 해야 할지 모르겠어요. 이해할 수 없는 일들이 너무 많아서."

"……."

"그런데…… 다카시 씨?"

"응?"

"일본이 전쟁에서 진다는 얘기 사실이죠?"

그런 얘기를 한 적이 있었다. 아이처럼 토라져서 후키에게 그런 말을 내뱉었다.

“전쟁이 일어나고 결국엔 진다고 했죠?” 후키가 다시 중얼거린다. “지는구나.”

누군가를 염두에 두고 하는 말이다. 그게 다카시가 아니라는 건 분명해 보였다. 다카유키일까 아니면 동생일까—조선 회사에서 일하며 내년에 징병검사를 받는다는 동생이 걱정되는 걸까.

이후로 두 사람은 입을 다물었다. 다카시로서는 할 말도 없었거니와 하고 싶은 말도 없었다. 얼른 밤이 지나가기를 바라며 수면 속으로 도망치고 싶었다. 하지만 눈을 감고 베개에 머리를 대도, 누군가를 염려하며 근심스런 눈빛을 짓던 후키의 얼굴이 떠올라 좀처럼 잠을 이룰 수가 없었다.

3

“일어났나?”

다카유키 목소리에 다카시는 눈을 떴다. 다카유키가 라디오를 켜는 모습이 반쯤 감긴 눈에 들어온다.

“계엄사령부의 발표가 있을 모양이야.”

“지금 몇 시죠?”

커튼을 열어 봤지만 아직 어둡다.

"여섯 시 조금 지났어."

라디오에서 목소리가 흘러나왔다. 너무나 거침이 없어 자칫 부러질 것처럼 딱딱한 목소리다.

"—오늘 29일 고지마치 구 남부 부근에 위험이 다소 발생할지도 모르나, 그 외 다른 지역 내에는 위험에 대한 공포는 없을 거라 판단된다. 시민은 계엄령하 군대를 신뢰하여 침착 냉정하게 사령의 지도에 제대로 따라 특히 다음 주의를 엄수하라."

다카유키가 말했다. "마침내 반란군 무력진압에 착수했다는 얘기지."

다카시는 귀를 쫑긋 세우고 라디오에 귀를 기울였다. 외출을 자제하고 불조심을 하라든지, 유언비어에 미혹되지 말라는 등 다카시도 알아들을 만한 얘기가 나왔다.

"연합함대는 왔나? 진짜 결기부대를 노리려나."

다카시의 혼잣말을 듣고 다카유키가 의외라는 듯 눈을 깜빡거렸다.

"자넨 이 사건의 경과를 모르나?"

너무나 겸연쩍고 쑥스러운 순간이었다. 얼굴이 빨개진다. 쑥스러운 마음에 괜히 다카유키의 얼굴을 노려봤다.

"당신은 알아요?"

"아버지를 따라 공부했으니까."

"그럼 밖에 나가서 말려 보시죠. 그래 봐야 아무 의미 없다고."

다카유키는 다카시의 비아냥거림을 곧이곧대로 받아들이지 않았고 바보 취급하는 기색도 없었다.

"그런가, 자넨 아무것도 모르나 보군."

"그것 참 죄송하게 됐네요."

"죄송해야 할 일이 아니네만 자네가 사는 시대의 젊은 사람들은 이런 데 관심이 없는 모양이지?"

그렇다고 해 버리면 다카시 혼자만의 창피가 아니라 또래의 모든 이들까지 동격이 돼 버린다. 섣불리 답하기가 어려웠다.

"잘 아는 애들도 있어요. 나이는 어려도 역사—특히 현대사에 관심이 많아 잘 아는 친구가 있긴 한데, 사실 그런 친구가 흔치는 않죠."

"흐음." 다카유키는 아이처럼 솔직하게 감탄했다. "그만큼 평화롭다는 얘기겠지."

"저, 화장실에 다녀올게요."

바닥에 발을 내딛자 어제보다 몸이 가벼워졌음을 느낄 수 있었다. 두통도 많이 누그러졌다. 뒤따라오는 라디오의 위압적인 목소리로부터 도망치듯 문을 닫았다.

화장실로 가며 방금 전의 대화를 곱씹어 봤다. 또다시 얼굴이 발개질 정도로 부끄러워진다. 히라타가 아무것도 모른다고 했을 때는 이렇게까지 창피하지는 않았는데.

자기 또래 중에 역사에 대해 잘 아는 친구가 있다고 했다. 사실 일본사나 현대사에 관심이 많아 갖가지 책을 독파하고 사적지를 다니는 동급생이 하나 있긴 있다. 우동집 외아들로 대학에 진학하지 않고 가업을 이을 예정인 친구다. 지금은 방학이니까 가게 일을 거들며 분주하겠지.

그런 그를 다카시를 비롯하여 다른 친구들은 뒤에서 '역사 오타쿠'라며 놀려 댔다. 곰팡내가 난다며 비웃었다. 저런 쓸모없는 지식이 시험에 무슨 소용이 있냐며 손가락질하고, 우동집이나 잇게 될 속 편한 신세니까 쓸데없는 일에 열중한다고 비아냥거렸다.

그랬던 내가 그 친구의 얼굴을 떠올리며 다카유키에게 말대꾸했다.

만약 그 친구가 여기에 있었다면 어땠을까. 활기를 띠며 다카유키와 대화했을까. 어쩌면 밖으로 뛰쳐나가 결기군과 진압군 사이에 끼어들었을지도 모르겠다.

볼일을 마치고 방으로 돌아오자 후키가 세면대에 뜨거운 물을 받아 놓고 기다리는 중이다. 다카시가 혼자 힘으로 화장실을 다녀와서 놀란 눈치다. 옆에 다카유키가 있어 그런가, 엊저녁처럼 다카시의 시선을 피하지 않고 싹싹하게 얼굴 씻는 걸 거들어 줬다. 다카유키와 함께 머리 상처를 살펴보더니 약을 바르고 붕대를 갈아줬다.

"자네 머리도 어지간히 단단하군." 다카유키의 말에 놀리는 기색이 완연하다. "튼튼한 두개골에 감사하게."

다카유키와 함께 아침을 먹었다. 음식 나르는 걸 다카유키가 거들자 후키는 무척이나 황송해했다.

식사를 마칠 때쯤 라디오에서 새로운 뉴스가 나오기 시작했다.

“유탄이 튈 수도 있으니 전투 구역 부근 시민은 다음과 같이 주의하시길 바랍니다.

하나, 총성이 들리면 엄호물을 이용해 몸을 피할 것.

둘, 가능한 한 낮은 곳으로 대피할 것.

셋, 실내에서는 총성이 나는 반대쪽으로 피할 것.

넷, 미야케자카 역에서 아카사카미쓰케, 다메이케, 도라노몬, 사쿠라다몬, 경시청 앞, 미야케자카 연결 선 안쪽까지는 전투가 벌어질 수 있으므로 그 안에서 퇴거할 경우…….”

깜짝 놀랐다. “여기도 퇴거 구역 안이에요.”

“삐라도 뿌리고 있나 봐. 아까 후키가 가져왔어.”

“괜찮을까요?”

다카유키가 웃었다. “괜찮습니다, 미래에서 오신 분.”

다카시가 기분이 상했다는 표정을 짓자 외려 그게 더 즐겁다는 듯 웃음이 끊이지 않는다.

“재밌군, 자네라는 사람은. 그렇게 정색하지 않아도 돼. 딱히 바보 취급하는 게 아니니까.”

“그러시겠지요.”

“탄알은 한 발도 날아오지 않을 테니 안심해.”

다카유키는 어제보다 훨씬 편안한 얼굴로 다카시와 대화를 이어갔다. 생활환경, 형제 관계, 시험 등에 대해 물었다. 다카시는 라디오 소리에 신경 쓰느라 처음에는 건성으로 대꾸하다가 이내 흥이 나 침대에 등을 기댄 채 느긋하게 탕파의 온기를 즐기며 이것저것 대답해 주었다.

다카유키가 짧은 시간에 집중적으로 구겨 넣은 현대에 대한 지식은, 너무나 불충분했고 그만큼 불균등했다. 커다란 구멍이 송송 뚫려 있다. 하지만 의외로 상세하고 날카로운 구석이 엿보였다. 얘기를 나누자마자 바로 알 수 있었다.

"아참, 이제야 걱정이 되네요."

"뭐가?"

"구로이 씨가 현대에서 가지고 온 서적이나 신문은 지금 어디에 있죠? 제대로 처분했나요?"

다른 사람이 봤다간 곤란한 물건이다.

"구로이가 가지고 돌아갔어." 다카유키가 대답했다. "저택에서 떠나기 직전에 전부 처분했으니 걱정하지 말라더군."

역시 하며 납득하긴 했지만 새삼 구로이의 잦은 트립과 그로 인한 충격이 떠올라 머리가 아팠다. 피로에 찌든 그녀의 심장이 박동할 때마다 커다란 몸 안에서 피가 새고 하루하루 모세혈관과 세포가 괴사해 가는 모습이 눈앞에 보이는 듯했다.

왜 구로이는 자기 몸을 희생해 가면서까지 가모 대장의 희망을 들어주려 했을까.

—이렇게 특이한 능력을 갖고 태어났으니 끝까지 도움이 되고 싶다.

그렇게 말했다고 한다. 그런 마음만으로 끝까지 견뎌 낼 수 있었을까. 죽은 부인을 사모하며 상심해 있던 대장의 모습에 감동을 받았다는 이유만으로?

구로이를 몰아붙인 열정은 무엇이었을까? 시간 여행 능력을 지닌 이모는 조카와 백팔십도 다른 인생을 선택했다. 시간 축을 자유롭게 이동할 수 있는 능력을 최대한 발휘하면서.

하지만 그녀가 한 일은 어디까지나 세부적인 수정일 뿐이다. 겨우 한두 명의 인간을 미래로 데려가 경고해 주었을 뿐. 미래를 본 가모 대장이 생각을 고쳐먹고 육군 내부의 방침이 바뀌도록 갖은 노력을 했지만 2 · 26사건은 일어났다. 대장은 이에 절망하여 자결했다. 중신들은 살해당했다. 오늘 중으로 결기부대가 반란군으로 진압되고 곧 청년 장교들은 죽음을 맞이하게 된다.

그 뒤로는 태평양전쟁이 기다리고 있다. 아무것도 바뀌지 않았다.

구로이가 한 일은 결국 무엇 하나 바꾸질 못했다. 그렇지 않은가? 이야말로 히라타가 말한 '가짜 신'이다.

그럼에도 히라타와 구로이 사이에는 결정적으로 다른 점이 하나 있었다. 다카시가 보기에는 너무나 선명한 차이다.

구로이는 만족했다. 자신의 능력을 십분 활용하여 가모 대장을 위해 일했다는 데 만족했다. 그렇지 않았더라면 당장이라도 멈출지 모르는 심장을 혹사시키며 요시타카와 마리에를 데리고 간다는 약속을 지키지는 않았으리라.

서재에서 다마코를 향해 당부하던 구로이의 얼굴이 떠오른다.

—꼭 전해주세요. 구로이는 약속대로 왔다고요.

그때 다카시는 보았다. 구로이의 얼굴에서 뿜어져 나오는 빛을. 구로이에게는 있지만 히라타에게는 없는 것—그건 시간 여행 능력에 대한 한없는 '긍지'다.

아침 식사를 마치고 한 시간쯤 지났을 때 다카유키가 방으로 찾아왔다. 창밖으로 애드벌룬이 보인다고 한다.

"현수막이 늘어져 있어."

창밖을 내다보자 정확히 아카사카미쓰케 방향으로 애드벌룬 두 개가 떠 있다. 하나는 멀어서 안 보였지만 다른 하나는 중간까지 읽을 수 있었다.

"칙명이 내린 군기軍旗에"라고 소리 내 읽어 봤다. "밑에는 뭐라 씌어 있는 걸까?"

"군기에 맞서지 말라 같은 게 씌어 있겠지." 다카유키가 말했다. "천황 폐하는 최초부터 최후까지 청년 장교들을 단호히 진압하라고 명령을 내린 모양이니."

이즈음부터 머리 위에서 비행기 폭음이 계속 오갔다. 다카유키처럼 느긋하게 있을 수 없어 다카시는 몇 번이고 창가로 다가가 밖을 내다봤다. 아까까지는 삐라를 뿌렸다던데 지금은 사람 하나 없이 하얀 길만 적막하게 뻗어 있다.

그때 다시 라디오 방송이 시작됐다. 이번에는 상당히 패기 넘치는 남자 아나운서의 목소리가 흘러나왔다.

"병사에게 고한다. 칙명이 발표되었다. 이미 천황 폐하의 어명이 내려졌다."

다카유키의 목소리가 사뭇 감탄조가 됐다. "아아, 이건가."

"이거라뇨?"

"잘 들어 두는 게 좋을 거야. 후세까지 전해지는 방송이니까. '병사에게 고한다'야."

얼굴이 다소 일그러지며 나지막이 덧붙인다. "하사관이나 병사를 장교와 떼어 놓기 위한 방송이지."

라디오 목소리는 울먹임에 가깝다. 목소리를 쥐어짜며 지금이라도 늦지 않았으니 무기를 버리고 원대로 복귀해라, 돌아오면 죄는 묻지 않겠다고 설득하고 있다.

방송이 끝나자 다시 한바탕 비행기 폭음이 들려왔다. 잠깐 밖에 나가야겠다며 다카유키가 아래층으로 내려갔다. 따라가려다가 현관에서 후키에게 붙잡혀 혼만 났다. 그녀가 다소 긴장한 듯해 손을 살짝 잡아 주었다. 잡은 손이 너무나 차가웠다.

다카유키는 몇 장의 삐라를 손에 들고 돌아왔다. 반란군 병사들을 향해 비행기에서 뿌리고 있던 게 이 부근에 떨어졌다고 한다.

하사관 병사에게 고한다.

하나, 지금이라도 늦지 않았으니 원대로 복귀하라.

둘, 저항하는 자는 전부 역적이기에 사살한다.

셋, 너희들의 부모 형제는 국적國賊이 되어 모두들 울고 있을 것이다.

마지막 행에 '계엄사령부'라고 적혀 있다. 한자에 전부 독음을 달아 손으로 삐뚤빼뚤 쓴 글씨였다.

멀리서 스피커를 통해 고함치는 듯한 소리가 현관문 틈으로 들려온다. 진압군이 반란군 병사들에게 투항을 권하는 소리라고 다카유키가 설명해 주었다.

"이제 끝났어." 다카유키가 냉정한 얼굴로 말했다. "오후에는 전차 길까지 나가 볼까."

"위험하지 않을까요?"

후키의 걱정에 다카유키가 미소 지었다.

"괜찮아. 위험하지 않아."

"그렇지만 만약의 경우란 게 있잖아요. 자제해 주세요."

"후키는 걱정이 너무 많다니까."

두 사람의 살뜰한 대화를 듣고 있기가 민망해 다카시는 위층으로 올라갔다. 난간에 기대 천천히 계단을 오르다가 문득 가모 대장의 유해에 예를 표하고 싶다는 기분이 들어 대장 침실로 발걸음을 옮겼다.

별 생각 없이 문을 열었는데 다마코가 보인다. 침대 옆에 앉아 가슴팍에 깍지를 낀 대장의 손을 쥐고 있다. 뺨이 젖었다.

죄송해요, 라고 말을 걸어도 다마코는 돌아보려 하지 않았다. 그저 아버지의 손을 잡고 눈물만 흘릴 뿐.

다카시는 조용히 복도로 나왔다.

4

다카시는 다카유키와 얘기를 나누며 긴 오후를 보냈다. 라디오에서 나오는 산발적인 정보와 불쑥 찾아들었다 사라지는 폭음, 가끔 창을 열면 들려오는 스피커 소리가 반주였다.

점심때가 지나자 라디오에선 군인들이 귀순하기 시작했다는 뉴스가 흘러나왔다. 기분 탓인지 딱딱했던 어조가 부드러워진 느낌마저 들었다. 다카유키는 라디오에서 뉴스가 나올 때마다 누가 몰래 꼬집기라도 하는 양 얼굴을 찡그렸다.

"이걸로 끝이군." 몇 번이고 그렇게 중얼거렸다.

"청년 장교들의 결기가 이런 식으로 끝난다는 내용이 대장의 유서에 씌어 있나요?"

가모 대장의 유서는 발견 당시 유족의 의향에 따라 공개되지 않았다고, 역사적 '사실'로 알려져 있다. 정말 그런가. 다카유키는 어쩔 속셈일까.

"비슷한 내용을 쓰셨지. 아버지는 결과를 알았으니까. 예측한 게 아니라 알았지."

다카유키의 어조에는 미세하지만 경멸하는 듯한 울림이 섞여 있었다.

"이번 쿠데타뿐만 아니라 온갖 일에 대해 다 쓰셨어. 유서라기보단 한 권의 저작이 될 만한 양이야."

"지금 당신이 갖고 있죠?"

어디에 있냐고 묻기도 전에 다카유키가 말했다. "보여 줄까?"

다카유키가 다카시를 대장의 서재로 데려갔다. 그 사건 이후로 발을 내딛기는 처음이다. 애써 외면해 보려 했지만 자꾸 바닥 융단으로 눈길이 간다. 핏자국이 남아 있지 않아 깜짝 놀랐다. 후키는 정말 부지런하구나.

유서는 서가 안에 당당히 늘어서 있다. 과연, 거의 저작 수준이다. 끈으로 철한 검정 표지의 철이 전부 여덟 권이나 된다.

다카유키가 그중 하나를 뽑아 건네주었다.

"쉽게 읽히지는 않겠지만 보다 보면 눈에 들어올 거야."

표지를 넘기자 얇은 종이에 한자 가나 혼용문이 빽빽하게 적혀 있다. 마치 암호 같다. 글씨도 삐뚤빼뚤 휘갈겨 쓴데다가 군데군데 고쳐 쓰고 가필한 흔적도 보인다. 얽힌 실타래를 풀 때처럼 실마리를 찾아 읽어 보려 했지만 좀처럼 쉽지가 않았다.

페이지를 훅훅 넘기다 보니 '참모본부'라는 글자가 눈에 띈다. 그걸 실마리로 삼아 전후 문장을 집중해서 읽어 보았다.

—이 작전간 실패에 대한 참모본부의 책임은 진실로 의미심장하게 여겨진다. 병력의 누차 투입이 무의미한 피해의 확대를 야기했고 병력의 무용한 상실이 수차례 반복됐음을 사전에 예

상하지 못했고, 작전의 당초 목적을 잃었으면서도 퇴각 명령을 내리는 데 주저했던 불민함에 대한 비난을 면할 수 없는 실태 失態다.

"이게 뭔가요. 뭐에 대해 쓴 건가요?"

다카유키가 힐끗 검정 표지를 봤다. 거기에는 아무것도 안 적혀 있다. 다카시 손에서 문서를 받아들고 훑어보더니 고개를 끄덕거린다.

"아, 이건 비망록이야."

"비망록?"

"태평양전쟁 중 작전 행동에 대해 아버지의 감상을 적은 문장이야."

"태평양전쟁 중 작전이라니, 앞으로 실제 일어나는 전투에 대한?"

"그래."

"이런 내용이 유서 안에 담기면 곤란하지 않나요?"

"그렇지. 이건 유서로 발표될 문장이 아니야. 하지만 아버지로선 쓰지 않을 수 없었겠지. 전쟁이 끝나고 군부에 의해 점령된 사회에서 아버지의 글을 발표할 수 있을 때까지 정리해 두는 게 내게 남겨진 일이야."

다카시는 깜짝 놀랐다. "무슨 말인가요? 대장은 현재의 군부에 대해 직언하는 내용을 유서에 남긴 게 아니었나요?"

다카유키가 어리둥절한 표정을 짓다가 이내 아아 하고 눈을 크게 뜨며 살짝 웃었다.

"그래, 자네는 사정을 모르지. 사실 아버지는 유서를 두 개 준비했어."

하나는 다카유키가 보관하고 있다고 한다.

"그것도 꽤 긴 글이지만 일반적인 유서에 가깝지. 육군 중추부에 대한 고언도 들어 있어. 아버지가 병환 이후 '변절'하여 그들을 비판한 건 사실이니까 그에 대한 언급 없이 자결하면 더 부자연스럽겠지."

"그럼 그건 공표할 건가요?"

"공표라고 해야 할까, 적당한 사람들에게 건네기는 하겠지만 받아든 사람은 그걸 뭐…… 묵살하지 않을까. 없던 걸로 치고."

"또 하나의 유서는 이 서가에?"

"맞아." 다카유키는 고개를 끄덕이며 서가에 늘어선 표지들을 올려다보았다. "이건 처음부터 전쟁이 끝날 때까지 잠재워 둘 목적으로 쓴 거야. 아버지가 가만히 숨겨 두라 명령하셨어."

"왜 그렇게나—," 다카시는 적당한 말을 찾다가 이렇게 말하고 말았다. "시간 아까운 일을 하셨을까요."

"아까운가." 다카유키는 웃음을 터뜨렸다. "그렇지. 정말 시간 아깝지. 하지만 이 시대의 사람들은 이 글의 가치를 알 리가 없어. 아버지도 온갖 노력을 기울였지만 결국 한 사람의 생각도 바꿀 수 없었으니까."

역사의 흐름을 바꿀 수 없다는 절망이 여기도 있다.

"역사의 필연은 바꿀 수 없어. 말릴 수도 없어." 다카유키가 말했다. "그걸 뼛속 깊이 인식한 아버지는 자신과—자신의 명예와 나와 다마코에 대해 생각하셨겠지."

다카시가 무슨 말인지 몰라 석연치 않아 하는 표정을 짓자 다카유키는 웃음을 지우고 조용한 목소리로 말했다. "태평양전쟁 중 요직에 앉았던 사람들과 군의 중추에 있던 사람들은 전쟁 후 책임을 추궁받고 아주 힘겨운 인생을 걷게 돼. 사람에 따라 타격의 강도는 다르지만 말이야."

"그래서—?"

"그래서 아버지는 이걸 써서 남긴 거야."

다카유키의 목소리가 선언하듯 높아졌다.

"터무니없는 전쟁의 길로 걸어가던 당시 일본 육군 안에도 이 정도로 앞을 내다보고 군부의 독재를 걱정하며 경고를 보냈던 인물이 있었다—그런 명예를 아버지는 얻으려 한 거지. 사후의 명예라 해도 이만한 명예가 어디 있겠나."

그래, 히라카와초이치반 호텔에 걸린 대장의 경력에도 씌어 있었다. 전후 발견된 대장의 유서는 놀라운 선견지명이 가득 담겨 역사학자들의 높은 평가를 받았다고.

"그 명예는 전쟁 이후의 사회에서 나와 다마코를 지켜 주기도 하겠지." 다카유키가 말했다. "저 두 사람은 가모 대장의 자식이라면서 말이야……. 자네는 도조 히데키라는 인물을 아나?"

히라타가 언급했던 이름이다.

"예, 전쟁 중 수상이었다는 인물 말이죠. 전쟁이 끝나고 책임을 추궁 받아서……."

"극동 군사 재판에서 사형을 선고받았지."

"예, 히라타 씨가 가르쳐 줬어요."

"도조 히데키는 전쟁으로 몰려가는 시대에 영웅으로 숭앙받으며 대부분의 일생을 보냈네. 아무도 거역할 수 없는 독재자가 되지. 하지만 전쟁이 끝나자마자 그의 권위와 명예는 땅에 떨어지고 최악의 전쟁범죄인 취급을 받게 되네. 그에 따라 죄인의 가족들도 온갖 고생을 겪고."

내 아버지, 가모 노리유키는 그와 반대 상황을 바란 거야—다카유키가 말했다.

"지금은 절망하여 자결하지만, 시대가 바뀌고 나면 가모 노리유키야말로 옳았다고 판명되어 상찬받겠지. 시대를 바꿀 길이 끊긴 아버지로서는 그게 유일하고도 가장 큰 바람이었을 거야. 참 대단도 하시지."

"다카유키 씨……."

"도조 히데키가 수상이 되어 전쟁을 이끌고 간다는 사실을 알았을 때 아버지가 어떤 표정을 지었을 거 같나? 아버지는 지금의 도조와 안면이 있어. 그 도조가…… 그 도조가 수상이라니…… 감탄한 것처럼 곱씹다가 한바탕 크게 웃으셨어. 그래, 웃으셨지."

다카시 손에서 낚아채듯 철을 뺏더니 서가에 돌려놓았다.

"아버지는 이 철을 소중히 보관하라고 하셨어. 구로이 말로는 20년 5월이면 이 부근도 공습으로 불탄다던데 그 전에 반지하 방에 따로 옮겨 놔야겠지."

그는 할 말을 마치자 다카시의 팔을 잡았다.

"나가지, 더 이상 이 얘긴 하고 싶지 않군."

계엄사령부가 정식으로 쿠데타 진압을 발표한 건 오후 세 시 무렵이었다. 주민 피난 명령도 해제되고 교통 제한도 네 시 십 분이면 해제된다고 한다.

라디오 발표가 끝났지만 다카유키는 곧장 바깥으로 나가지는 않았다. 후키가 또 걱정할지 모른다고 생각했으리라. 하지만 삼십 분쯤 지나자 전차 길로 나가 볼까 하고 말을 꺼냈다. 다카시가 따라가겠다고 하니 "머리 상처에 영향이 없을까?" 하고 묻기에 "괜찮아요" 하고 웃어 주었다.

후키에게 들키지 않도록 종종걸음으로 몰래 빠져 나가다가 거실에 앉아 있는 다마코를 보았다. 자수를 뜨고 있다. 세상 그 무엇에도 관심이 없다는 듯 차분한 모습으로.

바깥은 사람들로 넘쳐났다. 아직 교통 봉쇄가 풀리지도 않았는데 사람들은 움직이기 시작했다. 바리케이드를 넘어 봉쇄선을 빠져나가, 막 진압된 쿠데타의 생생한 현장을 보기 위해 속속들이 모여들고 있다.

도로에 다다르자 갑자기 전차戰車가 모습을 드러냈다. 움직이고 있다. 다카시는 깜짝 놀라 우두커니 멈춰 섰다. 현수막을 늘어뜨린 쇳빛의 거체가 오른쪽에서 왼쪽으로 통과하는 중이다. 무거운 캐터필러가 눈을 차 날리며, 앞길을 가로막을 건 아무것도 없다는 듯 당당하게 행진한다.

"진압부대가 철수하는 거야." 다카유키가 말했다.

길가에 모여든 사람들은 빨개진 얼굴로 하얀 숨을 토하며 서로의 어깨를 쿡쿡 찌르고 손가락으로 어딘가를 가리키는 등 부산하다. 계엄령이 한창일 때도 별다른 긴박함이 없던 이곳은 여전히 비극의 음산한 빛깔 따위는 보이지 않고 흥분으로 가득 차 있다.

아무 말 없이 차가운 바람에 얼어붙은 다카유키가 고개를 들어 전차를 올려다본다. 사람들이 떠드는 소리보다 전차 캐터필러가 일으키는 소음이 훨씬 커 좌중을 압도한다.

길가를 메우는 얼굴, 얼굴, 얼굴. 그 사이를 전차가 가로지른다. 기름내를 풍기며 굉음과 함께 엄숙히 전진한다. 군대가 행진하고 있다. 손을 흔드는 사람, 만세를 외치는 사람이 보인다. 다카시는 말없이 그 광경을 지켜봤다.

전차 캐터필러에서 튀어나온 눈 조각이 발치로 데굴데굴 굴러왔다. 거무데데하고 지저분한 눈을 내려다보는 순간 다카시의 마음속에 알 수 없는 무언가가 부풀어 오르기 시작했다. 뭐라 표현하면 좋을지 몰라 답답할 따름이다.

"끝났구나."

옆에서 다카유키가 중얼거렸다. 몇 번이나 '끝났다'는 말을 해야 마음이 홀가분해질까—.

그때 다카시 마음속에서 요동치던 생각이 분명한 형태를 갖췄다. 그는 고개를 들어 길가의 사람들을 바라보았다. 지나가고 있는 전차를 바라보았다. 길을 바라보았다. 하늘을 바라보았다. 사람들의 목소리와 바람 소리, 군화가 눈을 밟는 소리, 전차 캐터필러 소리를 들었다.

당신들은 죽고 말 텐데.

갑자기 떠오른 건 그 말이었다. 당신들은 죽게 된다. 대부분의 사람들이 죽게 된다. 살아남는다 한들 쓰라린 앞날이 기다릴 뿐이다. 앞으로 무슨 일이 일어날지 당신들은 전혀 모른다.

이 나라는 한 번 망한다. 당신들이 지금 살아가는 이 '나라'는 망한다. 나라가 망해 가는 길에 당신들 모두 동행하게 된다. 거기서 웃고 있는 당신도, 코트 옷깃을 세우는 당신도, 보도에 선 사람에게 웃는 군인도, 전차 위의 군인도 모두 함께 데리고 가 버린다.

그 무엇도 끝나지 않았다. 이제 시작이다. 지금은 끝의 시작이다. 그런데 왜 웃고들 있지? 왜 아무도 화를 안 내지? 무섭지 않아? 왜 아무도 나서지 않는 걸까. 이건 잘못됐다고, 우린 죽고 싶지 않다고.

왜 말리지 않는가.

마음속의 외침이 밖으로 나와 버릴 것 같아 양손으로 입을 가렸다. 토해 낸 한숨이 하얀 연기가 되어 허공으로 흩어진다.

왜 말리지 않는가. 이건 다카시 자신을 향한 물음이다. 왜 나는 저 군중들에게 주먹을 쥐고 외치지 않는가. 이대로는 다 죽는다고. 난 미래를 안다고. 되돌리자. 지금이라도 늦지 않았다. 다들 되돌리자.

자기도 의식하지 못하는 사이에 눈에서 눈물이 떨어졌다. 딱 한 방울이었지만 다카시의 뺨을 타고 흘렀다.

—말해 봤자 아무 소용없으니까.

아무도 믿어 주지 않는다. 역사는 그 사실을 안다. 어쩌면 한두 명, 또는 열 명 정도 귀를 기울여 주는 사람이 있을지도 모른다. 하지만 그 사람들에게 전쟁에서 살아남는 방법을 가르쳐 주고 미리 손에 얻은 결과를 토대로 처신할 길을 함께 고민한다 해도, 그건 역시 세부의 수정에 불과하다. 열 명을 제외한 나머지 모든 사람들을 죽게 내버려두는 꼴이 된다.

"외쳐 볼까." 다카유키가 불쑥 말을 꺼냈다.

다카시가 돌아보자 다카유키는 맞은편 길가에 모여든 사람들을 망연히 보고 있다. 함께 늘어선 사람들 귀에 들리지 않게 입술을 자그맣게 움직이며 말을 이었다.

"이제 전쟁이 온다고. 앞으로 군부에 의한 진짜 독재가 시작되고 테러나 또 다른 쿠데타를 두려워하는 정치가와 의회는 명색뿐인 무기력한 존재로 영락하여 전쟁이라는 최악의 상황을 맞이하게 된다, 그렇게 외쳐 볼까."

다카시는 아무 대답 않고 팔을 들어 눈가를 훔쳤다.

"난 무서워." 다카유키가 중얼거렸다. "무서워서 외치지 못해."

"무섭다……?"

"그래, 무서워. 몸이 떨릴 정도로 무서워. 지금 그런 얘기를 꺼내 들었다가 어떤 꼴을 당하게 될지 상상하는 것만으로도 죽을 만큼 무서워."

난 겁쟁이야—다카유키의 말이 하얗게 얼어붙었다.

"아버지는 육군대장인데, 자식은 직업 군인이 되지 못했어. 징병도 되지 않았어. 이상하지 않나?"

다카유키의 말투에는 스스로를 야유하는 울림이 섞이기 시작했다.

"군무에 종사하고 싶어도 불가능해. 나는 색맹이니까."

다카시의 눈이 휘둥그레졌다. 한기가 들었다.

"적록색맹이야. 어머니 쪽에 그런 인자가 있나 봐. 이래선 군인이 될 수 없지. 어릴 때 그 사실을 알고 아버지는 무척 낙담하셨지. 가모 집안에 있어 어머니 입장도 난처해졌고. 다 내 탓이야."

턱을 들어 위를 올려다보았다. 다카유키의 눈이 촉촉해져 있다. 찬바람 탓일지도.

"나는 내내 아버지의 기대를 배신해 왔어. 아버지에게 바람직하지 못한 장남이야. 그래서 데루키가 태어났을 때 아버지는 그 아이를 집으로 데려오고 싶어 했지. 그걸 어머니는 목숨을 걸고 반대했어. 데루키가 집에 들어오면 자기 아들이 존재 근거가 없어진다고 여겼는지 데루키를 이 집에 데리고 오면 나와 함께 죽어 버리겠다며 극구 반대하셨지. 아버지도 쉽사리 포기할 기색이 없었는데 어머니의 노여움을 두려워한 데루키 어머니가 스스로 물러선 덕분에 겨우 수습됐지."

다카유키가 '있는 그대로의 나를 받아들이고 사랑해 주셨던 오직 한 사람'이라고 했던 어머니.

"아버지는 오랫동안 데루키에 대한 미련을 버리지 못하셨어. 모자를 내팽개친 격이 됐으니 분명 자신을 원망하리라 여기면서. 난 아버지가 왜 그리도 데루키에게 집착했는지 알았기 때문에 아버지를 미워했어. 아버지가 오른쪽으로 가라면 왼쪽으로 가고, 왼쪽으로 가라면 오른쪽으로 갈 정도로 말이야."

"결국 도움을 청하셨잖아요."

"그래. 그땐 정말 기뻤어. 아버지가 내게 도움을 청했다—미래를 보고 나더니 자신의 사고방식이 잘못됐다, 경제나 민주주의에 대한 교육이 더욱 중요하다, 네 생각이 옳았다, 이렇게 말씀하셨어. 하늘로 날아오를 듯한 기분이었지."

다카유키의 어깨가 축 처졌다.

"그런데도 난 실패했어. 아버지의 기대를 그르쳤지. 아버지에게 인정받을 다시 없는 기회를 날리고 말았다고—."

전차 행렬이 마침내 끊기고 도로가 다시 사람들로 붐비기 시작했다.

"아이자와 사건이라고 아나?"

몇 번인가 들은 기억이 있다. 분명—육군 요인이 암살된 사건 아닌가.

"작년 8월의 일이야. 육군 군무국장인 나가타 데쓰잔이라는 인물이 집무실에서 아이자와 중좌에게 참살당했어. 아이자와 중좌는 대만으로 부임하라는 명령을 받은 상황이었는데 반황도파의 중심인물인 나가타 데쓰잔을 이대로 놔두면 황국에 도움이 안 된다며 천벌이란 이름으로 살해했지."

아버지는 그걸 막으려고 했어—라고 다카유키는 털어놓았다.

"전쟁의 행방을 아는 아버지로서는, 조금이라도 흐름을 바꿀 수 있지 않을까 필사적으로 고민했어. 그래서 생각해 낸 묘수가 나가타 데쓰잔의 암살 저지야. 자네가 살고 있는 시대의 역사가도 나가타 데쓰잔이 살았더라면 대동아전쟁의 흐름이 바뀌었다고 평했을 거야."

"그 정도로 영향력 있는 인물이었나요?"

"그래. 아버지는 나가타 군무국장에게 편지를 썼어. 몸조심해라, 경비를 강화하라며 몇 통이나 편지를 보냈어. 사건이 일어난 8월 12일에는 집무실에 머물지 말라고까지 썼어. 그런데 얄궂게도—."

다카유키의 얼굴에 경련이 일었다. 조금 지나서야 그게 웃음이란 걸 알아차릴 수 있었다.

"아버지가 황도파의 인물이라 나가타 측에선 거꾸로 테러에 대한 암시라고 받아들였어. 협박이라고 말이지. 그러고는 코웃음 쳤겠지. 그런 협박에 굴복할 자신들이 아니라며."

"그렇게까지—."

"실제 그랬어. 초조해진 아버지는 암살 사건이 일어나는 당일 현장으로 쳐들어가려고 했지. 미리 그 자리에서 버티고 서 있는 것만으로도 상황이 바뀔지 모른다. 상대가 아버지의 편지를 테러에 대한 예고로 받아들인다면 아버지의 등장으로 조금은 경계하겠지. 그 경계가 암살을 막아 줄지도 모른다고."

꽤 괜찮은 계획 같다. 다카시는 고개를 끄덕거렸다.

"난 아버지를 보내고 싶지 않았어." 다카시가 말을 이었다. "거동조차 불편한 노인이 시간 맞춰 움직이기도 쉽지 않을 테고. 그래서 내가 가기로 했어."

"당신이? 혼자서?"

다카유키가 고개를 끄덕이며 한숨을 내뱉었다. "그래 내가, 겁쟁이인 내가, 기대에 어긋난 자식인 내가. 한 번만이라도 아버지의 기대에 답하고자 마음먹고 겁쟁이가 아니라는 걸 아버지에게 증명해 보이겠다고 결심해서 내키지 않아 하는 아버지를 설득했지. 아버지의 편지를 내가 전하겠다고."

다카유키가 입을 다물었다. 먼저 "그런데 잘되지 않았군요"라는 말을 꺼낼 수가 없어서 다카시는 잠자코 기다렸다.

"난 무서웠어." 다카유키가 말을 이었다. "집에서 나와 육군성까지 가는 내내 무서워서 견딜 수가 없었어. 짧은 거리를 걸으며 부들부들 떨었어. 가고 싶지 않았어. 곧 테러가 일어날 것을 아는 현장에 가고 싶지 않았어. 내가 왜 그런 바보 같은 결심을 했을까 후회했어. 점점 발걸음이 느려지며 딱 맞춰 갈 필요는 없겠지, 조금 늦어도 상관없겠지, 오 분쯤 늦어도 별일 없겠지—그렇게 자위하며 아무 의미도 없는 장소에 멈춰 서서 땀을 흘리고 있었어. 햇살이 따가울 정도로 뜨겁더군."

결국 육군성에 도착했지, 라고 다카유키가 말했다.

"이미 일은 끝났더군. 참살을 완수한 아이자와 중좌가 헌병 차에 실려 3반초 쪽으로 달려가는 걸 봤어. 그 차와 마주 지나쳤지."

다카유키는 차창 안 아이자와 중좌의 옆모습을 봤다. 모자도 쓰지 않은 채 살기를 내뿜는 얼굴을.

건물 안으로 들어갈 수조차 없었다. 대혼란의 현장에서 어느 장교의 발자국에 붉은 피가 묻은 걸 봤다. 바닥과 복도가 피투성이로 되어 있을 광경을 상상하며 다카유키는 그 자리에서 달아났다—.

"맞다, 요시타카 씨와 마리에 씨가 그 일에 대해 이야기하는 걸 들었어요." 다카시가 말했다. "오두막에서 말이에요. 당신보고 겁쟁이라면서. 거실에서도 그 얘기를 꺼냈었죠. 그런 사정이 있었구나. 하지만 그들이 그런 말을 할 자격이—."

"있어."

"사정도 모르는 주제에?"

"몰라도 돼. 나가타 군무국장 편으로 편지를 건네러 갔던 가모노리유키 전 육군대장의 장남이, 암살 직후에 마침 육군성에 있다가 무서워 새파랗게 질리고 말았다는 소문이 금세 퍼졌으니까. 숙부나 마리에 씨도 배꼽 잡고 웃을 자격이 있어."

"그렇지만—."

"아버지는 나를 꾸짖지 않았어." 다카유키가 말했다. "다만 낙담하셨지. 너무나 깊이 낙담하셨어. 그때부터 미래의 명예에 대해 고민하기 시작하셨을 거야. 더 이상 현황을 바꿀 수 없다는 걸 깨닫고."

난 무서웠어, 다카유키가 다시 중얼거렸다.

"손 쓸 수 없는 겁쟁이야. 역사의 일부분을 바꾸고, 구할 수도 있었던 목숨을 죽게 내버려뒀어. 그저 나 자신의 목숨이 아까워서. 그런 내가 지금 여기서 무슨 말을 할 수 있겠어. 그럴 자격이 없지."

"저도 마찬가지죠."

"아니, 달라. 자넨 이 시대의 인간이 아니니까."

딱 잘라 말했다.

"하지만 난 이 시대의 인간이야. 이 시대를 만들어 가는 겁쟁이 중 한 사람이지. 그리고 겁쟁이로서 이 시대에 살아남을 의무가 있어. 앞으로 무슨 일이 일어나든 난 꼭 살아남아 보이겠어."

다카유키는 고개를 들어 하늘을 바라보았다. 이미 그곳으로 올라갔을 가모 노리유키의 모습을 찾고 있는 걸까.

"아버지가 남긴 그 문장은 지저분한 새치기의 집대성이야."

"새치기?"

"그렇지 않아? 아버지는 미래를 봤어. 결과를 알았다고. 미리 알고 나서 아무것도 모르고 살아간 사람들이 앞으로 이룰 일들을 비판한 거야. 아버지 혼자만 변명거리를 준비한 거지. 이게 새치기가 아니라면 뭐가 새치기겠어?"

"당신은 전쟁이 끝나면 그 새치기의 집성을 세상에 내보일 작정이잖아요? 아버님께 그렇게 약속했죠?"

다카시를 바라보는 다카유키의 눈매가 누그러져 있다.

"전쟁에서 살아남은 뒤에도 내가 겁쟁이로 남아 있다면 분명 그렇게 하겠지."

"네……?"

"아버지의 새치기를 방패삼아 과거의 군부와 군인 사회를 향한 비난이 드센 시대를 살아남으려 할 정도로 여전히 겁쟁이라면 아버지의 문서를 세상에 내보낼 거야. 하지만 조금이라도 내가 변했다면 그 문서는 어둠 속에 묻히겠지. 아버지의 사후 명예도 사라지게 되고."

"……그래도 괜찮겠어요?"

"지금은 몰라." 다카유키가 말했다. "지금은 몰라. 살아남을 때까지는."

다카유키의 강렬한 목소리는, 전차 길에서 벗어나 저택에 돌아와서도 다카시의 마음을 뒤흔들었다. 겁쟁이의 한 사람으로서 살아남겠다는 그의 결의와 견줄 만한 무언가를 나는 가지고 있을까.

눈길을 요란하게 통과하는 전차와 군화의 울림, 기름 냄새. 그리고 수많은 사람들. 그 광경을 떠올리며 다카시는 한 가지 커다란 사실을 깨달았다.

지금 나도 가짜 신에 불과하다—.

2 · 26사건은 끝났다.

5

히라타는 3월 4일 가모 저택으로 돌아왔다.

완전히 회복된 것처럼 보였다. 같이 따라갔던 지에가 중간에 한 번 돌아와서 히라타의 병세가 호전되는 중이라고 전해 주긴 했지만, 막상 얼굴을 대하자 예상보다 훨씬 나아진 모습이다.

"졸중이나 뇌혈전이 아니었으니까. 뇌가 피로한 상태였을 뿐이야. 쉬니까 나은 거지." 히라타는 느긋한 말투로 말했다.

히라타가 돌아오기 전까지 다카시는 머리의 상처를 치료하며 할 수 있는 범위 안에서 후키를 도우며 지냈다. 그 사이 붕대를 풀어 이제는 반창고로 충분했다. 대장의 자결이 공개되어 조문객이 찾아왔지만 고인의 유지라며 장례식은 가족끼리 조용히 치렀다.

큰 걱정거리였던 가쓰라기 의사의 존재는 예상대로 만만찮은 벽이 되어 가모 집안 사람들 앞을 가로막았다. 의사는 29일 교통통제가 풀리자 바로 찾아왔다. 의사가 다카유키, 다마코와 거실에서 대화를 나누는 걸 엿보러 갔다.

다카유키는 바위처럼 단단한 얼굴로 완강히 버텼고 다마코는 의사의 질문이 하나도 귀에 들어오지 않는다는 표정을 지었다. “죄송합니다”라는 말이 들리긴 했지만 맥 빠진 목소리였다.

세 시간이나 거실에서 대화를 나누고 복도로 나온 의사는 안색이 창백했다. 다카시는 현관에서 구두를 정리하다가 의사와 딱 부딪쳤다. 의사는 다카시를 보자 고립무원 중에 응원군을 만났다는 표정으로 뛰어오더니 양손으로 어깨를 붙들었다.

“자네, 무사했군.”

“예, 그렇습니다.”

“얘기는 들었네. 설마 자네마저 저런 엉터리 같은 소리를 늘어놓진 않겠지? 요시타카 씨와 마리에 씨는 어디에 있나, 응?”

“선생님 그렇게 흔드시면 상처가 아픕니다.”

그렇게 말하며 슬그머니 의사의 손을 떨쳐냈다.

“전 아무것도 모릅니다. 얻어맞고 기절한 사이, 요시타카 씨랑 마리에 씨가 모습을 감췄어요. 어디로 갔는지 모릅니다.”

“자네가—자네마저.”

“정말이에요, 선생님.”

다카시의 눈을 응시하는 의사에게 죄송한 마음이 드러나지 않도록 마음을 다잡았다.

“실망했네.” 의사는 그렇게 내뱉고는 저택을 빠져나갔다. 이후로 오늘까지 저택에 찾아오지 않고 있다. 어떤 파문이 퍼져 나갈지 가만히 지켜볼 수밖에 없겠지.

다카시는 다카유키에게 몇 시간만 히라타와 둘이 있게 해 달라고 부탁했다. 그러고는 함께 반지하 방으로 내려갔다.

다카시는 그간의 정황과 사건을 털어놓기 전에 먼저 사과했다. 그의 능력을 폭로해 버린 것에 대해. 히라타는 다카시가 겁내하던 만큼 놀라거나 화내지 않았다.

"그렇게 되지 않을까 싶었네." 히라타의 목소리는 침착했다.

다카유키와 나눈 대화, 구로이와 서재에서 만난 사건, 29일 전차 길에서 느낀 감상 등을 히라타에게 설명하다가 몇 번이고 말문이 막혔다. 감정이 격해졌다거나 눈물이 날 것 같아서가 아니었다. 말로 다 표현하기 힘든 부분이 제대로 전해지는지 스스로 미덥지 않아 답답해서 견딜 수가 없었다.

히라타는 이따금 고개를 끄덕이며 가만히 들었다. 화로를 사이에 두고 마주 앉아, 부젓가락으로 재를 들쑤셨다. 바스러지는 재 안에서 뭔가를 찾는 듯 가만히 바라보다가 이야기가 끝나자 부젓가락으로 빨갛게 달아오른 숯을 들어 올려 담배에 불을 붙였다.

"맛있군" 하며 길게 연기를 내뿜는다.

"피워도 되요? 심장은 괜찮아요?"

"이모는 능력이 강하다 보니 심장이 먼저 당하고 말았어."

그러고는 담배를 끼운 손가락으로 자신의 관자놀이를 두드린다.

"나는 심장은 괜찮은데 능력이 모자라다 보니 트립이 과하면 머리를 당하게 되지."

너무나도 행복하다는 표정으로 담배를 피우는 히라타를 보고 있노라니 다카시도 왠지 피우고 싶어졌다.

"저도 하나 주세요."

빨간색과 하얀색 무늬가 새겨진 '아사히'라는 상표였다. 한 모금 빨았다가 너무 매워 연신 콜록거렸다.

"라이트한 담배가 있는 현대로 돌아갈까."

"아직은 돌아갈 수 없어요. 약속을 지켜야죠."

"약속—."

"아저씨가 왜 이 시대에 이 저택에 왔는지 말이에요. 말해 주기로 했잖아요."

담배를 든 자신의 손가락이 떨리고 있다.

"아, 그거 말인가."

히라타는 재 안에 담배를 던져 넣었다. 입가의 긴장이 살짝 풀린다.

"자넨 이미 자네 힘으로 답을 찾은 것 같던데."

"제가요?"

"그래. 모르겠나?"

다카시는 히라타의 온화한 얼굴을 응시했다. 기분 탓일까—아니, 어두침침한 반지하 방 때문이다. 확실히—주위의 마이너스 오라가 이전보다는 불쾌하게 느껴지지 않는다.

자네가 추측한 대로, 이모는 전쟁 전 일본이 자기가 살기에 더 알맞다고 여겨 중년 무렵부터는 아예 이곳에 뿌리를 내렸어. 일도 찾기 쉬웠고 어쨌든 전쟁만 피하면 되니까. 그러다가 돌아가시기 전에, 아직 현대에 있던 나를 만나러 왔지"라며 히라타가 얘기를 시작했다.

"일 년 정도 전 일이야. 자네 얘기를 듣고 보니, 서재에서의 계획을 실행하기 직전이었던 것 같아. 현대로 건너오는 게 쉬운 일은 아니지만 그걸 감안하더라도 이모는 지나치게 소모돼 있었어. 마지막이 될 수도 있기 때문에 어쨌든 직접 만나 얘기를 하고 싶었다더군. 평소에는 곧장 돌아가셨는데 그날만은 반나절 정도 내 집에서 쉬다 가신 걸 보면 몸 상태가 상당히 안 좋았던 모양이야."

그때 이모는―구로이라는 이름으로 자신이 벌인 일에 대해 털어놨어―라고 말했다.

"가모 대장에게 미래를 보여 줬고, 대장의 생각이 바뀌었고, 대장이 후세를 위해 육군을 비판하는 글을 썼고, 다소 곤란한 일이 생겼다고 했어. 자신은 그 뒷마무리를 해야 한다더군. 그 일로 죽게 되겠지만 이미 살 만큼 살았다며 웃었어. 충분히 만족스럽다는 얼굴로."

만족―그래, 그거야말로 서재에서 본 구로이의 얼굴에 어울릴 만한 단어다.

"곤란한 일이 뭐냐고 물어도 얼버무릴 뿐 가르쳐 주지 않았어. 나는 이모처럼 다른 사람에게 미래를 보여 주거나 미래의 일을 가르쳐 주는 일에 비판적이니까 아무래도 말하기가 어려웠겠지. 그 문제로 논쟁도 많이 했고. 나도 더 이상은 묻지 않았어. 그러니 이 저택에 오기로 결심하고 나서도 27일에 무슨 일이 일어나는지 전혀 모를 수밖에."

"아저씨는 이번 사건과 전혀 관계가 없었군요……."

히라타는 가볍게 웃었다. "직접적인 관계는 없는 셈이지. 내가 말했잖나? 가모 대장을 원망하거나 죽이고 싶은 마음 따위는 없었다고."

그때는 그 말을 순순히 믿을 만한 상황이 아니었다—.

"자네 말대로 이모와 나 사이에는 결정적으로 다른 점이 있어." 히라타가 말했다. "이모는 자신의 능력에 긍지를 가졌지. 자기 마음에 든 사람, 좋아하는 사람, 소중히 여기는 사람, 동정을 느낀 사람들을 위해 자신의 능력을 사용하는 것에 대해 한 치의 의문도 품지 않았어. 타임트립을 멋진 능력이라 여겼어. 사람들이 꺼리는 마이너스 오라가 족쇄이긴 해도 그걸 메우고도 남을 만큼의 능력이 자신에게 있다고 믿었어."

—구로이는 약속대로 왔습니다. 도련님께 전해 주세요.

—아가씨, 행복하세요.

"이모와 나는 둘 다 가짜 신이야. 그렇지만 이모는 그 사실을 기쁘게 받아들였어. 자네 말대로 긍지를 느꼈어."

화로 속에다 불만을 털어놓듯이 히라타가 말했다.

"나름대로 행복했겠지."

그러나 히라타는 다르다.

다카시 머릿속 그늘진 곳에 어깨를 마주한 두 사람의 시간 여행자가 서 있다. 이미지 속 두 사람, 구로이와 히라타는, 이모와 조카는 서로를 바라보는 게 아니라 같은 자리에서 등을 돌린 채 시야가 엇갈려 있다—.

"난 이모와 달라. 내 능력에 의문을 품고 있었어. 내가 할 수 있는 일이란 무엇인가. 여기서 누군가의 생명을 구하면 저기서 다른 생명이 사라져. 이곳에서 어떤 일을 막으면 다른 곳에서 비슷한 일이 일어나. 수없이 반복된 시행착오 끝에 나 자신이 가짜 신에 불과하다는 걸 깨달았어. 그 사실이 정말로 싫었어."

"길에서 전차를 봤을 때 내가 느꼈던 것처럼……."

"그래, 길에서 전차를 봤을 때 자네가 그랬듯이." 히라타는 미소를 지었다. "자네는 자력으로 답을 찾았어."

나도 가짜 신이다. 그 인식은 너무 무겁다. 그게 답일 수 있을까?

"이모로부터 가모 대장에 대해 들었을 때, 이건 하늘이 내린 기회다, 찬스가 왔다고 느꼈지."

"왜요?"

"대장은 미래를 알고 난 후, 동시대 사람들을 비판하는 문서를 남기려 했어. 다카유키 군 말대로 그건 새치기야. 자신들이 살아가는 시대를 손으로 더듬으며 길을 헤매는 사람들을, 높은 데서 내려다보는 것과 같은 행위야. 반칙이지. 그런데 이모는 허락해줬어. 가짜 신인 자신을 긍정했기에 허락할 수 있었겠지."

나는 싫었어—라며 히라타가 고개를 저었다.

"정말 싫었어. 질렸어. 이렇게 존재 의미가 불분명한 사람이 세상에 있을 수 있을까 생각했어. 아무리 동분서주해 봐야 언제나 장부는 역사 쪽에 수지타산을 맞추려고 하니까. 난 대체 뭘 하고 있나, 몇 번이고 몇 번이고 회의했어.

그런 한편으로 이모의 마음도, 이모의 손에 이끌려 미래를 본 가모 대장의 기분도 짐작이 가더군. 당연해. 한번 맛보고 나면 신 흉내를 내고 싶어지니까. 어쩔 수 없이 그렇게 돼. 나 역시 그랬고. 그건 업과 같은 거야."

가모 대장이 산더미 같은 문서를 남기고 사후의 명예를 바란 것도 같은 이유일까. 일단 미래를 보고 나면 그 충동을 제어할 수 없으니까?

"난 대장을 꾸짖을 자격도 용서할 자격도 없어. 어차피 똑같은 죄를 저질렀으니까. 그러다가 깨달았어. 거기서 빠져나갈 방법이 있다는 걸."

이 시대에서 살아가는 거다, 라고 히라타는 말했다. 다카시의 눈을 정면으로 바라보면서.

"앞으로 다가올 전쟁의 시대에 뿌리를 내리고, 이 시대의 인간으로서 체험하는 거야. 얼마나 괴로울지, 쓰라릴지, 어떤 속임수도, 새치기도, 앞지르기도 없이 모든 걸 스스로 체험하는 거야. 그렇게 온몸으로 부딪쳐 살아남는다면, 그러다 죽는다면, 새치기를 하지 않고 지금 이 시대를 살아가는 수많은 사람들과 동시대의 인간으로 같은 입장에 섰을 때, 이모와 가모 대장에 대해 어떤 생각이 들까? 누군가가 자신을 내려다본다는 기분을 처음으로 실감할 수 있겠지. 화가 날지도 몰라. 분통이 터져 미칠지도 모르지. 허나 그 마음은 가짜 신이 아닌 인간으로서의 분노야. 새치기한 주제에 왜 우리들을 비판하는가 하며 역사의 부품으로 살아가는 한 사람의 인간으로서 품은 분노야."

다카시는 가만히 히라타의 얼굴을 바라봤다. 그의 말이 이해될 뿐만 아니라 다카시 몸 안 곳곳에 스며들어 뭔가를 만들어 내는 듯한 느낌이 들었다.

"그때가 되면 혹시 이모와 가모 대장을 용서할 수 있을지도 모르지." 히라타가 말을 이었다. "그들이 한 짓을, 그들이 휩쓸려가듯 저지른 짓을, 동시대 인간으로서 용서할 수 있을지도 몰라. 그렇게 된다면—,"

말끝이 떨리고 있다.

"비로소 나 자신을 용서할 수 있을지도 모른다—그렇게 생각했어."

시간 여행자인 내가 저질러 온 모든 일을 용서할 수 있을지도 모른다. 모든 악행을, 모든 잘못을 용서할 수 있을지도 모른다. 나는 인간이 될 수 있다. 가짜 신이 아닌, 아주 평범한 인간으로, 하루 앞을 몰라 자신의 목숨을 귀하게 여기는 인간으로, 내일 만날 수 없을지도 모를 이웃의 어깨를 두드리며 함께 웃을 수 있는 인간으로. 그게 얼마나 소중한 것인지 모르는 채 남들과 다를 바 없는 용기를 지니고 역사를 헤엄쳐 가는 인간으로.

어디에나 있는 보통의 인간으로.

"그래서 이 시대에 왔어."

히라타가 다카시에게 말했다. 그 진심을 다카시는 절감했다.

"가모 대장이 죽는 그날을 출발점으로 삼아 인간이 되겠다는 이유만으로, 난 여기에 왔어."

히라타와의 대화를 마치고 다카시는 후키를 찾아 위층으로 올라갔다.

그녀는 부엌에 있었다. 커다란 배추를 썰고 있다. 소매를 끈으로 묶어 올려 드러난 팔이 싱싱한 배추만큼이나 하얗고 싱그러워 보인다.

다행히 후키 혼자였다.

"후키 씨……."

후키는 주위를 둘러보더니 식칼을 내려놓고 앞치마에 손을 훔치며 다카시에게 다가왔다.

"이제 돌아가는 건가요?"라고 작은 소리로 묻는다. "히라타 씨가 왔으니 다카시 씨도 바로 돌아갈 거라고 다카유키 님께서 말씀하셨어요."

"돌아가는 건 오늘 밤이에요. 그편이 사람들 눈에 띄지 않을 테니까."

이해한다는 듯 후키가 고개를 살짝 주억거렸다.

히라타와의 대화가 마음 깊이 남아 있는 지금으로선 꺼내기 힘든 얘기다. 히라타는 인간이 되려 하는데 나는 가짜 신이 되려 한다.

후키를 데려가고 싶다—.

다카시의 희망을 듣고도 히라타는 놀라지 않았다. 그런 마음이 들기 마련이라며 부드럽게 말할 뿐이었다.

—그 아가씨한테 물어보게. 승낙하면 바로는 무리겠지만 자네가 사는 시대로 반드시 보내 주겠네.

"할 얘기가 있는데, 괜찮아요?"

다카시가 부엌 출입구 바닥에 앉자 후키도 조금 떨어진 곳에 앉았다.

"나랑 같이 안 갈래요?"

말을 꺼내는 순간 도저히 불가능할뿐더러 당치도 않은 무리한 제안이란 인식이 다카시의 머리를 내려쳤다. 가서 어쩌겠다고? 어떤 이름과 신분을 대려고? 어디서 어떻게 살라고?

어리석은 제안임을 직감하면서도 다카시는 멋대로 입을 놀려 후키를 설득할 말을 늘어놓았다. 공습이 있다, 식재료가 부족하고 사상 통제가 지독해 아무도 믿을 수 없는 험악한 시대가 다가온다—.

하고 싶은 말과 할 수 있는 말을 다 하고 나자 마음이 헛헛해졌다. 가슴의 공허한 울림이 심장 박동보다 더 크게 들리는 듯 느껴졌다.

"마음 써 줘서 기뻐요." 후키가 말했다. "저 같은 걸 위해 그렇게까지 생각해 줘서 정말 고마워요."

"그런 게 아니에요. 난 후키 씨랑 함께 가고 싶을 뿐이에요."

좋아하니까. 그렇게 말하기엔 함께 보낸 날들이 너무나 짧다. 하지만 시간 따위에 무슨 의미가 있는가?

"기쁘지만 그럴 수 없어요. 전 이 저택에 은혜를 입었어요. 지금 같은 때에 떠날 수는 없어요. 제가 여기에 머물게 된 게 얼마나 고마운 일인지 모르실 거예요. 안 그랬더라면 전 팔려 갔겠죠. 저희 집은 다카시 씨 같은 분이 알 리 없는 작은 마을로 부모님은 소작인이에요."

"어차피 고용살이잖아—."

후키가 고개를 저었다. "물론 그렇죠. 하지만 전 그렇게 여기지 않아요."

무릎에서 힘이 빠지며 떨리기 시작한다.

"젊은 장교 분들이 딸을 팔지 않으면 안 될 정도로 곤경에 처한 궁핍한 농촌을 구하기 위해 일어섰다고 다카유키 님께서 말씀해 주셨어요."

후키가 까칠하게 갈라진 손끝을 문지르며 말했다.

"통곡을 하며 딸을 내놓은 가난한 소작인 집을 많이 알아요. 이번 결기가 성공했다면 딸을 내다 팔아야 하는 세상이 사라졌을지도 모르겠지만, 잘 안 됐나 봐요."

"그래, 그래서 같이 가자는 거예요."

후키는 천천히, 그러나 결연히 눈을 치켜뜨며 말했다. "동생을 두고 갈 수는 없어요."

다카시는 후키의 눈동자 속을 골똘히 들여다보며, 이것으로 모든 게 정리됐음을 깨달았다.

"동생은 군대에 징집될 몸이에요. 그런 동생을 남겨 두고 저 혼자 도망칠 수는 없죠."

—누님, 영화 보러 같이 가요.

"다카시 씨는 돌아가는 게 되지만 전 도망치는 게 되요. 그럴 수 없죠. 그래선 안 될 일이에요."

갑자기 후키가 웃음을 터뜨렸다. 깜짝 놀랄 정도로 쾌활한 웃음이다.

"이 시대 사람들이 전부 도망친다면 그것도 재밌겠네요. 그렇게 되면 이 시대는 대체 어디로 가게 될까요?"

빈칸의 시대. 바람에 흩날려 허공을 떠도는 모습을 상상하자 다카시도 웃음이 나왔다. 두 사람은 잠시 웃음에 몸을 맡겼다.

웃느라 다카시의 목이 메었다.

"후키 씨, 무섭지 않아요? 죽을지도 몰라요. 살 가능성이 정말 희박해요."

후키의 목소리는 단호했다. "모두 죽을 리는 없어요. 살아남는 사람도 분명 있을 테니까. 그렇게 간단히 포기해선 안 돼요."

"그래도……."

"편지 쓸게요."

후키가 눈을 반짝이며 다카시를 바라봤다. "다카시 씨에게 편지를 쓸게요. 어디로 보내면 될지 가르쳐 주세요."

그러더니 갑자기 부끄러워했다.

"저, 지금은 한자를 잘 못 써요. 학교를 중간에 관두게 돼서…… 그치만 배울게요. 꼭 배워서 제대로 된 편지를 쓸게요."

"그러면 우리 만나요. 어딘가에서 만나요."

후키의 눈이 휘둥그레졌다. "어머, 다카시 씨가 사는 시대면 전 이미 쭈글쭈글 할머니예요. 싫어, 창피해."

"작고 귀여운 할머니일 거예요. 괜찮아요, 우리 만나요."

그렇다, 할머니다…… 나랑 만날 때면 후키는 할머니가 된다. 지금은 이렇게 가까이 있지만 우리 둘 사이에는 그만큼 먼 세월이 놓여 있다.

돌아가고 싶지 않다—그런 충동이 다시 치솟아 올랐다.

"나, 여기 남을까. 그것도 괜찮을 거 같은데."

내친김에 말을 꺼내 봤다. 그러자 후키는 찬물을 끼얹은 것처럼 웃음을 지우고 말끄러미 다카시를 바라봤다.

"여기서 일할게요. 전쟁도 헤쳐 나갈 수 있을 거예요. 괜찮아요, 살기에 나쁜 시대가 아니라는 마음도 진작에 갖고 있었……."

뺨에 뭔가가 부딪쳤다. 가벼운 감촉이라 맞았다는 걸 금세 의식하지 못했다.

후키는 다카시의 뺨을 때린 손을 입가에 댔다. 눈을 깜박이자 긴 속눈썹이 뺨에 그림자를 드리웠다.

"그런 말 하면 안 돼요." 후키가 손가락 틈으로 속삭였다. "그런 말은 간사해요.”

간사하다는 말이 다카시의 귀에 꽂혔다. 후키가 정말 그런 뜻으로 말한 게 아닐지라도.

문득 히라타와의 대화가 떠올랐다.

—가짜 신의 어쩔 수 없는 업보지.

“지금은 그런 말을 하지만 나중에 정말 힘들어지면 후회할지도 몰라요. 왜 이런 시대에 있게 됐을까, 얼른 돌아가는 게 나았을 텐데 하면서요. 결국 다 제 탓이라며 미워하게 될지도 모르죠.”

그렇게 되면 제가 괴로워요, 라고 후키가 중얼거렸다.

“우리, 어딘가에서 만나요. 어디가 좋을까. 다카시 씨가 사는 데는 어딘가요?”

후키가 빤히 자신을 바라본다. 다카시는 입술이 바들바들 떨리는 걸 필사적으로 억눌렀다.

“내가 왜 후키 씨를 미워하겠어요.”

후키가 미소를 지으며 다카시의 팔을 잡더니 살며시 흔들었다.

“지금이라도 늦지 않았으니 원대原隊로 돌아가라.”

“네?”

후키가 웃으며 말했다. “삐라에 씌어 있었죠? 가르쳐 주시더라고요. 다카시 씨는 나랑 다른 부대의 군인이에요. 게다가 신병이에요. 돌아가야죠.”

그런가. 그럼 이제 두 번 다시 만날 수 없겠지.

간신히 목소리를 쥐어짜 말했다. “20년 5월 25일 공습을 조심해요. 다카유키 씨도 구로이 씨한테 들어서 알고 있겠지만, 이 주변이 완전히 불타 버려요."

정말 조심할게요, 라고 후키는 약속했다. 굴뚝의 구멍도 수리하고요.

"가르쳐 줘요. 다카시 씨는 어디 살아요?"

"—기타칸토에요. 다카사키라고 알아요?"

"여기서 먼가요?"

"그렇게 멀진 않지만. 나, 어쩌면 도쿄에 있을지도 모르니까."

"그럼 도쿄에서 만나요. 어디가 좋을까요?"

"후키 씬 어딜 알아요?"

"……가미나리몬." 후키는 뭐가 그렇게 즐거운지 두 손을 펼쳐 보였다. "커다란 제등이 있죠? 상경해서 얼마 안 됐을 때 직업소개소에서 알게 된 여자애랑 놀러 갔어요. 정말 잠깐이었지만 잔뜩 수다를 떨면서 재밌게 놀았죠."

"응, 거기로 해요. 아사쿠사니까 헷갈릴 일도 없고. 언제가 좋을까요?"

"따뜻해지면."

"그럼, 4월. 4월 며칠?"

"20일." 후키가 바로 대답했다.

"무슨 특별한 이유라도 있어요?"

"제 생일이에요. 20일 딱 점심에 태어났다더라고요."

그렇구나. 무코다 후키는 생일에, 작고 귀여운 할머니가 돼서 오자키 다카시를 만나러 온다—.

다카유키는 뒷일을 걱정하지 말라고 했다. 여기는 여기대로 헤쳐 나가겠다고.

“그보다 자네 쪽이 걱정이야. 여기에 너무 오래 머물렀어. 화재에서 살아남은 뒤에 어디에서 뭘 했다고 변명할 셈인가?”

“기억상실이라고 하려고요.”

현대로 돌아가서도 별로 눈에 띄지 않을 법한 옷을 후키가 골라줬다. 트립할 장소는, 이전에도 히라타와 상의해 뒀던 오두막 옆으로, 두 사람은 히라카와초이치반 호텔 옆 빌딩 부지 안에 내리게 된다.

다마코는 다카시를 배웅하러 나오지 않았다. 그럴 의무가 없으니 당연한 건지도 모르지만 그래도 역시 쓸쓸한 기분이 들었다. 다카시가 인사하러 갔을 때 자수를 뜨던 손을 멈추지 않고 “잘 가요”라는 한마디만 건넸다. 그게 마지막 인사가 됐다.

과거 세 번의 트립보다 이번이 가장 긴장됐다. 아주 조금이지만 ‘익숙’해진 탓에 오히려 더 겁을 먹었는지도 모르고, 이번은 편도 티켓이라 다시 할 수 없다는 걸 자각한 탓인지도 모른다.

히라타가 어림잡아 둔 오두막 옆에 서서 얼어붙은 눈을 밟아 다지자 몸서리가 쳐졌다. 머리 위 하늘은 온통 별로 총총하다. 별빛이 다카시의 머리 위에 쏟아졌다. 하늘이 가깝게 보였다. 따가울 정도로 추웠다.

"건강해." 다카유키가 다정하게 말을 걸었다. "여러 가지로 고마웠어."

대꾸할 말이 생각나지 않아 다카시는 바보처럼 마냥 고개만 끄덕였다. 다카유키 옆에 서 있던 후키가 다카시에게 미소를 보냈다.

"4월 20일이에요."

다카시의 말에 후키가 고개를 끄덕였다.

"이제 가 볼까."

히라타가 말하며 다카시의 팔을 붙들었다.

"준비됐어?"

예, 라고 대답하려는 순간 다카시는 보았다. 오른손을 들어 경례하는 후키의 모습을. 손등을 쫙 펼친 채 웃고 있다. 실로 멋진 경례였다.

신병 씨, 안녕.

다카시도 경례로 답하려고 했지만, 늦었다. 이미 어둠에 삼켜진 뒤였다.

발이 땅에 닿는 걸 느끼며 다카시는 눈을 떴다. 그제야 트립하는 사이 눈을 감았다는 걸 알았다.

밝다. 심야일 텐데 밝았다. 다카시가 아는 이 시대의 도쿄는 이게 밤이다. 가로등과 빌딩 창에 비친 빛이 있다. 히라카와초 주변은 일반 번화가와 비교하면 반절 이하의 밝기밖에 안 될 텐데도 간만에 보는 휘황찬란한 불빛에 흠칫했다.

오십 센티미터 정도 앞에 에어컨 실외기가 보인다. 히라타가 말했던 장소에 잘 내려선 모양이다. 주위는 벽으로 둘러싸여 있고 인기척은 없다.

"제대로 왔군."

히라타가 붙잡고 있던 다카시의 팔을 놓았다.

히라카와초이치반 호텔은 까맣게 타 눌은 벽을 드러내며 꼿꼿이 서 있다. 창은 거의 다 깨지고 난간에는 비닐시트 같은 게 축 늘어져 있다. 아직 호텔 주변에 쳐진 노란색 로프가 보인다.

"역시 이제는 소화제 냄새가 안 나는군." 코를 실룩거리며 히라타가 말했다

"아, 그래 이거."

품안에서 지갑을 꺼내들더니 다카시 손에 떠맡겼다.

"호텔에서 들고 올 수 있었던 내 유일한 소지품이야. 도착하면 건네줘야지 했지. 쓰게."

"그래도—."

"집에 돌아가려면 돈이 필요하잖아? 빈털터리론 전화 한 통도 못 걸어. 게다가 나한텐 이제 필요 없는 물건이니까."

"아저씨, 정말 후회 안 해요?"

히라타는 조금 생각했다. 아니 생각하는 척했다.

"SFX 영화를 좋아해"라고 멋쩍은 듯 고백했다. "그거 하나는 미련이 남네. 사실 여기를 떠나기 직전에 〈쥬라기 공원〉을 두 번

이나 봤다고."

다카시는 웃었다. "영화관에서 만났죠."

"저편으로 가면 〈고질라〉가 등장할 때까지 기다려 볼까. 기대되는군."

히라타는 다카시에게서 한 발 떨어졌다. 다카시가 다가가려 하자 두 걸음 물러났다.

"벌써 가려고요?"

"가는 게 아냐." 히라타의 얼굴에 웃음이 떠올랐다. "돌아가는 거지."

그리고 사라졌다. 안녕이라는 말의 여운이 허공에 떠돌았다. 악수를 하려고 내밀었던 다카시의 손은, 아무도 없는 밤의 어둠을 붙잡고만 있었다.

혼자가 됐다. 불탄 호텔의 묘비와 마주 보며 혼자 서 있다. 주위의 소음이 조용히 다가와 다카시를 감쌌다.

멀리 차가 오갔다. 빌딩 삼층 창문의 불이 켜지더니 슬쩍 사람 그림자가 비친다.

다카시는 걷기 시작했다. 빌딩 틈새를 빠져나와 천천히 거리로 나왔다. 한조몬 역으로 가자. 거기가 가장 가까울 테니.

좀처럼 사람과 마주치지 않았다. 심야의 히라카와초로서는 어쩔 수 없다. 어두운 보도를 걸어가며 가로등을 올려다봤다. 별의 수가 아까 봤던 쇼와 11년 하늘보다 훨씬 적은 데 놀랐다.

역으로 향하다 길가 세 번째 모퉁이에서 환하게 빛나는 자동판

매기를 발견했다. 그래, 전에도 여기서 캔커피를 산 적이 있다.

히라타가 준 지갑에서 동전을 꺼내 투입구에 집어넣었다. 버튼을 누르자 덜커덩 하는 소리와 함께 캔이 떨어졌다. 잔돈이 나왔다. 십 엔, 이십 엔, 삼십 엔—.

구십 엔까지 셌더니 다시 정적이 찾아들었다.

다카시는 그 자리에 오도카니 서서 주위를 둘러보았다. 늘어선 빌딩이 모두 다카시로부터 등 돌린 듯 보였다. 유일하게 상대해 준 자동판매기도 용무가 끝나자 외면했다. 다카시라는 존재는 너무나 하찮아 그간의 부재를 누구 하나 알아차리지 못했고 아무도 그의 귀환에 관심을 기울이지 않았다.

그야말로 여기는 도시다. 다카시는 가슴 깊이 도쿄의 밤공기를 들이마셨다.

지금이라도 늦지 않았으니 원대로 돌아가라.

그래.

되돌아왔다.

다카시

종장

시간은 지나며 흔적을 남긴다
——타르코프스키 〈희생〉

1

안부 불명의 고교생 귀환

26일 발생하여 2명의 사망자와 8명의 부상자를 낸 치요다 구 히라카와초 4-6 히라카와초이치반 호텔 화재 중 숙박명부에 이름이 기재되어 있으면서 화재 후 안부가 확인되지 않았던 군마 현 다카사키 시의 고등학교 3학년생이 4일 심야, 자택에 귀가한 사실이 알려졌다. 부친의 말에 따르면 이 고등학생은 가벼운 화상과 타박상을 입고 있고 화재 발생 직후부터 귀가하기 직전까지의 기억을 잃었다고 한다. 이번 화재로 생사를 확인할 수 없는 인원은 이제 한 명이 되었다.

히라카와초이치반 호텔 화재 원인은 이후 조사를 통해 노후된 배전반이 발화하여 케이블을 통해 호텔 전체로 불이 번진 것으로 판명되었으나, 유도등이나 스프링클러 등 방화설비의 정비가 불량했고, 또한 숙박객으로부터 화재 발생시 종업원에 의한 피난 유도가 시행되지 않았다는 증언도 나와, 업무상 과실 상해 및 치사에 대한 혐의로 호텔 관계자가 치요다 경찰서에서 조사를 받고 있다.

—이런 경위로 제가 할머니께 편지를 쓰게 됐어요. 아빠도 글쎄, 한자를 틀리지 말고 똑바로 쓰라는 둥 쓸데없는 잔소리나 하고 있어요.

오빠가 무사히 돌아와서 얼마나 기쁜지 몰라요. 하지만 살짝 꺼림칙한 데도 있어요. 이런 얘기, 집에서 꺼냈다가는 엄마한테 혼나니까 비밀로 해주세요.

오빠는 화재 뒤의 일을 전혀 기억하지 못해요. 불에 쫓겨 도망치다가 비상계단에서 떨어졌고, 정신을 차렸더니 우에노 역 앞이라고 하네요. 그것도 일주일이나 지난 어느 날 한밤중에 말이에요.

누구 건지 알 수 없는 지갑(아저씨 냄새가 풀풀 나요)에서 이만 엔가량의 돈이 나왔고, 다른 사람 양복을 입고 있었다는 점이 문제가 되나 봐요. 오늘 다카사키 서의 경찰관이 우에노 서의 형사와 함께 찾아와 양복과 돈에 관해 이것저것 묻고 갔어요. 훔쳤을지도 모른다고 의심하는 모양이지만 전 오빠가 도둑질 따위 했을 리가 없다고 믿어요. 다만 오빠 머리에 얻어맞은 듯한 상처가 생겼는데 이게 또 무지 큰 상처예요. 본인은 비상계단에서 떨어질 때 생겼다고 하지만 어쩐지 기분이 찝찝해요. 병원에서 뢴트겐을 찍어 본 결과 다행히 별 이상은 없대요. 그나마 안심했어요.

아무리 그래도 그렇지 정말 영문을 모르겠다니까요. 오빠, 갑자기 말수가 줄고 멍하게 있는 시간이 많아졌어요. 그러다가 무턱대고 도서관에 가더라고요. 그 오빠가 말이에요. 믿어지세요? 어쩐지 오빠랑 꼭 닮은 로봇이 돌아온 게 아닐까 싶다니까요. 저한테 싸움도 안 걸고……. 이런 얘기 하면 또 엄마한테 혼나니까 역시 비밀로 해 주세요.

아, 맞다. 오빠가 예비교에 합격했어요. 돌아온 그날 통지서가 도착했어요. 졸업하면 도쿄에서 혼자 자취를 할 계획이래요. 엄마는 벌써 이것저것 준비하기 시작했어요. 앞으로 몇 번 도쿄에 가게 될 테니까, 할머니도 같이 가시면 좋겠대요. 도쿄의 큰 병원에서 제대로 검사를 받고 할머니한테 딱 맞는 보청기를 맞추자면서요. 지금 사용하시는 거, 너무 오래됐죠? 이이다바시에 이비인후과 전문인 선생님이 계신 병원이 있다네요. 꼭 가요. 그리고 그땐 저도 따라가려고요. 시부야에 가고 싶어요.

이 편지와 함께 엄마가 다미에 이모한테 된장을 보내시려나 봐요. 작년에도 보내 드린 거예요. 적된장이에요. 할머니 좋아하시잖아요.

무슨 일 있으면 또 편지 쓸게요. 오빠도 상경하기 전에 할머니를 한번 뵈러 간다고 했어요. 이상하게 어른스러워진 오빠지만 할머니한테는 용돈을 달라고 조를지도 몰라요. 그럼 저도 주셔야 해요.

다시 연락드릴게요.

할머니께

오자키 에미코

추신) 오빠가 입던 셔츠를 살펴보던 엄마가 깜짝 놀라던걸요. 할머니는 잘 아실 거라던데, 무지 오래된 건가 봐요. 오빤 대체 어디서 그런 걸 얻은 걸까요?

2

돌연한 귀환이 만든 소동과 혼란 속에서도 다카시는 담담했다.

아버지의 기쁨과 어머니의 눈물, 여동생의 숨김없는 미소에는 물론 감동했다. 현관 앞에서 어머니가 얼싸안았을 때에는 자기도 모르게 같이 눈물을 흘릴 뻔했다.

그러나 영혼의 반은 아직 쇼와 11년에 남아 있다. 절반이 떨어져 나간 마음으로는 목숨을 구했다는 실감도, 다시 가족의 품에 돌아왔다는 기쁨도 반밖에 느낄 수 없다. 여동생이 무심코, "오빠, 안드로이드 같아" 하고 말했다가 엄마한테 혼나긴 했지만 마침맞은 표현이라고 다카시는 느꼈다.

경찰의 사정 청취, 히라카와초이치반 호텔 사장의 사과 방문, 신문사나 주간지 기자의 인터뷰 요청 등 경황없는 일들이 이어졌다. 다카시는 기억나지 않는다는 말만 되풀이하며 고개를 숙인 채 공세를 피했다. 거듭된 추궁에 말문이 막혀서 그런 건 아니다. 도저히 설명할 수가 없고, 말해 봐야 믿어 줄 리가 없기 때문에 자연히 그렇게 돼 버렸다.

자신의 방에서 잠을 자는데도 꿈을 꾸지 않았다. 몸이 무척 피곤해서 계속 졸음이 몰려왔다. 자고 일어나도 언제나 자기 방 침대 위. 침대에서 일어나 보니 어느새 가모 저택에 돌아와 있더라는 상상을 한다. 물론 그런 기적 같은 일은 일어나지 않지만 상상을 하는 동안만큼은 절반이 떨어져 나간 마음이 진짜로 설렌다. 쇼와 11년에 남겨진 조각난 반절이 다카시를 부르고 있는 것이다.

처음에는 기쁨의 기색만 가득했던 부모님의 시선에도 차츰 의문의 빛이 떠오르기 시작했다. 다카시와 시선이 마주친 어머니는 당황하여 눈을 깜빡거리다가 웃음을 짓는다. 아버지는 의문을 지우지 못해 어쩔 줄을 몰라 하며 울퉁불퉁한 손으로 연신 눈가를 비벼댄다. 시간이 흘러 모든 것이 유야무야될 때까지는 다카시도 모른 척할 수밖에 없을 듯하다.

딱 한 번 아버지 다이헤이와 제대로 이야기할 기회가 있었다. 있었다기보다는 그런 분위기가 되고 말았다. 한밤중에 잠이 깨 부엌에 내려갔다가, 맥주를 마시던 다이헤이와 마주쳤다.

"왜, 무슨 일로?"

"아빠야말로."

다이헤이가 술잔을 권했다. 이미 꽤나 마셨는지 눈이 게슴츠레

풀려 있다. 성가신 이야기를 하고 싶진 않았지만 이런 상태면 별일 없겠지 싶어 옆에 앉았다.

다이헤이는 잠자코 맥주를 따라 줬다. 둘이서 홀짝홀짝 마셨다. 다카시의 잔이 빌 때쯤 다이헤이가 느닷없이 꼬부라진 목소리로 말했다.

"너, 뭔가 이상하게 변했어."

다카시에게가 아니라 텅 빈 맥주 캔에 대고 말하고 있다.

"안 변했어."

"아냐, 변했어."

"어디가?"

다이헤이는 상당히 취한 모습으로 화면을 느리게 재생할 때처럼 천천히 눈을 깜빡였다.

"묘하게…… 어른스러워졌어."

다카시는 피식 웃었다. 그럴지도 모르지. 어쨌든 2·26사건을 보고 왔으니까.

"목숨을 건진 덕분이겠지."

"그런 건가. 모르겠다."

다이헤이가 뒷말을 잇기 전에 다카시가 말했다. 의도하지는 않았지만 다이헤이와 합창이 되고 말았다.

"난 머리가 나쁘니까."

재미없다는 듯 눈을 끔벅거리더니 다이헤이는 손을 들어 머리카락이 빠져 휑한 머리를 긁적거렸다.

"뭐야, 지금 건."

"아빠 흉내를 내 봤을 뿐이야."

잔을 내려놓고, 다카시도 빈 캔을 향해 말했다. "나 말이야, 똑바로 살아야겠다고 마음먹었어."

"……."

"그 호텔이 내게 가르쳐 줬어."

"불이 나서 그런 거야?"

다카시는 미소만 지을 뿐 아무런 대답도 하지 않았다. 대신 이렇게 말했다.

"아빤 훌륭해."

다이헤이는 다시 느린 화면처럼 눈을 부라렸다.

"뭐야, 뜬금없이."

"한 번쯤은 말해야지 했었어. 나 아빠를 꽤나 존경하고 있다고."

'그니까, 이젠 관둬요. 지난 일에 집착하는 건.'

"못 배우고 머리도 나쁘지만 아빤 훌륭해. 지금 그대로 있어 줘."

"뭔 소릴 하는 거야, 이 자식이."

"나 말이야, 과거를 보고 왔거든. 덕분에 알게 됐어. 과거는 고쳐 봐야 소용없고 미래는 고민해 봐야 쓸모없다는 걸 말이야. 결국 그렇게 될 수밖에 없는 거니까. 그래서 나, 더욱 똑바로 살아야겠다고 결심했어. 변명 같은 거 안 해도 되도록 최선을 다하자고.

아빠는 배우지 못했지만 지금껏 있는 힘을 다해 살아 왔으니까 그걸로 충분해."

안녕히 주무세요—그렇게 말하고 위층으로 올라가는 다카시를 다이헤이는 흐리멍덩한 시선으로 쳐다봤다. 내일이 되면 방금 전 대화를 꿈이라 여기고 잊어버리겠지.

가족들의 눈을 피하려는 속셈도 있었지만 무엇보다 자료를 찾아보기 위해 다카시는 도서관을 뻔질나게 드나들었다. 알고 싶었다. 조사하고 싶었다. 한심하리만큼 아무것도 모르는 채로 뛰어내렸던 쇼와 11년을—아니, 쇼와사의 커다란 흐름을.

2 · 26사건 관련 서적도 산처럼 쌓아 놓고 읽었다. 열람실 구석 자리에 앉아 책을 펼치니 그날 목격한 광경들이 되살아났다. 눈길을 진군하는 결기부대와 바리케이드 뒤편을 굳게 지키는 병사들. 흑백사진들 속에서 가쓰라기 의사를 마중 나갔을 때 맞닥뜨렸던 병사가 있나 살펴봤지만 찾을 수 없었다.

26일 새벽에 결기하여 29일 아침에 진압되기까지의 과정을, 자신이 가모 저택에서 체험했던 일들과 겹쳐놓고 하나하나 따져 봤다. 결기 부대가 일시적이나마 경비 부대를 따라 계엄 부대로 투입된 이유라든가, 27일 계엄령 발표 이후에도 왜 거리가 의아할 정도로 밝은 분위기였는지 조금씩 납득이 되기 시작했다. 청년 장교들을 농락한 육군대신고지陸軍大臣告知 도쿄 경비 사령부에서 육군대신 가와시마 요시유키가 발표한 고지. 쿠데타를 일으킨 장교들을 이해한다는 내용을 담고 있다의 음모나, 봉칙명령하달의 불명료한 부분 등, 이 쿠데타에는 지금까지도 풀리지 않은 수수께끼가 많고 뿌리 깊은 반감으로 인한 증상과 모략이 남아 있다는 사실도 알았다.

다카시와 가쓰라기 의사를 통과시켜 주고, 병사를 시켜 가모 저택까지 배웅하게 했던 미야케자카의 안도 데루조 대위는, 청년 장교들 중에서도 결기에 대해 가장 신중한 의견을 견지한 인물이었으나, 일단 결기하고 난 후에는 마지막 순간까지 단 한 명의 부하도 배신하지 않았음을 알았다. 당연히 암살당했으리라 여겼던 오카다 수상이 실은 살아서 조문객들의 행렬에 몸을 숨긴 채 탈출했다는 사실도 알았다. 쇼와 천황이 이 암살과 쿠데타에 격노하여 자기 병사들을 이끌고 토벌하러 나가겠다고 공언한 사실도 알았다. 전부, 지금까지는 손톱만큼도 몰랐던 것들이다.

사진이나 활자를 눈으로 좇다 보니 문득 빵집 주인이 떠오른다. 해자에서 불안한 얼굴로 서 있던 남녀가 생각난다. 중절모와 갈색 코트 차림으로 거침없이 대화하던 남자들이 떠오른다. 은빛으로 피어오르던 고쿄의 광경이, 눈길에 새겨진 군인들의 발자국이, 드문드문 끊기듯 들려오던 군가며 만세 삼창이 다카시의 뇌리에 되살아난다.

2 · 26사건이 미친 영향에 대해서도 어느 정도 알게 되었다. 사건 발생 후 폐지됐던 군부대신 현역 무관제陸軍大臣現役武官制 군부대신 보임 자격을 예비역, 퇴역을 제외한 현역 무관으로 제한한 제도가 부활하였고, 군이 고개를 끄덕이지 않으면 군부대신을 임명할 수조차 없게 되어 내각을 꾸리

기는커녕 의회마저 휘둘리는 상황이 벌어졌다는 것도 알았다. 우왕좌왕하는 문관들의 모습은 다카시의 눈에도 슬프고 딱해 보였다. 가쓰라기 의사가 한숨과 함께 토해 냈던 말들이 다시금 생각났다.

전쟁을 향해 치닫는 과정에 대해서도 가능하면 상세히 알고 싶었지만 이해하기 어려운 부분이 많았다. 종전—패전으로 전개해 간 상황이나 전후의 식량난을 살펴보는 일은 어려울뿐더러 괴롭기까지 했다. 후키의 얼굴이 떠올라 버렸기 때문이다.

딱 하나, 20년 5월 25일 공습에 대해서만큼은 자신을 채찍질해 가며 열심히 들여다보았다. 다카시가 직접 경험했던 화염 속 순간이다. 다카유키는 구로이로부터 경고를 받아, 이 공습에 대해 알고 있었으니까 후키와 지에도 무사히 대피시켰으리라.

후키는 반드시 전쟁에서 살아남아야 한다. 헤이세이의 현대까지 건강하게 살아 있어야 한다. 그리고 돌아오는 4월 20일 정오에 아사쿠사의 가미나리몬에서 다카시와 만나야 한다. 그러나 그녀와 다카시 사이를 갈라놓고 있는 쇼와사의 모든 기록은 한 손으로 들어 올리기도 힘들 정도로 무겁다.

졸업식이 끝나자 바로 예비교 수속과 살 곳을 찾기 위해 상경했다. 어머니와 여동생, 외할머니와 함께였다.

짐작대로 살 곳은 진보초의 이종형이 전에 살았던 방으로 결정됐다. 재수생으로선 사치스러운 집세였지만 다카시는 순순히 승낙했다. 아버지와 어머니에게 걱정 끼친 걸 알고 있었기 때문에 쓸데없이 거스를 마음은 없었다.

호텔 화재에 대한 보상 문제는 변호사에게 맡겨 뒀다. 피해자 모임이 결성되고 부상자와 사망자 유족이 모였다는 얘기를 듣긴 했다. 다카시는 받은 문서를 훑어보고 사인을 하거나 동의서를 제출할 뿐 직접적인 접촉을 피했다. 부모님도 그리 하도록 권했다. 물론 다카시가 입은 몸과 마음의 상처를 깊이 헤아린 처사였겠지만, 기이하게 살아 돌아온 자식이 다른 피해자들과 접촉하는 것에 대한 두려움이 섞인 듯했다.

어머니는 다카시가 호텔 화재 현장을 보러 가고 싶다고 하자 상당히 험악한 표정을 지으며 말렸다. 가면 뭔가 생각날지도 모른다는 이유를 대니 가만히 다카시의 눈을 들여다본다.

"정말로 괜찮겠어?"

"괜찮아. 가 보고 싶어. 혼자 갈 테니까 걱정하지 마."

어머니가 외할머니를 모시고 보청기를 만들러 나가자 다카시는 혼자서 히라카와초로 향했다. 아카사카미쓰케 역에서부터 걸었다. 머리의 상처도 거의 나았고 몸에 남아 있던 통증도 많이 좋아져서 걷는 게 힘들지 않았다.

따스한 날씨였다. 도심 곳곳에 벚꽃이 활짝 피어 있다. 빠른 걸음으로 걸으니 조금씩 땀이 배어난다.

지금 눈앞에 정체되어 있는 길 위를 전차電車가 달렸다. 요란스러운 소리를 내며 통과해 가는 전차戰車도 봤다. 이 길은 눈에 파묻혀 있었다. 한쪽 길가에 있던 빵집에서 친절한 주인을 만났다. '불란서정'이라는 서양 요리 가게 앞에서 눅눅하고 차가운 호외를 주웠다—.

단순히 호텔이라는 이름의 묘비였던 히라카와초이치반 호텔은 그야말로 까맣게 타 버린 묘비가 되었다. 주위에 출입금지 로프를 두른 채 '위험'이라는 노란 표지판을 달고 있는 묘비.

입구의 문은 유리가 다 깨져서 휑하다. 길 건너편을 보니 로비에 깔린 융단이 시커멓게 탔고 소파가 뒤집혀 있다. 하지만 프런트 카운터는 불탄 흔적 없이 깨끗해 보인다.

다카시는 주위를 둘러봤다. 들키지 않고 호텔 안으로 들어갈 수 있을까. 점심 무렵인데도 다행히 지나가는 사람은 없다. 때를 엿보다가 잽싸게 로프를 건너뛰어 입구로 들어섰다.

기분 나쁜 냄새가 물컥 피어올랐다. 자기도 모르게 손으로 코를 막고 엘리베이터 홀 쪽으로 발걸음을 옮겼다. 발밑 융단이 질퍽질퍽하다.

로비의 벽지는 비교적 타지 않았다. 불길이 위로만 올라갔던 모양이다. 카운터 뒷문도 멀쩡한 채로 열려 있다. 문 안쪽 방으로 햇살이 비춰 들어온다.

일층 엘리베이터 홀도 직접적인 화재 피해는 면했다. 천장 일부는 그슬렸지만 아마 이층 바닥에서 전도된 열 때문일 게다. 다카시는 가모 저택 사진이 걸려 있던 장소로 다가갔다.

아무것도 없다. 벽이 그슬리지 않았으니 탄 건 아닐 텐데. 화재 뒤에 들고 갔나.

실망하여 발길을 돌렸다. 다시 한번 가모 저택의 사진을 보고 싶었는데. 가능하면 그 사진을 소유하고 싶었지만 아무래도 포기하는 수밖에 없겠다.

다시 카운터 앞을 지나가는데 안쪽 방에서 누군가의 기척이 느껴졌다.

순간 가모 대장의 얼굴이 떠올랐다. 설마. 과거에서 트립하여 화재 현장을 둘러보고 있는 건 아닐까. 군복을 제대로 차려 입고 지팡이에 몸을 의지하며.

얼어붙은 자세로 문 저편을 들여다보고 있는데 불쑥 사람 머리가 나타났다.

프런트맨이었다.

"어휴, 욕봤습니다."

두 사람은 호텔 로비에서 나와 길 반대편에 있는 빌딩의 낮은 담 위에 앉았다. 프런트맨은 안주머니에서 담배를 꺼내 불을 붙였다. 손톱이 새카맣다. 몇 번 현장에 몰래 들어가 불타고 남은 자기 물건들을 찾았다고 한다. 회수하고 있는 게 본인 물건만은 아니리라 쉽게 짐작이 가지만, 다카시는 아무 말도 하지 않았다.

"불이 났을 때 전 비번이라서요. 집에 있어 살았어요."

"두 사람이 죽었나 보더군요."

"예. 안타깝게도 두 분 다 손님이라서. 하나라도 좋으니 종업원이 죽었으면 아마 비난의 강도도 달라졌을 텐데."

프런트맨은 조금 간사한 웃음을 지으며 다카시의 어깨를 툭 쳤다.

"뭐, 학생은 무사해서 다행이구만."

호텔에 있을 때는 손님에게 마냥 무관심한 남자였지만 호텔 밖에 나오자 불쾌한 남자가 되었다. 얼른 대화를 마치고 싶어졌다.

"저 말고 또 한 사람, 안부를 알 수 없는 사람이 있다던데요?"

"아아, 맞아."

"누군지 기억나요?"

히라타가 이 시대에서 썼던 이름.

프런트맨은 고개를 갸웃거렸다.

"글쎄…… 이름이 뭐였더라."

생각이 안 나는 모양이다. 아쉽기도 했고 그걸로 됐다 싶기도 했지만—.

아니 그걸로 됐다. '히라타'는 '히라타'다. 그는 그일 뿐이니까.

"그런데 뭐 하러 왔어?"

"목숨을 건진 장소를 다시 한번 보고 싶어서요."

"흐음. 특이하군."

"저기…… 엘리베이터 홀에 사진이 있었잖아요?"

"사진?"

"예. 가모 저택이라는 건물을 찍은 사진요."

"아아, 있었지."

"안 보이던데. 타 버렸나요?"

"글쎄." 프런트맨은 고개를 갸웃거렸다. "모르겠어. 비품은 완전히 젖어 버렸고 현장 검증이 끝나고 난 다음에 정리한 물건도 많으니까."

입에 문 담배 연기가 눈에 들어갔는지 미간을 찡그리며 다카시를 바라본다.

"그 사진이 왜?"

"아뇨, 딱히 큰 의미는 없어요. 그냥 괜찮은 사진 같아서. 처음 봤을 때 맘에 들었거든요."

"헤, 별나군."

프런트맨은 담배를 발로 밟아 끄더니 웬일인지 친절한 표정으로 말을 꺼냈다. "그 사진은 호텔 전 소유자가 기증한 거야. 그쪽으로 찾아가면 볼 수 있을지도 몰라. 원본이든 여분이든. 원래 이 부근에 토지를 갖고 있는 사람인데, 사진이 취미라 건물을 매입했을 때 찍은 모양이더군."

그러고 보니 가모 대장의 경력과 함께 사진을 찍게 된 경위에 대해 설명하는 문장이 씌어 있었다.

"뭐 하시는 분인데요?"

"사진을 찍은 건 오노 마쓰키치라는 할아버지야. 본인은 훨씬 이전에 죽었어."

실망.

"그래도 아들인지 손자인지가 사진관을 한다고 들었어. 분명 신바시 어디였는데. 호텔에도 온 적이 있어. 사진을 증정하러 말이야."

전화번호부와 번호 안내를 총동원하여 두 시간 만에 찾았다. 오노 사진관은 신바시와 긴자의 딱 한가운데 위치한 낡은 콘크리트 빌딩 이층에서 아직 영업중이다.

현재 주인은 오노 마쓰키치의 손자. 사십대 초반쯤으로 풍채가 좋고 땀을 많이 흘렸다. 셔츠 소매를 말아 올렸는데도 못 참겠는 모양이다.

"땅 주인이었던 할아버지는 부동산업을 하시며 취미로 사진을 찍었지만 할아버지의 취미를 본업으로 택한 아버지 덕분에 나도 이 일을 하게 된 셈이지"라고 말해 줬다. "토지를 잃긴 했지만 사진 좋아하는 피만은 계승된 게야."

다카시는 방문한 의도를 솔직히 털어놓았다. 오노는 기뻐하며 스튜디오 안으로 안내해 줬다. 다다미 넉 장 반 정도의 작은 방으로 벽에는 온통 사진을 담은 액자가 걸려 있다.

"전부 할아버지가 찍은 거야."

한 장 한 장 가리키며 설명해 준다. 다카시는 건성으로 들으며 수많은 액자 속에서 가모 저택 사진을 찾았다.

"어디 있더라……." 오노도 주위를 두리번거렸다. "너무 많아서 말이야."

다카시가 먼저 찾았다. 자기도 모르게 손을 뻗어 가리켰다.

"찾았다! 저거예요!"

오른쪽 벽 가장 위쪽에 걸려 있다. 창에서 들어오는 빛이 유리에 반사되어 눈에는 잘 안 들어왔다.

"좀 자세히 볼 수 없을까요."

"잠깐 기다려 봐. 사다리를 가져올 테니까."

오노가 사다리를 가져와서 사진이 든 액자를 내리는 동안 다카시는 마음을 졸이며 안절부절못했다. 간신히 액자를 손에 쥐었을 때는 손가락이 떨렸다.

틀림없다. 이 사진이다. 저택 정면이다. 중앙에 작은 삼각 지붕을 얹고 굴뚝이 도드라진 고풍스러운 서양식 건물. 다카시의 가모 저택이 거기에 있었다.

그런데 기묘한 데가 눈에 띄었다.

이층 왼쪽 창문이다.

다른 창문은 모두 레이스 커튼이 드리워졌는데, 그 창문만 커튼이 조금 열려 있다. 그리고 누군가의 얼굴이 엿보인다. 너무 작아 눈을 모으지 않으면 알아보기가 어렵다—.

"오래된 사진이지. 분명 쇼와 23년에 찍은 걸 거야." 오노가 말한다. "이 건물을 매입했을 때 말이야. 사자마자 바로 허물어야 했어. 사진에는 안 나타나지만 이 건물도 공습으로 내부가 타 버렸다더군. 벽돌 벽도 그슬려 색이 변하고 말았어. 이 집 사람들은 어떻게든 고쳐서 눌러 살긴 했는데 상당히 불편했겠지. 사용할 수 없게 된 방도 있었다니까. 그래서 최소한 사진만은 남겨 두자고 해서 할아버지가 기념사진을 찍은 모양이야."

그래, 그랬구나.

다카시는 방긋 웃었다. 사진 액자를 받치는 손가락은 여전히 떨린다. 그 진동은 액자로 전해져 가모 저택을 흔들었다. 그 바람에 이층 창가에 있는 인물의 얼굴이 미세하게 흔들렸다.

누군지 알겠다. 사진에 얼굴을 파묻어 자세히 살펴보고 바로 알았다.

히라타였다.

호텔 이층 비상계단에서 트립했을 때 대체 어디에 갔던 걸까. 다카시의 물음에 히라타는 "그냥 사소한 장난"이라고 대답했었다. 가모 저택 사건과는 관계없다고.

이제 알았다.

가모 저택을 찾아가 거기서 새로운 인생을 시작하기에 앞서, 그는 허물기 직전의 가모 저택을 방문한 것이다. 기록으로 남겨지는 최후의 가모 저택으로 트립한 것이다. 거기에 자신의 사진을 남기기 위해. 그런 장난을 치려고.

"뭐가 이상한가?"

오노가 의아한 표정을 지으며 다카시의 얼굴을 들여다보다가 다카시 손에 쥔 사진으로 시선을 떨어뜨렸다. 그러고는 깜짝 놀란 듯 말했다.

"어라? 여기 사람 얼굴이 찍혀 있네."

다카시는 그냥 웃고만 있었다.

사진 자체를 줄 수야 없지만 복사는 해 주겠다고 오노가 말했다.

"자네도 별나군. 자네 말대로 건물이 있던 장소에 세워진 호텔에서—지금은 우리랑 아무 상관없는 호텔이긴 하지만—목숨을 잃을 뻔했는데."

"운이 좋았어요."

다카시는 오노의 배웅을 받으며 문으로 향하다가 손님이 기다리는 용도로 사용하는 듯한 방의 한쪽 벽에 시선을 멈췄다. 커다란 유화가 걸려 있다. 들어올 때는 겨우 가모 저택 사진을 찾았구나 하는 흥분으로 그냥 지나쳤다. 지금 보니, 미처 알아차리지 못한 자신을 호되게 나무라고 싶게 만드는 그림이 거기에 있었다.

가슴까지만 그려진 기모노 차림의 여성 초상화. 의자에 앉아 있는 모습이다. 그 뒤로 작은 탁자가 보인다. 모델인 여성은 결코 아름답다고 할 수 없지만 붉은 장미꽃에 지지 않을 정도로 아름답고 화사하게 웃고 있다.

가모 다마코였다.

다카시는 입을 떡 벌리고 그림을 올려다봤다.

"이, 이거—,"

"응? 이 그림을 한눈에 알아본 건가?" 감탄한 것처럼 오노의 목소리가 높아졌다. "꽤 대단한 물건이지."

"이거, 누구 그림인가요?"

오노는 불쑥 튀어나온 배를 부풀리며 득의양양하게 뽐냈다.

"히라마쓰 데루키의 그림이지."

히라마쓰—데루키?

“데루키라면 설마 빛나다 할 때 데루에 수목의 키라는 한자를 쓰나요?”

“응, 그렇지.”

다카시는 너무 놀라 입을 활짝 벌리고 오노를 돌아봤다. 다카시의 반응이 마음에 들었는지 오노가 코 아래를 비비며 말했다.

“꽤 괜찮아 보이지? 히라마쓰 화백의 쇼와 25년작, 일품이지. 당시만 해도 히라마쓰 씨는 지금처럼 유명하지 않아서 값을 매길 것도 없었지. 지금으로선 반대의 의미로 값을 매길 수 없지만.”

다카시는 간신히 입을 다물고 마른침을 삼키며 말했다. “히라마쓰 데루키라는 사람이 그렇게 유명한 화가인가요?”

오노가 퍽 실망했는지 몸이 뒤뚱거렸다.

“뭐야, 알고 한 얘기 아니었어? 화풍을 보고 히라마쓰 씨라고 알아차린 줄 알았지.”

아니, 이 화풍—독특한 붓끝의 사용법, 물감을 덧칠해 가는 터치—기억에 남아 있다. 가모 저택에서 봤던 가모 요시타카의 그림이다. 그때는 마리에의 초상화였지만 여기에는 다마코가 그려져 있다. 그러나 화풍이 상당히 닮았다. 똑같다고 할 만큼.

가모 집안에는 무인의 피와 함께 화가의 피도 진하게 흐르는 것이리라. 요시타카에게는 그 일단이 드러났고 노리유키에게는 없었지만 자식인 데루키 대에 이르러 다시 발현된 거다.

다카시도 참 대단한 인물로 오해받았다.

“히라마쓰 씨, 올해 서훈은 확실하겠지”라며 오노는 흐뭇해했다. “허허, 대단한 거라고.”

“오노 씨는 어떻게 해서 이 그림을? 이 초상화 속 여자분을 알고 계신가요?”

오노는 기세 좋게 고개를 끄덕였다. “모를 리가 없잖아? 이 사람은 가모 저택에 살고 있던 아가씨로 다마코 씨라고 하지.”

“어떻게 해서 히라마쓰 데루키 씨가 이분의 초상화를 그리게 된 걸까요?”

“글쎄…… 거기까진 모르겠군. 이 그림도 우리 할아버지가 다마코 씨를 통해 받으신 모양이야. 시간이 지나면 분명 가치가 올라갈 거라면서. 다마코 씨는 우리 할아버지가 가모 저택 사진을 기념으로 남겨 주신 걸 대단히 고마워하셨지.”

이 그림을 받은 시점은 쇼와 35년. 그 무렵에 다마코와 다카유키는 진짜 데루키를 만났다는 얘기다. 어떤 식으로 만났을까. 어떤 경위로 화해—서로를 받아들이게 된 걸까.

“다마코 씨는 히라마쓰 씨가 이름을 알리기까지 뒤에서 꽤 많은 도움을 주었다더군.”

그렇겠지, 그렇겠지. 다카시는 즐거워졌다.

“다마코라는 분은 지금 뭘 하고 계신가요?”

“이분도 그냥 이름 없는 분이 아니라고.” 오노가 말했다. “다이토와라는 택시 회사를 아나? 택시 업계에선 최고로 큰 회사지. 거기 회장 사모님이야.”

다카시는 다시 웃음이 새나오기 시작했다.

"이렇게 봐도 미인이잖아? 게다가 머리도 똑똑한 모양이야. 그래그래, 따님이 미스 유니버스 일본 대표에 뽑힌 적도 있어."

고개를 주억거리며 다카시는 웃음을 머금었다. 그림 속 다마코의 얼굴을 쳐다봤다.

"유감스럽게도 바로 작년에 돌아가셨어. 일흔일곱이셨지. 괜찮은 인생이셨을 거야. 주위에서 놀랄 정도로 훌륭한 장례식이었다니까. 자식 손자 다 해서 스무 명이나 된다더군."

이번만은 다카시도 웃음소리를 참을 수 없었다.

다마코가, 전쟁이 일어나면 죽을 기회가 남았다며 어두운 표정을 지었던 다마코가, 가모 대장의 손을 붙잡고 뺨을 적시며 주저앉아 있던 다마코가, 전쟁과 전쟁 이후를 멋들어지게 살아 넘겨, 끝내 택시 회사의 회장 부인으로서 훌륭한 죽음을 맞이하였다고 한다. 스무 명의 자식과 손자들이 지켜보는 가운데. 깜짝 놀랄 정도로 성대한 장례식이 치러졌다 한다.

행복한 인생이었으리라. 이 그림을 보면 알 수 있다. 그림 속 다마코의 미소를 보면 알 수 있다. 중년이 되어서도 역시 다마코는 아름다웠다. 특히나 아무것도 하지 않고 가만히 있는 다마코는 더욱 그렇다. 배다른 동생 데루키는 거기에서 화가의 눈으로밖에 볼 수 없는 아름다움을 발견했으리라. 그걸 캔버스 위에 옮겨 놓은 것이다.

시간이 흐른다는 게 꼭 쓸모없는 건 아니다—.

"별난 취향이 있구만, 자네."

의아하다는 표정으로 오노가 배웅해 주었다. 다카시는 기쁜 마음으로 봄바람을 맞으며 신바시 역까지 걸어갔다.

3

헤이세이 6년 4월 20일 정오.

당일이 올 때까지 다카시는 가급적 이날에 대해 생각하지 않으려 했다. 쉽진 않았지만 마음을 압력솥으로 만들어 억지로 뚜껑을 닫은 다음 내부 압력이 올라가 터지기 전까지는 참아 보겠노라 다짐했다.

도쿄에서의 자취 생활은 순조로웠다. 아침에 깨워 주는 사람이 없어져 지각하는 일이 많다는 것만 빼면. 하지만 이날만은 터무니없이 이른 시간에 눈을 뜨고 말았다. 아침 해가 좀처럼 떠오르지 않아 창가에 서서 한참 동안 하늘을 바라보았다.

아사쿠사의 가미나리몬은 평일에도 인파가 붐비는 장소다. 절 내부에 있는 상점가가 사람들의 소음으로 떠들썩하다. 다카시는 가미나리몬 앞에 서서, 침착해지자고 스스로를 다독거렸다. 하지만 이리저리 두리번거리고 발끝을 꼼지락거리고 머리카락을 긁어 내리고 셔츠 옷자락이 구겨지지 않았는지 내려다보고, 그 사이사이 손목시계를 쳐다보며 초침이 움직이는지를 확인하는 등 스스로도 의식하지 못한 채 온갖 행동을 하고 있다. '기다린다'는 행위를 통해 보여 줄 수 있는 모든 동작을 제대로 하고 있다.

도서관에서 이것저것 자료를 들여다보는 동안 알게 되었다. 가미나리몬이 전쟁 중이나 종전 후에 화재와 공습으로 뿔뿔이 흩어져 연락을 취할 수 없게 된 사람들이, 만약 살아남는다면 여기서 만나자는 약속을 하는 장소로 곧잘 사용되었음을. 엉겁결에 한 약속치고는 꽤나 어울리는 장소를 고른 셈이다.

다카시는 방금 전에 본 손목시계를 들여다보았다. 열두 시 일 분. 얼마 지나지 않아 또 들여다보았다. 열두 시 이 분. 다시 손목시계의 시간을 확인했다. 열두 시 삼 분. 열두 시 사 분에는, 혹시 작고 귀여운 할머니가 인파를 헤치며 자신을 향해 다가오지 않을까 싶어 상점가 쪽을 살펴보았다. 열두 시 오 분에는 손목시계에 귀를 대고 초침이 움직이는 소리를 확인했다.

그때 목소리가 들려왔다.

"저—,"

번쩍 고개를 들었다. 다카시와 비슷한 키의 젊은 여성이 자신의 얼굴을 들여다보고 있다. 젊다 해도 다카시보다는 연상이다. 이십대 중후반쯤일까. 옅은 노란색 봄 슈트 사이로 하얀 블라우스가 나풀거린다.

"죄송합니다만 오자키 다카시 씨인가요?"

후키가 아니다. 작고 귀여운 할머니가 아니다.

다카시의 심장이 찌릿 아려 왔다. 뭔가가 다카시의 심장을 관통하여 구멍을 내고 등 뒤로 빠져나가는 듯하다. 그 구멍에 서늘한 바람이 스며든다.

"예." 대답하는 자신의 목소리가 갈라지는 게 느껴진다. "제가 오자키입니다만."

휴 하고 안도하는 표정이 상대방의 얼굴에 떠오른다. 순간 느슨해지는 그 눈매에서 다카시는 분명히 보았다.

웃을 때의 그 눈매. 후키다.

"전 호리이 요코라고 합니다. 실은 할머니께 부탁을 받았어요……. 오늘 열두 시에 여기로 와서 오자키 다카시 씨라는 분에게 편지를 전해 달라고."

"할머님이요……."

그렇다면 이 호리이 요코라는 여성은 후키의 손녀인가.

"그렇군요." 고개를 끄덕이고 다카시는 어떻게든 똑바로 마주 보려 애쓰며 말했다. "이렇게 와 주셔서 감사합니다. 제가 오자키 다카시예요. 할머님과 오늘 뵙기로 약속을 했습니다."

"그랬군요. 정말이었네요."

요코가 다카시의 얼굴을 찬찬히 들여다본다. 놀라는 것도 무리가 아니었다.

"저기 실례입니다만, 할머니와는 어디서 알게 되셨죠?"

요코로서는 당연하겠지만 다카시로서는 곤란하기 이를 데 없는 물음이다. 안 그래도 후키가 나오지 않았다는 충격에 머리가 휘청거리고 가슴까지 부들부들 떨려 할 말을 잃은 참인데.

"그게 저기—,"

다카시가 머뭇거리자 요코가 피식 하고 웃음을 터뜨렸다. 그녀의 눈매에 다시 후키가 나타났다.

"엄마랑 저는 여러 가지 억측을 하고 있었어요. 오자키 다카시 씨라니 어떤 분일까, 혹시 할머니의 첫사랑인데 언젠가 여기서 꼭 다시 만나자고 약속했던 게 아닐까 하고요. 그랬는데 이렇게 젊으셔서. 학생이죠?"

도망칠 구멍이 생긴 것 같아, 다카시는 땀을 뻘뻘 흘리며 웃음을 지어 보였다.

"네. 실은 저도 저희 할아버지 대리인으로 나왔어요. 오자키 다카시는 할아버지 성함이고요."

요코의 얼굴에 납득과 안도와 기쁨의 기색이 퍼져갔다. "어머, 그랬군요. 역시."

요코는 어깨를 내려 숄더백 안을 뒤지더니 봉투 하나를 꺼냈다.

"이게 편지예요." 다카시에게 내민다.

손바닥에 흠뻑 땀이 배어 있다. 다카시는 당황한 기색으로 양손을 내밀어 봉투를 받아들었다.

봉투는 조금 오래된 느낌이 들었다. 빛이 바래 있다. 다시 가슴 속 구멍에 서늘한 바람이 불어왔다. 심장이 아린다.

"할머니는 육 년 전에 돌아가셨어요." 요코가 말했다. "위암이었죠. 입원하고 바로 수술을 받으셨는데 전이가 있어서……."

눈시울이 뜨거워진다. 눈을 꽉 감았다가 고개를 들어 요코의 얼굴을 쳐다봤다.

"마지막에…… 괴로워하셨나요?"

요코는 고개를 저었다. 아름다운 긴 머리가 함께 흩날린다.

"아뇨. 그 점에선 행복하셨어요. 진통제를 썼는데 효과가 있었는지 주무시듯 임종하셨어요. 심장이 약해진 게 사인이었다더군요. 병원이 아니라 집에 돌아와 계셔서 부모님이랑 전부 마지막을 지켜 드렸어요."

"다행이네요."

목소리가 메인 걸 숨길 수가 없다. 요코는 다소 곤혹스러운지 눈썹을 모으며 다카시를 바라보았다.

"저희…… 할아버지가 비밀리에 부탁하셔서요."

"그랬군요."

"예, 그래서……."

"괜찮아요. 짐작 가요." 요코는 미소를 지으며 가볍게 손을 저었다. "이것저것 여쭤보지 않을래요. 저, 점심시간에 빠져나온 처지라 바로 회사로 돌아가지 않으면 곤란해서요."

다급한 동작으로 가방을 다시 뒤지더니 명함을 꺼내들었다.

"이게 제 회사 연락처입니다. 무슨 일 있으면 전화 주세요."

"아, 감사합니다."

대기업 자동차 회사 명함이었다. 광고부다. 보이는 대로 미인이고 일도 척척 해내고 있을 것이다.

"부탁을 받으셨다는 말씀은 혹시 할아버님도 상태가 안 좋으셔서……."

"예, 상당히."

"그렇군요. 어서 쾌유하시길."

누나 같은 말투였다.

"그럼 이만 실례할게요. 나중에 여유가 생기면 할아버지랑 할머니의 비밀 로맨스에 대해 얘기 나눠요."

"예, 연락드리겠습니다."

휙 돌아선 호리이 요코가, 후키의 손녀가 시원스런 걸음으로 멀어져 간다.

다카시는 손바닥 안에 편지를 품었다.

겉봉에는 직접 쓴 글씨로 '오자키 다카시 님'이라고 씌어 있다. 후키는 예쁘고 우아한 글씨를 썼다. 인품 그 자체인 글씨체다.

뒷면에는 그저 이름만 씌어 있다.

'후키'라고. 그 글자가 조금 흔들려 번져 있다. 다카시는 조용히 중얼거렸다.

후키 씨, 생일 축하해요.

4

다카시 씨.

지금 이 편지를 쓰고 있습니다. 쇼와 63년1988년, 오늘은 9월 4일입니다. 전 일흔두 살이 되었어요.

사이타마 현의 도코로자와 시라는 곳에서 살고 있습니다. 장남 부부의 집이에요. 이 년 정도 전까지는 도쿄에서 혼자 살았는데, 장남이 집을 세우면서 불러 줬어요. 장남은 이 지방의 건설 회사에서 일합니다. 딸이 둘 있어요. 이 편지를 다카시 씨에게 전하게 되는 건 아마도 언니 쪽이겠죠. 요코라고 합니다.

다카시 씨와 만날 약속을 낙으로 삼아 지금껏 세월을 보내왔습니다. 반드시 제 발로 아사쿠사까지 갈 수 있으리라 여기며 살아왔어요. 그런데 지난주 일입니다만, 이전부터 속이 조금 안 좋아 병원에서 검사를 받았는데 위 위쪽에 그림자가 있다는 걸 알게 됐어요. 입원해서 수술을 받아야 한다네요.

장남과 며느리는 아마 위궤양일 거라는군요. 저는 어려운 병에 대해선 잘 모릅니다. 일흔을 넘기고 나서의 병인데다가 수술이라고 하니, 무슨 일이 생기더라도 불평할 수 없죠. 그래서 이렇게 편지를 쓰자고 마음먹었어요.

전 글씨 쓰는 데 별로 능숙하지 않아 부끄럽지만 있는 힘을 다해 써 볼 생각입니다.

쇼와 11년부터 세어 보니 벌써 오십 하고도 몇 년이 지났네요. 다카시 씨에게는 가모 저택에서 보낸 날들로부터 아직 두 달도 채 지나지 않았겠지만, 이런 것들을 계산하는 일이 저한테는 너무나 어렵게 느껴집니다. 어디서부터 쓰면 좋을까요.

가모 대장님이 미래의 일본을 보고 오셨고, 구로이 씨가 불가사의한 능력으로 주인님을 데리고 갔고, 다카시 씨도 미래에서 왔다고 했지만, 사실 그 무렵 저는 도저히 이해할 수 없었어요. 정말 그런 일이 가능한 걸까. 솔직히 말씀드리자면 반신반의했습니다.

그 사건이 있고 일 년이 지나는 동안 이따금 다카유키 님께 여쭤보거나 히라타 씨와 얘기를 나눌 기회가 있었습니다. 두 분 다 제가 이해할 수 있도록 몇 번이고 설명해 주셨어요. 그래서 지금은 저도 알게 되었습니다. 후키가 미래의 다카시 씨에게 편지를 쓰는 일이 가능하다는 사실을요.

이 편지를 읽고 있을 다카시 씨, 건강한가요.

글에서 눈을 떼고 다카시는 대답했다. 응, 건강해. 상처도 깨끗이 나았어—.

먼저 다카시 씨가 신경 쓰고 있었으리라 생각하는 것부터 써 볼까요. 마리에 님과 요시타카 님의 행방에 대해서입니다.

다카시 씨도 걱정했겠지만, 두 분이 도망쳐서 행방이 묘연해졌다는 거짓말을 믿게 만드는 일은 상당히 어려웠습니다. 가쓰라기 선생님의 의심이 역시 큰 장애가 됐죠.

정식으로 누군가가 조사하러 오는 일은 없었습니다. 다만 두 분 모두 이 세상 사람이 아닐 거라는 소문이 제 귀에도 들려올 만큼 주위에서 속삭거리더군요.

가장이 되신 다카유키 님은 저택에 남아 있는 저를 몹시 걱정하셨습니다. 그래서 쇼와 13년 봄에 저를 시집보내셨어요. 이미 다이토와 택시 회사의 젊은 사장 사모님이 되신 다마코 님의 주선으로 성사된 혼담이었습니다. 남편은 다이토와 택시를 몰던 운전수예요. 말이 없고 무뚝뚝하지만 성실함이 장점인 사람입니다.

다음 해 14년에 저는 장남을 낳았습니다. 그 직후 남편이 소집되었습니다. 남편의 고향인 홋카이도에 저와 젖먹이 아이만 남게 되자 다마코 님과 다카유키 님께서 아이를 데리고 가모 저택으로 돌아갈 수 있도록 배려해 주셨습니다. 덕분에 저는 다시 가모 저택에서 고용인으로 일할 수 있게 되었어요.

저에 대해서만 쓰고 말았네요. 어쨌든 이런 사정으로 저는 다카시 씨가 미리 알려 준 쇼와 20년 5월 25일 공습 때도 저택에 머무르고 말았습니다.

격렬한 공습이었어요. 굴뚝의 철망, 그 문제의 구멍은 막아 놓았습니다만, 유리창을 깨고 날아 들어온 소이탄 때문에 저택 안은 온통 불이 붙고 말았습니다. 그렇지만 다행스럽게도 다카유키 님과 지에 할머니랑 저는 무사했어요.

그런데 공습이 끝나고 난 뒤 놀랄 만한 일이 생겼습니다. 저택 앞뜰에 쓰러져 있는 시체 두 구를 발견한 겁니다. 온몸이 불에 탄 채로 도망치려고 발버둥 치던 손발의 모양새가 너무나 애처로워 저는 똑바로 쳐다볼 수조차 없더군요.

타다 만 가죽 구두와 기모노에 수놓은 이름으로 겨우 누군지 확인할 수 있었습니다.

요시타카 님과 마리에 님이었습니다. 틀림없이 공습으로 막 돌아가신 모습이었습니다.

깜짝 놀라 자기도 모르게 "에?" 하는 소리를 냈다. 요시타카와 마리에가 왜 거기서 불타 죽었단 말인가?

다시 한번 부지깽이로 머리를 얻어맞은 듯한 기분이다.

아, 그래. 히라타가 날 데리고 '날아' 가다가 20년 5월 25일 공습의 한가운데로 '낙하'하고 말았던 일. 그때 불덩어리가 되어 죽어 가는 후키를 목격했다. 하지만 그 전에 들었다. 시뻘건 화염으로 뒤덮인 저택 안에서 미친 듯이 마리에의 이름을 부르는 남자의 목소리를. 길게 메아리치며 사라져 간 절규를.

맞다. 그건 요시타카의 목소리였다. 마리에와 함께 불타오르는 화염 속을 빠져나가기 위해 분투하던 중이었으리라. 어쩌면 이미 화염과 연기에 질식해 절명하던 순간이었을지도.

두 사람을 어떻게 할 생각이냐는 다카유키의 물음에, 구로이는 대답했다. 죽이지는 않겠다, 운이 좋으면 목숨을 건질 수도 있는 장소로 데려가겠다고. 더 이상 가모 대장을 협박할 수 없는 장소로.

구로이는 쇼와 20년 5월 공습의 한가운데로 두 사람을 데려 갔던 것이다.

또 하나의 수수께끼가 풀렸다. 현대로 돌아가는 데 실패했던 히라타와 다카시가, 어째서 20년 5월 공습의 한가운데에 '낙하'했는지 이제 알겠다. 히라타도 그때는 어지간히 놀랐었다. '길'이 닿아 있지 않을 텐데 왜 여기로 오게 되었을까. 구로이가 요시타카와 마리에를 데리고 갔기 때문이다. 그 '길'을 지나 다카시 일행도 같은 시간, 같은 장소에 '떨어진' 것이다.

—다카시 씨도 이미 짐작했겠지만 그건 구로이 씨가 한 일이었어요. 다카유키 님이 곧바로 저택 안팎을 조사하셨고, 계단 아래쯤에서 새카맣게 타 버린 구로이 씨를 발견하셨지요. 구로이 씨의 유해는 다카유키 님이 화장한 다음 반지하 방 밑에 매장하였습니다.

공습으로 죽은 지 얼마 안 된 요시타카 님과 마리에 님의 시체가 나오자, 두 사람이 11년 2월에 갑자기 사라진 게 아니라 어쩌면 다카유키 님이 죽였을지 모른다고 수군거리던 사람들의 의심은 즉시 풀렸습니다. 세상도 더 이상 이런 문제에 신경 쓸 계제가 아니었고, 덧붙여 말씀드리자면 이 무렵엔 가쓰라기 선생님도 돌아가신 상태였어요. 이미 고히나타 쪽이 공습을 받았을 때 변을 당하셨다고 들었습니다.

요시타카 님이 숨긴 주인어른의 편지는 끝내 발견되지 않았습니다. 공습이 계속되는 사이에 아무도 모르는 채로 불에 타버렸을 거라고 다카유키 님이 말씀하시더군요.

긴 편지인데도 후키의 글씨는 전혀 흐트러짐이 없었다. 흐르는 듯 아름답기까지 하다. 단정하고 보기 편하게 쓰인 글씨를 다카시는 계속해서 읽어 내려갔다.

대장의 상이 끝나자마자 다마코가 시집을 갔다는 이야기, 종전 후 19년부터 식량과 일용품을 구하기가 어려워졌다는 이야기, 극심한 식량난 속에서 지에가 폐렴인 듯한 병으로 목숨을 잃었다는 이야기.

어쩔 수 없이 후키는 다마코와 함께 쌀이나 야채를 사기 위해 농촌으로 향하는 열차에 몸을 실었다고 한다. 다마코는 가모 부인의 유품인 기모노를 쌀과 바꾸면서 언젠가는 반드시 되찾겠노라고 후키를 바라보며 몇 번이나 다짐했다고 한다. 전쟁에 출정하지 않아 주눅이 들어 있었던 다카유키는 전쟁이 끝나자 대학에 재입학하여 교원 자격을 얻었고, 초등학교 교사로 새로운 시대의 민주교육에 온힘을 쏟으며 독신으로 지내다가 결국 쉰하나에 세상을 떠났다고, 후키는 적고 있다.

그랬구나. 다카유키는 전쟁에서 살아남았구나. 다카시는 그 사실을 곰곰이 음미하며 다카유키를 위해 미소 지었다. 해냈군, 당신.

—이제 다카시 씨가 가장 궁금해할 만한 소식을 적어 볼게요. 히라타 씨에 관한 얘기입니다.

히라타 씨는 아메리카와의 고통스러운 전쟁이 계속되는 동안 내내 저택에 머물며 저와 지에 할머니의 일을 도와주었습니다. 모두들 히라타 씨 덕분에 몇 번이나 목숨을 부지할 수 있어서 정말 의지하며 지냈어요.

그런데 쇼와 19년 3월 초에 갑자기 소집이 된 겁니다. 히라타 씨는 이미 징집 영장을 받을 시기가 지났는데 말이에요. 알고 보니 이유가 있더군요.

다카시 씨는 아마 잘 모를 거예요. '죽창 사건'이라고…… 《마이니치신문》의 신묘라는 기자분이 쓴 전쟁 상황에 관한 기사 내용 가운데 대단히 실례를 범한 문장이 들어 있었다고 하더군요. 분개한 도조 수상님이 신묘 씨를 남방 전선으로 보내라는 지시를 내렸고, 정말로 기사가 나온 일주일 후에 신묘 씨가 소집되고 말았습니다. 당시 서른일곱인데다가 근시라는 이유로 면제를 받았었는데도 끌려간 겁니다.

이건 징벌 소집이라는 것으로 원래 있어서는 안 될 일입니다만, 당시 도조 수상님의 힘이 대단했고, 또 그런 면에서는 심술궂은 성격을 가진 분이셨던 모양인지, 자신에게 폭언을 가한 기자를 용서할 수 없어 이런 수단까지 꺼내 들었다고 합니다.

그런데 신묘 씨의 고향인 시코쿠 마루가메에서 같은 시기에 면제를 받았던 이백오십 명의 사람들도 느닷없이 소집됐습니다. 신묘 씨 한 사람만 소집하는 건 너무 노골적이니 앞뒤를 맞추기 위해서였겠지요. 그 안에 히라타 씨가 들어가 있었던 겁니다. 아니, 히라타 씨가 이 시대에서 사용하던 이름이 문제의 이백오십 명 안에 들어가 있었다고 해야겠군요.

결국 이백오십 명은 무시무시한 남방 전선으로 보내졌고, 거의 다 목숨을 잃었다고 들었습니다. 히라타 씨도 그때……. 다행인지 불행인지 히라타 씨의 전사 통보서는 가모 저택으로 배달되었습니다. 편지에는 히라타 씨가 이름을 빌렸던 '히라타 지로'라는 남자에 대해 자세히 적혀 있었습니다. 일찌감치 고향을 버리고 상경하여 도쿄에서 건달 노릇을 하던 사람이었대요. 그래서 히라타 씨가 마루가메 연대로 소집되었을 때도 고향 사람들조차 알아보지 못한 거고요. 히라타 씨는, 다들 자신을 알아보지 못하고 가족들도 만나러 오지 않아 안심했던 모양이지만.

진짜 '히라타 지로'는 히라타 씨가 저택으로 오기 바로 전, 어느 뒷골목에서 쓰러져 죽었대요. 히라타 씨가 보기엔 매독 같더라네요. 히라타 씨는 그 사람이 죽기 직전에 '히라타 지로'라는 이름을 돈으로 사서 죽은 걸 신고하지 않고 시체도 조용히 묻는다는 거래를 했다고 합니다. 무슨 일이든 꼼꼼하고 신중하게 처리하는 히라타 씨답죠. 그렇지만 마루가메로 소집

되었을 때, 히라타 씨가 진짜 '히라타 지로'가 아니라는 사실을 알아차린 사람이 단 한 명이라도 있었다면 남방행은 면했을지도 모르잖아요? 히라타 씨의 철저한 준비가 저에게는 너무나 얄궂게만 느껴집니다.

히라타 씨의 진짜 이름과 나이를 가모 저택에선 아무도 모릅니다. 이오지마에서 전사하셨다는 것만 알고 있습니다.

유골은 돌아오지 않았습니다.

다카시는 편지를 무릎에 내려놓고 양손으로 얼굴을 감쌌다.

두 손이 만든 어둠 속에 몸을 맡기고 히라타의 얼굴을 떠올려 보았다. 인간이 되기 위해 이 시대로 왔다던, 한 사람의 인간으로서 이 시대를 살아가겠노라고 말하던 히라타의 얼굴을.

—난 가짜 신이야. 할 수 있는 건 세부의 수정뿐. 그건 이미 너무 많이 했어.

세부의 수정을 시도했더라면 그는 징병되지 않았으리라. 전쟁 자체를 막을 수야 없었겠지만, 한 사람의 신문 기자에게 분개하여 그를 사지로 보내고 싶다는 이유로 이백오십 명이나 되는 사람들에게 부당한 처사를 내린 도조 히데키라는 인간이 수상 노릇을 못하도록 막을 수도 있었으리라.

그러나 히라타는 하지 않았다. 담담히 소집을 당하고, 마루가메에서는 아무도 자신이 '히라타 지로'가 아니란 걸 눈치 채지 못하자 "안심했다"는 내용의 편지를 써 보냈다—.

그동안 도서관에서 살다시피 했기 때문에 이오지마라는 지명은 잘 알고 있다. 태평양 전쟁 말기 남방의 최격전지 가운데 하나였다. 오키나와와 함께 비참하기 이를 데 없는 전투가 벌어졌던 곳이다.

히라타는 거기서 죽었다. 전쟁이 끝나는 순간을 보지 못했다. 한여름 뙤약볕 아래에서 옥음방송玉音放送 1945년 8월 15일 일본 천황이 종전 조서를 읽은 라디오 방송을 들을 수 없었다.

'하지만 한 사람의 인간으로서 죽었다.'

뜬금없는 징벌 소집에 휩쓸려, 시간 여행자로서가 아니라, 인간으로서 최후를 맞이했다. 인간이 되어 죽었다.

사진집에서 도조 히데키의 모습을 본 적이 있다. 도쿄 재판 판결 무렵에 촬영된 유명한 사진이다. 까까머리에 안경을 쓴, 박력이라곤 전혀 찾아 볼 수 없는 수수한 모습의 중년 남성이었다. 자신에게 사형을 선고하는 재판장의 목소리가 귀에 낀 헤드폰을 통해 흘러나오는 순간이었을 텐데도 표정은 냉정함을 넘어 무관심에 가까웠다.

히라타가 그런 식으로 죽었다는 걸 알고 난 뒤에 다카시는 도조 히데키에 대해 생각해 보았다. 그가 범한 판단 미스나 징벌 소집 같은 심술궂은 행위, 헌병을 이용하여 악랄하고 조직적으로 사상을 탄압했던 일 등에 대해서라면 이전보다 훨씬 더 잘 알고 있다. 전쟁 체험자나 유족 가운데 지금도 도조에 대해 강렬한 증오의 감정을 품은 사람이 남아 있다는 사실도 안다.

그런 지식을 근거로 생각해 보았다.

도조 히데키는 엄청나게 큰 잘못을 저질렀지만, 적어도 역사 앞에 서서 자기 잘못을 변명하려 들지는 않았다. 담담한 표정으로 음악을 감상하듯 헤드폰을 귀에 대고 사형 선고를 들었다.

바로 그 대목을 축으로 하여 도조 히데키는 가모 노리유키의 반대편에 있다. 도조 히데키가 장차 수상이 되리라는 사실을 알았을 때, 그 도조가, 라고 중얼거리며 한참 동안 키득거렸던 가모 노리유키 대장에 대해, 히라타는 과연 어떤 감정을 품고 죽어 갔을까.

언젠가 이오지마에 가 보자, 라고 다카시는 결심했다. 그곳에서 히라타의 그림자를 찾는 거다. 과거 가짜 신이었던 남자의 그림자를. 분명 눌어붙은 채로 남아 있으리라. 당당하게 사람 모습을 한 그림자가.

편지로 시선을 되돌렸다. 이제 남은 문장도 얼마 없다.

—다카시 씨.

너무나 안타깝지만, 다카시 씨와 만나는 일은 아마 불가능할 듯싶습니다. 장남도 며느리도 확실히 말하지는 않지만 어쩐지 안 좋은 예감이 듭니다. 아사쿠사에는 요코를 보낼 테니 놀라지 말아 주세요.

그렇더라도 다카시 씨가 이후로 어떤 인생을 살아가게 될지 상상하는 일은, 저에게 있어 너무나 큰 즐거움입니다. 부디 행복하세요. 그리고 다른 사람들에게 도움이 되는 훌륭한 일을 해 주시길.

후키는 계속 다카시 씨를 지켜보고 있겠습니다.

다카시의 이마에 후키의 부드러운 손이 닿았을 때의 감촉이 되살아났다.

후키—라고 불러 봤다. 가모 저택에서 본 후키의 볼록한 뺨을 떠올려 봤다. 둥그스름한 눈매로 미소 짓던 표정을 생각해 봤다.

후키 씨는 전쟁에서 살아남았군요.

전후에도 꿋꿋이 살아갔군요.

남편도 좋은 사람인 것 같아요. 후키 씨 남편도 운전수였구나. 후키 씨는 남편이 운전하는 차에 탄 적 있어요?

나, 그 뒤로 쇼와사에 대해 열심히 공부했어요. 옥음 방송은 라디오 감도가 안 좋아서 듣기 힘들더군요. 처음 쇼와 천황의 육성을 들었을 때, 신이라 생각했던 인간의 목소리를 들었을 때, 후키 씨는 어떤 생각을 했나요?

식료품 사러 농촌까지 가는 건 정말 힘들었겠네요. 무서운 일을 당하지는 않았어요?

오냐오냐 키워진 다마코 씨랑 함께여서 기모노 파는 일도 쉽지 않았겠네요. 우리 할머니는 가끔 전쟁 때 이야기를 들려주시곤 하거든요. 맥아더 총사령관이 잘생겼다고 하시더라고요. 정말 그래요? 후키 씨가 보기에는 어때요?

동생은 무사했나요? 함께 영화 보러 갔어요?

아사누마 사회당 위원장이 테러리스트에게 살해1960년에 아사누마 이네지로 사회당 위원장이 우익청년에 의해 살해당한 사건당했을 때, 혹시 또 어두운 시대가 오는 게 아닐까 하고 불안해하지는 않았어요?

도쿄 올림픽을 치를 무렵에 후키 씨는 어디에 살았나요? 비행기구름으로 창공에 그려진 오색의 오륜을, 후키 씨는 어디서 누구와 함께 올려다보았나요.

도쿄 타워는 올라가 봤어요?

처음 텔레비전을 본 건 언제예요? 후키 씨는 역도산의 팬이었나요? 진짜 강했나 보더라고요.

만국박람회에는 갔어요?

그리고 후키 씨, 지금 당신이 편지를 쓰는 시점에서 반년 정도 지나면 '쇼와'도 끝이 나요—.

그날 밤 다카시는 전화를 한 통 걸었다. 다카사키에 있는 동급생에게 묻고 싶은 게 있었다.

우동집 후계자는, 그야말로 장사꾼처럼 붙임성 있는 목소리로 능글맞게 전화를 받았다.

"역사 애호가인 너에게 물어볼 게 있는데."

"뭐야, 갑자기. 만날 바보 취급했으면서."

"아냐. 사실 감탄했었다고. 저기 말이야, 육군대장인 가모 노리유키라는 이름 알아?"

"누구?" 하며 되묻는 말에 이어, 이내 납득했다는 듯한 목소리로 대답했다.

"알지. 황도파의 대장으로 2 · 26사건이 일어난 날 자결한 사람이잖아."

"그뿐이야?"

"그뿐이라니? 그거 말고 뭐가 있어?"

"아니, 혹시 유서를 남겼다든가, 그런 게 있나 해서."

"없을걸? 있다면 나도 알았겠지. 2 · 26사건은 관련 자료가 많으니까."

"그래……."

눈을 잠깐 감았다가 고맙다고 말하고 수화기를 내려놓았다.

지금까지 이 일만은 도서관에서 확인하는 걸 피해 왔다. 후키와 만날 때까지 이건 놔두자고 마음먹고 있었다.

가모 다카유키는 아버지가 남긴 문서를 공개하지 않았다.

그는 문서를 매장했다. 그래서 후세 역사가들을 놀라게 하기에 충분했던 대장의 '날카로운 미래 예측과 육군 비판'은 존재하지 않게 되었다.

다카시와 다카유키가 만난 걸로, 아주 조금이긴 해도 역사의 세부가 바뀌었다.

가모 다카유키는 겁쟁이로서 전쟁에서 살아남아, 겁쟁이가 아닌 채로 전후를 살아갔다.

수화기에 손을 얹고 다카시는 눈을 감았다. 이걸로 정말 모든 게 끝났다는 느낌이 들었다.

끝났다—그날, 철수해 가는 진압부대의 전차를 보면서, 다카유키가 몇 번이고 중얼거렸던 말이다.

지금 세계가 닫혀 간다.

가모 저택 사진은, 지금도 다카시의 방에 걸려 있다. 복사한 거라 약간 흐릿해져서 이층 왼편 창문에 비치는 히라타의 얼굴도 자세히 들여다보지 않으면 알아보기가 힘들다.

하지만 가모 저택은 뚜렷하게, 선명한 실재감을 지닌 채로 다카시의 뇌리에 남아 있다. 언제라도 찾아갈 수 있을 것처럼, 다카시를 이 시대로 배웅해 줬던 가모 저택이.

거기에는 우울한 모습의 다카유키와 상기된 표정의 다마코가 있다. 책상을 바라보는 가모 대장의 넓은 등과 꾸부정한 허리로 일하는 지에가 보인다. 마리에의 자지러지는 교성이 들리고 요시타카의 유화 물감 냄새가 난다.

그리고, 후키가 있다.

이따금 후키의 편지를 꺼내 다시 읽고 있노라면, 다카시가 상상할 수 있는 범위 안에서 작고 귀여운 모습의 할머니가 된 후키의 얼굴이 떠오른다. 다카시의 행복을 비는, 할머니 같은 후키의 목소리가 들려온다. 다카시의 손에는 닿지 않는 역사를 겹겹이 쌓아 온 노인이, 메마른 손으로 쓰다듬어 주는 듯한 감촉이 느껴진다.

그렇지만 다카시의 머릿속에는 영원히 변하지 않는 후키가 있다. 스무 살의 후키. 하얀 앞치마 차림의 후키. 걱정하는 후키. 화내는 후키. 웃는 후키. 차가운 손의 감촉. 눈에 뒤덮인 가모 저택. 자기 생애에 지워질 리 없는, 다카시의 기억이 숨 쉬는 장소.

거기에선 지금도, 오도카니 서 있는 후키의 머리카락에, 어깨에, 두 사람이 처음 만났던 그날, 쇼와 11년 2월 26일의 눈이 내리며 쌓이고 있다.

편집자 후기

이 글에는 딱히 스포일러라고 할 만한 내용이 없으니 아직 본문을 보지 못했다는 분들도 안심하고 읽어주시길 부탁드리겠습니다.

한국에서는 안산 단원고 학생들을 비롯해 탑승객 473명을 태우고 제주로 향하던 세월호의 침몰이, 일본에서는 정부가 헌법 해석을 변경하는 방식으로 집단적 자위권 행사를 공식 인정한 사건이 있었던 그 이듬해 저는 미야베 미유키 작가를 인터뷰하기 위해 도쿄로 향하는 비행기에 올랐습니다.

오랫동안 그의 작품을 읽어왔으며 일본어로 커뮤니케이션이 가능한 데다 독자원정대 이벤트에 지원한 수많은 경쟁자들을 물리치고 티켓을 획득한 독자 세 명(박서영, 이정민, 한정림)과 함께였어요.

우리가 만난 곳은 다이쿄쿠구(동료 소설가 오사와 아리마사, 교고쿠 나쓰히코와 함께 운영하는 사무실). 더할 나위 없이 쾌청했던 그날, 제가 인터뷰를 위해 "지금부터 녹음해도 괜찮겠습니까"라고 물었을 때 미야베 미유키 작가는 고개를 끄덕이며 조심스러운 표정으로 이런 말을 꺼냈습니다.

"작년에 한국에서 대단히 불행하고 슬픈 일이 있었잖아요. 세월호 사건이요. 사건이 일어나던 당시에 저는 TV에서 눈을 뗄 수가 없었습니다. 미스터리나 판타지 소설을 좋아하는 학생이 그 배에 타고 있을지도 모른다고 동료 작가들과 이야기를 나누며 눈물을 흘렸습니다. 일본이 동일본 대지진으로 무서운 일을 겪었을 때 한국의 독자들이 진심으로 저희를 걱정해 주셨듯이 저희가 할 수 있는 일이 없을까 고민했지만 결국 아무것도 할 수 없어서 뉴스만 봤습니다. 정말 슬픈 사건이었으니, 여러분도 무척 괴로우셨으리라 생각합니다. 늦었지만 위로의 말씀을 드립니다. (…)

동료 작가들과 모이면, 한국 독자 분들이 일본의 미스터리와 엔터테인먼트 소설을 많이 읽어 주신다는 사실에 함께 기뻐하고 고마워한답니다. 요즘 두 나라 사이가 상당히 어려운 시기인데요, 언제나 저희 책을 읽어 주는 한국 독자 분들에게 일본의 정치가가 실례되는 말을 해서 진심으로 사과하고 싶다는 이야기를 서로 나누었습니다. 그런 것을 신경 쓰지 않고 저희가 쓴 신간이 나오면 읽어 주신다는 이야기를 듣고 얼마나 고마웠는지 이번 기회를 통해 꼭 말로 전하고 싶었어요."

이제는 시간이 꽤 흘러 인터뷰 당시의 기억은 흐릿하지만 그날 들었던 '위로와 사과'는 지금도 또렷하게 떠올릴 수 있습니다. 모든 소설에 사회적인 시선을 담아서 써온 작가의 어조가 그만큼 진지하고 담백했기 때문입니다. 일종의 립서비스겠지 하고 여기면 그뿐이지만 그래도 돌이켜 생각하면 가슴 한편이 약간 뜨거워집니다. 일본의 경제 제재 이후 후쿠시마 원전의 오염수 방류, 사도 광산 유네스코 등재, 위안부와 강제징용 배상 문제 등으로 양국의 관계가 또 파탄으로 치닫겠구나 싶은 요즘이어서 더 그런지도 모르겠어요. 이러한 와중에 다시 읽은 『가모 저택 사건』은 상당히 각별하게 느껴지더군요. 대관절 무엇이 각별했는가. 그 얘기를 해볼까 합니다.

1994년 2월 24일, 도쿄의 예비교에 응시하기 위해 상경한 오자키 다카시가 호텔에 체크인하는 것으로 이야기는 시작됩니다. 이 호텔은 2 · 26사건이 급박하게 진행될 무렵 군부의 독주에 대한 우려와 전쟁의 패배까지 예측한 문서를 남기고 자결한 가모 대장의 집터에 지어진 것으로, 내부에는 예전 가모 저택과 가모 노리유키 대장의 사진도 전시되어 있지요.

소설의 시대적 배경인 2 · 26사건은, 파쇼적 우익 사상에 전도된 청년 장교들이 일으킨 쿠데타 미수 사건입니다. 1920년대 후반

세계적인 경제 공황으로 인해 일본 역시 심각한 불황에 빠지자 여론의 불만을 돌리기 위해 군부는 중국 침략을 개시합니다. 만주사변이 진행되는 동안 본국에서는 우익들에 의한 급진적 국가 개조 움직임과 함께 청년 장교들의 정치 진출이 본격화되지요.

권력을 장악한 군부는 황도파와 통제파로 나뉘어 대립 양상을 띠는데 청년 장교를 중심으로 한 황도파는 극단적인 천황절대론을 신봉했습니다. 이들은 무력을 이용해 원로 중신을 살해하면 천황 친정이 실현되고 부패가 수습되리라 믿었던 모양입니다. 황도파와 대척점에 있던 통제파는 군 전체의 통제를 강조하며 '고도 국방 국가' 건설을 목표로 각 정치 세력을 이용해 군부의 정치적 위상을 높이는 데 관심이 있었습니다.

『가모 저택 사건』에도 묘사되었다시피 두 파벌의 대립은 황도파의 일원인 아이자와 사부로 중좌가 육군성 건물 안에서 군무국장을 살해하며 격화됩니다. 그리하여 황도파 장교들은 1936년 2월 26일(2 · 26사건) 쿠데타를 일으켜 주요 대신을 살해하고 관청들을 점거한 것이지요. 하지만 쇼와 천황이 단호히 진압할 것을 주장하여 쿠데타는 나흘 만에 진압됩니다.

쿠데타 수습에 나섰던 육군 당국은 2 · 26사건을 계기로 '숙군肅軍'을 단행하고 이때부터는 통제파가 정치적 영향력을 확대해 나갑니다. 사건 직후 구성된 히로타 내각은 각료 인선이나 정책에 대해서까지 군부의 요구를 수용하였고 군의 정치 개입도 용인하지요. 나아가 군부는 내각에 대규모 군비 확장 예산을 무조건 책정하도록 종용하면서 중국 대륙뿐만 아니라 '남방 해양'으로의 진출도 모색합니다.

이후로 1937년 중일 전쟁, 1941년 태평양 전쟁이 이어지고 1945년 원폭을 맞아 패망에 이르기까지 자국민과 여러 나라들에 막대한 피해와 고통을 주었습니다. 이렇듯 군부의 영향력이 정계와 재계까지 뻗어 나가는 분기점이 바로 2 · 26사건이었던 것입니다.

이 사건은 우리 나라와도 무관하지 않습니다. 박정희 전 대통령이 2 · 26사건으로부터 결정적인 영향을 받아 5 · 16 군사 쿠데타를 일으켰으니까 말이죠. 이 같은 역사적 사실에 대해 알고 있는 사람이 얼마나 될까요. 거의 없을 겁니다. 일본은 어떨까요. 2 · 26사건에 대해 알거나 관심 있는 자국민이 전체의 0.001퍼센트나 될까. 대부분 모를 거라고 생각합니다. 그렇다면 미야베 미유키 작가는 왜, 독자들이 모르거나 어렵다고 여길 만한 역사적 사건을 배경으로 삼았을까요.

되풀이하지만 다카시는 수험에 한 번 실패하고 예비교에 응시하기 위해 상경한 고등학교 3학년이지요. 『가모 저택 사건』의 주인공이 '한창 역사를 공부할 나이의 수험생'이라는 설정은 의미심장합니다. 한국도 일본과 마찬가지로 대학 진학을 위해서는 고교 시절에 엄청난 양의 공부를 하지 않습니까. 특히 각 나라의 역사에 관해서라면 고등학교 때 배웠던 지식이 전부라 해도 과언이 아닐 겁니다. 그럼에도 일본의 고등학교에서는 현대사를 거의 가르치지 않습니다. 왜냐. 시험에 나오지 않으니까.

저 스튜디오에 모여 있는 젊은 사람들이 사회인이든 학생이든 간에 다들 진로가 결정되어 있는 패거리임은 틀림없다. 그렇지 않고서야 평일 야밤에 속 편히 텔레비전 프로그램 같은 걸 견학할 수 있겠는가. 다카시와는 입장이 다른 젊은이들이다.

'나한테, 그런 여유는 없다고. 역사를 되돌아볼 만큼 한가하지 않단 말이야.' p. 58

위 문장은 호텔에서 좀처럼 잠을 이루지 못하던 다카시가 우연히 2 · 26사건을 소재로 한 심야 토크쇼를 보다가 떠올린 생각이지요. 즉 그에게 있어 역사란 한가한 자들이 다루는 쓸데없는 지식인 것입니다. 비단 다카시뿐 아니라 일본의 수험생이라면 사정은 대개 비슷할 겁니다.

그렇다면 이 문장을 통해 작가는 무엇을 말하고 싶었던 걸까요. 대학 진학을 위해 스테레오타입한 역사적 지식만을 무작정 암기하게 시키면서도 한일 양국의 문제를 비롯한 현대사 공부는 할 필요가 없다는 식의 역사 교육에 일침을 가하고 싶었던 걸 거라고 저는 생각합니다.

그리하여 역사에 무지한 다카시는 호텔에 화재가 일어난 순간 시간여행자인 히라타의 도움을 받아 자신이 전혀 몰랐던 시대로 타임리프하지요.

이제 무대는 정치적으로 혼란스럽고 경기가 침체되는 바람에 군부가 앞장서서 일본이라는 배의 항적을 전쟁의 한복판으로 전환시키려 하던 쇼와 11년으로 바뀝니다.

물론 다카시는 자신이 맞닥뜨린 '역사적 사실'을 믿지 않아요. 여전히 그는 냉정하게 주위 상황을 살피지 않고 한줌도 안 되는 역사 지식으로 주변을 끊임없이 의심하는 청년일 뿐입니다.

그러던 중 첫 번째 귀환(히라타가 다카시를 현대로 돌려보내기 위해 무리하게 타임리프하다가 실패하여 1945년 5월 25일 저택이 폭탄에 맞아 불타던 순간으로 내던져진) 이후 다카시의 내면에 변화가 생기는데 그 이유가 다음 문장에 적혀 있습니다.

히라타가 말했었다—자신의 좋고 나쁨만으로 사람을 구한다거나 죽게 내버려두는 건 결국 가짜 신 노릇에 불과하다고. 그렇지만 가짜든 뭐든 상관없다. 그런 억지 논리에 신경 쓸 필요 없다. 후키, 난 여기에 있을 거야. 혼자 돌아가진 않을 거야.

당신을, 죽음의 운명에서 구해내기 전까지는. p. 244

가모 저택에서 일하는 후키의 '미래', 폭격으로 불탄 머리카락과 무수한 수포가 생겨 문드러진 팔을, 구원을 바라며 자신을 향하고 있던 그녀의 얼굴을 본 다카시는 후키의 운명을 바꿔주고 싶다는 바람으로 다카시는 역사(=과거)와 맞서기로 결심합니다.

한데 문제가 생겨요. 가모 저택에서 한 발의 총성이 울린 것이죠. 그리고 가모 대장의 시신이 발견됩니다. 호텔 로비에서 본 가모 대장의 사진에 "2 · 26사건 발발 당일, 장문의 유서를 남기고 자결"이라고 적혀 있었기 때문에 '역사를 안다'고 여긴 다카시는 이내 의문을 느낍니다. 어째서 현장에 권총이 없는 걸까. 가모 대장의 죽음은 과연 자살일까. 저택 내부의 누군가가 그를 살해하고 권총을 숨긴 게 아닐까.

사건이 일어날 당시 가모 저택에는 알 수 없는 사정으로 대장의 유서를 감추었으리라 짐작되는 아들 다카유키, 아버지인 가모 대장에 의해 원치 않는 결혼을 앞두고 있던 딸 다마코, 대장과 불화하던 동생 요시타카, 대장의 후처이지만 동생인 요시타카와 밀회하던 마리에 등 제각각 대장을 살해할 가능성이 충분한 인물들이 있었습니다.

대저택의 밀실 같은 클로즈드 서클Closed Circle에서 예상하기 힘든 살인사건이 벌어지고 용의자들은 모두 사연이 있지만 결국 뜻밖의 인물이 범인으로 밝혀진다는 패턴의 장르를 '본격 미스터리'라고 하는데, 지금껏 사회파 미스터리에 매진해 온 미야베 미유키 작가의 작품에서는 좀처럼 볼 수 없는 설정이지요. 하지만 2 · 26사건 당시에는 도심을 비롯한 가모 저택 주변이 봉쇄되어 외부인의 출입이 어려운 상황이었기 때문에 작가는 충분히 개연성을 확보할 수 있다고 판단한 듯합니다. 이 대목에서는 에도 시대물을 비롯한 각종 서사를 창작하기 전에 늘 관련한 역사에 관해 충분히 공부하여 묵직한 이야기를 엮어내 왔던 작가의 자신감도 느껴집니다. 특히 고증에 대해서는 권말에 해설을 쓴 문예평론가 스에쿠니 요시미의 글에도 잘 나타나 있습니다.

"현대인들은 군부가 발언권을 강화하고 실제로 정권을 탈취하기 위해 쿠데타를 일으킨 시대라고 하면 사상, 언론, 행동의 자유가 제한되는 암울한 시대를 떠올리기 쉽다. 하지만 저자는 비상시에도 열심히 자신의 일을 하는 가모 가문의 젊은 하녀 후키, 환자를 위해서라면 결기부대 군인에게도 당당하게 의견을 제시하는 의사 가쓰라기 고로 등을 등장시키고, 쿠데타를 보러 온 구경꾼, 시내 일부가 봉쇄되어 출퇴근을 걱정하는 직장인의 모습 등을 그려내어 쇼와 초기의 일본이 결코 군부가 민중을 억압하고 폐쇄감에 휩싸인 시대가 아니었음을 드러낸다. 실제로 나가이 가후의 『단초테이 일기斷腸亭日乘』에 나타난 쇼와 11년 2월 27일을 보면…… 『가모 저택 사건』이 치밀한 고증을 거쳐 쓰였음을 알 수 있다."

다만 가모 대장의 죽음이 자살인지 타살인지, 타살이라면 누가 죽였는지를 밝혀내는 추리소설적 해결은 이 소설에서 그리 중요하지 않아 보입니다. 가모 대장의 죽음을 둘러싸고 이를 밝혀내는 과정에서 역사 공부를 수험의 일환으로 생각했던 다카시가 '역사란 무엇인가'를 고민하며 점점 성장해 가는 모습을 지켜보는 것이야말로 작가가 심혈을 기울여 집필한『가모 저택 사건』의 핵심 포인트입니다.

한편 시간여행자인 히라타의 고뇌는 얼핏 보면 우리와 동떨어진 듯하지만 자세히 살피면 결코 그렇지 않습니다. 그는 세부의 수정 끝에 누군가를 구했다 한들 인간은 역사의 흐름을 바꿀 수 없다, 어차피 탈선하는 기차를 멈추고 추락하는 비행기를 선회시켜도 일어날 일은 일어난다는 걸 깨닫고 비통해하죠. 이를, 당장의 끼니를 해결하기 어려운 결식아동을 돕거나, 남과 다르다는 이유로 차별당하는 사람에게 손을 내밀어도 그것은 자기만족을 위한 위선에 불과하고 개인의 힘으로 근본적인 사회적 모순을 해결하기란 불가능하다고 비난받는 상황에 대입해 보면 어떨까요.

같은 글에서 평론가 스에쿠니는 이렇게 적었습니다. "물론 히라타처럼 선의와 배려가 배신당하면 절망은 깊어진다. 그래서 활동을 방기하는 것도 이해할 수 있지만, 위선임을 알면서도 자신의 활동이 사회의 모순을 조금이라도 해소하는 데 도움이 되리라 믿고 계속하는 길도 있다. 저자는 정답이 없고, 어느 쪽을 선택해도 냉혹한 현실이 기다리는 선택지를 제시하고 있기 때문에 독자들은 자신이라면 어떻게 할 것인가를 고민하게 될 것이다"라고 말이죠. 독자들의 고민까지는 모르겠지만 다카시가 어느 쪽을 선택할지, 이건 궁금해하지 않을 도리가 없습니다.

2 · 26사건을 계기로 일본은 군부의 독주를 허용하고 결국 전쟁이라는 암흑의 시대로 돌입하게 됩니다. 계엄사령부가 정식으로

쿠데타 진압을 발표하자 군대가 행진하는 광경을 보며 사람들은 손을 흔들기도 하고 만세를 외치기도 하지요. 다카시는 말없이 그 광경을 지켜보다가 문득 이렇게 생각합니다.

당신들은 죽고 말 텐데.

갑자기 떠오른 건 그 말이었다. 당신들은 죽게 된다. 대부분의 사람들이 죽게 된다. 살아남는다 한들 쓰라린 앞날이 기다릴 뿐이다. 앞으로 무슨 일이 일어날지 당신들은 전혀 모른다.

이 나라는 한 번 망한다. 당신들이 지금 살아가는 이 '나라'는 망한다. 나라가 망해 가는 길에 당신들 모두 동행하게 된다. 거기서 웃고 있는 당신도, 코트 옷깃을 세우는 당신도, 보도에 선 사람에게 웃는 군인도, 전차 위의 군인도 모두 함께 데리고 가 버린다.

그 무엇도 끝나지 않았다. 이제 시작이다. 지금은 끝의 시작이다. 그런데 왜 웃고들 있지? 왜 아무도 화를 안 내지? 무섭지 않아? 왜 아무도 나서지 않는 걸까. 이건 잘못됐다고, 우린 죽고 싶지 않다고.

왜 말리지 않는가. p. 595

왜 말리지 않는가. 이번에는 스스로에게 물어봅니다. 왜 자신은 저 군중들에게 주먹을 쥐고 외치지 않는 건지. 그것은 제아무리 파국으로 치달을 게 뻔한 운명이라도 역사의 흐름은 필연적으로, 과거를 알고 있는 미래의 인간이 타임리프해서 이것저것 충고

한다고 해도 근본적으로 바꾸는 것이 불가능하다는 사실을 깨달았기 때문이지요. 이를 통해 작가는,

1) 역사는 바꿀 수 없다.

2) 이미 정설로 굳어진 역사적 사실에 이의를 제기해 그런 사실이 존재하지 않았다고 부정하거나 기존 통설에 수정을 가하는 역사 수정주의는 위험하다.

……라는 메시지를 전하고 싶었던 게 아닐까 싶습니다. 이야기가 약간 옆으로 새지만 미야베 미유키와 함께 남성작가—순문학이 주류였던 일본 문학계의 판도를 바꾸며 '여류작가'라는 단어를 사어로 만들고 일약 중심 조류를 형성해 나갔던 동료 작가 기리노 나쓰오도 비슷한 얘기를 한 적이 있어요. 아베 정권 이후 만들어진 특정비밀보호법(안보와 관련된 정보를 특정비밀로 지정하고 이를 유출하면 처벌할 수 있는 규정을 담은 법)과 안보법제(자국이 공격받았을 때만 공격한다는 방위 차원에서 벗어나 자위대가 언제든 무력행사를 할 수 있도록 한 법) 개정을 비롯하여 헤이트스피치 규제법을 통해 시민들의 표현을 규제하며 '예쁘고 올바른' 말만 사용하도록 강요하는 정치권력에 대한 공포를 묘사하기 위해 쓴 소설 『일몰의 저편』을 출간한 이후 기리노 나쓰오 작가는 인터뷰《현대비지니스》 2021년 1월 30일를 통해 다음과 같이 말한 바 있습니다.

"지금까지 일본 문학에서는 여성 차별적인 작품을 명작이라고 불러 왔습니다만, 그러한 작품을 '여성 차별이 있다'라고 단죄하고 버리고 가면, 일본의 여성 차별은 없어지는 것일까요. 결코 그렇지 않습니다. 오히려 문제를 덮어버리고 없던 일로 결론짓고 있으며 이는 역사 수정주의로 이어질 수 있는 흐름입니다. 당시의 한계로서 읽고 남겨두어야 하지 않을까요? 차별은 우리 사회에 남아 있는 문제입니다. 지금의 풍조는 어려운 현실은 그대로 존재하는데 소설 속에서는 지워버리자는 흐름을 밀어붙이는 것 아닌가. 저한테는 그렇게 보이네요."

두 작가 모두 '역사는 바꿀 수 없으며, 사후적으로 재구성하는 것은 위험하다'는 인식을 공유하고 있습니다. 스포일러가 될 테니 더 자세히 말하기는 곤란하지만 가모 대장이 남긴 문서를 대하는 아들 다카유키의 태도에도 이와 같은 인식이 잘 드러나 있어요. 이야기는 여기서 끝나지 않습니다. 역사의 흐름을 바꾸는 것이 불가능하다는 사실을 절절하게 깨달았음에도("왜 아무도 나서지 않는 걸까, 이건 잘못 됐다고", "말해봤자 아무 소용없으니까"), 역사에 있어서 그다지 중요한 인물이 아닌 다카시가, 마찬가지로 역사에 있어서 그다지 중요한 인물이 아닌 후키의 목숨을 구하기 위해 분투하는 장면이야말로 이 작품의 백미입니다.

다카시가 후키를 구했는지 어쨌는지는 모르겠습니다만, 다카시의 행동이 무의미했느냐면 결코 그렇지는 않다고 단언할 수 있습니다. 역사가 어떻게 정해져 있든 지금—여기에서 최선을 다하는 것, 자신만의 인생을 열심히 사는 것, 소중한 사람을 구하기 위해 분투하는 것은 그 자체로 멋진 일이니까 말이죠. 때문에 『가모 저택 사건』은 뛰어난 역사소설이자 본격 미스터리이기도 하지만 무엇보다 장절한 러브 스토리라는 데 동의해 주시리라 믿습니다.

그리고 한 가지 더. 미야베 미유키 작가가 그동안 SF를 쓰지 않았다고 알고 계신 형제자매님들이 많은데 그렇지 않습니다. 이미 1997년에 『가모 저택 사건』으로 제18회 일본 SF대상을 수상한 바 있어요. 이것은 누구도 바꿀 수 없는 역사적 사실입니다(웃음).

삼송 김 사장 드림.

덧) 오랜만에 이스터에그를 만들었습니다. 『가모 저택 사건』의 마지막 페이지까지 읽으면 자연스레 알 수 있습니다. 힌트는 '히라타의 사진'인데 이 정도면 찾을 수 있으리라 짐작합니다만 그래도 모르시겠다면 제 메일로 연락주시길. reader76@booksfear.com

이 작품은 픽션이며, 가모 노리유키 육군 대장은 완전한 가공인물입니다. 모델이나 원형이 된 육군 군인도 존재하지 않습니다.

2 · 26사건과 아이자와 사건의 경과에 대해서는 주로,

『쇼와사 발굴昭和史発掘』 전13권, 마쓰모토 세이초(분슌문고)

『2 · 26사건 '쇼와 유신'의 사상과 행동二·二六事件―「昭和維新」の思想と行動 증보개정판』 다카하시 마사에(추코신쇼)

이 두 저작을 참고로 했습니다만, 작품 중 사실 경과의 기술이나 용어의 잘못이 있는 경우에 책임은 지은이에게 있습니다.

2 · 26사건 및 대동아전쟁 전후의 쇼와사에 대해서는 다수의 빼어난 저서가 있고, 전적으로 전무파세대인 저는, 이들 저작으로부터 커다란 감동을 받아 이 책을 써 내려 갔습니다. 말미입니다만, 현대사 연구에 매진하고 계신 많은 연구자와 저자분들에게 깊은 경의를 표하며 정중히 인사를 드립니다.

미야베 미유키

가모저택 사건

초판 1쇄 발행 2023년 4월 7일
초판 2쇄 발행 2023년 8월 11일

지은이 미야베 미유키
옮긴이 이기웅

발행편집인 김홍민 · 최내현
편집 조미희
표지디자인 이혜경디자인
용지 한승지류유통
출력 블루엔
인쇄 대원문화사
제본 대원문화사

펴낸곳 도서출판 북스피어
출판등록 2005년 6월 18일 제105-90-91700호
주소 (10595) 경기도 고양시 덕양구 동송로 23-28 305동 2201호
전화 02) 518-0427
팩스 02) 701-0428
홈페이지 https://blog.naver.com/hongminkkk
전자우편 editor@booksfear.com

ISBN 979-11-92313-29-0 (04830)
ISBN 978-89-91931-11-4(SET)

책값은 뒤표지에 있습니다.
파본은 구입하신 곳에서 교환해 드립니다.